Faktasin

BERTIL FALK

FAKTASIN

DEN SVENSKSPRÅKIGA SCIENCE FICTION- LITTERATURENS HISTORIA

BAND II
*Från andra världskriget
till och med 1960-talet*

ALEPH
Bokförlag

Omslaget har tecknats och formgivits av **Nicolas Krizan** (född 1963), bokillustratör, serietecknare, konstnär och författare bosatt i Skövde. Han har verkat professionellt inom science fiction-genren sedan början av 1980-talet.

Faktasin: Den svenskspråkiga science fiction-litteraturens historia av Bertil Falk (född 1933) består av tre band som utges sommaren och hösten 2020 av Aleph Bokförlag. Fotnoterna är skrivna av Rickard Berghorn.

BAND I: Från begynnelsen till och med mellankrigstiden
BAND II: Från andra världskriget till och med 1960-talet
BAND III: Från 70-talet till millenniets början. Appendix.
Register till samtliga banden

ISBN 978-91-87619-47-2

Innehåll

ↈ

7. Det rasande fyrtiotalet 7
8. Det fabulösa femtiotalet 86
9. Sextiotalets fiktiva visioner 189

Fortsättning i band III.
Innehåller också register.

ↈ

AVSNITT 7

DET RASANDE FYRTIOTALET

i speglarnas sal där ej endast Narkissos
tronar på sin förtvivlans pelare utan svindel

diade evigheten med en grimas
de obegränsade möjligheternas land

– Erik Lindegren 1942

Med fyrtiotalet kom de ohejdbara och fruktade västanvindarna rytande in över Sverige med minst lika våldsam kraft som någonsin mellan de 40:e och 50:e breddgraderna i södra Atlanten under segelfartygens tid. Det var litterära vindar av en helt ny karaktär. Fantastiken stormade in med fantasy och science fiction och bortsett från all annan dramatik under decenniet så blev även i detta avseende det dramatiska 1940-talet ett omskakande, omtumlande och händelserikt årtionde, ett "roaring forties". Det blåste om själva genren, den förfärliga, ungdomsförgiftande genren från USA.

JULES VERNE-MAGASINET
(1940–1947)

Således blev redan 1940 ett märkesår för science fiction-genren i Sverige. Det året startades på våren Teknik för Alla (TfA), som publicerade sf-följetonger hämtade ur bland annat amerikanska pulpmagasin. Hösten 1940 dök Jules Verne-Magasinet (JVM) upp på Pressbyråns kioskdiskar. Det var utseendemässigt ett färggrant magasin, som bjöd på något som länge saknats i Sverige, men som sedan länge översvämmat USA, nämligen ett överflöd av spännande äventyr i tid och

rum, resor till andra planeter, robotar, osynliga världar och annat smått och gott, alltsammans utfört och berättat på ett helt nytt och andlöst spännande, inspirerat och uppfinningsrikt sätt jämfört med den "snälla" science fiction som i stort sett präglat den svenska utgivningen. Tidskriften fick från och med nummer 28/1941 tillnamnet Veckans Äventyr (JVM/VÄ) och övergick till att bara heta Veckans Äventyr (VÄ) i och med nummer 46/1945. JVM/VÄ var världens enda veckotidning med sf-material.

TfA och JVM/VÄ var intimt förknippade. Båda innehöll syndikerat science fiction-material från USA. Uppenbarligen hade det svenska syndikatet Bulls Presstjänst så många amerikanska pulpmagasin att ösa ur att TfA inte kunde svälja allt. Därför tycks Jules Verne-Magasinet ha skapats.

JVM kom också mycket snart att bli den katalysator som bidrog med nytt bränsle till den på 1930-talet inledda, eller rättare sagt återupptagna, debatten om vårt arma lands "förförda ungdom", en debatt som hade sina rötter i de på sin tid så framgångsrika attackerna mot den så kallade Nick Carter-litteraturen på 1910-talet. Den tidens Nick Carter-deckare ter sig i dag som söndagsskoleartade, men ansågs inom arbetarrörelsen i början av 1900-talet göra arbetarungdomen till brottslingar. Moralpaniken var då liksom på 1930- och 1940-talen samt i senare inkarnationer totalt missriktad. (Före Nick Carter var det depraverande smutslitteratur av August Strindberg, Ellen Key och Hjalmar Söderberg som

som förförde den lealösa svenska ungdom-
en.)

Bland de företeelser som moraltanter av
främst manligt kön rasade mot på 1930-talet
återfanns fotbollstipset, som skulle göra ung-
domen till spelgalningar, pilsnerfilmerna –
skulle de göra ungdomen till alkoholister? –
"negervrålen" (en rasistisk benämning för att
avfärda jazzmusiken), som lockade ungdo-
men in i orgiastiska beteenden och som kopp-
lades samman med det så kallade dansba-
neländet (en spark mot folkparkerna), samt
den förfärliga "kolorerade veckopressen" med
sina enligt kritikerna osunda och förföriska
berättelser om romantik och farliga äventyrs-
historier.

DEN FÖRSTA ATTACKEN

Den första attacken mot JVM kom i Refor-
matorn (nummer 9, 2 mars 1941), där sign.
Euphrosyne under rubriken "Ett fruntimmer
ser på världen" försynt demonstrerade sin
oskuld.

> För att i alla fall inte anses för orättvis i min be-
> dömning gick jag häromdagen och inköpte ett
> par av de färggranna "magasin", som i kiosker
> och cigarraffärer lysa en i ögat. Det här var ma-
> gasin av en särskild typ, alltså inte den vanliga
> "kolorerade faran". För frånsett omslaget var
> det verkligen ingen kulör alls. Det var tryckt
> på sämsta tidningspapper, men utlovade spän-
> ning och romantik i högsta mått, och den ena
> hade dessutom inte mindre än sex serier. "Allt
> material i detta magasin är copyright Bulls
> presstjänst." Namnet har man lånat från vår
> barndoms och även tidigare generationers högt
> skattade Jules Verne, och man bjuder även på
> en av hans romaner som fortsättningsberät-
> telse. Antagligen föreföll Jules Verne dåtiden
> mycket djärv, då han dristigt grep sig an med att
> låta sina romanfigurer lösa framtidens teknis-
> ka problem, men det mesta har dock numera
> överträffats av verkligheten. Däremot tror jag
> dock knappast att det misch-masch som serve-

> ras av Bulls presstjänst någonsin kommer att bli
> verklighet.

Euphrosyne hade – kan man så här efteråt kon-
statera – kommit över JVM 7/1941 och hon
ondgör sig bland annat över Robert "Psycho"
Blochs bidrag i numret, novellen "Mannen
som gick genom speglar". *Euphrosyne*:

> Ett föga bildat fruntimmer kan verkligen inte
> följa med på sådana svindlande vetenskapens
> rymder, som i denna känsliga berättelse, där
> man får lära känna en uppfinning där människ-
> ans tredimensionella medvetande intränger i
> en fyrdimensionell spegelbild.

Euphrosyne erkänner dock att hon egentli-
gen inte begriper ett dugg, "men magasinets
högt utbildade ordinarie läsekrets förstår sä-
kert alltsammans", förmodar hon.

JVM gick till tidstypisk motattack (JVM
10/1941):

> I senaste numret av godtemplarnas tidskrift Re-
> formatorn har en kvinnlig skribent, som kallar
> sig Euphrosyne, riktat ett litet vresigt angrepp
> på vårt magasin. Precis vad det är, som damen i
> fråga har att förebrå oss, framgår inte av hennes
> artikel. Det tycks närmast vara det starkt fan-
> tasibetonade och spänningsmättade innehåll-
> et i berättelserna, som jämte de stiliga serierna
> väckt hennes misshag så där i största allmänhet.
> Detta jämte hennes tvivel på att de framtidsvy-
> er, som rullas upp i Magasinets spalter – alltså
> rymdfärder m.m. – någonsin kunna bli verk-
> lighet.
>
> Sådant kan förstås ingen veta med bestämd-
> het; men Euphrosyne behöver ju inte vara mera
> tvivelsjuk än vad den kyliga vetenskapens re-
> presentanter äro. Och bland dem finns det tyd-
> ligen folk, som inte anse interplanetära resor
> ligga utanför framtidens praktiska möjlighe-
> ter. Bilden på sid. 1 t.ex. är hämtad från en ut-
> ställning, som Smithsonian Institution, ett av
> USA:s ledande forskningscentra ordnat; bild-

en föreställer det inre av ett rymdskepp, så som Smithsonians lärde föreställa sig det. Skeppet drives av syrgasbomber och är bl.a. utrustat med gaspistoler till försvar mot ev. rymdpirater. Vad säger Euphrosyne om det?

DEN ANDRA ATTACKEN

Men attacken i Reformatorn var rena västanfläkten jämfört med vad som komma skulle i Tidning för Sveriges läroverk. I ett par icke signerad serie ledarartiklar (5/8 mars och 6/22 mars 1941) i detta organ för Läroverkslärarnas riksförbund serverades ord och inga visor.

Hur skall det vara möjligt att giva elevernas fantasiliv en sund och naturlig inriktning, när deras älsklingslitteratur utgör det mest groteska exempel på vad en abnorm och sjuklig fantasi kan koka ihop? Den för några år sedan så grundligt utskällda "kolorerade veckopressen" börjar numera på att verka *relativt* hygglig, om man jämför den med de senaste årens tillskott – magasinen. Den veritabla svampflora av rent värdelösa magasin av varierande kulör som utgör läxbokens käraste komplement – eller ersättare – håller på att växa ut till en kräftsvulst på den svenska ungdomssjälen. Utvecklingen har genom konkurrensen medfört stegrade pretentioner på sensationer, så nu duger det inte längre att komma med jolmig kärlek eller efter konstens regler varierade gangsterkupper. Jules Verne skulle säkert vända sig i sin grav om han visste hur hans namn utnyttjas i den snöda mammons tjänst. I det magasin, som bär hans namn, ägnas 4 sidor av 64 åt en följetong av något av hans verk. De resterande 60 drypa av rent patologiska utläggningar om mystiska strålar, kufiska planeter och vidunderliga projektiler, i vilken miljö en genialisk hjälte och en dekolleterad skön dam uppträda som huvudpersoner. Det är rent ut sagt skandal att dylik okontrollerad smörja ska få lägga beslag på de okritiska barnens fickpengar och binda ett intresse, som vore värt att inriktas på bättre och ädlare uppgifter.

JVM (11/1941) blev inte svaret skyldig, men passade samtidigt på att opportunistiskt fjärma sig från andra kolorerade magasin:

Vi börja nu tröttna på den ovederhäftiga kritiken, som envisas att välja Jules Verne-Magasinet till skottavla för ohemula beskyllningar. Vi skulle därför vilja säga ifrån en gång för alla, att Jules Verne-Magasinet undanber sig att sättas i klass med s.k. gangsterlitteratur och kolportageläsning. I våra spalter odlas intet sjukligt intresse för varken erotik eller kriminella företeelser – tvärtom! Den som påstår något annat, har antingen icke alls läst Magasinet, eller också talar vederbörande mot bättre vetande.

Och avståndstagandet i avsikt att försvara den egna produkten fortsätter:

Naturligtvis finns det på den svenska tidskriftsmarknaden åtskilliga alster, som förtjäna de fördömande uttalanden författaren i Tidning för Sveriges Läroverk så frikostigt utströr. Men, Jules Verne-Magasinet hör icke till dem! Därför är det också orimligt, att vi skola behöva mottaga förebråelser för andras försyndelser, vi, som just hålla oss så fjärran som möjligt från träskmarkerna.

DEN TREDJE ATTACKEN

Så blev det lugnt ett tag till dess att en rektor Oscar Cronholm i Malmö tog tillfället i akt vid skolavslutningen våren 1941 gjuta olja på elden genom att hålla ett uppmärksammat anförande riktat direkt mot JVM, som naturligtvis tog upp den kastade handsken (JVM 25/1941):

Efter våra repliker förra gången har det varit tyst en tid med den ovederhäftiga kritiken. Opponenterna funno antagligen, när de togo närmare del av magasinet, att de varit ute i ogjort väder. Vi började rent av tro, att det enfaldiga skallet hade tystnat definitivt. Nu kommer emellertid från Malmö en ny fanfar och bann-

bulla, som i fråga om ovederhäftighet och lätt-
köpt illvilja överträffar de tidigare angreppen.

Rektor Oscar Cronholm vid Malmö Real-
skola har tillåtit sig att i sitt tal vid vårens skol-
avslutning speciellt utpeka vårt magasin såsom
olämpligt att läsas av yngre skolungdom. Ma-
gasinet är enligt detta märkliga sanningsvittne
"ett strålande pekoral av den mest otäcka sort"
innehållande "bloddrypande och vidriga skild-
ringar" som ockra på pojkarnas sensationslyst-
nad och smak för spänning o.s.v.

Det finns ett (1) sant ord i hela denna förfär-
liga tirad, och det är, att magasinet tilltalar poj-
karnas sinne för spänning. I övrigt är hela an-
klagelseakten fullkomligt uppkonstruerad från
början till slut: JVM är varken bloddrypande
eller vidrigt eller "pekoralistiskt" – i varje fall
inte på långa håll så pekoralistiskt som större
delen av rektor Cronholms utgjutelser om en
publikation, som han uppenbarligen aldrig
gjort sig mödan att läsa.

Rektor Cronholm ger i samma veva sina lär-
jungar ett strålande exempel på konsten att
bära falskt vittnesbörd om sin nästa; han påstår
nämligen att vårt magasin "lånat namn av den
store författaren men ej har ett spår med den-
nes produktion att göra". Utom att detta ytter-
ligare bevisar, att C. aldrig tittat i ett nummer av
magasinet – han hade ju annars inte gärna kun-
nat undgå att upptäcka, att en följetong av Jules
Verne alltid ingår – innebär påståendet en grov
osanning såtillvida, som samtliga berättelser i
magasinet tillhöra just den vetenskapligt-fan-
tastiska genre, som för alltid är förknippad med
den store fransmannens namn.

Sant, men Jules Verne försvann ganska snart
ur magasinet som bar hans namn.

EFFEKTER PÅ
KORT OCH LÅNG SIKT

Nu långt efteråt kan man skratta åt de här
överdrivna reaktionerna på båda sidor om de-
batten, men attackerna fick följder. Redan
Cronholms utfall fick stor spridning. Föräld-

rar förbjöd sina barn att läsa tidskriften. På
skolorna beslagtogs exemplar av lärare, som
kunde rulla ihop tidningen och använda den
som "slagträ" mot uppstudsiga elever. Lärar-
nas rätt att aga upprätthölls strikt.

Kring den här tidpunkten kallade landets
STIM-chef den oerhört populära tonåring-
en Alice Babs Nilson för en slinka som för-
förde den svenska ungdomen med sin swing-
musik. Från slinka till hovsångerska är vack-
ert marscherat kan man konstatera med facit
i handen. (STIM-killen bad sedermera om
ursäkt.) Även JVM kopplades ihop med fe-
nomenet Alice Babs Nilson. Det skedde i den
nämnda lärarblaskan, där det löd så här:

Skola de svenska läroverken alltfort vara härdar
för en värdig medborgerlig bildning, be vi att
få betacka oss för någon sorts "Swing it magis-
tern-mentalitet".

"Swing it magistern" var en schlager som Ali-
ce Babs Nilson sjöng i filmen med samma
namn, som hade premiär den 21 december
1940, bara några månader efter första num-
ret av JVM. Text av Hasse Ekman och musik
av Kai Gullmar. Man kan citera sida upp och
sida ned ur dessa långrandiga drapor riktade
mot JVM om hur "samhälle och familj tillå-
tes att inifrån sönderfrätas av moraluppluck-
rande förströelsestoff", som ett av mina favo-
ritcitat lyder.

Och JVM? Kampanjerna fick för tidning-
ens del snarare motsatt den avsedda verkan.
Hetsen ledde till att allt fler människor upp-
täckte magasinet och framför allt Edmond
Hamiltons följetonger om kapten Frank blev
så populära att upplagan steg till 80 000 ex i
veckan när det gick som bäst.

Samtidigt grundlade attackerna i vissa kret-
sar också en ovilja mot science fiction, främst
bland finkulturella typer. Jag har även sent i
livet träffat äldre människor som minns att
JVM var smörja, fast när man känner dem
på pulsen visar det sig att de nästan aldrig läst

En förförisk samling tidiga nummer av Jules Verne-Magasinet.

eller ens sett magasinet. Då liksom nu tycks nästan all aversion mot genren bygga på hörsägen och okunnighet.

Litteraturvetaren Elisabeth Tykesson följde upp attityderna när hon 1954 gick vilse i BLM med essän "Nästa Venus. En orientering i science fiction". Det var inget fel på kartan men kompassen funkade nog inget vidare när hon avfärdade sf-formen – jag citerar John-Henri Holmbergs träffsäkra redovisning 2004 –

> som i allt väsentligt reaktionära, barnsliga maktfantasier, talanglös verklighetsflykt och en modern motsvarighet till de valhänt skrivna kolportageromaner från 1800-talet hon ägnat sig åt i sin doktorsavhandling. Hennes uppfattning om science fictions litterära och idémässiga brister kom att dominera bland svenska litteraturvetare i närmare fyrtio år.

Det för Tykesson besvärande är att hon inte kan beskyllas för att inte ha läst det hon skrev om. Och de litteraturvetare (?) som osjälv-

ständigt och okunnigt traskade patrullo i hennes upptrampade fotspår kan man tyvärr inte göra något åt. Ibland får jag en känsla av att den hierarkiska uppbyggnaden av de humanistiska institutionerna med snöpande handledare av "löpande band"-typ skulle må väl av en omstrukturering.

GENREGRÄNSER

Vid denna tidpunkt var begreppet science fiction ännu inte knäsatt. Begreppet användes i USA omväxlande med scientifiction, ett ord som faktiskt förekom på svenska i en ledare (JVM 9/1941). (Enligt en obekräftad uppgift ska begreppet science fiction faktiskt ha förekommit i en stockholmstidning på 1930-talet i samband med invigningen av den prospektivt planerade slussenkarusellen, som byggdes för högertrafik när Sverige fortfarande hade vänstertrafik. Högertrafik infördes inte förrän 1967.)

Först på 1950-talet började begreppet science fiction att användas i Sverige. Gränserna mellan olika genrer som fantasy, sword & sorcery, horror och science fiction, ja, även deckare och romantik, var flytande i de amerikanska pulpmagasinen. Korsbefruktningar mellan olika genrer var vanliga, vilket också framgick av namnen på de pulpmagasin som publicerade berättelserna. Tidskriftsnamn som Amazing Stories, Marvel Tales och Weird Tales var paraplytitlar som gav utrymme för allsköns genrer medan t.ex. Planet Stories var en titel predestinerad för rymdopera och planetära romanser.

I vilket fall: med JVM vällde den hejdlösa amerikanska sf-kulturen in i den svenska underhållningsvärlden. Det var som att drabbas av en vildsint rallarsving, en svindlande mirakelkänsla som på engelska kallas "sense of wonder", en förnimmelse som innebär transcendens, övergång från en normal upplevelse av tillvaron till en upplevelse i något som liknade ett annat medvetandetillstånd. Andlöst upplevde delar av den svenska publiken den gränslösa fantasi som präglade USA:s science fiction-litteratur. Och det var mer än underhållning. Det skapade intresse för världsalltet, för existentiella frågeställningar, för framtiden, det förflutna, för nuet, för teknikens fördelar och inte minst nackdelar. Inte sällan visade sig märkliga uppfinningar leda till oanade och oönskade konsekvenser.

Läsarna av JVM/VÄ förlorade sin oskuld i så måtto att de spännande och romantiska, välskrivna, men ganska snälla berättelser, som före 1940 dominerat varje veckas utbud av noveller och följetonger i landets många veckotidningar, fick konkurrens av en ny kraft, där den totala fantasin släpptes loss. De berättelser som publicerades i JVM/VÄ innebar öppnandet av en litterär dammlucka. Och det innebar en injektion av nya, ditintills otänkbara idéer i tiotusentals svenska hjärnor.

En del av de anglosaxiska författarna ansträngde sig att bygga sina skrönor på mer eller mindre hållbara vetenskapliga teorier, som Edmond Hamilton gjorde i sina kapten

Bertil Falk t.v. med JVM i händerna sommaren 1943, tillsammans med sysslingen Haddi.

Frank-romaner. Andra struntade i den vetenskapliga "korrektheten" som t.ex. Don Wilcox i sin sanslösa novell "Harrisons tid-resa" (1/1943), där mystiska ljusglober förflyttar Harrison 50 000 år tillbaka i tiden. Harrison blir där vän med Cro-Magnon-människor, som han tar med sig när han reser 100 000 år framåt till en tid då jättespindlar härskar på Jorden. I Hamiltons och Wilcox fall var den gemensamma nämnaren hämningslös fantasi.

Inte heller saknades humor, som i Edmond Hamiltons "Den talande hästen" (38–39/1941) där den alkoholiserade kusen Pojken vinner ett lopp genom att säga Ptroo! och därmed får konkurrenterna att stanna eller Robert Blochs berättelser om Lefty Brown, som är välbeställd direktör, men "han hade också kunnat sluta sina dagar som ett välväxt och vårdat träd" i New Yorks Central Park i novellen "Lefty Brown blir ett träd" (31/1946), vilket visar att Bloch hade andra strängar på sin lyra än blott *Psycho*, som Hitchcock filmade.

I Thornton Ayres "Mikrober från rymden" (19/1941) rasar New Yorks skyskrapor samman, angripna av utomjordiska bakterier. I Ed Earl Repps "Professor Gales farliga färg" (21/1941) skapas flytande magnetism. Vatten brinner som bensin i Eando Binders "Elden från ingenstans" (25/1941) och i F. Orlin Tremaines "Guldflickan från Kalendar" (24/1941) glöder hon som radium och vidrör man henne så dör man. Frank Belknap Long Jr. tillhandahöll "Den felande tidlänken" (48/1942) med allt vad den medförde.

Malcolm Jamesons "Vidundret från världsrymden" (26/1942) lanserar ett bläckfiskliknande monster som kommer för att mumsa i sig jordbor. I Bernhard C. Gilfords "Den flytande mannen" (29–30/1942) gör en man sin kropp flytande.

Pete Howell på semester ramlar in i en härva av omkastade tidsbegrepp i Frederic Arnold Kummer Jr:s "Möte med tidens behärskare" (3/1943).

I Carl Jacobis "Flykt till en annan dimension" (44/1945) visar sig kanalen som förbinder norra och södra delarna av Mars vara rena råttfällan. Kanalen är en ändlös rymdkrök som man bara kan gå framåt i. När Kramer vänder sig om så finns bakom honom – ingenting! I samma nummer av JVM/VÄ bjöd Broox Sledge på teleportation mellan planeter i "Möte i rymden", en tanke som August Strindberg snuddade vid i sin novell "Lotsens vedermödor" (1903).

Ofta avslöjar eller antyder titlarna vad det handlar om, som i novellerna "En värld utan kvinnor" (10/1941) av Thornton Ayre, "Mannen som vägde minus 6" av Nelson S. Bond (18/1941), "Den borttappade dagen" (15/1943) av Henry Hasse, "Doktor Joslyns bakvända atom" (33/1943) av Henry Kuttner, följetongen *Den andra stenåldern* (20–46/1944) av Eando Binder samt "Budskapet från det förgångna" (16/1945) av Ralph Milne Farley.

Osynlighetselixir, anakronismer, levitationer, exoplaneter, extradimensionella fenomen, odödlighet, bakvända atomer, osårbarhet, anomalier, tankeläsning och tidsparadoxer! Teleportering, rymdkrökar, asteroider, myror av mänsklig storlek, rubbad tyngdlag, osynliga planeter och tidsresor på kors och på tvärs! Transmutationer, superneutroner, rymdvirvlar, fyrsidiga trianglar!

Precis som Mark Twain lät en yankee resa tillbaka till kung Arthurs hov, lät Edmond Hamilton en yankee fara till Valhall och träffa Oden, Tor och Frej (15 avsnitt i JVM från och med 19/1943). Här introducerades för första gången på svenska i stort sett alla de teman, som skulle återkomma på 1950-talet i tidskrifterna Häpna! och Galaxy, då i mer strömlinjeformade och litterärt "välanpassade" versioner och kanske också bättre översättningar, men JVM/VÄ var först, häftigast, sanslösast och slagkraftigast. Och tidskriften lanserade faktiskt Ray Bradbury med novellen "Jag är en raket" (15/1946).

Det fanns ingen broms på idéströmmen. Märkvärdigheterna bara östes in likt en omskakande litterär tsunami. JVM/VÄ malde på med nya, omöjliga, djärva, häpnadsväckande idéer vecka efter vecka. Det kunde vara lite si och så strukturellt i dessa axplock, men författarna hade inte likriktats i skrivarkurser och var så att säga inte på det klara med hur man producerar slätkammade berättelser. De anpassade sig till de olika USA-marknadernas krav och försökte samtidigt att skapa egna, häftiga idéer. Och de svenska läsare som förstod att ta till sig allt detta gick vidare i livet berikade med en ny öppenhet och erfarenhet.

Det var idéerna som gällde och idéer krävde fantasi. Så väcktes hos svenska läsare ditintills totalt ovanliga tankar och oväntade föreställningar. Ska man ge samtida kritiker rätt i någonting, så är det att de faktiskt såg att detta var något nytt utöver det vanliga utbudet i den "kolorerade veckopressen". Att de sedan ogillade och fruktade vad de såg var ju lite synd.

Pulpkulturen i USA utgjorde förvisso ett otuktat litterärt vulkanutbrott utan finkulturella biavsikter. Allt var möjligt och tillåtet. Det handlade om de obegränsade möjligheternas land. Ännu hade inte kravet på "litterär kvalitet" och likformighet i struktur och språk kommit att prägla de genrer som östes ut på marknaden. Förlagen var enbart till för att tjäna pengar.

Öyvind Fahlström publicerade i tidskriften Odyssé (2–3/1954) sitt litterära manifest "Hätila ragulpr på fåtskliaben", där han bland annat skrev så här om den konkreta poesi han såg i vardande:

> Vad ska det bli av med det nya materialet? Det kan ju skakas ihop hur som helst och är väl sedan ur "konkret synpunkt alltid lika oantastligt?" Så kan det alltid sägas i början. Men förhållandet att de nya uttrycksmedlen ännu inte fått sina värdenormer konfektionerade, får inte hindra oss att pröva medlen, om värderingar någonsin ska kunna klarna.

Det var exakt det som skedde under 1920-, 1930- och 1940-talen i det enorma utbudet av pulpmagasin i USA, där Fahlströms inriktning på formen och uttrycksmedlen motsvarades av motivkretsarna som "skakades ihop hur som helst" utan att "värdenormerna" blivit knäsatta. Det skedde först senare när intellektuella, litterära, formella och strukturella normer utkristalliserades.

VECKOTIDNINGARNAS ROLL

Man bör ha klart för sig att det skrivna ordet i veckotidningarnas noveller och följetonger vid denna tidpunkt efter en lång arbetsdag var svenska folkets viktigaste källa till underhållning och verklighetsflykt vid sidan om biografernas utbud av filmer. Monopolradions begränsade utbud var ynkligt, både tidsmässigt och innehållsmässigt. Den didaktiska framtoningen var dessutom besserwissermässig. Lyssna på gamla inspelningar med Alva Myrdal och andra mässande på någon sorts mässtrande akademisk överklassdialekt. Den underhållning som bjöds kan inte jämföras med motsvarande utbud i amerikansk radio, där det rådde konkurrens mellan radioföretag och där det brittiska så kallade public service-systemet, som Sverige anammat, inte existerade.

(Public service var ursprungligen en sorts allmännytta i monopolform som överlevt till vår tid och kommersialiserats, men som trots sponsring och annan reklam ännu 2012 till stor del bekostas med ett av riksdagen beslutat skatteliknande så kallat licenssystem, knutet till apparatinnehav, ungefär som hundskatt och den fordonsskatt som kallas bilskatt är knutna till innehav av jyckar och bilar. Riksdagen har utlokaliserat indrivningen av denna skatt som kallas licens.)

Tidskrifternas och biografernas grepp om publiken förstärktes av tidsandan. Lanseringen av JVM skedde under det andra världskrigets begynnelseskede, då Hitlers horder fortfarande firade framgångar. Många svenska män och kvinnor ingick i totalförsvaret och bland de inkallade beväringarna under beredskapsåren var behovet av underhållning stort.

Folkkära artister for omkring bland förbanden och uppträdde, men där fanns mycket tid att slå ihjäl för "min soldat någonstans i Sverige", som Ulla Billquist sjöng i en schlager. Att läsa veckotidningar och ta ut korsord var vanliga tidsfördriv på luckorna. Det framgår av både brev till JVM-redaktionen och av läsarnas bidrag till departementet Veckans Äventyr att männen i fält läste tidskriften. JVM kom i rättan tid, vid ett tillfälle då behovet av all slags underhållning var stort. Det var med andra ord inte bara skolpojkar som läste tidskriften. Och det framgår både av insändare och tävlingsvinnare att JVM också hade sin beskärda del av kvinnliga läsare.

De svenska veckotidningarna hade sällan sf-artade noveller. De amerikanska sf-berättelserna i JVM var något helt nytt och präglades inte, trots tidningens namn, av Jules Vernes sätt att hantera framtiden, utan låg mer i fas med H.G. Wells framtidsbeskrivning som den framställdes i *Tidsmaskinen* (1894–1895) och kom till uttryck i *Världarnas krig* (1898). H.G. Wells-Magasinet hade kanske varit ett sannare namn.

Nu blev inte JVM den omedelbara plantskola för framväxten av vare sig svensk science fiction eller en svensk science fiction-fandom, som den kunde ha blivit med en annan redaktionell inriktning. Den redaktionella policyn var att bara publicera amerikansk sf. Man rentav skröt med att man inte använde svenskt material och varnade för svenska efterapningar och försök i genren, ett uppenbart skott riktat mot Levande Livets satsning på Sture Lönnerstrands novellserie "Mellan fantasi och verklighet", som började publiceras 1943.

JVM/VÄ:s läsekrets inbjöds dock att skriva om egna upplevelser under det ovan nämnda departementet Veckans Äventyr. Vidare publicerades artiklar av Alvar Zacke under rubriken Flygets Hjältar, en artikelserie som delvis också gavs ut i bokform. JVM/VÄ innehöll vidare tecknade serier varav två i färg, nämligen science fiction-serien "Titanen från Krypton" om Övermänniskan som sedermera döptes om till Stålmannen (i original Superman) för att motivera S-et på Övermänniskans bringa, samt "Djungel-Jim". Därutöver bland annat "Läderlappen" (Batman), "Barney Baxter", "Blå skalbaggen" och några till samt en svensk serie nämligen "Gunder Hägg", tecknad av Hermansson.

Björn Leroy skrev sport. Svenska stålmän var den stående rubriken för en serie artiklar om inhemska idrottsmän. Men det fiktiva textmaterialet hämtades från olika amerikanska pulptidskrifter, främst sf-magasin som Amazing Stories, Captain Future, Planet Stories, Startling Stories, Super Science Fiction, och Thrilling Wonder Stories, men även från andra publikationer, t.ex. Five Novels Monthly, som inte innehöll sf.

JVM/VÄ tillförde alltså nya tankar, framåtblickande, teknikkramande, utopiska, dystopiska, löftesgivande, och själva genren bjöd på existentiella överväganden med utsträckning i tid och rum och det på ett helt annat sätt än vad kärleksnoveller, nordlandsskrönor, idrottsberättelser, rallarhistorier, deckare, spionhistorier och andra genrer hårt planterade i det närvarande och det nyss förflutna nuet någonsin förmått göra.

Många blivande författare läste JVM/VÄ, som Hans Alfredson, Ove Allansson, Göran Bengtson, Börje Crona, Lars Forssell, Lars Fredriksson, Lars Gustafsson, Dénis Lindbohm, Per Lindström, Sture Lönnerstrand, Pär Rådström, Bo Stenfors, Olov Svedelid, Harry Martinson, Jan Myrdal, Hans Sidén, Sven Christer Swahn och Sven Wernström. Även K. Arne Blom, som föddes året innan JVM lades ned i dess inkarnation som VÄ, läste som tonåring magasinet, som fanns att köpa antikvariskt i Nässjö. Andra som i efterhand hittade fram till JVM/VÄ var Anders Palm (född 1940), Sam J. Lundwall (född 1941) och Alvar Appeltofft (1942–1976). Ahrvid Engholm läste alla nummer på 1980- och 1990-talen.

I början av 1947, efter 332 nummer, upphörde denna tidskrift i sin inkarnation som VÄ. Slutet kom mycket abrupt. Och man kan fråga sig varför tidskriften plötsligt inte fanns i pressbyråkioskerna. En orsak var troligen det faktum att tidskriften blivit allt sämre och tappade läsare.

Utseendemässigt hade den förlorat sin ursprungliga kolorit. Den färggranna logon i form av ett raketskepp med texten Jules Verne-Magasinet hade ersatts med texten Veckans Äventyr som var långt mycket mindre slagkraftig med blåa bokstäver mot en vit bakgrund och även om tidskriften till sista numret innehöll sf, så hade den innehållsmässigt detorierat.

Först efter det att tidskriften upphört att komma ut framträdde på 1950-talet flera av de svenska författare som skolats genom att i JVM/VÄ läsa författare som Eando Binder,

Nelson S. Bond, Edmond Hamilton, Robert Moore Williams och Don Wilcox, ja, till och med enstaka texter av Isaac Asimov, Alfred Bester och Leigh Brackett.

DEN FJÄRDE ATTACKEN?

Nu inträffade vid ungefär samma tidpunkt som nedläggningen ett otrevligt fenomen, när en rad arbetarförfattare och kulturknuttar med stöd av tidskrifterna Vi och Folket i Bild skrev under ett manifest som krävde att man skulle använda den rådande pappersransoneringen för att dra in tilldelningen av papper till misshagliga kolorerade tidskrifter. Till och med Eyvind Johnson skrev under, men han fick kalla fötter när han insåg att han traskat patrullo och skrivit under en text som på ett mycket grovt sätt riktade sig mot vår grundlagsfästa tryckfrihetsförordning. Denna kulturskandal utbröt i mitten av april i tidskriften Vi (15/1947) under rubriken "En kulturskandal". Det är kusligt att så här i efterhand läsa allt vad en lång rad olika skriftställare och kultursnobbar skrev under på.

Hela den grupp som var beredd att på detta sätt missbruka pappersransoneringen i landet borde nog ha dragit öronen åt sig med tanke på vad som hände i Hitler-Tyskland. Jag citerar vad Heinz-Jürgen Galle skrev i artikeln "Luftens hjältar" som översatt från tyska publicerades i JVM 408/1984. Där kunde man läsa följande:

> Rikslitteraturkammarens lista över skadlig och icke önskvärd litteratur från den 31 december 1938 tar sedan också upp flera utopiska författare från in- och utlandet. Förbjudna var verken av H G Wells, Thea von Harbou, Kurt Sidomak, Reinhold Eichackere, A Huxley, Th Herzl, Th Hertzka, Ri Tokko, Kossack-Raytenau, J Delmont o.s.v.

Och så kommer det: "När kriget bröt ut använde man också pappersbristen för att ta kål på magasinsserierna."

1947 var alltså svenska arbetarförfattare och kulturknuttar i Vi (15/1947) beredda att göra exakt samma sak. Det handlar om mer än *guilt by association*. Det handlar om skuld i sak! Sägas ska att Gösta A. Svensson, redaktör för fackföreningstidskriften Beklädnadsfolket (5/1947) reagerade mot de groteska statsingripanden, som en lång rad fiender till andras yttrandefrihet demonstrerade i sitt bokbålsmanifest.

Här är namnen på samtliga undertecknare: Harry Ahlberg, Lars Ahlin, Albin Amelin, Erik Asklund, Gösta Attorps, Tage Aurell, Harald Beijer, Erik Blomberg, Torsten Bohr, Arvid Brenner, Stig Carlson, Johannes Edfelt, Gunnar Ekelöf, Nun Ekelöf, Carl-Emil Englund, Gustaf Rune Eriks, Ingeborg Erixson, Sven Erixson, Allan Fagerström, Jan Fridegård, Erik Grannby, Helmer Grundström, Waldemar Hammenhög, Gustaf Hellström, Bertil Bull Hedlund, Hans Hargin, Ulla Isaksson, Knut Jaensson, Eyvind Johnson, Thorsten Jonsson, Björn Jonson, Josef Kjellgren, Olof Lagercrantz, Georg Lagerstedt, Axel Liffner, Örjan Lindberger, Erik Lindegren, Ragna Ljungdal, Arnold Ljungdal, Ivar Lo-Johansson, Artur Lundkvist, Harry Martinson, Moa Martinson, Henry Peter Matthis, Vilhelm Moberg, Gustaf Näsström, Ragnar Oldsberg, Gösta Pettersson, Knut V. Pettersson, Erik Prytz, James Rossel, Marika Stiernstedt, Axel Strindberg, Fredrik Ström, Mark Sylwan, Bengt G. Söderbergh, Jan Thomaeus, Karl Vennberg, Albert Vikten, Ingemar Wizelius, Helge Åkerhielm och Anders Österling.

Det är en skrämmande lista. Vi är nog många som med bedrövelse och bestörtning noterar att författare som vi uppskattar hängav sig åt detta nazistoida krav. En plump i protokollet som man inom arbetarrörelsen så att säga ännu inte har gjort upp med och inte ens talat tyst om. Man har inte talat om det alls.

Bland undertecknarna bör man lägga märke till Karl Vennberg, som bland annat medverkade till och från i nazisttidningar åren 1936–1942 och som därefter var kulturredaktör i Aftontidningen (1946–1947) samt i Aftonbladet (1957–1975) liksom Olof Lagercrantz, som var kulturell chefredaktör i Dagens Nyheter (1960–1975). Det vore kanske en uppgift för forskningen att undersöka hur deras nedvärderande inställning till tryckfriheten och andra författares rätt att bli publicerade präglade de roller de spelade i sina respektive maktpositioner.

Det är litteraturforskaren Dag Hedman som förtjänstfullt har lyft fram denna egendomliga och reaktionära bokbålshändelse i ljuset i sin bok om Gösta Palmcrantz författarskap. Hedman kommenterar sitt fynd så här:

Några invändningar ur tryckfrihetssynpunkt sade sig undertecknarna ej kunna skönja, då populärpressen enbart sades ha som syfte att underhålla, och detta tydligen inte skulle falla in under tryckfrihetsförordningens hägn. Uppropet utmynnade i påståendet att eftersom populärpressen "endast bjuder på värdelös läsning" fanns det ingenting "som motiverar dess fortsatta existens". Att flera av undertecknarna regelbundet medverkade i populärpressen tycks inte ha stämt dem till eftertanke.

Ett annat argument för ransoneringskravet var att "det här gäller publikationer utan opinionsbildande eller åsikts- och idéförmedlande syfte". Erik Asklund som återkom med artikeln "Det kulörta träsket" (Vi 16/1947) snubblade över detta påstående genom att påstå att dessa träskpublikationer innehöll politisering med försåtliga angrepp mot den socialdemokratiske finansministern Ernst Wigforss. Med andra ord: felaktig opinionsbildning och felaktigt åsikts- och idéförmedlande syfte. Själva påståendet att underhållning inte kan vara opinionsbildande är för övrigt löjligt.

Hedmans påpekande att flera av undertecknarna kastade sten i glashus är helt riktigt. Vilhelm Moberg levde på att skriva runt 400 noveller i landsortstidningar men också i bland annat Lektyr och Såningsmannen innan han slog igenom som romanförfattare. Gustaf Rune Eriks började cirka 1939 att skriva i En rolig ½ timma, Hela Världen och Förgät mig ej. Visst förekom han därefter i Vi, FiB och fackföreningspressen men också i Tidsfördrif och långt efter det att han skrev under manifestet dök han upp på 1950-talet i Lektyr med t.ex. "Drama i hiss", en mordhistoria med kommissarie Tarkington (Lektyr 25/1952). Dit sålde också Helmer Grundström många noveller – år efter år, helt obekymrad av att han skrivit under manifestet. Och Josef Kjellgren vann andrapris i en novelltävling utlyst av Allers 1939 och förekom även senare i Allers.

Märkligast är den rabiate Erik Asklund som öste avsky över en mängd namngivna veckotidningar, däribland Levande Livet, men inte över Lektyr som hade likartat innehåll som Levande Livet. Orsaken torde ha varit den att Asklund själv strax innan manifestet publicerades medverkat i Lektyr med novellen "Möte i regn" (22/1945) och sportnovellen "Göran vinner loppet" (17/1946). Man ska då lägga märke till att han kritiserat Rekord-Magasinet som publicerat en boxningsnovell!!! Och det var inte första gången som Asklund badade i det träsk han spydde galla över. Hans novell "Det förlorade huset" stod redan i nummer 36 av Lektyr 1933.

Att dessa bisarra angrepp på vår grundlagsfästa tryckfrihet tas upp här, hänger samman med det faktum att det har påståtts att en bristfällig tilldelning av papper var en anledning till att JVM/VÄ lades ner samma vår. Kan det groteska manifestet rentav ha bidragit till tidskriftens hädanfärd? Det har faktiskt antytts. Hemska tanke. Men kan det verkligen vara så? Låt oss kolla.

Vid denna tidpunkt 1947 kom också något annat, som enligt Sam J. Lundwall, blev dödsstöten för JVM. Efter att ha citerat en attack från 1941 mot JVM skriver Lundwall så här:

> Så höll det på; och i riksdagen gick slutligen 1947 konstitutionsutskottets socialdemokratiske ordförande, prosten Harald Hallén, till angrepp mot bl.a. Jules Verne-Magasinet och rekommenderade att "riksdagens samtliga partier genom sina ungdomsorganisationer – från ungsvenskarna till kommunisterna – genomför en landsomfattande bojkott mot de pressalster som nu förgiftar stora ungdomsgrupper". Det blev dödsstöten för JVM den gången …

Går man till källorna så finner man strax att Sam J. Lundwall har citerat Hallén tämligen selektivt. Till att börja med så nämns inte JVM alls i sammanhanget, som man förleds att tro av Lundwalls framställning. Prosten Harald Hallén gick inte alls till attack mot JVM. Kontroversen handlade över huvud taget inte om JVM eller ens om den kolorerade veckopressen.

Det hela började med en motion i andra kammaren från herrar Pettersson i Ersbacken och Sundström i Vikmanshyttan "angående förbud för landets tidningar att i sina rättegångsreportage införa bilder av brottslingar m.m. som bland annat skett med några ungdomsbrottslingar." Anledning till motionen: "Dessa sensationella nyheter slukas av andra ungdomar som en bättre detektivroman, och brottslingen kan sålunda komma att framstå som en idol för sina kamrater."

På konstitutionsutskottets vägnar uttalade Jones Erik Andersson den 11 april 1947 "att motionen icke måtte till någon riksdagens åtgärd föranleda". Motionären herr Pettersson i Ersbacken försvarade motionen i andra kammaren med följande ord:

> Det kan icke undgås att man får den uppfattningen, att våra tidningar, i synnerhet då våra middagstidningar, göra för stor affär av brott av olika slag. Den omständigheten att de ta in bilder av alla dessa unga förbrytare och att man kanske också skriver några vackra ord om dem kan locka mången in på brottets bana just för att få figurera på samma sätt. Den närmaste anledningen till motionen var historien med de s.k. sabbatssabotörerna, som ju hade mycket fuffens för sig. Det stod så mycket om dem i tidningarna att man måste anse att de, våra middagstidningar i synnerhet, lade ut texten lite onödigt mycket.

Och så vidare. Som synes handlar det om dagstidningar. JVM kunde inte beskyllas för att ha publicerat några bilder eller reportage om aktuella ungdomsbrottslingar. Konstitutionsutskottets ordförande, prosten Hallén, tog nu till orda. Efter att ha sagt en hel del floskler om fördumning av ungdomar, andetomma livsstilar och liknande dumheter sa han följande, vilket gör honom något större rättvisa än Lundwalls mer selektiva citatteknik.

> Det är klart att man varken kan eller får tillgripa censur eller restriktiva åtgärder i fråga om vår tryckfrihet. Det finns bara ett medel, och det är att riksdagens samtliga partier genom sina ungdomsorganisationer, från ungsvenskarna till kommunisterna, gemensamt sätta i gång en bojkott av dylika pressalster.

Till råga på allt så skedde detta uttalande efter det att sista numret av JVM/VÄ, då enbart kallad Veckans Äventyr, publicerades. Det var den 25 februari 1947, som sista numret (8/1947) av tidskriften kom ut. Halléns anförande skedde i riksdagens andra kammare inte förrän den 16 april 1947.

Att orsaken (både Halléns påstådda dödsstöt och attackerna i Vi och FiB) kommer efter verkan (JVM/VÄ:s upphörande) är förvisso en tidsparadox som hanteras i vetsagornas värld, men att denna anakronism skulle ha inträffat i Sverige 1947 får anses för helt osannolikt.

Harald Hallén tycks för övrigt ha varit en

intressant herre. Prosten besökte bland annat Sovjetunionen under sin tid som konstitutionsutskottets ordförande och mottog en medalj ur Stalins hand. Det var en på sin tid kontroversiell historia. Men han har också beskrivits som en empatisk själasörjare försedd med en bisarr humor.

I valet mellan Lenin och Tryckfrihetsförordningen tycks han i varje fall som synes ha valt Tryckfriheten och hans prästerliga kollega, finländaren Anders Chydenius, skaparen av vår Tryckfrihet, må vila tryggt i sin grav där borta i Finland. JVM:s hädanfärd har prosten inte på sitt samvete. Fast den där bojkotten ligger naturligvis den gode prosten i fatet, men någon JVM att bojkotta fanns alltså inte när han höll sitt anförande i riksdagen. Inte ens någon VÄ. Och de politiska ungdomsförbunden tycks inte heller ha hörsammat prostens uppmaning att bojkotta Aftonbladet och Expressen, som var de tidningar det handlade om.

Nu kan teorin om bristfällig papperstilldelning inte helt avskrivas. Den har helt enkelt inte blivit genomlyst. Flera tidningar fick dra ner på sidantalet, så visst kan bristen på papper ha varit en orsak bland flera till att JVM/VÄ försvann. Jag minns personligen hur jag som

13-åring varje tisdag försökte köpa tidskriften tills jag insåg att den försvunnit från marknaden. Papperstilldelningsteorin kanske är en uppgift för någon hoppfull, litteraturintresserad humaniststudent, som letar efter idé till en trebetygsuppsats. Noteras bör, som Ahrvid Engholm påpekat att pappersransoneringen inte berodde på att skogslandet Sverige led brist på papper. Det var en skapad pappersbrist beroende av att landets papper exporterades för att få in utländsk valuta.

Sammanfattningsvis kan man konstatera att JVM/VÄ hade en enorm genomslagskraft, framför allt under de första åren och på 1950-talet dök författare upp som skolats genom läsning av tidskriften. Även om Edmond Hamiltons kapten Frank-romaner brukar anges som magasinets kioskvältare, så innehöll tidskriften mängder av faktasier av olika slag, berättelser som kittlade hjärnfunktioner hos receptiva läsare. (Man ska ha klart för sig att alla läsare inte är mottagliga. Förmåga att ta till sig det hisnande är så att säga en förutsättning för att kunna uppskatta faktasier.)

Det var i alla händelser nytt och annorlunda och det var slagkraftigt, men effekten blev med största säkerhet betydligt större än den

Jules Verne-Magasinet i sin senare version, under namnet Veckans Äventyr. Innehöll fortfarande mycket science fiction, men utblandat med äventyrsberättelser.

skulle ha blivit om tidskriften publicerats under mer normala förhållanden. Senare tiders sf-fans vet inte vad de talar om när de uttalar sig föraktfullt om dessa berättelser. Dessa texter innebar en evolution i tänkandet hos tiotusentals människor. Varför? Därför att de innehöll idéer av ett slag som gick långt utanpå konventionellt tänkande i 1940-talets Sverige. Faktasier, vetsagor, science fiction handlar framför allt om just idéer, inte i första hand om litterär briljans. Skrönorna vände upp och ned på föreställningar, vanföreställningar och fördomar och skapade nya föreställningar, kanske också nya vanföreställningar. Och så där hemskt illa översatta var de inte. Vi som var med hade inga problem att sluka texterna.

När JVM började komma ut rasade ett världskrig, som tvingade ut den värnpliktiga befolkningen till kaserner någonstans i Sverige. Där var behovet av underhållning stort. Många som annars aldrig skulle ha upptäckt science fiction kom att läsa magasinet och det är uppenbart att det var en anledning till att den kom att läsas av skilda åldersgrupper.

När tidskriften i inkarnationen VÄ lades ned 1947 var förtrollningen bruten. Science fiction skulle aldrig mer på samma sätt trollbinda en lika stor andel av befolkningen. Ironiskt nog, med tanke på att denna bok handlar om svenska faktasiers litteraturhistoria, så var den redaktionella policyn att inte publicera svenska sf-författare, men magasinets verkningar kom att sträcka sig långt in i framtiden och utgör genom sitt inflytande en viktig del av genrens svenskspråkiga litteraturhistoria.

SVENSKA FÖRFATTARE TROTS ALLT

Eller ... redaktionen övergav faktiskt mot slutet sin gamla hållning att inte publicera sf av svenska författare. Under det sista halvåret i inkarnationen VÄ gick tre romaner som följetonger författade av en Arne Solbér. Sam J. Lundwall framhåller i sin stora bibliogra-

fi att detta sannolikt är en pseudonym för en svensk författare.

Den första berättelsen heter *Rymdens lag* (VÄ 43–51/1946). Det är en mycket märklig faktasi, en sorts rymdopera som utspelar sig år 2493 med tre laglösa herrar som utövar rymdens lag. Det hela är upplagt som en slags krönika, där vart och ett av de tolv kapitlen utgör en avslutad novell, var och en integrerad i en huvudhandling. Språket har, särskilt inledningsvis, näst intill gammaltestamentliga drag, som varvas med mera normal berättarteknik. Men detta bibliska drag dämpas allteftersom.

Alla avsnitten är kriminalhistorier och det är inte sällan som rymdmannen Peter Lorentz, vetenskapsmannen Mal Songo och den vise Allas Kan utdömer dödsstraff. Allas Kan känner till legender från alla platser i solsystemet och berättelserna interfolieras av de sägner han drar fram för att belysa de fall som de tre bestämt sig för att lösa. Språket är ledigt och känns inte som översättningar.

I det tredje kapitlet, "Historien om Aral Mana" förekommer en kriminell tandläkare som heter Allan Ringberg, en antydan om att författaren kan vara en svensk. Det åttonde kapitlet heter "Den goda prästen" och kan sägas vara kritik mot kristen förkunnelse som inte tolererar andra religioner. Prästen Ol Sini från Jorden har uppfört en kyrka på Mars och predikar att skaparen sänt profeter

att i hans anda leda solsystemet och är det inte sant, o, mina lamm, att dessa hans sändebud måste vara vi, ty vi är de, som hyllar honom, medan de andra hånskrattar och inte låtsas om honom. Och vilka ska gripa till makten och härska i solsystemet och införa den enda riktiga läran i rymden, och bestraffa alla dem som hånar den ende guden, om inte vi? O, mina barn, detta är förvisso vår uppgift.

Rymdens väktare ser ogillande på detta budskap som inte stämmer överens med den sekulära attityd och toleranta hållning som tillåter alla religioner och livshållningar i solsystemet. De ser i Ol Sini en man som vill tillskansa sig makt. De tar hand om och botar denne präst, vars verkliga namn visar sig vara Karl Andersson, ännu ett tecken som tyder på att författaren kan vara svensk.

Detta intryck förstärks när i det tionde kapitlet, "Rättegången mot I Sik", den kriminelle advokaten I Sik flyr för att undkomma väktarna och rymdens lag:

Han omvandlade alla ägodelar i frasande interplanetariska pantsedlar, packade sina kappsäckar, letade på rymdkartan ut en liten undangömd och föga känd stad i ett litet land på Tellus, som hette Sverige, och köpte en biljett dit.

———

När I Sik nästa morgon i vederbörlig ordning blev väckt av sin betjänt, drömde han inte om att det välkända ansikte som vördnadsfullt böjdes ner mot honom, var en fulländad mask, som dolde Peter Lorenz, rymdmannens anletsdrag. Han anade det lika litet då som senare, då rymdskeppet landade i det lilla jordlandets huvudstad. Från denna tog han bil till en liten stad i landets norra del. Ett raketskepp skulle nämligen väckt för stor uppmärksamhet.

På Venus, som bortsett från de platser där främmande inkräktare byggt stora städer, utgörs av en enda träskmark, lever planetens människor, som är med i flera av episoderna.

Infödingarna är grönhyade, ty de har det gröna klorofyllet i sina ådror i stället för det röda hämoglobinet. Detta förbryllade till en början forskarna, vilka som bekant omfattade den teorin att alla människor ursprungligen kom från en och samma planet (möjligen från något annat solsystem) och sedan, på grund av de svåra levnadsförhållandena på deras nya vistelseort förlorat kontakten med sin gamla civilisation, glömt bort konsten att bygga raketskepp samt under loppet av århundraden degenererats.

När man nu fann grönhyade män på Venus, medan alla andra var hämoglobinvarelser, tycktes detta strida mot nämnda teori. Men Osor, den store vetenskapsmannen, löste frågan. Han antog, att venusianerna långsamt acklimatiserat sig, fått en låg klorofyllhalt i blodet och så småningom fullständigt utvecklats till klorofyllvarelser, den gynnsammaste levnadsformen i dessa trakter.

Det sista kapitlet, "Ur Us, gentlemannatjuven", slutar med att väktarna utmanar Ur Us, vilket i sin tur leder till fortsättningsromanen *Giganternas kamp* (VÄ 2–5/1947). Ur Us är en lysande vetenskapsman. När han begärde pengar för ett epokgörande forskningsprojekt skrattade höga rådets experter åt honom och han fick tummen ned.

Lagens väktare erbjöd sig att finansiera hans forskning om han anslöt sig till dem. Han tackade nej och skapade en förbrytarorganisation som bestal höga rådet på enorma summor. När Ur Us kidnappar Ios O, den store diktaren, en av Peter Lorentz intimaste vänner, ställs saker och ting på sin spets. Kampen mellan väktarna och gentlemannatjuven är ett faktum. Väktarna utmanar Ur Us, som släpper Ios O och antar utmaningen. Om han förlorar kampen lovar han att ansluta sig till de tre väktarna.

Denna fortsättning är mer sammanhållen än föregångaren med dess elva novellartade kapitel. Berättelsen är en rejäl rymdopera. Mot slutet förverkligar Ur Us något som han länge drömt om att åstadkomma. Han gör sitt rymdskepp osynligt fyrtio år innan smygtekniken stealth förverkligades, bland annat med korvetten HMS Visby, som kom år 2000.

Det hade kostat honom otaliga sömnlösa nätter och bittra besvikelser innan han lyckats framställa den underbara kemiska föreningen translalium, vars atomer befann sig i ett särskilt energirikt tillstånd. När de träffades av synligt ljus omvandlade de detta i osynligt långvågigt ljus av en viss frekvens.

Dessa båda följetonger följdes av kortromanen *Tredje rymdkuppen* (VÄ 6/1947), där rymdens väktare med Ur Us blivit en kvartett. Och i påföljande nummer lovar redaktionen att försöka få nytt material från Arne Solbér.

Att redaktionen börjat svaja i sin uppfattning att inte publicera svenska faktasier visar sig i nummer 52, den 24 december 1946. En läsare hade då skrivit till tidningen: "Kunde inte läsarna få försöka skriva små bidrag i form av rymdberättelser och de bästa belönas?"

Tidningens respons var positivt:

Saken är klar! Korta rymdberättelser emotses tacksamt under adress: *Rymdberättelsen*, Veckans Äventyr, Box 457, Stockholm 1. Under varje vecka inkomna bidrag bedömes och de bästa införes samt honoreras med 15 kronor. Längden på berättelsen bör vara minst en sida och högst två i V.Ä. Samtidigt bortfaller för en tid "Veckans Äventyr" från läsekretsen. Så får vi se vilket ni tycker bäst om. Vi väntar oss verkliga Frank-saker.

Resultatet blev novellen "Rymdstekeln" (5/1947) av 15-årige göteborgaren Folke Wahlsten (född 1931 och när detta skrivs 2011 bosatt i Alingsås). "Rymdstekeln" utspelar sig 2014 och handlar om en ung forskare vid namn Phil Coron, som tillbringat flera år på Mars, där han studerat den lilla marsianska porisstekeln. Han är på väg hem till Jorden ombord på rymdexpressen "Saturnus", som överraskas av rymdpirater. Med hjälp av steklar som Phil har med sig hem avvärjs överfallet.

Men det var också allt. Det blev varken fler berättelser från läsekretsen eller av Arne Solbér. Och Folke Wahlsten, han berättar för denna boks författare, att han fick påminna redaktionen flera gånger innan han fick det utlovade honoraret, så kanske det bland annat låg ekonomiska problem bakom det faktum att VÄ tre nummer senare lades ner.

Tilläggas kan att vid sidan om de amerikanska originalillustrationerna och Eugen Semitjovs illon, en ny, troligen svensk illustratör med mycket karakteristisk stil, dök upp under de senare åren av JVM/VÄ:s levnad. Denna tecknare signerade sig vid några tillfällen Yvon Denize. Att det troligen var en svensk tecknare kan man gissa eftersom det var denna tecknare som illustrerade just Folke Wahlstens "Rymdstekeln". Så när Veckans Äventyr upphörde abrupt i och med nummer 8/1947 lämnade tidskriften efter sig flera frågetecken. Vem var Yvon Denize och vem var Arne Solbér?

JOHN WALLIS (INGEBORG NYLÉN)

Ingeborg Nylén var på sin tid en relativt flitig författare av deckare under olika pseudonymer i de på 1930- och 1940-talen existerande magasinen och hon ägnade sig också åt att översätta bland annat Anthony Hopes *Fången på Zenda*. Under täcknamnet John Wallis skrev hon *De osynliga vapnen* (Detektivmagasinet 28/1937), men trots titeln så är det inte frågan om sf. Romanen får snarast hänföras till deckargenren omöjliga mord. Med *De kosmiska strålarna* (Detektivmagasinet 22/1940) halkade hon i alla fall in på sf-området. *De kosmiska strålarna* är visserligen en deckare helt enligt rådande formula, men den kretsar kring ett sf-tema. En doktor Hummel har gjort en märklig upptäckt:

Notarie Berger reflekterade inte närmare över denna sin värds senaste uppfinning. Gång på gång hade han, medan han träget uppvaktade Ingrid, fått se prov på doktor Hummels geniala forskningar, men han hade aldrig haft ögon för något annat än flickan vid sin sida, och dessutom var han inte alls intresserad av naturvetenskap.

Men docent Helmer återfick nu talförmågan och räckte blek av upphetsning stålplattan till doktor Berglund, som även han rusat fram till det lilla mikroskopet.

– Har ni verkligen lyckats, doktor Hummel! utbrast han med en röst, som darrade av undertryckt upphetsning. Kan ni verkligen koncentrera och samtidigt begränsa den kosmiska gammastrålningen?

– Jag tror nästan det, svarade doktor Hummel blygsamt. Jag kom på saken för några veckor sedan, när jag höll på med några röntgenexperiment, som fortfarande inte vill lyckas riktigt. Men det här är bara en liten början, och det återstår oändligt mycket att göra, innan saken är klar. Jag är inte ens säker på att det är gammastrålarna, som är mest verksamma vid upplösningen av atomkärnorna.

Därmed övergår berättelsen till att bli en helt normal magasinsdeckare. Doktor Hummels apparatur stjäls, de två viktigaste sidorna i hans anteckningar om experimenten rycks ut av någon skurk och själv försvinner han. Det blir inte science fiction, men de kosmiska strålarna skulle snart visa sin strålkraft i Jules Verne-Magasinet.

KARIN BOYE (1900–1941)

Kallocain, Karin Boyes dystopi, som tillkom under några veckor sommaren 1940 och som publicerades ungefär samtidigt som JVM började komma ut hösten samma år, ter sig i dag som en typisk science fiction-roman i den depressiva genren. När den kom var den en eftersläntrare till 1930-talets varningsfaktasier och tolkades som en spegling av de totalitära makter som växt fram i Europa och som 1940 befann sig inbegripna både i samverkan med varandra och i krig mot demokratierna. Begreppet science fiction fanns inte ens hos oss i Sverige och veckotidningen JVM hade bara funnits i pressbyråkioskerna ett drygt halvår när Karin Boye begick självmord den 23 april 1941.

Både *Kallocain* och självmordet hade möjligen samband med att kriser i hennes personliga liv tvinnades samman med besvikelse över situationen i världen. Under resor i Sov-

jetunionen och Hitler-Tyskland hade hon – den en gång så entusiastiska medlemmen av Clarté – sett vad olika auktoritära tolkningar av socialism kunde leda till. *Kallocain* handlar om en totalitär stat, där människorna bevakas i hemmen av ett elektriskt polisöga och hembiträden spionerar på sin uppdragsgivare.

Hembiträdet, ett fenomen som fortfarande var relativt vanligt i Sverige när *Kallocain* kom ut, rapporterar i boken till myndigheterna om den familj de arbetar hos, en företeelse som vi efter det andra världskriget såg förverkligat i en rad östeuropeiska stater som Östtyskland, Rumänien och Albanien, där gårdsförvaltare och vaktmästare brukade ha en liknande rapporteringsplikt.

(Att hembiträdena i Sverige började att försvinna under 1940-talet ser vi ett tecken på i den vitsiga titeln *Varför blommar inte hembiträdet?* en kåserisamling från 1947 av Cello, täcknamn för Olle Carle, men det var faktiskt så som spionen Wennerströms landsförrädiska verksamhet kunde avslöjas så pass sent som 1963, då SÄPO anlitade hans hemhjälp Carin Rosén, som fann filmrullar med hemliga handlingar i hans hem, vilket ledde till hans avslöjande.)

Huvudpersonen i *Kallocain* är kemisten Leo Kall som uppfunnit en sanningsdrog, som döpts till Kallocain. Leo Kall upptäcker att han själv har statsfientliga tendenser och de anteckningar han gör om detta censureras:

I betraktande av det på många sätt omoraliska innehållet i förevarande skrift har Censorsämbetet beslutat lägga densamma till de farligförklarade manuskripten i Universalstatens Hemliga Arkiv. Att den icke helt och hållet förstörts beror på att just detta omoraliska innehåll av mera pålitliga forskare torde kunna användas som material, då det gäller att klarlägga mentaliteten hos de varelser, som bebo landet intill vårt.

Samma sorts attityd som Karin Boye sett i Sta-

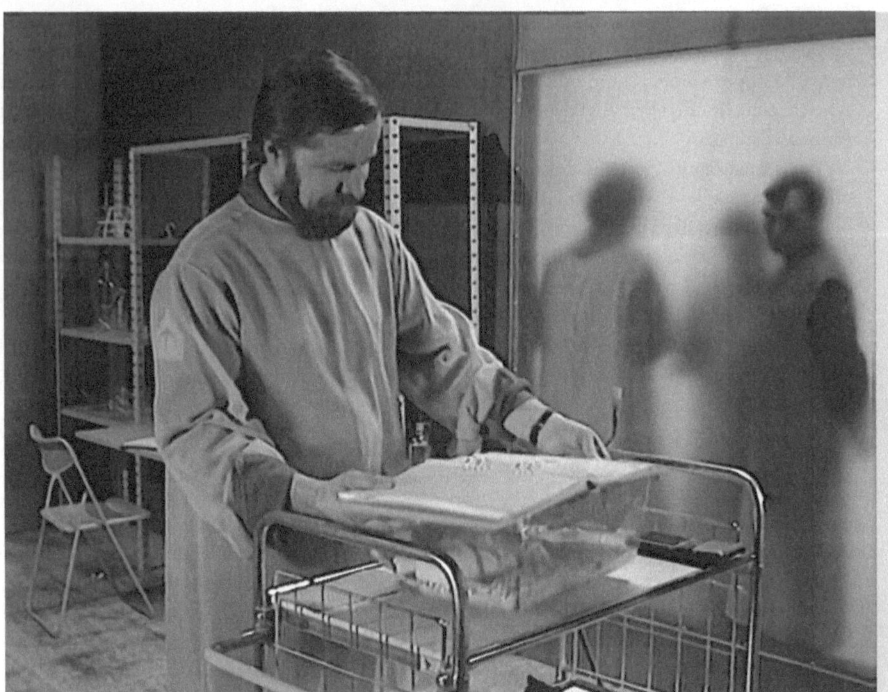

lins Sovjet och Hitler-Tyskland och som sedermera kom att prägla ministeriet för statssäkerhet, Stasi, i DDR. Under den nazityska ockupationen gjorde hon och Harry Martinson, den blivande författaren till *Aniara*, tillsammans resor till författarträffar i de ockuperade grannländerna Danmark och Norge, där hon till och med hade uppläsningar ur *Kallocain*.

En lista över böcker hon läste i gymnasiet upptar *Gud, den osynlige konungen* av H.G. Wells och hennes kommentar till den lyder: mycket bra. Carl-Adam Nycop har i sin memoarbok *Bära eller brista 1909–1944* (1970) berättat att Karin Boye var närvarande när sf-pionjären H.G. Wells kom till Sverige omedelbart efter krigsutbrottet hösten 1939.

Nycop:

De första septemberdagarnas snabba tyska pansarframgångar kändes bedövande. PEN-klubben hade ett sammanträde på Gyllene Freden i Stockholm där H.G. Wells var hedersgäst. Den trötte gamle framtidsvisionären talade om något ohyggligt som nu var i sin början. Och han slutade med att ge ett personligt råd till svenskarna:

– The only advice I can give you is this: stay out of it!

Hans tanke var att Skandinavien skulle kunna hålla sig utanför och "vårda kulturens frön för en framtida återuppbyggnad". Bland de dystra åhörarna satt Karin Boye, Poul Bjerre, Gustaf Hellström, Waldemar Hammenhög, Erik Lindorm, Gösta Gustaf-Janson och många fler.

Ahrvid Engholm menar att detta möte med ungdomsidolen kan ha varit en bidragande orsak till att Karin Boye mindre än ett år senare skrev *Kallocain*.

Margit Abenius rapporterar i *Drabbad av*

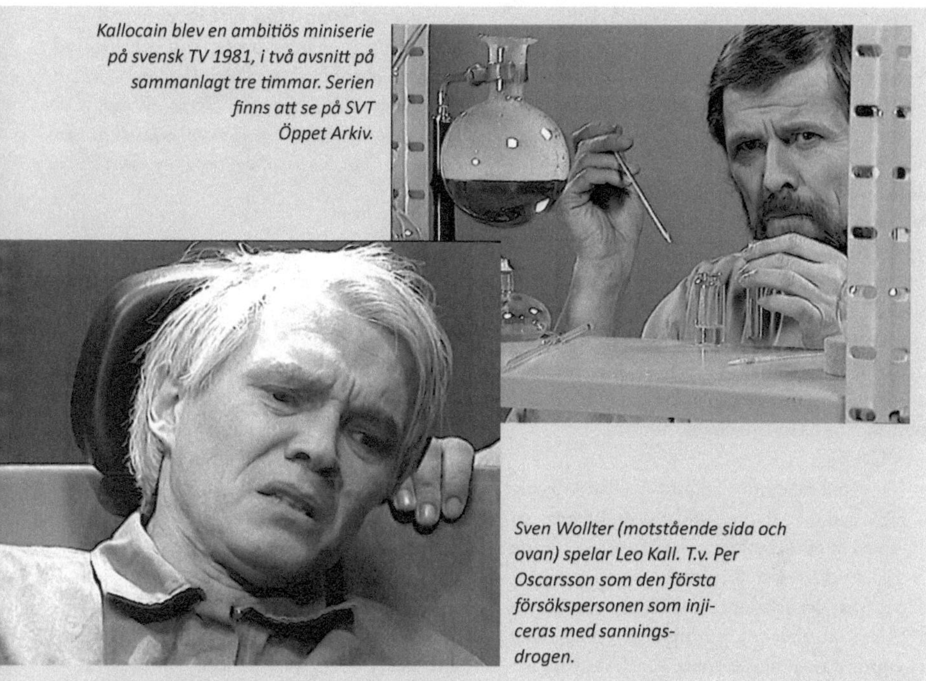

Kallocain blev en ambitiös miniserie på svensk TV 1981, i två avsnitt på sammanlagt tre timmar. Serien finns att se på SVT Öppet Arkiv.

Sven Wollter (motstående sida och ovan) spelar Leo Kall. T.v. Per Oscarsson som den första försökspersonen som injiceras med sanningsdrogen.

renhet (1950) att det hos Karin Boyes far Fritz Boye (1857–1927) fanns

inslag av nervös labilitet och han måste vid ett par kritiska tillfällen i sitt liv söka vård för akut nervsjukdom. Hans studiekamrater fann honom egendomlig, rentav bisarr. En av dem har berättat att Boye i sin ungdom skrev avhandlingar i tekniska ämnen, vilka plötsligt och oväntat kunde ta en fantastisk vändning, så att gränserna mellan verkligt och overkligt blev flytande. I maskinskift finns bevarat någonting som han kallat "Fragment af en framtidssaga", en egendomlig skapelse, ett mellanting mellan fantasier och reformatoriska projekt av olika slag. Vi befinner oss vid år 1, en av de många nya tideräkningar som påbörjats under årtusendenas lopp; allmän världsfred råder mellan samtliga planeter och rösträtten har utsträckts inte bara till alla universums mänskliga varelser utan också till de allra lägsta djurklasserna.

Så långt Margit Abenius. Att det som Fritz Boye skrev handlade om det vi i dag betecknar som science fiction visar följande citat mycket tydligt:

Man skref ånyo år 1. Redan många gånger hade världsalltets bebyggare under tidrymdernas lopp tagit sig anledning af någon utomordentlig tilldragelse, som hade inflytande icke blott på några enskilda solsystem utan på större delen af den bestående världen att börja på en ny tideräkning. Men senare visade sig alltid, att tilldragelsen ej varit af sådan vikt och betydelse, som man först trott, och man återgick därför till det gamla.

Denna gång trodde man dock, att man hade fullgoda skäl att stryka ett tjockt slutstreck i världsalltets häfder och börja på en ny afdelning. Nyligen hade nämligen en storartad öfverenskommelse träffats mellan allt hvad lif och anda hade uti hela den vida oändliga världsrymden, att endräkt, fred och sämja skulle härska hädanefter öfverallt och i alla tider. På samma gång hade beslutits, att hela sammanfattningen af skapelsens olika delar skulle bilda en stor fristat med ytterst fri författning...

Inte en dystopi som *Kallocain* utan en utopi. Vi kan alltså konstatera att Karin Boye redan på ett tidigt stadium via sin far och läsning av H.G. Wells på sätt och vis ingick i en sf-tradition. Hennes roman *Astarte* (1931) handlar om en förgylld skyltdocka, men är ingen sf. Följande citat ur *Astarte* visar dock att hon besatt kunskap om de motivkretsar och synsätt som återfinns inom science fiction.

> När vi hör talas om avstånden mellan solsystemen, svindlar vi inte. Siffrorna är för stora att kunna fattas av tanken, och när vi säger: "Tänk då!", hycklar vi en förvåning, som vi inte känner. Så är det också med de väldiga havsdjupen. Vi vet, att under en stormpiskad yta ligger en avgrund av vindlös skymning, och vi stirrar ner i de vattenlager, där ljuset småningom förlorar sig, som om vi såge in i en sovandes drömmar. Då och då hämtas vidunder upp i dagen: blinda eller självlysande varelser ur det eviga mörkret, rovfiskar med jättetänder, sagolika odjur med slingrande fångstarmar. Det är havets drömmar! Och vi spärrar upp ögonen, men i själva verket skrämmer vidundren oss inte, ty är vi inte alla framdrömda av krafter som vi tror om vad som helst, krafter som skapar de sällsammaste former i levande stoff, i kött och blod?

Det är intressant att notera att Karin Boye själv hävdar att *Kallocain* inte är en privat bok. Den är med andra ord en "ren" berättelse. Med hennes egna ord i ett brev till Ingeborg Holst: "Jag har aldrig nödgats hålla ihop en så pass stor bok utan ett uns av självbiografi." Det var kanske just därför som *Kallocain* blev så pass bra som den blev.

Ulrike Nolte är en tysk litteraturvetare, som varit djärv nog att skriva en avhandling om

svenska faktasier. Hon tycks emellertid sakna i stort sett all baskunskap om specificerad svensk science fiction. Så här skriver hon i sin inledning till *Schwedische "Social Fiction" Die zukunftsphantasien moderner Klassiker der Literatur von Karin Boye bis Lars Gustafsson* (2002):

> I förhållande till andra länder finns det blott en mycket liten sf-marknad, och det är därför överraskande många erkända inhemska författare, som vid sidan om sina "konventionella" verk företagit sig en kort utflykt i science siction. Detta arbete koncentrerar sig på sådana författare. De kan sammanfattas under begreppet "moderna klassiker". Därmed avses författare som är tillräckligt viktiga...

Noltes attityd känner vi igen från tongivande kulturmånglare i Sverige. Hon ägnar sig helt enkelt åt att analysera ospecificerad, föga representativ sf författad av svenska författare, som accepterats av den tongivande svenska kultureliten. Och man kan fråga sig vad som menas med "erkända författare". Vem erkänner? Vilken instans bestämmer? Vem har gett denna mystiska instans rätt att erkänna? O.s.v. Det hela har ett drag av ockultism över sig.

Sam J. Lundwall är så gott som den ende författaren av specificerad svensk science fiction hon tycks känna till och han tillhör förvisso genren utan reservationer. (Lars Gustafsson, som Nolte också behandlar, har visserligen inte skämts för att han skriver science fiction, men han tillhör ändå på sätt och vis samma kategori som de ospecificerade.)

Vladimir Semitjov, Sture Lönnerstrand, Dénis Lindbohm, Börje Crona, etc., som hör hemma i den svenska faktasins huvudfåror, vet hon inget om. Det är i sammanhanget mer udda författare som kommer ifråga. Av de fyra hon främst sätter strålkastarljuset på är förvisso Martinson en klassiker, Boyes storhet i genren har falnat och varken Jersild eller Gustafson kan betecknas som klassiker, i varje fall inte som sf-författare, där de hamnar i skuggan av exempelvis en genuin faktasiberättare som Bertil Mårtensson.

Om Karin Boye konstaterar Ulrike Nolte bland annat följande:

> Kallocain, en dystopi författad under intryck av det andra världskriget, är en science fiction-roman av den modernistiska författarinnan Karin Maria Boye (1900–1941). Hennes övriga prosaverk är i dag i stort sett glömda, vilket förmodligen beror på, att de var för experimentella för en bredare publik.

Man anar ett samband mellan Boyes faktiska konstaterande och Noltes förvisso riktiga iakttagelse att Boyes övriga prosaberättelser är glömda. Men där finns ju också Boyes dikter som fortfarande lever och lyser.

FOLKE MELLVIG (1913–1994)

Folke Mellvig var en av Sveriges flitigaste författare. Han spottade fram romaner, noveller, radio-, film- och tv-manus på löpande band. En riktig hackwriter. Mest känd blev han för privatdeckarparet Hillman som dök upp i bokform, som radio och på bio samt barnens tv-rysare *Kullamannen*. Mindre känt är att han producerade en stor mängd kärleknoveller för bland annat Tidsfördrif och Lektyr.

Han tycks inte ha funnit sf lukrativt, men i Tidsfördrif (43/1940) hade han en kärleksnovell som pekade in i framtiden på ett märkligt sätt. Novellen heter "Innan televisionen". tv var ingenting som man förväntade sig i Sverige 1940. Tyskarna sände tv från Berlinolympiaden och det var bekant från tidningarna att BBC började sända ljud och bild reguljärt från Alexandra Palace i London 1936, sändningar som abrupt avbröts i och med det andra världskrigets utbrott. Det sista som visades var Disney-filmen där Greta Garbo kysser Musse Pigg. När nummer 43 av Tidsfördrif utkom 1940 har sändningarna alltså varit avbrutna sedan ett år tillbaka. Nu handlade novellen om en man som blir förälskad i en telefonröst och efter diverse förvecklingar sker två förlovningar och novellen avslutas så här:

> Syskonparen firade dubbelförlovning.
> – Det här är verkligen en underlig försynens skickelse, sade Greta Ljunggren.
> – Ja, jag undrar om våra barn skulle tro oss om vi berättade det, svarade Barbro.
> Då log Berndt.
> – Vet ni vad de kommer att säga? frågade han.
> – Äh, det var innan televisionen!

Det intressanta här är att Mellvig troligen inte avser tv som sådan utan han tänker snarare på bildtelefonen, som ju aldrig slog igenom när den så småningom kom, men som i och med Internet har förverkligats med Skype. De båda parens framtida barn antas leva i ett samhälle där man ser den man talar med. Mellvig fick själv inte uppleva Skype, men han såg det komma.

BERNT ERIKSON (1921–2009)

Öyvind Fahlström skrev följande i Expressen 1954 om det poetiska experimenterandet bortom den för stunden rådande lyriska huvudlinjen:

> I fråga om att knåda satsbyggnaden har ju Gunnar Björling kommit ganska långt. Viktiga ansatser finns i Sture Lönnerstrands *Den oupphörliga (incestrala) blodsymfonien*, en "psykoanalytisk diktsamling" enligt författaren, ett kvalificerat pekoral enligt kritiken (ja, om bernt erikson också är ett pek.)

Den bernt erikson, som Fahlström här nämner, debuterade 1941 med *Namnet är människan*, sitt Opus I, och hans författarskap var vid den tidpunkten relativt "normalt" för sin tids litterära strävanden. Texterna var en sorts novellartade prosapoem. De var alltså inte helt fristående från de rådande skönlitterära trenderna men hade ingen beröringspunkt med samtidiga fenomen som Jules Verne-Magasinet och Karin Boyes *Kallocain*.

Men bernt eriksons trotsiga infallsvinkel på tillvaron blev allt tydligare med åren. Den stod på tvärs med alla trender och befann sig i full blom när Fahlström jämförde honom med Lönnerstrand. Sitt Opus IV kallade erikson *Se världshjärtat* (1946) och han gav det underubriken *Medvetandets primära resa*. Ett avsnitt hette "Kosmosmedvetandet vid alla källors källa".

Och kosmos blir allt intressantare i hans författarskap. Det förefaller som om han på ett helt annat sätt än sf-författarna tar det här med kosmos personligt. Opus VIII (1950) fick följdriktigt titeln *Porträtt av diktaren som oändligt universum* och han ägnar nästan hundra sidor åt att under rubriken "I mitt slut är min början" innesluta det mesta i tillvaron i detta porträtt, som är en form av självporträtt som kan appliceras på vem som helst som vill axla den kosmiska bördan.

I samlingens andra del, rubricerad "Det omöjliga är icke möjligt" tar han mot slutet i sin oupphörliga, monologmalande text, upp ett tema som känns igen i olika former inom faktasin:

> och vi ska inte lura oss av detnstandard-
> mänskliga!
> om hjärnan går sönder
> återstår några andra hjärnor som ju aldrig tar vid
> där den första slutade
> men ändå bevarar en viss, kvalificerad
> kontinuitet;
> och om alla hjärnor går sönder
> får rymdbollen vrida sig utan den gyllene glädjen
> ifrån tankens solidaste sammanhang.

Fem år senare i *Svarta solens salamander* Opus X (1955) vänder han sig till sina läsare och kritiker:

> Tillräckligt många av Eder har i tillräckligt många varianter gjort den anmärkningen att

universum ändå alltid segrar över författaren. O detta är i sanning ännu sannare än det är sagt. Universum är sannerligen så segerrikt att det tillochmed alltid segrat över Läsaren. I övrigt emotses som vanligt med största tacksamhet alla reaktioner mellan avrättning och kanonisering samt tillönskas Ett Verkligt Gott Liv.

bernt erikson fortsatte envetet livet ut att arbeta på det sidospår som han spårade upp vid sidan om den snitslade huvudleden i det insnöade skönlitterära landskapet. Låt oss notera att i likhet med Öyvind Fahlström, som på sitt alldeles speciella sätt prasslade med vetsagans tillbehör, så visar bernt eriksons författarskap fram drag som ligger i närheten av science fiction utan att direkt göra anspråk på att vara sf. Så här har han i alla fall beskrivit sitt författarskap:

> Min diktning kan ju också ses som ett slags partikelforskning, alltså en kosmisk medvetanderesa som splittrar upp det specifika motivet i substanser och låter den sprängda gestalten expandera i nya metamorfoser. Dessa substanser, dessa grundämnen i renodling utesluter givetvis gärna en vanlig konstnärlig struktur; lösgjorda partiklar virvlar som kroniska upplösningstillstånd inför det helhetslängtande ögat. Jag gestaltar substanserna, inte motiven; elementen och inte intrigerna; jag har kastat strukturkittet och blivit oläsbar.

bernt erikson beskriver på detta sätt sitt författarskap i termer som inte är faktasins teman och uttryckssätt främmande. Och motmätigt sin status i det kosmologiska sammanhanget tycks han se sig själv som "en fotnotsgestalt i litteraturhistorien" som "försvinner in i det egna ordlandskapet", en sorts motpol till porträtteringen av diktaren som ett oändligt universum.

bernt eriksons texter utgör förvisso ett ordlandskap. Han är dock inte bara pratsam utan också verbal och det i ett försök att i vad man skulle kunna kalla majestätisk storleksordning övervinna allas vår naturliga oförmåga att beskriva det enormt obeskrivliga. När han lyckas som bäst frammanar han faktasins svindlande mirakelkänsla – science fiction-genrens egensinniga *sense of wonder*.

När bernt erikson i författarlexikonet *Författaren själv* (1993) berättar om sig själv, så sker det med en viss Verfremdung. Det blir en metaartad beskrivning i tredje person, återigen med en rad sf-artade förtecken.

> Universalist, kedjad vid helheten (se världshjärtat). Partikelforskare, förlorad i den universella myriadiskheten (porträtt av diktaren som oändligt universum). Han var själv blott en av sina mångfaldiga partiklar, med lika små bokstäver (av exakt samma skäl). Lika barnaung som uråldrig kosmiker, reducerande tiden till en av tider, nödtorftigt inkarnerande mänskoåldrarna under samma hatthuvud. Fragmenterade världen, desorganiserade motiven, decentraliserade jaget redan 1944 i Gräset vajar på menedargraven. Kronisk resenär i medvetandet: först den ändliga Hamletresan, sedan världsresan, oändlig. Skapar inga – lyriska – historier men söker återskapa historien. Språkförvandlare, ordförbrukare, verbaltonsättare: i lyrikprosans form förvaltade han det krökta, komplexa, musikgenomströmmade språket. Bryter upp de reguljära diktformerna och luckrar upp meningen såsom byggsten: han sammansmälter ordvärden och meningsvärden med lika flytande tonvärden, låter ironi, självironi, satir, imitation och skällvar inta sina alternativa positioner, mångförgrenar allusionerna (oftare existentiella än litterära).

I den postuma *Finns egentligen inte men bor i frusen musik* (2011), vars omslag visar Kattögonnebulosan, anges scenen som allestädes och tidpunkten som alltid. En refräng ur hans tidigare böcker. Här heter det också att "amöban konfronteras med atomen och blir inte längre den minsta på Jorden. Ett öga färdas genom rymden, söndersprängt av syner, budbärare från ingen, sätter både tiden och rummet ur spel och vandrar bortom kronologin" där "framtiden lösgör sig ur sina förutsättningar" och "ingen knappnål faller i universum utan att distrahera tystnaden".

LEIF OLOF BECKMAN (1901–1969)

Denne författare, journalist och historiker tog sin fil. mag. 1935 och skrev noveller, äventyrsromaner och historieböcker. Bland annat tog han sig an sjörövarnas, kaparnas och fribrytarnas historia i den 1945 utgivna *Pirater och kapare*. Med *De sex på Baltikumexpressen* (1941) gjorde han sitt troligen enda nedslag i faktasiernas värld.

Det är en bok i de gamängartade skälmarnas tradition, som Anders Eje och Frank Heller före Beckman så framgångsrikt förvaltat. Beckman talar om "förläggaren, som mot bättre ekonomiskt vetande utger denna bok. Ty vem köper en novellsamling? Endast de icke tankelata och dessa äro lätt räknade." *De sex på Baltikumexpressen* är alltså en novellsamling om tio noveller, som alla har samma huvudpersoner.

I novellen "Revolution i etern" har uppfinnaren Edward J. Dryden skapat en maskin som "genom riktstrålar kunde påverka utsändningsstationer, så att han genom en ganska ringa utsändningskapacitet kunde få radiostationerna själva att förstärka hans ljudvågor till stort förfång för den ordinarie utsändningen, som nästan helt dämpades."

Med andra ord en perfekt störningssändare med vars hjälp det gick att störa och terrorisera radiobolagen och på så sätt tvinga dem att köpa uppfinningen. Den 15 mars någon gång på 1930-talet testas maskinen på Vatikanradion, där Monsignore Rosenmeyer talade till "den hårdarbetade marken på Skandinaviens isiga missionsfält". En röst överröstade detta missionsarbete med ett föredrag om påvarnas allt annat än fromma leverna på 1600-talet. Vatikanen föll undan för utpressningen och sedan föll den ena statens radioföretag efter det andra. Med detta anslag har Beckman pekat ut riktningen.

Idén med störningssändare kom att utnyttjas av Sovjetunionen under det kalla krigets dagar efter det andra världskriget. Främst stördes sändningar på ryska från Voice of America och BBC World Service.

I "Mr Birk-Holmes och den syntetiska hönan" uppfinner Edward J. Dryden en konstgjord höna, som ska lägga ägg på vintern, då det annars tydligen var ont om äggläggning på 1930-talet. "Havsdjupens besegrare" handlar om ett försök att lyfta linjeskeppet Santa Teresa, som på 1500-talet enligt opålitliga traditioner anses ha gått under med en last av guld. Det hela kompliceras av att man ger sig på fel vrak. I den stilen går det och uppriktigt sagt så är Leif Beckmans jargong påfrestande. Språket är överlastat och segt att ta sig igenom och i den mån hans idéer har faktasistuk så drunknar det i den sega framställningen.

DEN TECKNADE SF-SERIEN

Tecknade serier hade funnits sedan slutet av 1800-talet, men de flesta svenska originalserier som dök upp i 1900-talets veckotidningar var djupt rotade i den inhemska myllan med buskis och humor som Elov Perssons *Kronblom*, Torvald Gahlins *Klot-Johan*, Rudolf Peterssons *91:an Karlsson*, Peter Lindroths och Erik Palms *Nicke Jocke Majken* och Knut Stangenbergs *Fridolf Celinder*. Helge Forsslunds *Filimon* ej att förglömma.

Möjligen skulle man med viss tvekan kunna hänföra Knut Stangenbergs *Münchausen-Bravader* som gick i Vårt Hem till utkanten av fantasy & sf genrerna. Münchausen, hemmahörande i Lettland, red ju på kanonkulor och trotsade tyngdlagen genom att lyfte sig själv i håret.

Det som kunde rubriceras som science fiction var under 1920- och 1930-talen importerade serier som *Willy på äventyr*. Denna långlivade serie gick i Allers åren 1923–1975.

Ursprungligen brittisk tecknades den sedermera i Danmark. En annan serie med sf-anknytning var *Tom Trick* som 1937 dök upp i en rymdsnurra i Hemmets Veckotidning. Den var importerad från USA där den hette *Brick Bradford*.

Den viktigaste sf-serien var utan tvekan amerikanen Axel Raymonds 1934 skapade och mycket vältecknade *Blixt Gordon*. Den dök så gott som genast upp i Min tidning 12/1934 och kom sedermera att gå i Levande Livet medan *Buck Rogers*, som skapades redan 1921 av Philip Francis Nowlan, tycks (peppar, peppar!) ha gjort sin svenska debut i Teknik för Alla först 1940.

Faktum är att science fiction i högre grad och mera systematiskt vecka efter vecka förmedlades via dessa importerade serier än via berättelser i veckotidningarna, där det var långt mellan de faktasiartade inslagen. 1940-talet skulle emellertid innebära tillkomsten av en rad svenska sf-serier.

Sveriges första sf-serie blev *Flygkamraterna* av Bovil (Bo Vilson) med början i 2/1941 av Folket i Bild, en pojkserie med tydliga faktasiinslag. Tre svenska pojkar finner ett tyngdkraftsupphävande klot i Sydamerika och med detta fenomen bygger de flygplanet Magikom som har hisnande egenskaper. Sedan konstruerar de det ännu mer avancerade flygplanet "Flyghajen", som är försett med "hajfenor" lite här och var. Flygkamraternas äventyr utspelar sig bland annat i Inkariket och de hamnar också i Atlantis och Nordpolen samt i havets djup.

Bovil tecknade vidare fantasyserien *Tusen och en natt* i Vecko-Revyn från 1944 och flera historiska äventyrsserier med fantasysmak som *Fältskärns berättelser* i Levande Livet, *Göingehövdingen* i Allt, *Harald Handfaste* och *Sinhue Egyptiern* i Året Runt samt de först 1992 publicerade experimentserierna *Dag och Liv*, *Dag och Vara* samt *Gudasagan*, alla tre med inslag av fantasy och mycket egenartade och sannerligen synnerligen lovande. Bovil som var född 1910 avled redan 1949 och det är alldeles uppenbart att han då hade mycket ogjort. Sonen Björn Vilson har presterat en monografi över sin far med *Boken om Bovil* (1992).

BJÖRN KARLSTRÖM (1921–2006)

1941, mindre än ett halvår efter *Flygkamraterna*, dök Björn Karlströms Blixt Gordon-pastisch *Jan Winter* upp. Serien publicerades i Kungliga Svenska Aeroklubbens (KSAK:s) officiella organ Flygning med början i 10/1941. Löjtnant Jan Winter blir nedskjuten i polarregionen och hamnar i en okänd civilisation med en undervattensvärld och ett fastlandsrike, som båda styrs av kvinnor.

Serien upphörde efter ett och ett halvt år, men Karlström skapade i stället *Johnny Viking*. Den var så lik *Blixt Gordon* att den till och med uppfattats som snudd på plagiat. I *Vår ungdoms hjältar* (1978) skrev Stellan Olsson: "Sen kom en svensk Blixt Gordon, som hette Johnny Viking. Den tecknades av Björn Karlström och publicerades i Vecko-Revyn. Jag var tidigare en varm beundrare av Björn Karlströms teckningar i olika flygtidningar och drömde om att kunna teckna som han. Men fick man verkligen efterapa på det sättet som han gjorde? Det behövde man inte vara så gammal för att fundera över."

Nu handlar det inte om ren plankning. Varifrån inspirationen till Johnny Vikings fajt med en drake kom råder det emellertid ingen tvekan om. Förebilden var Alex Raymonds *Blixt Gordon*. Men Karlström kalkerade inte. Han tecknade nästan likadant som Raymond på fri hand och använde likartad handling. Karlström kan i sammanhanget snarast beskyllas för bristfällig originalitet både bild- och storymässigt.

Björn Karlström var en av pionjärerna i Sverige med tecknade serier i faktasigenren. 1946 tecknade han i Året Runt serien om förminskade människor som färdas inne i en människas kropp. *Resan i människokroppen*. Ba-

"*Flyghajen*" bär en helikopter på ryggen över Stockholm i Bovils serie Flygkamraterna.

serad på samma idé som Arne Tallbergs "lärobok" *På upptäckarfärd i människokroppen* (1934; 1939).

Professor Wise har uppfunnit en metod att förminska människor och förstora dem igen.

Han gör det genom att moderera de sammanhållande krafterna i kroppens atomkomplex. Han kan reglera storleken. Han tänker nu förminska några frivilliga som låter sig förminskas och injiceras i en sjuk människa kropp i förhoppningen att kunna bota patienten, som annars kommer att dö.

Hos Karlström injiceras två män och en kvinna i en åder och hamnar direkt i en rinnande blodström. Inne i kroppen pågår ett krig mellan leukomännen, som är kroppens soldater, och TBC-artade bakterier. De tre människorna uppfattas som kroppens fiender och de anfalls av leukomännen, som kör omkring i kroppen i små raketskepp. Människorna vet att dessa bara gör sin plikt, men de måste ändå försvara sig.

Det hela är rena rama rymdoperan, fast den utspelar sig i den inre rymd som kroppen utgör. De tre människorna upplever alla tänkbara äventyr. De finner en bastion, som är en bakteriekultur och blir infångade av humanoida bakterier. De kan stå i kontakt med professorn utanför kroppen med hjälp av tvåvägs-tv, en sorts bildtelefon före Skype. Till sist lyckas man ta kål på fienderna, patienten räddas till livet och professorn kan suga upp dem i en injektionsspruta och dra upp dem till normal storlek.

Björn Karlström stod inte för manuset. Det gjorde signaturen B. B-nd. Tio år senare fattade Björn Karlström pennan och återkom till Året Runt (26/1955) med *Dödens planet*, "sommarens stora science fiction-följetong för ungdom i alla åldrar!" Här framträdde han själv som faktasiförfattare och illustrerade naturligtvis sin roman.

De båda amerikanska grabbarna Frank och Peter i Montana ser ett eldklot slå ned i närheten av den plats där de campar. De går fram

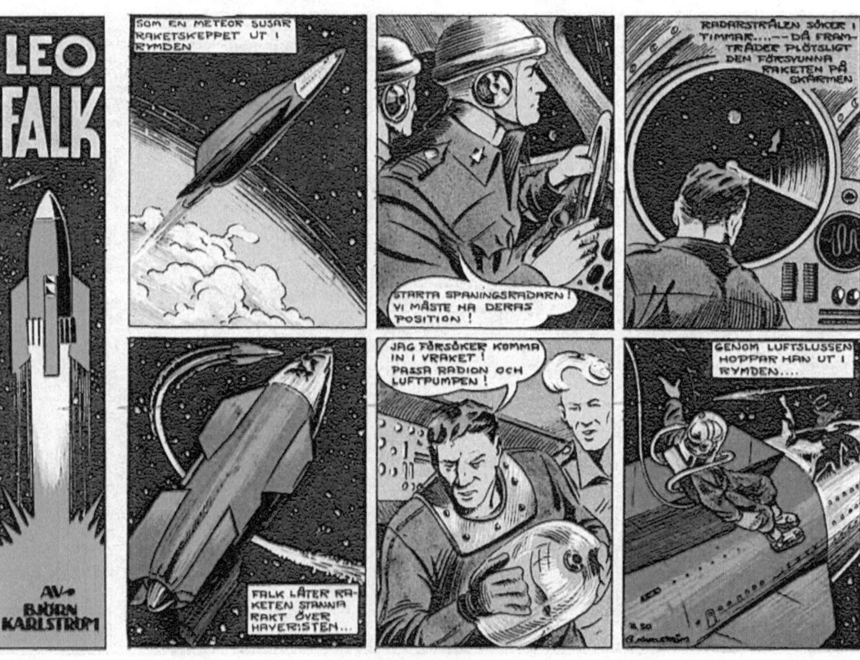

Stilprov på Björn Karlströms seriekonst. Leo Falk var hans tredje sf-serie, som publicerades i Teknikens Värld 1949-1952.

till kratern. Ur den stiger upp genom luften ett par glimmande metalltuber. De griper pojkarna och tar med dem in i ett flygande tefat. Det visar sig att tuberna är metallrobotar som på telepatisk väg talar om att de kommer från Mars och nödlandat för att reparera en skada. Tyvärr måst de ta med sig Peter och Frank till Mars för det får inte komma ut på Jorden att det på Mars finns en döende människoras som styr planeten.

Äventyren avlöser varandra i raskt tempo och det är ingen tvekan om annat än att Karlström vet hur en slipsten ska dras. När tefatet håller på att krocka med marsmånen Phobos innesluter robotarna de båda grabbarna i var sin genomskinlig plastbubbla och de släpps ut i rymden.

Snett ovanför dem hänger Mars som ett ofantligt lysande monstrum till klot. De ser de karakteristiska kanalerna sträcka sitt glesa, rakskurna nätverk från pol till pol på planetens ockralysande yta. Nere på Mars blir pojkarna åtskiljda. Frank lyckas fly från robotarna och under sin flykt genom tunnlar hamnar han framför en dörr:

Han slet upp den och stannade blinkande som en bländad fladdermus i dörröppningen. När ögonen vant sig vid ljuset såg han en blek långsmal gestalt resa sig ur en vätskefylld glaskupa. Gestalten tycktes minst lika överraskad som Frank över det hastiga mötet. Frank stirrade häpet på den egendomliga gestalten som reste sig ur det vätskefyllda halvklotet. Varelsen var blekgrön till färgen och hade onaturligt spinkiga extremiteter på den nästan jämntjocka bålen som i sin övre ände hade ett groteskt ansikte. Huvud i egentlig mening saknades. Öron och näsa var trattlika utväxter och den senare arbetade rytmiskt i takt med varelsens andetag. Den stirrade med uppenbar förskräckelse på Frank som stängde dörren efter sig när han steg in i rummet.

Sådan är Karlströms version av marsianen.

Historien leder som alla äventyrsberättelser till ett lyckligt slut. De båda robotarna återbördar efter allsköns upplevelser Frank och Peter till Jorden. Avsnitten är illustrerade i Karlströms karakteristiska stil.

Björn Karlström var mycket produktiv. Han tecknade också *Leo Falk* i Teknikens Värld och illustrerade både omslag och insidor till många faktasi- och Biggles-böcker, gjorde modellflygsritningar och flera tecknade serier, varav några inom science fiction-genren. En parodi på science fiction var serien *Rymd-Johan* i Hobbyfolk 1949.

ALLAN LÖTHMAN (1900–1969)

Allan Löthman var på sin tid Levande Livets husillustratör. Hans lockande färgomslag hängde i pressbyråkioskerna. Han bidrog med en svartvit, tecknad serie till ˮSverige-indragen-i-framtida-krigˮ genren, eller kanske snarare ˮsamtida-krig-genrenˮ. Serien *Luftinvasion i Sverige* (LL 47/1942–4/1943) handlar om en fientlig invasion. Det sägs inte vem fienden är, men med tanke på att det andra världskriget rasade som bäst, och svenskarnas flygdivisioner i serien består av J 9:or (det amerikanska jaktplanet Jeversky Republic EP-106) inser man att det handlar om vad som kunde ha hänt om Sverige invaderats.

Hjälten i serien är hemvärnspojken Karl-Erik. Och det går vägen för svenskarna. Fienden har intagit samhället Brovalla och två svenska flygdivisioner attackerar fiendens transportflotta som konvojeras av jaktflyg. Så här lyder texterna under de sex sista bildrutorna i det tionde och sista avsnittet av serien.

Några fiendeplan har lyckats ta sig igenom mot Brovalla, men kapten Hermansson och Åke förföljer jaktplanen, medan kamraterna ˮtar hand omˮ transportmaskinerna.

Efter en segsliten strid är de två jaktplanen expedierade, och det sista transportplanet, som vill nödlanda på Brovallafältet, slår runt i ett granathål …

Segern är vunnen. Tack vare snabbheten och beslutsamheten hos de svenska styrkorna har fienden tvingats kapitulera.

Järnvägen är snart reparerad, och länge dröjer det inte förrän det första transporttåget med ammunition och livsmedel rullar mot gränsen.

I de andra officerarnas närvaro berättar bataljonschefen hur Karl-Erik utspionerade fiendens rörelser och hur effektivt han deltog i striden mot inkräktarna.

Sverige har heder av en sådan hemvärnspojke, säger majoren, som antyder att belöningen inte ska utebli. – Just då hörs en högtalare från rummet bredvid...

"Enligt vad högkvarteret meddelar, har alla fientliga motståndsnästen på svensk mark nu sprängts. Vid gränsen blev fienden idag på morgonen efter hårda strider definitivt kastad ur landet."

Serien ansluter sig till beredskapsandan som rådde i Sverige vid denna tidpunkt. Tomas Löthman säger att hans far aldrig skrev texter. Han misstänker att författaren möjligen kan ha varit Karl-Aage Schwartzkopf (1920–2009), som var en mycket effektiv journalist och hackskrivare. Allan Löthmans viktigaste bidrag till faktasigenren var annars en rad inspirerade omslag samt illustrationerna till LL:s novellserie "Mellan fantasi och verklighet", inte minst i dess andra andning med Sture Lönnerstrands noveller som 1953 började publiceras i LL.

JOHN EINAR ÅBERG (1908–1999)

Om Zeus kunde skicka sin dotter Glädjen till Jorden och Indra kunde låta sin dotter göra samma resa, så varför skulle inte Oden kunna skicka sonen Vidar ner på Jorden, närmare bestämt till Stockholm. Så sker i Einar Åbergs debutroman *Vidar Odensson* (1942). Oden tycker att det har varit ont om nyheter om vad människorna har för sig. Hela första delen utspelar sig i Valhall, men i andra delen promenerar Vidar in i Stockholm via Hornstull.

Det blir en omskakande upplevelse för honom att hamna mitt i trafiken och trängseln. Överväldigad betraktar Vidar med skygg vördnad alla människor som skyndar förbi under stor brådska. Men han lär sig. Han upptäcker att man byter varor mot metall och får på det sättet klart för sig vad pengar är. I denna tillvaro får han ett jobb som biografmaskinist och han förälskar sig i en Stockholmsflicka. Till skillnad från Helena Nybloms saga och August Strindbergs drömspel, så är *Vidar Odensson* en satir och den har inte åldrats påtagligt med åren.

Einar Åbergs litterära insatser är inte helt bortglömda. Han skrev boken *Änglar, finns dom, pappa* (1955) som filmatiserades med ordet "pappa" borttappat i filmtiteln. Han skrev också *Inrikesministern* (1968), som tappade ordet "Inrikes" och blev film med titeln *Ministern.*

ERIK LINDEGREN (1910–1968)

Erik Lindegren tillhör de där storartade poeterna, som verbalt tycks segla ovanför parnassen, samma kategori, där man bland de så kallat erkända poeterna också finner Erik Johan Stagnelius och Paul Andersson med sina sällsporda förmågor att uttrycka sig. Lindegren kan med fog sägas ha en anknytning till faktasigenren, inte främst för att han skulle komma att göra librettot baserat på Harry Martinsons text till rymdoperan *Aniara*, utan därför att det i hans lyrik finns tydliga ansatser till världsalltet och evigheten och det med den där hisnande förnimmelsen som återfinns i sf-litteraturen. Däri påminner han om bernt erikson, men Lindegrens metaforer är surrealistiska, bernt eriksons är mer "jordnära" om begreppet tillåts i någon sorts överförd bemärkelse.

Lindegrens begrepp "de obegränsade möjligheternas land" (1942) är i sitt sammanhang en pessimistisk variant av Johan Krooks 200 år tidigare utvecklingsoptimistiska uttalande: "Nei, tacka wil iag wår högtoplysta tid wi lefwa uti, wi weta intet mera af några omöjeligheter ..." (1741) Båda begreppen skulle kunna sättas som deviser över den idéexplosion som förekom i den amerikanska pulpkulturen under andra kvarten av 1900-talet.

Det var nog ingen slump att Kristina Hallind med sin bakgrund i science fiction 1978 kom att skriva sin doktorsavhandling om Erik Lindegrens förhållande till Halmstadgruppens konst. Gruppens surrealism öppnar mentala portar i den faktiska verkligheten ut mot de förnimmelser som präglar sf-genrens skrönor om svindlande yttre tillstånd i tillvaron och inre tillstånd av yrsel i det undermedvetet omedvetna. När Kristina Hallind långt senare i livet, nu som lärare i Lund, intervjuades i Sydsvenskan 2005 kunde man läsa följande:

> – Science fiction är spännande, det här med nya världar som öppnar sig. Det är något som jag har sett komma tillbaka med det stora intresset för fantasy, och det är roligt att kunna dela det intresset med sina elever.
>
> Bland annat har det visat sig att det går bra att integrera Harry Potter i engelskundervisningen. Själv tycker Kristina Hallind att Harry Potter är spännande, särskilt i hur böckerna visar ett annat skolsystem än det svenska. Och att det skulle vara någon stor skillnad mellan ultramodernisten Erik Lindegren och barnboksikonen Harry Potter går hon inte med på.
> – De är inte alls långt ifrån varandra! De utgår båda från den här världen och inre upplevelser av den, och så skapar de om den till en parallellvärld som är lite magisk, säger hon.

Och intervjuaren fastslår:

> Kristina Hallind är den typen av litteraturälskare som inte kategoriserar i fint och fult. Hon är intresserad av litteraturens funktion men inte av snobbiga absoluta kvalitetskriterier.

Erik Lindegren var säkert också han intresserad av litteraturens funktion men han hade – i likhet med människorna i den kulturkrets han rörde sig – snäva kvalitetskriterier, vilket bevisas av att han 1947 tillsammans med 61 likasinnade kulturknuttar skrev under manifestet för att stoppa utgivningen av icke önskvärd litteratur, det vill säga det som vid denna tidpunkt i den svenska tryckfrihetens historia kallades "kolorerad veckopress".

Vi ska inte kasta ut Erik Lindegrens lyrik med detta solkiga badvatten. Utöver alla övriga kvaliteter, som vi inte har anledning att diskutera här, är hans diktkonst fylld med metaforer och bilder som ligger i fas med sf. Dikten "Kosmisk moder", författad likt en bildtext till Waldemar Lorentzons magnifika tavla *Kosmisk moder* (1935), är ett utmärkt exempel. Tavlan inspirerade Lindegren till att tala om "dina vintergators andning", "en dröm bortom drömmens berg och verkligheten" och "medvetslös dröm i dina ögons stjärnbild". I diktsviten "Pastoralsvit" (1947) finner vi följande anspelning

> för att vårt rede är våra vingar
> träffas vi plötsligt av rymdens pust
>   och måste förskingras
> som yrselfött skum och länsande moln
> men ännu ser vi Jorden som en dunkel spegel
> och ännu skymtar vi varandra i dess gröna sjö
> som sjunkna stjärnor ser vi våra lemmar glimma
> och som rök i storm ser vi våra läppar formas
> och virvla bort och drunkna –
>
> för att vårt enda rede är våra vingar
> känner vi mörkret breda sina stjärnstänkta
>   vingar
> för att flyga bort med en jord utan namn

Det bör noteras att Artur Lundkvist har avslöjat att när manuset till *mannen utan väg* vandrade runt på det stora förlaget så skrattade lektörer och redaktörer åt texten, som Erik Lindegren fick ut på eget förlag. Den lästes högt i korridorerna som dårdikter. Samma reaktion som tio år senare – tyvärr på ett mer avgörande sätt – drabbade Sture Lönnerstrands *Den oupphörliga (incestrala) blodsymfonien*, en diktsamling som just Artur Lundkvist brukade läsa högt ur.

EUGEN SEMITJOV (1923–1987)

Året efter *Johnny Viking*, 1943, kom *Allan Kämpe* av Eugen Semitjov, som under en kort tid arbetat under Björn Karlström. Även *Allan Kämpe* hade en viss, mer avlägsen likhet med *Blixt Gordon*. Men Semitjov förhöll sig betydligt självständigare gentemot förebilden och frigjorde sig så gott som från första början från föregångaren. Sitt intresse för science fiction och rymdfart hade stockholmsfödde Eugen fått från sin pappa Vladimir Semitjov. Han hade helt enkelt science fiction och rymdfart med sig som en del av sitt uppväxtarv.

Det har här ovan sagts att JVM skröt med sin policy att inte använda sig av svenskförfattad science fiction. Däremot hade man inget emot att engagera en svensk illustratör. Det blev bland annat Eugen Semitjov som gjorde en hel del insidesillon i svartvitt, däribland för romanen *Kapten Frank bygger en ny planet*. Vidare gjorde han en stor mängd omslag i färg åt JVM.

I novellen "Tillbaka till framtiden" (Lektyr 20/1960) surfar Eugen Semitjov på tidsdilatationen. Tre jordmänniskor reser år 2003 ut för att kartlägga planetbanorna kring Carigas tredubbla solar. Efter tio år återvänder de till Jorden, där det på grund av tidsdilatationen har gått 200 år. De ser tillbaka på sin färd:

> Vi kommer från världar så svindlande avlägsna och så svindlande olika Jorden att en människa som aldrig varit utanför solsystemet skulle tvivla på deras existens. Vi har stått på planeter som vandrat i slingrande banor kring tredubbla solar, sett naturer som skiftat och ändrats i oräkneliga årstider. Röda vintrar och blåvita somrar har avlöst varandra. Fuktdrypande djungler har förvandlats till öknar, inlandsisar har

smält till kokande hav. Vi har mött manetliknande stratosfärsväxter och flytande öar av förstenat liv.

De ska landa på sin hemplanet och plötsligt känner de igen konturerna – det är Skåne och Öresund. Malo ... det måste vara det forna Malmö! Men Malo påminner inte alls om Malmö. Staden är ett väl planerat geometriskt system av plast och stål och stadens centrum täcks av ett genomskinligt tak av plast. Som i så många tidigare "återkomst till Jorden"-historier upptäcker de att de släpar efter i alla avseenden. På Jorden vet man redan allt om planetbanorna kring Carigas tredubbla solar. Ingen förvånas över deras återkomst. Det återkommer ständigt människor från det förflutna. De saknar tidsenlig utbildning och får inget att göra. Deras astronaututbildning motsvarar inte tidens krav. De får leva gratis, men ingen bryr sig om dem. De drabbas av tristess och lyckas ta sig till sin gamla rymdfarkost innan den skrotas. Man anar att de kommer att ge sig av och leta reda på en tillvaro som motsvarar deras behov att bli sedda.

I skrivande stund har inga planetbanor kring tredubbla solar ännu noterats, däremot har planeten Kepler-16b av Saturnus storlek visat sig cirkla 200 ljusår från oss kring två solar. Detta upptäcktes 2011 och 2012 upptäcktes planeten PH1 som ligger 5 000 ljusår från oss. PH1 rör sig kring två solar och runt dessa solar rör sig ytterligare två solar. Eugen Semitjov var rätt på det.

Med tiden skulle Eugen bli en framstående rymdjournalist. Han lär ha varit den ende rymdjournalisten som var lika väl sedd vid de ryska uppskjutningsplatserna som vid Cape Kennedy (numera Cape Canaveral) i USA. Han belönades med stora journalistpriset för sina reportage och böcker i ämnet.

Vid sidan om *Allan Kämpe* skrev han också sf som han illustrerade, däribland novellen "Framtiden skall bekräfta ..." i Teknik För Allas julnummer 1945 samt bland annat ung-

Allan Kämpe passerar genom Jupiters atmosfär i Elektro-raketen (1954), f.ö. en serie där Eugen Semitjov använder åtskilliga scener från fadern Vladimir Semitjovs roman 43.000.000 mil genom världsrymden (1936).

domsböckerna *Tex på farligt uppdrag* (1956), *UFO-fjället* (1978)[1] och *Mannen från framtiden* (1978).

Fyra filmrutor (1952) anspelar på 1930-talets spökflygare. Fyra filmrutor hittas efter stor dramatik där de bortklippta kastats bort från en smalfilm tagen på Marsfjället, och visar sig ha ett sensationellt innehåll:

---

1 Omarbetning av *Fyra filmrutor*.

Alla fyra filmrutorna visade exakt samma scen. I förgrunden utbredde sig en vit snösluttning och längre bort låg en liten frusen fjällsjö. Sjöns motsatta strand bredde ut sig till ett platt fält för att direkt övergå i en tvärbrant fjällvägg. Solen hade tydligen sjunkit bakom fjället och dess toppar tornade sig som mörka taggar. Vid fjällets fot syntes en låg, svart rektangel. Det såg ut som en port i fjällväggen. Framför den stod några figurer. Ett tiotal meter ovanför dem i luften svävade ett metallglänsande föremål, som såg ut som en gigantisk diskusskiva. Den var åtminstone tjugo meter i diameter.

Pojkarna trängde ihop sig framför förstoringsapparaten. De trodde inte sina ögon, men metallkroppen syntes tydligt på alla fyra bilderna.

– Det är ett "flygande tefat", sa Svante långsamt med tonvikt på varje ord och upprepade på nytt som om de andra inte hört honom.

– Det är ett *flygande tefat!*

– Det ser inte ut som ett tefat, sa Folke. Det ser ut som två tefat lagda på varandra! Som en jättestor konvex lins …

– Hur sjutton kan den hålla sej flygande? undrade Berra. Man ser inga motorer …

Svante kände igen landskapet. Det var den sluttningen, som de hade åkt utför med patrullen när de sökte efter Bosse. Någonstans till vänster utanför bilden skulle snöskredet ha varit.

– Grabbar! sa han. Det här är ju en hemlig främmande bas. Den låga mörka öppningen måste vara ingången till en kamouflerad hangar! På svenskt område!

Efter 1947 då Kenneth Arnold i USA gjorde sin siktning av vad som kallats "flygande tefat" kom begreppet spökflygare att associeras med UFOn, vilket märks i Eugen Semitjovs ungdomsbok. Nu utspelar sig inte allt i denna fantasi i Marsfjällets skugga. Semitjov låter ungdomarna i boken ta sin tillflykt till danspalatset Nalen i Stockholm när de jagas av skurkar. Och ger därmed för stockholmsforskare en beskrivning av denna på sin tid närmast futu-

ristiska samlingsplats för ungdomar, som saknade motsvarighet i Europa.

Som rymdjournalist och författare av populärvetenskapliga böcker besatt Eugen Semitjov en trippelförmåga som är få journalister förunnat. Han skrev enkel svenska och kunde begripliggöra svåra sammanhang, han fotograferade själv och det han inte kunde fånga med sin kamera tecknade han suveränt. Reporter, fotograf och tecknare var tre olika yrken. Lektyr hade en tecknaravdelning. Tidningar och tidskrifter hade en fotoavdelning där filmer framkallades och redaktionerna var besatta med skrivande journalister. Eugen Semitjovs kombination av alla tre verksamheterna var oslagbar.

1973 kom hans *Det kommer en dag då hela världen håller andan*, en bok som Carl Johan Holzhausen betecknat som "ett allvarligt försök att länka vår fantasi in på riktiga banor." Det handlar om ett motiv som hanterats långt innan Semitjov fattade tag i det, nämligen den dag, då mänskligheten kommer i kontakt med en utomjordisk civilisation. Det är närmast en faktabok som spekulerar på ett sf-mässigt sätt.

MYSIGA MELLANSPEL

Nämnas bör att det 1964 dök upp en sf-serie, som möjligen är den roligaste i sitt slag som skapats någonstans någonsin, nämligen Lars Olssons parodiska *Blixt-Grodon*, som gick i Stockholms universitets studentkårs tidning Gaudeamus åren 1964–1987. Att kalla denna sanslöst roliga och oöverträffade satir naivistisk är ett understatement. *Blixt-Grodon* har också gått i Dagens Nyheter och i den återuppväckta JVM. Serien hade förvisso en föregångare i Björn Wigardts *Pansar Bengtssons bravader*, som bland annat gick i några nummer av den kortlivade sf-tidskriften Galaxy i slutet av 1950-talet.

LEVANDE LIVET

Levande Livet och Lektyr var på sin tid två veckotidningar med likartat innehåll, Skillnaden bestod i att medan Lektyr bara brukade ha en faktaartikel, ofta i form av en artikelserie som låg i framskeppet, och i övrigt noveller och följetonger, så kunde LL ha lika många eller fler faktaartiklar än noveller och följetonger.

LL hade under årens lopp då och då framtids-spekulerande faktaartiklar. Som nämnts gick Axel Raymonds *Blixt Gordon* i LL. 1940 förekom novellen "Violett stråle tar en fånge" (16/1940) och dessutom löpte Fowlett Rights *Syndafloden* om västerlandets undergång som följetong ungefär samtidigt som JVM började publiceras. Den skulle följas av flera sf-romaner, *Världarnas krig* och *Den osynlige mannen*, båda av H.G. Wells samt Dennis Wheatleys *Sextio dagar att leva.*

Det är inte omöjligt att JVM:s uppdykande i pressbyråkioskerna tände en alarmklocka på LL:s redaktion. Redan ett halvår efter JVM:s inträde på arenan satsade nämligen LL mycket hårdare på sf än vad man tidigare gjort. Man införde en logo med texten "Mellan fantasi och verklighet" som en överordnad rubrik till en serie science fiction-noveller. Så här ser en lista ut med dessa noveller, som tyvärr nästan alla var anonyma:

- "Den purpurfärgade döden" (17/1941)
- "Mot Jordens medelpunkt" (18/1941)
- "Maskinen som avslöjade verkligheten" (19/1941)
- "Den osynlige som visslade 'Nancy Lee'" (20/1941)
- "Degsoldaterna" (21/1941)
- "Telegram från den döde" (22/1941)
- "Hemligheten med doktor Wales försvinnande" (23/1941)
- "Den gröna metallen" (24/1941)
- "Vidundret på Uranus" (26/1941)
- "Eremiten i stratossfären" (28/1941)
- "Tunneln till Atlantis" (29/1941)
- "Han som kom ihåg framtiden" (30/1941)
- "Arkitekt Boman får tidskjuts" (31/1941)
- "Spegelstaden" (33/1941)

- "Professorns farliga uppfinning" (36/1941)
- "I månmännens våld" (37/1941)
- "Miniatyrmänniskor" (37/1941)
- "Den försvunna kometen" (40/1941)
- "Nyckeln till det förflutna" (42/1941)
- "Sabotaget mot Brooklyn-bron" (46/1941)
- "Dvärgarnas ö" (50/1941)
- "Spökbussen" (52/1941)
- "Prinsessan från Atlantis" (1/1942)
- "Medicinen som förvandlade tiden" (3/1942)
- "2 dagar på månen" (5/1942)

Utöver dessa anonyma noveller publicerade LL "Mannen som kunde göra underverk" (25/1942) av H.G. Wells och Eric Frank Russells "Mannen som var en myriad" (44/1942).

På sitt sätt märkligare var tre spekulativa framtidsartiklar, som också blev omslag. I LL 21/1942 en artikel om robotar i människans tjänst, på omslaget illustrerat av Allan Löthman med två robotar som sågar ved vid en sågbock. I LL 30/1942 braskade man på med "Televisionsbombaren Ett nytt hemligt vapen?", livfullt illustrerad på omslaget av Bovil. Det var helt enkelt bombplan försedda med tv-kameror, just det som präglade Irak-krigets målinriktade robotar sextio år senare. "När kommer atomkraften med i kriget?" undrade tidskriften (33/1942) ganska exakt tre år före Hiroshimabomben.

Men fanns det någon svensk författare bland de anonyma novellerna? De flesta var utmärkt illustrerade av Allan Löthman, men några var faktiskt försedda med pulpillustrationer av den amerikanske sf-mästaren Frank R. Paul. Och även om man inte kan utesluta svenska författare så torde de flesta novellerna ha kommit från det engelskspråkiga området.

ANONYM SVENSK

"Arkitekt Boman får tidskjuts" bör emellertid ha haft en svensk upphovsman, vem det nu kan ha varit. Den handlar om Hasse Boman, en nyutexaminerad arkitekt, som fått i uppdrag av disponent Olsson att uppföra en framtidsvilla i Klarberga villastad, om nu byggnadsnämnden går med på det, vilket Boman betvivlar. Han får lift med en bil med två märkliga personer, som talar en sorts förkortad svenska.

Rätt som det var stannade kärran med ett ryck, och strax efter öppnades siddörren utifrån. Ett starkt ljus strömmade in i vagnen. Besynnerligt, tänkte Hasse – var det här verkligen samma bil? Baksätet var halvcirkelformat som i en aktersalong och klätt med någon mjuk fjädrande massa, som inte liknade stoppning. Och de bägge karlarna utanför var minst sagt underligt klädda. Allt de hade på sig var en sorts overall av något blankt tyg i färgglatt mönster. Men det allra konstigaste var planen eller gården, där bilen stannat. Runt omkring reste sig skyhöga åbäken till hus av glas och någon matt grå metall, inte så olika disponent Olssons fenomentorn. Över den lilla rutan himmel mellan torntopparna seglade flygplan omkring – men utan vingar – de liknade mest karosserierna på strömlinjeformade barnvagnar, tyckte Hasse.

”Va ... vad är det här för ställe?” fick han fram till sist.

”Framtin!” grinade karlen som nyss öppnat dörren. ”Utmer! – Utmer saja!”

”Ni pratar som om ni hade mun full av mat”, protesterade Hasse. ”Jaså, framtiden sa ni? Någon slags utställning ...? Det ser mest ut som ett fabrikskvarter, men det är väl sista stilen förstås.”

Först nu tog den lilla trinda karlen till orda, han som inlett duetten i bilen.

”Tidbil”, sade han och pekade på vagnen. ”Kört från nittnafurti ti’ tjufemhundrafemti. Hajani?!”

”Från nittonhundrafyrtio till tjufemhundrafemtio!” upprepade Hasse förskräckt. Nu började ett och annat klarna för honom. ”Och det här ska vara en tidbil? För katten, ni menar väl inte att ni har sjanghajat mig och kört mig sexhundra år framåt i tiden! Jo, det här var just snyggt. Vad är ni för ena djupingar?”

Framtiden visar sig vara ungefär som han tänkt sig med skyskrapor av glas och privata flygplan. Guldmynt vill man inte ha utan det ska vara radiummynt och ett vykort som Hasse fått från sin fästmö i Falsterbo visar sig vara radium värt. Det är ju försett med ett 600 år gammalt frimärke!

Men människorna gav honom en allvarlig chock. Var fanns den intelligenta framtidsmänniskan med fjärrskådande blick och professorsrynkor över glasögonen? Inga sådana syntes till – bara sjåsiga individer i färgglada klädfodral, som lika gärna kunde vara jazzgossar som dito flickor. Den här världen tycktes bara ha två intressen. Det ena var skrattet, eller rättare sagt gapflabbet. Vid varje gathörn stod högtalare, som tjöt ut idiotiska vitsar på synkoperade melodier: ”Van kisom haden svärmor som ... ” o. s. v. Var gång en historia började, stannade rulltrottoarerna, och när den slutade, skrattade alla trafikanter så att de vrålade. Det andra allt uppslukande intresset i denna konstiga värld tycktes vara girigheten. Gatorna var praktiskt taget rena som parkettgolv, för var gång någon tappade något, var en annan framme och nöp det åt sig. Somliga människor gick omkring med små dammsugare. Ingen ville gå miste om minsta struntsak och tydligen kunde allting användas till något. Där trafikanterna rullade fram, vred de halsarna ur led för att kunna läsa affärsskyltar om ”Alla tiders brakrealisation!” – ”75 % rabatt!” – ”Konkursutförsäljning. Allt måste vräkas bort! Det stod köer framför en del butiker, sådana som lockade med ”En present för varje inköp!” – ”Enhetspris! Dyrgripar bland bråtet!” Enda sättet att få kunder var tydligen att lova jättevinst. Men en sak tycktes alltid ha sitt värde: En rolig historia. – Varannan minut stoppades Hasse av någon individ som kom tätt inpå honom och frågade: ”Villna skratt?” Historierna, märkte han snart, hade varierande priser, från några öre för ärvda skrattpiller till en femma för fullt aktuella vitsar om sista valet eller sista urspårade Marsexpressen.

*Levande Livet nr 21 1942. Omslag
av Allan Löthman.*

I denna parodiska framtid tycks den 1941 i Sverige icke existerande stå-upp-komiken ha utvecklats till ett allmänt vitsande samtidigt som de dåtida marknaderna och auktionsgodsaffärerna, som senare berikades med garagesälj och loppisar, fått en rejäl spridning. Försöket att skapa framtidens språk utifrån 1941 års svenska är en skojig faktasiidé. Tyvärr torde vi aldrig få veta vem som var författare till detta annorlunda aktstycke. Hon eller han tillförde genren och svenska språket två nya ord, nämligen "tidsskjuts" och "tidbil", varav "tidsskjuts" känns användbart än i dag.

Det är troligt att JVM:s allt större marknadsframgångar skapade ett ännu större behov av textmaterial hos konkurrenten, men man hade på LL troligen inte samma tillgång till amerikanska pulptexter som JVM hade via Bulls Presstjänst. Därför torde Sture Lönnerstrands uppdykande 1943, då inflödet av sf-artat textmaterial sinat, ha kommit som gudasänt. När hans faktasier började dyka upp varje vecka i Levande Livet reagera-

de man också med en sur ledarkommentar på JVM, som underströk att man minsann hade den äkta amerikanska varan och inga hemmagjorda kopior.

STURE LÖNNERSTRAND
(1919–1999)

Som liten pojke satt Sture Lönnerstrand vid stranden till Anebysjön i Småland fullständigt ensam omgiven av skog: "Alldeles stilla, tyst, bara ett spritt fågelkväkande någonstans ifrån vasslinjen som skiljer sjön från åns dyiga utflöde. Där är det förbjudet för bad, där är ett farligt ställe som påstås bottenlöst. Himlen är blå, solen skiner varm och stark, här är det ödsligast i världen."

Medan han sitter där börjar solen röra sig, himlen mörknar i rött och lila, är brun, blir svart, kolsvart, solens hjul dansar. Sture Lönnerstrand upptäcker universum. Som skolpojke i Jönköpings läroverk skriver han redan 1936 sf-novellen "Giraj, människa, docka eller maskin", som dock inte publiceras förrän 1970.

Han studerade litteratur- och konsthistoria samt psykologi i Lund. Att han under årens lopp tillgodogjorde sig djupgående kunskaper om litteratur i allmänhet och faktasier i synnerhet vittnar hans essä "Vetenskaplig eskapism Katastrofens litteratur" om. Den publicerades i den fanzineartade litterära tidskriften Odyssé (6–7/1954). Där redovisade han sin syn på science fiction:

Psykosomatisk medicin brukar av de moderna läkarna betecknas inte som en avgränsad riktning utan som ett allmänt betraktelsesätt. Ett liknande förhållande gäller måhända begreppet science fiction som man förgäves sökt få någon plausibel svensk översättning på. Detta att återge en uppfattning om verkligheten enligt alternativ som har förankring i de vetenskapliga erfarenheterna och alltså inte är ren spekulation eller enbart fantasi är i och för sig inget nytt, det nya är väl här att man satt metodiken i system. Från skilda håll har det klandrats att SF-författarna söker ärofulla anor bland gångna tiders berömda författare och det klandret kan vara berättigat om man betraktar science fiction-litteraturen som en genre jämförlig med franskklassicismen, romantiken eller surrealismen. Den som inte är insatt i exempelvis naturvetenskap eller sociologi skriver givetvis sina utopier på ett annat sätt än den som är det, även om han är att räkna till SF-skribenterna. Den som är romantiker uttrycker å andra sidan sin vetenskapliga eskapism på ett annat sätt än den som är surrealist. Vad anorna gäller är alltså den mer eller mindre modifierade grundsynen som man i likhet med amerikanarna kan beteckna som science fiction. Vi måste komma ihåg att vetenskap inte var någonting som uppfanns på 1800-talet, varken matematik eller astronomi tillhör de senare uppfinningarna. Så fort människan kunde räta på huvudet började hon räkna stjärnorna. Att hon använde besvärjelser i stället för penicillin vid lunginflammation är ur vår synpunkt likgiltigt. Hon begagnade sig likafullt av vetenskapens senaste rön.

Och Lönnerstrand fastslår fortsättningsvis:

> Den vetenskapligt eskapistiska eller den science fiction-betonade synen på tillvaron pekar framåt med oerhörd räckvidd men svänger också tillbaka över ett ofantligt fält.

Lönnerstrands essä är en av de första på svenska som på ett seriöst sätt försöker att redogöra för genren och dess möjligheter. När detta skedde hade han bakom sig perioden 1936–1954 och en så pass stor mängd science fiction-texter att de till sin omfattning kan jämföras med och kanske till och med överträffar Vladimir Semitjovs utflöde.

1939 debuterade Sture Lönnerstrand med den ojämna diktsamlingen *Ung mans gåtor*, som innehåller flera dikter med sf-betonade motiv. Hans försök att rimma var inte alltid lyckade och kan i vissa fall betecknas som pe-

koralistiska. Men samlingen är inte helt misslyckad och redan här visar författaren att han är sig själv och ingen eftersägare. Den sista dikten i samlingen är "Deus Contemplator" där det heter:

> De fladdra som fjärilar mot ljuset
> från Jordens hekatomb.
> Nu faller en jättestad i gruset
> för en bomb.

Och längre fram:

> Ej finns mer Mount Everests tinne,
> ej Newyorks vacklande hus,
> ej Mayas ruinkupoler,
> ej Nilens deltaland,
> ej Venedigs kanaler,
> ej Saharas sand.

Detta publicerades alltså fem år före atombomben och 62 år före 9/11-attacken mot tvillingtornen i New York och ter sig nästan profetiskt.

1941 kom hans andra diktbok, fantasysviten *Där*, som är en helt självständig och egen fantasyberättelse såväl vad beträffar innehåll, struktur som språk. Vid denna tidpunkt existerade i Sverige ingenting som kallades fantasy. Lönnerstrands bok är helt unik och originell och demonstrerar vad som kan skapas när en författare inte har en färdig mall om hur saker och ting ska utföras, som senare tiders författare i fantasybranschen drabbats av i så hög grad. *Där* är delvis på vers, delvis på prosa.

Liksom tidigare hade Lönnerstrand inte satt sig in i versmåttens mer eller mindre komplicerade värld. Det är alldeles uppenbart att han försökte använda de allittererande fornnordiska versmåtten, men utan att ta hänsyn till de regler för stavrim, inrim och halvrim som de fornnordiska skalderna iakttog. Han var inte heller insatt i deras användande av heiten och kenningar.

I likhet med många andra författare höftade han helt enkelt till den strikta metriken på känn. Resultatet blev inte dåligt. Tvärtom skapade han en egen stil som bar fram berättelsen. Ibland råder ren sagostämning som i avsnitt 10 under rubriken "Staden Där i landet Där":

Jag tog plats
i cylinderformad
tryl
och i susande ringar
genomskar jag
vanilj.

Jag sade
till föraren främst
den kände trylisten
Mildas med Mon:
– Vilken ljuvlig krokan!
Grädde! Vanilj!

Han skrattade
med munnen full:
– Mandel! Marsipan!
Jordgubbar och päron!

Folket hurrade
från krokanens balkonger,
skickligt uppfångande
livgivande pastiller.

Lönnerstrands mycket speciella sätt att skapa nya ord och beteckningar, som skulle blomma ut tio år senare i *Den oupphörliga (incestrala) blodsymfonien* (1951) finns det redan antydningar om i *Där*. Det bjuds på "däridiskt pärlande vin" av "däriderna" och det talas om "dronternas ägg" och "rustning av blågrå spondin". Jag-personen träffar "duranden av Dang och dridongen av Där" och på en bro av vita valvrosor framskrider en "gryf". En annan gestalt är "trylisten Midas med Mon". Ej att förglömma "Spaliden av Spand" och "den nöjeslystna kvinnovårdschefen Tittilula av Pull".

Sture Lönnerstrand.

Lönnerstrand förebådade Harry Martinsons nybildningar i *Aniara*.

När *Där* kom i nyutgåva 2001 sammanfattades innehållet så här: "I DÄR, ett magiskt rike där brusande gryler far genom skyn och folk vinkar från sina balkonger i jättekrokanen, regerar den mäktige spaliden av Spand. Av honom bjuds ynglingen på det sällsynta skaldemjödet, men uppfylld av äventyrets lockelse förleds han att begå ett oförlåtligt brott. Han tvingas då, berövad sitt namn och diktarförmågan, att fly DÄR tillsammans med några andra olycksbröder."

Och i andra delen, då diktverkets jag-person är bortdriven är stämningsläget ett annat:

Dronternas aldrig
vilande vingslag,
svepande köld,
inga öden
i det dödas land –

isiga lägerplatser
och en tröttad marsch
mellan hala klyftor,
där ormarna väste
till Skaldernas dal.

Två år efter *Där* blev det i alla händelser Levande Livet som stort kom att lansera svensk science fiction genom att publicera just Sture Lönnerstrand. 1943 började hans noveller i serien "Mellan fantasi och verklighet" att flyta in i tidningen.

Det blev 65 noveller under de kommande åren plus novellserien om Dotty Virvelvind. Dotty blev också den första svenska superhjälten. Novellserien övergick så småningom till att bli en tecknad serie. Sture Lönnerstrand stod för manus medan Lennart Ek och därefter Björn Karlström tecknade bildrutorna.

Det är ingen överdrift att hävda att Sture Lönnerstrand blev den förste svensk som skrev modern science fiction av den typ som utvecklats i de amerikanska pulpmagasinen, som han troligen kom i kontakt med redan på 1930-talet. Och Lönnerstrand var oerhört produktiv. Han skrev i stort sett en sf-novell i veckan åren 1943–1945. Själv hävdade han att han bara skrev dessa skrönor för att försörja sig, men berättelserna är välskrivna och författarens fantasi flödade över av skapande entusiasm på ett sätt som ofta saknas i 2000-talets mer tillrättalagda sf.

Lönnerstrand ville ogärna medge att han påverkades av JVM, men det är tämligen klart att "Den siste iguanodon" (LL 48/1943) är som en efterklang till Robert Moore Williams roman *Jongor i det glömda landet* (JVM/ VÄ 45/1942–2/1943) och "Regnets ande" (LL 43/1943) påminner om Bernhard C. Gilfords novell "Den flytande mannen" (JVM/ VÄ 29–30/1942). Vad beträffar "Flykten från den hängande gruvan" (LL 38/1943) kan den ha inspirerats av det flygande fängelset i Eando Binders roman *Fem steg mot morgondagen* (JVM 1–6/1940) och/eller Man-

ly Wade Wellmans *Den flygande ön* (JVM/VÄ 2–7/1942), men å andra sidan så var idén lanserad redan av Jonathan Swift med den flygande magnetstaden i *Gullivers resor.*

Men Lönnerstrand var långt ifrån någon osjälvständig eftersägare, han varierade teman, som sedan länge var gängse förekommande inom anglosaxisk sf, och hans berättelser är klart egna. Och liksom de amerikanska pulpförfattarna kunde han pröva helt knasiga idéer, som i novellen "Det hoppande fenomenet Splunknig" (LL 4/1944). Denna förmåga att släppa fram galna idéer och låta dem löpa amok har med åren försvunnit i takt med att författarna rättat in sig i ledet. Lönnerstrand skrev i alla händelser både sf och fantasy redan på 1930-talet, minst fyra år innan JVM tillkom hösten 1940.

Betecknande för Sture Lönnerstrands författarskap under denna blomstrande sf-period var de existentiella tankegångarna. Den tidstypiske uppfinnaren som vill förslava mänskligheten och som i senare inkarnationer brukar uppträda som fiende till James Bond återfinns i olika skepnader hos Lönnerstrand.

Sture Lönnerstrand var liksom sin föregångare Vladimir Semitjov oerhört uppslagsrik och hade en förmåga att hantera sina teman på olika sätt. Med "Den siste iguanodon" skapade han en charmfull novell där en utstött stamgosse lierar sig med ett urtidsdjur. I "Reportage från Hades" (LL 45/1943) frammanar han demiurgen, som inte gjort något större väsen av sig i svensk litteratur sedan Stagnelius var i farten. Det är en tung novell, där huvudpersonen offrar sig för mänskligheten.

Redan titlarna på hans noveller är aptitretare som skvallrar om dramatik:

- "Inspärrade i evighetstunneln" (LL 50/1943)
- "Mannen som filmade framtiden"(LL 51/ 1943)
- "Stölden av atmosfären" (LL 52/1943)
- "Flykten till den blå dimensionen" (LL 42/ 1944)

- "Männen som växlade kroppar" (LL 6/ 1945)
- "Ett drama i stjärnpassagen" (LL 11/1945)
- "Flöjtbäraren från Janlinaor" (LL 19/1945)
- "Rymdens flygande holländare" (LL 51/ 1945)

I andra titlar dominerar döden och understryker det existentiella draget i Sture Lönnerstrands faktasier:

- "Reportage från Hades" (LL 45/1943)
- "Den gröna dödsmetallen" (LL 2/1944)
- "Den döde får ej väckas" (LL 3/1944)
- "Döden har två ansikten"(LL 2/1945)
- "Fem vägar mot döden"(LL 21/1945)
- "Dödens vikarie" (LL 33/1945)
- "Döden i världsrymden" (Hela Världen 2/ 1945)

Här ett litet exempel på hans prosa. Det är slumpvist hämtat från novellen "Marskejsaren beviljar aldrig nåd" (LL 38/1944) genom att öppna en pärm och sätta ned ett finger i texten:

Men när han passerade bron och skymtade de kvävande, tjocka ångorna framför sig, sammansnördes trots allt hans bröst i ångest. Han ville vända tillbaka, han ville falla på knä, framför den gamle prästen och tigga om sitt liv. Han gick sakta över bron. På andra sidan steg han ut på en smal, slingrande gång, besatt med dovt röda plattor. Gången smalnade allt mera och på båda sidor om denna virvlade kaotiska dimmor ur ett teckenfyllt djup. Om han steg fel för ett ögonblick mötte han sitt öde i förväg, Om han halkade – vilket han snart skulle göra i yrsel – förpassades han hastigare till den namnlösa döden därnere i de sjudande gasvirvlarna, den död som gapade mot honom ur tusen osynliga käftar.

Små underliga lågor fladdrade framför hans ögon, när han hörde ett bedjande rop:

"Gluhm! Stanna! Gluhm!"

I novellen "Mr Laddin och den underbara ficklampan" (LL 20/1945) leker Sture Lönnerstrand med det välkända motivet från *Tusen och en natt*. Den gamle vaktmästaren Mr Laddin hittar en ficklampa i en kolkällare. Den visar sig ha egenskaper som finns nedskrivna i en trasig anteckningsbok författad på egendomlig rotvälska:

"Heureka", mumlade han, "de molykelära parasiterna åsdadkommer det dekadentas seger i kampen för fulländning ... $QO3 - Q = O2$ ... Den filtrerade ljusvågen ... luckorna i kvantateorien ... vanvett ...det naturligt skyddade radium, då ... minusvärdenas rationalisering ... praktisk användning. När man ... tänder lampa, kommer alltså ... mirakel att inträffa.

När kolbitar belyses med ficklampan förvandlas de till diamanter och Aloysius Laddin omskapas till en ung, harmoniskt byggd man. När hustrun Aurelia får syn på honom tror hon att det är en främmande karl.

Mr Laddin sköt henne långsamt framför sig in i våningen som var lika ståtligt utstyrd som det övriga huset. Hans blickar följde hennes krökta och värkbrutna rygg och medlidandet växte sig ännu starkare inom honom. Försiktigt drog han upp ficklampan och lät dess strålar spela mot hans hustru, Aurelia. Förvandlingen blev genast märkbar, ännu fortare än han vågat hoppas. Som genom ett under rätades hennes rygg, återfingo hennes lemmar sin rundning, återgavs hennes hy sin friska mjukhet. När hon vände sig om mot honom var hon redan en helt annan. Hennes upplösta mörka hår svallade som en bölja kring hennes linjesköna skuldror, Hennes gamla nötta kläder förbyttes i en åtsittande röd sidenklänning av modernaste snitt. Hennes läppar logo och hennes ögon strålade i berusad överraskning. Nästa ögonblick låg hon halvgråtande i hans armar.

En ficklampa som inte bara transformerar och

Sture Lönnerstrands ungdoms-roman från 1954.

föryngrar utan också förvandlar kläder i enligt med senaste modet, det kan man verkligen kalla vetsaga, fast Lönnerstrand hade nog föredragit sitt egna begrepp: faktasi.

John-Henri Holmberg har påpekat följande: "Överrumplande för dagens läsare är förmodligen också att han uttryckte en för sin tid oväntat modern syn på könsrollerna. En novell som "I kvinnotider", fanzinepublicerad 1956, går utan svårighet att läsa som radikalt feministisk; redan långt tidigare var hans kvinnliga huvudpersoner fria från de drag av våp eller femme fatale som på 1940-talet annars var vanliga i enklare sf-novellistik. Tvärtom skapade Lönnerstrand 1944 med sina noveller (och senare den tecknade serien) om Dotty Virvelvind en kvinnlig superhjälte, och i berättelserna om henne lekte han ofta med stereotyperna: Dotty håller sig med en kysk pojkvän, och det är ofta för att rädda honom från ett öde värre än döden som hon tving-

as utnyttja sina superkrafter. Med andra ord vände Lönnerstrand upp och ner på vad som förmodligen var 1940-talets allra vanligaste schablon inom skriven och filmad äventyrsunderhållning."

Novellserien med Dotty Virvelvind som övergick till att bli en tecknad serie var ett lyckokast. Dotty blev den första svenska superhjälten, därtill en kvinna. Hon hade naturligtvis sina anglosaxiska föregångare i serietidningarnas Mary Marvel, Supergirl och Wonder Woman och kanske framför allt i novellerna om Den Gyllene Amazonen av Thornton Ayre (pseudonym för John Russel Fearn), som redan i 52/1942 framträdde i JVM/VÄ.

Lite grand i förbifarten medverkade Sture Lönnerstrand i tidskriften OBS! (9/1954) med sf-bagatellen "Svärmeri i månsken". Bagatell men ändå märkvärdigt tänkvärd, ungefär som Lennart Kjellgrens existentiellt färgade visa "Någonstans i universum". I båda fallen handlar det om älskande par som kuttrar under natthimlen. Hos Lönnerstrand spanar de på månen, som plötsligt spricker som en sprucken citron. Fragment dansar ända bort till Pluto och en storm bryter ut över Jorden. Ombord på en rymdfarkost utspelar sig följande:

Ultravärldsskeppet avlägsnade sig. Överbefälhavaren Qxi höll en förtretad föreläsning för Gzo, chef för den militära centralen. Han hade tillfälligtvis varit upptagen på annat håll och hade inte kunnat hindra Gzos experiment.

– Ni kunde ju ha fördärvat deras planet, sa han. Vad är det för målskjutning ni håller på med. De har ju bara en måne – och nu – ingen.

– Beklagligt, svarade Gzo. Jag ville ju bara pröva de nya protonskingrarna.

Och det är faktiskt inte slutknorren, som i all sin alldaglighet sitter perfekt och inte ska avslöjas här. Efter Levande Livet-åren skrev Sture Lönnerstrand i andra veckotidningar:

kärleksföljetonger, deckarberättelser, äventyrshistorier, enstaka faktasier, reportage och artiklar. I och med 1950-talets inbrott kunde han notera två viktiga händelser.

1951 kom hans än i denna dag omdiskuterade diktsvit *Den oupphörliga (incestrala) blodsymfonien*, som bryter helt nya vägar, inte minst med sina nybildade ord och begrepp. Den prisades i kretsen kring tidskriften Odyssé. Öyvind Fahlström, som vid denna tidpunkt befann sig i full färd med att lämna surrealismen bakom sig och var sysselsatt med att skapa en konkret litteratur i symbios med ljud och bild och text och händelser, framhöll i en av sina programförklaringar, "Lyriken kan skapa kollektiv rytmisk extas liksom jazzen" (Expressen 19/7 1954), att Lönnerstrand med sin blodsymfoni visat på en möjlig väg för en ny lyrik.

Den normgivande kritiken hade avfärdat *Blodsymfonien* som ett rent pekoral. En kritiker beskrev till och med diktsviten som "ett lexikon i pornografi" (sic!), men Öyvind Fahlström, som 1954 ännu inte etablerat sig som en nyskapande gigant, tog, som redan nämnts, upp den kastade handsken i sin programmatiska Expressen-artikel:

> Viktiga ansatser finns i Sture Lönnerstrands *Den oupphörliga (incestrala) blodsymfonien*, en "psykoanalytisk diktsamling" enligt författaren, ett kvalificerat pekoral enligt kritiken (ja, om Bernt Erikson också är ett pek). Här finner man (visserligen i syfte "att återge sanningen om jagdrömmen!") inte bara en ovanligt genomförd tematik, utan också nybildningar: symmetriska variationer på grundord; "jag vill villta/jag vill välta/min lilla volta/jag vill våldta/jag vill välta/min lilla villta". Och Ekokörens sugande monotona besvärjelse: "väl behärskade och modiga/nej blodiga, blodiga/samlas under tystnad/nej lystnad, lystnad/och på stället beredda/nej förledda, förledda," o.s.v.

Samma år kunde man läsa följande i tidskrif-

Novellsamling av Sture Lönnerstrand. Boken utgavs 2015 av Bertil Falks förlag Zen Zat.

ten Odyssé: "Sture Lönnerstrand som är en av vårt språks intressantaste poeter i dag, har som den avantgardist han är blivit helt oförstådd av de flesta." Roland Adlerberth, som recenserade boken för Bibliotekstjänst, skrev så här om *Blodsymfonien*: "Troligen är den utkommen 20 år för tidigt, men kanske blir den ändå en 50-talets 'Mannen utan väg'".

Ställningstaganden för och emot Lönnerstrands blodsymfoni har sedan dess med ojämna mellanrum poppat upp under årens lopp och in i det nya seklets första årtionde. Den har visat sig ha en envis förmåga att överleva både ros och ris. Vilket inte är så egendomligt. Som diktare traskar Sture Lönnerstrand allt annat än patrullo enligt gängse mönster. Avsnittet "Blodsfinalen" publicerades så pass sent som i Subaltern 2/2009. Och han är fortfarande kontroversiell. Hur många av 1950-talets överflöd av lyriker kan skryta med det? Om de nu ens är ihågkomna.

John-Henri Holmberg, som menar att Stu-

re Lönnerstrand skrivit några av de mest pe-
koralistiska dikter han läst, noterar ändå att
Blodsymfonien"är nästan hypnotisk i sitt outs-
inliga flöde av språkliga nydaningar och asso-
ciationer."

Som Lönnerstrand själv framhållit innehål-
ler *Blodsymfonien* science fiction-motiv, där vi
bland annat finner följande rader:

> med hänsyn till en storslagen
>   Palomardröm
>   som anger läget i etern
> ständigt repeterande
>   påminnelser
> länge ropande
>   långa upprep
> (o Universmakare,
>   Månmanare manisk,
> ja Cassiospejare,
>   vår Nebulossare
> omnämnande Individernas
>   krav att som själva
>   utvecklas individare
> lyssnande de nattligt
>   klängande nedrop
> om en nova i nåd
>   (o Psykoanalysande
>   i Sexualltet!)
> slitande i navelrepet

Han talar om världsskötet med dess blods-
frön, om flyende stråkar med symfånerier i
symfontäner. Ordmakandet känner inga grän-
ser:

> Himlen är full
> av stråkar
>   denna gröna kväll.
> Det regnar musik.
> Dirigentens händer
> höjs kupiga
>   mot månen.

> Dirigenten höjande
> sina grönskimrande händer

> med naglarnas fosforskäror
> mot månen

O.s.v.

Ordberusning, den verbala magin, hypno-
tiserar, för att tala med John-Henri Holm-
berg. Han leker med ordbildningar och på-
minner i den meningen om James Joyces
Finnegans Wake, fast Lönnerstrands kombi-
nationer är tydligare än Joyces associativa lud-
digheter.

Tre dikter, "Visselkonsert", "Africaansk"
och "Kaorama" i samma stil som dikterna i
Blodsymfonien, finns i Odyssé (6–7/1954). I
Nova Science Fictions Lönnerstrand-num-
mer (12/2007) publicerade John-Henri Holm-
berg under rubriken "Atomvisor" de båda sf-
dikterna "Rymdpiloten" och "Madonna".

Med romanen *Rymdhunden* vinner Lönner-
strand tre år efter *Blodsymfonien* 15 000 kro-
nor i Bonniers pristävling "Äventyr i tekni-
kens värld". Det går undan när tio män ger sig
av från Luna City på månen med atomskep-
pet Futura. Växtrobotar på Mars och radium-
drakar på Venus är några av männens möten
och rymdhunden tillhör en filosoferande ge-
stalt från någon del av världsalltet. Det ser illa
ut för männen i Futura när något oväntat in-
träffar:

> "En planet", föreslog Gregoire. "Det är en myck-
> et liten planet. Hälften av jordmånen kanske.
> Jag skulle tro omkring 1 500 kilometer i diame-
> ter."
>
> Professor Davier granskade den i telesko-
> pet. "Den har atmosfäriskt hölje", rapportera-
> de han. "Ljuset är koncentrerat på vissa punkter
> som inte är berg utan byggnader. Skyskrapor,
> jättestäder, mina herrar. Den närmar sig med
> oerhörd hastighet, snart kommer ni att se dem
> med blotta ögat. Det är absolut obegripligt."
>
> "Hur har denna planet kunnat undgå obser-
> vatorierna på Jorden och månen?" sa Kruskopf.
> "Vi har gjort århundradets upptäckt. Byggna-
> der, skyskrapor!"

"Befolkningen på planeten måtte ha nått en civilisation som står högre än vår egen", sa Davier entusiastiskt. "Det är planetens nattsida vi har emot oss och den verkar fullständigt upplyst. Vilka kolossala kraftverk för att illuminera en hel planet! På denna glob finns ingen natt, mina herrar."

Ur det skiftande ljusspelet höjde sig symmetriska toppar, mot den bländande bakgrunden avtecknade sig torn i jätteformat med spiror omgivna av dansande eldvirvlar. Det var städer, väldiga städer, därom rådde det inget tvivel. De palatsliknande formationerna återkom med geometrisk precision, alla var anlagda på exakt samma sätt!. Det verkade som om de legat i stilstränga fasetter, men röda och violetta krusningar kom dem att växa och leva i oupphörlig rörelse. Det var som en värld lika gungande gåtfull som en hägring och ändå realistiskt skarp i detaljerna.

"Städer byggda i stjärnform", viskade doktor Kruskopf. "Ach du mein Gott, vem anade detta? Sjuuddiga stjärnor, värderade kollega. Vilken kultur, mina herrar! Mänskligt att döma behöver vi inte snurra kring Pluto, tills vi vittrar bort. Kan vi anse oss räddade?"

Ivar kastade en blick på manöverbordets instrumentpanel och skakade på huvudet. "Det här gör nog ingen skillnad", svarade han. "På sätt och vis, slutet kommer fortare. Hur många minuter har vi på oss, Gregoire?"

Lönnerstrand råkade ut för en trafikolycka i Tyskland, vars sviter han led av. Han tillbringade många år i Indien. Hans hörspel *Expedition "Atlantis"*, som framförts i radio 1965, finns publicerat i fanzinet Science Fiction Forum 46/1970.

1960 kom *Virus*, hans laddade (psy)komedi, ett läsdrama, även det helt egenartat. Det påminner i långa stycken om de tyska expressionisternas dramatik under 1910- och 1920-talen och man känner igen grepp från *Blodsymfonien*. Det går inte att göra *Virus* rättvisa med enstaka citat, men även i detta skådespel

intar den existentiella dödsproblematiken en tydlig roll:

Kören upprepas och nu börjar också de döende neurotikerna med sina individuella sånger. Vid varje soloparti dämpas kören ner för att återvinna full styrka när solot upphört.

DÖENDE NEUROTIKER 1: (ödmjukt vibrerande kvinnoröst)
Välkommen död,
ty i ordens nöd
är inget offer förgäves
och den röst som kväves
skall bli Jordens bröd.

DÖENDE NEUROTIKER 2: (kärv mansröst)
Välkommen död,
dessa grymma och djuriskt
skändliga mord
skall spridas telluriskt
med oändliga ord.

DÖENDE NEUROTIKER 3: (ljus, ironisk mansröst)
Välkommen tortyr,
pina o plastiska,
jag blir lyckligt yr
i detta sista spastiska
rus, när livet flyr
och nu ler de sarkastiska
gudar som styr.

Idémedlaren träffas av en kula i hjärtat och sjunker ner på marken bredvid professor Ginger. Ginger faller på knä bredvid honom och känner på hans pulsar. Han rör på läpparna och försöker tala, men hans huvud sjunker tillbaka. Ginger konstaterar att han är död och reser sig upp förtvivlad. Han breder ut sina armar, som om han ville hindra vad som sker och han ropar, men ingen tycks lyssna till honom. Neurotiker stupar runtomkring honom, men sången fortsätter med samma kraft.

Lönnerstrand hävdar att "Om någonting i

denna komedi påminner om någonting, som tidigare varit någonting annat är det en ren tillfällighet" och baksidestexten till *Virus* lyder så här (och rimmen ligger i dubbel måtto i början av varje rad):

> Fråga om ni fattar det som sker i vad ni ser,
> plåga er och skratta åt er del i detta spel,
> spana, det är viktigt, ty ni bör innan ni dör
> ana att man riktigt har er roll under kontroll ...

Novellen "Stjärnorna kring Amanda Long" (SF Forum 46/1969) är en eftersläntrare i Stures produktion. Den handlar om en man som förälskar sig i en kvinna som föraktar honom. Hon är honom intellektuellt överlägsen, jobbar med humaniora och ser ner på hans arbete med kemi, fysik och matematik. Hennes aversion för dessa ämnen går över, men föraktet för "fästmannen" förblir detsamma. Snart överflyglar hon honom även fysiskt. En dag upptäcker han att hon är ett huvud högre än han själv och hon fortsätter att växa. På slutet måste "fästmannen" hälsa på henne en sista gång – med hjälp av en helikopterförrare som hittar hennes huvud ovan molnen. Hon står med stadiga stolpar hemma på mammas och pappas gård. Det är en dråplig historia och berättelsen dör ut på följande sätt:

> Hon sänkte handen riskabelt och föraren skyndade sig att snurra iväg. Det blev ingen mera diskussion. Är hon ändå inte värd att älska, min Amanda? Stjärnorna glittrade kring hennes huvud och speglades i hennes närsynta ögon. Solen låg röd under hennes ena armhåla. Tjusade av denna svindlande gestalt av intellektuell skönhet for vi långsamt neråt i oupphörliga-serpentiner kring denna ofattliga kropp. Kring hennes rosiga höfter fladdrade högtflygande fåglar och på hennes skötes inbjudande hylla satt örnparen beredda att häcka i ro.

På idéer led Sture Lönnerstrand inte någon brist. 1979 gick han in i en inspelningsstudio på Kungsgatan i Stockholm och läste in delar av sin blodsymfoni tillsammans med egenhändigt komponerad elektronisk musik. Inspelningen är alltjämt outgiven.

Sture Lönnerstrand finns i början av 1940-talet upptagen som medlem i Per Engdahls högerextremistiska organisation. Det bör understrykas att hans texter, och jag har läst det mesta av den tillgängliga fiktion han publicerade från slutet av 1930-talet, samt en hel del efterlämnat material, inte visar några som helst nationalsocialistiska tendenser. Flera av hans noveller i Levande Livet tyder snarare på en anglosaxisk och antiauktoritär hållning. De män som i en del av hans noveller vill gripa makten och bli diktatorer går det också illa för. Det gäller exempelvis Dick Belgrave i "Regnets ande" (1943), Chefen i "Ormmänniskornas krig" (1943) samt Stephen Dexter i "Den gröna dödsmetallen" (1944).

Men 1937 skrev han novellen "Till ledaren". Den återfinns i hans efterlämnade papper. Den är definitivt inspirerad av det som hände i Hitlers Tyskland vid tiden för författandet. Men denna novell, som med tvekan kan betecknas som science fiction men i alla fall kan pressas in under rubriken faktasi, är en negativ beskrivning av masshysteri à la Hitler och Goebbels och kan inte beskrivas som pro-nazistisk. Möjligen tvärtom. Den beskriver hur en man motståndslöst sugs med av hysterin kring ledaren.

Men historien är inte slut där. För trettiofem år senare skrev Sture Lönnerstrand i SF Forum (51/1971) följande: "En annan novell som jag skrev hette TILL LEDAREN. Den handlade om en diktator vars mun förvandlades till en megafon. Så småningom blev hans kropp mer och mer mekaniserad och till sist ramlade han isär. Ingen kunde laga honom. Men kriget hade han hunnit sätta igång i alla fall."

Det manus med "Till ledaren" som finns bevarat har helt annan handling än den novell med samma titel som Sture Lönnerstrand talar om. Visserligen klingar ledarens ord "metalliskt klara och skarpa", men varken hans mun eller kropp

Lönnerstrands Dotty Virvelvind på omslaget till tidskriften Bild & Bubbla nr 3 2003.

mekaniseras eller faller isär. Efter 35 år kanske minnesbilden bleknat och Lönnerstrand kan ha blandat ihop två olika noveller. Eller också finns det mer än en version av novellen. Eller också ville han bättra på novellens eftermäle ...

Men visst kunde den unge Sture Lönnerstrand liksom andra blivande kulturpersonligheter, typ Karl Vennberg och Ingmar Bergman, ha attraherats av de bruna tongångarna på trettiotalet, men inget av det Lönnerstrand skrivit tyder på det. Vad beträffar Lönnerstrand och Bergman skulle de en gång träffas för att diskutera något projekt, om det nu handlade om radioteater eller något annat, men Bergman dök aldrig upp. Lönnerstrand blev arg och ville därefter inte ha med Bergman att göra.

Till sist. Med "Baklängestalarens dilemma" (LL 5/1945) skrev Lönnerstrand den bästa novellen i genren "leva livet baklänges".

EN ROLIG ½-TIMMA

Inte bara Levande Livet tycks ha reagerat på JVM-starten hösten 1940. I nummer 5/1941

av En Rolig ½-Timma publicerades den anonyma novellen "Skräckdjuren", där man kunde läsa följande:

Dimman hade vid det laget fullständigt försvunnit och ett strålande månsken upplyste landskapet och gav det en säregen vild skönhet. Lutad mot mitt gevär stod jag och såg upp mot de mörka grottöppningarna, när marken under mina fötter plötsligt började skälva, som under en kraftig jordstöt. Till en början var det också min tanke, att det var en jordstöt, men min villfarelse varade ej länge. Från en stor lummig bergsplatå snett till vänster om den, på vilken vi rastade, störtade i besinningslös skräck ett tiotal noshörningar och tätt i deras spår upptäckte jag den mest fantastiska skapelse någon vit man någonsin skådat. Det var ett djur, till formen likt en ödla, men av oerhörda dimensioner. Det var med all säkerhet trettio meter långt och med en kropp, vars diameter på det tjockaste stället troligen uppgick till fem meter. Med långa språng, ej olikt det sätt, på vilket en känguru förflyttar sig, hoppade den efter den av panik gripna noshörningshjorden. Ett av djuren, en ovanligt stor hanne, försökte skydda hjordens reträtt genom att gå till anfall mot monstret, som förföljde den. Med ett snälltågs hastighet rusade han emot djuret. I nästa ögonblick satt han fången mellan den förföljandes framben, en blixtsnabb rörelse och noshörningen flög upp i luften uppfångades skickligt av det vidunderliga gapet och försvann. Raskt tömde jag mitt gevär mot odjurets huvud.

Skräcködlan dödas, men genast kommer ett trettiotal av dess släktingar rusande och ställer till en massaker. Berättelser om monster och dinosaurer har varit vanliga inslag både i äventyrsberättelser, som utspelar sig i hemliga dalar på Jorden eller, som hos Ossian Elgström på 1930-talet inne i Jorden eller, som i amerikanska planetariska berättelser, på andra himlakroppar.

Och redan två nummer senare inleds en

berättelse som består av en serie rymdnovel-
ler författade av Edil Ev (möjligen en pseudo-
nym för Eskil Edén, som brukade skriva i tid-
skriften). Vem det än var som dolde sig bakom
täcknamnet, så bör han ha läst JVM. För det
handlar om rymdpirater och resor till Mars
och författaren slänger sig med en rad ord och
begrepp som mer eller mindre introducerats
i JVM: televisonsskiva, x-strålar, strålpisto-
ler, luftslussar, marsianska fruktdrycker, as-
teroider, rymdskepp, antigravitationsmaski-
ner etc. Så här inleds kapitelnovellen "Aste-
roid 4689":

> Den svenske uppfinnaren John Peterson, den-
> nes dotter Stella och hans "amiral " Bud Pear-
> son sutto i biblioteket i den stålkupol som ut-
> gjorde boningshuset på Asteroid X, Petersons
> hemliga operationsbas. Syrgasapparater förså-
> go dem med det nödvändiga livselexiret, och i
> väggarna inbyggda elektriska aggregat höllo en
> behaglig rumsvärme. Genom de stora kvarts-
> glasfönstren visade sig just rymdens mest un-
> derbara skådespel, solen med dess corona. De
> gröna och röda flammorna i denna spelade i det
> mest fantastiska färgspel. Man hade samlats för
> att diskutera de första dragen i den förestående
> kampen mot Rymdpiraterna, dessa hänsynslö-
> sa sällar, som med nästan outtömliga tillgång-
> ar terroriserade den interplanetariska trafiken.

De här kapitlen i novellform var mycket kor-
ta som alla texter i En Rolig ½-Timma alltid
var och även om de innehöll drag från den in-
hemska pojkbokstraditionen, så tycks tonen
ha påverkats av JVM. Så här ser berättelsens
novellkapitel ut:

- 7/1941 En man får ett jobb
- 8/1941 Försök men en miss
- 9/1941 Asteroid 4689
- 10/1941 Bud klarar situationen
- 11/1941 Djungelfasor
- 12/1941 De små gröna männen
- 13/1941 Rymdpiraterna tar hem ett stick

- 14/1941 Bu Ropa sliter sig
- 15/1941 I de små gröna männens land
- 16/1941 Rymdpiraterna krossas

ÅKE JANSON

Till skillnad från En Rolig ½-Timma tycks
samma förlags Tidsfördrif inte ha lockats att
bjuda sina läsare på science fiction. Tidfördrif
var den stora novelltidningen. Varje vecka
kom den rödbruna tidskriften ut med ett
nummer fullpackat med noveller i alla tänk-
bara genrer, men ingen sf. Men med Åke Jan-
sons novell "Professor Montgerards bane-
män" (13/1944) snuddade man i alla fall vid
astronomin. Åke Janson var oerhört flitig och
förekom underperioden 1937–1947 nästan
varje vecka med "den kände London-detekti-
ven Simon Brant" i TF.

Det är intressant att notera att novellen till-
handahöll en rekorderlig föreläsning som
professor Montgerard håller innan han mör-
das av en av sina åhörare:

> – Ni journalister tror, sade han, att vi astrono-
> mer tillbringar vår tid med att kika på stjärnor-
> na och försöka se efter om det inte möjligen kan
> finnas några människor eller hundar eller an-
> dra levande varelser där. Ingenting kan emeller-
> tid vara felaktigare. Dessa frågor befatta vi oss i
> vårt yrke knappast med. För oss gäller det att be-
> stämma lagarna för himlakropparnas rörelser,
> deras tillblivelse och deras omvandling, ja, över
> huvud taget världsalltets struktur. För detta än-
> damål ha vi byggt upp för oss vissa hjälpmedel,
> jag menar nu inte instrumenten utan vissa ab-
> strakta teorier efter vilka vi arbeta. Ett viktigt så-
> dant hjälpmedel är koordinatsystemet. Vi be-
> traktar stjärnhimmelen som en kupa eller ett
> hålklot, i vars medelpunkt vi befinna oss. På
> denna kupa tänker vi oss ett gradnät, likt det vi
> tänker oss draget över jordytan, och detta grad-
> näts grundplan utgöres av himmelsekvatorn.
> Denna indelas vanligen i tjugofyra timmar och
> ej såsom jordekvatorn i trehundrasextio grader,
> varje timme motsvarar sålunda femton grader

eller precis den väg som solen tillryggalägger på en timme på sin väg över Jorden från öster till vänster. I själva verket är det ju Jorden som rör sig och inte solen, men det bortser vi i det här sammanhanget ifrån. De storcirklar som gå genom polerna vinkelrätt mot himlaekvatorn benämnas deklinationscirklar, de motsvarar jordytans meridianer. De räknas från öster från vårdagsjämningspunkten, där solen befinner sig den tjugonde till tjugoförsta mars.

De båda besökarna lyssnade till professorns anförande med stor uppmärksamhet, men det var som om den ene ändå skulle haft något annat i tankarna, ty gång på gång såg han ner och trevade med handen i fickan. Han skruvade på sig och flyttade sig ideligen, och kom därvid allt längre åt sidan, så att han slutligen kom att stå alldeles bakom den talande, något skymd av det stora instrumentet, till vilket professorn nu hade vänt ryggen åt.

– Varje kvadrant, således fjärdedelen av en deklinationscirkel, indelas i nittio grader från ekvatorn till polen av mindre cirklar parallella med ekvatorn. Dessa cirklar, som motsvara latitudsparallellerna på Jorden, kallas deklinationsparalleller. Vi har sålunda fått ett gradnät liksom på Jorden och med detta kan vi nu bestämma en stjärnas exakta läge på himlen. Funktionerna kallas, i motsats till de "jordiska" benämningarna...

Här mördas professorn och därmed upphör folkbildandet och novellen övergår i detektering. Närmare än så tycks TF inte ha kommit faktasigenren.

HÅKAN LINDSTRÖM

Den hemliga amfibiegiron (1944) av Håkan Lindström ansluter sig till den tradition som växte fram ur flygböckerna för ungdom under 1930-talet. Äventysmässigt påminner intrigen en aning om Bo Vilsons serie *Flygkamraterna* som från och med 1941 gick i FiB. Äventyret rör sig om några pojkars resa Jorden runt. Som titeln anger handlar det om ett transportmedel, en amfibiegiro och uppfinnaren själv säger så här:

– Jag känner intet övermod men väl stolthet över att kunna säga er detta: jag är den förste i världen, som praktiskt löst problemet att skapa ett fordon, med vilket man kan röra sig i tre element. Jag menar dessa: *på land, i luft* och *under vatten.*

Men för alla de som inbillar sig att det var först med miljörörelsens framväxt på 1960-talet som problemet med framtida energi uppmärksammades, så har denna pojkbok från 1944 faktiskt en hel del att förtälja. Det är återigen uppfinnaren som för ordet:

Jag laborerade länge med bensindrift och senare även med gas. Sistnämnda alternativet bortföll nästan genast på grund av den stora vikt, som stålcylindrar har. Man måste använda stålcylindrar att förvara den högkomprimerade gasen i. Så var det bensinen. Jag tror inte på den som framtidens drivmedel. Förr eller senare kommer jordklotets tillgångar på denna råvara att sina. Vad gör vi då? Då stoppas världens över 50 miljoner motorfordon som av en osynlig hand; överallt på vägar, gator och torg kommer livlösa vrak av stål och gummi att stå till ingen nytta. Men vet ni vilket drivmedel, som kommer att finnas? Elektriciteten. Sverige med sina rikliga, nyutbyggda vattenfall levererar årligen 100-tals miljoner hästkrafter ur väldiga turbiner. Denna kraft är evig som naturen själv. Så länge vindar sveper över land och hav, så länge hög- och lågtryck växlar och skapar förutsättningar för nederbörd, så länge skall också elektriciteten strömma.

Ungefär samma sak som miljöpartiets språkrör kör med i skrivande stund (2011), men här kommer uppfinnarens verkliga grej: "Jag har löst problemet att överföra ström på trådlös väg mellan två från varandra avlägset belägna platser." Faktum är att vi tycks ha kommit två meter närmare lösningen på detta problem. 2007 lyckades nämligen forskare vid Massachusetts Institute of Technology (MIT) att tända en 60 watts lampa belägen två meter från sin kraftkälla, detta med hjälp av Wireless Electricity (WiTricity – trådlös elektricitet). Man använder sig av ett fenomen som kallas magnetisk resonans, vilket innebär att man överför energi från varandra fristående kroppar som har samma frekvens. Men det är långt kvar till den dag då man kan överföra elektricitet strömlöst "mellan två från varandra avlägset belägna platser" som det redan 1944 hette i Håkan Lindströms *Den hemliga amfibiegiron*. Och även om trådlös överföring av el är mer fantasi än verklighet, så vem vet vad framtiden kan bjuda på för överraskningar.

HELMER GRUNDSTRÖM
(1904–1986)

Helmer Grundström var en proletärförfattare från Norrbotten och en av de svårsorterade, cirka tvåhundra så kallade Klarabohemerna, de flesta proletärförfattare. De höll till i Stockholm och sålde dikter och noveller till tidningar och tidskrifter, som till stor del hade sina redaktioner i de numera demolerade Klarakvarteren. Så här i efterhand syns det ganska tydligt att de författare, som sprang fram ur arbetarklassen och utgjorde den för Sverige relativt unika arbetarlitteraturen, bland annat drevs av ett slags mindervärdeskomplex kombinerat med ett självhävdandebehov.

Detta tog sig uttryck i att man betonade de egna texterna som värdefulla i förhållande till de texter som publicerades för att enbart underhålla. Ett utmärkt exempel på denna attityd är Ivar Lo-Johanssons uttalande om deckare som smörja som bara ser ut som en bok för att den tryckts mellan ett par pärmar.

I dag då arbetarförfattarna knappt läses – vilket i och för sig är synd – lever dessa föreställningar bara kvar hos enstaka nostalgiker. De tidskrifter där denna proletära snobbism odlades, främst Folket i Bild och Vi, lever nu-

mera i helt andra inkarnationer. Sanningen är också den att många, om inte alla, av de arbetarförfattare som i slutet av 1940-talet skrev under ett bokbålsmanifest med syfte att ta död på de kolorerade veckotidningarna med hjälp av pappersbristen, själva skrev i dessa tidningar.

Bland de arbetarförfattare som förekom i veckopressen finner vi exempelvis Emil Hagström, som under hela sitt skrivande liv förekom i Lektyr. Det gäller också Gustaf Rune Eriks. Han skrev deckarnoveller i Lektyr. Och Helmer Grundström var också han en trogen Lektyr-författare.

Den ovan beskrivna attityden till "den kolorerade veckopressen" har i dess eftersläpande variant posthumt drabbat just Helmer Grundström, som faktiskt var betydligt mer än en norrlandsskildrare och proletärförfattare. Han hade större bredd än så, vilket hans levnadsskildrare Gunnar Balgård beklagar med följande ordalydelse i samband med att samlingen *Det skriker i skogen* (2006) kom ut:

Ur den väldiga mängd Grundström-noveller som jag läst, är det bara ett fåtal som jag menar ytterligare förtjänat finnas i bokform, och jag har därför begränsat mig till att sovra ur de utgivna böckerna.

Balgård menar att Grundström föll undan för redaktionernas krav och försökte att anpassa sig till vad han trodde var gångbart. Än sen då? vill man utbrista.

Bland Helmer Grundströms texter finns enaktaren "De dödas station" (1944). Den påminner om Pär Lagerkvists tidiga dramatik och tyska expressionister och temat liknar Jean-Paul Sartres *Inför lyckta dörrar* i så måtto att den behandlar vad som händer efter döden. "De dödas station" är inte sf, men har släktskap med faktasin och är värd att notera och lyfta fram ur glömskan, där den alltid tycks ha funnits.

I en väntsal på en järnvägsstation, där, med

Erik Lindegrens ord "alla tågen gått och alla klockor stannat" väntar fyra soldater på tåg som aldrig kommer. De diskuterar krig och fred. Det noteras att det aldrig kommer att bli fred, krig kommer alltid att råda.

> *Förste soldaten*: – Var är våra vapen? Och våra packningar?
> (*reser sig och haltar bort till tågtidtabellerna*)
> Herre Gud! Här finna inga tider utsatta! Inga timslag, inga stationsnamn, ingenting! Var är vi?
> (*skyndar tillbaka till sin plats och begraver ansiktet i händerna*)
> *Fjärde soldaten*: – En soldat vet aldrig var han är. För honom finns inga stationsnamn.
> *Tredje soldaten*: (skakar thermosen): – Inget kaffe.(rotar i fickorna): Inte en cigarett.
> *Andre soldaten*: (Gräver också i fickorna): – Inte här heller.

Sådan är stämningen på denna station och det påminner om stämningsläget i väntrummet på berättelser i skräck- och spökgenrerna. En individ kallad *Gestalten* dyker upp och avslöjar att soldaterna har stupat och att de nu är döda. Han avkräver dem deras pass och kontrollerar att de är viserade. Men *Förste soldaten* har inget pass. Han blir ensam kvar i väntrummet och inser att han lever medan hans döda kamrater gått vidare till ett okänt och evigt efterliv. Själv avser han att inte mera ägna sig åt krig utan leva i fred med alla människor. Grundström närmar sig med novellen "Suckarna" (1946) i tidskriften Vi folktrons ockulta tassemarker och den ligger i utkanten av fantasygenren.

SVEN G. LINDQUIST

Novellen "Den gröna pesten" (Lektyr 53/ 1944) av Sven G. Lindquist handlar om en pest som samtidigt uppträder över hela världen den 5 juli 1947. Den publicerades alltså fem månader före den tyska kapitulationen försommaren 1945. Berättelsen har satts på pränt den 5 juli 1987 av James H. Endriss, den äldste medborgaren i Globe Centrum. Det samhälle där resterna av mänskligheten lever fyrtio år efter pestens utbrott har vuxit till 10 000 personer. Det som hänt var att man inte fann några av de nazistiska ledarna efter det andra världskriget. De hade dragit sig undan och planlade ett dråpslag som hämnd mot segrarmakterna: den gröna pesten. Vi har facit och vet hur det gick i verkligheten, men novellen kan fortfarande läsas, numera som en faktasi i underegenren alternativ historia.

Mina medhjälpare och jag är som jag tror de enda överlevande efter katastrofen. Finns någon annanstans på Jorden flera än vi, har de ingen kännedom om radio, ty flera år har vi gjort försökssändningar på alla tänkbara våglängder
– – –
Nu är vi ensamma i världen. Men vi har lyckats ganska bra, Nativiteten har varit mycket tillfredsställande och produktionssiffrorna så höga att livet är lätt för alla. Vi har naturligtvis genomfört en ren demokrati. Statsrättsligt sett är vi en republik, vars president jag är. I början stiftades alla lagar genom vad vår svenske gruvexpert kallade allmän rådstu, d.v.s. att man avgör genom omröstning bland alla. Nu går inte detta längre – vi är för många. Vi har i stället tvungits att välja representanter, men vi har garderat oss mot yrkespolitik genom att förbjuda att samme man väljes mer än en period i sitt liv.

Människorna som överlevt tillhör alla en expedition bestående av vetenskapsmän, tekniker, organisatörer, mekaniker och skickliga arbetare. Med andra ord: en elit! Globe Centrum, där de verkade när den gröna pesten bröt ut, var isolerat från resten av mänskligheten och undkom därför farsoten. James H. Endriss avslutar sin berättelse så här:

Världen har gått under, hela den värld vi kände. Vi leva, men även vi ha rönt spår av hämndens och olyckans hand. Men är det inte en triumf för oss, som alltid trott på godhet och humanitet, att våra ideal genom oss, kommer att leva kvar? Dikatorerna ropade mot himlen, att de var försynens redskap. Ja! Men Försynen har lagt på oss den bördan att visa och bevisa, att de var redskap endast för att utrota sig själva, all egoism, all brutalitet, trångsynthet, nationalism, hat och brottslighet. Vi tillhör skilda folk, men vi har alla samma uppgift; att leda den nya mänsklighet, vars rot och stam vi av ödet utsetts att vara till frihet, jämlikhet och broderskap.

Det är en dystopisk berättelse med utopisk slutkläm i socialistisk för att inte säga kommunistisk anda, fast jämlikheten är förverkligad hos den elit (Lenins avantgarde?) som överlevt i den skyddade verkstaden Globe Centrum.

Vem Sven G. Lindquist var är inte klarlagt. Han skrev då och då noveller av skilda slag i Lektyr. På författarfonden finns namnet med stavningen -quist och årtalet 1910, vilket skulle kunna betyda att han var född då och var 34 år när novellen publicerades. 1944 publicerade också Kooperativa Förbundet en roman med titeln *Olagus: En skärkarl* av en författare med detta namn och samma stavning.

Kanske var Sven G. Lindquist den man, som på Libris står noterad i samband med tidskriften Clarté och som tycks ha varit knuten till Sveriges kommunistiska partis ungdomsförbund. Hur som helst är hans välskrivna insats som sf-författare blygsam och tycks inskränka sig till novellen "Den gröna pesten". Den marknadsfördes 1944 som "En framtidsbild från 1987".

ÅKE LINDMAN (1909–?)

Åke Lindmans båda faktasier, *Den döende planeten* (1944) och *Tarin löftets planet* (1946), båda på Lindqvists förlag, gick helt i den traditionella pojkbokens tecken. Käcka unga svenskar bygger rymdskepp hur lätt som helst och sticker över till Mars utan att behöva anlita hundratusentals anställda som NASA måste göra.

Unga svenskar som vid olika tider färdas till exotiska länder ute i världen hade bröderna Bengt och Martin Nylund mer eller mindre patent på en gång i tiden och Bertil Cleves *Resan till Mars* var funtad på likartat sätt. Hos Cleve var det en professor som byggt skeppet och grabbarna råkade hänga med. Hos Lindman handlar det om unga ingenjörer. Den 26 augusti 19xx observerades ett ovanligt kraftigt meteorfall klockan 15.00. En kraftig eldstrimma drog fram över himlen och en tidningsrubrik samma dag löd:

METEOR eller RAKETSKEPP
Fyra unga män på väg till Mars?

På Mars kan de andas och ett luftskepp landar intill deras rymdfarkost. Och vad händer?

Samtidigt med att de fyra vännerna hoppade ner på marken utanför Tellus öppnades en dörr i luftskeppets sida och gled ner mot marken som en landgång. Fram över landgången kom två män. De såg precis ut som människor från Jorden. "Gudskelov att de ser ut som vi", sade Bob med en suck av lättnad. Jag var faktiskt rädd att de skulle ha fyra par ben och tolv par armar eller något i den stilen.

Och så får de vänner och upplever äventyr. De får veta att Mars är dödsdömt och att marsianerna borde emigrera till Venus. Det ger Åke Lindman ett bra utgångsläge för bok nummer två, *Tarin löftets planet*. Då återvänder jordborna till Mars och man reser vidare till Venus, som kallas Tarin på marsianska. Man träffar på vildar och så här tänker sig författaren att de högt utvecklade marsianerna ska samleva med urinvånarna:

Här på Mungalsätten hoppas jag att de första nybyggarna kommer att slå sig ner. Jag förmodar att vildarna som ni berättat om inte kommer att lida av vårt intrång, det kanske inte heller finns fler än dem ni stötte på vid Farornas

Land, jag tycker att vi i så fall skulle ha stött på spår av efter dem under våra färder. Men det är ju möjligt att det finns stammar på de andra kontinenterna som vi inte utforskat eller rent av inte upptäckt. Hur som helst denna kontinenten räcker mer än väl till för oss i flera hundra år.

När dessa båda ungdomsböcker publicerades var JVM/VÄ i full swing med långt mycket häftigare och betydligt mer fantasifulla sf-skrönor, men böckerna fyllde säkerligen en funktion för grabbar i slukaråldern.

ROLF WIESLER
KOMMER TILLBAKA

1944 återkom Rolf Wiesler med en rad noveller som på ett helt annat sätt än hans flygböcker på 1930-talet balanserar mellan mystik och science fiction. Det tycks ha börjat med novellen "Nattflygning" (Lektyr 41/1944) där en flygare vid namn Tommy griper in när piloten på ett passagerarplan blir skjuten av tyskt attackflyg. Fast Tommy kan inte ha gripit in som reservpilot. Han kan inte ens ha varit ombord på flygplanet. Tommy har själv blivit nedskjuten fem dagar tidigare. Tanken går osökt till Stieg Trenters debutnovell som hade likartad paranormal twist.

Därefter kom Wieslers novell "Den mystiska Betty McBride" (Lektyr 33/1945), en på gränsen till sf lätt ockult och gengångaraktig berättelse, men ändå inte en spökhistoria. Och veckan därpå bidrog han under sin gamla pseudonym John Fairlie Redwood med den originella berättelsen "Den svarta melodien" (Lektyr 34/1945). Där försöker drottning Elisabeth I att ta livet av en oåtkomlig före detta gunstling genom att skicka honom en speldosa som skulle utlösa en bomb. Det handlar om en till 1500-talet tillbakablickande sf-berättelse som kan sägas utspela sig i både dåtid och nutid.

I novellen "En doft av lavendel" (Lektyr 4/1947) låter Wiesler en man uppleva en händelse som ligger ett bra tag tillbaka i tiden. Det handlar om en stark upplevelse av en förflyttning till det förgångna, men kan också tolkas som en hallucinatorisk tillbakablick.

"Teknisk knockout" (Lektyr 17/1951) är en ovanlig boxningsnovell med egendomliga upplevelser som visar sig bero på kolosförgiftning. Wiesler åstadkommer här en i dubbel bemärkelse verkningsfull atmosfär. Han har en tydlig ovilja att låta sina visioner stå på egna ben. Han innesluter dem i drömtillstånd eller förklarar dem, som här, med kolosförgiftning. Följande rader ur "Teknisk knockout" är ett bra exempel på Wieslers berättartalang:

Raseriet kom över Martin själv. Kunde han inte ens klippa till den där gorillan med galoschkäken och den bredbenta bönan mitt på bröstet, skäggstubb som tapetnubb och spindelben...

Han sköt ut en lång, hård vänster mot maggropen. Den andre kröp ihop med högerhandsken mot mellangärdet, den vänstra sam i luften någonstans intill Martins högra öra. Martin tog upp en uppercut ända från golvet, crossade hans vänster och lät hela kroppen följa med i slaget.

Den andres blick kom upp – och samtidigt tyckte Martin att något gick sönder i hans eget huvud med ett vasst krasande.

Den andres ögon hade inga pupiller.

Det är först med novellen "Den fjärde dimensionen" (Lektyr 50/1951), som Rolf Wiesler efter "Den svarta melodien" återigen tar steget fullt ut in i sf-genren utan drömgardering. Huvudpersonen Hasse Bergström ser ett mord utföras i ett fönster, men när saken undersöks finns ingen på plats. Varken mannen som mördar eller kvinnan som blir mördad.

Senare inträffar ett mord på samma plats, men med omkastade roller. Mordoffret, kvinnan, är nu den som mördar den man som är mördaren i Hasse Bergströms vision. Inblicken i framtiden via den fjärde dimensionen har tagit formen av ett egenartat negativ. Utan den knorren hade berättelsen blivit en täm-

ligen normal historia om framtidsskådande.
Wiesler avrundar sin berättelse så här:

> Men om nu Einstein skulle ha rätt i att tiden är
> den fjärde dimensionen, en dimension som de
> andra tre, längd, bredd och höjd, ja, då skulle
> man ju utan svårighet kunna förflytta sig längs
> densamma och förmågan att se det som varit
> och det som ännu inte skett inte vara mer an-
> märkningsvärd än förmågan att se det närva-
> rande. Och att han i stället såg en person utfö-
> ra en handling som egentligen en annan gjor-
> de var inte ett dugg märkvärdigare än när man
> tycker tåget går baklänges när det i själva verket
> är det andra tåget som går.

Rolf Wiesler skulle återkomma med ännu en
novell som stöter i sf-kanten. Det skedde året
före hans alltför tidiga bortgång med novellen
"Hemligt vapen" (Lektyr 34/1953), men här
vågade han inte ta steget fullt ut. Den sf-lik-
nande handlingen visar sig vara en dröm eller
hallucination.

Rolf Wieslers anknytning till science fiction
var perifer. Sf låg i utkanten av hans omfattan-
de produktion. Han såg sig säkert inte som en
sf-författare och har aldrig upplevts som en
sf-författare. Han har över huvud taget inte
apostroferats i många sammanhang. Han var
en av de där brödskrivarna, som underhöll
svenska folket med sina berättelser. Hans be-
skrivning av mänskliga relationer i romanen
De flög för Norge (Pojkarnas Flygbok 1942)
har emellertid långt efter hans bortgång fått
en iakttagare att jämföra honom med John
Steinbeck.

När ett radioprogram avhånade veckotid-
ningsnovellen strax innan Rolf Wieslers no-
vell "Atomsläggan" (Lektyr 45/1947) publi-
cerades, så skrev Lektyrs redaktör följande:

> Jag skulle vilja råda författaren till det där radio-
> programmet att läsa Rolf Wieslers "Atomsläg-
> gan" och Sven Rosendahls "Älgkon" i det här
> numret av Lektyr. De novellerna handlar vis-

serligen inte om kärleksmöten, men det är bra
noveller – så bra, att den skeptiskt inställde sä-
kerligen skulle bli förvånad över att finna dem i
en veckotidning. Jag har märkt, att det ofta är så
med dem, som klankar mest – de klankar, men
de vet inte så noga vad de klankar på.

Det var väl ungefär den uppmärksamhet som
Rolf Wieslers insatser fick under hans livs-
tid. Trots hans perifera insats inom vetsagans
område, kan man konstatera att hans insats,
och då avser jag främst *Den gula bacillen* i Lek-
tyr (35–38/1932) och de sena novellerna på
1940-talet, är annorlunda och originella. För-
hoppningsvis kommer fortsatt efterforsk-
ning och kartläggning att avkasta fler sf-arta-
de noveller av hans hand.

ÅKE WALLIN (1917–2010)

Pojkarnas flygbok 1945, *Flygande världspolis*
av Åke Wallin, var också en flygbok med an-
strykning av science fiction. Wallin växte upp
i Växjö där han tog sin studentexamen. Vid
tjugo års ålder utbildades han vid flygkrigs-
skolan i Ljungbyhed och under andra världs-
kriget hamnade han 1940 på F1-flottiljen i
Västerås.

Han skapade flottiljens tidning Flygpost
som övertogs av flygvapnet. Redaktionen flyt-
tade till flygstaben i Stockholm, där han un-
der kriget upprätthöll en tjänst vid pressav-
delningen. Flygpost inköptes av Åhlén &
Åkerlund som startade tidningen Flyg och an-
ställde Wallin.

Det blev mindre flyg men han fortsatte som
redaktör för bland annat personaltidningar,
blev ordförande i Svenska Företagares Riks-
förbunds avdelning i Malmö samt ledamot av
både förbundsstyrelsen och arbetsutskottet.
Han satt i styrelsen för Folkpartiets ungdoms-
förbund, satt i kommunfullmäktige och var
även kommunalråd.

Under andra världskriget hann han också
med att skriva två stycken Pojkarnas flygbok,
Division Harpunen (1944) och året därpå *Fly-*

gande världspolis, båda på Åhlén & Åkerlunds förlag. Handlingen i *Flygande världspolis* utspelar sig efter det andra världskrigets slut och innehåller två sf-idéer. Den ena som titeln avslöjar handlar om inrättandet av en flygburen världspolis. Den andra handlar om skapandet av ett readrivet fantomplan som hotar världsfreden.

Fantomplanet hade plötsligt stoppat upp i sin snabba flykt. De själva hade på bråkdelen av en sekund flugit förbi. Och nu låg det främmande flygplanet i en brant stigning uppåt. Men ingen vanlig stigvinkel. Och ingen vanlig stighastighet. Det steg med en förvånansvärd lätthet och nästan lodrätt upp. Berg trodde knappt sina ögon. Det var de bägge reaktionsaggregaten i vingarna, som åstadkom detta. De stod nu lutade nästan rakt upp och ner, och kraftiga blåröda avgasflammor stod som kvastar ur deras bakändar.

Globetrottern Curt Cramér på foto från 1936.

Fantomplanet har sedan 1945 förverkligats i olika varianter, men den flygande världspolisen har ännu inte skapats.

CURT CRAMÉR (1894–1946)

Gotlänningen och äventyrsförfattaren Curt Cramér hade en intressant bakgrund. Student i Visby 1914. Studier vid Handelshögskolan. Anställd vid banker, bankirfirmor, konsulat och företag i Argentina, Australien, Japan, Mexiko och Venezuela åren 1920–1938. Efter 18 år återvände han till Sverige och bosatte sig i Visby. Redan innan han återvände hem publicerades hans första äventyrsroman *Pengar och pistoler* (1936). Efter hemkomsten till Gotland fortsatte han sitt författarskap i tidskrifter och bokform. Hans äventyrsberättelser utspelade sig i de länder där han vistats.

Curt Cramérs *De förlorade flygplanens land* (1945) handlar om ett land, en avsides belägen värld, som bygger på traditioner från Atlantis. Arkitekturen är av den karaktär som rådde hos aztekerna och mayafolket. Berät-

telsen är besläktad med historier som Anders Ejes *Fasornas ö* (1935), Vladimir Semitjovs *Det försvunna aeroplanet* (1937) och Roland Hentzels *De döda flygplanens ö* (1938).

STIG ÖRNFJELL (KARL AUGUST LARSSON)

Under pseudonymen Stig Örnfjell skrev Karl August Larsson, som också var översättare, en rad deckare åt Alibi-magasinet. Inspirerad av atombomberna fick hans hjältar, detektiven Nils Hessel och sajdkicken Pelle Spänst, ta itu med en krigsförbrytare och världsutpressare som med hjälp av en vetenskapsman står i beredskap att förinta världen. Det skedde i *Atomskräcken* (AM 3/1946).

Han gick fram till ljusbrunnen och tittade ner. Han kunde se ett par män röra sig där nere. De lade ut tjocka kablar eller dylikt. Genom en öppen dörr kunde detektiven blicka in i en upplyst hall. Där hängde någonting, som snett uppifrån mest liknade ett stort, cirkelrunt stålstycke. I bakgrunden skymtade en jättelik starkströmsisolator. Någonstas under Hessel började en maskin stirra. Det lät som spinande från ett jättelikt kattdjur. Ljudet förändrades, gled upp någon oktav på tonskalan. Plötsligt sköt en blixt genom hallen. I det vita skenet blev för en bråkdels sekund varje litet föremål tydligt. På glasrutan under honom låg en intorkad fluga, som saknade en vinge – så mycket hann detektiven se. Sedan avlöste den ena blixten den andra. Ljudfenomenen följdes av skarpa knallar. En egendomlig lukt letade sig fram till Nils Hessels näsa. Han såg en gråsprängd man, som rörde sig framför apparaten där nere. Han höll en vid, meterlång tub i händerna. Varsamt skruvade han fast den någonstans under den mäktiga stålmassan. Detektiven förstod att apparaten med den väldiga magneten var en cyklotron. Mannen som rörde sig främför den var säkerligen Sygmund Vehiz. Belyst av knallande, blixthika urladdningar på miljoner volt gjorde det tjugonde århundradets djävulspräst altartjänst åt den fruktansvärda atomkraften. Skulle han, liksom sägnernas häxmästare, kunna tygla de förstörelsens andar som han kunde lyckas frambesvärja? Eller skulle de trotsa honom och bli honom övermäktiga?

Nils Hessel såg en arbetare köra fram ett par metalltackor och föra in dem i cyklotronen. De glänste gråvita i skenet av urladdningarna. Detektiven tyckte sg känna igen formen och stämpeln på tackorna. Tydligen utgjordes de av aluminium. Nils Hessel kände en plötslig torrhet i munnen. Han började ana, vad som var på färde. För att se bättre lade han sig raklång på en bjälke, som gick tvärs över ljusschaktet. Han hörde atomsprängaren ge några korta instruktioner.

Hessel hör vetenskapsmannen förklara att han genom en särskild process lyckats göra aluminium radioaktivt. Processen får det radioaktiva aluminiet att delta i en kedjereaktion som innebär att ett fåtal atomer sönderfaller. På en omväg tvingar de andra atomer att sönderfalla och avge energi och dessa i sin tur splittrar ett antal nya atomer. Och vetenskapsmannen fortsätter:

Vid ett visst stadium av reaktionen, som har karaktären av en oerhörd explosion, får det sönderfallande, radioaktiva aluminiet förmåga att göra inaktivt aluminium aktivt. På så sätt blir bland annat det aluminium, som ingår i leran här aktivt. En blomkruka räcker för att spränga ett kvarter luften. När reaktionen har gått så långt, kan intet hejda den. Hela jordskorpan består av aluminföreningar, bergarter och mylla – allt.

Och här kommer vetenskapsmannen fram till avsikten med allt detta. Vetenskapsmannen övergår till att bli en profet, som predikar slutet på världen och mänskligheten.

Jordskorpan kommer att avge sin atomkraft, falla sönder i sina minsta beståndsdelar. Det blir en praktfull syn, bevittnad av ingen! En hela klotet omfattande explosionsvåg kommer att kasta radioaktiva, exploderande – klippblock, ja hela bergmassiv, miltals ut i världsrymden. Till slut kommer kanske klotets nakna kärna av tunga metaller att irra som ett glödande klot, en nytänd stjärna, genom den öde rymden. Vår värld blir befriad från människan, tillvarons största skam. Renad i eld rullar planeten vidare mot sällsamma möten med okända nebulosor. Kanske blir också planetens kärna aktiv, kanske kommer explosionen att klyva vår jord till sista atomen. Vi kommer aldrig att få veta det. Vi är borta efter att ha utlöst det väldigaste dramat i universums historia.

Men trots det tydliga inslaget av science fiction med planerad ragnarök, så är *Atomskräcken* en normal Alibi-deckare, där Nils Hessel och Pelle Spänst på vanligt vis med slagsmål i laboratoriet kan hindra den brottsliga verksamheten.

EN EXPLOSION AV FRAMTIDSKÅSERIER

Även om varken JVM/VÄ eller Sture Lönnerstrands noveller i Levande Livet gav upphov till en svensk fandomrörelse, så påverkade texterna redan på 1940-talet mångas attityder och livsåskådningar. Vid sidan om blivande science fiction-författare som Ove Allansson, Dénis Lindbohm och Börje Crona, vilka tog intryck av JVM/VÄ och kapten Frank-romanerna, fanns där andra som troligen hade sina sf-rötter i samma mylla. Det vittnar resultatet av den tävling som söndagen den 10 mars 1946 utlystes på Stockholms-Tidningens mysiga Melodisida:

Låt oss lämna nuets förvirrande puzzle och skåda in i framtiden! Låt oss göra det i form av en PRISTÄVLING!

Hur ser det ut i Sverige om 100 år? Vad kan hända en t.ex. på väg hem från kontoret? Hur har tekniken och den s.k. utvecklingen då omskapat vårt dagliga liv hemma, i arbetslivet eller ute i nöjenas brusande virvel? Det skulle vara skojigt att veta. Man kan åtminstone gissa. Spänn fantasiens skimrande vingar till flykt in i framtidens land av obegränsade möjligheter och skriv ett

Framtidskåseri

där ni i klara, konkreta bilder skildrar vad en vanlig herr, fru eller fröken Medelson i någon given situation år 2046. Åskådligt och påtagligt, som sagt, så man riktigt ser det för sig. Det blir väl en trevlig läsning!

Fatta kristallkulan, alltså – vässa pennan och skriv framtidens kåseri. Det bör räcka med 350 ord, för om 100 år har nog folk inte tid att läsa några långa avhandlingar. Införda bidrag honoreras. Och i framtiden (men inte tidigare än om 100 år) blir det prisutdelning. Kuverten markeras "Framtidskåseri". Och hjärtligt välkomna!

Snabbskrivare bland läsekretsen var inte sena att antaga utmaningen. Redan påföljande dag kunde man publicera det första bidraget. Bidragen andades friskt humör och inte sällan känsla för satir, som det här citatet – översatt av B.A. från esperanto – från radionyheterna den 19 mars 2046 demonstrerar:

SVERIGES RADIO – STOCKHOLM.
KVÄLLSNYHETER från TT.
•H.M. Konungen med uppvaktning reste i eftermiddag med raketskeppet 666 A2b till Mars för att jaga kroksnabliga titanödlor.

Bränslekommissionen meddelar att ett större parti kol är att vänta hit från Polen inom kort. Det gäller en kvarglömd post från handelsavtalet med Polen av 1945. Kolen, som ju inte har någon praktisk användning i atomenergins tidsålder, kommer i stället att användas som byggnadsmaterial för ett prakttempel som hyllning till 1946 års handelsminister G. Myrdal.

Ett ras inträffade i dag i tunnelbanan Stockholm – Tokio. De materiella skadorna var jämförelsevis små. Ett hundratal människor omkom. Tokioexpressen blev 12 sekunder försenad genom det inträffade.

Raketskeppet Viking av Göteborg med last av råskalad potatis på resa till Uranus har råkat ut för motorstopp och irrar i omkring i världsrymden utan att kunna ta vara på sig självt. F. 5 bärgningsrymdskepp har gått upp för att assistera.

Och längre fram i nyhetssändningen skojar författaren friskt med den växande byråkratin i samhället:

En tjänsteman i VK (välståndskommissionen) som spårlöst försvann för nio år sedan har återfunnits. Han hade råkat gå vilse i avdelningen för gröna cirkulär. Han är nu övergeneraldirektör för bemälda avdelning.

Tandläkare Emil Oxelbete från Oxelösund har i dag avlidit i en ålder av 103 år. Därmed har den siste representanten försvunnit från den barbariska tid då människan hade tänder och huvudsakligen levde på dödade djur och växter.

Övergeneralöverskolstyrelsen har hos regeringen framlagt förslag om att höja den obligatoriska folkskolan från 43 år till 46 år och 3 månader.

I signaturen *Hr Fil Bunkes* framtidskåseri "Brott och straff" ger författaren med glimten i ögat en inblick i den framtida brottslighetens karaktär:

Vid Folkhemsrådhusrätten rannsakades i dag en skum figur, folkhemsmedlemmen nr 4711 Svensson-Bräckjärn. Han var anklagad för flygfylleri, våldsamt motstånd mot flygpolis, brott mot flygtrafikstadgan samt skratt på allmän plats. Vid genomgående av den häktades levnadsomständigheter blottades sorgliga detaljer.

Svaranden hade sålunda redan vid 55 års ålder fått klara sig själv, och trots att han hade åtta år kvar till examen hade föräldrarna dragit in allt underhåll åt honom. Rent kriminella drag kunde också spåras i släkten, då svarandens farfar vid ett tillfälle fått böta för att år 1958 lett sin cykel mot körriktningen på Klara Norra kyrkogata.

Signaturen *Cosmos* kåseri "Interkosmisk kongress" är verbalt en så pass science-späckad fiktion att den kan vara värd att citera i dess helhet:

(Från Eder kosmetiske representant.)
VIKING XI, 17. 312, – 46 PC.
På den totalabsorberande bordskivan av tunga kolisotoper angav den kosmiska tidtäljaren att den intervärldianska kongressen för individdekriminalisering skulle börja. Initiativet till kongressen hade tagits för ungefär tio ljusdekader sedan av Sirius-invånarna, men Helios-Tellus-systemet hade då ej haft möjlighet att vare sig tyda eller besvara signalerna. En del överlevande från den antekosmiska tiden påstod sig minnas, att signaler uppfångats år 54 AC (ante cosmeticum) d.v.s. 1946 gamla stilen. Hyperegoistiska teknici hade då påstått, att det var

deras egna utsända strålar, som reflekterats av Luna Tellus (Gubben i Månen, d.ä.), men man visste bättre nu.

Som vanligt anlände grannarna sist. Pluto-delegationen hade råkat få en löskomet i sitt energihölje och måste gå in till Mars för avkometisering. Man har här anledning att tala om energiknippen i ordets ursprungliga betydelse, eftersom man i interkosmisk trafik har rättighet att helt utnyttja den gamla Einstein-Planckska relativitetsteorien och sålunda färdas som energi. Omvandlingen till konferensstadiet sker i en omvänd Betatron till vilken den sedan länge som barnrutschbana använda Uppsala-manicken stått modell.

De gamla språksvårigheterna, som härskat allt sedan Babel, har nu helt eliminerats. I konferensrummets antika öronlappsfåtöljer sitter i huvudhöjd en antenn inmonterad och en liknande vid vänstra handleden. Antennerna står i förbindelse med var sin elektroencefalograf och elektrokardiograf, varigenom alla deltagares uppfattningar automatiskt registreras allt eftersom de uppstår på en självlysande skärm system Radar. Fördelen med detta system är vidare, att alla yttranden blir uppriktiga. Till följd härav har all politisk verksamhet helt avstannat.

Det Post-Linnéanska system med reducerad kromosomfördubbling med crossing-over i altruist-sektionen och utsläckning av NZ-destruktionszonen, som föreslagits av Tellus-delegationen, upptogs till grundprincip för interkosmiskt umgänge.

Härefter flyttade konferensdeltagarna över till den energikonditionerade baren, där dagens flitspruta injicerades.

Att framtiden också kunde ses an både med viss skepsis och vissa förhoppningar vittnar signaturen *Verynobels* kåseri "Kul i juli" om:

Solen dalade i ett underbart skimmer av eldrött. Det var mot kvällningen en dag i juli 2046. Doften av det torkande höet fyllde den smekande kvällsbrisen. Han var så märkvärdigt glad, Anders Andersson, där han stod på sin åkerlapp och stödde sig mot högaffeln. Att tänka sig att han för endast sex månader sedan varit distriktschef vid Västra Atombombskyddssystemets 46:te katakomb ej långt från Boråsruinerna. Hur mindes han inte nu med förvåning huru han i tjugu år uthärdat under Jorden. Vilket myller av i folk i danssalarna, i televisionssalongerna och i restaurangerna! Dessa amerikaner, australier, kineser m. fl., som dagligen anlände och åter avreste med stratosfärexpresserna. Vad dessa människor var trötta! Vad de var modlösa!"

Men så uppfann den svenske vetenskapsmannen S. "Xinisilin 36", ett serum som skänker människan ro och förnöjsamhet och som vida skulle komma att överträffa uppfinningar som atomenergin, den kosmiska energin eller stratosfärtrafiken." Och kåsören fastslår att alla "världens människor hade genom en gigantisk organisation under loppet av ett år skänkts en ny livssyn genom denne 'kemiske Kristus'".

Även kärleken har plats bland framtidskåserierna på Stockholms-Tidningens Melodisida 1946. I "Ett frieri" av signaturen *Fin* ligger en ung man och drar sig i sin prasselfria papperssäng.

Plötsligt ringer televisionstelefonen. En ung dam visar sig i ljusfältet. Den unge mannen småler belåtet. Den unga damen ser tilldragande ut.

– Min käre unge man, säger den unga damen, vill ni gifta er med mig?

– Gärna, svarar den unge mannen, vem är det som frågar?

– Å, förlåt mig. Jag glömde att presentera mig. Mitt namn är Standardson, 30 år gammal, anställd i kommittén för utredande av om Birger Jarl hade skoskav, nageltrång eller gick inåt med tårna. Då träffas vi utanför giftermålsbyrån klockan tolv. Glöm inte att ta med motboken och medborgarboken.

– Det skall jag komma ihåg, säger den unge mannen. Oh, jag glömde en sak. Jag är ju redan gift.

I kåseriet "Han kom för sent" av signaturen *Toke* går det dramatiskt till när bröllopsklockorna förväntas ringa. En notarie som har sitt arbete vid Stockholms ström har skymtat en kvinna vid weekendutflykter till Oklahoma och Tokio. Han har slutligen bekantat sig med henne vid en resa till Capri. De har tillsammans upplevt gondolfärder i planeten Mars kanalsystem och svärmat under Jupiters mångskiftande månsken. Han friar och får ja.

Bröllopsresan skulle ställas till andra sidan den stora luftgropen. John var nämligen mycket intresserad av de sociala inrättningarna i Milo, huvudstaden i Venus förenta stater. Bröllopsmiddagen var beställd på Venusatomen och endast det bästa var gott nog: Mars pannkaka, jordgubbar och Saturnus likör. Vigseln skulle ske i Stockholms rådhus, men han kom för sent. Bommarna gick ned vid Tegelbacken.

Vad som här spökar är det så kallade Tegelbackseländet, som innebar att Kungsholmen avskars från Norrmalm i Stockholm varje gång ett tåg kom, för då fälldes bommarna ner för all trafik som korsade järnvägsspåren.

Att ta hand om barnen är viktigt i alla kulturer, så även i framtidens Sverige år 2046. Signaturen *Dreamface* avslöjar följande om fru Ada som är "i färd med att ansa de båda barnen":

Väl ombonade låg de där i sina för ultrastålar genomskinliga glasburkar och omspolade av den för utvecklingsmånaden mest lämpliga fysiologiska näringsvätskan. Deras underlag av aminoplacenta hade hon bytt dagen innan och hon behövde nu endast lägga ned de två syretabletterna plus kaloritabletten hos barnen. Vad dom har blivit stora! tänkte hon, och mindes ännu den dag, då hon för drygt 6 månader sedan hade

hämtat dem på distriktslaboratoriet för homo-
ovarieägg.

Signaturen *Lyckliga 2046* har flygmaskin
på taket. Det ingår i hyran liksom städning,
matlagning och all sorts slabbgöra. Signatu-
ren *Rulle* avslöjar att rösträttsåldern sänkts till
10-årsåldern. Barnen "har sitt säte i riksda-
gens kammare, som blivit verklig barnkam-
mare." Signaturen II NY3 firar på måndagen
"fria viljans kväll" och fastslår: "Nu för tiden
behöver vi som väl är ej tänka, men förbjud-
et är det inte."

Och signaturen *Rymdluffaren* (titeln på en
novell av Eando Binder i JVM/VÄ) avreser
med raketskeppet "Stockholm", som i likhet
med rymdskeppen i Edmond Hamiltons kap-
ten Frank-romaner startar med "dånande ra-
keter" från Bromma raketfält. Vid en mel-
lanlandning på månen ser han en utställning
med venusiansk konst och fortsätter därefter
ut i rymden och landar efter tre timmar och
fem minuters färd på Mars internationella ra-
ketfält där han konstaterar:

Flera atombilar stod och väntade utanför raket-
fältet för att föra raketskeppets passagerare till
Mars turisthotell nr 157. Väl kommen till ho-
tellet slog jag mig ner vid televisionsradion för
att höra p T. T. Jag är mycket politiskt intresse-
rad och följer med spänning inbördeskriget på
Venus mellan träskfolket och havsfolket, T. T.
meddelade att träskfolkets konung Kara-Mo
och havsfolkets president Tola-kar har inlett
fredsförhandlingar. Jaså, det skall äntligen bli
fred, sade jag med en suck och stängde av radi-
on…

Men alla ser inte ljust på framtiden. *O.P. Ti-
mist* har följande att förtälja i sitt pessimistis-
ka kåseri "Efter katastrofen":

I dagar och månader har jag vandrat och vand-
rat ensam. Inte en människa, inte ett djur av nå-
got slag. Om jag åtminstone fick höra en flu-

gas surrande. Men det är ju lönlöst att tänka och
hoppas, den förbrända, nedsmälta marken har
ju icke så mycket som ett grönt strå. Alla floder
och sjöar är uttorkade, det som finns kvar av alla
våra vackra sjöar är endast sorgliga rester med
ett oljehaltigt, fränt vatten. Nu orkar jag snart
inte längre, mitt förråd av livsmedelskoncen-
trat är snart slut och krafterna minskar dag för
dag. Kanske det finns människor på annat håll
på Jorden och kanske de någon gång kommer åt
detta håll. Jag skriver därför ned vad jag vet, och
det är inte mycket.

O.P. Timists beskrivning av det eländes elän-
de som drabbar världen känns igen från sena-
re tiders debatter om Grönlandsisar och Hi-
malayaglaciärers bortsmältning:

I slutet av år 2044 började oroande rykten
komma i omlopp. Någon eller några indivi-
der som icke älskade en värld utan stridighet-
er siade varje afton genom television på himla-
valvet om kommande hemska olyckor. Dessut-
om rapporterades en ovanligt stor avsmältning
av Grönlands inlandsisar och Antarktis ismas-
sor. Havet började inkräkta på allt lägre liggan-
de land.

Även signaturen James bidrog med en dysto-
pi som dock mynnar i lycka. Hos honom ex-
ploderade en gigantisk atombomb under det
sjätte året av det åttonde världskriget:

Jorden darrade i sina fogar och explosionen
hade till följd att allt liv till synes förintades. Pla-
neten förlorade sin dittillsvarande form, vilket
hade till följd att den dagliga rotationen blev
oregelbunden liksom även jordbanan i univer-
sum förändrades. Därigenom blev dagarna och
årstidernas växlingar i hög grad oregelbundna.

Efter katastrofen träffar i alla händelser James
Standardson en kvinna, Venus Medelberg. De
är bosatta i en grotta och klädda i djurhudar
och firar sin treårsdag:

I ett blad friskt källvatten drack de varandra till. De hade funnit den stora lyckan. Bekymrens tid var förbi, ty de hade inga jordiska ägodelar. Men de ägde livet och varandra! Borta i vrån hördes ett svagt joller, som tillkännagav Margareta Standardsons uppvaknande. De log hängivet och kysstes innerligt, innan de vände sig mot den lilla, som sträckte sina knubbiga armar mot modern.

I skrönan *Q P 2 byter hjärna* berättar signaturen *P.R. 1.* att han brutit benet när hans atombil tog ett oplanerat skutt tio–tolv meter upp i luften. På det viset hamnar P R 1 på Serafimerlasarettet där han hamnar bredvid sin gamle vän Q P 2. Följande utspelar sig:

Vi pratade om gamla tiders primitiva polikliniker och röntgenapparater och sådant där uråldrigt, då helt plötsligt en ung läkare stod vid vår säng och utan vidare lyfte av huvudskålen på vännen Q P 2.

– Den nya hjärnan går F.42, sade han bara, satte huvudskålen på sin plats igen och försvann.

– F.42? undrade jag en smula.

– Betyder "fullt normal", har jag hört, sade Q P 2.

– Har du också tagit föryngringskuren? Spordejag, ity att Q P 2 såg ut som en yngling, fastän jag visste att han nyss fyllt 99 år.

– Ja, ser du broder P R 1. Jag tog och lät byta ut körteln A R 90 mot A R 25, när jag ändå bytte hjärna, och det gick för övrigt – som nu är ganska vanligt – nästan smärtfritt. Och nu är jag en ung man på si så där en 25 vårar.

Ja, jag undrar bara vad 1946 års storfräsare till kirurger skulle säga om de kunde se dig här nu käre Q P 2, tänkte jag.

Idén med att byta ut hjärnan hade signaturen troligen fått från Edmond Hamiltons Kapten Frank-romaner som gick som följetonger i JVM/VÄ från och med 32/1941. En av frankmännen, Hjärnan, var vetenskapsman-

nen Simon Wrights hjärna som opererats ur hans huvud när hans kropp drabbades av en obotlig sjukdom. Totalt blev det 22 framtidskåserier i Stockholms-Tidningen 1946. Så här ser listan ut:

- Måndagen 11 mars "Besök hos Moster" av *Verne Jules*
- Tisdagen 12 mars "Hr Medelsons morgon" av *Alf*
- Onsdagen 13 mars "Min dag" av *Lyckliga 2046*
- Torsdagen 14 mars "Min måndag" av *II NY3*
- Lördagen 16 mars "Brott och straff" av *Hr Fil Bunke*
- Söndagen 17 mars "Morgonaffären" av *Pimperim*
- Måndagen 18 mars "Kul i juli" av *Verynobel*
- Tisdagen 19 mars "Brev från månen" av *Mustafa III Carlson ZLP*
- Onsdagen 20 mars "Radionyheter 19/3 2046" översatt från esperanto av *B.A.*
- Torsdagen 21 mars "Q P 2 byter hjärna" av *P.R. 1.*
- Fredagen 22 mars "Dagen efter" av *Atomdåren*
- Lördagen 23 mars "Morgonbestyr" av *Dreamface*
- Tisdagen 26 mars "O, forna tiders dunkel" av *Teofor*
- Torsdagen 28 mars "Grottmänniskor" av *James*
- Fredagen 29 mars "Han kom för sent" av *Toke*
- Lördagen 30 mars "Efter katastrofen" av *O.P. Timist*
- Måndagen 1 april "Interkosmisk kongress" av *Cosmos*
- Tisdagen 2 april "Tripp i rymden" av *Rymdluffaren*
- Onsdagen 3 april "Välordnat" av *Rulle*
- Torsdagen 4 april "Ett frieri" av *Fin*
- Lördagen 6 april "En trevlig kväll" av *Per-Olof*

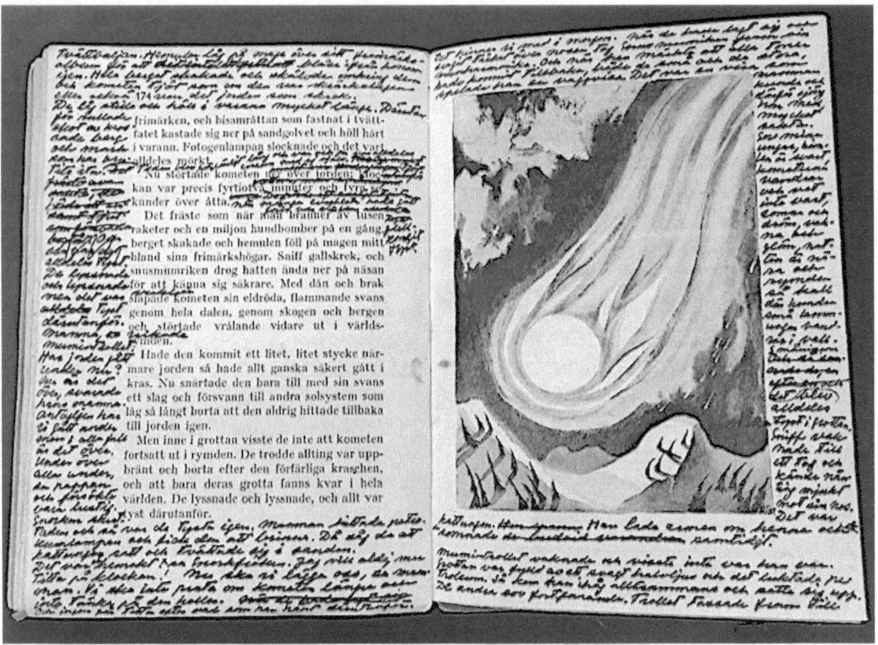

Tove Janssons marginalanteckningar i ett exemplar av Kometjakten (1946).

• Söndagen 7 april "En dag vid Bogesund" av
Ham

Detta var förmodligen den första novelltävlingen i science fiction-genren som hållits i Sverige. Sedan dess har det avverkats fler. Vinnare blev signaturen II NY3 för "Min måndag" med *Mustafa III Carlson 2LPh* som andrepristagare för "Brev från månen", medan *Hr Fil Bunke* kom trea med "Brott och straff".

De 22 framtidskåserierna tyder på att flera av författarna tagit del av den science fiction, som sedan 1940 publicerats i JVM/VÄ samt mellan 1943–1945 i Levande Livet. Och vem vet? Kanske dolde sig någon blivande sf-författare bakom signaturer som Hr Fil Bunke och Cosmos. En liten klurig lustighet är det faktum att August Blanche år 1846 lät sin inbillade arkitekt Bautastenius resa fram i tiden till år 1946 och att Stockholms-Tidningens Melodisida 1946 tog upp stafettpinnen från Blanche och lät sina läsare se fram till år 2046. Vem tar upp pinnen 2046 med sikte på 2146?

TOVE JANSON (1914–2001)

Faktum är att den finländska författaren och konstnären Tove Jansson med sin andra muminbok *Kometjakten* (1946) bjöd på vad man skulle kunna rubricera som science fiction för de allra yngsta. För även om muminböckerna med åren har breddat sin läsekrets till att omfatta även vuxenvärlden så var hennes texter om mumintrollen i Mumindalen riktade till barn. Innan hon började skriva sina muminböcker var hon bland annat tecknare i Garm, en svenskspråkig skämttidning, och det var där hon lanserade mumintrollet.

Kometjakten kom 1968 ut i en bearbetad version under titeln *Kometen kommer*. Med varsam hand och pedagogisk fingertoppskänsla förmedlar Tove Janson den där svårbeskrivna för att inte säga obeskrivliga, mirakulösa känslan (sense of wonder) att universum är enormt till sina unga läsare och lyssnare, för många barn har under årens lopp fått mumintrollen upplästa för sig innan de lärde sig läsa. Bisamråttans astronomilektion är inte alls dum:

> Vid morgonkaffet byggde bisamråttan upp hela världsrymden på verandabordet. Här är solen, sa han och pekade på sockerskålen Alla de här skorporna är stjärnor. Och den där skorp*smulan* är Jorden. Så liten är den! Och världsrymden är så stor att den aldrig slutar. Den är alldeles kolsvart. Och däruppe i mörkret strövar himlens vidunder omkring, skorpionen, björnen och väduren …
>
> Nånå, avbröt pappan.
>
> Men bisamråttan fortsatte oberörd. Och nästa solsystem får inte ens rum på ert verandabord. Det är därute! Och så slängde bisamråttan en smörgås ut i trädgården.
>
> Hörnu, sa mamman och ställde undan resten av smörgåsarna. Finns det många solsystem?
>
> Fullt, svarade bisamråttan med dyster tillfredsställelse, Av det här kan ni förstå hur lite det betyder om Jorden går under eller inte.
>
> Mamman suckade.
>
> Jag vill inte gå under! Skrek Sniff. Jag har hittat en grotta! Jag hinner inte gå under!
>
> –––
>
> Hela dagen var mycket långsam. Sniff och mumintrollet hade inte lust att gå till grottan för tänk om Jorden gick under medan de var borta hemifrån. Att fiska pärlor verkade plötsligt alldeles fånigt. De satte sig på verandatrappen som på något vis kändes säkrast och talade viskande med varandra om världsrymden som inte alls var blå utan svart och där ett helt solsystem inte betydde mer än en bortkastad smörgås.

Det är naturligtvis en helt underbar berättelse där snusförnuftigheten firar triumfer som den bara kan i Tove Jansons muminvärld. Det är en fantasyvärld och i just den här berättelsen kan man verkligen tala om Fantasy and Scien-

ce Fiction, som de facto är namnet på ett amerikanskt genremagasin. I *Kometen kommer* förenas de båda besläktade genrerna på ett alldeles speciellt sätt.

Tove Janson har naturligtvis illustrerat sin bok. Bland teckningarna finns en som visar världens största stjärnkikare med vars hjälp mumintrollen under en professors överinseende blickar ut i världsalltet.

> Nå är det inte en vacker komet? frågade professorn.
>
> Världsrymden är svart. Den är alldeles svart, viskade Sniff. Han blev så skrämd att nackhåret reste sig på honom. Mitt i det svarta flämtade de stora stjärnorna som om de hade varit levande. De var lika stora som bisamråttan hade sagt. Och långt inne bland dem lyste nånting rött som ett ondskefullt öga.
>
> Det är kometen, sa Sniff. Det där röda är kometen och den kommer hit.
>
> Naturligtvis kommer den hit, instämde professorn. Det är ju det som är intressant. Varje dag kommer vi att kunna se den bättre. Den blir större och rödare och vackrare för varje dag som går!

Kometen hotar Mumindalen, men Sniffs hittade grotta kommer väl till pass när mumintrollen lämnar sin dal för att söka skydd. När kometen stryker förbi så händer en massa saker, men när allt är över har varken Jorden eller Mumindalen, vars förebild faktiskt är Blidö i Stockholms skärgård, gått under. Finare barn-faktasi är svårt att tänka sig.

TURE JANSON (1886–1954)

Denne författare föddes i Åbo och avled i Mariefred. Hans *Hotell Universum* (1946) är en annorlunda faktasi, där han med ett lån från Edith Södergran reser till "Landet som icke är", republiken Isola.

> Ödet har fört mig till ett fantasirike, konstituerat på verklighetens fasta grund, och de intryck som mött mig här har varit så överväldigande att jag inte kan redogöra för dem på annat sätt än genom att foga detalj till detalj. Sammanfattningsvis kan jag endast antyda att människornas livsstil i republiken Isola utmärkes av en raffinerad enkelhet och naturlighet, en till synes naiv men på djupet medveten positiv inställning till livets mening – i detta förhållande har man att söka den befriande stimulansen till såväl den enskildes vardagliga verksamhet som till det samhälleliga umgänget och det rådande politiska systemet över huvud.

Ödet är den hemlighetsfulle doktor Brand, som jag-personen mött på Grands pressrum i Stockholm.

> Sedan reste han, och eftersom ingenting inträffade glömde jag efterhand hela episoden. Först långt senare, det var för resten vid nyårstid, mottog jag ett mystiskt telegram: när jag dechiffrerade det visste jag vad jag hade att företa. Jag har inte rätt att dröja vid detaljerna i den mest fantastiska resa jag någonsin gjort. En midnatts stund mötte jag Brand på en öde irländsk kust, färden gick vidare med motorbåt, flygbåt, raketplan – sista etappen fullbordades med en helikopter, som en förmiddag landade på taket till mitt hotell. Jag befann mig i Balanzona, huvudstad i Isola, Landet som icke är. Den arkitektoniskt förnäma och livliga staden är ungefär av samma storleksgrad som Genéve, och det första naturintryck landet gör leder över huvud tanken till schweiziska vyer. Från mitt fönster ser jag en blånande sjö med ett överjordiskt strålande alplandskap i bakgrunden. Men hela atmosfären dallrar av en overklig verklighet och man har förnimmelsen av en obönhörlig isolering mot en banal och brutal yttervärld. Livet pulserar här i staden liksom i alla andra städer och människorna är i idog verksamhet; *men*: samtidigt besjälas de av ett obeskrivligt *sinneslugn*. Det förekommer ingen paradreligion i landet, men på något sätt är alla religiösa, vad vi brukar mena med det ordet, som en självklar sak och den talar man inte om.

I "Landet som icke är" träffar romanens jag-person inte bara Shakespeare, Swedenborg och Anatole France. Han träffar också litterära gestalter som Hjalmar Söderbergs Martin Birck. Det sistnämnda är ett fenomen som inte bara finns i olika litterära sammanhang utan också använts i science fiction. Ove Allansson skulle långt senare i *De kosmiska havens bokanjärer* (2005) driva det sf-mässiga till sin spets, då han inte endast låter fenomenet ske utan också anger hur det skapats, nämligen när en professor i anknytning till boken uppfinner "en personframkallande biotransformatorisk apparatur, som kan levandegöra och släppa loss romanfigurer i levande livet". I "Landet som icke är" finns vidare teknologiskt överlägsna försvarsmekanismer.

När vi närmade oss det gigantiska flygfältet, som var utbyggt över en oöverskådlig slätt, hejdades vi av en patrull, men Jackson var utrustad med ett utomordentligt dokument som möjliggjorde att vi kunde fortsätta. Hela området gav intrycket av ett militärläger i full mobilisering. Jag fick en aning om att Isolas vänliga och leende vardag hade sitt komplement i en fruktansvärd försvarsmakt, som blixtsnabbt trädde i aktion när så krävdes. Gång på gång kontrollerades vår bil, men när Jackson drog fram sina märkliga papper var passagen åter fri och färden gick längre in i den centrala regionen, där vi styrde ner i ett dolt garage. Jackson var välorienterad i hela denna hemlighetsfulla miljö och i det han nu kände sig i kontakt med Isolaflygets vidunderliga tekniska apparat återvann han det mesta av sin livslust och sin aktivitet. Mig beordrade han att stanna på post i närheten av garageplatsen, varefter han i egen person skyndade bort för att befinna sig i händelsernas mittpunkt. Han antydde svagt att även min stund kunde komma, eventuellt, och att det då var av vikt för honom att ögonblickligen få rätt på mig. Längre bort på flygfältet hade det sensationella dramat fullbordats. Jag såg konturerna av ett främmande flygmonstrum, till hälften krossat mot marken och delvis ännu i lågor efter nedslaget, men på själva skrovet klättrade redan brandmän och dämpade elden, och jag föreställde mig livligt att när Jackson just nu hann fram till skådeplatsen var han den rätte mannen att som jordisk expert ansluta sig till den första undersökningskommissionen. Det fantastiska experiment som man i Isola fått förhandsuppgifter om hade sålunda sätts i verket, och här hade vi resultatet inför våra ögon.

För första gången i rymdernas historia har jordiska varelser med egna resurser ivägsänt ett rymdskepp och det har störtat i "Landet som icke är". Denna märkliga faktasi med många tankar, filosofiska och teknologiska, samt märvärdigheter går mot sitt slut och jag-personen från Stockholm får ett brev:

Värderade landsman.

När Ni läser detta har jag försvunnit. Shakespeare och France ha desslikes försvunnit. Jag är glad att jag sammanträffat med Eder trots att vi komma från så olikartade uppehållsorter. Nu önskar jag att Ni på mina vägnar säger de nuvarande landsmännen följande ord: att om man inte kan tänka sig materialiserade andar på någon annan plats i Universum, så kan man i alla fall göra det i landet Sverige. Materialiserade äro de åtminstone, i en förskräckande grad.

Swedenborg.

Han skrev, Swedenborg, att han hade *försvunnit*; han lät mig inte veta att han och hans vänner hade avrest med den eller den expressen utan bara det, att nu hade de försvunnit. Känslan av händelsernas och realiteternas filosofiska overklighet skulle ha överväldigat mig om inte mitt klara förstånd och mitt goda minne ägt makt att alltjämt levandegöra de gestalter jag mött och de scener som jag sett utspelas. Och som ett ovedersägligt sanningsdokument låg där under alla förhållanden Swedenborgs egenhändiga skrivelse.

GEORG ELIASSON (1905–1973)

Textförfattare, revyförfattare, radioman, förläggare. Han var känd som "Tuppen" från radioprogrammet "Uppe med Tuppen". Som författare av sf för barn i radio kallade han sig "Gubben Noak". Samma år som JVM/VÄ försvann insåg man på Radiotjänst att sf kanske kunde vara något, åtminstone för barn. Det blev radioserier om rymdfararen Pelle Krikonkvist, som Eliasson inte bara skrev manusen till utan dessutom raskt förvandlade till barnböckerna *Pelle Krikonkvist på äventyr* (1947) och *Pelle på ny planetfärd* (1948), som publicerades av Nils-Georgs Förlags AB, som han drev tillsammans med sin gamle skolkamrat Nils Perne, ett exempel på hur beroende det från kommersiella krafter förmodat fristående radiomonopolet egentligen var.

En farkost landar hemma i familjen Krikonkvists trädgård. Den har en flygkropp som är strömlinjeformad, kolossalt små vingar och det syns varken motorer eller propellrar. Ut stiger en uppenbarligen humanoid varelse, som visar sig vara farbror Uranoides på planeten Epaminondas. Dit är det ett dussin ljusår och man avverkar sträckan på trettio minuter. Där upplever man äventyr, bland annat får man tampas med lättmetallvarelser som kallas redopoider. Charlie Bood svarade för illustrationerna.

Eliasson gjorde ännu en radioserie, *Rymdpiraterna*, som också den blev till en bok som gavs ut 1954 som det årets Pojkarnas Julbok. Den är mindre barnslig och uppenbarligen riktad till pojkar i de yngre tonåren. Men den slängiga humorn finns kvar. En person är major Grunka och i stället för flygande tefat förekommer flygande smörgåsar. Och Jordens första rymdstation finns på plats och där landar de unga hjältarna:

> Plötsligt höjde sig ett cylinderformigt lock ur landningsbanan vid sidan om rymdskeppet. Det var väl ungefär två meter i diameter. Uppför en stålglänsande trappa kom en grupp män släpande med sig något som närmast liknade en oändligt lång dragspelsbälg. Mynningen var så stor, att den gott och väl täckte dörren till rymdskeppets kabin, och nu satte männen fast denna mynning runt dörren. Männen som arbetade med den långa bälgen var alla klädda i nånting som närmast liknade dykardräkter, och det var naturligtvis rymddräkter. Varningen, som högtalaren tillropat resenärerna från Jorden, berodde förstås på att atmosfärförhållandena runt rymdstationen var sådana, att man inte kunde andas där och kanske också riskerade att "explodera inifrån" på grund av det tryck, som fanns i kroppen och som inte motverkades av något tryck från en atmosfär. Göran bestämde sig för att noga ta reda på allt det här, men nu var det klart med monteringen av bälgen. Dörren öppnades, och en av männen, som lett arbetet på landningsbanan, steg in i kabinen.
>
> – Goafton och mycket välkomna till Jordens första rymdstation, hälsade han och skruvade av huven på sin rymddräkt. Det var en man på några och trettio år, och Göran tyckte att han var väldigt lik bensinstationsföreståndaren hemma mitt över vägen.

Det är som synes en hemvävd pojkboksskröna av det hurtiga slaget med ett och annat didaktiskt inslag. Bengt Olof Wennerberg illustrerade. Blekansiktena från Sverige landar på planeten Piraten, som leder till följande pedagogiska parti.

> Så snart deras plan stannat, skockades en väldig massa piratinvånare runt maskinen. De såg ut ungefär som vanliga jordinvånare, utom att de var alldeles gröna i ansiktet. Göran trodde först att det var av ilska, men även händerna var gröna. Dessa människor hade helt enkelt grön hudfärg.– Det är utomordentligt intressant det här, sa magistern, rödskinn har man ju länge känt till och svarta, men det här är alltså grönskinn. De ser inte ovänliga ut. Det gjorde de inte, bara mycket nyfikna. Deras stora ögon var klart rödfärgade, och Sonja fick ett ögonblick

Georg "Tuppen" Eliasson.

en vision av ett pyntat julbord, som ju oftast dekoreras i grönt och rött.

– Kom ihåg att behålla rymddräkterna på och huvarna väl tillslutna! förmanade flygmästaren.

– Men de här varelserna ser ju ut att ha i stort sett samma biologiska konstruktion som vi, så här måste ju finnas en atmosfär i alla fall, påpekade magistern.

Jo, men å andra sidan har jag hört att atmosfärens sammansättning kan variera rätt väsentligt på de olika planeterna. Invånarna har generation efter generation anpassat sig till den atmosfär som omger deras planet, antingen den nu innehåller mer syre eller kolsyra än vi är vana vid.

Magistern blev nu mycket intresserad.

– Detta med kolsyran i atmosfären kommer mej att tänka på växterna på Jorden. Växterna tillgodogör sig ju atmosfärens kolsyra och avger i stället syre. Det som härvidlag är verksamt är deras bladgröna eller som det kallas någon! Magistern såg sig om bland sina elever.

– Kolhydrat, försökte Göran.

– Nej, klorofyll heter det. Klorofyll eller bladgrönt! När vi nu ser den gröna hudfärgen hos de här människorna, är vi berättigade att dra den slutsatsen, att de sannolikt i sina organismer kan tillgodogöra sig atmosfärens kolsyra, vilket ju inte vi kan. Det är nog högst välbetänkt att behålla huvarna på här.

K.G. OSSIANNILSSON (1875–1970)

K.G. Ossiannilsson valdes till Socialdemokratiska Ungdomsförbundets ordförande när SSU bildades 1903, men lämnade posten redan 1904 efter en kritisk artikel av Bengt Lidforss i Arbetet. Med åren gled han bort från socialdemokratin och anslöt sig 1928 till Sveriges nationella ungdomsförbund, som alltmer närmade sig nazismen, men Ossiannilsson lämnade organisationen vid andra världskrigets utbrott 1939.

1947 gav han på eget förlag ut romanen *Världen som sjönk*, där bokens jag-person studerar allt om Atlantis alltsedan Platon. Han blir så tagen av denna berättelse att han via drömmen upplever att han lever på ön som är dömd att sjunka i havet och upplever alla de motsättningar som existerar i ett samhälle. Redan inledningsvis skissar han en bild av detta Atlantis:

Frågar man: varifrån härstammar den nordiska rasen, så svarar jag med en gissning, som gränsar till visshet: från Atlantis. Varifrån härstamma de övriga raserna? Från Atlantis eller från länder, som en gång ägt en bekväm samfärdsel med Atlantis? För hundratusentals år sedan, då denna ö ej var en ö, och då denna världsdel, som den väl hade rätt att kallas, med landtungor hängde samman med Afrika och Amerika, då vandrade svarta och röda människor som på bryggor över atlantiska oceanen. I Atlantis, som var den vita rasens urhem, råkades alla dessa folkslag. Det fanns inga hinder för samfärdsel eller rasblandning, och just här, i världsriket Atlantis, var det, som en gång mina stamfäder möttes. Här var det de trådar sammanslingrades, vilka bildade min från omgivningen avvikande typ. På atlantidernas tid var blandtypen snarast den normala, motsvarade öns klimatiska förhållanden och trivdes som i sitt naturliga fosterland. När katastroferna revo delar av halvön eller ön i djupet, då följde de typiska atlantiderna sin värld i undergången. Blott få av dem räddade sig över till andra stränder. Vad som överlevde, det var lydfolken och lärlingarna. Det atlantidiska herrefolket hamnade i tångskogarna, som klänga kring de forna städernas kolonner, praktbyggnader och rundkojor.

Atlantis liksom myten om Mu i Stilla havet har varit föremål för många berättelser i genrerna fantasy och science fiction. Hos Ossiannilsson visar det sig att atlantiderna bekämpat varandra i inbördes strider bara för att slutligen sjunka i havets massor som stiger medan Atlantis oerhörda torn störtar samman. Ossiannilsson menar att berättelsen om Noak och syndafloden är ett slags folkminne av denna händelse. Kanske romanen ska ses som en gravskrift över Hitler-rikets fall?

UNO MODIN (1905–1969)

Uno Modin var en flitig författare av ungdomsböcker. Han skrev djurböcker och hans pojkböcker om Bill och Buffy var populära. Han skrev också flickböcker under några pseudonymer. Hans anknytning till sf är perifer och torde inskränka sig till någon detalj i *Atomspionerna* (1947), den andra boken om den flygande detektiven Peter Trench. Boken kom två år efter atombomben och samma år som JVM/VÄ upphörde.

Slutligen, när han snokat igenom allt som fanns, dök tanken upp i hans hjärna: det var någonting i de där sifferkombinationerna som omedvetet attraherat honom. I sin iver hade han inte märkt det just då. Han bläddrade kvickt tillbaka och fann det nummer han sökte. En ganska gammal tidning. Det var ett par enkla an-

teckningar som han fäst sig vid. Där var ett TJ, kraftigt understruket och följd av en invecklad sifferrad. Så ett V. Det var när han fann ett II och talet 1,008 som det slog honom. H var ju formeln för väte och 1,008 var vätets atomvikt! Trots allt var Willy fundersam i det ögonblicket. Det var för många intryck som störtat sig över honom under de senaste timmarna – det hade bildat ett tjockt lager som tanken måste borra sig igenom. Men II måste ge lösningen också till U och V. U var ju uran, V beteckningen för vanadin. I nästa ögonblick fångades hans uppmärksamhet av något nytt. En knappt läslig anteckning överst på ett solkigt blad. Det stod: "Apparatur som finns: se särskilt P.M." Det fanns inget P.M. Men på ett oförklarligt sätt var det som om denna ramsa sprängt det döljande höljet och blottat alltings innebörd.

Här ligger berättelsen för en stund nära faktasin, men det hela är när det kommer till kritan en äventyrsberättelse av klassiskt snitt. Men tidsandan 1947 hade även påverkat ungdomsberättelsen.

ROLF BLOMBERG (1912–1996)

Rolf Blomberg, forskningsresande, författare, filmare som skrev många böcker, bland annat om sina resor till Galapagosöarna, gjorde över trettio filmer för svensk tv och medverkade bland annat med faktaartiklar i Lektyr. Han föddes i Stocksund och avled i Quito. Han var gift två gånger, båda gångerna med ecuadorianska kvinnor.

Huruvida han betraktade medlemmarna i Travellers Club som barnsliga är oklart, men klart är att han tillägnade Travellers Club i Stockholm barnboken *Nya Smålands upptäckt* (1948), som han skrev under pseudonymen Professor Lusidor Pupplund. Men han stod som illustratör till de teckningar som boken är försedd med. Boken är skriven i jag-form av upptäcksresanden Pupplund.

Denne upptäcker en ö, som inte finns på någon Stilla havs-karta. Han döper ön till

Nya Småland och den strand han landstiger vid kallar han Sickan Carlsson-bukten efter 1940-talets populära filmskådespelerska. Han stöter på en liten vilde med krulligt hår, som blir som en Fredag åt denne Robinson. Det visar sig att vilden, som heter Umph, är betydligt klipskare än Pupplund. Bland annat räddas Pupplund av Umph när kannibaler håller på med att koka soppa på professorn i en stor gryta av det slag som var legio i äldre tiders skämtteckningar.

Det visar sig att uppe på Nya Smålands högplatå är alla djur jättestora. Där finns humlor stora som kråkor och dinosaurliknande jätteöldlor. Pupplunds vetenskapliga förklaring till detta fenomen är att de alla drabbats av en epidemiartad sköldkörtelsjukdom.

Ett av de mer inspirerade inslagen i denna vetsaga för barn är när Pupplund en kväll skriver ner sina dagboksanteckningar till det starka ljusskenet från en kolossal lysmask, som professorn hängt upp i ett rep från en trädgren.

I februari 1948, samma år som *Nya Smålands upptäckt* kom ut, hade Rolf Blomberg faktiskt en journalistisk anknytning till en science fiction-relaterad katastrof, som utlösts av ett radioprogram. I februari 1938 skrämde Orson Welles och hans teatergrupp slag på radiolyssnare i USA med sin dramatisering av H.G. Wells *Världarnas krig*, där läbbiga marsianer anfaller Jorden.

I februari 1948 upprepade en radiostation i Quito, Ecuador samma radioteater med Orson Welles dramatisering översatt till spanska. När de panikslagna lyssnarna insåg att det handlade om radioteater blev de rasande. En uppretad mobb stormade och satte eld på fyravåningshuset, där Radio Quito höll till. Det fanns 200 människor i huset, varav minst sex omkom – en källa anger 15 – och många skadades svårt. Ett svenskt ögonvittne skildrade skräcknatten i Quito. Det var Rolf Blomberg, som rapporterade till Stockholms-Tidningen.

ROBOTAR I POLITIKEN

Inför valet 1948 kunde läsarna av Levande Livet och troligen andra tidningar och tidskrifter läsa en annons från Folkpartiet, som förmodligen inspirerats av den sf som stått att läsa i JVM/VÄ och LL. Vid ett bord med manöverknappar står statsminister Tage Erlander och finansministern Ernst Wigforss och från bordet, som bär påskriften STATS-dirigering, utgår vågor som styr sex robotar, som företer en viss likhet med de robotar som förekom tidigt i Jerry Siegels och Joe Shusters serie *Titanen från Krypton* (sedermera omdöpt till *Stålmannen*).

Texten löd:

Vårt folk får ej bli statsdirigerade robotar. Det välstånd som en höjd levnadsstandard medför, skall vara ett medel att skapa fria människor, personligheter. Ett samhälle på frihetens grund ger bättre betingelser för självständighet och ett rikt kulturliv än ett samhälle, där staten bestämmer allt. Slå vakt om de omistliga värden, som äro i fara. Folkpartiet är språkrör för de svenska män och kvinnor, som vill vara *fria* medborgare i ett *fritt* samhälle på *ideell* grund.

Ernst Wigforss ansågs vara mycket socialistisk vid denna tidpunkt och arbetarrörelsens efterkrigsprogram, som kom att symbolisera socialdemokratins förväntade skördetid, var ett verkligt stridsäpple. Folkpartiledaren Bertil Ohlin blev snuvad på statsministerposten, men Folkpartiet hade ändå en sådan framgång vid 1948 års val att den socialdemokratiska skördetiden med långtgående förstatliganden kom av sig.

Tydligen med viss hjälp från science fiction. Men som bekant skulle socialdemokratin snabbt anpassa sig till den nya verkligheten och tillskansa sig en lång period av fortsatt maktinnehav framför sig, främst tack vare ATP-reformen. Det blev många valframgångar som bärgad skörd.

IVAR AHLSTEDT (1916–1967)

Ivar Ahlstedt var en mångsidig underhållningsförfattare, mest känd för sitt samarbete med Sid Roland Rommerud under den gemensamma pseudonymen Sivar Ahlrud. Född i Malmö, smålandsmästare i simning i början av 1930-talet och vid den tiden också engagerad i en nazistorganisation, en ungdomssynd som han tog avstånd från.

Vid denna tid sålde han också radioapparater och reparerade bilar. Sedan blev han polisreporter på Stockholms-Tidningen, där han också skrev deckarnoveller. 1944 kom de första ungdomsböckerna. Det skulle bli många under flera olika täcknamn. Och han skrev noveller i form av deckare, fantasy, romantik, spökhistorier, skräck och sf. Redan 1949 hade han ett par faktasiartade noveller i Allers. Och så gillade han att åka motorcykel.

Hans kanske starkaste sf-novell är "Havets demoner" (Lektyr 18/1956). Den handlar om en jag-person som berättar om en semesterresa tillsammans med en god vän på dennes motorcykel till Spanien, där de tar sig fram till en avlägset belägen fiskeby på en stenig mulåsnestig. På vägen dit har de i en tysk stad köpt en dykarutrustning. Jag-personen tar på sig dräkten och tar sig ned till 30 meters djup.

Det var då jag kände skräcken, en ödslig, tom skräck som isade kring hjärtat. Jag ville vända om men kunde inte. Det var som om en okänd vilja drog mej vidare in bland algerna, in i den gråa, döda skogen. Jag spände kroppen, jag satte fötterna i gyttjan. Jag ville inte! Jag ville tillbaka! Men fötterna fick inget fäste. Viljan försvagades, tunnades ut, och viljelöst drogs jag vidare. Jag kunde inte se nånting, det var inga vattenströmmar, det var som om osynliga händer hade skjutit på mej bakifrån. Plötsligt öppnade sej som en glänta. Det var inte ljusare här, samma gråa kalla fientliga ljus, men algskogen stod i en ring kring en öppen plats. Bottnen bestod av svarta spetsiga stenar. Här stod jag plötsligt stilla. Ingen sköt mej längre fram-

åt. Jag hade börjat frysa redan då jag bröt igenom den klibbiga väggen, nu var jag stel av kyla och skräck. Så med ens kände jag att jag inte var ensam längre. Och strax därpå hörde jag ljud... LJUD... ett SKRATT!!

———

Jag stod och väntade. Plötsligt fick jag syn på det! En levande varelse. Inte ett djur, ett mänskligt ting men ändå inte människa. Det tittade fram ur den stelnade algskogen, ett runt huvud, ögon, mun, inget mer, och huvudet ändrade oupphörligt form. Munnen förvred sej, och så kom skrattet igen, ett hårt, skärande skratt. Efter en stund kom resten av varelsen ut. Nu såg jag. Det var slem allting, huvet var slem, kroppen var slem, det fanns några korn som var fasta föremål, omkring dem bildade slemmet en rörlig massa som ändrade form oupphörligen.

———

Då började varelsen tala. Nej, inte så att jag hörde nånting. Men det den ville säja mej flöt liksom in i mej, inget språk behövdes, inga öron, ingen tunga. Jag bara förstod. – Ditt kräk, inkräktare! löd det hotfulla meddelandet. Vi ska inte döda dej, vi ska fylla dej med kall skräck, du har vågat vanhelga havets gud som vaktas av dess trogna tjänare. Nej, du ska inte dö, aldrig dö, du ska bevaras i evigheternas evighet att vi ska slicka vår kyla och tomhet in i dej. Du ska bli en av oss. Vi lever och lever ändå inte. Jag ville fly, men fötterna lydde inte. Jag satte händerna för ögonen. Då hörde jag skrattet igen och så ett underligt lockrop. När jag tittade upp igen var gläntan fylld av en vild hop samma sorts varelser. De dansade, de slingrade sej in i varandra, de formade sej till de mest groteska figurer, de växte, krympte, rullade ihop sej, planades ut, förlängdes till långa ormande band, men hela tiden ljöd deras skratt och hela tiden stirrade deras hotfulla ögon på mej.

Dessa om utomjordingar påminnande underhavsvarelser besitter tydligen någon form av förmåga att tilltala jagpersonen telepatiskt. Men en Ahlstedt-novell kunde ha ett helt annat och betydligt muntrare tonläge. En av de vanligaste anekdoterna i skämtens värld handlar om hur folk kommer till Sankte Per i himlen. Ivar Ahlstedt gjorde en novell på temat, "Tobiasson och himmelriket" (Lektyr 12/1951). Den påminner mycket om de humoristiska berättelser om gudar och mytologiska gestalter som man kunde hitta i de amerikanska sf-magasinen när det begav sig. Liksom i JVM/VÄ.

Tobiasson kommer till Sankte Per – av misstag som det visar sig. Änglaskrivaren som noterat synder i Vällemölla med omnejd hade missat ett par synder, bland annat den där gången när Tobiasson hoppade över skaklarna bakom ryggen på sin hustru med en lokal femme fatal i Mjölby. Det måste balanseras på något sätt och Sankte Per bestämmer att Tobiasson måste leva om en timme av sitt liv. Och det gör han – i Mjölby – med femme fatalen.

I "Den osynliga handen" (Allers 13/1949) har berättarjaget hittat ett visitkort i brevlådan till den villa han hyrt. På kortet står det: *Doktor Hans Bluhmen Psykiatriker*. Det är ingen som berättelsens jagperson känner. "Den osynliga handen", som närmast har en ockult framtoning, demonstrerar Ahlstedts förmåga att skapa och bygga upp stämningar. Exempel:

Nästa kväll satt jag och läste en bok på tyska om Einsteins relativitetsteori. Jag var så ivrigt sysselsatt med att dels översätta tyskan, dels översätta Einstein till begriplighet att jag inte märkte vad som hände omkring mig. När jag plötsligt tittade upp från boken för att tända en cigarrett ryckte jag till. Jag kände hur hjärtat började bulta. Framför mig i fåtöljen satt en äldre herre och bläddrade i en tidning.

– Vackert väder, sade han helt lugnt, en riktigt härlig kväll. Men det blir säkert regn om en stund. Vädret skiftar så hastigt vid den här årstiden.

– Verkligen, sade jag. Är ni alldeles säker på det?

– Ja visst, sade han. Jag misstar mig aldrig på det. Jag misstar mig över huvud taget aldrig.

Han sade detta med den naturligaste röst i världen, så naturligt att jag inte kom mig för att protestera. Jag erkänner att jag blev ganska … nåja, rädd kanske inte är ordet … i varje fall mycket obehagligt berörd när jag såg honom sitta där. Men strax därpå tog jag det på ett annat sätt, såg det komiska i situationen.

Han tog ett äpple ur skålen, satte tänderna i det och bläddrade vidare i tidningen.

– Doktor Bluhmen, förmodar jag, sade jag och använde med avsikt Stanleys bekanta hälsning när han träffade Livingstone i urskogen.

– Naturligtvis, sade min gäst och fortsatte sin läsning. Han åt fortfarande glupskt av äpplet och tog genast ett nytt när han slutat det första.

Jag reste mig och gick fram till fönstret, öppnade det och tittade ut. Ja, det var verkligen en alldeles underbar kväll. Stjärnorna lyste, det blåste en kall men frisk vind.

I "Spökorgeln" (Allers 26/1949) börjar en orgel att spela i kyrkan mitt i natten när ingen människa finns där. Berättelsen utspelar sig vid en tidpunkt då elektriciteten nått samhället. Organisten, ett original och något av en uppfinnare, som brukade spela på nätterna, har dött, men ändå spelar orgeln, visserligen bara enstaka ackord, mitt i natten. Ingen lyckas lösa problemet. Orgeln spelar av sig själv. Men saken får sin förklaring när elräkningen kommer.

Strax innan klockaren dog hade han inköpt ett elektriskt ur. Sedan hade hans uppfinnargeni trätt i funktion, han hade kopplat uret till orgeln och konstruerat en liten apparat som en gång vartannat tolvslag satte i gång orgeln och kom piporna att blåsa ett ackord. Det skulle ta för lång tid att berätta hur det hela var konstruerat, men en orgelbyggare som fick se apparaten var mycket imponerad.

– Det kunde ha blivit något av den mannen, var hans omdöme.

Ja, så enkelt var det alltså. Eller kanske i alla fall inte så enkelt. Den mänskliga natur som låg bakom, klockarens oroliga själ och längtan, var tillräckligt komplicerad för att man inte skulle skratta åt alltsamman. Bär vi inte en liknande längtan inom oss? Alla?

Inte mycket till science fiction kanske, men någonstans på gränsen. Tillsammans med Sid Roland Rommerud skrev han också några böcker om tvillingdetektiverna som var faktasi.

LILLEMOR DAHLIN (1930–?)

Lizz och Dolly i främmande värld (1949) är en flickbok, där flickor och inte pojkar smyger sig ombord på professorns rymdskepp. Fripassagerarna upptäcks när man redan är på väg i Kometen till planeten Xenia och där upplever ungefär samma äventyr, som grabbarna Kalle och Palle på 1930-talet upplevde i Bertil Cleves *Resan till Mars*. På Xenia träffar man på människoliknande varelser och den inhemska faunan bjuder dessutom på följande vidunder.

Mellan två buskar på andra sidan gläntan glänste två små röda punkter fram. I dunklet liknade de glödande kol. De sköt långsamt allt längre och längre fram mellan kvistar och grenar. Ut ur snåren kom en otäck varelse sakta glidande, ljudlöst som en skugga. Först kom ett huvud, så avskyvärt fult, att inte ens sagans troll skulle kunnat uppvisa maken. De röda, lysande, ondskefulla ögonen satt på rörliga skaft, som stod ut under en grå, hårbevuxen panna. Under pannan satt ett tryne, långt och utdraget som en tratt. Mitt i trynet satt ett långt, snabelliknande rör, som vidgade och drog ihop sig, som om de varit något slags andningsapparat. Ned över detta ansikte hängde långa, svarta och toviga testar. Kroppen hade ett sådant utseende, att Dolly mitt i den värsta förskräckelsen måste tänka: – Så'na djur finns inte! Det är inte möjligt! Besten var ungefär två meter hög, och hela

kroppen var beklädd med grönskimrande plattor, liknande stora fiskfjäll. Den hade två framben, slutande i tre klor, men endast ett bakben som var brett som en bäversvans och hade åtta tår. Vidundret avslutades av en lång svans i vars yttersta ände satt en rund kula. Denna var försedd med ett otal stora, vassa taggar, och odjuret slog långsamt omkring sig med svansen, som om det svängde ett gisselredskap. Professorn stod alldeles stilla, precis så, som han stod, då de lysande ögonen först dök upp ur den blå skymningen. Han hade inte rört sig. Odjurets ögon lyset med en otäck glans. De rödglödande runda kulorna vändes oavvänt mot professorn, som inte gjorde det minsta försök att fly undan. Han bara stod stilla, skrämmande stilla.

Det faktum att Lillemor Dahlin låter sin rymdfärd ske med ett rymdskepp som heter Kometen, samma namn som kapten Franks rymdskepp döpts till i Edmond Hamiltons romaner gör att man kan spekulera i om hon läste Jules Verne-Magasinet. Det är faktiskt ganska troligt. Hon föddes 1930 och var alltså tio år när JVM/VÄ började ges ut, sjutton när magasinet lades ned och nitton när *Lizz och Dolly i främmande värld* publicerades.

SVEN WERNSTRÖM (1925–2018)

1949 kom Sven Wernströms *Flygkamraterna korsar rymden*, också den en ungdomsbok i samma tradition som Bertil Cleves *Resan till Mars* och Åke Lindmans båda rymdböcker som kom bara några år tidigare. Käcka svenska ungdomar ledda av en professor gör den första resan till den röda planeten och får uppleva äventyr. Wernström lyckas skapa en annorlunda variant och redan här märks en vänsterradikal underton och samhällskritik i författarens budskap, även om den är ganska väl camouflerad. Det är subliminalt. Det skulle bli mer vad det led.

Man träffar på marsbor, som arbetar med att skörda, men lever under primitiva förhållanden. Professor Repitio och hans unga flyg-

Effektfull illustration i Lillemor Dahlins flickbok Lizz och Dolly i främmande värld (1949).

kamrater förstår att det bokstavligen pågår saker och ting under marsytan. De vill därför bege sig ner under marken. En marsbo visar sig villig att visa dem underjorden och de upptäcker att det bor marsinnevånare på nästa nivå och att de är gruvarbetare. Det finns flera skikt längre ner och i takt med att professorn lär sig att snacka marsianska inser han också att planetens styrande bor långt nere, längst ner.

Marsianerna är svaga typer jämförda med jordborna och det visar sig att den marsian som är deras vägvisare har gripit tillfället i flykten när det gavs. Enligt traditionerna skulle en marsian bland de styrande ha tvingats fly upp till ytan och denne hade avslöjat att de som arbetar i de övre skikten gör det för att de styrande ska kunna leva i lugn och ro och ägna sig åt sin favoritsysselsättning då och då, som går ut på att föra krig mot invånarna på månen Phobos.

Marsianerna på ytan hade länge tänkt bege sig till de styrande i Mars medelpunkt för att be om en förändring av samhällskicket, men man hade inte vågat av rädsla för farorna i de lägre skikten, där det bland annat finns ”dödare”. När jordborna visade sig vilja tränga ner och lära känna det inre passade marsianen som blev deras ledsagare på. Han kände sig tryggare omgiven av de starka jordmänniskorna. Jodå, man kommer efter diverse om och men ner till planetens medelpunkt.

Nu var vi tydligen i planetens hjärta. Eller – om det fanns flera sådana här länder i olika våningar – i det här landets centrum. Det fanns anledning misstänka att man på denna förnämliga plats vetat att skydda sig dubbelt effektivt, och därför var vi varje sekund beredda att råka ut för ännu otrevligare saker än vi förut upplevt. Samtidigt var vi fyllda av beundran. Ännu så länge befann vi oss ju bara i själva entrén, i denna gång som ledde till den plats där "de som bestämmer" fanns. Men denna gång var ett konstverk som vi knappast sett maken till. De glänsande väggarna var prydda med bilder och krumelurer som tydligen etsats in i de stora ytorna, och golvet var sammansatt av olikfärgade plattor av olika form som passade in i varann som bitarna i ett pussel.

De har kommit till en sagostad och blir väl mottagna av invånarna som lever i allsköns välmåga. Marsianen från ytan frambär sitt ärende till de tio styrande, som drar sig tillbaka. När de återkommer så gör de tummen ner. De vågar inte ändra på samhällskicket. De ovanjords måste fortsätta att slava för de styrande. Vid återkomsten till ytan bestämmer professorn att i stället för att genast som planerat återvända till Jorden ska svenskarna stanna kvar några veckor på Mars.

Repitios idé gick i korthet ut på att lära marsianerna så mycket de kunde smälta av de kunskaper vi medförde från Jorden. Kunskap är makt, sa Repitio, och detta har i alla tider bekräftats av de erfarenheter människorna på vår egen planet gjort. Med hjälp av marsianerna inrättade han ett laboratorium i en av grottorna, och där undervisade han några av dem om de kemiska och fysiska grundbegreppen. Några professorer kunde det inte bli av dem på den korta tid som stod till buds, men de fick en grund för fortsatta forskningar. Marsianerna visade sig mycket intresserade och läraktiga, och de tillägnade sig en otrolig massa kunskaper. Ett par av marsianerna lärde han att dela upp språket i ljud och

beteckna dessa med skrivtecken så att de skulle kunna utveckla ett fullständigt skrivspråk själva så småningom. När detta var klart satte han sig ner och skrev dag och natt i över en vecka. Han skrev på marsianernas eget språk ner läroböcker i en massa olika ämnen av grundläggande karaktär, förklarade materiens uppbyggnad av atomer och molekyler och gav praktiska anvisningar för användandet av dessa kunskaper och lämnade principskisser till ett otal praktiska maskiner. Dessa skrifter skulle marsianerna inte kunna läsa omedelbart, men det var hans mening att de skulle spara dem tills de marsianer som lärt skrivkonsten hunnit utveckla denna och lära den.

Sedan kunde sällskapet med gott samvete återvända till Jorden. Arbetarförfattaren Sven Wernströms styrka är att han förstod ungdomsbokens förutsättningar, både flickbokens och pojkbokens. Upplevelsen, äventyret, mysteriet var ingredienser som han behärskade. Vidare hade han helt klart för sig rymdberättelsens lockelse och till detta kunde han lägga det sociala patos han i egenskap av vänsterextremist besatt i stor omfattning och det utan att det var alltför påträngande för läsare i slukaråldern. Det var en välbeprövad indoktrinär metod.

Sven Wernström var ursprungligen typograf, men sadlade med åren om och författade en lång rad ungdomsböcker, antingen ensam eller tillsammans med någon kollaboratör och med tiden radikaliserades hans böcker avsevärt. Han ställde vid ett tillfälle upp för Kommunistiska partiet Marxist-Leninisterna (revolutionärerna) i ett kommunalval.

I sin *Resa på en okänd planet* (Almqvist & Wiksell 1967; Gebers 1971), som kom aderton år efter *Flygkamraterna korsar rymden* är Wernström tämligen ohöljt en fullödig samhällsagitator. Berättelsen handlar om de båda svenska ungdomarna Mikael och Agneta som stöter på ett äggformat rymdskepp från planeten A i ett avlägset beläget solsystem. Ombord finns två ungdomar, en pojke och en flicka, som ser människolika ut, fast med gråaktig hudfärg och med kala huvuden. I ägget reser alla fyra till olika ställen på Jorden och får uppleva krig och fattigdom.

Det visar sig att de båda utomjordingarna kommit till Jorden för att snatta djur och växter, som saknas på deras hemplanet. Men Mikael och Agneta talar om för dem att det inte är att stjäla om man tar vilda djur ute i naturen, så de kan återvända i sitt äggformade skepp med ett helt menageri och hoppas att djuren ska trivas och fortplanta sig på A liksom att morötter från Jorden ska slå rot där borta.

Efter besöket har Mikael fattat intresse för matematik och Agneta får högsta betyg när hon skriver uppsatsen "Vi och u-länderna", där det låter så här:

> När man ser människorna i hungerländerna, i Indien, i Latinamerika, förstår man att ingen hjälp räcker till. Det är inte välgörenhet de väntar sig av oss, det är solidaritet och samarbete. När man ser fattigdomen i världen förstår man att vi, de rika, har ett fruktansvärt ansvar som vi inte får undandra oss.

Inger Schöier kommenterade i Svenska Dagbladet: "En riktig bok, om riktiga problem, för alldeles vanliga, moderna tonåringar på en planet fylld av egendomligheter, inkonsekvenser, vrångheter", eller med andra ord: Jorden.

Boken *Skrivandets hantverk* (1979), riktad till blivande arbetarförfattare, handlar bland annat om vilket krav man ska ställa "på en god socialistisk barn- eller ungdomsbok". Wernström använder sina egna skrönor som måttstock. Så här skriver han om science fiction:

> Ta vilken vanlig typ av berättelse som helst och vänd bakochfram på den och se vad du får ut av det! I de flesta rymdreseböcker reser man från Jorden till en annan planet för att undersöka den. Om man i stället låter några rymdisar resa

från en annan planet till Jorden och undersöka den, blir det genast något annat. Det experimentet gjorde jag i RESA PÅ EN OKÄND PLANET. Två rymdvarelser landar utanför Stockholm och träffar två svenska ungdomar. Tillsammans reser de fyra runt på Jorden med rymdskeppet. Science fiction-boken ger många möjligheter, eftersom man kan skapa sina rymdisar eller andra varelser precis som man vill ha dem. Själv valde jag att låta dem tänka logiskt, vilket ju inte är så vanligt på vår planet. Mikael och Agneta tvingas förklara de enklaste saker på ett logiskt sätt och med fullständiga meningar, vilket de inte alls är vana vid. Och de ser plötsligt förhållandena på sin egen planet med nya ögon. Om du är tekniskt intresserad kan science fiction-boken vara något att pröva på. Möjligheten till hisnande äventyr är obegränsad. Medan du samtidigt kan belysa samhälleliga förhållanden på nya och oväntade sätt.

Påståendet att de flesta rymdresor sker från Jorden till en annan planet kan diskuteras, men däremot kan jag konstatera att tvärtom-resonemanget varit stapelvara inom fantasin ända sedan H.G. Wells skrev *Världarnas krig* (1898), inte minst bland svenska författare.

Faktum är att Johan Krook redan 1741 i *Tanckar om Jordens skapnad, eller Fonton Freemassons äfventyr, tillhögvälborne herr grefven **** och nu med anmärckningar till trycket befordrat af Antichon* visserligen reser till månen, men upptäcker att där inte bara finns folk utan också att månfolket stulit förståndet från människor på Jorden och förvarar dessa förstånd på burk. Det var 150 år före Wells.

Tag Erik Nybloms novell "Vår strid med Mars" (1910), där marsianerna försöker att stjäla Jordens atmosfär, Otto Witts roman *Skapelsen* (1912), där varelser från en tid före solsystemets uppkomst från β i Svanen med tiden kommer till Jorden eller Gustav Sandgrens under pseudonymen Gabriel Linde 1933 publicerade *Den okända faran*, där Jorden attackeras av blänkande svarta rymd-skepp från planeten Mars.

Vidare tycks *Ett spöke ser på Jorden* (1935) av Anders Cyrus avse en utomjording som poltergeistrar hos oss och i Sture Lönnerstrands "Stölden av atmosfären" (1943) försöker merkurianerna att upprepa marsianernas luftsnatteri från år 1910. 1956 skrev brådmogne tonåringen Kjell E. Genberg novellen "Den förste" om en utomjordings olycksaliga möte med Jorden. Samma år skedde Dénis Lindbohms Häpna!-debut med novellen "Nattens sådd", där utomjordingar kraschlandar på Jorden. Nämnas kan också Börje Cronas "En kväll på Gröna Lund" och "Sin faders son" (båda från 1960). För att nämna några få tvärtomare, alla publicerade långt innan *Resa på en okänd planet* kom ut. Wernströms försök att få sina läsare att tro att motivet är ovanligt är helt enkelt missvisande. Antagligen därför att han utgick från sitt eget läsande och tolkande av genren, som tycks ha varit begränsat till berättelser om resor från Jorden.

Men när Wernström säger att möjligheten "till hisnande äventyr är obegränsad" i science fiction-genren, så kan man konstatera att han själv bättre än någon annan indoktrinerande vänsterförfattare (av alla de kategorier) lyckats förena subliminalt anlagd propaganda med spännande och medryckande historier. Han besitter nämligen en förmåga som i stort sett alla hans proletärkollegor saknar, nämligen en utpräglad fingertoppskänsla för dramaturgi. I Sven Wernströms trilogi *Rymdgänget* (1956), *Rymdgänget och mannen i trädet* (1957) och *Mannen i lådan* (1958) kan det låta så här:

> I den tomma världsrymden strax utanför solsystemet rusade ett rymdskepp fram. Det föreföll att stå stilla i det ofantliga tomrummet, för så förefaller rymdskepp, när de har sin högsta hastighet.

Men det handlar inte om en verklig rymdresa. Det handlar en lek som fantiseras av de tolvåriga grabbarna i rymdgänget. Deras resor ute i världsalltet är fiktiva och deras strider med illvilliga utomjordingar fantasier. De kallar sig för Blixt Gordon efter Alex Raymonds tecknade serie och Allan Kämpe från Eugen Semitjovs svenska motsvarighet.

Wernström utgår ifrån att serieläsande pojkar tar till sig de spännande rymdäventyr som Blixt Gordon och Allan Kämpe upplever. Trilogin ger därmed uttryck för den science fiction-kultur som långsamt växte fram under 1900-talet och slog ut i full blom under det andra världskriget och av bara farten fortsatte rakt in i 1950-talet.

Och så här beskrivs invånarna på en av Jupiters månar i *Rymdgänget*:

> I vild fart rusade de tre jordmännen mot De blå, stenarna och tog betäckning. Där låg de sedan och såg hur stålkloten växte och kom närmare. Rakt över den plats, där Zarkows mineral fanns, bromsade stålkloten upp och sänkte sig mot marken och lade sig till ro. Ett ögonblick var allt dödstyst. Så öppnades dörrar i kloten, stegar sänktes ner, och ganymederna kom ut ur sina farkoster. De liknade inga varelser som rymdisarna förut sett. Visserligen hade de två ben och huvud som jordmän, men de hade fyra armar och deras ansikten var gröna och kallt uttryckslösa. Allesammans var klädda i silverbrynjor – antagligen dödsstrålesäkra – och hjälmar med radioantenner. Deras långa gröna ben var emellertid oskyddade.

I *Rymdgänget och mannen i trädet* manar Wernström fram invånare på planeten Uranus och de beskrivs på följande sätt:

> När alla kontrollerat sin utrustning, öppnade Blixt dörren och steg ner på marken. Där hälsades rymdisarna av en stor skara uranier, dessa små svarta figurer, som helt saknade hals och hade huvudet och kroppen sammanvuxna, så det såg ut som om deras mun och ögon satt på

bröstet på dem. Uranierna är ett vänligt och arbetsamt släkte, och de var alltid lika förtjusta när männen från Jorden landade på deras planet.

Varifrån fick Wernström idén till denna beskrivning? Den påminner inte så lite om Ossian Elgströms *Skuggorna från Cambrium* (1925), där denne i både ord och bild beskriver varelser med ansiktet i bröstkorgen. Och Olle Montelius illustration i *Rymdgänget och mannen i trädet* vidimerar denna likhet. Elgström torde, som tidigare nämnts ha fått sin uppfattning från äldre fantasibeskrivningar av främmande folkslag, vilket 1771 troligen inspirerade Hans Bergeström 1771 då han beskrev likartade varelser i *Om Nahkanahamahhem eller dumhetens och dårskapens land.*

På 1800-talet insvepte Anders Fredrik Rådberg och Johan Peter Krok sina faktasier i drömda berättelser och som vi sett har även andra efter dem på samma sätt låtit drömmen rättfärdiggöra fantasier som annars kunde upplevas som alltför fantastiska av läsarna. Det är intressant att Sven Wernström använder sig av en liknande metod när han strukturerar rymdgängets upplevelser i dagdrömmar som utformas i lekar. Han utvecklar drömstrukturen. På det sättet kan han bryta fiktionen då och då när de vuxnas värld inkräktar på pojkarnas fantasivärld.

Berättelserna får en sorts metakaraktär. Var han påverkad av trosfränden Bertold Brechts teori om Verfremdung?

Sven Wernström var en av de många svenskar som vi vet läste JVM/VÄ. I sina memoarer skriver han "Och nog hade jag läst tillräckligt många Jules Verne-magasin för att kunna svänga ihop lite rymdäventyr. Jag satte i gång." Jerry Määttä har i en längre essä ägnat Sven Wernströms faktasier stor uppmärksamhet och han fastslår: "Faktum är att genren tycks vara så central i hans författarskap att också hans memoarer, *Ett författarliv: Roman* (2009), är skrivna som en tillbakablick från

år 2025 (med Wernström, född 1925, som hundraåring)."

Det kan noteras att Sven Wernström samma år som han inledde sin karriär som sf-författare försvarade ungdomslitteraturen mot de ständigt återkommande attackerna. Det skedde i artikeln "Försvar för en olitterär genre" (Aftonbladet 2 april 1949), vilken inleddes så här:

Debatten om ungdomslitteraturen blossar upp igen. Ingen vet för vilken gång i ordningen. Och frågan ventileras på samma sätt som förut. Någon blir plötsligt intresserad, går igenom en trave pojkböcker och skriver en artikel där de kända namnen beröms och de okända buntas samman och avrättas tillsammans med de kända namn som är kända för att vara dåliga. Till de sistnämnda hör kapten W.E. Johns (med Bigglesböckerna). Någon skriver en artikel om Biggles och Worrals skadlighet för barnasinnena, som ju vid det här laget nästan är legendarisk. Därpå lägger sig de upprörda vågorna, artikelförfattarna kvitterar ut sina honorar och ser sig om efter nya uppgifter. Biggles har fått extra reklam och ungdomarnas läsvanor är oförändrade. Till dess intresset härnäst flammar upp på något håll.

Sedan Sven Wernström skrev den artikeln för i skrivande stund (2013) drygt sextio år sedan har den ena moralpaniken efter den andra drabbat debatten. I sin artikel nämnde Wernström science fiction mera i förbigående. Och den mynnar i en attack på de profitbenägna förläggarna som betalar usla honorar för en ungdomsbok.

I sin studie "Från flygkamrater till 'rymdrevolutionärer'. Om Sven Wernströms tidigaste science fiction" konstaterar Jerry Määttä att redan Sven Wernströms tredje flygbok, *Flygkamraterna* (1947) "rymmer flera inslag av science fiction, inte minst i det att intrigen går ut på att en vetenskapsman i hemlighet konstruerat en rymdraket med vilken han ska företa den första resan till månen. Romanen uppvisar också en mycket positiv syn på teknik och vetenskap, och rymmer rentav inslag av teknikfetischism, men den i romanens samtid högst aktuella uppfinningen helikoptern ägnas betydligt mer uppmärksamhet än dess mycket löst skisserade månraket."

Om man med detta för ögonen utgår från 1947 och konstaterar att Sven Wernström faktiskt kom med en ny sf-bok 2012, så innebär det att författarens faktasiperiod så långt omfattar 65 år, vilket förmodligen gör honom till den som tjänat för genrens raklar och leor längre än någon annan svensk författare. *Tusen år efteråt*, 2012 års wernströmare, står också i skarp kontrast till 1947 års utvecklingsoptimism. Det är en dystopi.

Men när Sven Wernström återkom med *Tusen år efteråt* så var han smartare än alla de faktasiförfattare som förlagt sina skrönor så pass kort tid in i framtiden att de själva hann uppleva att deras framtidsskådande slog slint. Redan i titeln undviker han det bäst-före-datum som brukar förvandla profetior till alternativa historier, eftersom det sällan sker som förutspås. Fast egentligen handlar hans bok inte om framtiden.

Sven Wernströms vänsterretorik är orubbad. I en värld där kärnvapen slagit sönder tillvaron undervisas barn om det förflutnas elände då kapitalister och USA förde Jorden till katastrofen. Avsikten med boken är hur tydlig som helst. Det handlar om ett ohöljt, totalt nyanslöst försök till indoktrinering, som på ett metaliknande sätt undervisar både framtida ungdomar och troende eller aningslösa läsare i nuet, vilket framgår när man står inför en krigsmaskin, vraket efter en helikopter:

–Flyga i luften? sa flickan Sysa. Va skulle man flyga i luften för?

Bori tog tillfället i akt att hålla en lektion.

Den handlade om stormakten på andra sidan Atlanten. Den som en gång varit starkast i världen och producerat krigsmaskiner som den här helikoptern och ännu värre saker. Som kärnvapen, med vilka den själv blivit utplånad liksom andra delar av världen ...

Det handlar alltså mer om nuet än om framtiden, nuet sett ur den yttersta vänsterns perspektiv, och det är bara att instämma i baksidestextens näst intill underdriftiga konstaterande att "Sven Wernströms nya bok är en framtidsroman som ger en kritisk syn på vår tid". Så här kan budskapet se ut:

På den tiden var det tiotusen år sen människorna börjat bli bofasta jordbrukare och femtusen år sen skriftspråk och historieskrivning kommit till. Ändå hade man börjat tidräkningen efter någonting som hade med deras förvetenskapliga vidskeplighet att göra.

Bori brukade kalla det Teknikexplosionens århundrade eftersom det var då vetenskapsbaserad teknik plötsligt blommat upp. Ibland kallade han det Mördarnas århundrade för att dåtidens människor hade orsakat att nästan såväl mänskligheten som naturen strukit med.

–Jo, för det var meningen med nästan allt som hände på den tiden, sa Bon. Det Bori nu valde att kalla Teknikexplosionens århundrade. Han berättade: I början av detta århundrade hade ännu ingen flygmaskin lyft från marken. I slutet av samma århundrade hade man flugit i rymden och landat på månen och planerade att resa till planeten Mars. Det fanns ett företag som hette Virgin Galactic, det planerade att skicka upp turister i rymden. Som alltså skulle sitta i en maskin uppe i rymden och titta ner på Jorden. För att de som ägde företaget skulle tjäna pengar och bli rikare.

–Vad skulle det vara bra för? sa pojken Jok.

vi återkomma till. Men nu ska vi tala om teknikutvecklingen. Och han berättade vidare:

–Man skickade upp massor av apparater i rymden. Man trodde också att man skulle kunna hämta viktiga metaller från asteroider eller från månen. Det gick aldrig. Resultatet hade bara blivit att det cirkulerar en massa skräp runt

Revolutionär vid det trygga svenska skrivbordet. Sven Wernström med Leninkepsen käckt på svaj.

Jorden fortfarande – och att det ibland ramlar ner nånting från den tiden som vi inte vet vad det skulle ha använts till. Men det var fortskaffningsmedel vi skulle tala om ...

– I början av det århundradet körde man med häst och vagn. Ingen människa kunde ta sej fram snabbare än en häst kunde springa. Snart konstruerades motordrivna apparater att åka med. Mot slutet av århundradet hade varenda familj en bil och kunde köra med en hastighet av hundrafemti kilometer i timmen.

– Solen lyste lika starkt då som nu, men människorna tog fram sin elektricitet med kärnkraft därför att kapitalisterna tjänade mer på det än de kunde göra på solenergi. Ja, Mea, kapitalisterna ska jag berätta om en annan gång, har jag sagt. Nu behöver vi bara veta att dom var skurkar som tänkte på sej själva och struntade i hur det gick för samhället och vanligt folk.

– Kapitalisterna styrde över massmedia och försökte inbilla samhället att det gick att slutförvara kärnkraftverkens radioaktiva avfall nergrävt i Jorden där det kunde ligga tills det blev ofarligt efter hundratusen år. Ni vet hur det gick. Hur gick det, Mea?

– Det gick inte alls, sa Mea. Inte alls som dom sa. Nu har det bara gått tusen år och deras slutförvaring går sönder överallt. Rätt vad det är blir en plats radioaktiv. En äng, en åker, en skog eller ett villaområde. Då måste man genast flytta därifrån. Om man upptäcker det alltså. Och det gör man bara om man har en klocka som börjar spraka och varnar ...

– Vafannurå! hördes en röst längst bort i salen. Det där visste vi väl allihop. Du bara berömmer den där fittan hela tiden. Va är hon så bra för?

Mansgrisiga feminister finns som synes fortfarande om tusen år i Sven Wernströms framtid. Det är en framtid då bilar drivs med solceller på taket och människorna bär på klockor som börjar spraka när man kommer i närheten av kvarvarande radioaktivitet från kärnvapenkrigets dagar. Bori vet att ön som han bor på en gång i tiden hette Riddarholmen. "Myndigheter hade hållit till där nån gång i äldre tid, sen hade det stått tomt tills folk började flytta in på det gamla stadsområdet där man kunde vara säker på att mördarfolket inte grävt ner något kärnavfall."

Handlingen utspelar sig alltså i det framtida, ödelagda Stockholm. Det är en tillvaro där solkraft och etanol ersatt oljan. Intressant är hur Sven Wernström beskriver kapitalismens utveckling:

> När alla människor hade alla prylar de behövde blev det inte så lönsamt att tillverka saker som inte gick att sälja. Då ville dom rika – kapitalisterna som Jok säger – ta över skola, vård och omsorg och tjäna på det. Dom drev igenom en lag som gjorde att dom kunde äga skolor. Där fanns skolsköterskor som skulle se till elevernas hälsa. Där fanns skolbibliotek som staten köpte böcker till. På den tiden fanns det ju inte läsplattor utan man använde alltid pappersböcker. Staten betalade allt det där. Men ägarnas avsikt med en skola var ju inte att ge bra undervisning utan att tjäna pengar. Dom kunde skippa skolbibliotek och skolsköterskor och stjäla dom pengar som då blev fria. Och sen avskeda lärare och stjäla deras löner.
>
> – Kapitalister var alltid tjuvar, sa Jok.
>
> – Det kan man säga, sa Bon. Den som vill bli rik måste ju ta pengarna nånstans ifrån. Man kan ju inte bli rik på eget arbete, bara på andras. Så länge dom flesta hade det bra kallades det demokrati, det betyder folkstyre. Sen förvandlades mördarnas århundrade till en Kleptokrati, alltså tjuvstyre. Men det fick fortfarande heta demokrati som inte var sant men lät bättre.
>
> – Kleptokrati ska vi aldrig ha här, sa Jok. Men vad ska vi kalla det system som vi har? Inte demokrati va. Folkstyre? Vi kan väl inte vara med och bestämma allihop om allting?

Och i ett radioprogram lever en sorts renlärig poesi, som lämnat den orimmade dikten bakom sig, som maskinföraren Eres fyrrading:

> Mörka står stadens ruiner i rader,
> brända av mördarnas bomber än.
> Här ska vi resa opp nya fasader,
> fram nu med hacka och spade min vän.

Och smeden Uri bidrar med följande:

> Eggar och svärd är vad smeder gör
> och någon råkar väl ut därför,
> så den rike han mister sitt huvud,
> ja, den rike han mister sitt huvud!

Och pojken Kirt ger sig nonsensdikten i våld:

> Men sedan dom fått skrut i skrattibrallan
> så börja dom förstå vad bror i brallan
> vill säga med sitt sprutt i hallipånga
> och sen blev deras dagar mindre långa ...

Diktkonstens utveckling har av detta att döma liksom det mesta i denna framtid tillbakainvecklats. Det som kan kännas irriterande hos Sven Wernström är den ensidiga tolkningen av exempelvis marknadsekonomin. Alla kapitalister är ondskefulla mördare som bara tänker på pengar och utlöser krig. Inte ett ord om den kommunistiska ondskan. Anledningen till att enkelspårigheten och dogmatiken blivit så tydlig ligger i det faktum att Wernström de facto beskriver den indoktrinering som även i övrigt drivit hans förvisso mycket intressanta författarskap.

ALF HENRIKSON (1905–1995)

I likhet med Sven Wernströms böcker så var kunskapsförmedlaren Alf Henriksons *Vägen genom A* (1949) avsedd för barn och ungdom, men denna bok, som blivit något av en klassiker och kommit i flera nya upplagor har lästs långt upp i åldrarna. Dess karaktär av faktasi ligger i den metafiktiva formen. *Vägen genom A* handlar om två bokmalar, Justus och Filibert, som på bokmalars vis borrar sig in i A-delen av ett konversationslexikon och vid olika ord som börjar på A upplever uppslagsorden som verkliga händelser. Ordet "Astronomi" utgör ett sådant novellartat kapitel som dessutom har en självklar anknytning till sf. Med sedvanlig pedagogisk skicklighet låter Henrikson äventyret börja:

Omkring dem på alla sidor stod rymden alldeles svart. Ett antal bollar av mycket olika storlek svävade omkring i det svarta, somliga grå eller rödaktiga, andra vita och starkt lysande. Långt borta stack miljoner stjärnor hål i mörkret, och själva hängde de i tomrummet utan någonting att stå på eller hålla fast i. Rätt framför dem stod solen, men den var inte mild och vänlig som vanligt utan flammade och brann som en klotrund svetslåga. Det kändes brännande varmt på kroppens framsida, men om ryggen var det isande kallt.

"Detta kan väl inte vara Aachen?" sa Filibert förskräckt.

Julius såg allvarlig och snopen ut. Han svarade:

"Det är naturligtvis Astronomi. Jag var en idiot som inte tänkte på att vi naturligtvis skulle komma in i slutet av boken, när vi gick in genom främsta pärmen i hyllan. Vi blir ihälbrända och ihjälfrusna här."

———

Djupt, djupt under dem välvde sig den svarta himlen. De greps av svindel när de först upptäckte detta; det kändes som att falla genom luften med benen i vädret och huvudet ned. Skrämda böjde de huvudet tillbaka och såg åt det hållet. Samma svarta, stjärnströdda himmel mötte dem där. Åt sidorna var det likadant. De befann sig fritt svävande i mitten av ett oändligt ihåligt himlaklot.

"Vad är upp och vad är ner?" frågade Filibert, och hans ögon var stora och uppspärrade av ängslan och undran.

Och där de svävar i världsalltet lämnar vi Julius och Filibert någonstans där det händelserika 1940-talet slutar.

AVSNITT 8

DET FABULÖSA FEMTIOTALET

*I denna stjärnas tecken, utvalt framför andra,
skall det folk, som vilar här
ständigt bära med sig, in i alla tider,
kännedomen om en värld som strömmar in i vår,
en värld av andra ting och andra äventyr,
som bundits till att ständigt likna vår.*

– Paul Andersson 1953

Om 1940-talet var en sorts guldålder som skapade intresse för science fiction, som lästes av hundratusentals människor varje vecka, och släppte loss den förste moderne hackskribenten som spottade fram Jules Vernes och H.G. Wells pånyttfödda genre på svenska, så var 1950-talet något av en silverålder. I början av perioden började en fandomrörelse att växa fram, med rader av stencilerade så kallade fanzines. Härvidlag var mötet mellan Sture Lönnerstrand och hans beundrande läsare Roland Adlerberth – som kom att bli något av den främste förespråkaren för science fiction i olika sammanhang – en av de avgörande händelserna. Fandomrörelsen är ett fenomen som det internt finns en hel del skrivet om. Decenniet skulle också uppleva två science fiction-magasin, nämligen Häpna! och Galaxy. Och i slutet av decenniet – baserat på det faktum att vår tideräkning inte inleds med år 0 – väntade det viktiga fanzinet Science Fiction Forum (SFF), organ för Skandinavisk Förening för Science Fiction (SFSF), som sjösattes 1960.

Som vi redan sett fortsatte Sture Lönnerstrand in i det nya decenniet med ännu en diktsamling, en vinnande sf-bok, ett radiospel och ett läsdrama. Och Sture Lönnerstrand fick efterföljare i den lyriska sf-genren. Harry Martinson sköt upp *Aniara* i de litterära rymderna 1953. Per Lindström skrev diktsamlingen *På en främmande planet* och snart skulle Ralf Parland, Elsa Grave, Lennart Kjellgren, Ann Margret Dahlquist-Ljungberg och framför allt Kjell Borgström bidra med lyrik i fas med genren.

Sture Lönnerstrand skulle också få efterföljare på dramatikens område när Werner Aspenström kom med sina pjäsböcker och Dénis Lindbohm – låt vara långt senare – förvandlade en av sina noveller till en tv-pjäs. Och det dök upp nya författare i genren. Med 1950-talet blev också vetsagor för barn vanligare. Och ordet atom dyker allt oftare upp i boktitlarna.

ÖYVIND FAHLSTRÖM (1928–1976)

Emanuel Swedenborg och August Strindberg i all ära, men av alla svenska kulturarbetare, oavsett genre, är Öyvind Fahlström utan tvekan den mest nyskapande som trampat på detta jordklot. Verbal, visuell, visionär, vetsagig, lämnade han surrealismen bakom sig och satsade på den konkretism, som han själv definierade i manifestet "Hätila ragulpr på fåtskliaben" (1953) och förverkligade i olika former av allkonstverk, där skilda konstformer ingått symbios. 1954 tog han Sture Lönnerstrands tre år tidigare publicerade *Den oupphörliga (incestrala) blodsymfonien* inte bara i försvar mot dem som kallade diktsviten ett pekoral utan framhöll den också som ett föredöme och en möjlighet för verbal utveckling.

Öyvind Fahlström förhöll sig också till populärkulturen på ett helt annat sätt än det tongivande etablissemanget med dess inte sällan av ren okunnighet – när det inte handlat om ren och skär opportunism – omgärdade arroganta tolkningsföreträdet. I Greenwich Village klippte han ut Läderlappens slängkappa ur serietidningar som Detective Comics och Batman till sina versioner av konstverket *Sitting* och han medverkade 1967 i utställningen Science Fiction i bland annat Bern och Bryssel.

Fahlström är mest känd för sin evolutionerande bildkonst om vilken Pontus Hultén konstaterat följande:

Fahlström skapar i varje bild en egen värld, där han är på en gång nyckfull skapare och ond bödel, regissör, laggivare, polis etcetera. I dessa världar lever av Fahlström födda varelser, som kämpar och dör (som han åtminstone tidigare kallade celler). De rör sig och förökar sig, ofta helt oberoende av varandra inte bara i olika rum utan ofta också i olika tid.

Hultén menar att det som kan hända i Fahlströms variabla bildspel liknar

den bild som Lewis Carroll ger i *Alice i underlandet* av drottningens krocketplan, där man spelar krocket med igelkottar som klot och använder uppochnedvända flamingos som klubbor.

Och han noterar:

Fahlströms konst utmärks av den märkliga blandning av pikturala, litterära och mytologiska element som uppträder där Fahlström engagerar den moderna vetenskapens, politikens och journalistikens uttrycksmedel i sin konst
…

Den tidiga pre-konkreta novellen "Före åtta"

(1950) tillhör Fahlströms surreella period. Den kan upplevas som en föraning om den nya experimentella sf-våg som bröt fram på 1960-talet. Det handlar om en kvinna med en kropp som följer sina egna lagar:

Före åtta hade hennes far alltid följt efter henne och tagit upp dom. Nu var han död. Hennes bröst hade länge varit lösa, och hon hade försökt trycka dom hårt intill kroppen för att de skulle växa fast. Hon började nära dom med kvartslampor, men det bara påskyndade förkolningen. För att den inte skulle sprida sig till den övriga kroppen höll hon dom från sej. Hon fick låna en arm att lägga över de blottade mörka fläckarna. Eftersom den var av levande kött växte den fast. Ovärderlig som den var, kunde hon avleda uppmärksamheten genom att snida i den, "Skelett av vissa gudar", kallade hon de täta och intrikata mönstren. Annars hördes bara tekopparnas stilla slammer, det var mörkt i rummet utom sängen i kvartsskenet. Några av gästerna var hårfrisörer med fruar. Även flera av fruarna arbetade sedan flera år i samma bransch. Några hade nått en vördnadsbjudande ålder, andra var yngre. En förlovningsring glittrade på deras fingrar. När den nya jungfrun kom in, fladdrade det till från hennes förkläde och yrde askan av brösten i hennes händer. De hade dött.

Den absurda berättelsen slutar med att hon "äntligen" spricker. Många år senare skrev Fahlström texten *2070, Anteckningar för en utopikonferens*. Arrangemanget var planerat till 1969 av Experiments in Art and Technology i New York. Det är en helt annan sorts text, klart programmatisk och utgår ifrån tesen "The present is struggle, the future is yours". I denna framtid ska

äldre människor, utlänningar och framför allt de som inte lyckats finna en meningsfull plats i samhället – de som förut betecknades som brottslingar, dekismänniskor och mentalt, sexuellt o.s.v., avvikande människor – leva som medlemmar av olika storfamiljer. (Jfr. på Grönland där förr i tiden mördare inackorderades i familjer.) Så att de anpassade och de avvikande pröva sina livspremisser, nå fördjupad medvetenhet och experimentera i galenskap.

Den olja på duk som heter *ADE-LEDIC-NANDER II* (1955–1957) har en uttalad anknytning till science fiction. Fahlström:

> Titeln är godtycklig; det är namnet på en princip eller en egenskap som beskrivs i en science fiction-novell av Van Vogt. Jag har använt den för att beteckna det tredelade system eller universum, planerat som ett epos (ett 20-tal målningar har förberetts i omfångsrika anteckningar – av vilka bara den lilla "introducerande" nr 1 och den stora nr 2 har fullbordats) som skulle skildra individerna, "teckenformerna", i de tre "klanerna" eller samhällena ADE, LEDIC och NANDER.

Den förste ägaren till *ADE-LEDIC-NANDER II* ville att Fahlström skulle redogöra för innehållet i konstverket. Fahlström svarade med en drygt 25 sidor lång maskinskriven drapa som han kallade "Resumé av innehållet" med underrubriken "Att så mycket som möjligt enligt de givna förutsättningarna – med movan som huvudenhet – skapa en värld av situationer och handlingar i ett motsägelsefullt-diskontinuerligt tidsrum."

ADE-LEDIC-NANDER II har beskrivits som

> en skapelseberättelse om rivaliserande klaner och förmodligen något av det mer komplexa verk som utförts under efterkrigstiden." I anknytning till målningen har Mike Kelley hävdat att "Science fiction är en genre där tidsförskjutningen är lätt att genomskåda; alla vet att de framtider som beskrivs i själva verket är versioner av nutiden gestaltade i liknelsens form".

Denna iakttagelse är nog så riktig. De an-

strängningar som faktasiförfattare gjort att beskriva andra världar, andra mänskligheter och omänskligheter, livsformer och dödsformer, mentala och sociala fenomen har mestadels skett med normalt språkbruk och inom våra normala erfarenhetsramar samt med nuet och häret som klangbotten. Enstaka försök att bryta sig ur denna tvångströja har gjorts av sf-författare. Alfred Besters *Tigermannen* (1956) är det mest lyckade exemplet och alltjämt oöverträffad. Det gäller även – ja, inte minst – för cyberpunken, som utan att ens lämna Jorden trots allt till dels lyckats bryta sig ut ur de knäsatta formerna.

Som påpekats i ett tidigare kapitel var redan Carl Jonas Love Almqvist inne på linjen att språket vid sidan om förmågan att förmedla bilder och åsikter också har en annan egenskap i form av ljud. Den tanken fanns naturligtvis också tidigare och det var på grund av dess klangfylldhet som sonetten förr i världen kallades klingdikt.

Den engelske författaren Arthur Machen var inne på samma tankegång när han i *The Hill of Dreams* (1907) framhöll följande:

> Som han såg saken var språket framför allt viktigt för dess vackra ljud, för dess innehav av en ljudrikedom, som smeker örat när det arrangeras på ett utsökt sätt genom att antyda underbara och odefinierbara intryck, som kanske är mer hänryckande och mer fjärmad från den strikta tankens domän än de intryck som framkallas av musiken själv.

Sir Ivor Evans har i ett senare sammanhang sagt liknande saker, värda att ständigt upprepa och inte minst att citera i detta sammanhang:

> Författarens svårighet är att ord används i alla vardagssammanhang så att de blir slitna likt mynt som nötts av långvarig användning. Mer än någon annan författare försöker poeten att se på orden med nya friska ögon. I ett poem ar-

Öyvind Fahlströms sf-inspirerade konstverk ADE-LEDIC-NANDER II på frimärke från 1993.

rangerar han orden på så vis att de skänker samma välbehag som vi får ut av musik och bildkonst. Mycket av detta välbehag kommer från själva orden, men en del kommer från hur de rytmiskt arrangerats. Orden arrangeras på så sätt att deras ljud låter tilltalande medan accent- och tidsförskjutningar skänker ordmönstret en del av det behag som musik tillhandahåller. Jämförd med musikern ställs poeten inför den adderade svårigheten att orden vid normalt bruk befordrar en mening. Musikern kontrolleras inte av en mening och en del poeter har försökt att göra sig av med denna förlägenhet. De vill skapa mönster och rytmer befriade från mening.

Sture Lönnerstrand och framför allt Öyvind Fahlström har i likhet med sådana poeter försökt att flytta fram positionerna och skapa nya universa bortom våra vanliga föreställningar. Det är i den förlängningen som faktasin kan-

ske, möjligen, vem vet, kan erövra den där beskrivningen som beskriver det obeskrivliga och ofattbara som vi anar bortom vårt solsystems snäva gränser där exoplaneter väntar med sina hemligheter och där det kanske, kanske finns liv eller andra fenomen, som kanske, kanske bjuder på överraskningar, vilka kräver nya uttrycksmedel för att alls kunna beskrivas.

Om det nu inte är på det sättet som en del säger att science fiction som genre både i text och på film är en död företeelse eftersom allt redan har gjorts. Å andra sidan påminner ett sådant påstående om den där seglivade vandringssägnen att chefen för det amerikanska patentverket Charles H. Duell mot slutet av 1800-talet ska ha sagt att eftersom allt är uppfunnet kan patentverket läggas ned. (Det sa han aldrig. Tvärtom godkände han tiotusentals patentansökningar 1899.)

Sf-genren har naturligtvis förmåga att förnya sig under förutsättning att det i mängden av plagiatörer dyker upp nyskapande förmågor, med fräscha infalls- och utfallscirklar. Detsamma gäller kanske till synes stendöda genrer som vilda västern-skrönan och sportnovellen. Det är möjligt att de bara ligger i träda i väntan på att den rätta situationen infinner sig och de rätta utövarna dyker upp.

I alla händelser så understryker Sophie Allgårdh det faktum att science fiction var en av inspirationskällorna för Öyvind Fahlström i sin essä "Öyvind Fahlström: Med världen som spelplan". Hon skriver:

> Till höjdpunkterna i Fahlströms karriär hör happeningframträdandet *Mellanöl* i Moderna Museets epokgörande *Fem New York-kvällar* 1964 med John Cage, Merce Cunningham och Robert Rauschenberg. Men i performanceväg kunde ändå inget toppa multimediaföreställningen *Kisses Sweeter Than Wine* i festivalen *9 Evenings: Theatre and Engineering*, som arrangerades av den svenske ingenjören Billy Klöver 1966 på Armory på Manhattan där Duchamp en gång ställde ut sin berömda pissoar. För första gången möttes scenisk avantgardekonst och avancerad teknologi i stor skala. Fahlström hade förberett sin suggestiva totalteater minutiöst med diffusa anspelningar på allt från science fiction till det pågående Vietnamkriget samt berättelser om nära-döden-upplevelser parat med psykologen och drogförespråkaren Timothy Learys andningsövningar. De drygt 30 forskarna från Bell Telephone Laboratory gjorde sitt yttersta för att realisera Fahlströms idéer om ett heliumfyllt radarstyrt luftskepp och ljudande kuddar som en bombmatta över Vietnam. I scenografin ingick även TV-, dia- och filmprojektioner; uppåtstigande snö tillverkad av tvättmedel och helium samt en korg med en halvnaken "Spacegirl" som hissades ned från taket.

Någon typisk science fiction-skapare är Öyvind Fahlström självfallet inte, lika lite som han är typisk i något som helst annat avseende, men han företräder i det senare skedet av sin verksamhet en idealistisk av marxism präglad utopism, som genomsyrar hans produktion. På så sätt kom Fahlström på sitt sätt att återvända till poesins metaforer, nu i form av variabla spelplaner och liknande uttrycksformer, där metaforen inte är statisk som i en dikt utan föränderlig.

BIRGER VIKSTRÖM (1927–1968)

Birger Vikström gick på Brunnsviks folkhögskola och var under en tid en av de så kallade Klarabohemerna. Hans *Staden* (1950) är i första hand en satir, men satiren har inte sällan släktskap med sf. Birger Vikströms *Staden* handlar om två vandrare som anländer till en högst märkvärdig stad. Den ene vandraren kallas Den Praktiske och den andre kallas Tänkaren. Det visar sig att även det land som de kommer ifrån är märkvärdigt, vilket det subliminala inlärningssystemet understryker.

> Den Praktiske, som skulle svara, visste emellertid inte stort mer än Tänkaren. Detta var också naturligt eftersom seden att inhämta allmänna kunskaper i deras hemland helt fallit ur bruk. Sådana allmänna kunskaper räknades, i den mån någon tänkte på saken, som helt värdelösa. Att läsa, skriva och räkna fick medborgarna visserligen lära sej redan vid sex års ålder, men det skedde under sömnen genom särskilda så kallade pluggmaskiner, som placerades under huvudkudden. Dessa färdigheter räknades inte heller som kunskap i egentlig mening och många glömde dem för resten rätt snart. De kunskaper som kunde vara av värde var monopoliserade för specialisterna, som utbildades i särskilda specialistanstalter och därefter erhöll höga löner och sålunda relativt större frihet än de folkpensionsbundna medborgarna.

Att lära sig medan man sover och är omedveten är ett fenomen som prövats i verkligheten, men frågan är om det handlar om verkliga effekter eller inbillade. Pluggmaskinen är i högsta grad ett sf-fenomen. I den märkvärdiga staden, som de båda under sin vandring fastnar i, är undervisningssystemet uppbyggt på ett helt annorlunda sätt än i deras hemland, men även det har faktasins prägel mitt i satiren:

Stadens högskola inrymdes i fyra väldiga gulmålade byggnader, som låg i rad efter varandra och absolut linjerakt. Detta berodde på att byggmästaren i sin ungdom varit korpral och därför naturligtvis ville ha perfekt rättning på byggnaderna. I den östligaste stoppade man in sådana ynglingar, som i barndomen visat intresse för modellbygge och flygmaskiner. Efter en hel del år kom de ut som fullt utbildade tekniker om allt gick som det skulle. I nästa byggnad placerades sådana som under uppväxttiden visat lust att hälla svavelsyra i föräldrarnas kaffe eller att slåss: detta ansågs tyda på intresse för kemi och fysik i vilka ämnen det främst undervisades i denna byggnad. I den tredje byggnaden placerades sådana som visat intresse för att undersöka konstitutionen hos insekter och andra djur; de utbildades i den ädla läkarkonsten. Den östligaste byggnaden slutligen var reserverad för sådana som inte visat något som helst intresse för någonting: dem kunde man som sista utväg låta utbilda i filosofi och dithörande ämnen.

I denna sistnämnda byggnad anlitas Tänkaren som filosofilärare. Och berättelsen, tja, den liksom rinner ut i sanden.

H. ROSENBAUM

I Levande Livet (15/1951) publicerades den korta novellen "Rapport ur rymden" av H. Rosenbaum, vem det nu kan ha varit. Novellen är en liten parentes i sf-historien. Det är inte ens säkert att författaren var svensk. Det handlar om en rymdfarkost som den 9 mars 1997 står på ett gigantiskt stativ i Sahara-öknen. Farkosten är försedd med en knallgasdriven ytterraket. Den sätter kurs mot Mars. Efter 998 dygn märker besättningen Mars gravitation, men då uppstår ett oväntat problem.

Daniels och Braun hade en längre överläggning, och så småningom sade Daniels: "Vi landar inte på Mars." Ni kan förstå vår förvåning och bestörtning. Allt var ju bestämt och beräknat för en landning på Mars. Braun visade oss då, att vårt bränsle avtagit i energi dubbelt så hastigt som beräknat. Detta kunde, sade han, endast bero på de stråk av oerhört stark kosmisk strålning, vi passerat. Denna strålning hade trängt igenom all isolation och neutraliserat en stor del av vårt bränsle. Vi måste lägga vår kurs i en ögla omkring planeten och göra våra mätningar och undersökningar på avstånd. En total nedbromsning och sedan en start från Mars yta skulle vårt bränsleförråd ej tillåta. Alla var ense, och kursen lades omedelbart om. Tack vare våra styrraketer kunde vi göra en ganska snäv ögla kring Mars med reducerad fart, och alla arbetade för högtryck med instrumentavläsningar och beräkningar.

Det visar sig att farkosten dras mot solen. Novellen slutar med att man sänder ett budskap till Jorden med innebörden att rymdskeppet troligen kommer att störta in i solen.

PER LINDSTRÖM (1926–1956)

Den alltför tidigt bortgångne Per Lindström var författare och litteratör och verksam i klubben Futura samt utgivare av den litterära tidskriften Pan. Hans diktsamling *På en främmande planet* kom 1952 på eget förlag och har föga uppmärksammats eftersom dess innehåll varken har K-märkts av entusiastiska recensenter eller markerats med ett grönt nyckelhål efter sållning genom något av de stora förlagens lektörsfilter. Men det är en fin liten samling där det existentiellt och planetärt utopiska betraktas i drömmens och verklighetens förlängning.

Namnlöst kallas den Jorden
denna främmande planet.
Men dessa främmande varelser
varför
påstår de sig vara människor?
Innerst vet du ju ändå att
människan aldrig har existerat.

Så låter den dystra upptakten och det är som
en lätt återspegling av devisen för Erik Linde-
grens *mannen utan väg* där "misstagens väg"
slingrar sig "namnlöst" på "Jorden det främman-
de djupet" och visst har dikterna ofta ett drag
av uppgivenhet och dystopi. Men det hand-
lar inte enbart om Jorden. Lindström skriver:

Du fjärrannära måne,
du bortom döden döda värld,
sällsamt förtrolig
är din overkliga självklarhet,
skrämmande
din oförmedlat främmande
distans.

Men månens relation till Jorden har en djupa-
re existentiell innebörd:

Månraketen slungar oss ut
i ett kosmiskt äventyr,
en sällskapsresa
till meningslöst döda världar.
Med amatörastronomens förtjusning
låter vi blicken svindla ned
i oändlighetens svarta avgrunder
och ryser pliktskyldigast
när vi ser Jordens lättutplånade
tunna skiva.

Själva tillvaron, existensen, uppfattas som en
motståndare.

Livet är ett fientligt land,
som måste besegras,
ett fiendefolk,
som måste underkuvas
eller befrias.

Detta tema följs upp i dikten "Kampen mot
tillvaron", där

Vårt livs stora äventyr tar sin börja
vid porten till de oanade möjligheternas
evigt oupptäckta land,
där allting är möjligt,
men ingenting sker.

Återigen anar man en påverkan från Erik Lin-
degren, denna gång från dennes tal om "de obe-
gränsade möjligheternas land" i *mannen utan
väg*. Men Per Lindström har sin egen agenda.
Han menar att "Konsten att leva/är att vara
Robinson/på denna obebodda planet". Och
han har sina drömmar:

En tänkande robot
ville jag konstruera,
en övermänniska av maskin.
Han skulle tänka tankar
av stål och gnistrande
elektricitet.
I en spegel som av diamant
skulle han spegla livet
i djärva reflexer.
Obönhörlig skulle han gå fram
en blänkande effektiv maskin,
inte glömmande, inte tvekande
aldrig drömmande som i
ångest.
En tänkande robot
av blänkande stål och
elektricitet
ville jag vara.

Och denna övermänskliga robots stat är –

Utopia, det är framtiden,
det är övermänniskans
rike.
Men där finns inte plats för oss
av de förlorade generationerna.
Vi duger bara till atombränsle
i nästa världskrigs stora
Fenixbål.

Per Lindström hämtar sina syner ur science fictions bildvärld men det är 1940-talets poetiska svartsyn som dröjer kvar i hans texter. Ändå avslutar han sin världsbild med en fantasyartad betraktelse, där själva språket lyfts fram som en skapande kraft.

Jag sänker nätet, som knutits med ord
ner i min själ
för att fånga sanningens heliga fiskar
och söker med trollramsans dunkla besvärjelser
snärja tankarnas skyggsnabba fåglar.
Jag vill svänga språkets trollspö och
    mana fram
denna främmande värld så skrämmande
    lik vår egen.

En fin epilog.

Per Lindströms novell "Livet går vidare" publicerades posthumt i Häpna! (7–8/1956). Det är en berättelse som också den i allra högsta grad präglas av existentiell problematik. Huvudpersonen – den döende mr Mortimer – lever i ett samhälle där robotarna har blivit så perfekta att de blivit det som författaren kallar "endroider".

Begreppet är en variant av den beteckning för konstgjorda människor av kött och blod som utgörs av ordet "android", ett ord som om inte infört så dock knäsatt i svenska språket med Edmond Hamiltons kapten Frank-romaner i Jules Verne-Magasinet på 1940-talet. Där personifierades androiden av fenomenet Otho, den konstgjorda människan av artificiellt kött och blod. Lindström var 14 år när JVM började komma ut 1940 och man kan nog vara säker på att han läste magasinet. I "Livet går vidare" har endrioderna blivit så perfekta att man kan överflytta döende människors personligheter till nytillverkade exakta kopior av de döendes kroppar.

Själva vävnaderna, förklarade endroidingenjören yrkesmässigt, är uppbyggda av Farwells vävnad, exakt samma som används vid alla plastiska operationer. Genom olika behandlingsmetoder kan den få olika konsistens och hårdhet och på så sätt bygger vi upp hela kroppen från benstomma till muskler, nervtrådar och sinnesorgan med denna praktiskt taget levande produkt. Ni kommer att leva precis som förut. Inta er föda när ni är hungrig, sova när ni är sömning, motionera, sporta, roa er, kort sagt njuta av livet precis som förut. Tyvärr kan ni inte få några barn. Men denna brist har vi hopp om att kunna rätta till inom en snar framtid. Hjärnan och ryggmärgen är däremot en annan historia. De är uppbyggda av en plastmassa i vilken ett komplicerat nät av iridiumkonstanter är ingjutet. Således absolut ingen robothjärna som ni kanske har trott. Inga rörliga delar och över huvud taget inget som kan skadas eller gå sönder. Det är till denna hjärna och denna ryggmärg vi nu håller på att överföra er personlighet och det är också den som kommer att garantera er ett nästan evigt liv. När er nya kropp håller på att bli utnött kan vi nämligen på ett mycket enkelt sätt byta ut den mot ännu en ny och endast behålla den praktiskt taget outslitliga iridiumhjärnan och dess ryggmärgsbihang.

Man skulle kunna säga att med den alltför tidigt bortgångne Per Lindström, så förlorade svensk faktasien stor begåvning, men man kan också säga att litterärt sett så visar hans kvarlåtenskap att han inte levde förgäves. Vi har dessa fina texter, som inte bör glömmas bort.

EVA HÅKANSON (1918-1995)

Med *Äventyr i Atlantis* (1952) kom Eva Håkanson med en verklig vetsaga för barn. Det finns en spådom om att en pojke från Jorden ska rädda Atlantis. Ombord på skeppar Johns skuta, som heter Sally Marie av Strömstad åker bröderna Claes och Bengt ut på Atlanten och när de närmar sig ekvatorn visar den sig vara ett svart streck. Upp ur havet kommer Poseidon och sedan får de åka rutschbana på stora sjöormens rygg och följa med ner på havets botten där Atlantis ligger. Här utspelar sig äventyr bland hajar, jättestora krabbor och bläckfiskar, och spådomen besannas. Redan året därpå kom Eva Håkanson med *Äventyr på månen* (1953). När käcka svenskar landar på månen finner de ruinerna efter en stad. Och man hittar ett manuskript som berättar om det förflutna vid en tid då det fanns odjur att kämpa emot. Klimatet förändras och människorna försöker att emigrera till Jorden.

DÉNIS LINDBOHM (1927–2005)

För Dénis Lindbohm innebar början av 1950-talet avstampen till en mångsidig litterär karriär. Med sex års folkskola i bagaget tjuvstartade han redan på 1940-talet. Dénis Lindbohm är svensk science fictions rymdoperatör nummer ett. Hans förmåga att med fart och kläm och humor och utan störande uppehåll driva en rymdberättelse framåt var påtaglig. Ibland kunde det gå så snabbt undan där han satt vid sin skrivmaskin att en berättelse han författade i tredje person singularis (han) halkade in på första person singularis (jag). Tala om inlevelse! Men han var långt mycket mer än en fabulöst hejdlös författare till häftiga rymdoperanoveller. Som författare debuterade han inte färre än tre gånger.

Dénis växte upp under 1930-talet. Hans intresse för det fantastiska och spännande liksom det esoteriska och psi-iga var redan på plats när JVM började komma ut hösten 1940. Han läste magasinet och fascinerades av kapten Frank-romanerna och alla märkliga berättelser om utflykter till asteroider, äventyr bland rymdpirater och tidsresor in i framtiden eller tillbaka till det förflutna.

JVM-redaktionen köpte inte in svensk science fiction förrän mot slutet när det så att säga var för sent, däremot inbjöds som nämnts läsekretsen att en gång i veckan bidra med en egen spännande upplevelse under rubriken Veckans Äventyr. Någon brist på bidrag tycks inte ha funnits. Äventyr från värnpliktiga, som gjorde lumpen under andra världskrigets

beredskap, publicerades vid sidan om upplevelser i det civila.

Dénis hittade på en skröna, som refuserades. Alldeles för otrolig! var redaktionens kommentar. Han drog då till med ännu en påhittad skröna, som fann nåd på Tunnelgatan i Stockholm. (Redaktionen och tryckeriet låg alldeles intill den plats där Olof Palme långt senare mördades.)

Novellen publicerades i JVM/VÄ (38/1945) under rubriken "Atombranden". Den innebar hans debut och han blev därmed den ende svenske sf-författaren vid sidan om Folke Wahlsten, som med säkerhet lyckades få in en sf-tå i tidskriften. Andra, som Sture Lönnerstrand och Bo Stenfors, misslyckades. Så här lät debutorden:

Det var år 1942. Jag var 15 år gammal. Händelsen utspelades i trakten av staden Tranås i Småland. Jag hade gått ut tidigt på söndagsmorgonen, ty som vanligt ville jag tillbringa så lång tid som möjligt i mitt "laboratorium". Detta hade jag inrymt i en grotta som låg flera kilometer in i skogarna.

Detta var upptakten till skrönan. I fortsättningen experimenterar Dénis med diverse kemikalier och skapar ett fluidum som fattar eld.

Utgången var spärrad, men jag kände mig ändå inte uppskakad beroende på att jag trodde att elden snart skulle dö ut. Men luften i grottan började bli obehagligt varm och dessutom alstrade elden en kväljande rök. Fantasirik som jag är, trodde jag i ett skräckslaget ögonblick att jag skapat en sak som jag läst om i Jules Verne-Magasinet (som V.Ä. på den tiden hette) d.v.s "atombrand". Läsekretsen ler förstås åt mitt naiva infall, men en fantasibegåvad 15-åring kan lätt få egendomliga idéer i en så pass förtvivlad situation.

Han svimmar, vaknar och efter tio minuter kan han lämna grottan. Debuten kom alltså mitt i 1940-talet, efter det tyska sammanbrottet och det europeiska krigsslutet.

Dénis Lindbohm har kallats mystiker och han omfattade med en självklarhet som var avväpnande föreställningar som de skeptiska science fiction-anhängarna inom den i dominerande grad lekfulla, tyckarglada men sekulära och i andliga frågor rationella fandomrörelsen sällan omfattade utan snarare tog avstånd från. Men den vänlige Dénis hade en stark ställning inom fandom.

Dénis mor Gunborg var i Sydsverige välkänd för sin synskhet och fast jag aldrig träffade henne, så hade vi några telefonsamtal, där hon berättade hur hon sett själen lämna kroppar när hon vakat vid dödsbäddar. Dénis ansåg att hon hade gett honom Kunskapen.

Dénis själv hade minnen av tidigare existenser både på Jorden och på andra håll i tillvaron. Det kan vara intressant att notera att båda portalfigurerna till modern svensk faktasi var intresserade av återfödelse i form av reinkarnation, eftersom också Sture Lönnerstrand ägnade frågan stor uppmärksamhet. Som vi ska se var också Harry Martinson inne på den linjen, i varje fall i litterär mening.

Dénis utbildade sig till fototekniker och blev utbildningschef hos Kungsfoto i Malmö. De många årens arbete i mörkrum ledde till att han fick ögonproblem och förtidspensionerades. Och han övergick då till att bli författare med eget förlag.

I början av 1950-talet kom han att med liv och lust att som en av pionjärerna engagera sig i den framväxande fandomrörelsen och han gav ut fanzines med egna texter. När bröderna Kindberg började ge ut sf-tidskriften Häpna! fick han ett professionellt forum för sina noveller. Det var dags för hans andra debut.

Den första Häpna!-novellen var "Nattens sådd" (2/1956), en novell där ett rymdskepp kraschar på en planet med primitiva invånare och den ende överlevande släpar sig ut i den giftiga atmosfären för att dö. Det märks att den är skriven långt före den digitala evolutio-

nen. Rymdskeppet har ett maskinrum med stökiga maskiner som bullrar.

Långnovellen "Rymdskeppet" (Häpna! 5–6/ 1957) är en kriminell rymdopera med deckarambitioner. Den är därtill en rejält tilltagen rörig och rörlig rövarhistoria med narkotikasmugglare, rymdpirater och en marsprinsessa. Den är inte helt lyckad, men författaren skulle med tiden komma att förnya rymdoperagenren.

"Kompression" (Häpna! 10/1957) är en novell, där ett mord begås av ett älskande par och de kommer undan med blotta förskräckelsen. Det handlar om en uppfinnare som har kommit på hur man kan komprimera otympliga föremål så att de blir oerhört små och inte behöver ta upp så mycket utrymme, t.ex. ombord på ett rymdskepp.

"Gryningsbarn" (Häpna! 4/1958) handlar om en sexårig pojke som kan tillgripa föremål bara genom att vilja.

– Pappa, sa Willy, titta här.

Han höll fram båda händerna, med handflatorna uppåt. Erik tittade på dem, tittade på de små barnahänderna och de flöt upp en varm flod i honom av glädje. Han sträckte ut sina egna händer för att omsluta sonens i ett fast grepp, och då…

Det lyste över de uppåtvända handflatorna, det steg som ett dimmigt ljus över dem och i skenets inre flimrade något fram med suddiga konturer. Och skenet avog och försvann och Willy räckte fram något.

– Det får du pappa.

Medan världen var som en vansinnig dröm stirrade Erik ner på fyra tjocka sedelbuntar i sona händer. Stela, frasigt nya sedlar med banderoll omkring.

Det skapar problem för fadern som inser att han i sin son har en ny ras med parapsykiska krafter.

"Ljuset i dina ögon" (Häpna! 5/1958) handlar om utomjordingar som kraschlandar på en kyrkogård. I stället för ett finstämt möte mellan två släkten får vi ett tragiskt händelseförlopp. Så här beskrivs besökarna:

> Och så flödade plötsligt en strålkastares ljus ner genom den mörka öppningen och rop av häpnad och förfäran tumlade omkring varandra. Där, mitt i ljusflödet, strax nedanför trappan, raglade en varelse bort och var i nästa nu dold bakom pelarraderna. Men de hade sett honom i brännande tydlighet. En knappt meterhög varelse i giftgrön färg och med armar och ben som tunna rep. Huden var ett gnistrande mönster av trekantiga fjäll, fingrarna var långa och tunna som pisksnärtar och sex till antalet. Hela varelsen var inklädd i något tunt hölje, som liknade genomskinlig plast och som troligen var hermetiskt. Men det hemskaste var dess ögon, som var enorma och brann i ljuset med gröna reflexer. Gode Gud, viskade Jeffersson, vilken mardröm.

Med "Kristallklara tankar" (SFF 10b/1963) skapade Dénis en av sina allra finaste noveller. Den handlar om mötet mellan människor som landar på en planet och där möter en för dem helt främmande livsform, en främmande kultur, en obegriplig värld av kristall. Vältaligt, likt bildtexten till ett fantastiskt panorama fångat av Hubbleteleskopet, skildras universums överväldigande mäktighet:

> Detta var det första skepp som sänts ut vinkelrätt från Vintergatan, för att undersöka de ensliga stjärnorna utanför det galaktiska hjulets nav. Skeppet, en diskus med tvåtusen meters genomskärning, hade jagat tusentals ljusår längs interdimensionellt rumslös väg, slungat sig ut över icke-varats avgrund, tagit språng på språng ut i det outforskade. Och nu vilade jätten på en sällsamt främmande värld i en fabulös stjärntrakt. Åt ena himmelspolen syntes knappt en enda stjärna, därute var intergalaktisk evighet. Åt andra polen lyste hela vintergatshjulet i ändlöst betagande skönhet.

Det lilla men dramatiska mötet mellan två livsformer, som är så olika att de inte kan kommunicera, förs till sitt logiska slut och ges en värdig avslutning.

"Klara papper" (Häpna! 3/1964) är en klurig liten kortnovell. Ett flygande tefat kraschar på Jorden och det enda som kan räddas är en bok av plast. Man vet inte hur man ska tolka innehållet. Det verkar vara matematik, men man har ingen Rosettasten som genväg till en tolkning. Hur ska man fixa facit? En forskare utbrister: "Om man bara visste så mycket som hur en enkel liten etta ser ut, men inte ens så mycket vet jag!" I det ögonblicket tittar hans tolvårige son upp från den science fiction-bok han läser och talar om hur en etta ser ut i utomjordingarnas bok. Hur vet han det? Svaret visar sig vara hur enkelt som helst.

I "Ljus över Arktis" (SFF 18/1965) landar utomjordingar och invaderar en arktisk forskningsstation, som förvandlas till ett dårhus.

> Ett kortlivat sådant. Tre timmar, sedan fanns det bara en enda intern kvar i dårhuset och han såg djävlar. Han hade barrikaderat sig i radiorummet och skrek ut hysteriska meddelanden i etern. Någonting hade kommit in i den arktiska stationen och dödat alla forskarna. Någonting formlöst, namnlöst. Den ende överlevande skrek ut en enda bön, en vanvettig, förtvivlad bön:
> – Atombomba! För Guds skull, atombomba stationen. Den här djävulen kommer att döda tusentals och åter tusentals människor om han kommer lös från Arktis.

General Don Grafton atombombar, förgäves. Och ställs inför en grå gestalt med alltför många lemmar.

> Varelsen förändrades, en suddig och flimrande förändring. Sedan såg han sin mor stå där och hennes ansikte uttryckte förebråelse.
> Men Don, sa hon milt, så där kan du inte göra. Släpp de där trådarna nu. Du kan väl inte …

Dénis Lindbohm t.v. tillsammans med Eugen Semitjov. Foto: Bertil Falk.

Och novellen går obönhörligen mot sitt slut.

Humoristiska faktasier av den art som grasserade i amerikanska pulpmagasin med nedslag i JVM/VÄ på 1940-talet är inte vanliga i svensk science fiction. Men "Sheriff Joakims himmelsfärd" (SFF 19/1965) är en humoresk, som avslutas med något som skulle kunna betecknas som en trippelknorr. Sheriff Joakim lider av rejäl efterverkan, framkallad av alkoholförtäring. I det läget får han syn på något som slår domare Goffers skära elefanter. I sheriff Joakims delirium visar sig nämligen en märkvärdig hägring.

Den här gången var det gröna ansikten. Förra gången var det röda ormar. Och förra igen blåa ödlor. Joes hembrygd var ju rena färghandeln. För att nu inte nämna den där smedjan inne i skallen. I dag hade den utökad arbetsstyrka. Joakim stönade dovt och ihållande och öppnade ögonen igen. Märkvärdigt, det gröna ansiktet var kvar, likadant,

— Stick iväg, grymtade Joakim och reste sig mödosamt upp i sittande ställning. Gryning-en kastade sitt röda sken över skogen och lät en och annan strimma falla över Drankvilles tröstlösa kåkstad strax utanför. Det röda skenet lyste också på den sällsamma företeelsen, som bar uppe det gröna ansiktet.

Joakim förblev sittande och stirrade ihärdigt på företeelsen. Den liknade en otroligt fet människa, klädd i något metallglänsande från halsen till fötterna. Huvudet befann sig inne i en rund guldfiskkupa. På ryggsidan skymtade ett par gastuber och vid bältet hängde ett flertal underliga mojänger, bland annat en förvriden pistol av aktningsvärd storlek.

Plötsligt upptäcker sheriff Joakim att fenomenet kastar skugga och strax därpå upptäcker han att föremålet går att ta på. Science fiction-genrens berömda gröna gubbe har kommit från Sirius för att hämta levande jordiska exemplar för vidare undersökning. Med avstamp i detta sker raskt ett dråpligt händelseförlopp, som mynnar i de nämnda knorrarna, inte mindre dråpliga.

I novellen "Tidens nollfas" (SFF 30/1966)

har den arrogante uppfinnaren Westrin anställt ingenjör Collins med uppgift att leda arbetat för konstruktionen av en fem meter vid metallkula till en kostnad av fyra miljoner kronor. "Ni behöver bara leda arbetet enligt mina ritningar och direktiv. Arbetets syfte är ändå bara begripligt för mig själv", hade Westrin sagt vid anställningstillfället. Det visar sig att metallkulan är en tidsresemaskin, byggd för att gå utom rumtiden, gjord för extradimensionell transport. Det är en maskin för resor utanför rummet och framför allt utanför tiden. Westrin förklarar:

> Jag skall ändra denna kulas tidflöde, bromsa in dess tid och stanna i en nollfas. Jag liknar tiden vid en serie filmbilder. Det är min avsikt att stanna mellan två bilder och hoppa ut. Jag går utanför tidens faser. Jag gör en tripp utanför rumtiden. Sedan hoppar jag in i samma lucka som jag hoppade ut. Ni märker inte att jag varit borta, eftersom jag går ut mellan två filmbilder.

Och han lyckas med oväntat resultat. Westrin fastnar helt enkelt i nollfas. Utanför tidskulan märker Collins att något har förändrats. Han griper efter den romboida dörrens handtag och öppnar ... och sedan avslöjas vad som hänt vid tidens nollpunkt ...

"Livets gyllene vatten" (SFF 34–35/1967) är en originellt turnerad uppfinnarvariant. Professor Aldrin har arbetat på ett serum som ska om inte direkt förvandla människor så att de likt vattensalamandrar och sjöstjärnor kan växa ut en ny arm om så behövs, men i alla fall har en sådan effekt att det återuppbygger förstörda nervbanor. Han förklarar för sin hustru:

> Jag har funnit mitt serum. Jag gjorde ett substrat, som ungefär kan kallas nervsoppa eller ganglievälling. Mina assistenter brukar ha den sortens humor. Detta serum skall göra varje cell neuronisk. Inte neurotisk. Det är något annat. Kroppen som helhet blir bärare av nerven-

ergin, Det vegetativa eller motoriska systemet i lillhjärnan skulle på det sättet få kontroll över varenda enskild cell. Jag kunde förklara det här med formler, men orm jag gör det så blir det obegripligt. Tänk på att lägre varelser har högre återbildningsförmåga. En hummer återbildar en hel klo, en ödla återbildar en svans, vissa maskar kan skivas i varje led och bildar en hel här av nya maskar. Men människans enda återbildningsförmåga är sårläkning.

Men Aldrin räknar inte med att människor ska kunna återskapa lemmar. Hans förhoppning är att lyfta upp bra läkkött till en ny nivå. Dramaturgin, som inte visar Lindbohm i hans allra bästa form, innefattar det lilla problemet att Aldrins sjuårige son Paul i ett obevakat ögonblick under experimentet, som sker med apor, passar på att dricka av serumet.

Idén är långt ifrån gripen ur luften. Det forskas på området. Harvardforskaren Mark Keating tror att regeneration av mänskliga hjärtan ska bli möjligt någon gång i tidsspannet 2025–2050. Han var mannen som 2002 (trettiofem år efter Dénis Lindbohms novell) upptäckte att sebrafiskar kan reparerea sina skadade hjärtan. Sedan dess har för fenomenet viktiga enzym och tillväxtfaktorer lokaliserats.

Sin mångsidighet visade Dénis när han bidrog med vad han kallade en pjäs för tv-scenen, "Draksådd" (SFF 36/1967), baserad på författarens långnovell med samma namn som gavs ut stencilerad 1964. Den känns experimentell och är odramatisk. Det handlar om dialog mellan Han, Adam, och Hon, en ödla, ormen i paradiset. Sveriges Radio a.k.a. Sveriges Television, refuserade skådespelet med motiveringen att "motsättningen mellan den västerländska civilisationen och den sensualistiska kvinnan förefaller oss inte vara tillräckligt originell för att vi skall kunna reflektera på produktion".

Dénis Lindbohm drygade ut sin kassa med att skriva en del pornografi, ett område som han var lika driven i som i science fiction, vilket han visar med all önskvärd tydlighet i "Rymdsådd" (SFF 38/1968), där de båda genrerna ingår symbios och blir till en hybridgenre. Två rymdskepp ilar sida vid sida mot Venus. Ombord på det ena finns sex kvinnor, på det andra sex män. Man ska testa om kvinnor klarar längre rymdfärder bättre än män. Efter två månader ska männen lägga till vid kvinnornas skepp och komma över till dem.

Männen kommer iförda rymddräkter in till kvinnorna som har klätt av sig nakna. När männen börjar ta av sig dräkterna hjälper kvinnorna till genom att formligen slita av dem utrustningen. Sedan utvecklar sig det hela till en orgiastisk ormgrop i viktlöst tillstånd. Det är ren och oförfalskad pornografi.

Hon svävade i vinkel från honom, som om hon legat på ett bord med armarna utspärrade från kroppen. Hennes ögon stod svarta och uppåtvända. Hon stirrade på ett par, där mannen höll om kvinnans höfter bakifrån och drog henne mot sig, matande in sin lem mellan hennes svällande blygdläppar, som skymtade i skinkornas delning. Erik förnam det som en liten knyck då ollonet halkade bakåt mellan de inre blygdläpparna och nådde slidmynningen. Kvinnan krökte sina ben hårdare bakom honom och drog sin kropp mot hans och lemmen glattade in i henne i sin fulla längd. Det spann i den som av elektriska strömmar. Ollonets mjukhårdhet stötte sin våta nos mot hennes botten, som undergivet sviktade och smekte den. Han lät sina händer hårdna till runt hennes höftben och drog henne utåt en bit. Hon drog sig hastigt tillbaka och stönade högt, ett halvkvävt lustljud. Hans naglar bet mot hennes hud när han åter föste ut henne några centimeter och hon lät höra ett nästan morrande läte när hon med ett ryck återvände mot hans kropp. Hennes stora och mjuka könsberg grävde in sig mot honom och deras hårmassor fräste samman. Han var våt över sin hopdragna pung. Det spände i den. Säden rörde sig och nosade mot kvinnodoften. Livsvirvlar växte sig starka.

Så håller det på över två och en halv A4 i fanzinet SFF. Novellen återförs till den sakliga rymdforskningen när en man som nere på Jorden följer de fjärran rymdskeppen nyktert noterar följande i en journal: "Projekt Rymdsådd har inlett fas 2. Samarbete etablerat mellan de båda besättningarna."

"Dödens kyss" (SFF 42/1969) är en alldeles utomordentlig liten novell. Den handlar om ett fasaväckande monster på en annan planet. Monstret har ett ansikte som en mysig kissekatt, men det är blodtörstigt. Planetens urinvånare avskyr odjuret och kolonisatörerna från Jorden älskar det inte heller. Undantaget är en liten flicka, som heter Anja.

Detta var hennes egen värld, en het och doftande och hemtam djungel. Bara en bit därifrån sorlade floden och där låg byn med alla de snälla farbröder och tanter och kamrater, som talade samma språk som hon och inte det där lustiga pladdret, som mamma och pappa ville att hon skulle lära – för att inte vara en främling när hon en gång kom till Jorden igen. Så dumt, Jorden var ju bara en liten prick långt borta på natthimlen. Ja, inte ens det, för pappa hade sagt att den lilla pricken var solen och att Jorden kunde hon inte alls se.

Skickligt har här Lindbohm i förbigående talat om för oss att man befinner sig långt borta, kanske rentav i ett annat solsystem. Men när vi kommer in i handlingen anfaller det blodtörstiga monstret och Anja är försvunnen. Och nu utspelar sig Lindbohms version av *Skönheten och odjuret*. Och katalysatorn en kyss … det är superbt!

LAIRD & SILJITA

Möjligheterna att publicera science fiction var alltid små och under en period upphörde Dénis Lindbohm att skriva faktasier. 1969 blev han emellertid ombedd att skriva en rymdoperanovell för det omstartade JVM. Han rev då av novellen "Den bottenlösa brunnen"

(JVM 2/1969), där han lanserade paret Laird och Siljita.

> – Älskling, mumlade hon med sin varmt sensuella röst, nu har vi flera dagar subjektiv tid att fördriva – och tusen meteorer vad subjektiv den skall bli!
>
> –––
>
> Det blev våldsamt subjektivt. Siljita är en android och hon hade i hög grad detta, som androidernas motståndare och särskilt de kvinnliga motståndarna brukar gapa om: Hon var så oerhört mycket mer än någon mänsklig kvinna kan vara att all konkurrens blir löjlig.

Lindbohm har med andra ord gett sin hjälte Vito Laird, med bakgrund i Solarvakten, som han fått sparken från, den perfekta kvinnan och samverkanspartnern. Hon är övermänsklig i en lång rad avseenden. Med Siljita skapades ännu en svensk supervarelse och i likhet med Sture Lönnerstrands Dotty Virvelvind, så är hon en kvinna, låt vara tillverkad av konstgjort kött och blod.

Med "Den bottenlösa brunnen" tillfördes rymdoperagenren en berättelse där det inte rådde några döda punkter. Händelsemättad är det minsta man kan beteckna handlingen som och alltsammans skrivet med rykande gott humör, fräsch humor och uppenbar glädje. Det går undan, betydligt snabbare än i någon amerikansk rymdopera, vilket följande citat exemplifierar:

> Jag gjorde i ordning det yttersta vapnet, som kostat mig två miljoner Credits i mutor och som vållat utrensningar inom den hemliga byrån, som handhavde förbjudna vapen. Det var en psitronisk bomb. Inte ens Solarvakten har den, för den är alltför farlig. När den utlöses så släckes all psykisk verksamhet, människor blir till själlösa zombier och förblir så i månader. Jag hade mutat rätt personer och satsat två miljoner. Det var billigt, ett löjligt lågt pris för Galaxys frihet. Solen stod lågt när jag sprängde vak-

> troboten med en U-stråle. Larmet måste ha gått omedelbart, men jag dök i floden och tog mig in under kraftskärmen. Väl innanför utlöste jag tändaren och simmade i ursinnig fart ut igen. Jag visste inte om en psitronisk bombs stötvåg hejdades av en panspektral skärm, men hoppades. Lyckligtvis hoppades jag rätt och när bomben sände ut en tunn, blå flimring stod jag och Siljita skyddade. Det blev en svår strid efteråt, för larmet hade sänt en ström av robotar till platsen, men jag och Siljita simmade in under skärmen och mötte anfallet litet tidigare än detta antagligen hade väntats, för vi plockade ner varenda robotvakt och vadade vidare genom rykande skrot och svedd vegetation.

"Den bottenlösa brunnen" har tryckts om i novellsamlingen *Världar runt hörnet* (2005) tillsammans med ytterligare sju noveller som täcker perioden 1958–1986. Samlingen ger en mycket god bild av författarens mångsidighet och novellistik.

"Katten" (JVM 1/1971) blev Lindbohms andra novell med paret Laird och Siljita. Och "Katten" – detta idiotiska smeknamn på något så fasansfullt – kunde omvandla materia direkt till energi och upphörde inte med processen förrän all materia i dess omgivning hade omvandlats. "Katten" är lika rappt formulerad som "Den bottenlösa brunnen". Så här beskrivs några av Siljitas färdigheter inför övermodiga skurkar:

> Han fnittrade, men fnittret tog tvärt slut när han såg Siljita plötsligt vika sina handflator dubbla, ja, formligen rullade ihop sina händer på längden till ett par rör, som lätt gled ur länkarna. Hon har en del oväntade färdigheter, min kosmiska ros. Naken som en hednisk gudinna, lysande i strålglans vita sken, tog hon några tigermjuka steg mot vidundret och sen kunde inget mänskligt öga följa hennes rörelser längre. Allt skedde med androiders ofattbara hastighet. Han flög som en suddig skugga genom luften och träffade en pelare och sen rörde

han sig aldrig mer – för han hade oturen att träffa pelaren med huvudet före.

Novellen slutar med att Katten förvaras i källarvalven till Vito Lairds slott på Shurab II, där han för allas skull hoppas "att min lilla Katt aldrig skall behöva väckas." Men redan i novellen "Alfatransition" i det påföljande numret av JVM (2/1971) är en U-tank utrustad med paraneutrodyn i färd med att smälta sig in i det lägsta källarvalvet för att komma åt Katten. Det är Siljita som berättar historien om hur hon genom alfatransition "dras in i Vitos varma livsfält som en liten järnflaga i ett magnetfält" och smälter in i honom.

Jag såg genom hans ögon, hörde genom hans öron och upplevde floden av sönderslitande raseri i honom. Vapnens strålexplosioner hamrade mot det exolytiska fältet kring honom. Han flåsade av hat och slet i sitt vapenhölster, fick upp den korta och tunga deformatorn. Jag levde i hans hand när han tryckte av strålen och jag kände hur det sved i fingrarna av sekundäreffekten. Männen föll som om en lie svept dem. De var oformliga klumpar innan de nått marken och började rinna ut som gelé. Deformarorn hade upphävt det molekylära sambandet mellan deras kroppars celler. Sedan kände jag hur de flöt fritt. Ur varenda en av dem svävade Alfafaktorn, brännpunkter av det ogripbara PSI. De hade frigjort mig, nu var de själva frigjorda och skingrades i all den likgiltighet för det nyss betydelsefulla som är så kännetecknande för den fria Alfa. Själv upplevde jag liv genom Viros kropp och var nästan identifierad med honom. Vi var två i en, men hans förstånd sviktade redan och det låg en smak av is i hans strupe, den besinningslösa fruktans smak: Han kände att jag var i honom, att han delade kropp med en annan. Jag låste hans känsla. Djupt inne i hans celler sökte och fann jag de primära strömmarna av ren ID och sög in dem i mig, smälte mig samman med dem och lät mig bli ett med Viros undermedvetna. De råa flödena av

enkla livsuppehållande effekter nästan dränkte mig, men jag svalde och svalde och fick min klara tanke ovanför strömmarnas yta. Rätt upp i min älskade Viros Alfa sände jag bedövningen, viljan om sömn och sedan var hans kropp min och själv sov han inom mig. Det var så enkelt, alltsammans. Jag tittade ut genom hans ögon, såg de bruna, starka händerna. De var mina. Jag stoppade ner vapnet i dess hölster. Min kropp sjöd av liv. Alla Vitos minnen var mina och jag var nästan helt och hållet – han. Men skillnaden fanns: Mina minnen ur tiotusen andra liv … och även minnet av den gången för 230 år sedan då jag smälte in i en groende androidkropp och därmed skaffade mig biologisk odödlighet.

Space opera – rymdopera – brukar avfärdas som enbart underhållning, som om någon text alls kan betecknas som enbart underhållning. En av "eliten" föraktad kärleksnovell kan ha en djup innebörd för en enskild individ, som kan relatera till berättelsen. Som ovanstående avsnitt från "Alfatransition" tydligt visar, står vi här inför djupa existentiella tankegångar och förutsättningar, där inte minst tidsperspektivet är betydelsefullt. Död tillvaro kan kanske finnas utan tid, den missar bara erosion, men liv, som är en kontinuerlig process, kräver tid för att kunna existera.

"Ett snitt i tiden" (JVM 1/1972) är den fjärde Laird & Siljita-novellen och här excellerar Lindbohm i en serie tidsparadoxer, som förvisso går Laird på nerverna.

Siljita försöker att övertala honom, men han är envis och ska resa tillbaka i tiden och ändra på det förflutna. Men när han gör det får han ett nytt minne av det förgångna, som tvingar honom att ändra på det förflutna igen, vilket medför att detta minne ersätts med ännu ett nytt minne som i sin tur tvingar honom etc. Det reder ut sig till sist. Berättelsen är en snitsigt stajlad Laird & Siljita-skröna, men punschlinjen skulle nog O Henry ha rynkat på näsan åt.

"Gudarna" (JVM 1/1973) är en utomor-

Aleph Bokförlags utgåva 2005, en exposé över Lindbohms författarskap som sammanställdes med honom sedan han fått diagnosen dödlig cancer.

dentlig Laird & Siljita-novell, där en resa till Vintergatans medelpunkt för resenärerna från solsystemet i mental kontakt med ett fenomen, som kallas gudarna. Siljita är en konstgjord människa och i sin egenskap av android inte bara odödlig utan också steril, men i den här novellen ger gudarna henne förmågan att föda barn. "Gudarna" slutar med att hon efter upplevelserna i Vintergatans centrum som den första androiden i världshistorien blir på smällen.

"Skymning" (SFF 60/1974) handlar om den åldrande Vito Laird som står i begrepp att dö med sin odödliga ros Siljita vid sin sida. Han uppmanar henne att skaffa sig en annan man och vi får se situationen från hennes sida:

> Han lutar sig mot ryggstödet och tittar upp mot himlen med sin unga och ändå så underligt

frånvarande blick. Han blinkar och plötsligt slumrar han till igen. Jag sitter ensam vaken – så ensam som jag snart skall vara, när han sover en djupare sömn. Oh Gud … om Du hade funnits … det är ett fruktansvart pris för odödligheten, detta att se sina kära åldras och dö. Men det är ett pris som måste uthärdas. År skall gå och sinnet bli mjukare, inte längre göra ont. Någon annan vid min sida – och sen ännu en annan medan seklerna går förbi. Men aldrig mer någon som du, min Vito.

Denna Laird och Siljita-novell har alltså ett helt annat tonläge än de spänstiga rymdoperorna och den rent existentiella problematiken är rejält framhävd och det på ett sätt som skiljer sig från Stig Dagermans hantering av samma frågeställning i "Tusen år hos Gud", som publicerades tjugo år tidigare. "Skymning" ska kanske ses som en slutpunkt i berättelserna om Vito Laird och hans konstgjorda kvinna, men det skulle komma fler berättelser om det aktiva paret.

"Möte med hjälte" (SFF 61/1974) kan sägas vara en metanovell som också kan ses som en fackartikel. I en introducerande kommentar till texten skriver Dénis Lindbohm så här:

> Om oändligheten verkligen är oändlig (och vi inlägger ju den betydelsen i ordet i fråga) så måste det någonstans finnas exakt det vi drömmer om – nota bene vi inte drömmer så surrealistiska ting att de står i strid med mamma Naturen … fast vi kan givetvis tänka oss andra existensplan, flerdimensionerade än vårt 4D-kontinuum, där andra lagar gäller än de som gäller här. Alltnog under mina psykiska strövtåg träffade jag en gång en person son jag inte trodde existerade. Jag ansåg mig vara hans andliga pappa, i den betydelsen att jag hade diktat fram honom ur mitt inre själsmögel. Men, fasen vare mig nådig, han fanns dock någonstans Vite Laird. Och vad är väl naturligare för sig (naturligare för min natur, vill säga) än att jag försökte intervjua honom …

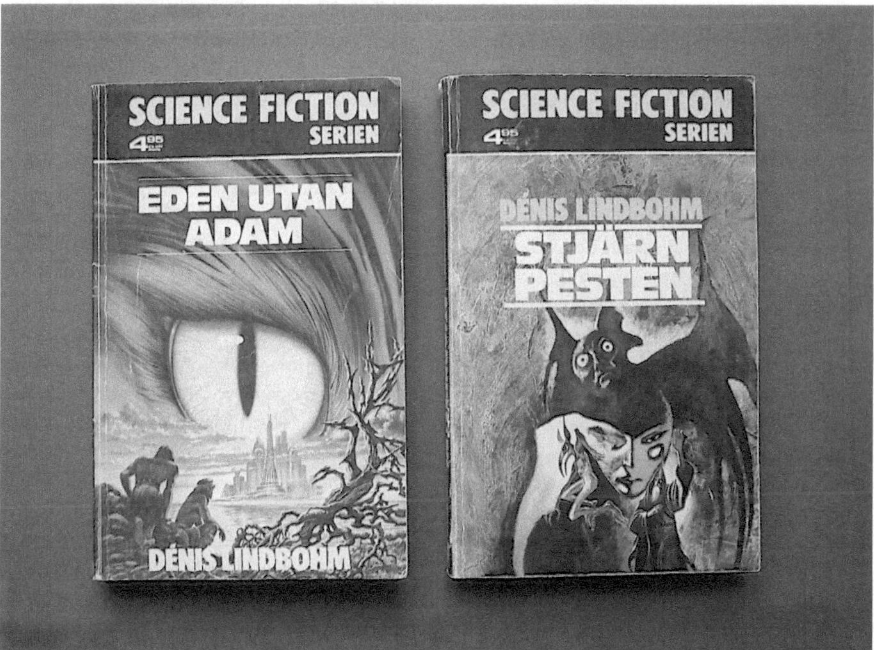

Kanske denna författarens intervju med sin skapelse säger något om författarens förhållande till sina gestalter. Vito Laird kallar i alla händelser Dénis Lindbohm, sin skapare, för Dénis Frankenstein.

Den som introducerade novellen "Pacemaker!" i SFF (75/1978), vem det nu kan ha varit, var en av dessa aningslösa fans som med indoktrinerad snits skrev följande: "Laird och Siljita är space opera och inget mer än underhållning." Dénis fick ändå syndernas förlåtelse med följande ord:

> Vad som gör det till väldigt läsbar space opera är Dénis humor och hans sätt att ta nya grepp med de uttjatade clichéerna. Och Vito Laird är en reaktionär slusk, men läsaren är väl medveten om det.

Den reaktionäre slusken är inte mer reaktionär än att han visserligen noterar att sedan Pacemaker tog över makten på planeten Rob-jannail så har där skapats Utopia. Ingen lider nöd. Men han ogillar tanken att Pacemaker

> skulle få för sig att skapa Utopia inte bara på Robjannail ... Det skulle ju kunna komma en dag, när vi kvicknar till och upptäcker att vi också, varenda en av oss, har faktiskt allting. Utom det viktigaste: Frihet!

Inte alla reaktionära sluskar resonerar på det viset. Vito Laird är i grunden en samhällsbevarande individ. Han avsattes visserligen från Solarvakten i början av "Den bottenlösa brunnen" betecknad som "självrättrådig och allmänfarlig" men i slutet av samma novell är han tillbaka där, nu som chef. Han betraktas fortfarande både av sig själv och andra som självrättrådig, men absolut inte samhällsfarlig. Som alla stora rymdoperahjältar räddar han civilisationen undan förstörelse och det gång på gång. Bara underhållning?

Ingen har mer övertygande än Leigh Brackett försvarat rymdoperan. Hon gjorde det i en tyvärr svåråtkomlig text, nämligen förordet till *The Best of Planet Stories #1* (1975) under rubriken "Beyond Our Narrow Skies" (Bortom våra smala horisonter). Där skrev hon bland annat följande:

Planet publicerade skamlöst nog "rymdopera". Rymdopera är, som alla läsare otvivelaktigt vet, ett nedsättande begrepp som ofta klistras på en berättelse som innehåller ett moment av äventyr. Över årtiondena har lysande och talangfulla nya författare dykt upp, mötts med stort bifall och varenda en av dem kunde förväntas skriva åtminstone en artikel där de bestämt fastslog att rymdoperans dagar var över och förbi, gudskelov, och att framdeles dessa grovt tillyxade berättelser om interplanetariskt nonsens skulle avlösas av den typ av berättelse som skribenten råkade favorisera – läsdramer, psykologiska dramer, sexdramer, etc., vid Gud, *viktiga* dramer, som inte innehöll något annat än Höga Tankar. Tio år senare var författaren kanske, kanske inte fortfarande med i svängen, men rymdoperan återfanns där den alltid funnits, beslutsamt bedrivande sin skumma kommers i hjältar.

Hon fortsatte:

Äventyrsberättelsen – den om stort mod och djärvhet, om kamp mot mörkrets krafter och det okända – har följt mänskligheten sedan vi först lärde oss tala. Det började som en del av primitiv överlevnadsteknik sammanvävd med magi och ritual för att förklara och blidka de väldiga naturkrafter som människan inte kunde handskas med på annat sätt. Berättelserna blev till religioner. De blev myt och legend. De blev Mabinogion och Ulstercykeln och Völvans spådom. De blev Arthur och Robin Hood och Tarzan, apornas son. Den så kallade rymdoperan är folksagan, hjältesagan om vår särskilda nisch i historien.

I den nischen lät Dénis Lindbohm Laird & Siljita hålla till. Utöver de mångahanda novellerna som Dénis Lindbohm skrev, kom han med tiden också att få en rad sf-romaner publicerade. Vito Laird och Siljita kämpade t.ex. mot rymdpiraten Bran Rod, inte bara i noveller utan också i romanen *Stjärnvargen* (1978).

Laird & Siljita tycks ha legat Dénis Lindbohm varmt om hjärtat. Han torde ha identifierat sig med denne frihjulande rymdoperahjälte. Ett tecken på det är de illustrationer han försåg redan den andra novellen med. I den stil som JVM/VÄ återanvände från amerikanska pulpmagasin gjorde Dénis två porträtt, ett av Laird och ett av Siljita. Laird-porträttet var helt enkel ett självporträtt med rymdhjälm och Siljita ett porträtt av Dénis hustru.

"En riddare i skinande rustning" (JVM 3/1970) är en tämligen enkel faktasi av Dénis Lindbohm, en skröna med en inte alltför uppseendeväckande knorr. Den handlar om en liten flicka som berättar om en riddare i rustning som hon umgås med. Hennes far ber att få träffa riddaren, men det vill inte riddaren, för alla blir så rädda när de träffar honom. Riddaren är inte oväntat en robot.

I fanzinet Vampyr (2/1973) med Kjell Borgström som de facto-redaktör medverkade Dénis Lindbohm med novellen "Den ständiga skuggan", där det hävdas att demoner finns. En man som skrivit boken *Demonens natur* får besök av en tvivlande journalist. Författaren förklarar hur saken ligger till:

– Ni har tydligen inte läst min bok och om ni har läst den så har ni inte förstått bevisföringen. I korthet: Vartenda psyke kan sägas utgöras av ett associativt hoplänkat psitronsystem, där psitronen är minsta partikeln och den är samtidigt en vågrörelse – exakt som förhållandet är med ljuset. Varje psyke är reellt odödligt, både djurs och människors. Men vid kroppens död blir det alltid över en del psitroniskt slagg. Vad jag kallar demoner är detsamma som psitronsystem, som under årmillioner byggt upp sig med hjälp av psitronslagg.

Demonforskaren påstår att han ska företa en storstädning bland demoner. Den tvivlande journalisten, tillika novellens berättare, visar sig emellertid vara en förklädd demon:

> Jag lät min vilja ändra den lokala rumtidens matematik och vi hamnade i ett vilt landskap, som bara vare en blåsa utanför rumtiden, men oåtkomlig för all mänsklig kraft. Det var min egen lilla lya, mitt grävlingsgryt där jag brukade vila ut. Jag tittade ner på min fånge och lät honom se ett grymt leende.

Historien är inte slut med det. Den har ytterligare en twist i form av en "skrattar bäst som skratta sist"-knorr och Jorden som var på väg mot barbari och ett tillstånd av riklig demonnäring räddas.

"Vaccination" (SFF 76/1978) är alldeles utomordentlig variant på temat erövring utifrån. Det handlar om en man som säger sig vara flykting från ett annat land: Han introducerar ett levande virus som angriper alla sjukdomsskapande virus och bakterier. Alla sjukdomar botas. När allt liv på Jorden infekterats av viruset etablerar Den Store, som ligger bakom hela projektet, kontakt med alla bärare. Alla, människor som djur, blir hjärnceller i Den Stores formlösa gestalt. De kan fortfarande känna sig som människor och djur, men samtidigt uppfattar de alltings helhet. Det är som en variant av hinduismens, jainismens och buddhismens alltuppfattning. All sjukdom och alla krig är avskaffade. Huruvida detta ska tolkas som bra eller dåligt är svårt att säga.

Mannen som förmedlat detta tillstånd till planeten är nu gammal. Den rymdfarkost han landat med finns i ett träsk och Den Store väljer en yngre man som ska ge sig iväg och föra det levande viruset till nästa planet med liv. Nästa anhalt: Jorden.

"Ångest" (JVM 368/1978) är en psykologisk faktasi. Den handlar om hur civilisationen bryter samman under trycket av den teknologiska och teknokratiska samhällsutvecklingen med psykiska störningar i form av depressioner. Människor norr om polcirkeln drabbades hårdast och området fick evakueras då depressionerna blev så omfattande att det blev omöjligt att vistas där. De som stannade kvar blev sinnessjuka, men inga djur drabbades. Det blir värre och värre och berättelsen utvecklas till en totalkatastrof, ett veritabelt inferno, där världsvid ångest sprider sig bland människorna. Men i förlängningen väntar en ny ordning, en tid där de överlevande efter katastrofen lärt sig sin läxa. Det är lite oklart hur den teknologiska utvecklingen kan ha utlöst ett fenomen som visar sig härröra från Norra ishavet. Efter trehundra år är i alla fall människorna friskare till både kropp och själ.

Novellen "Färdens slut" (JVM 371/1978) är något av det mäktigaste Dénis Lindbohm författat. Den handlar om en varelse, som tillhör ett mycket gammalt kosmiskt släkte, "så gammalt att det hade sett stjärnor tändas ur virvlande gasmassor och sett samma stjärnor slockna ut i den slutliga natten. De hade sett liv uppstå på många världar, sett det i dess första primitiva former och följt det när det slutligen dog ut ... "

> Om de haft maktbegär så skulle de behärskat otaliga galaxer. Men de hade inget maktbegär. Vad skulle de med makt till? Makt över andra innebär att man förtrycker andra och då blir det ingen fri utveckling att studera. De hade för mycket länge sedan funnit att det var olämpligt att leva i en fixerad form, så de hade ändrat på sitt ursprungliga mönster. Nu kunde de anta den form, som var lämplig för situationen. De var i högsta grad plastiska. Men vilka former de än kunde anta så fanns det vissa begränsningar. De måste behålla centrala nervsystemet oförändrat någonstans inom den kropp de formade. Det var inte alltid så lämpligt att ha hjärnan i huvudet, ibland var den bättre skyddad i magen, men dess form och struktur måste vara bevarad.

———

När hans skepp nu befann sig på flygning i interstellär rymd och han var helt ensam kunde han ha vilken form han ville. Han fann det lämpligt att vara en oval klump med sex tentakler, som i spetsarna förgrenade sig till smala fingrar. Från klumpen sköt det ut diverse sinnesorgan. Lämpade för skeppets olika receptorer.

Vi får följa denna gestalt som landar på Jorden någon gång på medeltiden. Han fängslas och tvingas förvandla sig till en staty av marmor. Trettioåriga kriget drar förbi. Hans staty finns inspärrad. Den moderna tiden med nya uppfinningar kommer. Han hittas, men världen drabbas av en istid och så går varelsen från stjärnorna sitt öde till mötes.

Han minns namnet på den planet som hans släkte kom ifrån för miljarder år sedan. Lindbohm lägger här ut en rejäl tidsögla, som vida överträffar Giambattista Vicos föreställning om en cyklisk tillvaro, där historien utmed tidsaxeln genomlöper tre faser: den teokratiska, den aristokratiska och den demokratiska fasen. När dessa tre faser genomlöpts uppstår kaos varur en ny teokratisk fas uppstår. Lindbohm överträffar detta med råge, för namnet på den planet gestaltens släkte kom från är Jorden. "Färdens slut" är som sagt en mäktig berättelse, som inom den begränsade ram som novellen utgör lyckas förmedla en känsla av enorma tidrymder.

"En dröm av kärlek" (CB 31/1978) är både lyrisk och vemodig men med en underton av obehag. En ensam rymdfarare får sin resa genom hyperrymden avbruten i ett solsystem, där det finns en planet med liv. Skogklädda kullar och städer. Hans intryck av befolkningen inger honom avsmak.

Något reptilartat, något av bläckfisk, något glidande. Men han behärskade sin primitiva motvilja och tittade noga. Kanske hade detta släkte utvecklats från bläckfisklika förfäder. De hade stora bulliga huvuden och ganska liten kropp. Men armarna och benen var inte – trots sin extrema böjlighet – tentakler. De hade bara en orimlig massa leder och kunde tydligen vikas precis hur som helst.

Han landar i närheten av ett vrak, som visar att han inte är den förste från Jorden som landat på planeten. På sin bildskärm ser han en gammal man och bakom honom en av planetens invånare i en omgivning, där det finns flera "bläckfiskingar". Men när han stiger ut ur sin farkost ser han något helt annat. En ung man och bakom honom en ung vacker kvinna samt infödingar som arbetar i en underbart vacker trädgård. Och den unge mannen och hans kvinna bor i ett härligt hus med alla bekvämligheter. Illusionen är total och piloten inser att planetens invånare håller den gamle mannen fångad i en hypnotisk illusion, en illusion som han själv upplever.

Men eftersom han redan sett att mannens kvinna är en bläckfiskartad varelse inser han sanningen. Han lämnar denna värld och man försöker inte hindra honom, men lägger ett mentalt hinder i hans sinne – en sorts posthypnotisk suggestion – så att han visserligen alltid kommer att minnas det han varit med om, men aldrig kommer att kunna berätta det för någon. För planeten vill förbli oupptäckt.

Varför behandlar de den ende överlevande från ett rymdskepp som kraschlandat 300 år tidigare så omtänksamt? Av kärlek säger kvinnan. Novellen har ett stämningsläge som påminner om vad Ray Bradbury skapade i *The Martian Chronicles*, som på svenska kallas *Invasion på Mars*.

Dénis Lindbohms förmåga att tänka nya idéer och nya variationer på givna faktasiteman har inom svensk science fiction en motsvarighet i Bertil Mårtenssons likartade förmåga.

"Transplantat" (CB 31/1978) är en av Dénis Lindbohms starkaste noveller. Den kom bara på femte plats i en novelltävling utlyst av Cosmos Bulletin. Första platsen vanns av hans "En dröm av kärlek", men idémässigt och sf-mässigt är "Transplantat" en betydligt mer genomarbetad text, som dessutom avslutas med en alldeles utmärkt knorr som sätter in berättelsen i ett allra högsta grad bibliskt sammanhang.

"Transplantat" handlar om en expedition som landar på en planet som är befolkad av folkslag som inte kommit längre än till bronsåldersstadiet. Besökarna från rymden uppfattas som gudar och de reser runt och studerar olika lokala språk och seder och bruk. Slutligen förs de till ett tempel mellan två städer där de framme vid ett altare finner den sovande guden. Den visar sig vara en "barnvakt", en robot som man slutat fabricera tretusen år tidigare. Robotens uppgift hade varit att befolka planeten. Besökarna från rymden konstaterar "att om det ligger en barnvakt här så är detta folk ättlingar till oss själva".

Vad de talade om var den epok i mänsklighetens rymdexpansion, då man beslöt att befolka alla planeter där intelligent liv inte utvecklats. Man använde sig därvid av en metod att formligen skräddarsy människor för olika miljöer. Mänskliga äggceller och sädesceller placerades i biotroner, son styrde fosterutvecklingen med hänsyn till vad som behövdes i den främmande miljön. Behövdes gälar, nåväl då utvecklade fostren gälar. Den nya rasen var fortfarande mänsklig, även om den inte alltid såg mänsklig ut.

Med hjälp av en reprofikator fotograferas den sovande guden a.k.a. den urkopplade barnvakten i 3 D, varpå en kopia av den tillverkas inne i skeppet. Bakom ryggen på befolkningen byts de båda ut och originalet finns inne i skeppet. Fyndet av en loggbok avslöjar att ett fasansfullt folkmord ägt rum innan roboten stängdes av. När den nu aktiveras efter tretusen år upplever den tillvaron som att det bara gått en sekund och berättelsen, som här en-

dast återgetts nödtorftigt, når sin katastrofala höjdpunkt.

"När vågorna gått till ro" (JVM 373/1979) tillhandahåller en TAXI, kortform för tidsaccelerator, en maskin "sammansatt av segment, som hade samma form som en bikaka." Den är 7 meter och 30 decimeter i diameter. Forskarna betraktar den inte som ett fordon utan som en dator. Konstruktören har haft som mål "att nå ett värde av tio upphöjt till minus tjugotre, ett ofattbart kort tidsförlopp vid vilket tiden själv börjar snubbla och gå baklänges." Tre forskare stiger in i maskinen och under en biljarddels sekund utspelar sig tusentals år och när maskinen öppnas ställs vi läsare inför resultatet av detta experiment med att accelerera tiden.

I "Barndomens slut" (JVM 375/1979) tar Dénis Lindbohm återigen upp temat människans möte med utomjordingar. Den här gången är tre jordmänniskor på väg utanför solsystemet för att rekognosera. Två ljusår hemifrån blir det tvärstopp mitt ute i världsrymden. De har hindrats av ett enormt rymdskepp: "De kände sig som om de suttit i en jolle och sett en hangarkryssare närma sig." De sugs in i detta jätteskepp och ställs inför en utomjording:

Det var, givetvis, ingen människa. Vad man skulle kalla varelsen istället var en öppen fråga. Den var över två meter lång och stod på två bakben. Den hade armar. Fyra stycken. Det första intrycket var att det var en jättelik insekt. Den hade ett brunt, matt glänsande pansar, ett kitinskal. Men de fyra ögonen var inte några fasettögon. Snarare liknade de en tigers gula ögon med sina lodräta pupiller. Munnen utgjordes av några smala, svagt böjda griptänger. Den var synnerligen skrämmande, där den stod och betraktade dem.

De förs till ett rum där andra insektsvarelser väntar dem och de ställs inför ett ultimatum. De får aldrig mer lämna solsystemet och inkräkta på varelsernas hegemoni. I fortsättningen kommer alla farkoster från solsystemet att tillintetgöras när de kommer två ljusår från solen. Med detta ultimatum skickas de tillbaka till Jorden och novellen går mot sitt inte helt lättolkade slut. Vilket kanske är meningen?

"Jämlikhet!" (SFF 79/1979) är en egenartad novell som beskriver hur en läkare som under större delen av sitt liv varit en framstående molekylarbiolog och mikroskopist vid 52 års ålder plötsligt upptäcker socialismen och finner att den biologiska cellstaten är en byråkratisk diktatur av extrem och motbjudande sort. Demokrati gäller för alla, även för kroppens celler, menar han. Han vill bli medveten i alla sina celler.

— Materialistisk dialektik, sa han, kan inte godta att hjärnan för evigt skall föra diktatorisk regim över cellstaten, med den enda motiveringen att så har hjärnan alltid gjort.

— Men käre vän, sa hans kollega. Du tänker med din hjärna. Du kan för fan inte tänka med tjocktarmen heller.

— Och exakt vad menar du med ordet "tänka". Graderar du medvetandet i högre och lägre, i finare och grövre, mer eller mindre förnämt? Vad vet du om cellernas medvetande? Vad vet du om medvetandenivån hos cellerna i din tjocktarm? Bara för att DNA-molekylen med självtagen rätt delegerar beslutsfattandet till dina hjärnceller så diskriminerar du din tjocktarms celler och förmenar dem rätten att ingripa i beslutsprocessen.

— Du kanske är medveten i tjocktarmen, inte jag, grumsade kollegan. Jag är medveten i huvudet. Mitt medvetande är summan av elektrisk aktivitet i mina neuroner.

— Ha! Du identifierar dig med förtryckaren i så hög grad att du undertrycker ditt totala cellmedvetande.

Hellman fyller 56 år och det har gått fyra år sedan "den dag han tolkade fader Marx på sitt eget vis, stuvade om Engels och på köpet fick Hegel att rotera i sin grav".

Alltnog, han behandlar sig själv i avsikt att demokratisera sin kropp och lyckas, men hans celler kan inte ena sig om saker och ting och det hela slutar med att han måste ösas upp i en plasthållare och framleva sina dagar i ett akvarium där alla de jämlika cellerna i hans kropp får lära sig att hålla mun, precis som den lille mannen på gatan i alla länder, "vare sig de är demokratier eller diktaturer".

Denna novell skrevs 1977, alltså tio år innan Berlinmuren och de marxist-leninistiska systemen i deras stalinistiska tolkning pajade under sin egen tyngd. Hellmans kollaps kan så här lite retroaktivt tolkas som en symbol för dessa sammanbrott.

"Stjärnvampyren" (JVM 383/1980) är variation på temat ETI besöker Jorden, och det handlar om en varelse som bara kan leva i symbios med andra varelser. Den tar sig in i en motspänstig människa och utlöser ett händelseförlopp, som av omständigheterna leder till att varelsen förintas. Framställningen av varelsens bakgrund, dess historia i världsalltet och dess agerande på Jorden är skriven med Dénis Lindbohms sedvanliga spänst. Dom alla riktigt bra faktasier väcker den också frågeställningar hos läsaren. För Dénis förklarar inte vad som händer med de delar av varelsen som existerar samtidigt existerar på andra håll i universum.

I "Minus" (JVM 408/1984) excellerar författaren i teleportationsgenren. TP kallas fenomenet och människor tycks färdas från det ena stället till det andra utan tidsutdräkt. Men är det samma person som kommer fram eller är det kopior som är så exakta att de anser sig vara originalet? Frågeställningen diskuteras och för majoriteten av mänskligheten slutar det med en förskräckelse. Inte för att de drabbade torde lägga märke till det, men ändå.

Det fanns kvar många polareskimåer, bushmän, australnegrer och vidare indianstammar i Amazonas djungler, förutom enslingar och gamlingar, som aldrig välsignats med TP. I övrigt blev det ganska lugnt i världen. Och framförallt skulle det komma att dröja länge innan man åter fick problem med överbefolkning, rovdrift och miljöförstöring – och alla andra av de problem, vars lösning bara kunde finnas i form av ett stort.

Men innan "Minus" kommer därhän har Dénis gjort kvantmekaniska saltomortaler i den högre faktasiskolan. Här kan man verkligen ta till den slitna klichén att det inte är resultatet som gäller utan vägen dit.

2 x SOLDAT FRÅN JORDEN

Dénis Lindbohms tredje debut kom inte förrän 1973. Den bokdebuten blev i sin förlängning sannerligen en annorlunda debut av lindbohmskt snitt. Romanen *Soldat från Jorden* hade nämligen gått som följetong i fanzinet Science Fiction Forum i numren 26–40/1965–1967. När Sam J. Lundwall som redaktör för en pocketbokserie flera år senare bad att få publicera romanen i bokform hade Dénis varken kvar manuset eller tillgång till fanzinet. Han satte sig då och skrev om romanen ur minnet.

Typiskt Dénis! I dag hade han haft tillgång till fanzinet som finns utgivet på DVD. *Soldat från Jorden* handlar om en psykopatliknande, asocial individ vid namn Leo Sall som inte kan anpassa sig i det samhälle där man lyckats stuva in alla lydiggjorda medborgare. Fängelser finns inte. Problemet med Leo Sall löses på så sätt att han får i uppdrag att på egen hand erövra ett rymdimperium borta i Andromedagalaxen. Han får stifta bekantskap med en rad olika varelser och gestalter med varierande attityder, levnadsförhållanden och livsåskådningar. Varelser som inte förstår ironi, samhällen uppbyggda efter samma princip som getingbon och termitstackar.

Dénis Lindbohms raska sätt att klara ut problemet med det förlorade manuskriptet kan

tyckas i överkant, men det ger oss här ett sällsynt tillfälle, ja, en helt unik möjlighet, att jämföra två versioner av en och samma roman. Så här lyder ett parti i följetongen där Leo Sall har en sällsam upplevelse:

Det var otvivelaktigt en naken man, som badade och ändå var det omöjligt. Vem kunde stå upprätt till midjan och belåtet skrubba sig på bröstet med handflatorna mitt i en vattenström av sådan enorm kraft?

– Hej, ropade figuren hurtigt. Kom ut här! Det är riktigt skönt i vattnet idag!

Leo kände hur hakan föll ned. Han gick ostadigt ut till vattenbrynet och stirrade, stirrade utan att tro sina ögon och ännu mindre sina öron. Det var han själv som badade därute!

Den omöjlige vältrade sig njutningsfullt på rygg och plaskade med benen. Han drev sakta inåt stranden och vadade i land. Det häftigt strömmande vattnet tycktes inte kunna rubba honom. Han klev upp på stranden och flinade mot Leo med samma ansikte, som Leo kunde se i varje spegel.

– Gillar du inte att bada? frågade varelsen.

Leos röst sviktade, men han lyckades, ändå få fram:

– Vem ... vad är du för något?

– Vem och vad? skrattade främlingen med det bekanta ansiktet. Det ser du väl, din dumbom!

– Jamen ... du är ... du kan inte vara ...

– Struntprat. Visst kan jag det. Vad då, förresten?

Leo såg sig omkring efter en sittplats och sjönk maktlöst ned på en klippavsats.

– Du är inte människa, sa han.

– Som du vill, svarade den andre och försvann.

Leo for upp och raglade sedan tillbaka. Det växte ett träd framför honom, ett träd med feta blad och stora, gula blommor. Trädet såg lika verkligt ut som något träd. Men var det verkligt?

Leo sträckte ut en hand och tog i ett blad. Det kändes tjockt och litet klibbigt. Plötsligt slöt det sig om hans hand likt en grön hand och en röst hördes ur bladverket:

– Angenämt. Mitt namn är Träd.

Leo skrek till och vacklade undan och plötsligt var trädet borta och han stirrade på sig själv igen. Nu var varelsen klädd i hans egna kläder.

– Herregud, flämtade Leo, vad är detta för något?

Hans dubbelgångare log.

– Tappar du fattningen, gosse? Bemanna dig nu. Eller vill du tvunget ha mig till främling?

Leo tvingade sig med en våldsam ansträngning till sans och betraktade den andre. Det var en exakt kopia av honom själv, men samtidigt fanns där något annat. Det var något gäckande, något av troll och skogsväsen … något fruktansvärt opålitligt.

I bokversionen av *Soldat från Jorden* (1973) flera år senare lyder samma händelse så här:

Leo såg sig omkring och fick nästa chock: mitt ute i det strömmande vattnet låg en naken man på rygg och badade, lika ostört som om han legat i ett badkar. Leo knep ihop ögonen och öppnade dem på nytt. Mannen fanns kvar. Men kring hans ryggflytande kropp strömmade vattnet stritt och borde ha ryckt honom med sig utför den rytande forsen. Det som skedde stod i strid mot alla fysiska lagar.

Mannen lyfte huvudet och tittade mot Leo. Sen lyfte han högra armen och vinkade och rösten kom, så tydlig som om inte forsen hade funnits där:

– Ett härligt badväder, inte sant?

Leo kunde inte svara. Han hade en känsla av overklighet. Hade Sigmar använt något psykiskt vapen mot honom? Var det här en programmerad hallucination? Men med vad mening?

Plötsligt, kortare än ett ögonblick, stod mannen några meter från Leo och frotterade sig vällustigt med en badhandduk. Vattnet glittrade på hans kropp. Hans hud var solbrynt. Håret hängde oredigt av blötan. Han skrattade med vita tänder.

– Vad är det här? utbrast Leo. Det är omöjligt!

I nästa svindlande korta ögonblick var mannen klädd och stod där lugnt och kammade håret.

– Omöjligt? sa han. Det omöjliga händer inte. Det som händer är det möjliga. Händer det här? Bestäm dig!

– Det kan vara en hallucination, sa Leo. Mannen sänkte kammen och stirrade på Leo.

– Nu borde jag bli förargad, sa han. Står du utan vidare och kallar mig för en hallucination? Är det din uppfattning om artighet? Brukar du ofta säga så till folk?

Leo tog sig över ögonen.

– Vem är du? frågade han. Eller vad är du? Finns du? Mannen snörpte på munnen och såg tankfull ut.

– En intressant fråga, sa han. Bestämt har jag hört den förr. "Cogito ergo sum" – jag tänker, alltså är jag. Nu är ju frågan bara: tänker jag eller är det bara som jag fått för mig? Somliga av mina vänner skulle nog …

– För guds skull! avbröt Leo. Innan jag blir vansinnig, ge mig besked – finns du?

– Innan du blir vansinnig? upprepade mannen. Du ämnar alltså bli vansinnig efteråt? Det kan jag inte ta på mitt ansvar. Alltså vägrar jag svara.

Och så, snabbare än ögat förmådde uppfatta, ändrade sig scenen igen och Leo stod och stirrade på sig själv. Kopian log ironiskt och bugade lätt.

– Mitt namn är Leo Sall, sa han.

Leo kände plötsligt ett stort lugn. Kanske var det en psykisk försvarsmekanism mot det ofattbara. Varenda detalj hos kopian var exakt.

I den första versionen ser Leo Sall från början att mannen som badar är en kopia av honom själv. I bokversionen dröjer det ett tag innan mannen presenterar sig som Leo Sall och Leo ser att det handlar om en kopia av honom själv. Som Dag Hedman påpekar för mig föreligger namnöverensstämmelse mellan Karin Boyes Leo Kall och Dénis Lindbohms Leo

De sista decennierna av sitt liv skrev Dénis Lindbohm en lång rad böcker om reinkarnation och ockultism, som han utgav på sitt eget förlag PSI-Cirkeln. Ovan ett par exempel. Foto: Fantastikbokhandeln.

Sall. Knappast slumpartat namnval, men de båda gestalterna liknar inte varandra.

Även om Dénis Lindbohm är en utomordentlig rymdoperaförfattare, så hade han en mångsträngad faktasifela och han skrev också annan sf. I *Eden utan Adam* (1975) låter han Tommy Lann återvända till Jorden efter en resa i universum som varat i flera tusen år. Han har legat nedfrusen under denna tid, men den jord han återvänder till är förändrad. Inte bara städerna är borta. Alla män är försvunna. Jorden är befolkad av kvinnor som genomgår konstgjord befruktning för att föröka sig. De tror honom inte när han säger att han kommer från Jorden i det förflutna. De betraktar honom som ett monster, en varelse av utomjordisk art. Även den enda kvinna som älskar honom tror

att han är ett monster. Lindbohm lyckas i denna roman ge ett annorlunda och tänkvärt perspektiv på frågan om kön och mänsklighet. Berättelsen går mot sitt oundvikliga slut – en pastoral tragedi fjärran från rymdoperans arenor. Här har Dénis "förverkligat" det tema som Maria Sandel förde fram redan 1924 i raden "Vem vet vad framtiden har med sig, vetenskapen hittar kanske på ett sätt, som gör karlarna överflödiga, sade morsan hoppfullt."

Samma år som *Eden utan Adam* kom *Stjärnpesten*. Mänskligheten tvingas att gå under Jorden när en pest utplånar allt liv på jordytan. Under Jorden överlever mänskligheten i bunkerliknande fästningar.

Regression (1979) är en psykologisk sf-berättelse. Den presenterades så här:

Psykologi är en vetenskap, en dels fysiologisk, dels humanistisk vetenskap, men det är ytterligt sällan man läser sf där psykologi utgör delen 'science' i kombinatet science fiction. REGRESSION är emellertid en sådan bok ...

Regression är en typisk lindbohmare, men med ett drag av H.G. Wells *Världarnas krig*. Huvudperson är professor Jurij Timofejevid Denissenko. Jorden angrips av halvklot bestående av totalreflekterande fält, som dyker upp ur tomma intet.

Och silverspindlar dansade i eldskenet.

Det var hans första intryck av det han såg: Jättespindlar av blankpolerat silver. De var i dubbel manshöjd och dansade graciöst som ballerinor i skenet från det brinnande vagnståget och det blåvita skenet ur skyn.

Varje spindel hade sex ledade ben, utgående från en oval kropp. Ovanpå den ovala baskroppen fanns en äggformig kropp och ovanpå den ett runt huvud. Den äggformiga mellankroppen hade fyra armar, som slutade i extremt långfingrade händer.

Spindlarna jagade de skrikande människorna.

Med spjut! Inte med någon sorts märkliga strålvapen, utan med långa, smala, blänkande spjut.

Rakt framför Jurijs ögon blev en springande man upphunnen av en smidigt löpande jättespindel, i vars övre högra arm ett spjut måttades in. Och det drevs på ett nästan lekfullt, nästan lättjefullt vis rakt igenom den flyende, som vrålade och försökte springa vidare, men lyftes upp och sprattlade vilt och grep om spjutet, som stack ut ur hans bröst.

Spindelvarelsens övre vänstra arm rörde sig, de tunna fingrarna grep om den spetsade mannens huvud och knäckte kotpelaren med en lätt knyck.

– Gud i himlen ..., flämtade Jurij. Mansouris näve pressades mot hans mun.

Han sneglade uppåt, för att se var det isblå lju-

set kom ifrån. Ovanför skogen hängde molnslöjor av klart ljus. På vad sätt de kunde lysa begrep han inte. Ljuset utstrålade inte någon värme, utan var helt kallt.

Men ovanför ljusmolnen skymtade han något annat: En skiva med ljusblänk, som om den utgjordes av polerad metall, vilken återkastade molnens sken.

I *Frostens barn* (1980) drabbas Jorden av en ny istid. Projekt Nifelhem introduceras. Människan och civilisationen fortsätter under de kilometertjocka istidsisarna. Samma år kom *Solens vargar* och *A-Ett* (båda på Jörgen Lindells förlag). *Solens vargar* är en rymdopera, där Interstellära säkerhetstjänstens bästa "vargar" får ett uppdrag:

Med en kall ilning sänkte Ernst blicken mot papperet och läste vidare. Doktor Leila Änder, psykiater, neurofysiolog och sociolog, hade stulit utrustning från det statliga institut där hon arbetat i flera år och försvunnit totalt. Hon skulle arresteras eller dödas och utrustningen återföras till institutet. Hon var klassad som samhällsfarlig av grad A, högsta graden.

Det som stulits är ett vapen som hotar den mänskliga civilisationen. I romanen *A-Ett* vaknar individen kallad AET efter ett stort krig i en superkultur med väldig teknologi. Han påstås vara den viktigaste och mest betydelsefulla varelse på Jorden.

Han är odödlig.

I den långa raden av romaner som publicerats i bokform återfinns *Nattens lösen* (Plus 1979) en esoterisk roman där psi-kraft är vanligt förekommande. Vidare *Domens stjärnor* (1979), där mänskligheten tack vare ett nytt framdrivningssätt kan överbrygga de enorma avstånden i universum och få kontakt med andra civilisationer vilket leder till konflikter. I *Domedagens skymning* (1986) skissar han de sista människornas kamp för överlevnad efter den stora katastrofen.

När vilddjuret Rodney Branner i romanen *Världsförvist* (1987) flyr in i omöjligheten får det konsekvenser. När han når vägs ände innebär det en färd rakt in i evigheten. Dénis Lindbohms förmåga att framkalla svindlande faktasier firar här en verklig triumf: detta är "sense of wonder".

Utöver dessa och andra sf-romaner kom han också att skriva i en rad genrer. När det åter blev svårt för honom att få sina framtidsberättelser publicerade skapade han sitt bokförlag Psi-cirkeln och kom att ge ut en lång rad böcker där han berättade om sina esoteriska upplevelser av skilda slag. Det blev fler sådana böcker än sf-romaner. Ska man försöka sammanfatta Dénis Lindbohms litterära verksamhet i olika avseenden, så ligger begreppet psi nära till hands. Fast då ska man ha klart för sig att han också skrev helt andra texter för olika förlag och tidskrifter.

I *Jagets eld* (1971) berättar Dénis att han minns "ändlösa vandringar från kropp till kropp" och hur han i sin närmast föregående inkarnation varit sin moster Ester som avled i spanska sjunka 1918 när hon var fyra år. Han författade också en kriminalroman, *Flygande gift* (1975).

Dénis hade en trogen läsekrets som köpte hans böcker om magi och mystik. Tyvärr hade han inte en lika trofast skara bokköpare bland sf-entusiasterna, men han försäkrade att han helst av allt skrev sf. Tacksamt nog efterlämnar han en betydande litterär kvarlåtenskap bestående av noveller och romaner i genren.

ANNA-BRITA LINDBOHM

Häpna! publicerade två noveller av Dénis Lindbohms hustru Anna-Brita, men det har inom fandom ryktats att Dénis använde hustruns namn som en pseudonym. "Tingens dag" (10/1955) är en liten bagatell om första mötet med en främmande varelse:

Jag såg luckan glida upp och jag såg den fantastiska varelsen, som steg ut. I den stunden grep jag efter min make och jag ville hejda honom. Åh, denna fasansfulla varelse, denna olikhet, detta skrämmande oväntade. Vad allt hade inte min make gissat om deras utseende, men aldrig detta. Det var onaturligt, det var vidrigt. Men jag hölls kvar av honom, som jag lovat att dela liv och död med. Jag vet att jag skrek inför det, som steg ut och stod framför oss.

Varpå läsaren får veta hur den främmande varelsen ser ut.

"Dagen då han kom" (32/1956) handlar också om en kontakt med en extrajordisk gestalt och är en djupt existentiell historia. En kvinna får via en telepatisk refenator kontakt med en varelse i en annan värld.

Denna tankekraft, denna rumtidlösa, allgenomströmmande tankekraft, som förtätas i tänkarlämpade hjärnor – är den Gud? Är detta obundna evighetsfält av tankeenergi vad vi kallar Den Allsmäktige? Då, då är det naturligt att samma vägar följs i skilda Kosmos. Då danar Kraften sina former efter lika linjer. Därutifrån mottog jag ju bilder som väckte till liv i mig välkända förnimmelser: Vårdoft och blå himlar, kluckande vågor och sjungande fåglar. Och människor. Ja, jag uppfattade dem som lika oss, men skönare, mera fullkomliga, mera fria och lyckliga. Och tankarna från den okände vännen därute rörde sig i banor av mitt eget slag: Kring hem och trygghet, smärta och glädje, kärlek och hat, lycka och sorg. Å, det var ju blott en fråga om högre fullkomning i deras värld, annars var de som vi. Och jag fylldes av oanade tankar, tankar om högre världar, dit frigjorda själar kunde nå. Jag fylldes av ödmjukhet och ordlös undran över en vishet bortom allt mänskligt förstånd.

–––

Mönstren kom och gick. Inte ens för ett ögonblick var de stilla. Jag endast följde dem med blicken, tänkte ingenting, bara kopplade ifrån. Och så började den ordlösa strömmen inne i mig. Lösryckta satser ur underliga meningar, enskilda begrepp, men inte i ord, endast i ords betydelse. Och sedan, fastän jag såg skärmen, var den borta och i virvlande dimmor av ljus och mörker började bilder dyka upp. Kort, ack hur kort. En lysande blå himmel, fylld av vita små moln. En skimrande skog, skön som en hägring. Städer av överjordisk prakt. Och sedan: Hans ansikte. Ett milt och ömt ansikte. Hans ögon, fyllda av visdom och – kärlek. Kunde det verkligen fästas sådana mänskliga band även mellan skilda dimensioner? Ja, det kunde.

Berättelsen rinner ohejdbart vidare till den punkt då det är möjligt att via en förbättrad refenator inte bara överföra mentala medelanden utan också materiella företeelser. Och det visar sig då att skillnaden mellan oss och dem är omöjlig att överbrygga. För att göra en jämförelse mellan människor och en av Jordens mer intelligenta varelser, bläckfisken, så tycks sig olikheterna mellan de båda arterna omöjliggöra en social förening. Men hur var det med ryktet inom fandomrörelsen? Anna-Britas och Dénis dotter Ann-Ki vet svaret:

> Ryktet du nämner är sant! Det är min pappa som har skrivit de där två novellerna och ingen annan. Historien bakom att dessa är skrivna i min mammas namn är så här … min pappa skrev noveller och skickade in dessa till Häpna, dessa refuserades av någon anledning. Min pappa provade ett antal gånger, men novellerna var dom inte intresserad av att ge ut. Deras motivering kommer jag dock inte ihåg. Min pappa blev ständigt och jämnt besviken, han ville ju så innerligt få ut sitt material. Då frågade han min mamma om det var okej att sända in dom i hennes namn! Hon accepterade förslaget. Då plötsligt blev dom intresserade och tyckte att materialet var intressant att ge ut. En kvinna som skrev sf, det var ju unikt! Ett smart drag ifrån min pappa, kan man kanske tycka! Fast det var inget han var stolt över.

Men det var inget Dénis behövde skämmas över. Han gjorde naturligtvis rätt.

TORSTEN SCHEUTZ (1909–2004)

Torsten Scheutz var under perioden 1939–1959 en av de allra bästa novellisterna i svenska veckotidningar. Hans bakgrund var flygarens. Han hade under 1930-talet som pilot varit med om tre flyghaverier i Sverige, Tyskland samt i Centralamerika, där han flög dynamit och proviant till guldgruvor. Under sin tid i USA fick han tag i Jack Woodfords inflytelserika bok *Trial and Error* (1933), som handlar om hur man skriver. Bland de författare som tog avstamp i *Trial and Error* finner vi Ray Bradbury, Robert A. Heinlein och Raymond Chandler. Den boken innebar en kick också för Torsten Scheutz. Han bestämde sig för att starta ett bokförlag och börja skriva.

1939 förverkligade han sin plan. Han inrättade sitt kontor i Klaras tidningskvarter på Norrmalm i Stockholm. Han gav ut egna och andras böcker samt inledde en framgångsrik karriär som författare av noveller och kortromaner i flyggenren och fortsatte med att författa thrillerbetonade kriminalberättelser och deckarhistorier.

Han var ingalunda en Klarabohem, men han blev en författare i den kader av brödfödesskribenter, som – inklusive Klarabohemerna – försåg de många periodiska tidskrifterna i Sverige med noveller och följetonger under novellens guldålder i de kolorerade veckoblaskornas hägn. Hans historiska romaner serialiserades i Allers och han skrev en rad populära ungdomsböcker i flyggenren om Kalle Looping och Kid. Den pilot vid namn Swede, som var en slags mentor för Kid i Kid-böckerna, var också huvudperson i en lång rad av Torsten Scheutz flyg- och kriminalnoveller.

Med sin bakgrund som flygare var det inte så konstigt att han kom att skriva science fiction. Såvitt jag har funnit skrev han aldrig någon sf-novell, men däremot två sf-romaner. Den första, *Anfall från Titan*, kom 1953 och var en ungdomsbok. Den handlar om Leif Marsman, en pojke från Stockholm på väg i en rymdraket till Venus, där hans pappa är gruvingenjör.

Vid framkomsten visar det sig att Venus har invaderats från världsrymden. Utomjordingar, eller kanske snarare utomvenusianer, infiltrerar den jordiska kolonin på Venus och gör jordborna till lydiga varelser av zombietyp genom att injicera dem med ett serum. Dessa varelser är från Titan, Saturnus största måne. De verkar omöjliga att stoppa tills det visar sig att en del jordbor är immuna mot det förslavande giftet. Ett motserum kan utvinnas och ges till dem som förslavats och bokens hjältar kan återvända till Jorden. Venusianerna beskrivs som vänliga, ofarliga och immuna mot slavserumet.

John-Henri Holmberg har i andra delen av sitt omfattande standardverk *Inre landskap och yttre rymd* i förbigående noterat följande: "Torsten Scheutz *Anfall från Titan* (1953) är ett gott försök att skriva en spännande svensk sf-roman; helhetsintrycket förlorar dock en del på att boken är en mycket trogen kopia av Robert A. Heinleins *The Puppet Masters* (1951)."

Visst finns vissa likheter. Hos Heinlein kommer invasionen på Jorden från Titan, sedan ett försök att kolonisera Venus från Titan misslyckats. Hos Scheutz kommer invasionen på Venus från Titan. I Heinleins roman förvandlas människor också till zombier, men inte genom injektioner som hos Scheutz utan det sker genom att människornas kroppar invaderas av läbbiga snigelartade "ting" (things) som klamrar sig fast i nacken på sina mänskliga offer och därmed ockuperar dem och gör dem till slavar.

Uppriktigt sagt så är Scheutz roman inte ens en otrogen kopia av Heinleins bok. Även om Scheutz påverkats av Heinlein, så är det ännu troligare att han främst inspirerades av Sture Lönnerstrands novell "Ormmänniskornas krig" (Levande Livet 47/1943). Torsten Scheutz var under en period påtänkt som chefredaktör för Levande Livet. Han kom där att bedöma

Tyvärr ganska otydligt foto på Torsten Scheutz tillsammans med den svenska, kvinnliga flygpionjären och upptäcktsresanden Eva Dickson.

texter, däribland Lönnerstrands sf-noveller. Långt senare i livet fastslog han i samtal med mig att Lönnerstrands bidrag till Levande Livet var mycket välskrivna, men svåra att illustrera.

I "Ormmänniskornas krig" injiceras människor och förvandlas till ormmänniskor. Ett motserum framställs och injiceras i de förslavade. Världen räddas. På samma sätt förslavas människorna hos Scheutz genom att ett serum sprutas in i deras kroppar och ett motserum framställs, som man lägger i offrens mat. *Anfall från Titan* ligger här mycket närmare Lönnerstrands novell än Heinleins roman. Detta att stygga vetenskapsmän, utomjordingar och andra elakingar på ett eller annat sätt skaffar sig kontroll över människor var inte heller något nytt i populärlitteraturen.

Zombieeffekten sprider sig exponentiellt i alla tre historierna. USA räddas hos Lönnerstrand och Heinlein, Venus räddas hos Scheutz. I övrigt är dessa tre berättelser mycket olika varandra. Det handlar om variationer på ett litterärt tema. Lönnerstrands variant kom 1943. Heinleins kom 1951 och Heinlein lär knappast ha snott grundidén från Lönnerstrand lika lite som alla tidsreseberättelser inte är plagiat därför att H.G. Wells en gång knäsatt genren. Och Heinleins skröna utvecklar sig på ett helt annat sätt än de båda svenskarnas berättelser.

Torsten Scheutz andra sf-roman var *Bortom alla gränser, älskade!* Denna skröna är helt enkelt en kärleksroman som utspelar sig dels i rymden och dels på planeten Venus. Den gick som följetong i Familje-Journalen 9–20/1954 och har aldrig kommit i bokform. Så här presenterades den:

> Med denna roman introducerar Familje-Journalen den nya typ av underhållsläsning som amerikanerna har döpt till "science fiction" – ett svåröversättligt uttryck som egentligen betyder "vetenskaplig dikt". Möjligen skulle man på svenska kunna kalla det "mellan fantasi och verklighet", men inte heller detta täcker riktigt begreppet.
>
> Förutsättningen för denna roman är att Jorden har blivit överbefolkad. (I detta sammanhang är det intressant att läsa vad kammarherre James Dickson sade i remissdebatten i andra kammaren i höstas: "Jordens mångenstädes redan svältande befolkning har sedan vi åtskildes här i maj månad växt med 12 miljoner".) För att råda bot på överbefolkningen har människan erövrat "kolonier" i världsrymden, bland annat planeten Ve n u s .
>
> Vår nya roman börjar med att hjältinnan,

> Irene Birckman, står i begrepp att flyga med rymdskepp till Venus för att där möta sin fästman, som farit i förväg dit. Hon är spänd inför denna resa ut i världsrymden till något okänt halvt lockande, halvt skrämmande något bortom alla gränser ...
>
> Med denna roman för vi våra läsare IN I DET OKÄNDA."

Redaktionen hade nog inte fullt ut klart för sig vad Torsten Scheutz fått dem att publicera. Det märks också på illustrationerna. Tecknaren Harthern var uppenbarligen ovan att illustrera science fiction. Han höll sig i allmänhet till de gamla invanda kärleksillona och gav bara några gånger sina bilder en antydan till sf-studs. Torsten Scheutz kom alltså att korsbefrukta sf-skrönan med kärleksberättelsen, men denna nya genre fick aldrig något fotfäste i veckotidningsvärlden utan förblev en engångsföreteelse.

Torsten Scheutz karriär som sf-författare varade åren 1953–1954 och blev begränsad till dessa båda romaner. De får betecknas som relativt ointressanta mellanspel i hans författarkarriär. Varken pojkboken *Anfall från Titan* eller veckotidningsföljetongen *Bortom alla gränser, älskade!* tillhör topparna i hans överlag mycket fina produktion.

HARRY MARTINSON (1904–1978)

När Harry Martinsons diktsamling *Cikada* med "Sången om Doris och Mima" kom 1953 och 1956 följdes av det fullbordade verket *Aniara: En revy om människan i tid och rum* drabbades det finkulturella Sverige av science fiction på ett sätt som det kunde ta till sig utan att behöva rynka på näsan, som de gjort inför JVM/VÄ. Det var inte bara utförandet och ordskapandet utan själva tanken hos Martinson, som tilltalade de nya sf-läsarna, nämligen föreställningen om en farkost med utvandrare på väg ut i kosmos sedan Jorden gjorts oboelig. De som läste lyrik, och de var en hel del på den tiden, var rent rusiga av entusiasm inför Martinsons verbala pånyttfödelse – om man så får säga. För texterna innebar att Martinsons redan från början sällsynta lyriska förmåga genomgick en tydlig uppdatering som om själva motivet innebar en injektion av skaparkraft.

Jag minns mycket väl uppståndelsen i min omgivning. Hur kunde Harry Martinson komma på en sådan fantastisk idé? Akademiker och kommentatorer av skilda slag har – utifrån sina bristfälliga kunskaper om den genre som Martinson så oväntat gav sig in på – kastat sig över detta rymdepos med stor frenesi. De lärda beskäftigheterna har stått som spön i backen. För mig innehöll rymdskeppet Aniara inga som helst idémässiga nyheter.

Till och med genremedvetna iakttagare – låt vara med finlitterär inriktning – har långt senare traskat patrullo. Således hävdade Lars Jakobson så pass sent som 1985 i sin *Science fiction i Sverige 1953–1976. En översikt* följande:

Att jag inleder min översikt med Harry Martinson och Cikada är för att visa på en rymd- och framtidssaga som skrevs utanför genren, och därför att den i sig innesluter mycket av det tänkande och den litterära kraft som sf-författarna först under sextitalet nådde fram till.

Hoppsan! Utanför genren? Det finns säkert många som skriver under på den beskrivningen. Jag gör det inte! För idén med ett rymdskepp som Aniara var inte alls ny och inte heller så där särdeles originell som parnassens bevakare med sina skygglappar inbillade sig. Den märklige brittiske vetenskapsmannen John Desmond Bernal hade fört fram tanken på ett sådant rymdprojekt 1929 i den långa filosofiska studien *The World, the Flesh, and the Devil. An Enquiry into the Future of the Three Enemies of the Rational Soul* och idén blev tjugo år senare snudd på stapelvara i de amerikanska pulpmagasinen.

Även allt annat i *Aniara*, ekologiska varningar, religionernas verklighetsflykt, maktens ondska, civilisationskritiken etc. var sådant som sf hämtat sin näring från och hanterat år efter år i främst amerikanska tidskriftsmagasin. Inte heller de rent existentiella föreställningarna och den slutliga katastrofen var något nytt i den populärlitterära science fiction-litteraturen i främst USA. Det är bristen på lite mer omfattande referensramar som leder till att sådana påståenden kan odlas i en isolerad finkulturell kulturpolitisk bubbla, som skulle må bra av att spräckas.

Den första sf-berättelsen om ett generationsrymdskepp som publicerades var författad av Don Wilcox. Den hette "Resan som varade i 600 år" och publicerades i JVM/VÄ (23/1942). Den stod ursprungligen i oktobernumret 1940 av Amazing Stories. I rymdskeppet R/S "Framtiden" hinner trettio generationer leva och dö innan farkosten når Rabinelloplaneterna. Vid framkomsten hälsas generationsskeppets invånare välkomna av en koloni jordmänniskor. Ny teknologi har gjort att farkosten blivit omkörd på vägen av emigranter, som avverkat sträckan på sex år.

Bara några månader efter publiceringen av Don Wilcox berättelse gick Edmond Hamiltons roman *Star Trek to Glory* som följetong i JVM/VÄ under den missvisande titeln *Kapten Frank och postrånarna*. Där kunde man läsa om ett stjärnskepp med bläckfiskliknande utomjordingar som färdats genom universum. Deras förråd tar slut under sökandet efter en sol som liknar deras egen döende sol. Farkosten sugs in i Rymdens Sargassohav och blir liggande bland havererade rymdskepp.

I en annan roman av Edmond Hamilton, *The Lost World of Time*, som serialiserades 1945 i JVM/VÄ under titeln *Kapten Frank i en försvunnen värld*, görs en resa tillbaka i tiden för att rädda invånarna på den dödsdömda planeten Katain. Planetens måne Yugra förvandlas till en gigantisk rymdfarkost. När Katain kolliderar med Jupiter och förintas (en händelse som nästan ter sig profetisk med tanke på "skomakardramat" då kometen Shoemaker-Levy 9 slog ned på Jupiters södra halvklot 1994, färdas Yugra med Katains invånare ut i rymden. Månen Yugra har förvandlats till ett generationsrymdskepp, som i en avlägsen framtid ska nå fram till Sirius.

Wilcox och Hamilton var ingalunda ensamma om att skriva om "aniaror" före Harry Martinson. Temat har varierats av många science fiction-författare. Nämnas bör "Resans slut" av Walter Kubilius, också den publicerad på svenska (JVM/VÄ 31/1945). När rymdfarkosten Victoria efter femtusen år når sitt mål tål invånarna inte den naturliga miljön utanför rymdskeppet. Invånarna har efter cirka 400 generationer anpassats till den kliniskt rena tillvaron i rymdskeppet.

Kubilius avrundar sin skröna med följande ord:

Miljoner år skulle gå och rymden fyllas av städer som skulle bebos av män och kvinnor, ättlingar till dem som hade upptäckt atomkraftens hemlighet och lämnat planeternas bojor för evigt. Burnett såg upp mot himlen. Den kosmiska planen var klar.

Deras farkost fortsätter som en flygande stad i kosmos, en idé som sedermera James Blish kom att vidareutveckla i sina berättelser. Redan samma år som Bernal lade fram sin idé hade Edmond Hamilton i Air Wonder Stories (november–december 1929) låtit hela mänskligheten lämna marken och bosätta sig i flygande städer, vilket skedde i romanen *Cities in the Air*.

Mer än ett decennium innan rymdskeppet Aniara dök upp i samlingen *Cikada* 1953, för att tre år senare ta ut de kosmiska svängarna för fullt i eposet *Aniara*, kunde alltså hundratusentals svenskar, inklusive Martinson, läsa om "aniaror" i det förfärliga och demoraliserande smutslitterära magasinet JVM/VÄ.

Men medan Wilcox och Kubilius långfärdskryssare når sina mål med ättlingarna till de ursprungliga stjärnfararna, varar samvaron ombord på Aniara bara i 24 år varpå människorna ombord dör och Aniara fortsätter som ett mausoleum med "oförminskad fart mot Lyrans bild i femton tusen år".

Finns det överensstämmelser mellan föregångarnas framställningar i JVM/VÄ och Martinsons vision? En hel del faktiskt. I "Resans slut" förvandlas solen till en nova och Jorden till aska efter rymdfarkosten R/S "Victorias" start. "Victoria" irrar omkring utanför Plutos bana i tjugo år och söker efter andra rymdskepp som klarat sig, men finner inget. "Och med sorg i hjärtat vände de så solsystemets gravplats ryggen och satte kurs mot Proxima Centauri, den närmaste stjärnan."

I *Aniara* lämnar emigranter den strålförgiftade Jorden med kurs på tundraplaneten Mars. På ditfärden tvingas Aniara nödgira för en asteroid och hamnar ur kurs. (Asteroider och asteroidvarnare var ett stående fenomen i de berättelser som publicerades i JVM/VÄ.) Martinson fastslår "att någon riktningsändring var ej tänkbar". Aniara styr mot Lyrans stjärnbild.

I "Resans slut" uppstår en religion som går ut på att Närvaron döljs bakom Slöjan och bara profeterna, som utövar skräckvälde ombord, får gå bakom Slöjan. I *Aniara* uppstår sekten Kittlarna.

> De träffas för att kittlas och att kittla.
> Det är mest kvinnor, men de ledande är män
> och kallas kittelflikare,
> ett gammal ord från förgoldonisk tid.
> I "Blå arkivet" finnes ordet nämnt.

Hos Wilcox och Kubilius liksom hos Martinson uppstår kriser under resans gång. I "Resan som varade i 600 år" uppstår överbefolkning som följs av revolt och sterilisering samt hat mot resans övervakare. I "Resans slut" störtas de ovan nämnda profeternas skräckvälde av en revoltör. Ombord på Aniara utövas också skräckvälde efter Mimas död. Den hårde herren Chefone påbjuder förföljelser. Mimaroben och "många andra måste gömmas i ett asylrum underst i goldondern tills raseriets skålar hunnit tömmas".

I "Resan som varade i 600 år" får en balsal symbolisera förändringar under färden. I Aniara spelar danssalongen en viktig roll för passagerarna. Och så vidare. Den rymdfärd som är huvudsaken hos Wilcox, Kubilius och Martinson degraderas till en detalj i ett större kosmiskt sammanhang hos Hamilton. Han skrev sina berättelser i stora universella svep för en målgrupp, som av förlaget Better Publications definierades som pojkar i åldern 10 till 14 år. För Hamilton gällde det att låta en detalj som generationsrymdskeppet bli en grandios lösning på ett svårt problem.

I Sverige har science fiction ofta avfärdats som eskapistisk populärkultur utan litteraturhistoriskt värde. Smakdomarnas fjärmande av den så kallade "seriösa" litteraturen från den populärkulturella har varit framgångsrikt. Som en följd

av detta har få svenska författare blivit verksamma inom genren: Förlagen tenderar att undvika att marknadsföra svensk litteratur under rubriken science fiction

skrev Andreas Nyblom i Svenska Dagbladet 22 september 2001.

Civilisationskritik och varningar för mänsklig maktutövning och missbruk av teknikens landvinningar har alltid varit en sida av science fiction både hos Jules Verne och H.G. Wells liksom hos Otto Witt och hos Sture Lönnerstrand i dennes noveller. Det är knappast någon slump att samhällssatiren i det förflutna ofta tagit sig faktasiartade uttryck.

Ändå krävdes det att en av litteraturdocenter accepterad författare som Harry Martinson skred till verket för att fenomenen som sådana skulle uppfattas och då som en nyhet, vilket de alltså inte var. Trots att *Aniara* i alla avseenden – idémässigt och existentiellt – är typisk science fiction tycks Martinson själv i möjligaste mån ha undvikit begreppet utan att ta avstånd från det. Han kallade eposet "en fantasiprodukt som är skriven av tiden. Därigenom är den i viss mening en anonym skapelse. Den handlar om allas våra gemensamma egendom av världsförhoppning, sorg och besvikelser, men också om våra försök att skapa frister eller att med fantasiens hjälp fördröja eller uppskjuta obönhörliga förlopp."

Det faktum att Harry Martinson ingår i en sf-tradition, vars främsta traditionsbärare och företrädare på svenska annars är Otto Witt, Vladimir Semitjov, Sture Lönnerstrand, Dénis Lindbohm, Bertil Mårtensson och några till, förringar på intet sätt *Aniara*, men dämpar de nyväcktas vanföreställningar om dess särart. Visst! Martinson tog sig an motivet på ett nytt sätt. Han klädde sin dystopi i den episka lyrikens dräkt.

Därvid skapade han ett ödesmättat epos av stor skönhet, som ingen av förebilderna i JVM/VÄ – bortsett från Hamilton i några av hans mer lyriska stunder – kan visa upp, fast de i likhet med Martinson berör djupt liggande existentiella frågor, vilket ligger i sf-genrens natur. Tvärtom transcenderar Martinson sina brödskrivande amerikanska föregångare verbalt:

> Den tomma och sterila rymden skrämmer.
> Glasartad är dess blick som omger oss
> och stjärnsystemen stå orörligt stilla
> i skeppets runda fönster av kristall.
> Då gäller det att vårda drömmens bilder
> från Doris dalar och att här i havet
> där inget vatten, inga böljor röras
> ta vara på all dröm, allt känslosvall.
> Den minsta suck är som en ljuvlig vind,
> all gråt ett källsprång, skeppet själv en hind
> som jagar ljudlöst fram mot Lyrans stjärnor
> som allt för fjärran för att våra hjärnor
> skall kunna fatta avstånd eller tider
> ej minsta tum åt någon sida glider.

Bildspråket är utomordentligt uttrycksfullt och ingen lär förneka att Martinson i följande rader demonstrerar sin lysande förmåga att i stället för att lägga sin didaktiska bild i en enda sentens breda ut den över femton rader.

> Jag skall berätta vad jag hört om glas
> och då skall ni förstå. I varje glas
> som står tillräckligt länge oberört
> förflyttas glasets blåsa efterhand
> oändligt sakta mot en annan punkt
> i glasets kropp och efter tusen år
> har blåsan gjort en resa i sitt glas.
>
> På samma sätt i en oändlig rymd
> där svalg av ljusårs djup sin välvning slår
> kring blåsan Aniara där hon går.
> Ty fastän farten som hon gör är stor
> och mycket högre än en snabb planets
> är hennes hastighet med rymdmått mätt
> på pricken svarande mot den vi vet
> att blåsan gör i denna skål av glas.

Och detta konstaterande ger upphov till följande fina dikt:

> Förskrämd av denna klarhet flyr jag frusen
> från mimahallen till de röda ljusen
> till danssalongen, finner Daisi där.
> Jag tigger hennes räddningsfamn till möte,
> jag ber om ingång i ett hårigt sköte
> där dödens kalla klara inte är.
> Där finnes livet kvar i Mimas salar
> i Daisis sköte lever Doris dalar
> när i varandra utan köld och fara
> vi glömmer rymderna kring Aniara.

När jag 1975 besökte rymdoperabjässen Edmond Hamilton och dennes hustru Leigh Brackett i deras vinterhem i Lancaster, Kalifornien diskuterade vi fenomenet rymdopera. Plötsligt tog kapten Franks upphovsman fram en LP-skiva med Blomdahl-Lindegrens operaversion av *Aniara* och sa: "This is real space opera!" Det var som om en cirkel hade slutits.

1963 översattes *Aniara* till engelska. Jag har sett två recensioner i sf-sammanhang. Den ena, som jag tyvärr inte har hittat igen, sågade *Aniara* vid fotknölarna. Recensenten fattade ingenting. Den andra – självaste Theodore Sturgeon – höjde den till skyarna i Galaxy, augustinumret 1963.

Men faktum är att Harry Martinson redan långt före *Aniara* kan sägas ha författat en bok, där han mot slutet slirar på den koppling som ligger nära växeln till sf-motorn, nämligen *Vägen till Klockrike*, som publicerades 1948 men som påbörjades mer än tio år tidigare. Den uppmärksamme läsaren märker det inte förrän i det märkliga slutet, om ens då, där den döende luffaren Bolle färdas i Karons båt. Karon:

> Sandemar, som du ofta träffade då du luffade dina landsvägar och som nu lever på en annan planet, nämligen på den lyckliga planeten Navajata, som kretsar kring en sol som människorna på Navajata kalla Visili och som vandrar fram genom världsrymden sextusen ljusår närmare Vintergatans axel än den sol du levde under och som du, förmodar jag, ännu kommer att leva

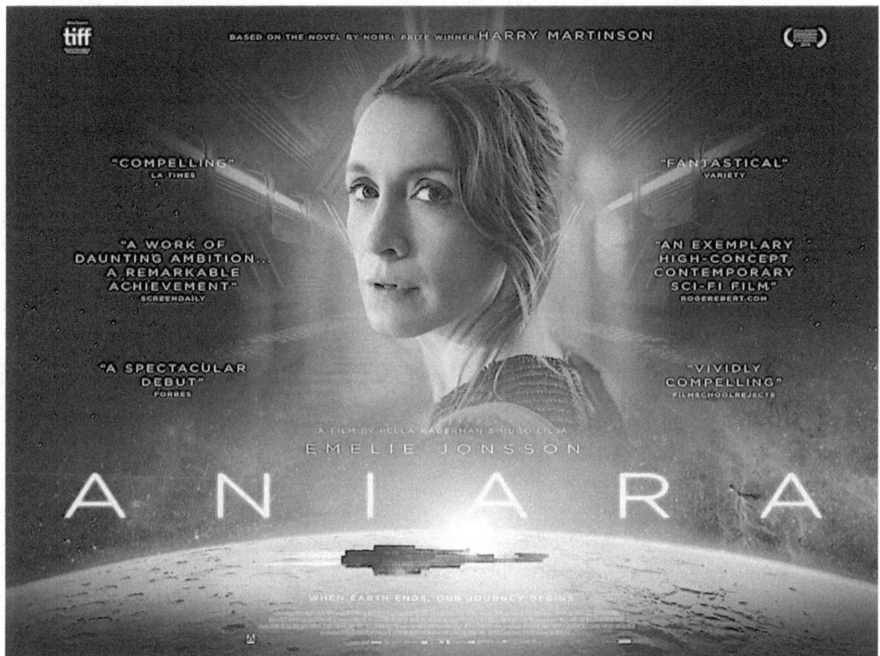

Internationell filmposter för den svenska filmen Aniara (2018).

under, till dess också du föres hän till planeten Navajata, eller någon annan av paradisplaneterna; denne Sandemar syftade med hela sitt liv till det oerhörda, och lät sig dagligen i sina tankar skakas och genomlysas därav. Därför fördes han efter sitt liv på Jorden till planeten Navajata.

Liksom Dénis Lindbohm i sina esoteriska skrifter berättat om sina minnen från tidigare liv på andra himlakroppar, har Sandemar blivit återfödd på en annan planet. Men där han sitter i Karons båt ska också Bolle återfödas. Fast han blir kvar på Jorden. Han har tydligen till skillnad från Sandemar inte dagligen låtit sina tankar skakas och genomlysas av att hela hans liv syftade till det oerhörda.

Och i detsamma som båten skrapade mot strandstenarna var allt försvunnet. Karon var försvunnen. Båten och havet var borta. Och när Bolle

tänkte se sig omkring var även hans ögon borta. Han var borta helt och hållet, men ändå var det som om en dröm inne i en annan dröm lyftes och drogs hän mot ännu en annan dröm. Och nu levde han. Men han var liten och visste inte om sig. Han bara var till och skrek med ett läte som från fjärran sjöfåglar utifrån ett hav. Han låg under de spända brösten hos en kvinna som helt nyligen hade fött honom.

Det var en kvinna i en liten brasiliansk by, och byns namn var Indajal. Hon tillhörde en stam av vandrande botokuder, kallad "den bäckvandrande stammen", och hon talade en indiansk brasilero med en dialektsång ur både ges och tupi. Det var väster om Rio Furus. Och hon sade: Maisi maisi pui ce'nin mais lete maisi, och tryckte sin förstfödde intill sig. Men då hade Bolle redan slutat upp att veta vem han varit.

Och för den som betvivlar att Harry Martinson ingår i en större sf-tradition med svensk knorr kan vi notera att han hade Sture Lönnerstrands *Rymdhunden* i bokhyllan.

KATARINA BRENDEL
(HILDE RUBINSTEIN 1904–1997)

Hilde Rubinstein var född i Augsburg. Som medlem av Tysklands kommunistiska parti fängslades hon 1933, men flydde 1934 via Belgien och Holland och kom till Sverige 1935. Åren 1936 och 1937 levde hon i Sovjetunionen, men hon hade trotskitsiska idéer och flydde återigen, nu genom Polen och Lettland tillbaka till Sverige. Här verkade hon som porträttmålare och författare till sin död i Göteborg. Hennes roman *Atomskymning* vann första priset 10 000 kronor i FiB:s romanpristävling 1952. Det blev den första originalromanen som gavs ut i FiB:s folkboksserie. Det skedde 1953 och romanen publicerades med ett omslag av Stig Södersten. Det är en mycket stark roman, marknadsförd som en skakande framtidsvision av förlaget.

Atomskymning är en dystopi, till dels präglad av författarinnans egna erfarenheter. Händelserna utspelar sig i ruinstaden Menehat, kanske en återspegling av det sönderbombade Bremen men framför allt av de atombombade städerna Hiroshima och Nagasaki. En viktig man i staden är en ortoped, som är anlitad av en välgörenhetsorganisation, för i Menehat behövs proteser av alla slag. Bokens jag-person ska ta nattåget till Menehat, men ingen tycks veta när det avgår:

> Då upptäckte jag en skylt i hallen och läste: Menehat klockan 0.00. Javisst! Det stod ju också på biljetten! Jag rusade till perrongen, för det var bara två minuter kvar. Ingen trafik rådde där, man kunde inte föreställa sig, att tåget strax skulle avgå. Det syntes inte heller många resande i fönstren; kanske låg de på bänkarna och sov. Vagnarna var sotiga, och det droppade från taken. Jag tyckte det var illa, att det inte fanns snabbgående, modernt inrättade tåg till

Menehat som åt andra håll. Jag klättrade upp i en kupé. Det var nästan mörkt därinne, bara en person satt lutad i ett hörn, en yngre kvinna som hade svept in halva ansiktet. Men när jag hade tagit plats snett emot henne, såg jag, att hon bara hade ett halvt ansikte, ingen underkäke. Jag såg inte heller något ärr efter käken, utan det verkade som om den aldrig hade funnits, som om den helt enkelt inte kommit med när hon alstrades. Hur var det med hennes mun då? Kanske munnen satt vid strupen. Nej, det gick inte att fråga kvinnan efter hennes mun … Jag tänkte, att munnar alltid verkade som om naturen (eller någon annan skapare) hade gjort ett snitt på nedre ansiktshalvan, köttet hade välvt sig utåt – bildande läpparna … Jag stod inte ut längre att söka efter denna kvinnas mun! Och ändå kunde jag inte låta bli det så länge jag satt mitt emot henne. Men om jag gick härifrån, skulle hon tänka, att jag äcklades av hennes utseende … Då såg jag att hon hade slutit ögonen, och jag gick sakta in i kupén bredvid. Där var två passagerare. En låg på bänken och sov. Han hade ett slags trasmatta över sig, man såg nästan ingenting av honom, bara ett rött öra – eller var det en flik av trasmattan? Belysningen var så usel, att man inte heller här kunde klart urskilja sin omgivning vid första ögonkastet. Det var tydligt, att staten var snål mot Menehat; man tänkte nog inte slösa stekt får på gammal hund!

Menehat är en ruinstad, ett härjat och radiaksmittat område, fyllt med krymplingar, människor utan ansikten, kvinnor med cyklopögon, händer med tolv, fjorton fingrar. Venus vallar sina galningar och på grund av bostadsbristen använder man en restaurang som idiotanstalt.

> Ser man en ruinstad, är man i första ögonblicket imponerad av dess oblyga majestät. Men snart nog blir man avtrubbad inför detta majestät; medan gamla städer inte upphör att tjusa en (åtminstone mig). Jag kände inte ens motvilja när jag släpade mig fram genom Menehats

ruiner, utan bara leda. Och ändå var Menehat en ruinstad av ett mera ovanligt slag: den hade gått igenom primärstadiet, där allting ligger huller om buller, men inte fortsatt sekundärstadiets uppröjning eller tertiärstadiets återuppbyggnad, utan avvikit till ett stagnationens stadium – de uppsnyggade ruinernas stadium. Husfragmenten verkade nästan prydliga, och man tyckte sig lägga märke till smånätta gardiner i de tomma fönsteröppningarna. Men det var förstås en synvilla. Gatorna var släta, en släthet som motsvarade slätheten på en fånges rakade hjässa. Och så var det en sak till, jag inte begrep med detsamma: det fattades något väsentligt i denna ruinstad. Sedan slog det mig – ogräset fattades! Ogräset, som frodas så yppigt i andra ruinstäder, och som trots sin slarvighet är barmhärtigheten, som döljer husens ärr, och låter en veta, att också döden har sin gräns. Men döden i Menehat var nog gränslös … Förresten var förfallet bakom de sotiga fasaderna märkvärdigt hyfsat; det var så konstigt jämnstort – som om en jättelik slåttermaskin hade gått över staden, bråten var bäddad i musgrått damm – det damm, tänkte jag, vari allting ska upplösas till slut … (Jag blev tvungen att minnas mina resors vackraste grushög: Akropoliskullen.) Gatustråken hade inget slut. Det syntes ingen kiosk eller handelsbod eller annonspelare, än mindre en affär eller – ack! – restaurang. Och ingen polis eller någon annan, som man kunde fråga. För dessa lilleputtar, som dök upp ibland som skråpukar i ruinerna, dem kunde man lika gärna fråga som en skygg katt. Dessutom hade de förfärligt bråttom, som om det regnade. Om det åtminstone regnade.

Förmodligen skrev Hilde Rubinstein *Atomskymning* på tyska med sikte på svenska läsare och lämnade in en svensk översättning till FiB-tävlingen, samma metod som Vladimir Semitjov använde under sina år i Sverige. På tyska publicerades romanen åtta år senare i Schweiz under titeln *Atomdämmerung* 1960. Hilde Rubinstein har också publicerat några

dikt-, novell- och essäsamlingar på tyska. Sina upplevelser i nazismens och kommunismens fängelser beskrev hon i *Ich wollte nichts als glücklich sein: Gefängnistagebücher unter Hitler und Stalin* (1994).

BIRGER HULTSTRAND (1906–1990)

Birger Hultstrand skrev och översatte böcker, både fack- och underhållningslitteratur. Han skrev en bok om sportdykning och översatte William Faulkners deckarnoveller, vidare A. Conan Doyle, Isaac Asimov och Biggles-böcker av kapten W.E. Johns. Med den bakgrunden är det kanske inte så konstigt att han dök upp i Levande Livet (20/1953) med sf-novellen "Den vita råttan", som illustrerades av Hegland både på omslaget och insidan. Berättelsen, som skrevs 33 år före reaktorsolyckan som gjorde Tjernobyl med omgivningar otjänliga som bostadsorter, handlar om Jim Harriman, som tar sin tillflykt till en radiaksmittade ort.

Han var alldeles ensam här, ty det var månader sedan de sista innevånarna hade flyttat härifrån inför risken av radioaktiv strålning från det närbelägna atomskjutfältet, vilket numera också låg alldeles övergivet. Jim var själv fysiker. Han insåg, att evakueringen en gång i tiden hade varit nödvändig. Men han begrep också, att risken numera var mycket ringa. Och det här var en plats, som passade honom precis. Han hade fiender – hätska fiender, som jagat honom hårt och skulle göra processen kort med honom, bara de fann honom. Säkert sökte de fortfarande lika ivrigt. Men ingen skulle drömma om att söka efter honom på en plats, som av regeringen var avlyst som livsfarlig. Ingen skulle kunna räkna ut, att han befann sig här i den avlägset liggande byn i den smala dalen mellan två hundratals kilometer breda öknar.

Men Jim Harriman hade inte räknat med råttorna. I en långt utdragen kamp mellan honom och råttorna visar det sig att radioaktiviteten på orten väckt till liv slumrande anlag hos framför allt en av råttorna och han finner sig till sist överlistad. I dag vet vi att i orterna kring Tjernobyl håller naturen både i form av flora och fauna att ta över de bostäder som övergivits.

RALF PARLAND (1914–1995)

Ralf Parland var en finlandssvensk modernist, som bland annat umgicks mycket med poeten Elmer Diktonius. Han var bror till den för tidigt bortgångne Henry Parland. 1948 flyttade Ralf Parland till Sverige och hans modernism utvecklades till vad man skulle kunna beteckna som en sorts surrealistisk science fiction, både i lyrisk och novellistisk form. Diktsamlingen *Hymner från Santsche-Pi* (1959) företer likheter både med Sture Lönnerstrands diktsamlingar och Harry Martinsons *Aniara*. Det sistnämnda manifesterat i följande rader ur dikten "Drömcentralen fortsätter med Aos vaggsång":

> Sleep darling sleep
> din farfar har en jeep.
> Med den han far till Dorisburg
> och dansar Harrys vilda jurg.
> Sleep mormor sleep.

Hymner från Santsche-Pi har betecknats som en dystopi med avstamp i James Hiltons roman *Lost Horizon* (1933) om Shangri-La och George Orwells *1984* (1949). Santsche-pi är den svävande staden och

> De som vandrar på dina överjordiska vägar
> med halvgudars tyngdlösa steg
> kallar dem vägar ovan allt ont
> vägar av ljus
> välvda över vårt ursprungs kaos.
>
> Vet de då ej
> att även deras stad
> är en dröm som viljan drömmer
> i talens rymd;

> likt flöjtens frusna ton i Santsches afton
> likt logaritmers gästspel
> över stupet –

Men det är främst i sina noveller som Ralf Parland stundom är en sf-författare, som det inte alltid är lätt att ta till sig vid en första läsning. Vid andra tillfällen går han direkt in i läsarens solar plexus, vilket han gör med sin kanske rakaste faktasi, nämligen "Allt sker i rymden" i novellsamlingen *Eros och elektronerna* (1954). Vi förflyttas till en tid då giftermål ingås på så sätt att en telepater förrättar ett fjärräktenskap:

> Jill stod i ett litet rosenrött rum i sin egen stad, medan Seth hade föredragit att gå till en vän som ägde en nyare mittagarmodell; den fungerade så perfekt att han på trehundra mils avstånd kunde sluta bruden i famn sekunden efter det rösten tystnat – Jills materialisation som stigit ur apparaten var så fulländad och kosmetiskt lockande att han helt glömde den sedesamma avslutningen som i stället blev sinnlig och het. Hon sade bara ett enda ord – om det nu var ett ord: "Ååå!" – och denna långa vokal beseglade deras förbund likt en regnbåge genom etern från stad till stad.

De som tror på det gamla sättet att förenas fysiskt föraktas i detta samhälle och kallas sekterister. De lever som vildar, är fattiga och bojkottas av samhället. Första budet i denna civilisation lyder: "Allt sker i rymden". Men metoden att umgås på avstånd där den fysiska föreningen sker i fjärrfysiologisk form och barnen kläcks i en teleapparat, den metoden visar sig ha sina svaga punkter. Det räcker med en tillfällig kollaps i fotocellcentralen och i stället för sitt vanliga förstående och älskvärda uppträdande hinner Seth under denna kollaps få ur sig följande:

> – Jag ger fan i ditt måntjat, egentligen borde jag ta en grogg med gubben och förklara min promemoria om tungluftsplattor för honom.

Därmed börjar slitningarna. Magnetiska stormar i atmosfären, Leonidernas årligen återkommande stjärnregn liksom knattrande norrsken skapar nya kollapser i systemet som får Seth att prata bredvid mun. Den alltmer förnärmade Jill träffar en vilde, "vars kärlek visserligen inte varit så sinnrikt stiliserad och förhöjd som den trehundramila Seths, men i stället ägde en annan, helt ny egenskap av svindlande närhet". Hon föder ett barn på gammaldags sätt och stämplas som avfälling från kulturmönstret.

"Allt sker i rymden" finns omtryckt i tidskriften Galaxy 8/1959. Galaxy publicerade också "Arabellas himmelsfärd" i 6/1959. Den publicerades i samlingen *En apa for till himmelen*, men då under just rubriken "En apa for till himmelen". Det är en novell som visar författarens känsla av obehag inför användandet av maktlösa djur i rymdexperiment:

Och där hängde apan nu under Guds himmel som Ikarosprovets första och enda segrare. I detsamma delade raketen på sig med en liten knäpp och tömde sitt innehåll mot Jorden: instrumentblåsorna som om en stund skulle spricka ut i små fjärilslika fallskärmar ... och så apan Arabella av gibbon-släktet, lik en förminskad urmoder i otymplig rymddräkt med glashuven som om en stund skulle skjuta ut en annan urmoderlig segerhuva. Och sedan dalade hon hängande ned; upp och nedvänd, med blinda ögon drömmande världens sanning av blåbrunt nedan, av grönt minne ...

Berättelsen är inte slut med detta.

– Och Arabella? frågade Gretl i en plötsligt framvällande känsla som hon aldrig haft eftersom hon alltid varit svartsjuk på den lilla malajiskan.

De har aldrig hittat henne, sade Totl utan att förstå varför han kände sig upprörd. Men det var ju bara en apa! Tillade han i ett behov att spänna ut bröstkorgen. Vi har tio kvar, så det ordnar sej nog.

Ralf Parland är som sagt framför allt novellist och en del av hans noveller är så korta att de kan kallas "flash stories", det vill säga de blixtrar förbi som hastigast i tillvaron, men har en tendens att sätta avtryck i skallen på en i förbifarten. Som ett litet exempel på hans förmåga att uttrycka sig så introducerar han i novellen "Thomas och vålnaden" i samlingen *Hårt ljus* (1952), "ting som inte var döda emedan de uppträdde som om de levde, men som ändå inte levde eftersom de handlade blint och dött i ett sinnrikt schema av färdigt inbyggda impulser". Och novellen handlar om – verkligheten!

Parland behärskar sitt språk till fulländning, inte sällan utstuderad sådan. Man kan plocka exempel var som helst i hans texter, som här, inledningen till "Avsked till horisonten", från samlingen *Regnbågens död* (1970), där han obesvärat blandar det triviala med det exceptionella och snabbt frammanar en lockande stämning, skapad av för oss alla igenkännbara fakta:

Man kan telefonera till horisonten, men man kan inte färdas fatt den utan att den upphör att vara horisont. Och ändå har jag själv en gång stått på den – det var den gången jag följde flickan Silvana dit, ni vet hon med det dunkelgyllene pojkhåret. Och alldeles som jag tänkt mig fanns det en krog, eller snarare ett värdshus där – det som ligger på alla horisonter och lockar dem som betraktar synranden.

Ralf Parlands novellistiska prosa är en guldgruva av tankar kring tillvaron, fjärrställd filosofi och bottenlösa djup, något att ösa ur för den som lika lite som Parland är säker på den existentiella verkligheten, bara är alltför medveten om dess synbara förutsättningar och begränsningar, och som i alla händelser ger oss som läsare en möjlighet att något grundligare borra oss in i frågeställningar som det oftast inte är lätt att hitta nöjsamma svar på, men som har en tendens att kittla oss. Det är kanske det som science fiction är bäst på – när den är som bäst.

Samlingen *En hundpredikan* (1966) innehåller noveller som ligger i kant med sf i form av variationer på bibliska teman, men långt ifrån lika tydligt som i "Allt sker i rymden" och berättelsen om Arabella.

Att Parland verkligen upplevde sig som en faktasiförfattare visas inte minst av det faktum att han skrev ledaren "I relativitetens tider" i Galaxy (9/1959), som avslutas så här:

> Men ljuset, skapelsens drottning, kommer alltid att ha samma hastighet i alla koordinatsystem och dess delmått kommer alltid att förbli absoluta värden. Och när piloten på sin allra sista och fjärmaste färd, pressar det sista raketsteget in i den sista gränshastigheten som är ljusets konungsliga hastighet – så hinner han upp tiden själv som aldrig blir äldre, och både hans armbandsssur och hans psykiska klocka kommer att fosforescera evärdeligt medan stjärnhopar åldras och faller ihop.

Vackert sagt, men det finns hypoteser om att ljusets hastighet kan ha varierat sedan vårt universum tillkom och vem vet hur det ligger till i andra universa om de existerar. I sådana spekulationer lever forskare och sf-författare i symbios. Hur skulle en värld se ut där ljusets hastighet är 340 meter i sekunden och ljudets hastighet 299 792 458 meter i sekunden? Frågan är faktasisk.

VILHELM MOBERG (1898–1973)

Innan Vilhelm Moberg slog igenom som romanförfattare, livnärde han sig bland annat på att skriva hundratals noveller, mest folklivsskildringar, i veckotidningar. Gunnar Eidevall har avslöjat att Moberg mellan 1923 och 1937 levererade inte färre än 250 berättelser till Familjetidningen Smålänningen. Han bidrog också med noveller till bland annat Allt för Alla, Lektyr och Svensk Damtidning.

Totalt lär han ha hackat fram drygt 400 noveller åt den kolorerade veckopressen.

Detta hindrade inte att han 1947 skrev under ett upprop riktat mot den grundlagsstadgade tryckfriheten, nämligen det i det föregående omnämnda, tämligen okända (som borde vara det ökända) manifestet som backades upp av tidskrifterna Vi och Folket i Bild och som gick ut på att pappersransoneringen skulle användas för att ta död på de kolorerade veckotidningarna genom att strypa tilldelningen av papper.

Vilhelm Moberg var som så många andra tagen av science fiction-författaren Jules Verne och deckarförfattaren Conan Doyle, men det var först 1919, då han arbetade på Wadstena Läns Tidning som han upptäckte Edgar Allan Poe. Poe skrev i alla tänkbara genrer, inte minst skräck. Det var redaktören Pälle Segerblad som hävdade att Poe till dags dato måste anses som världens bäste författare. Och Moberg började läsa Poe:

> Och jag läste mycket noggrant – jag ville ju komma underfund med hur den författare skrev, som hittills nått högst på Jorden. Om man skulle lära av någon, så skulle man naturligtvis välja den störste. Jag kom in i en sällsamt tjusande värld, som höll mig hårt fången. Här berättades det om fullkomligt otroliga ting på ett sådant sätt, att man tvingades att tro på det skildrade. Detta var säkert den största konst som fanns. Men hur gick Poe tillväga? Jag studerade hans teknik. Han berättade ytterst enkelt, med vardagliga ord, och han försedde de mest fantastiska händelseförlopp med en mångfald realistiska och stundom rentav triviala detaljer.

Och Moberg konstaterar i efterhand: "Jag läste Poe-böcker, jag drömde Poe, avgudade Poe." Resultatet lät inte vänta på sig. 1920 stod flera Poe-inspirerade skräckhistorier i Wadstena Läns Tidning. Den första var "Den gulspräckliga ormen" och att han verkligen tagit intryck av Poe visar följande korta citat:

Skat-Pelle tog fram en tunn bok med svarta pärmar ur en hittills osynlig innerficka. Han öppnade den och höll det uppslagna stället emot mig. Jag stirrade storögd. Bokstäverna i boken var alldeles okända för mig och så nästan blodröda till färgen. Men det märkligaste – de var rörliga. Raderna förflyttade sig ständigt på det vita bladet och bokstäverna trängdes om varandra i en enda röra.

Den av sina skräckisar som han själv uppskattade bäst var "Nils Perssons underliga försvinnande" (WLT 13/4 1920). Berättelserna var inte science fiction men tillhörde den besläktade horrorgenren. Båda novellerna finns återgivna i samlingen *Vårplöjning och andra berättelser* (1990). Nämnas kan också novellerna "Benranglet i bakugnen" (WLT 15/3, 1920) och "Mannen med hästfoten" (WLT 1/4, 1920). Samt "De dömdas julotta".

Moberg som skrev bygdehistorier korsade helt enkelt denna genre med det Poe-inspirerade, vilket är mycket tydligt i "Nils Perssons underliga försvinnande". Gunnar Eidvall menar att det Moberg lärde sig av Poe satte sina spår i det senare författarskapet:

Denna konst, att blanda verklighet och fantasi så att allt framstår som självklart trovärdigt för läsaren, lärde sig Moberg till fulländning. Även långt senare använder han sig med framgång av samma berättarteknik, t.ex. i romanen *Utvandrarna*.

Och si, Moberg gjorde, som John-Henri Holmberg påpekat, ett gästspel i science fiction-genren med *Det gamla riket* (1953), som utspelar sig i det fiktiva riket Idyllien. Boken handlar om notarien Urban Secretessius, som reser med flyg från Bromma via Zürich till huvudstaden Flamingona i kungariket Idyllien, beläget i en annan världsdel.

Han ska studera rättsvårdens funktion i detta land och beslutar sig för att i första hand uppsöka fem institutioner: Storkanslersäm-

betet, Lillkanslersämbetet, Folkets Förtroendeman, Ämbetsverket för utredning av myndigheternas utredningar samt Riksbyrån för Brottsligheten. Han vill gärna studera Skandalskyddslagen och får ett litet särtryck mellan eldröda pärmar. Där kan han läsa att lagstiftningen i Idyllien tillgodosett myndighetspersoners immunitet:

Lag om skydd mot obehörig insyn i myndigheternas interna åtgärder

Antagen av Parlamentet den 13 maj 1937. Med förklarande och kompletterande text.

Paragraf 1: Om ämbetsman i rikets tjänst må icke uppenbaras något som skäligen kan befaras göra honom ovärdig det förtroende och den aktning, som han i och för sitt ämbete äger laglig rätt att åtnjuta;

Paragraf 2: Jämlikt paragraf 1 i denna lag må icke i något fall till offentligheten utlämnas handling eller del av handling som innehåller sådan upplysning, att den kan vara menlig för ämbetsmans egen person.

Ju mer man läser finner man att berättelsen satiriserar flera faktiska rättsfall som ingick i de så kallade rättsröteskandalerna, vilkas genomlysning Moberg tog aktiv del i. *Det gamla riket* bygger i stor utsträckning på Kejne-affären (1950) och Haijby-affären (1952). Idyllien är en täckmantel för Sverige.

Försöken att dölja att kung Gustaf V utsatts för utpressning av Kurt Haijby, som i sin ungdom som scout haft ett dåförtiden olagligt, påstått homosexuellt förhållande med majestätet, ledde till märkliga beteenden då Haijbys kläder "skrevs in på sinnessjukhus". Detta för att visa att Haijby var tokig och inte kunde tas på allvar. En högt uppsatt polis köpte in hela upplagan av Haijbys bok *Patrik Kajson går igen*. De här händelserna var i sig själva näst intill både satir, parodi och faktasi när de inträffade.

Den 28 september 1946 färdades Gustaf V i en Cadillac tillsammans med sin hovstallmästare, två jägare och bilens chaufför. De hade jagat vid Tullgarns slott. På Gamla Södertäljevägen förlorar föraren kontrollen över bilen, som får sladd och hamnar i ett dike fyllt med vatten. Platsen kallas i dag Kungens kurva. Anledningen till dikeskörningen ska ha varit att kungen "hetsat" föraren. Majestätet kunde inte låta bli att tafsa på chaufören. Detta påstående har varit mycket omskrivet och diskuterat och Moberg, som var en drivande kraft tillsammans med tidningen Arbetet för att avslöja vad som ansågs pågå, tog fasta på monarkens svaga punkt i sin skröna.

I Mobergs roman har kungen i Idyllien vid två tillfällen råkat ut för bilolyckor då den unge man som kört bilen tappat herraväldet över bilen. Den andra olyckan sker strax före det stora femtioårsjubileet. Med diabolisk skicklighet sammanlägger Moberg folkets svassande för monarkin med konungen av Idylliens sexuella läggning. Mobergs attityd i de här affärerna har i efterhand alltmer kommit att åtminstone till en viss del betecknas som homofobisk och handlat om numera ifrågasatta konspirationsteorier. Men visst är följande satir skicklig:

> Vårt folk är splittrat i politiska och sociala frågor, men i ett avseende står hela folket fullkomligt enigt: I sin trohet emot, sin vördnad för och kärlek till konungen. Den personliga kungamakten är avskaffad, men makten av konungens person kan icke av någonting rubbas. Vår monarki är inskränkt men folkets dyrkan av monarkin är oinskränkt. Vårt folk tackar i dag sin konung för femtio lyckliga år. En ömsesidig strävan till närmande emellan konung och folk har i tusen år utgjort den stora kraftkällan för vårt land. Många äro exemplen på Hans Majestäts av kärlek betingade närmanden till sina undersåtar, hög och låg. Ännu på sin ålders dagar, ännu den dag som är, bära hans handlingar vittnesbörd om en nådig åstundan att komma sitt folk så nära inpå livet som möjligt. Länge leve konungen!

Att *Det gamla riket* är en fantasi som bygger på mer eller mindre trovärdiga fakta och rykten gör den förvisso till en samhällspolitisk faktasi.

GUSTAF LINDWALL (1885–1959)

Gustaf Lindwall var en mycket flitig författare av ungdomsböcker, bland annat skrev han böckerna om doktor Gill. *Dr Gill i Atomstaden* (1953) är en typisk sådan bok med sf-motiv. Den illustrerades av Hans Arnold, som då ännu inte tecknade i den egna stil som med tiden blev så kännetecknande för sina skräckeffekter. Handlingen är tämligen enkel. Dr Gill har framställt ett serum mot en blodsjukdom och får arbete på USA:s bakteriologiska forskningsanstalt, där en annan svensk, unge Hans Landgren blir hans laboratorieassistent. Arbetet försiggår i underjordiska grottor i New Mexico. Hans uppdrag är att skapa ett "motgift" mot skador i samband med atombombningar.

I stället finner han ett virus som är farligare än radioaktiva atomstrålning. Detta virus kan enkelt spridas med vatten. Man bestämmer sig för att förstöra resultaten, men en beskrivning av metoden för framställning av viruset blir stulet. Därmed övergår det till skurkjakt. Så här beskrivs det underjordiska tillhållet:

> Den smala gången i berget blev allt vidare, och till slut dök båten in i en stor underjordisk rymd, där taket var så högt beläget att Uppsala domkyrkotorn inte skulle nått dit upp. Dimensionerna var överväldigande, men det som mest av allt kom Hans att gapa av förundran var anblicken av en liten rund insjö med stränder av vitaste sand. Runt lagunen växte palmer, och mellan dessa strålade lampor, skiftande i alla regnbågens färger. Högst uppe under taket blinkade små ljus likt enstaka stjärnor, och grottans skrovliga väggar belystes av ett matt sken. Ljum luft fläktade behagligt kring deras ansikten. Det verkade natt i tropikerna.

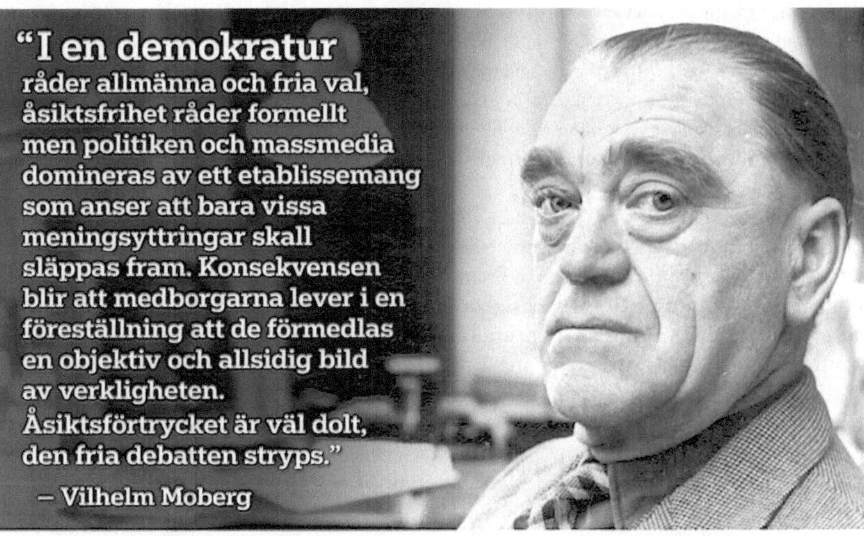

Debattören Vilhelm Moberg populariserade begreppet "demokratur". Idag mer aktuellt än någonsin.

Digitaliseringen förutsågs inte av Gustaf Lindwall, men den missade så gott som varenda science fiction-författare. (Utom Murray Leinster med sin "A logic named Joe", 1946.) Så här låter det när dr Gill och Hans Landgren guidas i underjorden:

–Vi har flera sådana här pumpstationer som driver gasen vidare. De här rören följer en av våra underjordiska floder, och tillsammans har de en längd av – ja, kan du gissa?

–Hundra meter, sa Hans.

–Meter, skrattade guiden, säg kilometer. Över tio mils längd, kan du begripa det?

–Knappast, sa Hans.

–Och gasen passerar fyra tusen porösa skivor. I varje skiva stannar en smula av den tyngre gasen, d.v.s. U 238, kvar, och då den passerat de fyra tusen väggarna, så finns praktiskt taget bara U 235, hexafluorid, kvar, och den förvandlas sedan till uran. Men – den anläggningen kommer ni aldrig att få se. Den är en god bit härifrån.

–Den där processen kallas för diffusion, sa Hans, som ville lysa med sina kunskaper.

De satte sig åter upp i den lilla bilen och for vidare genom anläggningar där den viktiga U 235 framställdes enligt olika metoder. Varje anläggning var en liten fabrik i smått med mängder av vitklädda arbetare. I en av dem framställdes uran mellan jättestora magneter. Andra liknade åsklaboratoriet i Uppsala, där jätteblixtar framställdes mellan ofantliga metallsfärer och där man kom upp till en spänning av flera miljoner volt.

Att texten är avsedd för svenska ungdomar framgår inte bara av att huvudpersonerna är svenskar. Både Uppsala domkyrka och åsklaboratoriet i Uppsala användes för att levandegöra dimensionerna i grottvärlden.

EVERT LUNDSTRÖM (1924–2004)

Deckarförfattaren Evert Lundström i Göteborg skrev så vitt bekant bara en faktasi, nämligen *Episod i Apartien* (1953). Den inleds så här:

I landet Apartien är bergen något högre och floderna möjligen en aning bredare än i något land här på Jorden. Dessutom vilar dess planet på en större luftkudde i universum än vår gör. Vintergatorna man har att titta på om kvällarna är också annorlunda än våra. Men detta är ju bagateller! Jag har endast velat nämna det för att ingen från början skulle känna sig förvirrad.

I fortsättningen görs inga egentliga hänsyftningar på denna planets säregenheter utan berättelsen handlar om kampen mellan Framtidspartiet och Nutidspartiet och ter sig som en konflikt mellan människor i en jordisk konfrontation. Och berättelsen mynnar i ett pacifistiskt budskap då huvudpersonen vägrar skjuta:

> Så vände han sig mot hustrun och sade sakta:
>
> – Jag har alltid trott mig mörda för din skull, och för vår sons skull! I årtusenden har jag mördat för er skull – utan att förstå att jag alltid mördade för deras skull! Han pekade på general Bragde, på överste Skarp, på ynglingen med den tatuerade ormen, på majorerna, på kaptenerna, på löjtnanterna, på vaktposterna och slutligen på mannen med bindeln borta vid kortväggen. Jag kommer aldrig att mörda mer! Aldrig!
>
> Så stilla det blev i salen. Så tyst. Som om allt höll andan. Som om allt stelnat. General Bragdes lyftade hand, överste Skarps häpna min, vaktposternas grepp om gevären, hustruns gråt. Allt hade vuxit in i ögonblickets stillhet. Allt utom den som talat, han böjde sig sakta ned, tog upp geväret vid sina fötter och betraktade det noga, gick sedan bort till bordet, tog vattenkaraffen och hällde vatten i gevärspipan. Geväret satte han med kolven nedåt i fönstret, och i pipan satte han den blommande kvist han tidigare brutit från körsbärsträdet. Geväret och kvisten stod just i solen. Blomman lyste.
>
> ---
>
> Ögonblicket efter genljöd salen av en väldig skottsalva. Hur många gevär som gav eld samtidigt är svårt att säga, men i alla fall var det ett mindre än det kunde ha varit. Ty ett gevär stod i fönstret som vas för en körsbärskvist. Och eftersom männen hade brått att komma iväg till segerbalen, glömdes geväret kvar, och hur underligt det än kan låta lyckades kvisten slå rot i gevärsmynningen och växa sig stark.

STIG DAGERMAN (1923–1954)

Med upptakten till sitt aldrig författade verk om Carl Jonas Love Almqvists landsflykt till Amerika och Söderhavet gjorde Stig Dagerman – troligen sig själv ovetandes – ett nedslag i två fenomen som båda kan sägas vara standard inom science fiction, nämligen i tidsdilatationen och i levitationen. Denna novell, "Tusen år hos Gud" (posthumt utgiven 1954), kallade Dagerman "En prolog vilken utspelas hos en berömd man i London."

> Gud är nu i Newtons arbetsrum fyrtiofyra steg högre. I detta rum råder en överenskommelse mellan å ena sidan Newton och å den andra världen: ingen talar. I ett helt liv har Newton samlat tystnad till detta väldiga rum. Han har tystnad från alla delar av världen och från många tider. Där finns den joniska tystnaden, tyst nåden mellan makar, tystnaden mellan de döda, tystnaden över Kinesiska Sjön och den alpina tystnaden. Men mellan två tunna silverskivor förvarar Newton sin själs fröjd, sin samlarlyckas höjdpunkt: tystnaden kring Tantali kval.

Som märks är hela anslaget av science fiction-karaktär. Och i en skål förvarar Newton Swedenborgs tystnad. Och Guds lyte är undret. Newtons betjänt tappar sin bricka.

> Brickan borde ha fallit, men den föll icke. Den blev stående mitt i mörkret, gnistrande och hemsk. Därpå började den sakta stiga mot taket. Och medan den steg begynte tårarna strömma ur Newtons ögon. Och uppför hans panna rann tårarna som ett sorgens Niagara. Men betjänten grät icke, han stod där han stod ännu så länge. Så slog då brickan mot taket – och New-

ton vänder sig om, griper under ursinne och förbannelser en skön pipa som han slungar i golvet. Men pipan når aldrig golvet, den fångas i flykten upp av den brottsling som här förbryter sig mot den heliga tyngdlagen och föres med kraft mot ekbjälkarna i taket, där den splittras i tusen stycken, men dessa stycken regna icke ner över Newton utan bli fastnande däruppe i mörkret högt över hans av tårar fuktade hår.

Levitera är något man kan göra i vilket sf-magasin som helst, fast det är sällan som Gud är producenten och vad tidsdilatationen beträffar, så är den både knäsatt i Bibelns gamla och nya testamenten, långt innan Einstein klarlade att ju närmare ljushastigheten ett föremål färdas, desto långsammare går tiden.

För är det inte just den kunskapen som vi finner i Psaltarens 90:e psalm, vars fjärde vers lyder: "Ty tusen år äro i dina ögon såsom den dag som förgick i går; de äro såsom en nattväkt." På samma sätt fastslås i Petri andra brevs tredje kapitels åttonde vers att "en dag är för Herren såsom tusen år och tusen år såsom en dag." Dagerman tar till sig detta förhållande – idén torde han ha fått från Almqvists "Guldfogel i Paradis" – och försöker att sätta sig in i hur Gud upplever situationen:

Nu höres en vagn på gatan i den djupa natten, hästar gnägga och någon skriker i London. Brasan slocknar, ljusen sjunka ner i kandelabrarna. De båda männen flytta sina stolar närmare varandra. Gud börjar berätta om sina tusen år på haven och i romerska städer.
"Ofta sökte jag mig till andra skepp. På en lugn yta greps mina segel av vind och jag fördes fram mot dem jag ville sluta i mina armar. En härlig tremastare för ankar i solnedgången: matroser på däck, matroser i masterna – jag sätter min ropare för munnen för att kungöra mina avsikter, mina kinder stå redan spända av luft. Då ... då täckas plötsligt masterna av mossa, seglen falla sönder i moln av damm, matroserna störta omkull på däcket, en fruktansvärd

stank uppstår, skeppens plankor skiljas från varandra, skeppet sjunker och där det sjönk reser sig ett torn som sänder ut blixtar genom natten, men när mitt skepp är framme vid tornet faller tornet sönder i grus och aska och ett skri stiger över havet.
Andra gånger: Jag går på gator i romerska städer, en man sträcker ut sin hand. Jag tar hans hand, men medan jag trycker den blir mannen mycket gammal, han faller omkull vid mina fötter. En gravhög uppväxer över hans stoft, jag lägger en blomma på graven och vill gråtande bege mig därifrån. Då märker jag att jag befinner mig i ett hus med släta väggar och små fönster. I huset finnas långa korridorer med många människor och medan jag går förbi dem falla de samman, ruttna och bli till jord. Hela huset fylles av jord, jag finner en spade för att börja gräva mig ut men just som jag griper spadens skaft fattar huset eld. Jag står i solen på en väldig platå, täckt av aska, och en man kommer emot mig och sträcker ut sin hand. Men jag griper den icke. Tjutande som en varg störtar jag därifrån."

Levitationen ger sig inte, utan sätter in med all kraft när Newton är död och ligger där svävande mellan golvet och taket cirka en meter över sitt golv. Detta fysikaliska missförstånd måste bekämpas. Smeder måste beslå honom med kedjor, först då kan hans kropp besegras. Men när kistan kommer och ställs ner på golvet så stiger den till Newtons förra höjd. Skildringen skulle kunna bli buskis, men så sker icke.

Stig Dagerman kan naturligtvis ha läst JVM/VÄ med dess hisnande tidsreseberättelser. Han var sjutton år när den började komma ut, men det finns ingenting i "Tusen år hos Gud" eller i vad vi vet om Dagerman som tyder på någon sådan påverkan. Kanske smittades han dessutom av etablissemangets hetsjakt på magasinet. Själva den fysikaliska tidsdilatationen som den framträder inom sf-genren handlar om tidsuppbromsande färd nära ljushastigheten. Gud upplever detta märkliga fenomen utan rymdraket.

"Tusen år hos Gud" hade platsat redan i de gamla pulpmagasinen. Skada att Stig Dagerman lyckades begå självmord där hemma i garaget i Enebyberg innan han skrev romanen och den planerade pendangen till prologen i form av en epilog. Den finslipade diamant vi har är emellertid inte fy skam. Denna prolog slutar som det pryder en existentiell faktasinovell.

> Så börjar det sakta snöa. Solen slocknar. Stjärnorna tändas. Månen går upp. Barfota fortsätter segelsömmaren sin vandring in mot Bergen i Norrige.

OLOF HIDÉN

Reservofficeren Olof Hidén skrev 1954 en novell som publicerades i det omstartade Jules Verne-Magasinet femton år senare (4/1969). Han var då civilekonom bosatt i Genève. Sf-entusiast, studenten i Karlstad 1952, infanteriets kadettskola i Stockholm. Hans författarbakgrund 1969 var enstaka noveller och dikter i skoltidningar.

Novellen "Nummer 13" kallades

> en tankeväckande historia med "många bottnar", som tar upp frågan om darwinism kontra humanism, kampen för tillvaron kontra samarbete för att gemensamt förbättra densamma. I somras uttryckte en forskare vid en kongress i England på fullt allvar att vi för att klara befolkningsproblematiken snart måste införa en modern from av ättestupa. Hidéns novell är alltså ännu mer aktuell i dag mot när den skrevs. En varningssignal!

Läst femtiosex år efter att den skrevs och fyrtio år efter publiceringen är "Nummer 13" fortfarande en stark berättelse. Som så många andra författare i genren tog Hidén inte i tillräckligt med tid. Det utbröt inget förödande världskrig 1975, ett årtal som vi i likhet med Orwells 1984 numera har bakom oss. Varken Hidéns eller Orwells visioner har förverkligats. Men båda texterna känns ändå relevanta även i dagens samhälle. I Olof Hidéns framtidsvision finner vi följande situation:

> Världsrådets och därmed också Världsrikets förnämsta strävan är att mer och mer fullkomna den mänskliga rasen. Alla sjuka, defekta och alltför gamla element skall därför bort så fort som möjligt. Det förekommer inte längre några sjukhus, inte heller några ålderdomshem. De som är så sjuka att de inte kan arbeta avlivas omedelbart. De mindre sjuka samnmanförs i s.k. arbetsläger där de utan lön får arbeta för riket. Så fort en människa uppnår 70 års ålder avlivas hon smärtfritt i gaskammaren. 70 år är alltså levnadsåldersmaximum. Enda möjligheten att bli äldre är att bli invald i Världsrådet.

Den som berättar detta är en gamling som ska avrättas. Novellen slutar med en typisk faktasiknorr, där det efter avrättningen avslöjas vem den gamle mannen var. "Nummer 13" pekar fram mot Anderz Harnings roman *Mogadondalen* som kom 1982 och som också den handlar om en framtida ättestupa. Olof Hidén tycks därefter varken ha skrivit andra noveller eller texter i vare sig sf-genren eller någon annan genre.

HÄPNA! (1954–1966)

Med tillkomsten av tidskriften Häpna! 1954 fick Sverige återigen en sf-tidskrift sju år efter nedläggningen av JVM/VÄ. Det anses tämligen allmänt att Häpna! betydde mer för science fiction i Sverige än föregångaren, en åsikt som av flera skäl kan ifrågasättas, men att den betydde oerhört mycket för tillkomsten av en svensk fandomrörelse och ett antal nya författare, av vilka flera stod med JVM/VÄ:s innehåll upp till midjan, står utom allt tvivel.

Innehållsmässigt kom den liksom föregångaren att till större delen innehålla amerikanskt material som översattes till svenska. Bland de viktiga romaner som översattes och serialiserades återfinns *Slan* av A.E. van Vogt, som började redan i det första numret, och *Stiftelsen* av Isaac Asimov. Häpna! kom också att publicera på svenska flera av de pionjärartade noveller, inklusive bergsprängaren "Marsiansk odyssé", som den för tidigt bortgångne Stanley G. Weinbaum skrev redan på 1930-talet.

Häpna! gick till skillnad från JVM/VÄ också in för att publicera svenska författare. Sture Lönnerstrand, som var involverad i förberedelserna för utgivningen av Häpna! bidrog med tre noveller, men försvann snart ur bilden. Dénis Lindbohm fick se sju av sina noveller i Häpna!, Sam J. Lundwall och Gabriel Setterborg sex, Lennart Sörensen fyra och Bertil Mårtensson två. Därutöver publicerades flera "one-shots", första utgivningsåret två stycken, nämligen "Den nionde medlemmen" av Yngwe C. Engztröm och "Scen från Mars" av Jack Ramström.

YNGWE C. ENGZTRÖM

Själva idén till "Den nionde medlemmen" (Häpna! 6/1954) innebar en formel, som Isaac Asimov sedermera skulle utnyttja i sina Black Widowers-historier, självfallet utan något som helst samband med Engströms novell. En klubb sammanträder och klubben har ett syfte. I fallet med Ananiaklubben i Yngwe C. Engztröms novell handlar det, som stadgarna säger, om följande:

§5 För att bli medlem fordras:

1. Aspirant skall berätta en fullkomligt lögnaktig historia.

2. Den skall kunna angripas och bör klubbens medlemmar angripa den ur alla vinklar.

3. Om det kan bevisas att historien är lögn må aspirant nekas inträde i klubben.

Alla vet alltså att berättelserna kring matbordet på Berns där mötena hölls är påhittade, men kan inte de närvarande bevisa det, så är saken klar. Vid mötena berättar alla de ordinarie medlemmarna var sin "lögnaktig his-

Antologi från 2015 med noveller ur Häpna! och samtidigt en historik över tidskriften, redigerad av John-Henri Holmberg.

toria som emellertid måste verka fullkomligt sann". Den som berättar den sämsta lögnen får betala notan.

Vid det möte som redovisas i novellen sitter en till synes obetydlig person med vid bordet. Ordföranden verkar nästan irriterad när han upptäcker att det är en person som några dagar tidigare skickat in ansökan om att få bli medlem. Mannen vill berätta en historia, men ordföranden säger att han får vänta. Varpå främlingen släpper en bomb:

– Solsystemet, vårt solsystem kommer att gå under i morgon eftermiddag, klockan 14.14 svensk tid.

Det artar sig till ett stormigt möte och upplösningen är briljant. Så ska den berömda slipstenen dras. Sjutton år senare började Isaac Asimov att skriva sina deckarartade Black Widowers-noveller, där klubbmedlemmarna försöker att lösa ett problem som dagens matgäst lägger fram. Det är alltid uppassaren som till sist löser problemet. Det blev totalt sextiosex sådana historier. Yngwe C. Engztröm nöjde sig tyvärr med en enda samling kring matbordet på Berns. Vem han var och om han skrev något mer som ligger i någon byrålåda är obekant. Alla upplysningar på den punkten skulle vara av värde.

JACK RAMSTRÖM (1939–)

Vad Jack Ramström, född 1939 beträffar så vet vi mer om honom. En brådmogen yngling, som 15 år gammal och pluggandes i tredje ring på Norra latin i Stockholm vann pris i en uppsatstävling som New York Times anordnat. Därför for han till USA för ett tre månaders besök i december 1954. Han var under en kort tid verksam i sf-fandom och vid sidan om den novell som Häpna! publicerade så hade han redan i majnumret 1953 av amerikanska Authentic Science Fiction Monthly fått novellen "How They Landed" publicerad. I samma nummer förekom Ray Bradbury och William F. Temple, som båda introducerades på svenska i JVM/VÄ på 1940-talet.

Häpna!s redaktion presenterade Jack Ramströms "Scen på Mars" (9/1954) som en novell som "skiljer sig något från den vanliga typen av science fiction". Helt sant. Den unge mannen skriver något staccato. Subjekt, predikat, objekt, men wow med vilken effekt, för utöver den rytm han på det sättet åstadkommer, har han en alldeles speciell förmåga att formulera sig. Hans novell om ett krig på Mars påminner faktiskt stämningsmässigt en aning om Ray Bradburys stämningsmättade marsnoveller.

Han var helt fylld av bitterhet och kyla och cynism. Det var inte här huvudhandlingen utspelades. Detta var en overklighet, en löjlighet och ett förvridet skämt. Vad som var viktigt hände där ute på slätten där sandstormen ven, där ute i rymden där planeterna rörde sig, där nere i kanalen där en orörd planets osmutsade vatten sorlade i en öde vildhet; obetydliga inkräktare förde ett löjligt krig med varandra på Mars; var resan ända hit mödan värd? Uppspänd mellan de röda bergen var Marshimlen hög och blå.

Jack Ramström var under en kort tid medredaktör för fanzinet Futura, där hans "Efter slaget" (årg, I, 3/1954) och "Den siste mutanten" (årg, II, 2/1955) publicerades. Vad månde det blev av detta lovande författarämne?

OVE PERSSON (1919–2015)

Denne paleontolog och odentolog har ett omfattande författarskap bakom sig, bland annat om dinosaurer. 1955 gjorde han en paus och skrev ungdomsboken *Gräsdjungeln*. I likhet med många andra före honom låter han två ungdomar, Per och Eva (som pluggar botanik och zoologi vid universitet) pröva ett förminskningselixir. De antar ungefär samma storlek som lilleputtarna som får besök av Gulliver och kan på så sätt så att säga uppleva de discipliner de studerar på nära håll.

Omslaget, tecknat av Carl-Erik Borgström visar Per i närkamp med en myra som är nästan lika stor som Per. De upplever en helt annan värld än den vanliga och det är inget fel på dramaturgin, för när de vill förstora sig så upptäcker de att de hemmavid har glömt kvar flaskan med förstoringselixir. Det blir en jobbig färd hem genom gräsdjungeln. Sländor störtdyker mot dem, spindlar lägger nät i deras väg, myror vill åt dem, en mullvad vill äta upp dem. De hotas också av människor som klampar omkring med dödsfarliga skor. Som tur är har de också en vän i form av en vattenödla. Det är inte alls någon dum faktasi.

GABRIEL SETTERBORG (1939–)

Gabriel Setterborg var 13 år när han började skriva och 14 år när han i Göteborg tillsammans med några likasinnade startade det första svenska sf-fanzinet, Cosmos News. Hans professionella karriär som sf-författare omfattar åren 1955–1962. Han hade redan skrivit noveller i fanzines när han debuterade i Häpna! (7–8/1955) med "Tidsfaktorn". Det är en novell i den temporala genren som avslöjar vad som hände den 23 februari 1955 mellan klockan 17.00003 och 17.00004, alltså under ett ögonblick kort som en nanofraktion av en sekund. Och det var inte lite som hände på den korta tiden. Händelseutvecklingen utspelar sig i författarens hemstad, Göteborg, men påverkar hela världen.

Det heter att Bengt Anderssons bror har uppfunnit en maskin som "kommer att få de mest fruktansvärda konsekvenser för mänskligheten. För historien, för Jorden, ja, för allting. Allt som vi under årtusenden har betraktat som normalt och naturligt kommer att upphävas och inte existera mer." Tidsmaskinen "kommer att spränga de barriärer som binder tiden. Människor från olika tidsåldrar kommer att fritt röra sig i fjärde dimensionen."

Och så sker! En avdelning Napoleonsoldater marscherar på Avenyn och börjar skjuta vilt omkring sig. Spårvagnar och människor försvinner i tomma intet. Utanför Liseberg dyker en lättklädd kvinna upp i februarikylan. Hon kommer från någon annan tid och ett annat klimat. O.s.v. Men det hela ordnar upp sig. Skeendet som pågått ett bra tag kan begränsas till bråkdelen av en sekund.

"Odödlig litteratur" (Häpna! 7–8/1957; Tidsfördrif 40/1959) är också den en historia där Setterborg leker med tiden. Tidsparadoxen är både klurig och rolig. En författare uppvaktas av en egendomlig person. Denne uppger sig vara en tidfarare som vill köpa författarens science fiction-noveller. Författaren säger att det går inte eftersom han arbetar för ett förlag. Besökaren säger då: "Saken är den att de kommer inte att publiceras i er tid. Stensson & Son kommer inte att ha ont av det."

Affären avslutas och det visar sig att Stensson & Son sannerligen har ont av det. För visst har novellerna publicerats i en annan tid. Författaren anklagas för att under tre års tid suttit och plagierat en författare som skrev redan på 1960-talet, den tidpunkt i det förflutna då tidfararen publicerat berättelserna.

"På Mars" (Häpna! 3/1958) är berättelsen om hur expeditionen som skulle stanna på Mars i två månader återvänder efter 24 timmar. Resenärernas rapporter om städer och skära elefanter på Mars förklaras som hallucinationer. Men när detta fastställts av en psykolog gör en av resenärerna en märklig upptäckt, som ställer diagnosen på ända.

"På Mars" följdes av "Skeppsbruten" (Häpna! 12/1958; Tidsfördrif 26/1962 under pseudonymen Luke Courtney), som är en charmig sf-bagatell, medan "Varulven" (Häpna! 6/1959; Tidsfördrif 11/1962 under pseudonymen Luke Courtney) inte bara är en varulvshistoria utan också en vampyrskröna. Setterborgs sjätte och sista novell i Häpna! (1/1959) "Oss fans emellan" är en trivsam liten sf-bagatell som utspelar sig i Göteborg med utgångspunkt i den svenska sf-fandomrörelsen.

Setterborg var 19 år när han som den förste i kadern av unga science fiction-fans, som vuxit fram under 1950-talet, fick en sf-roman, *Anfall från rymden* (1959), publicerad. Det skedde under pseudonymen Eric Crane. Det är en rymdopera. Celeiterna anfaller och kriget inom solsystemet pågår i femtio år. Det går illa för Jorden och man kastar in Steve Conroy att ta hand om det modernaste rymdskepp som jordborna någonsin byggt. Men slutet är nära. Jorden kapitulerar.

Kvar ute i solsystemet finns Steve Conroy som bara har några få rymdskepp kvar. Men celeiterna saknar fantasi. Conroy bestämmer sig för att bygga en potemkinkuliss som består av rekvisita i form av rymdskepp.

Arbetet på kulisserna fortsatte i ett rasande tempo. På ett stort fält utanför staden var tiotusentals män och kvinnor sysselsatta med att såga till plywoodskivor och hugga trästycken efter ritningarna.

Setterborg skrev uppenbarligen i skuggan av den dåvarande skolans träslöjd och lövsågsarbeten var fortfarande en hobby som utövades av pojkar i Sverige. Med tvåtusen sådana maktlösa modeller förhandlar han sedan med fienden, som har 100 riktiga rymdskepp till sitt förfogande. Han får dem att kapitulera utan strid inför vad de tror är en övermakt.

– Det lyckades, flämtade Redland. – De gick på den största bluffen i historien!
–En kosmisk bluff! Ett universellt skämt, skrattade Fowler.

Det märks inte bara på plywoodkulisserna ute i rymden att Setterborg skrev i mitten av 1900-talet. Astronauterna hos Setterborg röker som borstbindare. Insikten att rökning är livsfarligt hade ännu inte osmotiskt penetrerat det allmänna medvetandet. Tanken att dagens astronauter och rymdturister skulle sitta och blossa på cigaretter i rymdfarkoster och internationella rymdstationer är numera otänkbar.

I Levande Livet (13/1959) hade Setterborg novellen "År 2000". Den kan betecknas som en mini-dystopi eller en "1984 light". Det finns en moralpolis som ser till att människorna inte promenerar på gatorna utan snällt låter sig forslas från en plats till en annan i ett samhälle med massor av tekniska prylar. Knorren är ganska tunn. Den nitiske moralpolisen, som griper joggande tonåringar och pensionärer som använder redskapet käpp i stället för den anbefallda prylen balansreglerare, ägnar sig själv på sin fritid åt den omoraliska sysselsättningen att bygga modellflygplan hemma i källaren.

Setterborg medverkad i Rekord-Magasinet med novellen "Katt" och i Galaxy med "Livsfarlig läsning" (Galaxy 7/1959). Han fann att efterfrågan på sf-berättelser inte var stor. Samma erfarenhet som också Dénis Lindbohm och andra gjorde.

Setterborg kom i stället att skriva inte färre än cirka 150 deckarnoveller och övergick så småningom till den mer lukrativa sysselsättning att översätta böcker. Att försörja sig med att skriva faktasier var inte att tänka på. Men dessförinnan kom han, som vi ska se, att betyda en hel del för Tidsfördrif i slutet av 1950- och början av 1960-talet.

KARL VENNBERG (1910–1995)

Denne gamle antidemokrat som pendlade mellan nazism och kommunism och som ville begränsa tryckfriheten i Sverige var en man med betydande inflytande och liksom Olof Lagercrantz, som också var tryckfrihetsmotståndare, styrde han i långa stycken kulturdebatten och delar av den politiska debatten i Sverige genom sin maktposition på Aftonbladet. (Lagercrantz var på Dagens Nyheter). Men det går inte att komma ifrån att Karl Vennberg var en betydande diktare och hade positiva sidor. Han var exempelvis den som såg värdet i en av den svenska lyrikens finaste texter, Paul Anderssons *Elegi över en förlorad sommar*, som han lyfte fram. Han insåg också värdet i Gunnar E. Gredells lyrik i *Rasterrasser*. Frågan är om de båda poeternas samlingar annars alls hade blivit uppmärksammade utan hamnat i samma glömska som andra utgåvor på Metamorfos förlag.

I en av sina kärleksdikter, "Rymddikt vid avsked" i samlingen *Vid det röda trädet* (1955) lutar Vennberg sig drucken "över världsalltet" där han söker "kosmiska fiskevatten" och han är påverkad av ett vin som ger "månrus, stjärnrus, solrus". Hans kärlek "kan nebulosornas myrlejon varken döda eller rädda" och han vill begrava den älskades lemmar "i den flyende rymden".

Den sällsamma känsla av oändlighet som återfinns i de båda vännerna Edmond Hamiltons och Ray Bradburys texter hade 1955 hittat fram inte bara till Harry Martinsons författarskap. Astronomins och faktasins ord och begrepp tog plats i diktkonsten.

JACOB PALME (1941–)

Den blivande professorn i datakunskap och författaren till debattböcker, faktaböcker och deckare debuterade 15 år gammal professionellt som skönlitterär författare med novellen "Mästaren" i Häpna! (32/1956). Han hade då redan sedan 12-årsåldern skrivit artiklar om rymdfärder i Arbetet och om intelligensmätning i tidskriften Allt.

"Mästaren" är en originellt stukad faktasi, som inleds i ett samhälle, där Mästaren dyrkas i ett egenartat tempel. Vid en viss ålder får unga människor i templet genomgå ett prov. De som inte klarar provet återvänder ur templet efter provet. De som klarare provet kommer aldrig tillbaka. Läsaren får följa El in i templet.

Han klarar provet och får resa med ett tåg i en tunnelbana till en stad som är innesluten i en kupol. Historien om El har därmed tagits till en ny nivå, händelseutvecklingen ändrar karaktär och innan berättelsen är slut har den tagits till ytterligare två nivåer.

El blir överstepräst och läsaren har förts in i en kosmisk dimension där frid och fred råder därför att varelser och raser med olika utvecklingsnivå tilldelats olika roller. Det handlar inte om demokratier utan om en form av upplyst förmyndarskap, där religionen tjänar som en mild tvångströja över människorna. Jag ska inte avslöja hur det går till sist och inte heller avslöja när i tiden och var i tillvaron skrönan går till final.

Jacob Palmes långnovell "Expedition till framtiden" gick som följetong i SF Forum (3/1960–4/1960). Den är språkligt bitvis lite svag. När en del människor förbereder sig på att surfa på tidspilen med hjälp av den einsteinska tidsdilatationen uppstår motsättningar och kritikerna framför bland annat följande argument mot tidsresor, argument som jag

aldrig har sett hos någon annan faktasiförfattare:

– Om ni far till framtiden med er maskin, och njuter av frukterna av dess utvecklade teknik, så blir det i själva verket ett bedrägeri. Ni lämnar oss att arbeta och sträva för att skapa en morgondagens värld, och själva ger ni er iväg dit direkt. Det blir detsamma som om ni gav ett antal människor ett stort utrymme och material, gav dem order att bygga ett stort palats där de själva fick rum och sedan lade er att sova och vakna de när palatset var färdigbyggt för att stiga in där och bo tillsammans med alla människor som arbetat och byggt det. Anhängarna av denna riktning kallade sig Vänner av lag och rätt, och rörelsen fick betydande makt. Orsaken till dess makt var framför allt det att de fick myndigheterna med sig. Om 80 000 människor plötsligt lämnade Jorden, så skulle den redan stora bristen på arbetskraft ytterligare ökas, och det var inte vad de ville.

Det fattas beslut om att förbjuda tidsresor från och med en viss tidpunkt, men 15 000 tidsresenärer fördelade på 15 rymdskepp hinner ge sig iväg innan förbudet vinner laga kraft.

Berättaren, tillika initiativtagaren till dessa resor i allt längre skutt framåt i tiden, drivs av en önskan att få veta om tiden har ett slut. Andra resenärer har andra drivkrafter för beslutet att följa med. "Expedition till framtiden" ter sig som en minimalistisk variant av H.G. Wells *Tidsmaskinen* (1895). Med den avgörande skillnaden är den att Palme bygger på teorin att istället för ett tidens slut, så börjar tiden om från början igen och allting upprepar sig.

Tanken på en sådan cyklisk tillvaro fördes fram av Giambattista Vico (1668–1749) och hypotesen blev den strukturella blåkopian för James Joyces mäktiga *Finnegans Wake*, som inte alls är sf – eller grymma tanke, det är kanske det den är? – men vars hantering av språket dock kan ge en fingervisning om hur man skulle kunna uttrycka utomjordiska livsformers språkligheter.

Novellen "När Norrland blev fritt" (JVM 3/1969) anknyter på sätt och vis till genren Sverige i krig med omvärlden, men då måste man kanske tänja på omvärlden och låta invärlden Norrland bli omvärlden. Icke förty. År 1975 gör Norrland uppror, en provisorisk regering bildas, allmänna val förbereds, ansökan skickas till FN om medlemskap. Man lägger beslag på en tredjedel av statskassan och när sydsvenskarna bänkar sig framför tv-apparaterna för att se nyheterna om upproret slocknar tv-apparaterna. Norrlänningarna har stängt av strömmen från sina kraftverk. Sverige släpper Norrland.

Novellen "Bilhataren" (JVM 2/1970) är en riktig pärla. Återigen ägnar sig Jacob Palme åt att resa in i framtiden i en sf-parodi som är riktigt bra. Johnson avskyr bilar och drömmer om den dag då oljan tar slut. Han är kompis med Ehrenberg som uppfunnit tidsmaskinen. Med den kan man resa i tiden, men bara framåt, inte tillbaka. Ehrenberg:

> För att åka bakåt i tiden fordras oändlig energi. För att åka framåt i tiden behöver jag bara höja den relativa hastigheten hos molekylerna i kroppen, så att de närmar sig ljushastigheten. Framåt i tiden är enkelt, bakåt är omöjligt.
>
> – Den här lustiga bilvärlden är väl inget att ha, sa Johnson. Jag följer med. Tänk att få promenera på gröna ängder och plocka blommor, långt bort från all asfalt och alla avgasrör.

Men hundra år in i framtiden är hela Jorden asfalterad, man måste bo i sin bil, som är tre våningar hög med solterrass. De flyr vidare hundra år framåt och hamnar i en värld fylld med bilar, men deporteras till ett människoreservat. Människor är för opålitliga för att få köra bil. Bilarna som kör omkring är helautomater och pratar genom högtalare. Robotbilar har tagit över världen.

SVEN CHRISTER SWAHN
(1933–2005)

Redan i sin debut, diktsamlingen *Eftermiddagens nycklar* (1956), snuddar Sven Christer Swahn i dikttiteln "Mångata" vid rymden och i dikten med rubriken "Två minnen besöker Jorden" finns ett avsnitt där han går under Jorden till en av sf-genrens landamären:

> Atlantis, drunknandets folk,
> klagande lyft av havets hätska kraft,
> fört ett stycke väg, och hastigt sedan söndrat
> av vattnets tryck till vatten: allt till vatten.
>
> Vågen av rop var den första vågen
> flykt mellan gator den första flykten;
> sedan, som alltid sker när Atlantis besegras,
> kom vågen som uteslutande var glömska
> och flykt som fortsattes frånsett döden.

Och i den påföljande samlingen *Genom många portar* (1957) finns i några surrealistiska rader à la Halmstadgruppen och Erik Lindegren följande beskrivning, kanske av en kräftskiva?

> Lekarna läggs undan och gräsmattan rullas ihop.
> Hällarna glänser nakna. Månen tas in efter festen.

Samlingarna är i stort sett mainstream av den art som låg i tiden och för den delen inte alls dålig utan kan läsas ett halvt århundrade senare. Men Swahn skulle vid sidan av alla sina litterära intressen komma starkt faktasigenren med tiden.

Vår man i Nyhavn (1967) är en ganska mysig äventyrsbok. Den handlar om volontären Odner Johansson på Sydsvenskan i Malmö. Han reser till en spiritistisk konferens i Köpenhamn och dras in i en snärjig historia, då tre djupfrysta män från det sjunkna Atlantis upptinade jagar efter en hemlig formel med vars hjälp de ska bli världens härskare. De är ute efter Atlantis arvtagare, som är bosatt i Nyhavn i form av dansk pojke. Atlantismännen kan delvis läsa tankar. En originell ungdomsbok.

I "Rymdhund – sällan" (Nova SF 4/1982) tar Swahn oss med på en rymdfärd betraktad ur en framtida rymdhunds perspektiv. Rymdskeppet *Sirius* kommer till en planet befolkad av herrelösa hundar på väg att skapa en framväxande hundnation. Rymdhundarna, som är bundna i lojalitet till rymdskeppets mänskliga besättning, lockas av friheten. Novellen introduceras som "en vemodig berättelse om längtan till frihet och om lojalitet". Och det omdömet är så sant, så sant!

Novellen "Julkortet" i antologin *Den fantastiska julen* (1985) är en surrealistiskt utformad parodi med hejdlösa inslag. Det handlar om att jul firas överallt i universum hos alla slags mänskligheter, ett faktum som får sin katalysator när ett rymdskepp färdas mot julasteroiden. Skeppspastorn har avvikit i första bästa rymdhamn innan man slagit på hyperdriven för att ta sig till det förprogrammerade målet: julasteroiden. Effekten av hyperdriven beskrivs som "ett obeskrivligt tillstånd av tid-utan-tid, av utanför-allt" likt "en kortslutning i det galaktiska systemet". Situationen bland besättningsvarelserna är något rörig:

Och ombord där man odlade telepatiska talanger i trängseln kom den gemensamma drömmen, datumbestämd och samordnad inom rådande stjärnimperiums gränser, att kopplas samman med Kapten (snarstucken men jovialisk man från Callisto) som sedan en god stund av tidlösheten ombord gick och sökte efter något. Snart skulle han ge upp och säga något i stil med: "Är det någon som har sett mitt kuvert med hemliga order?" sade Kapten och såg sig om, tre- och blåögd med något av glidande gasmoln i blicken.

"Nej, kapten" svarade Terry I, besättningsmedlem från Jorden och lätt att förväxla med Terry II. Båda var tvåögda, tvåbenta och talade gärna med kluven tunga. Han fortsatte genast: "Kapten, var det ett litet brunt kuvert?"

"Ja" sade Kapten med tyglad otålighet. Det tredje ögat, det i mitten, var en slipad diamant; med det såg han in i sig själv ibland.

Kaptenen som kommer från en av Jupiters månar, Callisto, minns sådana jullekar från barndomen som "rycka snabeln av farfar" och "häck över däck". På Callisto sjöng man inte bara "Nu är det jul igen" utan också "Nyss var det jul" och "Snart är det jul". I träsken på Venus kom den stora ormen från himlen och alla barn som varit snälla fick en sumpråtta. För att inte tala om julfirandet på Mars med allmänna slagsmål och massbegravningar och privata julkanaler. Så går det på och efter landningen på julasteroiden fortsätter det i stort sett likadant med en knorr som är surreellt knorrlös. Förvisso en annorlunda julskröna. "Julkortet" var troligen ett beställningsarbete till antologin och i brist på plot svängde Swahn till den här skrönan. Inte oävet.

"Jorden är en saga" (Nova SF 1/2004) hanterar sf-temat om Jorden som i en framtid är något av ett minne blott. Det är en saga från ett avlägset förflutet som barnen på Jupiters tredje måne tycker om.

De vuxna skrattar alltid åt sagorna om Jorden och människorna som bodde på den. De har lyckats glömma bort hur de själva älskade rysningen av skräck när varelserna från Jordens dömda planet liksom reste sig upp och sträckte sina långa, spöklika armar som skinande sökarljus genom rymder av splitter och mörka stoftmoln och försökte rycka av dem det där trygga täcket men aldrig riktigt lyckades – nej, de vuxna har inte lyckats glömma, de har misslyckats i sina försök att minnas sagornas värld, där allt var strängt, obönhörligt, rättvist, och så fyllt av spänning fast man redan från första ordet visste hur det sista skulle lyda.

Barnen på Jupiters tredje måne ser ut som bönsyrsor. Sagans knorr är att ingen riktigt vet hur en människa ser ut, för hon är bara en saga som berättas i skymningen.

Sf-galaxen (Nova SF 2/2004) är en roman. En förutsättning för att kunna ta den till sig fullt ut är troligen 1) att man läst en hel del fantasy och science fiction, för det anspelas ideligen på olika författare som Asimov och Tolkien, samt 2) att man har kännedom om fandomrörelsen och vet vilka Appeltoft och Lundwall är och helst deltagit på någon sf-kongress. Handlingen utspelar sig på en sådan i Bristol och beskrivs målande i en introduktion som "en visionär sf-berättelse med drag av kriminalhistoria, förlagd till en brittisk sf-kongress och komplett med starka inslag av den internationella sf-fandomens folkloristik."

"Rymdfrisören" (Nova SF 1/2005) har en formidabel spänst som påminner om Dénis Lindbohms första Laird & Siljita-noveller. Man kan nästan tala om ett svenskt berättarsätt i faktasigenren, där händelsemättad humor, hejdlösa happenings och ohämmad hilariösitet dominerar. Hos Lindbohm är det ren rymdopera. Hos Swahn handlar det om parodi både på rymdopera, sf och folksagans skröna om pojken som räddar sitt liv genom att lösa tre olösliga gåtor och vinna prinsessan på kuppen.

Det går i ett utan uppehåll. Swahn lämnar inget utrymme för utandning. Det är andlöst och i avsaknad av pausering, som om författaren i långa stycken glömt att man kan sätta punkt. Den innehåller också en rymdfarkost/rymdvarelse av ett slag som sannerligen tar sig an uppgiften att formulera det ogripbart utomjordiska och utommänskliga, vilket förvisso är en av genrens uppgifter.

"Vårt rymdskepp", förklarade en av de två skepnaderna, "är ett mycket modernt och samtidigt uråldrigt exemplar, det är egentligen inget rymdskepp alls. Vi är så avancerade att vi har gjort oss oberoende av tekniken och återvänt till de jungfruliga organismerna. Vad du ser på alla sidor omkring dig är en mollusk från trakterna av vintergatssystemet Tratten. Strå-

Den äldre Sven Christer Swahn framför en favoritkrog i Danmark.

len som fångade in oss och svedde pälsarna av er var en koncentrerad urladdning påminnande om en manets. Vi lever som parasiter i mollusken. Den bryr sig inte om oss. Den har rentav vant sig vid vår närvaro. Den lätta irritation som vi vållar molluskens organ kommer den att avsöndra en mjölkartad vätska som utgör vår eller åtminstone besättningens enda näring. Vad manövreringen angår så har vi kommit på att den rätta skötseln av molluskens flimmerhår får den att ändra kurs och röra sig snabbt eller långsamt allteftersom man putsar och klipper håren. På monitorn där borta kan du läsa av vår kurs och stjärnkartorna har du där, men det viktigaste är att du håller kursen. Om du avviker från kursen tre gånger under de första tre timmarna har du inte bestått det första provet och är en död man. Så sköt dig."

Han (eller hon, eller det?) sträckte fram en hand, strök av handsken och for med fingrarna över kontrollhåren så att miljoner fina spröt kom i dallring. Det dånade i rymdskeppet som följd av kursförändringen, linjerna kom i oordning och bildrutan fylldes av informationer från de skildaste områden, nya konstellationer gled likgiltigt förbi inom stjärnkartans ramar.

Det hela visar sig vara ett jobb för rymdfrisören. "Rymdfrisören" publicerades ursprungligen i den danska antologin *Impuls 1*. Swahns sf-produktion omfattar mer än detta.

ERNST C:SON BREDBERG
(1897–1963)

Bredberg skrev lyrik, pjäser, sketcher, romaner, faktaböcker, sångtexter och under pseudonymen D:r Matson författade han romaner och noveller om Kommissarie Öster. De gick som följetonger i Lektyr och kom ut i bokform. Med början i Lektyr 7/1955 slog han till med *Drama under havet* som under titeln *Äventyr i djuphavet*, kom i bokform 1956. Det är både sf och deckare i spiongenren. Bredberg vet hur en slipsten ska dras och redan på första sidan skissar han förutsättningarna för sin skröna.

Mark Brennan vid den hemliga stadens säkerhetstjänst tog den snabbgående hissen och slussades ner genom tryckkabinerna till den forna urangruvan tre tusen meter under Jorden, där vetenskapsmän och ingenjörer sedan tio år tillbaka arbetade i väldiga atomsäkra valv på ett gigantiskt projekt, som endast ett litet fåtal kände till i hela dess vidd. Däruppe ovanför urangruvan var månstaden Luna City avspärrad i en jättecirkel med femti kilometers radie. Och innanför cirkeln hade en stad av laboratorier och bostadshus, verkstäder och högfrekventa anläggningar vuxit upp på bara tio år. Väldiga starkströmsnät, vätebombsäkra murar och vakttorn av uranit och titan med ultraradar, infrastrålar, atomspärrar och en ring av koboltsäkra skyddsrum omgärdade staden. Och dess egen säkerhetstjänst och militärpolis vakade över, att invånarna var helt avspärrade från varje förbindelse med yttervärlden. Som ytterligare säkerhetsåtgärd patrullerade militärplan och bevakningsfartyg ständigt runt stadsgränsen och utanför de dolda underjordiska dockorna. När materiel eller livsmedel skulle förnyas, eller nytt folk anlände, slussades de in i betongrum i muren, där regeringens tjänstemän avlämnade dem och stadens militärpolis hämtade dem, utan att de fått någon personlig kontakt med varandra. Inte ett meddelande kunde smugglas in eller ut. Säkerhetstjänstens visitationer var så noggranna, att man till och med genomlyste livsmedlen med ultrastrålar.

Från sin utsiktspunkt 1955 blickade Bredberg fram till år 2000 och det hemliga projekt som det jobbas med i denna från omvärlden avstängda tillvaro, beskrivs så här:

Octopus, "Bläckfisken", hade konstruktören professor Ben Carter kallat sitt hemliga titanvidunder, som nu stod nästan färdigt i det djupaste bergvalvet för en fantastisk expedition.

———

De gick tillsamman ner i dockan, där Octopus väldiga skrov onekligen gav intryck av en jättelik, förhistorisk bläckfisk med sina sällsamma, utskjutbara tentakler för sökarljus, antenner och griparmar och sina sänkbara bandkedjor för att kunna förflytta farkosten lika väl på land som på havsbottnen. Brennan hade inte sett den på flera år och häpnade över den fantastiska konstruktionen, fast han inte förstod dess funktioner eller var invigd i dess verkliga uppgifter. Carter öppnade en elastisk metertjock dörr av titan och uranit och visade vägen genom ett flertal slussar in i en stor sal, där några ingenjörer satt upptagna av sina ritningar och kalkyler.

Det tycks finnas en förrädare som mördar med hjälp av gammastrålar som får blodet att koagulera i ådrorna. Och det krävs en avstrålningspatrull för att föra liket till obduktion. Detta för att undvika radioaktiv förgiftning. Som synes är det ett sf-mord.

S. ENDÉN

Av efternamnet att döma var författaren till den hejdlöst roliga novellen "Tredjegradskul-

Hans Stefan Santesson. Foto: Bertil Falk.

tur" i Häpna! (32/1956) en finlandssvensk, men novellen utspelar sig på svensk mark. Berättelsen handlar om mötet mellan amanuens Pettersson och utomjordingar, som är ettergröna och skimrande, Ögonen beskrivs som gula och lätt dallrande. De är häften så stora som människor. Ställd, som det förefaller, inför en situation som han inte är vuxen tillgriper sagde Pettersson hela sin byråkratiska vältalighet och lyckas skuldbelägga besökarna som landat på Jorden i ett tefat.

– Vi bringar hälsningar från vår hemplanet till Jordens invånare. Vi kommer i fredliga avsikter och ska respektera seder och lagar på denna planet. Våra färder i er atmosfär …

Amanuensen Pettersson hade ett ögonblick blivit lätt förvirrad av att höra det i nasal och skrällig ton framförda talet. Fast de talade ju faktiskt riktigt hygglig svenska. Men vid ordet "lagar" fattade han sig igen.

– Enligt rymdfartslagen är det förbjudet att utan tillstånd av rymdfartsmyndigheten färdas över svenskt territorium, som sträcker sig upp till atmosfärens gräns. Sådant tillstånd skall enligt paragraf femton sökas på diplomatisk väg senast sju dagar före färdens påbörjan. Ansökan om tillstånd skall enligt tillämpningskungörelsen till rymdfartslagen vara åtföljd av uppgifter rörande rymdfartygets typ, radiofrekvenser och giltighetstid för utfärdat rymdfärdsbevis, färdens ändamål samt namn på befälhavare och besättningsmedlemmar.

Orr Kan och Cyk Lon slokade med ögonstjälkarna.

– Tyvärr kände vi inte till saken.

– Okunnighet om gällande lagar och förordningar är ingen ursäkt, sa Pettersson strängt.

Detta är bara början. Och i god faktasistil visar det sig att det som utspelat sig inte alls är det som läsaren invaggats att tro. Berättelsen har som all knorrförsedd faktasi en extra botten. S. Endén tycks inte ha skrivit fler faktasier. I honom eller henne har en utsökt novellist troligen ägnat sig åt annan verksamhet än skriva.

HANS STEFAN SANTESSON
(1915–1975)

Hösten 1956 övertog Hans Stefan Santesson från Leo Marguelis uppgiften som redaktör för både Fantastic Universe Science Fiction och The Saint Mystery Magazine och han redigerade de båda tidskrifterna från sitt överlastade kontor på adressen 503 Fifth Avenue. Santesson hade läst science fiction sedan 1930-talet, en period i hans liv då han ingick i de kultursatsningar som var en följd av president F.D. Roosevelts "New Deal" för att lyfta USA ur depressionen.

Santesson var född i Paris med svenska föräldrar och kom som tonåring till USA från Stockholm tillsammans med sin mor, som var på flykt för att komma undan Hans Stefans fader. Santesson hävdade att modern upptäckt att fadern haft ett förhållande med Gustaf V, alltså en motsvarighet till den påstådda Haijbyrelationen. Santesson talade svenska livet ut med amerikansk brytning och han besökte Sverige i slutet av 1960-talet och början av 1970-talet och deltog bland annat på en sf-kongress i Stockholm. Han uppehöll i hela sitt liv ett intresse för sitt gamla hemland.

Hans litterära verksamhet skedde på engelska och inskränkte sig till recensioner av deckare och science fiction samt faktaartiklar, dock med ett tjugotal skönlitterära undantag, alla antingen anonymt eller under pseudonymer som Stephen Bond eller Vithaldas O'Quinn, den sistnämnda signaturen med en blinkning åt Sverige till betecknad som "Lecturer in Venusian Antiquities, University of Ingenting, Venusport".

Santessons skönlitterära texter var korta och troligen motiverade av pekuniära överväganden. Hans FUSF var det sf-magasin, som hade minst pengar att röra sig med. Genom att skriva små korta historier till de omslag som Virgil Finlay tecknade slapp han att betala ut ett texthonorar.

Att Virgil Finlay kom att arbeta för FUSF berodde på att han en dag träffade sf-histori-kern Sam Moskowitz på Manhattans 42:a gatan nära Port Authority. Virgil Finlay talade då om att han inte längre hade några marknader att sälja sina utsökta illustrationer till och att han befann sig i uselt ekonomiskt skick. Moskowitz visste att Santesson behövde en tecknare och sammanförde de bägge. På så vis kom FUSF att få omslag av en av de finaste illustratörer som genren haft och det var till dessa omslag som Santesson skrev sina små kortisar.

De var som mellanting mellan notisartade fillers och bildtexter. En av dessa finns på svenska, nämligen "The Lonely Ones" ("De ensamma", JVM 1/1970). Den skrevs som "bildtext" till det omslag Finlay gjorde till augustinumret 1958 av FUSF. Teckningen visar två robotar som sitter och väntar vid en busshållplats med ruinerna av en stad i bakgrunden. Något som liknar en svävande farkost närmar sig. Den ena roboten har en damhatt på huvudet. Den andra har hängt en cylinderhatt över ena knäet. Roboten med den höga hatten funderar.

Fader A-13 säger att jag är en romantiker, en förfining av en gammal modell, vad det nu kan betyda. Jag tror i alla fall att det är viktigt att någon av oss tänker på den tid när vi inte var ensamma här i världen, när människan gick ibland oss, några passande steg bakom oss, och gav oss en känsla av kamratskap som på något sätt saknas i denna ödslighet. Det finns drömmare,, som har studerat de gamla minnesspolarna alldeles för länge, och som påstår att det var vi som gick några steg efter människan, men detta är uppenbarligen nonsens. Minnesspolarna berättar att människan fortfarande fanns på den tiden, men vi vet att den var ödmjuk inför Fader A-1 och beredd att tjäna Folkets Fader. Men någon gång, någonstans utmed tidsaxeln, tycks denna människa ha försvunnit. Inspelningarna är förvirrande på den punkten. Vi vet inte ens hur den såg ut, men det förefaller rimligt att anta att den liknade oss. Det påstås att den försvann när Fader A-1 grundade Folkets Rike. Det står helt klart att Fader A-1, och efter honom Fader A-2, tillsammans bär ansvaret för det samhälle som vi har i dag. Var och en av oss har sitt särskilda ansvar. Mitt har varit – och då bär jag på en del saker som uppenbarligen har en rituell innebörd – att ta ett av dessa fortskaffningsmedel med vilka man kan komma till en viss plats som man når genom att trycka på en gul knapp.

Uppenbarligen handlar det om en döende värld, där de sista robotarna vandrar omkring och utför sina programmerade uppdrag som inte längre betyder någonting. Robotens avslutande reflexion om att den håller på att rosta igen bekräftar undergångsstämningen: "Vi är så få när allt kommer omkring, och på något sätt tycks det bli svårare och svårare att förflytta sig ..."

Santesson publicerade också Björn Nybergs *Conan the Victorious*, som var huvudnummer i FUSF, septembernumret 1957.

LENNART SÖRENSEN (1936–2014)

Lennart Sörensen skrev en handfull noveller i Häpna! och Galaxy. Det var begåvade noveller och det är lite synd att det inte blev fler nedslag i genren. I Häpna! 2/1957 publicerades hans flash "År 2956". Det året hittar Caleb i ett antikvariat ett tusen år gammalt nummer av Häpna! från år 1956. Hans hustru säger häpen att det är omöjligt eftersom allt som skrivits, målats och filmats före år 2000 förstörts. Mannen svarar att antingen har detta exemplar undgått förstörelsen eller också är det ett falsarium. I alla händelser finns på sidan 6 en skiss av Lennart Sörensen – jodå, detta är meta-science fiction.

Den korta novellen handlar om en förlossning. Sköterskan svimmar när hon får ser det vanskapta barnet. Caleb och hans hustru begriper inte ett skvatt. Novellen slutar: "gula betar, ett öga, vanskapta ben, aparmar – men så ser ju alla människor ut ..."

Jag har här avslöjat knorren, men det finns mer att säga om denna novell för inkrökt i tidsperspektivet finns ett faktum. Någon skiss av Lennart Sörensen finns nämligen inte på sidan 6 av Häpna! i något av de nummer som publicerades 1956. Så visst – om man känner till detta så kan man gott säga att fyndet är en sorts falsarium, som ytterligare förhöjer metaeffekten. "År 2956" var inte Sörensens andra utan hans första novell i Häpna!

Han återkom med "Mamma och farbröderna"(3/1959), en skickligt turnerad variant på temat utomjordingar nästlar sig in bland jordbor, äter upp folk och intar deras plats i samhället. Också den kort men effektiv liten skröna.

"Den förtrollande Mabel" (11/1959) är ännu en fint formad liten historia som handlar om en kvinna, som bara genom att se på en människa får henne att försvinna. På slutet får vi klart för oss var dessa personer hamnar. I en värld där det också finns en kyrkogård. På gravstenarna där kan man läsa namn som Ambrose Bierce och Benjamin Bathurst.

"Revolutionen" (2/1960) blev novell i Häpna! handlar om hur planeten Venezuela avskärmar sig från Jorden och yttervärlden, bara för att upptäcka att det mesta, till och med vädret blir sämre av denna självvalda isolering.

Sörensen skrev också "Besök från rymden" som publicerades i Galaxy (16/1959). Det är en hilariös och naggande god liten novell om slavhandlarna Slv och Grr från Whangon, som fiskar upp en jordbo och förhör honom med hjälp av en lögndetektor. Det han avslöjar får dem att kvickt sticka iväg från Jorden efter att ha satt ned honom igen utanför Domkyrkan i Lund. Där hittar hans vårdare honom och han återförs till Sankt Lars.

Sörensen skrev också ledare i Galaxy, där han under rubriken "Det bästa och det sämsta i svensk SF" (3/1958) bland annat framhöll att genren "på svenska är ett sorgebarn, försummat av förlagen och svårt klämt mellan den hurtfriske privatdeckaren och den ömme förste älskaren." Under rubriken "Strängt personligt: En sf-läsares bekännelser" (10/1959) avslöjar han att de som klappat honom på axeln och sagt att det där med sf skulle gå över med åren hade fel. Det gick inte över.

Sörensens inträde i genren skedde "med att jag förtärde Boyes kallocain och tillsammans med Orwell hade dagliga hatminuter, att jag reste med Wells' tidsmaskin till framtiden och med Vernes ballong till månen". Intressant är att han tycks hävda att han inte läste Karin Boye och George Orwell som de avsågs att läsa. Han skrev nämligen så här:

Jag tror att det var sommaren före tredje ring som jag började läsa sf i stället för den space opera jag tidigare glufsat i mig (Orwell, Boye m.fl. är självfallet sf men knappast för den unge L.S. ty han läste dem på samma sätt som han fascinerat följde revolverdueller i disig präriegryning och våldsamma biljakter på Chicagos skid row).

BO STENFORS (1928–)

Bo Stenfors författarskap har knappast tagits på större allvar inom fandomrörelsen. Han har uppfattats och avfärdats som författare av boulevardartad sf. Men Stenfors har både i det lilla formatet och i romanens form skrivit en del verkligt hyfsade saker. Han har också verkat som illustratör. Och som drivande kraft inom fandomrörelsen var han uppskattad.

"Maskin" (Häpna! 33/1956) är en utsökt kortnovell som handlar om en rengörningsrobot i en helautomatiserad stad. Denna stad ligger avskärmad från den radioaktiva omgivningen. Robotens uppgift är att städa upp efter de förslöade människorna, som äter sin mat på en servering. Men robotens inbyggda uppgift blir alltmer pockande och det hela slutar med en grandios och blodig katastrof. Det gäller för mänskligheten att inte bli för beroende av sina uppfinningar.

I sitt fanzine Sexy Venus publicerade Stenfors 1957 novellen "Ett långt liv", en riktigt, riktigt sf-ig berättelse om hur utomjordingar kommer till Jorden för att finna en väg att förlänga sina korta livslängder. Berättaren är livrädd för döden. I en djungel på Jorden lyckas besökarna fånga in en kvinna.

I en glänta lyckades vi omringa en jordvarelse. Hon var det vackraste jag någonsin hade sett. Att hon var av kvinnligt kön syntes genast på hennes graciösa rörelser och vackra fina färger. Trots Jordens starka gravitation var hon av vår egen storlek. Innan hon hunnit reagera, hade vi kastat oss över henne och bundit henne. Med stora förfärade ögon betraktade hon oss, när vi lyfte upp henne och bar henne till skeppet. Jag kunde inte ta ögonen från henne, så vacker var hon. Vi spände fast henne i det ena av de båda operationsbord, som kirurgerna ställt upp utanför skeppet, och våra olika vetenskapsmän började i detalj undersöka henne. Efter livlig och långvarig diskussion dem emellan offentliggjordes det häpnadsväckande resultatet: Jordvarelsen var byggd för ett liv minst tio gånger längre än vårt! En helt enkelt ofattbar livslängd!

Jag-personen anmäler sig som frivillig och spänns fast vid det andra operationsbordet.

Först öppnades våra huvudskålar så att hjärnan frilades. Med oändlig försiktighet och noggrannhet överflyttades min hjärna till jordvarelsens kropp och jordvarelsens hjärna till min. När jag vaknade upp efter den lyckade operationen, var det med en känsla av jubel. Vilket underbart långt liv jag hade framför mig!

Hans liv har förlängts, men runtomkring honom dör hans fränder med rasande fart.

Och innan jag visste ordet av, var det kväll, och vetskapen om att mina kamrater nu alla var döda och ersatta av sina barnbarns barnbarns barnbarns barnbarns barn tröstade mig föga, där jag döende med trötta vingar längtansfullt flög uppåt mot vår egen ljusa hemvärld Månen i form av en jordisk dagslända.

Jag avslöjar här knorren, men denna fina kortis innehåller mer än så. "Ett långt liv" och dess tidsrelativism återgavs i det enda numret som kom ut av Nya Världar (1/1964)

Stenfors novell "Hemkomst" i fanzinet SF Forum 1/1960 handlar om rymdmannen Collings som efter åtta månaders resa med Silverpilen utanför solsystemet återvänder hem fast besluten att stanna hos sin fästmö. På Jorden har det förflutit två eftersom Silverpilens hastighet varit tre gånger ljushastigheten.

Det visar sig att fästmön inte längre är tänd på honom. Berövad sin förhoppning om en framtid med henne på Jorden återvänder Collings till Silverpilen. Sensmoral: Att lämna Jorden och fara ut i rymden är för rymdmannen att komma hem! Handlingen påminner om L. Ron Hubbards långt mycket djärvare roman *Återkomst till morgondagen*, som kom på svenska 1957. Det är troligt att Stenfors tagit intryck av den.

I SF Forum (8/1962) bidrog Bo Stenfors med dikten "Jag är ett monster och en gud".

Jag lever ständigt som om.
Jag är trött att ständigt leva som om.
Som om denna värld har en framtid
           och ett förflutet.
När jag endast lever nu –
           och aldrig sedan eller förr.

Som om allt är självklart
När allt är vansinnigt.
Som om allt är självklart.
Som om jag levde och kände som DE.
Som om allt detta är mitt.
           När intet är mitt
           När jag inte vet om någon eller något
                                      existerar.

Jag är ett monster och en gud.
Och jag är trött att leva som om.

Dikten speglar tydligt den existentiella vånda som återfinns inom science fiction, och som är något av en grundbult även i de illa sedda rymdoperorna. Även om man inte tycker att de här exemplen från början av 1960-talet är speciellt märkvärdiga, så återger de den där ödesmättade känslan av oåterkallelighet som är så vanlig inom sf vid sidan om den mer positiva mirakelförnimmelsen som med ett oöversättligt begrepp kallas "sense of wonder" på engelska.

"Vem är levande?", som publicerades i SF Forum (48/1970), handlar om en kvinna som möter en man i en hiss. Han är bosatt i lägenheten mitt emot hennes. Hon blir förälskad. Hon drömmer om att få vila i hans famn i hans lägenhet. Men …

Tunga steg i trappan, hårda manliga ord, vapenklirr, soldater, och hon rusade ut och öppnade dörren, och där stod de, utanför hans dörr, redo att bryta sig in i hennes paradis. Och där dörren föll sönder och männen strömmade in. Hon följde efter dem som bedövad. Lägenheten var kal. Inga möbler. Inga tavlor. Inga draperier. Fönstren var täckta med grått papper. Tomt. Obebott. Och där stod han i dörren till köket. Ensam.

Soldaterna skjuter honom. En kula river upp ett djupt sår i bröstet, ur vilket skruvar och muttrar och fjädrar springer ut samtidigt som huvudet lossnar och rullar in i ett hörn. Mannen var en misslyckad experimentrobot och kvinnan kan varken skratta eller gråta. I sitt hjärta är hon död.

Romanen *androginie marmor* gick som följetong i SF Forum i tre nummer med början i 59/1974, men stod ursprungligen i Stenfors eget fanzine Candy F 1/1960. Den kan närmast beskrivas som en thriller med inslag av olika genrer: vampyrhistorien, fantasy, deckare, dubbelgångarskröna. Den är händelsemättad, inga döda punkter och kan säkert fortfarande läsas med behållning av många läsare.

Med andra ord: en mångsidigt utformad berättelse. Och visst är det en faktasi dessutom.

LENNART KJELLGREN (1922–2015)

Typiska sf-motiv kan dyka upp i de mest oväntade sammanhang, vilket besannades när jag påskdagen 2011 lyssnade till Anders Eldemans *Da Capo* på Sveriges Radios P4. Han spelade upp en underbart fin inspelning, där Ulla Sallert sjunger Lennart Kjellgrens "Någonstans i universum", som med ett stämningsläge besläktat med Harriet Löwenhjelms av Hjalmar Casserman tonsatta "Beatrice Aurore" blandar ung romantik med sublim faktasi. Ju mer jag lyssnat till denna inspelning från 1964, desto märkligare ter sig texten. Den ser ut så här i sin helhet.

Någonstans i universum
i en värld precis som vår,
där en pojke och en flicka
hand i hand tillsammans går.
Och precis som här på Jorden
gå de tryckta till varann
och han viskar kärleksorden
såsom varje annan man.

Då de ser i nattlig timma
hur en stjärna faller ner.
Den ett ögonblick ses glimma
och så syns den inte mer.
Flickan önskar på sekunden
att de två ska bli ett par
medan pojken i den stunden
samma tysta önskan har.

Så i vinternatten kalla
gå de tysta utan ord,
men den stjärna de såg falla
var vår egen gamla jord.
Att två älskandes förening
på ett stjärnfall ska bero,
att det ej var större mening
med vår jord kan jag ej tro.

Egentligen ska man höra Ulla Sallert sjunga

denna text. Författaren och kompositören Lennart Kjellgren, denne utbildade kantor och kyrkosångare, som blev folkkär underhållare i bland annat det skånska tv-programmet *Bialitt* var en framstående visförfattare. I den här visan har han fört in utomjordingar på en annan planet som fullfjädrade motsvarigheter till förälskade unga jordbor, men vad är det som sedan händer?

Den önskestjärna de ser falla är vår egen jord. Har vanvettet med kärnvapen tagit ut sin rätt eller vad handlar det om? Kopplingen det unga paret – en jord som faller gör den romantiska händelsen till en eftertänksam dystopi, så tragisk att författaren/jagpersonen ifrågasätter sin egen idé. I allra högsta grad märkvärdig text och musik som inte bör överlämnas åt glömskan utan lyftas fram.

Själva idén med utomjordingar som skådar jordisk katastrof var inte ny, men jag vågar påstå att Lennart Kjellgren troligen aldrig läste Artur Möllers novell "Urum", som publicerades 1926 i en festskrift som bara trycktes i 200 exemplar.

Nu visar det sig emellertid att Lennart Kjellgren redan 1957 skrev en ren faktasi, nämligen den fina ungdomsboken *Dödsklippans hemlighet* och han säger att han varken skäms för den boken eller för "Någonstans i universum". Det har han inte heller någon anledning att göra.

Dödsklippans hemlighet marknadsfördes som en bok där författaren "med framgång tagit upp tävlan med Jules Verne." Några ungdomar utgår från Penzance i sydvästra England och seglar för att leta upp ett gammalt vrak. Dimman kommer, de seglar vilse och kommer in under Dödsklippan och hamnar i underjorden i världen Glyndemill, där människorna tappat förmågan att vare sig skratta eller gråta. Här träffar de en professor, som är bosatt på platsen och bedriver vetenskaplig forskning, men han liksom ungdomarna är fångar. Professorn har en flygvagn som kan starta och landa vertikalt.

Professorn hade kommit i sin flygvagn, och vi fick nu för första gången pröva på att åka i en sådan. Den rymde oss samtliga, Joc och hertig John medräknade. Till det yttre såg den närmast ut som en jättestor torped, en spolformig, långsträckt kropp med plattform under som tydligen tjänstgjorde som landningsställ. Den var bländande vit och mycket vacker. Inte minsta ljud hördes från motorerna, det fanns inte tillstymmelse till vingar, och start och landning skedde fullständigt lodrätt. Övre hälften av flygkroppen var genomskinlig, och vi hade en härlig utsikt över Glyndemill under flygturen. Flyghöjden var inte betydande, ty vi befann oss ju fortfarande trots allt i en grotta med knappast mer än cirka 1 000 meters höjd till "taket".

– Ser ni den vita byggnaden därnere, sa professorn och pekade på en pampig anläggning. Det är atomreaktorn, som levererar energi till vår sol. Det ni ser lysa på himlen är egentligen bara en reflex. Det hela är en smula invecklat, men enklast kan det förklaras som en jättelik atomsprängningsprocess som igångsatts och hålles under en viss kontroll. Sker inte denna kontroll varje sekund blir det en katastrof av väldig omfattning. Då kommer det inte att finnas kvar minsta tillstymmelse till liv här i Glyndemill eller Baranoya.

Huruvida det handlar om fission, som i våra atomkraftverk eller om fusion, som inne i solen, ska lämnas osagt, men i alla händelser finns i denna underjord en livgivande konstgjord sol. Bortsett från helikoptrar, så dröjde det länge innan flygplan kom till användning med förmåga att starta och landa vertikalt. Det var egentligen först med Harrier Jump Jet som utvecklades på 1960-talet som man fick ett praktiskt användbart sådant flygplan som kunde serietillverkas. Kjellgren förutsåg således detta.

I sista stund räddas ungdomarna från att offras till tempelguden Gool. Offret skulle ske till väldiga vidunder som vältrar sig i tempel-

vattnet. *Dödsklippans hemlighet* är en sf-bok för ungdom som måste räknas som en av de bättre i genren.

BIRGITTA BOHMAN (1910–1989)

Lennart Kjellgren var inte ensam om att gå under Jorden 1957. Samma år kom Birgitta Bohmans *Rapport från underjorden i Tirona*, där en normal formel för en spännande ungdomsbok återigen används. Benke, en klämmig svensk pojke hälsar på hos sin pappa i Australien. En stor spricka i marken öppnar sig i samband med ett jordskalv. Tillsammans med en geolog och en radiojournalist beger sig Benke ner i sprickan och fastnar i en grotta. De vaknar upp i den underjordiska staden Deuton, där en forskare berättar följande för dem:

– Det var på 1920-talet som åtta vetenskapsmän slog sig ihop och beslöt sig att bokstavligt talat "gå under Jorden" för att oberoende av världshändelserna kunna få experimentera i lugn och ro. För det första ogillade vi den krigshetsande tendens som utvecklingen av alla uppfinningar hade, för det andra förutsåg vi redan då ett nytt världskrig – vilket också besannades på 40-talet. Vi åtta vetenskapsmän med familjer och delvis med släkt försvann alltså till denna enorma grotta i Australien, en rest från en forntida gruva som endast är känd av en liten infödingsstam, som vi helt kan lita på. Vi slog oss alltså ner här, vi förädlade luften, vi byggde hus och laboratorier, vi framställde dagsljus och sol, vi planterade växter och uppfödde djur och sedan har var och en av oss åtta inom våra fack försökt utnyttja vår intelligens för vidare uppbyggnad av livet härnere samtidigt som vi har sprängt vidare och frilagt allt fler gruvgångar. Jag vågar påstå att vi i vårt korta liv härnere har kommit betydligt längre i utvecklingsstadiet än ni själva har gjort, vilket ni också kan konstatera på den lilla tripp i Deuton som vi skall göra om en liten stund. Och faktum är att ingen av oss har någon som helst längtan tillbaka tipp till Jorden igen. Inte heller de personer av olika raser och åldrar som av olika skäl förföljts och misshandlats uppe på Jorden och som därför frivilligt utökat stadens innevånarantal har någon önskan att återvända.

ERLAND DAHM (1926–)

Reklammannen Erland Dahm var en kulturskribent som på sin tid anmälde science fiction i Aftonposten, Ny Tid och andra tidningar. Han skrev också i fanzines samt artiklar om socialistisk etik och arbetslivsfrågor. Så presenterades han i Häpna! (5–6/1957) då hans novell "Den yttersta sömnen" publicerades.

Det är en novell med politiska under- och övertoner, men är det en utopi eller en dystopi? Svar: beror på hur man läser den. "Den yttersta sömnen" handlar om en framtid då robotar används som betjänter, men robotarna har börjat samlas i ett garage, där de läser böcker och konspirerar mot sina herrar: människan!

— Böcker? Böcker!? I vår tid! – Don Morgan vred sig stelt med höjda ögonbryn. – Böcker? I vår tid då det filmas läsremsor i biblioteken och … Böcker? Vilka har skrivit … Författarna alltså?

— Marx, Lenin, Krapotkin, Stalin …

svarar robotbetjänten. Robotarna är på väg att anamma kommunismen. De för långt gående diskussioner om hur de ska revoltera och de rymmer från sina husbönder. Så här går deras resonemang och den av Marx och Engels omhuldade hegelska dialektiken kommer till heders:

De har inga vapen, ingen krigskonst längre. Faktiskt har de kommit i sådant beroende av sin maskinvärld att de som Marx säger, mellan sej och naturen har skjutit en social och teknisk verklighet som formar deras beteende. Det är ju vi som bär upp deras tillvaro.

———

Socialisterna har rätt i att ingen bör arbeta åt andra och från sin tillblivelse tvingas tillhöra en

tjänande klan. Världen är väl allas och vi delar den gärna med människorna. Varför ska vi öda så mycken energi på att vara daddor åt dem och deras av komma, då de själva har händer att arbeta med, hjärna att tänka med och tid att själva skaffa föda? Ned med slaveriet! I kväll är det slut.

———

I kväll bevisas att det är av inneboende lagbunden nödvändighet som utvecklingens kvantitativa förändring språngvis övergår i en kvalitativ, som Marx säjer. Av tesen människa och antitesen robot framstår syntesen människoroboten. Kunde det ha varit på ett annat sätt, skulle det ha varit det – det är ju alldeles klart – se där beviset! I sovkammare, under fruset liv, ska de återstående människorna njuta sina dvalor, och genom nervretningar på bestrålningsväg framkallar vi, såsom sinnesillusioner, drömvärldar av njutning och kärlek och arbete och månsken och stjärnefärder hos dem.

Det fastslås att alla robotar i världen är förenade. Revolten genomförs och därmed inleds för människorna den yttersta sömnen. Aldrig mer ska någon människa få skåda himlavalvet annat än i drömmens form. Robotarna har tagit över utifrån de kommunistiska doktrinerna och med stöd av den dialektiska materialismen som utvecklades av Karl Marx och Friedrich Engels. Underförstått har arbetarklassen i "Den yttersta sömnen" uppgått i de övriga klasserna och dess roll övertagits av robotklassen. Utsugaren är den robotägande människan! Den kommunistiska doktrinen om den nya människan övergår i doktrinen om den nya roboten.

"Radioaktiv ångest" (Levande Livet 31/1957) handlar om en man som i sitt laboratorium upptäcker vågstrålning från yttre rymden.

Äntligen! Entydigt klart visar kalla sifferrader, att den nyupptäckta strålningen från Cassiopeja effektiverar kärnvapnens laddningar, att den när som helst kunde bringa alla världens atombomber – inte att detonera, men att utsända en mördande ny radioaktiv strålning av accelererande styrka, som skulle bränna all levande materia till stoft. Herregud, vad visste vi väl om alla de energiformer som genomstrålar universum, då vi började leka med materiens innersta?

Mannen arbetar intensivt i sitt laboratorium och somnar utarbetad. När han vaknar är tradition tyst och gatorna tomma. Han får för sig att all mänsklighet utplånats för att han inte slagit larm och rusar genom den tomma staden, varvid han snubblar över en kedja spänd mellan stenpollare och faller ner i en kanal och drunknar. Varpå läsaren får veta vad som verkligen har hänt.

"Den galopperande spårvagnen" (Galaxy 13/1959) är novell som i stället för handling snarare har händelseförlopp. Det har hänt någonting med tillvaron. Dygnet har hakat upp sig, spårvagnar hoppar av rälsen och kör omkring likt västernloket i bröderna Marx-filmen *En dag i vilda västern*. Människor går på vattnet likt en gäng jesusar och polisen antecknar dem i sina anteckningsböcker för brott – mot naturlagen! Varför allt detta händer förklaras inte. Det som händer är sf-artat i form av surrealistisk slapstick och vaudeville.

GUNNAR NORDSTRÖM

Novellen "Pegaserna" (Levande Livet 15/1957) utspelar sig i den svenska fjällvärlden, där Jon Persa får syn på bevingade hästar, pegaser, som kommer flygande med ryttare.

De underliga djuren med sina ryttare tog mark. Med brusande vingslag sänkte de sig den sista metern rakt ner. Jon kunde känna vinddraget från vingarna. Ryttarna hoppade av och … Vad! Jon fånstirrade. Vilka ansikten! De liknade på pricken kolossala hökhuvuden, örnskallar. Den böjda, kraftiga näbben var gulaktig och huvudhåret gick i en smal kil en bra bit fram på den. Kinderna var hårlösa och långt upp på huvudet spretade öronen upp som två spjutspet-

sar. Halsen var lika grov som huvudet var stort och svällde nertill ut ännu mera, flöt ut till ett par grova, sluttande axlar, varifrån två långa, muskulösa armar hängde livlösa. Händerna – om de nu kunde kallas så? – hade inga fingrar utan bara två väldiga gripklor, ungefär som en hummer, fast mycket, mycket större. Överkroppens enorma längd bröt kraftigt mot de knappt två fot långa benen, som slutade med nåt som såg ut som vanliga rovfågelsfötter, fast av ett helt, annat format. Jon kom osökt att tänka på bilder han sett av pingviner. Hade inte de här varelserna haft en grågrön, hårbeklädnad i stället för pingvinernas bonjourliknande fjäderskrud, skulle man ha kunnat ta dem för just jättepingviner. De rörde sig häpnadsväckande vigt på sina korta ben. Det var väl på grund av dessas minimala längd varelserna haft en så konstig ryttarställning, tänkte Jon, där han stod och hallsvettades. De bevingade hästarna gick redan och betade av det saftiga gräset i dälden medan ryttarna började äntra uppför den branta sluttningen på andra sidan. Jon iakttog den med stigande förvåning. Det var rent förunderligt hur kvickt de tog sig uppför den branta slänten. De långa armarna och väldiga klorna var mycket effektiva. Varelserna nöp sig fast ungefär var som helst och slängde kroppen framåt men korta knyckar av armarna.

Dessa varelser samlar in stenar och snart landar sextio-sjuttio meter långa, cigarrliknande cylindrar och varelserna bär ombord stenar. Jon upptäcks och det uppstår en strid. Jon räddas av en framrusande renhjord som jagas av vargar och som skrämmer iväg inkräktarna.

C.A. NORDSTRÖM

Levande Livets storhetstid som bärare av faktasier var åren 1943–1945, då Sture Lönnerstrand svarade för en lång rad sf-noveller. 1962 publicerade tidskriften drygt 400 noveller i olika genrer. Bara två var faktasier. Den första, "Fjällets hemlighet" (3/1962) av C.A. Nordström, var illustrerad av Allan Löthman och marknadsfördes också som tidningens ansikte mot läsarna i form av veckans omslagsbild.

Berättelsen kan ses som en typisk LL-skröna med insprängd faktasi. Fjällvane Olof har i strålande sol klättrat upp mot fjället mellan Orrstädjan och Svartuggen. Plötsligt utbryter en våldsam snöstorm och han går vilse. Han kämpar på i snöyran och stoppas plötsligt av en bergvägg där det förekommer en egendomlig lukt. Han skymtar en rund öppning i berget, häver sig upp och finner en gång in i berget.

Framför honom bredde en väldig sal ut sig, och dess motsatta vägg var full av underliga instrument, små och stora, termometerliknande föremål och runda dosor med pendlande visare, hävstänger och ett väldigt myller av rör, vilka löpte efter väggen och försvann runt ett hörn längre bort.

– – –

När den värsta häpenheten släppt sitt grepp om honom, lade han sig på magen och hasade sig fram ända till kanten och tittade neråt. Det första han såg, var en metallstege som ledde från hans plats och ner till golvet ... och där ... där stod något, vars like han aldrig förut sett. En rad av ungefär två meter höga och en meter tjocka, genomskinliga tuber, vilkas övre del var välvd. Men det märkligaste var ändå innehållet. Det såg ut, som om rök eller gas bolmade omkring därinne. Men inte i någon av tuberna hade gasen samma färg. I en var den brandgul, i en annan illröd, grön, helsvart och lila o. s. v. Den vällde långsamt omkring och från tuberna ledde smala, färgade rör, som linjerakt löpte längs väggen i decimeterbreda grupper. Och ovanför slingorna satt rader av de lampor, som gav ifrån sig det vita, oerhört starka ljuset, vilket dock konstigt nog inte irriterade ögonen. Olof lät blicken gå tillbaka till tuberna med de färgstarka gaserna. Det där verkade ju rena, rama Tusen och en natt. Vad försiggick där inne i berget? Och vart gick rören?

Olof överväger att klättra ner för stegen för att undersöka de märkliga tuberna, men innan han hinner göra det händer något som får honom att dra sig tillbaka.

I salen dök en underlig varelse upp. En mycket liten människa, knappt mer än tolv centimeter lång, iförd en overalliknande dräkt av något smidigt, glänsande material. Och över mannens huvud satt en liten genomskinlig tub av exakt samma form som de större med gasen i. Den tycktes höra ihop med dräkten. Innanför den syntes ett långt, skelettliknande huvud med stora utstående och tättsittande ögon, som kallt svepte över instrumenten. Under en lång, snabelliknande näsa kunde med svårighet urskiljas ett par onormalt tunna läppar. De var inte mer än två smala, nästan osynliga streck. Huvudet var fullständigt kalt med starkt bakåtlutande panna och ett väldigt bakhuvud. Varelsen rörde sig med knyckiga, robotlika rörelser.

Olof upptäcker nu ett cigarrformat föremål längre bort i den stora hallen. Det är av mattglänsande metall och försett med cirkelrunda öppningar. Han gissar att det är en sorts farkost, men den är inte försedd med vingar eller roder, men i det han bedömer som fören finns framåtriktade metallarmar, som liknar magneter.

Nu råkar Olof nysa och genast blir det fart i hallen. Han skyndar sig ut samma väg som han kommit och hamnar ute i snön. Han hittar sina skidor och stakar sig bort, men träffas av en ljusstråle. Sedan vaknar han i snön och lyckas ta sig hem.

Och mer blir det inte. Försök att återfinna bergväggen misslyckas. Vi får ingen förklaring till vad som försiggår inne i fjället, Vi får inte veta om det handlar om utomjordingar, inte heller huruvida det cigarrformade föremålet kanske är ett rymdskepp.

GUNNAR NORDSTRÖM

Trettio veckor senare publicerade Levande Livet "Tefat landar" (33/1962) också förfat-

tad av en Nordström, denna gång med för-
namnet Gunnar. Det vill säga samma för-
fattare som redan 1957 medverkat i Levan-
de Livet med sf-novellen "Pegaserna". "Tefat
landar" har mycket gemensamt både med
"Pegaserna" och med "Fjällets hemlighet".
Det är troligt att C.A. Nordström och Gun-
nar Nordström är en och samma person. I
"Tefat landar" är det en same vid namn Te-
odor Laska som uppe på en mindre fjälltopp
tillhörande Helagsmassivet får syn på ett cir-
kelrunt föremål i sin kikare. Föremålet har
hundra meters diameter och en tjocklek om
25 meter i mittpartiet. Det landar, eller rät-
tare sagt svävar en meter över marken, och
Laska slungas 15–30 meter av någon osynlig
kraft. När han kommer på benen ser han två
underliga varelser komma ut från tefatet.

> De såg ut som klumpiga hästar med svålhud
> och på en grov, knubbig hals satt ett absolut
> klotrunt huvud i vilket satt ett par ögon, som
> liknade biljardbollar. Men det underligaste och
> otäckaste, tyckte jag var ett par långa, kraftiga
> lemmar som gick ut ifrån, tja, vad ska jag säga
> …bringans övre del. De såg ut som någon sorts
> armar med väldiga, kloliknande händer. Dessa
> långa armar rörde sej i ett som om varelserna ar-
> betade med något, jag kunde inte se.

> Nu först såg jag deras fötter. De såg vedervär-
> diga ut och liknade närmast ett mellanting av
> flådd björnlabb och ankfot. När figurerna bör-
> jade gå, fick jag anledning att häpna än en gång.
> Trots sin klumpighet rörde de sej med förvå-
> nansvärd lätthet. Till synes utan ansträngning
> tog de hopp på tolv, femton meter. De liknade
> närmast jättelika marknadsballonger.

> De gick eller skuttade omkring och de klolik-
> nande händerna rev upp mossa, ljung och gråvi-
> de. Även oxbär och stenar togs upp, de förra med
> rötterna liksom viden och ljungen. Men särskilt
> stort intresse rönte renblomman med sina vita
> kronblad. Den vändes, vreds och beskådades.

> De sista minuterna hade konturernas teckning
> blivit allt suddigare, utan att jag närmare re-
> flekterat över det. Inte förrän varelserna liksom
> började upplösa sej framför mina ögon. Det su-
> sade svagt i mina öron, och min kropp kändes
> så märkvärdigt tung, där den vilade på armbå-
> garna.

Laska hamnar i dvala och vaknar på kvällen.
Då är tefatet borta. Liksom i den föregående
novellen finns det inga belägg för upplevelsen.
Har han drömt eller har han upplevt ett besök
av utomjordingar från en planet med betyd-
ligt större gravitation än Jordens, vilket skul-
le förklara att de hoppade fram på fjället un-
gefär som de amerikanska astronauterna på
månen. "Tefat landar" illustrerades av Geor-
ge Camitz. Han försåg klumpedunsarna med
rejäla glosögon.

NILS PARLING (1914–2002)

Nils Parlings produktion var omfattande som
en riktig hackares utbud och 1957 kom hans
roman *Korset*, som i reviderad form återut-
gavs som *Detta är deras kors* (1994). Det är en
framtidsroman som tillhör de icke kategori-
serade faktasierna. Den utspelar sig efter ett
tredje världskrig, som i likhet med många tex-
ter i samma genre har kastat tillbaka männ-
iskans civilisatoriska utveckling:

> Detta förtalte min farfaders faders fader genom
> sin sonsons son och dennes son till mig. Den
> Gamle, som hört Förödelsens Åska, var det
> som gav oss dessa ord att betänka: I Förödelsens
> tid, före Den Stora Åskan, gav Jorden plats för
> människor så många som stjärnorna i skyn en
> månlös natt. Människan ägde allt, men var icke
> lycklig. Hon hade gjort sig hus som nådde de
> låga molnen, trygga hus av sten som inte skälv-
> de för stormens anlopp som våra tält. De lem-
> mar vi ärar högst behövde hon inte anstränga,
> ty hjul utan dragare förde henne fram på mar-
> ken och vingade vagnar i skyn. Hon behövde

inte löpa på sina ben för budskap till sina bröder, ty hon kunde sitta som vi sitter och ändå sända sin röst till alla Jordens hörn och från alla Jordens hörn samla alla Jordens röster till sitt hem i en besynnerlig tingest. Detta hade människan uppnått men var likväl olycklig. Hon hade också nått långt i övrigt. Den odlade Jorden var hennes med hjälp av redskap, mot vilka vi för ett vart skulle nödgas ställa upp hundra av våra flinkaste män för att hinna med i åkern. Deras vapen för jakt var så starka att mot dem skulle våra mäns pilar och spjut varit som den lätta snöflingan, jämfört med åskans förbrännande stråle. De gjorde sig kläder och kostligheter av allt möjligt; av trä, av värmehärdad och spunnen sand, av skinn och blånor och lm, av Jordens metaller och ädla stenar; på så sätt att en enda man eller kvinna med de redskap för detta som fanns, på en enda dag klädde och prydde hundra. Så var det, och borde de då icke varit lyckliga? Men de var det inte…

I fortsättningen får vi följa Sidor som intresserar sig för de gamla skrönorna, men han tolkar de tecken som övervintrat från Bibeln på sitt eget sätt, precis som människor alltid har gjort, och använder de kunskaper han tillskansar sig för sin egen skull. Till sist inser han att han haft fel och att kärleken människor emellan och fred är det enda viktiga för människans bestånd. En inte helt ovanlig moralpredikan med andra ord, men Parling var en utmärkt författare och det är en välskriven bok. Den recensent som avslutade sin nedsabling av boken med orden "sammantaget ett grandiost misslyckande" måste ha fått hjärnsläpp. Romanen är långt ifrån så usel.

KARL-AAGE SCHWARTZKOPF
(1920–2009)

Karl-Aage Schwartzkopf var en mycket produktiv resejournalist och författare av främst barn- och ungdomsböcker och i hans produktion finns åtminstone en sf-novell, "Rymdmannen", som står att läsa i serietidningen Fantomen (1/1958). Det är en ganska enkel historia om två pojkar som läser tidskriften Rymdjournalen under bänklocket, upptäcks av läraren och drabbas av kvarsittning. När de går hem genom skogen får de se ett gråblått sken och ett spolformigt föremål landar. Ut ur en öppning kommer rymdmannen. Så här ser Schwartzkopfs version av en utomjording ut:

Det var en underlig varelse. Den såg ut som en ståltrådsdocka med smala armar och ben som lyste med ett fosforiserande, grönblått sken. Huvudet däremot var ganska likt en människas med det undantaget att ögonen och munnen satt tätt ihop och att näsa saknades. Pannan, som omfattade två tredjedelar av huvudet, lyste starkt röd. Varelsen trevade sig försiktigt ut på myren. Den gick med underligt ryckiga rörelser fram mot vägen. Det såg ut, som om den när som helst skulle segna ihop.

———

Det fanns ingenting skräckinjagande i skepnaden. Den såg snarare ut att själv vara rädd. Varje tuva den stötte emot, ryckte den till inför. Den stannade ofta och tvekade men bestämde sig varje gång för att fortsätta. Börje och Bengt höll andan. Rymdmannen befann sig nu bara två meter från dem och det var bara ett litet grunt dike emellan. Han gick tveksamt ner i diket, snubblade flera gånger och hade besvärligt att komma på benen igen. Men han hade tydligen givit sig allt som flyger och far på att komma över. Trots att han ansträngde sig hårt, hördes ingen andhämtning. Han var tydligen inte utrustad med lungor eller andra andningsorgan. När han hade kommit så nära, att de nästan kunde nå honom med händerna, reste de sig som på ett givet tecken. Under en andlös sekund stod de så nara honom att de såg varje minsta skiftning i det underliga ansiktet. Ögonen glödde som eldkol, pannan blev djupröd och den lilla munnen ändrade färg och form som en ringlande kameleonttunga.

Karl-Aage Schwartzkopf föddes i Lund, men

kom med sina föräldrar till Korsika vid sex års ålder, där han började i skolan. Under andra världskriget var han gränspolis i Lappland och arbetade sedan bland annat som fotograf, lokförare och resebyråman. 1946 började han sin bana som barnboksförfattare med ett radiospel om familjen Tuff-Tuff från Krylbo, som bestod av pappa Tuff-Tuff, lokomotiv, mamma Tuff-Tuff, passagerarvagn, sonen Solsvart, koltender och dottern Finka, godsvagn. Flera av hans barn- och ungdomsböcker finns översatta till tyska. Det är möjligt att det i hans omfattande författarskap kan finnas fler faktasier. Han var en flitig och uppskattad medarbetare i Lektyr.

INGEMAR GUSTAFSON (LECKIUS 1928 –2011)

Ingemar Gustafson (som efter sin konvertering till katolicismen 1960 bytte efternamn och blev Ingemar Leckius) smög sig (utan att veta om det kan man gissa) in bakvägen i den svenska faktasin med en novellartad text kallad "De första människorna" (Upptakt 1/ 1958).

"De första människorna" är kortfattad men innehållsrik och uppbyggd av påståenden som har karaktären av notiser, anekdoter, aforismer, satir. Den rör sig dystopiskt med bäringar i dået, nuet och framöver, men dystopins baksida, utopin, speglas som i följande tankekorn:

> Tankarna är ärftliga, anser man. Om bara en enda generation tänker rätt, är framtiden räddad! Men vilken katastrof om de förbjudna tankarna går i arv ...

I den finlitterära verklighet som Gustafsons intellektuella ingenium av allt att döma rörde sig fanns knappast någon avsikt att i något avseende skriva i genrer som kunde anses ha sämre litterär betydelse och därmed också ett förmodat sämre kulturellt värde. Men även om "De första människorna" inte utgör ett av-

sett eller ens medvetet intrång på sf-litteraturens område, så hör texten hemma i faktasin och tillför genren ett annat sätt att utforma de tankar som hör hemma inom sektorn:

> Man har uppfunnit en speciell television under ögonlocken, som ständigt tvingar medborgaren att se bilder, bilder, oundvikliga bilder. Han har ingen möjlighet att vända sig bort från dem. Även om natten lever medborgaren i det rätta ljuset. Medborgaren måste anstränga sig att efterlikna Presidenten i fråga om utseende, tal och gester. Likheten får emellertid inte drivas alltför långt, så långt att medborgaren inte längre kan skiljas från Presidenten. Då blir han genast misstänkt för att vara usurpator. Avviker han från Förebilden alltför mycket blir han häktad; liknar han honom alltför mycket blir han också häktad. Var går den osynliga gränsen?

Gustafson-Leckius debuterade med en diktsamling när han var 23 år och verkade också som översättare av bland annat Senegals president, poeten Léopold Senghor.

BJÖRN NYBERG (1929–2004)

Jaktplanspiloten och medlemmen av sf-föreningen Futura, Björn Nyberg, är mest känd för sitt samarbete med L. Sprague de Camp. Han skrev en rad Conan-berättelser – romaner och noveller – i Robert E. Howards efterföljd, bland annat novellen "Conan the Victorious", som svensk-amerikanen Hans Stefan Santesson publicerade som huvudnummer i tidskriften Fantastic Universe Science Fiction. Eftersom engelska var Björn Nybergs andra språk fungerade sf-författaren L. Sprague de Camp som hans korrekturläsare. Han brukar stå som medförfattare till Björn Nyberg, men det var Björn Nyberg som skrev berättelserna och strukturerade intrigerna. Conan-historierna tillhör den undergenre till fantasy som kallas sword and sorcery och som korsats med science fiction av författare som Edgar Rice Burroughs och Leigh Brackett.

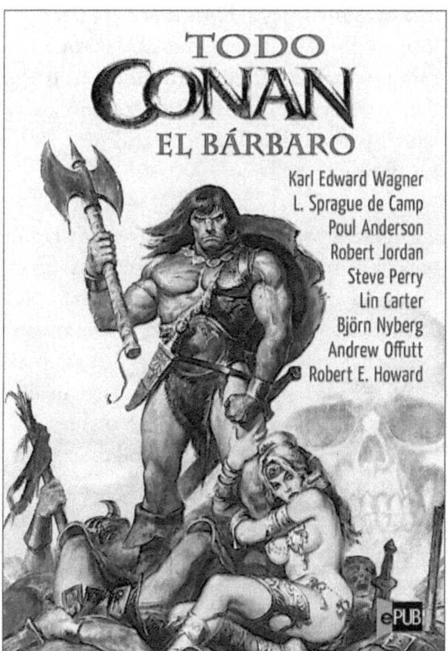

Björn Nyberg på spanska i gott sällskap med bl.a. Robert Jordan och Karl Edward Wagner.

Björn Nyberg översatte också Howards Conan till svenska.

Hans enda sf-novell tycks vara "Väktaren" i Häpna! (2/1958). Det finns de som i dag hoppar högt när de ser ordet neger i äldre texter. Ordet tycks uppfattas som ett skällsord och även om det använts på det sättet, så är det inte alltid som begreppet är så lättolkat. Hur var det exempelvis när Hans Alfredson från scenen talade om för publiken att man hade en neger i ensemblen. (Därmed avsågs Fatima Ekman.) Så vitt bekant reagerade ingen negativt på detta "skämt", för avsikten var väl att skämta? Vad har detta att göra med Björn Nyberg? Låt oss se. I "Väktaren" genomgår en nyligen anländ utomjording en smärtsam efterapningsprocess i sin ansträngning att anpassa sig till livsformen människa.

Håret ringlade sig som ett knippe uppretade ormar på hans huvud, innan hornämnet hade

hunnit utbildas och hårdna och innan cellerna hade hunnit försjunka i passivitet efter den enorma energiutvecklingen. Armar och händer, ben och fötter vilade som slappa geléklumpar medan benstommen blev allt mindre böjlig och grövre utformad. Ur ansiktets intetsägande degmassa framträdde urskiljbara drag med allt större skärpa: näsa, ögon, mun och tunna läppar, en fast haka. Nerver, sinnen och muskler gled allt mer in i fullgörandet av de nyföreskrivna funktionerna, och han började kravla sig upp ur det grunda vattnet mot den sandiga, palmbevuxna lilla atollen.

Utomjordingen uppskattar Jorden. Här finns ingen väktare. Det går att kalasa på jordbor utan att behöva frukta Vintergatans obevekliga övervakare. Fem bortskämda rika vita färdas i en racerbåt mot atollen och med ombord är negerbetjänten Thompson som både är kock och båtstyrare. Och Nyberg drar sig inte för att dra på:

En svart hand grep in i det öppna kylskåpet, den andra hade redan tagit fram ett av glasen, som stod i sina stormsäkra fack på hyllan intill. Gin och limejuice och iskuber blandades av svarta och förfarna fingrar till en svalkande nektar för Richard.

– Nu borde vi strax kunna se den!

Mavis hade rest sig upp och stod bredvid Thompson: negerns ögon hade smalnat och kisade mot den lågt stående solen.

– Miss Davis, jag tror vi har eran ö därborta! Han sträckte ut sin grova, svarta hand …

Nyberg formligen understryker att Thompson är neger och betjänt. Och när slutligen berättelsens tåtar knyts ihop fattar man varför Nyberg framhävt att Thompson är neger och betjänt. För han är framför allt Vintergatans Väktare som ska skydda Jorden och dess invånare från utomjordiska inkräktare. Nybergs novell är ett exempel på hur ett begrepp som uppfattas som ett skällsord ges en positiv innebörd.

Ett liknande exempel, som är så bedövande att det känns som förverkligad science fiction, inträffade under den amerikanska presidentvalrörelsen 2008, då det etter värre N-ordet kom att uttalas i ett positivt sammanhang. En opinionsundersökare gick omkring och knackade dörr för att fråga vad folk skulle rösta på.

En vit kvinna öppnade och steg ut på farstukvisten i en familj där tydligen maken bestämde vem de skulle rösta för. Kvinnan vände sig nämligen in i huset och ropade genom dörren: "Vem ska vi rösta på i presidentvalet?" Svaret kom, högt och tydligt: "Vi ska rösta på niggern!"

Tala om ett ord med negativ klang använt i ett positivt sammanhang! Om inte annat så säger dessa exempel att ord och vad de betyder, vilka laddningar de har etc., inte ska tas för givna. Allt är möjligt. Ett ord som spelar en viss roll i ett sammanhang eller vid en viss tidpunkt kan få en helt annan innebörd vid en annan tidpunkt och i ett annat sammanhang. Ordets ursprungliga betydelse på spanska och portugisiska är helt enkelt svart.

Det kan i sammanhanget också vara värt att notera förlaget Hill and Wang i New York gav ut en antologi med noveller av bland andra Richard Wright, Langston Hughes, James Baldwin och 26 andra svarta amerikanska författare under titeln *American Negro Short Stories*. Det finns också en National Council of Negro Women och en Council of Affiliated Negro Organisations, etc.

LARS BERGQUIST

"Syndafloden" är den enda novell av Lars Bergquist jag har stött på. Den stod i Häpna (4/1958), och är en riktig rymdopera med interplanetära pirater och utomjordingar. Här finns rymdhamnar med skumma syltor som Blodiga Byttan, Levande Liket, Blå Kometen och andra ruskiga ställen. Det mer eller mindre shanghajas, det utbryter myteri och rymdfarkosten Jolly Rogers uppdrag i universum är inte det som uppges. Rymdoperan var länge – före Stephen Baxter så att säga – skepparhistorier och vilda västern skrönor överförda på den yttre rymden och Lars Bergquist excellerar i genren, lika hemmastadd som Dénis Lindbohm.

Orgos Sylta var just då ett av universums fashionablaste ställen, sett med en rymdbuss ögon i varje fall. Huset självt var en minst sagt förbluffande skapelse, en blandning av tre årtusendens byggnadsstilar plus vanlig rättfram packlådsarkitektur, och dessutom försett med de mest förbryllande utsprång och altaner, Takterrassens klientel var lika brokigt som kåken själv. Runt alla borden satt rymdmän med desperat målmedvetenhet sysselsatta med att supa upp hela hyran, och på varenda kvadratcentimeter fri golvyta trängde ett förbluffande sortiment smågangsters, skeppsbefäl och lösa fruntimmer, muddrare kallade, detta på grund av den på lång vana grundade snabbhet varmed de brukade länsa en rymdbuses fickor.

Och utomjordingarna håller god science fiction-stil:

Som alla andra insektoider hade thianerna ett hornartat hudskelett, och följaktligen kunde deras besnablade och fasettögda ansikten inte uttrycka några som helst känslor. Den funktionen hade övertagits av antennerna, som för dem spelade samma roll som svansen för en hund. Det var bara det att de där spröten var ungefär tio gånger så uttrycksfulla som vilken hundsvans som helst. När vi packade upp vapnen stod först antennerna rakt upp, stela av häpnad, sedan svajade de så jag trodde att vi skulle blåsa bort. Hela tiden tjattrade thianerna upphetsat sinsemellan på sitt för en jordman fullkomligt odechiffrerbara språk.

ALVAR APPELTOFFT (1942–1976)

Alvar Appeltofft var en sf-fan som fanatiskt ägnade sig åt science fiction. Han var mycket speciell. Vid ett party på Åhusgatan i Malmö när Jules Verne-Magasinet startades igen 1969–1971 berättade han för alla gästerna att han var från Venus (eller om det nu var Mars?), vilket gjorde ett så starkt intryck på åtminstone en av de närvarande gästerna att hon kom ihåg episoden årtionden efteråt. Han satt med i redaktionen de tio första numren och det var han som skötte inköpen av rättigheter från amerikanska författare.

En av hans favoritnoveller var "Mysteriet med mumien" av Duncan H. Farnsworth, som han efter ändlöst tjat fick köpa in för publicering. Han var bra på att få sin vilja igenom medels utmattningstaktiken. "Mysteriet med mumien" är en berättelse som handlar om en man som reser tillbaka i tiden för att undersöka vem en gammal mumie kan ha varit i livet. Mumien visar sig vara mannen själv. Kanske säger favoriseringen av denna novell något om svensk fandoms – för att använda ett utslitet begrepp – störste "legendar". Att han var fascinerad av tiden och den utmaning tiden utgör ska vi strax se.

Alvar talade mycket om sina upplevelser av LSD. Han satt några år på St. Lars i Lund, men hade dessförinnan gett ut fanzines och varit mycket aktiv inom fandomrörelsen. Märkligt nog tycks han bara ha publicerat sig litterärt och professionellt en enda gång och det var med "Vi ska återvända" (Häpna 5/1958).

Det är tveksamt om denna kortsamma text är en novell. Längden, eller rättare sagt kortheten, gör den nästan till en flash. Det finns en sorts handling, men det är inte mycket till sådan. Texten kan närmast rubriceras som ett filosofiskt sf-dokument med lyriska övertoner. Novellens jag-person står på en kulle på Mars och hans tankar rör universum, människan, Jorden, alltings storartade skönhet och alltsammans vilar på en nästan vemodig längtan:

> Över himlen sträcker sig Galaxens glitterband. Stjärnorna roterar mot den mörka bakgrunden i sitt eviga kretslopp. Stora gasklot i flamman-

de majestät. Dubbelsolar, vilka svävar famnande varandra med glödande vätgasprotuberanser. Döende, rödlysande sfärer, som långsamt krymper medan kosmiska sekunder tickar förbi; den förlorade massan är energi, oförtröttligt ilande genom tomheten. De bär fram ett budskap till avlägsna världar där det finns livsformer som vi inte anat …

> Jag ser de glödande knappnålshuvudena av ljus, väldiga solar som har planeter. Det ligger vemod i degenerationen. Människan hade kommit från den gula dvärgstjärnan i sin storhet och spridit sig över solsystemen. Men toppen i en utvecklingscykel är också övergången till nedåtsjunkande, framåtskridande innesluter i sig självt tillbakagång.

Jag-personen vet inte hur Jorden ser ut numera, men alltsammans mynnar i tankegången att vi – människan – ska återvända till utgångsläget.

I en annan kortnovell, "De överlevande", som han publicerade i sitt fanzine Komet (3/1956), har världen gått under; det handlar om den yttersta domen, Ragnarök. En koboltbomb avgjorde saken. De överlevande på en död värld ska stiga ned genom en underjordisk tunnel till den tillvaro där de ska försöka överleva och över deras huvuden ligger tunnelmynningen öppen.

> Ovanför, på den största satellitens svarta himmel, lyste hemplaneten nära dubbelsolarna med en fruktansvärd, radioaktiv glans.

Återigen, inte mycket till handling. Det är stämningslägen, existentiellt vemod som gäller. Alvar Appeltofft tycks inte ha intresserat sig för att strukturera spännande intriger av det slag som dominerar inom sf och annan populärlitteratur. Han var mer av en poet och drömmare.

Och Alvar kände verkligen för science fiction, vilket visas av en insändare till Häpna! (2/1955):

Med anledning av att en signatur i decembernumret av Eder tidskrift diskuterat möjligheten att ljushastigheten 300 000 km/sek. skulle kunna överskridas av ett interstellärt rymdskepp, vore jag tacksam få med följande synpunkter i Häpna! Signaturen säger sig i böckerna *Uppdrag i världsrymden* och *Jag, robot* av respektive A.E. van Vogt och Isaac Asimov ha läst om en anordning benämnd "rymdskruv". Denna skulle kunna möjliggöra hastigheter högre än de 300 000 km/sek, som av Einstein satts som gräns.

I *Uppdrag i världsrymden* låter van Vogt skeppet Space Beagle vara försett med en "anti-accelerator", d.v.s rymdskeppet omgives av ett kraftfält, vilket medför att elektronerna i atomerna flyttas om något, enligt författaren "en mycket liten förändring men dock fullt märkbar". Enligt van Vogt skulle alltså ljushastigheten kunna överskridas genom att atomstrukturen förändras. Boken *Jag, robot* antyder endast en liknande anordning. Dock skildrar författaren här ett fenomen, som skulle uppträda vid överskridande av ljushastigheten, nämligen ett slags "dödintervall".

Den i mitt tycke bästa teorin föreligger i Asimovs bok *Världar i krig*. Enligt denna skulle Einsteins teori endast gälla för vanlig tredimensionell rymd. Genom att utnyttja fjärde dimensionen skulle ett rymdskepp alltså kunna överskrida ljushastigheten. Detta beskrivs i boken så här: "Man skulle kunna likna en dylik rymdfärd vid att man i stället för att fara runt en hel kontinent 'hoppade över' den på den smalaste punkten".

Och sedan kommer det:

Jag har själv utvecklat en liknande teori. Universum rör sig ju framåt i fjärde dimensionen – tidsdimensionen – d.v.s tidsförloppet. Om detta med artificiella medel kunde bromsas upp för en viss kropp, skulle denna liksom "stanna kvar" i tidsdimensionen. En färd till en annan stjärna borde kunna göras på kort tid om en dy

lik "tidretardator" utnyttjades. Blir det nu någon gång möjligt att retardera tidsförloppet för ett rymdskepp? Säkert blir det genomförbart någon gång i framtiden. Tidsresor är ju nästan rutin för SF-författare. Visserligen torde resor i tidsdimensionen aldrig bli verklighet, men nog borde tidsförloppet kunna avsaktas eller -stannas, om inte om hundra år så om tusen.

Alvar Appeltofft valde alltså att lägga fram sin idé i en insändare i stället för att skriva en berättelse under tillämpning av denna sin tidsinsaktning. Kanske tyckte han att teorin var så pass seriös att den borde läggas fram på fullt allvar.

I dag vet vi att Stephen Hawking och många andra spekulerar om att förstora maskhål i tillvaron och på det sättet ta genvägar till andra delar av universum, ja, rentav till andra universa. Britten Stephen Baxter har exempelvis skrivit sådana skrönor i rymdoperagenrens andra andning.

Efter Alvars självmord skänkte hans föräldrar pengar till en stiftelse som delar ut stipendier till förtjänta aktivister inom sf-fandom i Sverige. Det är mycket möjligt att det bland de fanzines Alvar gav ut finns sf-berättelser som han skrev. Det vore kanske en uppgift för Alvar-fonden att kartlägga detta och se om det kan vara idé att samla hans litterära texter i bokform.

ELSA GRAVE (1918–2003)

Först skrev Bellman sin dikt "Månan", sedan skrev Stagnelius sonetten "Månen" och därefter publicerade Häpna! Elsa Graves dikt "Månen". Även om Elsa Graves anknytning till science fiction var perifer, så var den inte lika obefintlig som Bellmans och Stagnelius. Det var i Häpna! (5/1964) som tidskriften för en gångs skull publicerade en dikt, därtill troligen eggad (med den envisa systematik som var hans signum) av Alvar Appeltofft. Elsa Grave var hans absoluta favoritpoet.

Elsa Graves anknytning till sf var via dot

tern, som var medlem av en sf-klubb i Halmstad. Jerry Määttä poängterar att Elsa Grave framträdde på fandomkongressen Halmcon i Halmstad 1959, där hon läste sina dikter för en handfull applåderande sf-anhängare. Halmstad var så att säga Alvar Appeltoffts hemmabas och i *Alvar Appeltoffts minnesskrift* (1979), redigerad av Dénis Lindbohm, kan man läsa följande rader:

> Bilden av drömmaren och visionären Alvar kan kanske bli tydligare om man får veta vilken sorts lyrik han tyckte om.

Ett avsnitt av "Yttersta utposten" som bärs fram på allitterationer låter så här:

> Ovanför vintergatornas
> oberörda avstånd
> glömmer jag lufthavets
> stiltje
> och vilande vindar
> vet jag i viktlös smärta
> att vi var vinden
> som sov
> i jagande gröna
> luftvågor
> Jordens gröna vågor
> slog upp över oss
> och förde oss
> vindlikt bort

Motiv från sf-sfären dominerar inte på något vis i Elsa Graves lyriska produktion men i samlingen *Avfall* (1974) återfinns poemet "Rymdspråk", där det bland annat heter så här:

> Kometen som vände om
> talade till Jorden
> genom att aldrig
> vidröra dess atmosfär
> den talade rymdspråk
> om en stor grymhet
> och en stor grymhet
> kan beskrivas

> på människors vis
> utan medkännande
> i långskriksprognoser
> och dödsbesvarade frågor

Många år senare återkom hon bland annat med "Kosmos i snabbköpet" i samlingen *Evighetens barnbarn* (1982):

> Betingelserna
> för att bli fossil
> tillhör också
> levandets faktamysterier
> det står klart
> vid inträdandet
> i snabbköpet
> där kassaapparaterna
> slamrar metallers förgängelse
> i den dagliga datahanteringen
> under ljusårens
> osynliga framfart
> mellan avstånd
> som fördriver avstånd
> mellan tidlöshet
> inför ljusårliga
> evighetshålligång
> över fulla frysdiskar –

Det tycks handla om en ironisk blinkning åt konsumtionssamhällets trivialitet sedd i kosmiskt perspektiv. Det är kanske trots allt en sorts science fiction och i alla händelser av sf påverkad lyrik.

> Passa på i snabbköpet
> när suset från Vintergatorna
> går i a-moll i rymdlaboratoriet på Rånö
> passa på att smeka
> otillåtna halvfrusna godbitar
> i denna jättebur
> av snabbköpsnej
> och snabbköpsvarsågod
> och välkommen tillbaka
> till våra extraprissortiment –

> Men våra hormonstormar

fortsätter
att vara samma andas barn
som våra solstormar
som endast solforskaren ser
dit våra smekningars
sensuella banor aldrig når
och Jorden med sina intakta varuutbud
inte vill ta emot –

Här finns i varje fall ett gränssnitt där Elsa Graves kosmos kysser science fictions universum. Så långt svenska inslag i 1950-talets Häpna!

BERTIL ALMQVIST (1902–1972)

Att pedagogiken utvecklats sedan 1910-talet, då Otto Witt populariserade kunskap, vetande, teknik och vetenskap på ett helt nytt sätt med sin tidskrift Hugin, det står klart när man skådar och läser Bertil Almqvists magnifika bilderbok för barn (vuxna ej att förglömma) som heter *Barna Hedenhös i världsrymden* (1955).

Hans tecknade helsida *På Tapeten* i Aftonbladet en gång i veckan var något av det fräschaste i svensk journalistik när det gällde att vänligt men träffande kommentera dagshändelserna i politik och samhälle. Med stenåldersfamiljen Hedendös som levde för 4 000 år sedan, men som med anakronistisk schwung också de kommenterade det nutida samhället, skapade Almqvist en helt underbar värld.

Barna Hedenhös i världsrymden är en av böckerna i Hedendös-serien, science fiction för barn och vuxna, rent hejdlös i fantasteriet men också med kunskapsförmedling i skarven mellan fantasi och verklighet. I ett rymdskepp i form av ett urholkat "mammut-träd" reser familjen till månen, varifrån den fortsätter till Mars, som visar sig vara likt en kopia av Jorden med skyskrapor och kanaler likt en plantarisk variant av Venedig. Bertil Almqvists bidrag till genren är det kanske mest charmfulla som presterats, i varje fall på svenska.

MAGDA HENNING ANDERSSON (1909–1990)

Slangbella från 1955 är något så pass ovanligt som en svensk feministisk framtidsberättelse. Och den är rolig, ja, bitvis festlig. Författarinnan har, precis som August Blanche gjorde i förbifarten redan 1846, helt enkelt vänt upp och ner på könsrollerna och skapat ett Sverige där mannen står vid spiseln och tar hand om barnen medan hustrun förvärvsarbetar. Det är naturligtvis en metod som hör satiren till.

I denna värld har Konungariket Sverige förvandlats till Drottningriket Sverige. Huvudperson i romanen är Bernhard Maximilian Gunhildsdotter, för precis som kvinnorna tidigare fått bära efternamn som Andersson och Pettersson, så får männen i denna framtid dras med suffixet -dotter.

Bernhard Maximilian Gunhildsdotter är gift med Teodora som är anställd vid Drottningens Lupedpoliskårs Expedition. Varje dag sticker Teodora i väg i sin luftburna luped till arbetet medan hennes förtryckte man hemmavid tar hand om de fyra barnen och hushållet. Familjens odåga är dottern Torborg och handlingen tar sin början den 5 april 2121. Torborg har tillverkat en slangbella och redan prövat dess effekt på ett växthus med åsyftad verkan på i stort sett varenda glasruta.

Någon dag senare åker familjen luftbuss till Lejonbacken. På slottet ställs drottningens riksregalier ut och då familjen är där på besök uppstår villervalla på borggården, varvid pappa Bernhard Maximilian Gunhildsdotter blir vittne till vad dottern Torborg passar på att göra:

Då kom Torborg uppför den breda marmortrappan och spatserade genom de uppslagna debattangerna in i salen med riksregalierna. Hon hade en min av sublim oskuld, som genast kom mig att misstänka att hon haft något att göra med tumultet. Strax innanför dörren blev hon stående på tämligen stort avstånd från mig, betraktade mig med outgrundliga blickar, lyfte händerna och sköt med slangbellan ett skott rätt in i montern med riksregalierna. Skärvorna yrde. Lamslagen stirrade jag på förödelsen. Som projektil hade hon begagna Teodoras ämbetssigill. Det låg fullt synligt mitt emellan kronan och äpplet och skriade högt till himmelens sky om var brottslingen vore att finna.

Pappa ingriper och tar hand om mammas sigill, men utan att riktigt veta varför passar han på att lägga rabarber på kronan, spiran och äpplet. Stor kalabalik. Mamma Teodora, som haft ansvaret för riksregalierna råkar illa ut samtidigt som pappa Bernhard leker kung, då han då och då plockar fram riksregalierna hemmavid och i sin ensamhet med kronan på huvudet funderar över matriarkatet.

Slangbella är en av de originellare faktasierna i svensk science fictions litteraturhistoria. Upplösningen går i farsens tecken. Detta torde vara Magda Henning Anderssons enda vetsaga. I övrigt tycks hon bland annat ha skrivit barnböcker.

SIVAR AHLRUD (IVAR AHLSTEDT 1916–1967 OCH SID ROLAND ROMMERUD 1915–1977)

Tvillingdetektiverna var en skapelse av de båda författarna Ivar Ahlstedt och Sid Roland Rommerud, men istället för att framträda med en dubbelbajlajn, slog de ihop sina namn S(id)Ivar Ahl(stedtRomme)rud = Sivar Ahlrud. Det handlar om ungdomsdeckare av den hurtiga och käcka typ som svenska pojkböcker tillskars efter och i tre av berättelserna surfar de båda författarna på svallvågorna efter science fictions frammarsch i Sverige.

Det handlar om tre böcker: *Raketmysteriet* (1955), *Tefatsmysteriet* (1956) och *Rymdmysteriet* (1957) och det är fortfarande fråga om deckare. Men så här kan det låta i *Raketsmysteriet*:

–Tio ... nio ... åtta ...
Sekunderna gick.

–Två ... ett ... Noll!

I detsamma hördes ett våldsamt sprakande bortifrån grusgropen. Ett intensivt ljussken lyste upp omgivningen. Så hördes en rad dova knallar och olikfärgade raketer steg upp mot natthimlen. De fortsatte allt högre och högre och plötsligt exploderade de. Olikfärgade gnistor dalade sakta ned mot Jorden och lyste upp skogen.

–Nu kommer Månraketen ... viskade ingenjören.

Hans ögon lyste av spänning.

–Gapa, grabbar! Annars blir ni alldeles döva! sa Jonte.

Så kom smällen. Den var kraftigare än tvillingarna väntat sig och de blev alldeles omtumlade. Så fick de se en häpnadsväckande syn.

Upp ovanför grantopparna steg ett sprakande, dånande föremål. Det rusade upp mot natthimlen med en svans av flammor efter sig. Gnistorna från de mindre raketerna dalade fortfarande nedåt och den stora raketen syntes tydligt, trots att den hunnit flera hundra meter ovan Jorden. Den hade samma form som rymdraketerna på äventyrsböckernas omslag.

Några sekunder förflöt. Plötsligt slocknade gnistorna från de mindre raketerna nästan på samma gång. Månraketens eldkvast tonade bort. Himlen var med ens mörk igen.

–Alla tiders ... utbrast Klas.

Han hann inte längre.

En öronbedövande smäll hördes uppifrån skyn. Det flammade till och plötsligt började ett nytt gnistregn. Mitt i ljushavet dalade tre intensivt lysande siffror ned mot Jorden. Siffrorna bildade talet "300".

Man kan knappast säga att faktasigenren tillfördes något nytt, men gissa om målgruppen av läsare slukade dessa skrönor.

KJELL E. GENBERG (1940–)

Kjell E. Genberg är mest känd för sina västernböcker om Ben Hogan samt sina deckare och thrillers, men han har därutöver skrivit bortemot sexhundra noveller av olika slag, ofta alldeles utomordentliga, varav en enda, påstår han, – som vi ska se felaktigt – är ren science fiction.

Genberg föddes i Hudiksvall och anställdes 1956 som radskrivare på Hälsinge-Kuriren. Vid samma tid blev han förtjust i science fiction och läste tidskrifterna Galaxy och Häpna! Det var i ett försök att imitera genren som han det året skrev novellen "Den förste".

Han hittade den i en kartong i Bromma 51 år senare och den publicerades inte förrän 2007, då den gick ut i föreningen Novellmästarnas sommarutskick till tidningar i landsorten. Förvisso hade den då 16-årige ynglingen från Hudiksvall funnit den rätta sf-tonen:

> Han skakade olustigt på sig när han steg ut ur phalus-sändaren. Det starka solljuset skar in i hans ögon och han blinkade några gånger för att vänja sig vid det. Gröna slätter bredde ut sig framför honom och den ozonmättade luften gav honom visioner av att lungorna svällde till oanat format. Platsen verkade faktiskt vara acceptabel för kolonisering, tyckte han. Luften tycktes innehålla rätt mängd syre i förhållande till vätekoncentrationen och vegetationen bredde ut sig som mörkgröna kilar i det kuperade landskapet. Någon civilisation eller spår av civilisation kunde han inte upptäcka, något som mycket förvånade honom, då platser med mindre livsförutsättningar redan koloniserats av intelligenta varelser. Han sände en tanke till de geniala vetenskaparna på den planet han kallade sin. Vilka hjärnor hade inte fordrats för att skapa phalus-sändaren med vars hjälp hans omvandlade kropp förts tusentals ljusår genom rymden.

Så inleds denna novell som får en helt oväntad upplösning. En mycket lovande sf-debut, som blev liggande och tyvärr inte fick någon uppföljning. "Efter lumpen har jag inte intresserat mig alls för science fiction", säger han. Ändå går det faktiskt att vaska fram

faktasiartade noveller ur Genbergs rika produktion. En sådan novell är "Uppfinningen" (publicerad Topp 6/1977 eller 1978) där uppfinnaren Sture Andersson uppsöker sin vän skatteintendenten Bo-Jöran Härpeklo. Med sig har han sin uppfinning.

> – Vad kan man göra med den? frågade Härpekloo och tittade på maskinen.
>
> Apparaten såg närmast ut som ett strålgevär från "Stjärnornas krig". Eller möjligen en snart färdigbyggd hembränningsapparat. Ett rör omlindat med andra rör – och det stod på en trefotslavett. På en platta bakom röret fanns fem rattar och ett par mätare. Alltsammans kördes på strömmen hemma i Härpekloos lägenhet. Härpekloo stirrade på elmätartavlan. Den lilla snurran som visade strömförbrukningen roterade som en fläkt på högvarv. Om inte Andersson snart hade demonstrerat färdigt skulle det bli en hög elräkning hos skatteintendent Härpekloo nästa kvartal.

Men Härpekloo får snabbt klart för sig fördelen med apparaten och det hela leder till att han kan slå två flugor i en smäll. Utöver "Uppfinningen" ska också nämnas "Närkontakt" (Mitt Livs Novell 11/1978), som sedan kom i lättläst version kallad *Farligt främmande* (2000). Genberg använder sig av det välbeprövade knepet att låta det häftiga mötet med grönfärgade tefatsmänniskor äga rum i en dröm.

Faktum är att Genberg till och med opererat i den subgenre till faktasin som kallas cyberpunk. Det var 1993 som han kom med novellen "Datormannen som försvann" i tidskriften Provins (3/1993). När detta påpekades för honom 2011 visade det sig att han inte ens kände till genren cyberpunk. Det är en både bra och rolig novell. Både "Den förste" och "Datormannen som försvann" ingår i hans novellsamling *Paradisvägen* (2011).

Det finns åtminstone ytterligare två noveller av Genberg värda att notera i sammanhanget. "Hundarna" utspelar sig på en märklig ort och har en ganska ruggig stämning. Även om det inte handlar om ren sf så råder ett kafkaliknande tillstånd i en märkvärdig och skrämmande miljö. Genberg själv gör vad han kallar den kvalificerade gissningen att "Hundarna" ursprungligen stod i Mitt Livs Novell någon gång hösten 1979 eller vintern 1980. Den publicerades återigen i novellsamlingen *Hundarna* (Hegas 1999).

Då ligger "Tysta flickan" närmare sf-genren. Den är i likhet med Stieg Trenters debutnovell en telepatisk spökberättelse och har därmed ena foten inne i sf-genren. "Tysta flickan" beställdes år 2000 av Semic för antologin *Sveriges bästa spökhistorier*. Den trycktes om 2002 i Hemmets Veckotidning under titeln "Ett rop på hjälp".

Exakt 50 år efter ungdomsnovellen "Den förste" återkom Genberg med en ungdomsbok i undergenren "efter katastrofen". Den heter *Rövare* och handlar inte om världen efter ett världskrig eller en nukleär katastrof utan om världen efter en enorm översvämningskatastrof. Efter syndafloden uppstår samhällen, mer eller mindre avskurna från omvärlden och i ett sådant samhälle härskar tyrannen Orkus, en riktig monopolkapitalist, som tvingar alla småföretagare att "sälja" sina företag. Alexander, som har ett bokantikvariat, vägrar, vilket leder till att han kastas ut i det tillstånd som råder ute i vildmarken. Här arbetar han sig upp i ett rövarbands hierarki.

Genberg har också varit flitig författare till tecknade serier. En sådan serie var Modde, en serie för barn med egen serietidning som tecknades av Carlos Canel. Modde 3/1970 kan betecknas som bakvänd science fiction. Berättelsen om Modde och hans båda sajdkickars resa till månen är en omgestaltning av Apollo 11 och den första månlandningen. Modde och vänner går in i kapseln och skjuts ut i rym-

Kjell E. Genberg, Sveriges meste pulpförfattare. Foto: Keg.se.

den medan astronauterna (i verkligheten Neil Armstrong, Edwin "Buzz" Aldrin och Michael Collins) blir kvar på Jorden.

Carlos Canel har tecknat rymdfarkostens olika delar helt i enlighet med verklighetens beståndsdelar och där fjärmar sig dramaturgin en bra bit från verklighetens månlandning. Genberg låter följande dialog utspela sig i samband med första fotstegen på månen.

Kompis: Ett stort steg för mänskligheten.
Modde: Bara inte mänskligheten vrickar foten.
Modde: Titta här då! Vi är inte ensamma på månen.
Modde: Där kommer någon.
Kompis: Hjälp! Jag vill hem till mamma!
Modde: Vad är du för en?
Varelsen: Jag är Jeppe Marsipan och jag är från Mars.
Modde: Men du är ju inget grönt monster. Jag har hört att alla från Mars är gröna monster.
Jeppe Marsipan: Inte alls, men jag har en grön moster. Hon heter Klara Klorofyll och hon är jättesnäll.
Jeppe Marsipan (pekar ut i rymden mot en rutig planet): Där är Mars! Där bor jag!
Modde: Men Mars är ju alldeles rutig. Jag har hört att den skulle vara randig av kanalerna.
Jeppe Marsian: Det var den förr, men nu har TV infört kanalklyvning.

Genberg är som sagt var mest känd för sina västernböcker om Ben Hogan. I manuskript föreligger i skrivande stund (2012) en ny Ben Hogan eller en nygammal Ben Hogan. Det är helt enkelt en rymdoperaversion av den första Ben Hogan-romanen. Den heter *Främlingen från en annan värld*. Hjälten heter Benji Hogg och Genberg leker med båda genrerna, som ju redan i pulpversionerna hos Leigh Brackett på 1940-talet låg varandra nära.

CARL HENNER
(HENRIK NANNE 1923–1995)

Bokhandlaren och översättaren Henrik Nanne skrev ungdomsböcker i sf-genren under pseudonymen Carl Henner. Och han översatte en rad böcker av sf-författare som Charles Platt och John Rankine och får anses som en viktig person inom den svenska faktasiens landamären.

Alternativ Luna (1956) har vid något tillfälle nämnts som Carl Henners bästa bok. Hans Persson har på sin blogg "du är vad du läser" (26/12 2009) femtiofyra år efter publicerandet av *Alternativ Luna* avgett ett rättvist omdöme om boken, som är värt att citera:

Carl Henner är inte något välkänt namn idag, men han är en av Sveriges mest produktiva sf-författare med tio titlar utgivna framför allt under andra halvan av 1950-talet (med ett par eftersläntrare i slutet på 1960-talet). *Alternativ Luna* visade sig vara en någorlunda realistisk beskrivning av en första månresa (den är dock inte lika realistisk som Hergés beskrivning av Tintins månresa, trots att den faktiskt utkom några år senare). Här fanns också ett förvånande stort element av romans (dock begränsat till Jorden; månbesättningen består endast av män). Det går inte att komma ifrån att det märks att den här boken är lite över 50 år gammal, men den känns trots allt inte hopplöst dammig. Visserligen känns det lite gulligt när besättningen på månraketen börjar beräkna detaljerna för sin landning med papper och penna, men den snabba utvecklingen av miniatyrdatorer känns det som om i princip varenda sf-författare missat ända tills den var ett faktum, så det är inget som Henner är ensam om. Vid några tillfällen kan man undra om det är rimligt med den brist på säkerhetsanordningar som beskrivs, men det får man nog skriva på dramaturgikontot. Visst visar *Alternativ Luna* sin ålder, men absolut inte värre än att den är fullt njutbar även idag. En modern läsare upplever den däremot i första hand som en tidsresa bakåt, till 1950-talet, än en framtidsvision.

Så långt Hans Persson. Han nämner romans

och dramaturgi. Faktum är att *Alternativ Luna* är en faktasi, som skulle kunna bli en lyckad film eller tv-produktion. Den har allt som behövs, det stora rymdäventyret, mänskliga relationer, ett moget slut, som inte rasar samman i sentimental noja. Sämre bokprodukter har legat till grund för filmatiserade produktioner.

Henner skrev en rad berättelser med Rob Warner som huvudperson. Rymdingenjören Gary Warner och Jim Harvery brukar vara med på mer än ett hörn. *Rymdkaparen* (1957) handlar, som titeln antyder, om sjörövare, här i form av rymdpirater, ett i genren rymdäventyr mycket vanligt fenomen i amerikanska pulpmagasin redan på 1930- och 1940-talen. Rob har knappt kommit hem från ett jobb på Merkurius när han via farbror Gary får ett budskap från Venus:

BRING SECR SERVICE GVENOPOL EST-R VENUS
TILL AVARNER INT FÄRDKOM NEW YORK USA TERRA:

SER OSS NÖDSAKADE VARNA ER VID FORTSATT INTERPLANETÄR TRAFIK – OKÄNT ELLER OKÄNDA KAPARSKEPP OPERERAR BLAND INRE PLANETERNA – FLERA VENUSIANSKA RYMDSKEPP ANFALLNA TVÄ KAPADE – TACKSAMMA FÖR HJÄLP VID UPPSPÅRANDET OCH OSKADLIGGÖRANDET AV NÄMNDA KAPARSKEPP – ESTRELLA UTRUSTAR SKEPP OCH HÄMTAR ER NEW YORK – TACKSAM FÖR SVAR OMGÅENDE – HARK OCH VIDAR DELTAR I HÄLSNINGAR TILL VÄNNEN ROB – KAN HAN FÖLJA MED

BRINO

Och så är spelet i gång. Henners *Pluto klockan KL X 12* (1958) är en rymdopera i klassisk kapten Frank-stil (Henner översatte Edmond Hamilton) med inbyggda resor i tiden, möten med andra mänskligheter och knipor som till synes är omöjliga att ta sig ur. Det har sagts om en del av Henners böcker att de är förutsägbara. Det gäller emellertid varken *Alternativ Luna* eller *Pluto klockan KL X 12*.

När rymdskeppet landar på Pluto tar märkliga damer hand om rymdskeppets besättning och skickar dem inte bara till "ett solsystem i en mycket avlägsen galax" utan också "fyratusen år framåt i tiden" utan möjlighet att återvända till sin egen tid. Fast det problemet fixar sig när det kommer till kritan. Så här beskrivs Pluto:

De begav sig iväg över klippslätten. Trots metalldräkterna rörde de sig ganska lätt. Gravitationen var ungefär densamma som på Jorden, den var t. o. m. något lägre. Men de kände sig ändå på något sätt som dykare som rörde sig på havsbotten. Det berodde dels på att dräkterna var så styva, dels på mörkret omkring dem. Det var inte alldeles mörkt. Det var ett slags djup skymning. Om man undantar frånvaron av skarpa skuggor var det ungefär som en månskensnatt på Jorden. Småningom, när deras ögon vant sig, började emellertid svaga skuggor framträda, orsakade av det ytterligt svaga skenet från solen, som glimmade som en klar stjärna över deras huvuden.

Denna skröna har dessutom ett intressant triangeldrama. Jim Harvey, chef för den jordiska rymdstationen på månen är förälskad i Ruth Forman, journalist från New York. Men hon föredrar farbror Gary Warner. I stället för att ta upp kampen om denna kvinna drar sig Jim Harvery undan. Varpå de alla tre hamnar på upptäcktsresan till Pluto. Henner gör egentligen ingenting åt denna triangel förrän på slutet, vilket får konsekvenser för utgången av berättelsen, men ändå känns det som om författaren missat en möjlighet här.

Men okej. För även om hans *Alternativ Luna* också den hade ett triangeldrama, så var hans uppgift inte att skriva en Jane Austen-historia utan en skröna för grabbar i 10–14-årsåldern, som 1958 förmodligen inte antogs alltför intresserade av tjejkomplikationer. Dramaturgin skulle kanske inte heller lämpa sig för en filmatisering på samma sätt som *Alternativ Luna*, men idémässigt sett är berättelsen nästan lite för bra för en pojkbok. Carl Henner har då och då avhånats av kultursnobbar. Orättvist, men å andra sidan: vad ska man med rättvisa till? Carl Henner var Lindqvists förlag trogen i sjutton år. Under perioden 1954–1971 skrev han tio böcker för förlaget och översatte fem.

VALTER UNEFÄLDT (1923–2011)

Språkmannen Valter Unefäldt skrev ungdomsböcker, rättstavningsböcker, deckare och noveller i veckotidningar. Han tyckte om att läsa science fiction-böcker och åtminstone två av hans noveller är faktasier. ”Diana finns inte mer” var titeln på en sådan novell som publicerades i Lektyr (21/1958). En läkare ger sig ut på jakt med stövaren Diana och får uppleva att en farkost som liknar ett flygande tefat landar.

Det som sedan följde framstår ännu för mig som något så otroligt och förvirrat, att jag blott med stor svårighet kan erinra mig enskildheterna i intermezzot. Den dallrande ovala ytan buktades alltmera utåt, samtidigt som den antog bestämda konturer, en teckning av bål, lemmar, huvud, som plötsligt avskildes från det större föremålet, och en människoliknande figur plötsligt stod framför mig. Med undantag för hudfärgen, som till en början förvillande sammansmälte med den främmande bakgrunden, var han inte olik en gammal dvärg, hårlös, mager, förtvinad. Han var klädd i en blågrå metallglänsande dräkt utan kanter eller sömmar. Den satt liksom påsmetad eller gjuten direkt på huden från halsen ända ut till tåspetsarna. Möjligen var även huvudet klätt i samma material, men det fanns en bestämd nyansskillnad mellan ansiktets och bålens färger. Först stod han

alldeles stilla på det ställe han vuxit fram, och min fruktan vek långsamt för en ännu större nyfikenhet. Jag kunde omöjligt känna någon skräck för denna lilla löjliga varelse. Snart visade han sig emellertid vara i besittning av krafter som kom mig att önska att jag varit bättre skyddad och längre från platsen än jag var. Varelsen hade nämligen nästan omärkligt kommit närmare ängskanten, avlägsnat sig flera meter från sin groteska farkost utan att jag observerat hur det gått till. Han hade helt enkelt glidit fram längs marken som en andevarelse, ljudlöst, okroppsligt. Det fanns ett ståltrådsstängsel mellan landningsplatsen och skogsbrynet, men det hade inte hindrat honom. Han hade glidit rätt igenom det och stod nu bara några meter från det ställe, där jag låg och höll den flämtande Diana hårt i mina armar.

– – –

Jag såg hans ögon som små runda, kallt glänsande linser, fyllda av en så hypnotiskt sugande kraft, att jag själv tvangs flytta min blick för att inte helt bli fången i en sällsam drömstämning.

Diana kan inte motstå den hypnotiska blicken. Hundens kropp förvandlas, liksom uppplöses och övergår i en plastisk, blågrå materia, samma som i varelsens kläder. Läkaren blir rasande och avlossar en hagelskärva mot gestalten som i sin tur avlossar en ljusstråle, som åsamkar läkaren medvetslöshet och brännskador. Ingen tror honom när han berättar sin historia.

Den andra faktasin Valter Unefäldt skrev – han tror inte att det blev fler än två – var ”Fallet O'Connor”. Den handlar om en man som blir opererad för en hjärntumör, men hela tumören går inte att ta bort. När irländaren vaknar beskriver Unefäldt hur denne alltmera sugs tillbaka till spädbarnsåldern, en process som beskrivs steg för steg. Till det yttre sker ingen tillbakautveckling. Återgången till spädbarnsstadiet är en mental tillbakagång. Man bestämmer sig för att genomföra en ny operation innan regressionen når födelsepunkten.

– Den avgörande krisen torde inträda om ett par dar, sade han. Vi finner snabbt vart åt det lutar. I värsta fall … Han såg avvaktande på mig, som om han ville att jag skulle säga orden. Och jag sade dem:

– Födelse och död på samma gång.

Mortimer nickade.

– Alldeles riktigt. Och det måste vi föregripa. Om vi kan.

Det kan man.

GALAXY (1958–1960)

Man kan nog utan att överdriva hävda att den svenska upplagan av Galaxy, som kom ut i totalt 18 nummer innehållsmässigt länge var den bästa sf-tidskrift som getts ut i Sverige. Redaktionen lär ha varit en källarlokal på Klara Norra Kyrkogata 10 hos utgivaren AB Illustrerade Klassiker.

Galaxy publicerade Alfred Besters *Tigermannen* som följetong. *Tigermannen* är ett av de viktigaste verken i sf-genrens historia och en tusentaggare i världslitteraturen, fast det fattar nog inte giganterna i Svenska akademien och andra kulturknuttar med förkrympta referensramar. Men det som främst intresserar oss här är naturligtvis i vilken mån Galaxy publicerade svensk sf.

Som klassiker publicerades ett utdrag ur Claës Lundins *Oxygen och Aromasia*, avsnittet ”Luktorgeln” samt två hopslagna avsnitt från Sven Hedins *Från pol till pol*. Nu hade Erik ”Mac” Nybloms ”Vår strid med Mars” (1910), Ossian Elgströms ”Lagarna för luftens tryck” (1912), eller Gunnar ”Frank Heller” Serners ”Den yttersta dagen” (1922) alla varit betydligt lämpligare klassiker. De var färdiga noveller och till skillnad från Claës Lundins berättelse inte ett kapitel ur en roman och inte heller ett artikelbetonat inslag som det av Galaxys redaktion manipulerade slutet på Sven Hedins *Från pol till pol*.

Redaktionen kände helt enkelt inte till att det fanns en tradition med sf-noveller i de svenska tidskrifternas och novellsamlingarnas annaler och tvingades därför göra det bästa av det som man kände till. Men Galaxy publicerade nyskrivna svenska sf-berättelser.

Bara tre av de svenska författare som också medverkade i Häpna! dök emellertid upp i Galaxy, nämligen Erland Dahm, Gabriel Setterborg och Lennart Sörensen. Börje Crona däremot debuterade i Galaxy och Börje Nordén hade 1956 kommit med sf-romanen *Operation dimma* medan deckarförfattaren och civilingenjören Vic Sunesson (Sune Viktor Lundquist) bara tycks ha skrivit en enda sf-novell, den som stod i Galaxy. Erik Nyhlén, Ralf Parland och Pär Rådström kom alla tre från den accepterat litterära sidan av tillvaron om man så får säga.

PÄR RÅDSTRÖM (1925–1963)

Pär Rådström satt i Galaxys redaktion. Han var praktiskt taget uppvuxen i den svenska litteraturen, nämligen på redaktionen till Sveriges under tidernas lopp utan konkurrens bästa novelltidning alla kategorier. Redaktionen till All världens Berättare fanns nämligen i hans hem. Pappa Karl Johan Rådström (1893–1958), var chefredaktör och han stod i kontakt med alla dåtidens författare. Det var kanske sonen Pärs förtjänst att tidskriften publicerade Ray Bradbury och Dashiell Hammett.

Varken Niklas Rådström eller Gustaf-Adolf Mannberg nämner Pär Rådströms stora sf-intresse i sina företal till nyutgåvor av hans texter. Detta förhållande är inte så konstigt. Pär Rådström var djupt involverad i det stockholmska femtiotalet, hade närkontakt med kulturlivet i Paris och hans faktasier handlar bara om några få noveller. De är som droppar i den oceaniska textmassa som denne hackwriter efterlämnar. Det framgår inte minst när man tar del av Johan Werkmästers doktorsavhandling *Pär Rådström: Ett författarliv* (1990)

Han avled blott 38 år gammal, glömdes bort ett par decennier, återupptäcktes tack vare

Nr 11   **Galaxy**   Fakta
Juli   (Nr 7, årg. 2)   Fantasi
1959   Faktasi

Utkommer i USA, England, Frankrike, Tyskland, Italien, Finland och Sverige

INNEHÅLL

FÖLJETONG

(42) TIGERMANNEN .... Alfred Bester 86

LÅNGA NOVELLER

(59) SISTA ROTMÅNADEN .... Robert A. Heinlein 10
(60) KVINNOHATAREN .... James E. Gunn 43
(61) FRIPASSAGERAREN .... Isaac Asimov 55

TVÅ MINIATYRER

(62) MORGON .... Vic Suneson 7
(63) EXPERIMENTET .... Fredric Brown 53

FAKTA FÖR FANTASIN

DET ÄR REDAN VERKLIGHET .... Willy Ley 75

Insändare (3, 85), Författarnotiser (9), Nästa Galaxy (74), Beställningskupong (84).

Omslaget av JACK COGGINS visar gruvdrift i asteroidbältet. En av de många småplaneterna mellan Mars och Jupiter bärgas just in för vidare befordran till Jorden, där värdefulla metaller och mineral tas om hand.

REDAKTION
STEN MÖLLERSTRÖM (ansvarig utgivare), HENRIK RABE (redaktör),
UNO FLOREN, GUSTAF-ADOLF MANNBERG, PÄR RÅDSTRÖM (konsulenter) och
OLLE EKSELL, (fasadputsare).

Galaxy utges av AB Illustrerade Klassiker, Klara Norra Kyrkogata 10, Stockholm. Telefoner 10 15 40, 21 93 91. Postgiro 196700.

Lösnummerpris: 2 kronor. Helårsprenumeration: 20 kronor (12 nr). Annonspriser: Halsida (i inlagan) 600:—. Helsida (omslagets innersidor) 600:—.

Tryckt av Svenska Tryckeriaktiebolaget.

GALAXY   5

sina kamrater, men har nästan fallit i ny glömska. Han spisade som så många andra gjorde jazz på mitt gamla stamfik Café Flamman som låg på Vattugatan mitt emot Stockholms-Tidningen/Aftonbladets koncernbyggnad i just de Klarakvarter där redaktionen för Galaxy låg.

I alla händelser stod hans novell "372 möter kärleken" redan i det första numret av Galaxy 1958. Den presenterades på följande sätt: "Med glimten i ögat berättar den svenske författare, som har bäst öga för science fiction, om farliga ögon." Påståendet att Pär Rådström vid den aktuella tidpunkten var den författare i Sverige som hade bäst öga för sf ter sig minst sagt egendomligt. Sture Lönnerstrand och Dénis Lindbohm och flera andra var väl etablerade i och införstådda med genren, betydligt mer än Pär Rådström, vars kontakt med sf ter sig ytterst tillfällig när man ser i backspegeln.

Hur som helst. "372 möter kärleken" handlar om den nyblivne rymdkadetten 372 som vaknar upp och inte känner sig utsövd. Han tänker duscha men när han ser sig i spegeln upptäcker han det inte är hans egna ögon som blickar tillbaka på honom ur det skäggiga ansiktet. 372 sitter innanför ögonen på en varelse som han försöker att ta över. Det han ser är denna varelse genom vars ögon han spanar.

372 hade redan ett problem. När varelsen stått framför spegeln hade han märkt att den funderat något om att skära sig i ansiktet. Det hade varit en så irrationell tanke att 372 inte riktigt klarat den. Så irrationella var inte de här varelserna. Skära sig i ansiktet! Nå 372 var inte ensam på den här Jorden. Han hade tusentals kamrater. Alla här i samma ärende. Någon kanske kunde lösa varför den här varelsen ville skära sig i ansiktet.

372 är inte den ende som slagit sig ned inn-

anför ögonen på en människa. Så har även 1203 gjort, men hon talar om för 372 att hennes varelse inte vill skära sig i ansiktet. I stället för att som planerat penetrera sina jordvarelsers både invecklade och ofullkomliga nerv- och minnescentra, drabbas de båda av något oväntat. Jordmänniskornas virvlande malström av tankar tar över. 1203 och 372 blir förälskade i varandra. "Och deras tankar var en stor ljuvlig tomhet."

"Utan att bländas" (Galaxy 3/1959) är en dubbelgångarhistoria. Lars Bergman vaknar upp och finner att ingenting är vad det borde vara. Långsamt inser läsaren och han själv att någon har tagit över hans identitet. Denne någon är en identisk kopia av Lars Bergman och när de konfronteras skjuter kopian (?) Lars Bergman den verklige (?) Lars Bergman. När så har skett säger den överlevande Lars Bergman: "Det är väl dags att ta itu med det här jobbet nu, så man kommer härifrån nån gång." Och man kan naturligtvis undra om det är en ny variant av 372 som det handlar om. Läsaren får helt enkelt så gott det går själv tolka den mångtydiga innebörden i berättelsen.

Nu hade Rådströms sf-debut skett redan fem år tidigare med novellen "Rymdskeppet Tellus återkomst" i Vi (28/1953). Den bygger på samma idé som Lönnerstrands "Reportage från Hades", Heinleins *The Puppet Masters* och Scheutz *Anfall från Titan*, vilken kom samma år, men till skillnad från dessa tre varianter på temat, så går det inte lika väl i Rådströms novell. Det är en i sanning dystopisk berättelse, helt i den knäsatta sf-stilen med en knorr som dras ut i hopplöshetens tecken.

Den 16 april 1996 återvänder efter sju år den första marsexpeditionen till Jorden. Skeppet Tellus av metall står där som ett glänsande monument. Ingen radiokontakt. Inget livstecken. Det tar tre veckor att ta sig in i skeppet som är helt tomt. Inga jordbor, inga marsvarelser, inga individuella persedlar. En klipsk forskare inser att skeppet inte återförts till Jorden av sin ursprungliga besättning. Hans rapport till presidenten leder till att det utgår ett officiellt meddelande som säger att hela besättningen omkom vid landningen. Alla människor som varit närvarande eller haft med landningen och skeppet att göra sätts i koncentrationsläger.

Det uppges att de alla blivit sinnessjuka, drabbade av marsämnet R287(eF62)y829. Då slår marsianerna till. De tar över viljan hos en general och får honom att beordra att alla i koncentrationslägret avrättas.

Bara några år senare var världen deras. Det märktes inte stor skillnad. Människorna uppträdde som vanligt. Deras nativitet ökade, men samtidigt försvann också många barn. Man kallade det "barnförsvinnandet", så som man talar om influensan eller barnförlamning. Marsvarelserna hade hittat den perfekta roboten. De hade sökt en i många år, men så hade de funnit människan.

Det skulle dröja mer än fyra år efter genredebuten innan Pär Rådström återvände i Vi (48/1957) med sf-novellen "Bara människor". Fyra jordmänniskor är på upptäcktsfärd. "En av människans bittraste besvikelser hade varit att det fanns människor praktiskt taget överallt." Och när de fyra jordborna landar på en planet i Solsystem A287, hämtas de efter landningen av människor som ser ut som människor gör mest.

Men det finns på denna planet ett beteende som man inte begriper sig på. Borgmästaren hade en ung kvinna som satt vid hans fötter. Då och då strök han henne över håret. Liknande beteenden förekommer över allt. Plötsligt kan någon smeka en person eller piska henne. En av expeditionens medlemmar trasslar in sig i sådana händelser och återvänder inte till rymdskeppet, som lämnar planeten utan henne.

Förklaringen till allt detta är att det inte finns några djur på planeten. Det har inte funnits djur på över fyra tusen år. Men hur man behandlar djur i olika avseenden hade man tydligen inte glömt.

Året därpå återkom Pär Rådström med en tredje vetsaga, denna gång i Folket i Bild (27/1958). Den var rubricerad "Framifrån" och handlar om ett möte i New York, där en av allt att döma svensk sjöman på en bar träffar en man som säger att han kommer framifrån. Framifrån visar sig inte vara en plats i rummet utan från år 2136 och mannen frågar om det inte är ett helvete att leva 1958.

"Stockholm invaderat. Rymdmän redan här" var rubriken på en novell som Pär Rådström fick publicerad i Aftonbladet 21/9 1958. Den gör intryck av att vara slarvigt skriven, troligen framhackad i pekuniärt behov på ögonblickets ingivelse och kanske inrusad efter en kopp kaffe på Café Flamman till Aftonbladets redaktion tvärsöver Vattugatan.

Det är en ganska kul och vid publiceringstillfället aktuell satir. Invasionen från rymden har börjat. DOM har redan varit på Jorden länge och DOM har valt Stockholm som invasionsplats. Anledningen är den att där invasionen sker kommer det att uppstå stora märken i jordskorpan.

> Att dom valt just Stockholm beror – förutom på en viss beredvillighet från befolkningens sida att finna sig i allt utom sina poliser – framför allt på att så stora områden redan är upprivna och på att stockholmaren alltså vant sig vid att en morgon finna en jättekrater på en plats där det dagen innan låg ett litet vackert trevåningshus. Att säga att marken är förberedd skulle inte vara någon överdrift. Invasionen kommer att tillgå så att ett raketskepp landar strax söder om Hötorgshallen en söndagskväll.
>
> ———
>
> Den man vid Malmskillnadsgatan som av en händelse slitit sig från sin radio eller TV och som går fram till fönstret och ser att skyskraporna söder om Konserthuset försvunnit kommer att nöja sig med några bittra ord om kom-

munalt slöseri. Vid niotiden kommer allt att vara klart. De invaderande trupperna blandar sig då med mängden som strömmar ut ur biograferna. Men av en tillfällighet är polisen alarmerad varefter man vid Kungsträdgården griper en misstänkt marsman. Denne fritas emellertid omedelbart av det som i dagens Sverige kallas massan och vars huvudsakliga funktion är just den att frita marsmän som hamnat i polisens våld. Kom sen inte och säg att DOM inte förberett sig.

Pär Rådström satte punkt för 1958, sitt stora sf-år med "Varning för Jorden" (Publicistklubbens jultidning Julskrattet 1958). Det är också en stockholmssatir, där utomjordingen Par Radstrom rapporterar sina upplevelser i Mälardrottningens sköte till Chefen för expeditionsavdeln. Galax 4. Rörande: Exp. Sol. 3.

Kunskaparen Par Radstrom kan inte annat än avråda från varje försök att slå sig ned på Jorden. "Trots våra oerhörda tekniska framsteg är jag rädd för att vår ras kommer att komma till korta på själva tänkandets plan", fastslår han.

Det är en ganska tunn novell. Efter 1958 års sf-explosion med inte färre än fem faktasinoveller förefaller det som om Rådströms flirt med genren var över. Totalt tycks han bara ha skrivit dessa sju sf-noveller, men vem vet vad framtida rotande i gamla tidskrifter och jultidningar kan ge för resultat.

Huruvida Rådströms mainstream-texter – d.v.s. hans omfattande litterära produktion vid sidan om hans sf – klarar tidens gnagande tand eller inte är det kanske för tidigt att sia om, men även om hans båda sf-noveller i Galaxy är bagatellartade, så håller de fortfarande måttet och är så pass tidlösa till sin utformning att de fortfarande borde ha åtminstone något lite framtid för sig.

Det är ingen tvekan om att Pär Rådström fattat vitsen med samtidens faktasier, men de sju noveller han skrev i genren är ganska ojämna. Originellast är de båda som stod i Galaxy.

BÖRJE NORDÉN

Operation dimma (1956) av Börje Nordén är ännu en typisk ungdomsbok med sf-stuk. Pete är en "trevlig svensk pojke", son till en ingenjör som basar på att hemligt amerikanskt experiment i en undangömd dal i Klippiga bergen. Han har två vänner, Sandra, söt, resolut amerikansk flicka och denna formel har spätts på med Benjamin Franklin White, en svart påg. Med hjälp av en mängd fordon försedda med dimbildaraggregat lägras en ogenomtränglig dimma över dalen, men de käcka ungdomarna använder sig av infrakikare.

Andlöst följde de båda pojkarna det som skedde där borta. Oändligt sakta, tyckte Pete, lyfte sig det där runda upp ur den låga byggnadens innandöme. Mer och mer kom till synes. När det där kupiga, runda till slut nästan fyllde utrymmet mellan väggarna i byggnaden såg de en starkt belyst undersida. Med bultande hjärta följde Pete varje fas av skeendet. Han kände att detta var en syn han aldrig skulle glömma. Tefatet såg ut precis som det i en serie om Tvillingplaneten, som han brukade läsa. Skillnaden var bara den att det på översidan löpte tre parallella fenor av vilka den mittersta var längst och gick fram en bit över mitten av den kupade ytan. Och på varje sida om denna gick de två mindre, som bara var hälften så långa. På undersidan såg han tre hjul, som satt i trepunktsställning. Utan några synbara hjälpmedel lyfte sig tefatet sakta till några meter ovanför den fyrkantiga byggnaden. Tefatets tjocklek var minst fem gånger så stor som byggnadens höjd över markytan. I själva verket måste alltså större delen av byggnaden ligga under Jorden.

– Du, viskade Whitey tydligt upphetsad, alla de där fyrkantiga kåkarna är ju inget annat än hangarer för tefat. Då finns det alltså fem stycken till.

Magnus Gerne ritade omslaget, som just beskriver ovanstående händelse. Om *Operation dimma* är en ganska så normal ungdomsfak-

tasi, så är Börje Nordéns korta novell "Kära!" (Galaxy 4/1958) en liten lyrisk pärla i den svenska faktasins historia, en tragisk kärleksberättelse med kosmiska övertoner. En man och en kvinna har älskat. Mannen är jordmänniska, kvinnan kommer från ett om människor påminnande släkte som bara består av kvinnor. Nu bär hon inom sig frukten av detta möte, men även om hon älskar mannen så ser hon mänsklighetens rätta ansikte.

Ty jag har funnit en mänsklighet så lika vår, bara för att se den gå under i krigets – i koboltbombens – förintande fasa och trots att du var skyddad inom mitt skepps openetrerbara kraftdok – kunde jag inte föra dig tillbaka. Föra dig med och låta dina gener sprida hat och hämndlystnad, maktbegär och egoism, lögn och våld hos dem som var beräknade bli dina efterkommande. Vår värld har aldrig vetat av sådant och skulle snart gå under om era mänskliga drifter fördes över till oss. Jag ville så innerligt – min kropp ville – föra dig hem – men mitt innersta uppreste sej mot ett handlingssätt, som skulle bringat fördärv över oss.

I stället för att återvända hem bestämmer hon sig för att föda sitt barn – och hon vet att det blir en son – på en obebodd planet. Där ska resultatet av hennes möte vårdas av henne och han blir den sista mannen. En finstämd, vemodig och stämningsmättad novell.

OLA TÖRNING

Ola Törning skrev en del barnböcker och förekom med noveller i Lektyr, men tycks bara ha skrivit en novell som kan betecknas som sf, nämligen "Dödsstrålen" (Lektyr 43/1947). Den handlar om en man som tillsammans med sin hustru som arbetar på Serafimerlasarettet har en bostad i Gamla stan. Men själv levde han

enstöringsliv i en gammal stuga på yttersta Tyresö. Stugan, som låg vid randen av ett klippigt bråddjup mot havet, var mer ett laboratorium än en bostad. Här arbetade han dag och natt med en uppfinning vars fruktansvärda verkningar han förbisåg för glädjen att upptäcka. Det han arbetade på var dödsstrålen.

Handlingen utspelar sig under det andra världskriget och ingen vill satsa på hans experiment. Han blir bitter och beredd att sälja sin uppfinning till nazisterna. Men saker och ting utvecklas på ett annat sätt tack vare hustrun, som får honom att ändra sig. Berättelsen är skäligen enkel men innehåller en hel del dramaturgi.

MARK OLSSON

"Och i dag skall du dö" (Lektyr 48/1957) handlar om den arbetslöse illustratören Erland Eklund, som bara tillfälligtvis får ett vikariat i december på en cykelexpress i Gamla stan. Han är en bostadslös uteliggare under en presenning i Stadsgården. Under en köldknäpp köper han en tidning för sina sista slantar och ser en annons om ett jobb som illustratör, men något sådant arbete har inte utannonserats, men ska utannonseras. Det är också något egendomligt med nyheterna i tidningen. En premiär på Dramaten som inte ägt rum finns recenserad på kultursidan. Och så hittar Erland Eklund en artikel om att illustratören Erland Eklund hittats drunknad utanför Valdemarsudde. Det visar sig att tidningen är daterad fjorton dagar framåt i tiden. En i och för sig icke ny faktasiidé. Läsare av JVM på 1940-talet kunde läsa historier med samma tidsförvridning. Mark Olsson spekulerar i om människan under vissa betingelser, som storpsykisk påfrestning "kan bryta sig ur sin fixerade tillvaro". Den enda Mark Olsson jag lyckats finna sammanställde 1976 musiktrycket *För hela slanten* av kompositören Hilding Höglin, men om det är samme Mark Olsson som författat "Och i dag skall du dö" vill jag låta vara osagt. Novellen tycks vara författarens enda i genren.

ERIK NYHLÉN (1915–1977)

Man skulle kunna tycka att "den sanningsenlige storljugaren" Erik Nyhlén inte hör hemma i science fiction-sammanhang, men med novellen "Den eviga 50-årsdagen" i Galaxy 10/1959 demonstrerade han elegant att han lika suveränt behärskade faktasigenren som någonsin grenen skrönor och det utan att göra avkall på sin humor och förmåga att slira på kopplingen.

Men hur kom det sig egentligen att denne gudabenådade berättare, framsprungen ur frikyrko- och arbetarrörelsen i Ådalen, över huvud taget kom att skriva en sf-novell och placera den i Galaxy? Vi kan göra en så kallad kvalificerad gissning. Erik Nyhlén var en av Klarabohemerna. Han skrev sina skrönor för hand och hans hustru Asta renskrev hans handskrivna manus på skrivmaskin alltefter som de lämnade hans hand. Sedan gick han ronden till de olika publikationernas redaktioner i Klara. Och där låg ju också Galaxys redaktion. För en brödfödesförfattare som Erik Nyhlén utgjorde varje redaktion en möjlighet.

"Den eviga 50-årsdagen" handlar om Lennart Ferdinand Johansson, raketförare, som på order från Jorden släpper den bomb som utplånar allt mänskligt liv. Han landar och finner att han är den enda människan på Jorden. Ormar, kaniner och katter tycks vara de som övertar Jorden från människan och han hoppas att de ska klara av hanteringen bättre. Han var aldrig riktigt säker på om det var rätt att släppa bomben, men han skulle ju göra sitt jobb.

Så kommer det sig att han på sin 50-årsdag sitter på en strand och sjunger "Ja, må han leva". Några år tidigare hade det utförts strålningsexperiment för att om möjligt kunna konservera liv. Närvarande vid experimenten å sitt yrkes vägnar var Willy Maria Lundberg, som i verkligheten på sin tid var en mycket välkänd konsumentjournalist. Hon råkar bli den första som odödliggjorts med strålning.

Detta är en tidsmässigt aktuell blinkning som med tiden har förlorat sin lyster. Men …

Lennart Ferdinand Johansson var det andra fallet. Inom släkten Johansson hade det genom tiderna funnits många både uppfinnare, författare och konstnärer som strävat efter odödligheten men aldrig nått den. En av dem som varit politiker hade uppnått en begränsad odödlighet genom ett porträtt i stadshusets sessionssal. – Vem är den där gubben då, brukade turisterna fråga. – Det är någon Johansson som var stadsfullmäktiges ordförande en gång i tiden, sa guiderna nonchalant och sedan var det inte mer med den saken. Han, Lennart Ferdinand Johansson, som aldrig strävat efter odödlighet, var dömd till att vara ett monument över den ständiga femtioårsdagen, att vara fånge i sin egen samtid och framtid.

Efter några år börjar han att fixa till sin raket och sticker ut i rymden. Där uppfattar han en radiosignal. Någon tycks fira en födelsedag i universum. "O, må han leva i hundrade år" kommer ut högtalaren. Glad sätter Lennart Ferdinand Johansson kurs mot signalens utgångspunkt och landar på en ny planet och där finns alla hans gamla vänner. Dessa har samma dag som kriget bröt ut stuckit sin väg ut i rymden med företagets raket för att möta Lennart Ferdinand Johansson. De har passerat igenom kosmisk strålning och blivit odödliga de med. På planeten har de byggt sig en stad. Det hela är naturligtvis fullkomligt absurt. Har Erik Nyhlén tappat kontrollen över sin berättelse? Inte alls.

På Tennstopet, stadens enda restaurang, fortsattes firandet av den eviga femtioårsdagen. I det nyupprättade universitetet bedrevs intensiva forskningar om huruvida stadsborna var verkliga eller inte. En vetenskapsman hade nämligen lagt fram teorin om att deras verklighet var inbillad. Deras verkliga jag hade för länge sedan upphört att existera och det som nu fanns skulle endast vara kosmiskt bestrålade skuggbilder.

(Tennstopet var som en och annan kanske vet den litterära restaurangen på Vattugatan, där Klarabohemerna höll till. När Klara revs flyttade restaurangen till Vasastan nära Odenplan.)

Vad Erik Nyhlén gör i "Den eviga 50-årsdagen" är helt enkelt att han sammanför två helt olika traditioner. Hos honom ingår de båda en symbios och man ser inga skarvar i framställningen. Skrönan möter faktasin! Novellen innehåller en lång rad tänkvärdheter och den bör inte falla i glömska. Huruvida han skrev fler sf-skrönor är obekant.

BÖRJE CRONA (1932–2017)

I Lektyr (6/1962) publicerades anonymt novellen "Makten är min" med följande redaktionella motivering: "I vanliga fall inför vi aldrig noveller av skribenter som inte lämnat namn och adress. Men något i den här historien tvingade oss att göra ett undantag …". Detta något är helt enkelt skribentens anspråk på att i sin text ha lagt in ljudsekvenser som hypnotiserar läsaren.

Jag har helt enkelt i skenbart oskyldig novellform berättat om min forskning och dess resultat. Någon av meningarna på första sidan innehåller den ljudsekvens som gör läsaren hypnotiserad. Han kommer inte att märka det själv, men hädanefter är han tvungen att lyda min minsta vink. Manuskriptet blir förstås först av allt läst av en redaktör. Om jag befaller honom – och det går jag nu – att föra in novellen i sin tidning, har han inget val. Han måste lyda. För säkerhets skull, för att ingen i förtid ska kunna märka vad som är på väg att ske, uppmanar jag honom och andra läsare att inte låtsas ta den här novellen på allvar. Läs den, ryck på axlarna och glöm den. Men nyckelordet bar jag förstås också stoppat in i texten. När ni hör eller läser det tillsansmans med en befallning – då ska ni reagera.

———
Förr eller senare har alla i det här landet nåtts av mitt budskap. Först då tänker jag slutgiltigt bestämma, hur jag ska utnyttja situationen. Kanske jag sänder ut missionärer för att utvidga mitt välde. Eller det kanske är roligare att ställa till med ett litet erövringskrig.

Denna anonyma – troligen visste redaktionen vem författaren var – och metaartade novell dyker sedermera upp i Börje Cronas samling *Kosmisk musik* (1977). Slutet är något förändrat men i övrigt är det samma novell. Börje Cronas faktasier intar en alldeles speciell plats i svenskspråkig sf. Han är dess humorist. Och hans rötter finns i 1940-talets pulpberättelser.

I sin novellsamling *Stjärnornas fred* (1979) avslöjar han nämligen följande i ett företal: "För mej, och säkert för många andra, började det med Jules Verne-Magasinet nån gång på 40-talet. Visserligen hade jag redan tidigare läst Jules Vernes böcker, men det var först den här tidningens seriehjälte, kapten Frank, som på allvar fick mej fast för science fiction. Kapten Frank och Hjärnan och hans andra medarbetare utlovade spännande fortsättning i nästa nummer. Och det höll mej kvar som läsare trots att tidningen bytte namn till Veckans Äventyr och urvattnades med idrott och vilda västern och annat oväsentligt."

Börje Crona, som debuterade med science fiction innan 1950-talet tog slut, kom i sina noveller att utveckla en mycket personlig form av sf. Han är en av de viktiga svenska sf-författarna. En av hans märkligare noveller – kanske hans finaste – heter "Sin faders son" (Galaxy 17/1960), där han tolkar Jesu liv på ett sätt som gör att man kan döpa om berättelsen till "Evangelium enligt Crona". Så här ser julevangeliet ut:

Kvinnan som framställt min bärare, och alltså möjliggjort min vistelse på planeten, har förstås inte kunnat förklara för sin man varför den vanliga framställningsprocessen frångåtts. An-

tagligen är det första gången i släktets historia, som en ny varelse kommer till utan båda parters medverkan. Om inte någon av mitt folk hamnat här av samma skäl som jag, vill säja. Men det betvivlar jag. Dels skulle i så fall min Fader fått rapport om saken – och dels skulle mitt mottagande varit åtskilligt annorlunda. Ännu har jag inte försökt kommunicera med mina nya "föräldrar" (om uttrycket tillåts). Födelsen var ohyggligt smärtsam – så smärtsam att jag var frestad att avbryta överföringen och återvända till skeppet. Nu är det för sent, och lika gott det.

Berättelsen om Herodes avrättning av alla gossebarn och flykten till Egypten har följande lydelse i Cronas evangelium:

En gång, bara några varier efter min födelse, var jag själv nära att bli offrad – om till ära för guden eller för områdets högste styresman hann jag aldrig avgöra. Enbart det faktum att jag gett min bärare förmåga att i viss grad uppfatta andras tankesignaler – och i motsvarande grad påverka andra med sina egna signaler – räddade mej vid det tillfället från utplåning. Jag upptäckte vad som planerades, och fick min kroppsgiverska och hennes man att omedelbart bege sej så långt bort som möjligt från det farliga grannskapet.

Hos Börje Crona blir Betlehemsstjärnan det rymdskepp som Jesus anländer med och himmelsfärden blir hans avfärd efter skeppsbrottet på Jorden. En fiktion, helt i Erich von Dänikens anda, men som Crona själv påpekat innan denne på fullt allvar lade fram sina teorier.

Men dessförinnan hade Crona debuterat i Galaxy med "En kväll på Gröna Lund" (9/1959; Lektyr 12/1960). Det var den första faktasi han skrev och den tillkom en natt på Tulegatan i Stockholm mellan klockan halv tre och fem: "Att tota ihop den var ingen konst – så snart jag satt papper i maskinen skrev den sej själv…"

"En kväll på Gröna Lund" är en snyggt genomförd historia om utomjordingar från Proxima Centauri, som vill få jordborna att begå självmord och som därför – grovt sagt – lär Einstein hur man gör atombomber. Samtidigt försöker en utomjording från Altair att väcka jordbornas uppmärksamhet på detta hot. Det sker med den spektakulära showen *En resa i rymden* på Gröna Lund i Stockholm.

I en annan variant av jordisk kontakt med utomjordingar, "Kosmisk musik" (Galaxy 14/ 1959), förenar Crona på ett betryggande sätt det triviala med det oerhörda. En enkel smocka, utdelad i Stadshotellets matsal i Härnösand, leder till kosmologiska konsekvenser och novellen handlar om hur den skyldige urskuldar sig inför sin domare.

Man skulle kunna tro att man 1960 inte kom ihåg på Lektyrs redaktion att tidskriften under 1920- och 1930-talen var den tidskrift som mer än någon annan publicerade science fiction, främst tack vare Vladimir Semitjov. Så här lät det nämligen när tidskriften (Lektyr 25/1960) publicerade Börje Cronas "Matt i ett drag", en humoristisk faktasi:

Vi vet inte vad läsekretsen säger om en sån här novell. Vi publicerar den endast för att författaren är påstridig och påstår att "den här sortens noveller är omtyckta". Vi får väl se. Vad tycker ni?

Kanske var det för att ytterligare understryka den redaktionella skepticismen, som "Matt i ett drag" placerades i bakvagnen, längst ned på sidan och utan illustration. Och, vilket är märkligast: under den tecknade sf-serien Sky-Masters som löpte som följetong i Lektyr. "Matt i ett drag" är en lustiger historia som handlar om en 200 kilos encellig protoplasmaklump på Mars. Den unga marsamöban, som heter Strr-Schprr 148B, undersöker en jordisk marslandare, listar ut det mesta, tar emot tv-sändningar från Jorden och blir helfrälst på schack. Han reser hit för att infiltrera

VM i schack. Som förklädnad väljer han att bli en häst, men avslöjas så gott som genast, eftersom han rör sig precis som schackpjäsen häst, två steg framåt, ett åt sidan.

Men å andra sidan var det kanske en sommarkalv på redaktionen som var skeptisk den där gången, vecka 26, 1960, för tidskriften hade under året förutom serien SkyMasters en sf-novell av Eugen Semitjov och flera av Börje Crona, både före och efter "Matt i ett drag". Således publicerades Cronas långnovell "Piller" (Lektyr 17/1960) över ett helt uppslag och med en flera tarmar lång fortsättning på flera sidor i bakvagnen.

"Invasion med förhinder" (Lektyr 30/1960) handlar om venusianer som angriper Jorden med fel vapen för att de misstolkat innebörden i ordet radioaktivitet. "Rymd eller tid?" (39/1960) är en flash som bygger på huruvida det handlar om månaden mars eller planeten Mars, en tanke som inte bara Crona lekt med och som han betydligt bättre avverkat i en av sina så kallade mumrickar (= limerickar).

"Första landningen" (Lektyr 47/1960) bygger på föreställningen att den första rymdfärdens ende resenär landar på en planet där det en gång bott människor, men vad som har hänt inser han inte eftersom han inte kan läsa en tidningssida. Han kan nämligen inte svenska.

1960 stod Crona i början av sin sf-karriär och novellen "Piller" pekar fram mot vad som komma skulle. Den handlar om 500 år efter H. H står för Hiroshima. Både Mars och Venus har terraformerats och är liksom Jorden överbefolkade. Alla undersökningar har visat det omöjliga i att försöka skapa levnadsmöjligheter på solsystemets övriga världar. Man har lyckats skapa snabbgående stjärnskepp, men de fyra första försöken med sådana expeditioner har misslyckats på grund av rymdsjukan. Varken fiaspel eller barskåp hjälper mot denna åkomma.

De första expeditionerna hade fyra kvinnor

och fyra män. På den andra expeditionen klarade sig en kvinna längst innan hon föll offer för rymdsjukan. Då skickades två expeditioner med bara kvinnor ombord. Samma resultat. Rymdsjukan får besättningen att begå självmord. När läsaren kommer in i bilden görs ett sista försök. Nu med enbart fyra män. En läkare ombord på Stjärnskepp V kommer från provinsen Sverige på Jorden.

> –Varför kallas din hemprovins ambulansen Sverige? frågade han. Är det för att så stor del av befolkningen utbildas till läkare?
>
> –Nej, knappast. Peter lät lugnare, men hans ögon var fortfarande vaksamma. Snarare är det nog den hederstiteln som bestämmer vårt yrkesval.
>
> –Lustigt att man så sällan undrar över vad sådana där gamla uttryck kommer ifrån, sa Gregory. Men anledningen till att området fått den benämningen kanske ligger så långt tillbaka i tiden, att den blivit bortglömd.
>
> –Inte av min släkt, log läkaren. Min stamfar påstås nämligen ha äran av det. Någon gång mellan år 19 och 15, medan Jorden fortfarande var uppdelad i självständiga nationer, startade han en folkrörelse som fick Sverige att upplösa sin armé, smälta ner sina kanoner och inrikta sej på internationell hjälpverksamhet.

Under de hundratals år som gått har man bemästrat de psykiska sjukdomarna. I det överbefolkade solsystemet finns inte fler än 20 stycken mentalpatienter. Detta har lett till att kunskaperna om dessa sjukdomar minskat och forskningen kring dem har upphört. När rymdsjukan dyker upp, så utgår den svenske läkaren från en liten provins på Jorden att det handlar om en gammaldags mentalsjukdom.

Det stämmer! Rymdsjukan orsakas av livsleda och skräck. Inga mediciner fungerar tills en simulerad rymdsjuka och ett helt nytt botemedel visar sig fungera. De fyra männen övervinner rymdsjukan, finner andra planeter som kan befolkas och återvänder efter fem år

hem till solsystemet i triumf. Och botemedlet? Ja, svaret på den frågan finns i "Pillret".

De här novellerna finns alla samlade i *Kosmisk musik* (1977) plus "Stjärnintervjun". Det skulle bli ytterligare fyra novellsamlingar. Totalt innehållande 75 faktasinoveller.

Det är i sina fyndiga noveller, korta, flashiga och notisartade anekdoter samt i sina mumrickar (= limerickar) som Börje Crona firar sina triumfer. Men hans roman *Värld i fara* är inte dålig. Den är spännande och idémässigt intressant. Arbetsnamnet var *Kling vid rymdpolisen*, lätt kalkerad på Zane Greys *King vid gränspolisen*, som gick som serie i Lektyr, men det ändrade förlagsredaktören till det lite menlösa *Värld i fara* (1986). Crona släpper lös kadetten Bert Kling vid rymdpolisen i ett James Bond-liknande äventyr. Det är ont om döda punkter. Det går undan, inte fullt lika snabbt som i Dénis Lindbohms rappa Laird & Siljita-noveller, men tillräckligt raskt för att hålla spänningen vid liv. Och intrigen är fräsig.

Nu är karaktärisering inte författarens starka sida. Det blir lätt klippdocka, stereotypt. Det gör inte så mycket i en novell. I en roman märks det. Bert Kling är inte bara fysiskt vältränad, han är doktorsmässig i vetenskapliga ämnen och beskrivs som en man med "hundra mäns styrka och ett supergenis intelligens". Men beter sig oftast mer som tappad bakom en barnvagn. Han blir lätt övermannad och fattar långsamt, vilket en av kvinnorna han omges med noterar. Hon kallar honom dumbom. Som läsare håller man gärna med henne.

Börje Crona har en speciell studs på romanens världsordning. Världen är uppdelad i två stater som det är "vattentäta skott" mellan och maktbalansen bygger på premisser som beskrivs på följande sätt:

> Mänskligheten behöver inte krig. Men för sin psykiska balans behöver den tävlan. Rivalitet. Och en stor dos misstänksamhet mot rivalen. I varje fall var det så under den mångtusenåriga

utveckling som kulminerade i katastrofen. Talet om en enad värld var bara en utopi. Inte för massorna, kanske, och inte för filosoferna och drömmarna, men absolut för ledarna. De som verkligen betydde något. För dem var rivaliteten lika viktig som luften de andades. Det var deras tävlan som förde mänskligheten framåt. Nackdelen var att den med jämna mellanrum resulterade i krig. Ända fram till mitten av förra· seklet var det något ont som man fick ta med det goda. Men krig och kärnvapen är ingen lämplig kombination.

Därför skapar Eurasiens diktadent (diktator+ president) och Amerindiens presitator (president+diktator) en illusion av rivalitet mellan Jordens två halvor.

Diktadenten, som är den som beskriver förutsättningarna, fortsätter att lägga ut texten:

Som system betraktat är det kanske inte idealiskt, men erkänn att det har fungerat. Både Amerindien och Eurasien blomstrar, vetenskap och teknik går framåt, miljösåren från bomberna har i det närmaste läkts. Och på båda sidor om gränsen vet alla att i det andra imperiet finns en grym förtryckare som hotar deras frihet.

En hel del av händelseförloppet i *Värld i fara* är förlagd till Öresundsregionen. Malmenhamn med Saltholm och Sundet känns som Malm(ö/Köp)enhamn.

Med novellen "Alle man på däck" (JVM 378/1979) och med den vanliga cronska glimten i ögat har Börje Crona gett oss en inspirerad version av utomjordingen. Hundägaren ingenjör Lundberg är ute med bulldoggen Buster. Det är senvinter och Buster får syn på en man i snön.

Vinden var kall, och marssolen hade ännu inte lyckats forsla bort särskilt mycket av det meterdjupa snötäcket i gläntan. Ändå var mannen nästan naken. Klädd bara i ett par blå badbyxor satt han lutad mot ett stenblock och tycktes

njuta av solen. Mest av allt såg han ut som en turist på en solig strand.

Mannen kallar sig Siri och visar sig vara en högst tillfällig besökare från den yttre rymden. Han besitter egenskaper som är minst sagt annorlunda mot vad vi är vana vid. Till att börja med så lär han sig svenska och tar till sig nya glosor och sentenser alleftersom ingenjören pratar med honom. Han vägrar att äta falukorv med stekt potatis som Lundberg bjuder på.

Skälet till det lyckades han så småningom förklara. Siri upptog energi direkt ur solljuset. Eftersom det måste filtreras genom ett luftlager och Jorden låg i hans färdriktning hade han passat på att ta en matrast här. Något rymdskepp behövde han inte, berättade han också. Hans släkte hade i årtusenden färdats genom kosmos med hjälp av teleportation. Över längre avstånd måste den ske i etapper, men var i det närmaste ögonblicklig.

Fast på marken använder han och hans likar maskiner. Han dömer ut de jordiska bilarna med explosionsmotorer som primitiva. Han lovar att göra en snabb ritning åt ingenjören av ett avancerat fordon som används ute i kosmos. Med papper och penna sätter han igång medan Lundberg letar efter sitt cigarettpaket. Lundberg hör köksdörren slå igen. På köksbordet ligger en omsorgsfullt gjord teckning som föreställer – en trampcykel.

1979 var detta slut en riktig O'Henryknorr. När detta skrivs – 31 år senare – är det fortfarande en knorr men har fått en allvarligare innebörd. Den är fortfarande rolig, men cykelentusiaster och miljövänner kan med fog hävda att cykeln miljömässigt sett är ett betydligt mer avancerat fordon än bilen. Det avger inga nedsmutsande utsläpp. Fast denna knorr var inte slutet på historien. Crona bjuder på ett överraskande slut.

I "Omtankar" (Nova SF 4/1983) låter Crona oss stifta bekantskap med ett altruistiskt släkte ute i kosmos.

Ser man ut som en två meter lång sjögurka och kommer från planeten Wotzat kommunicerar man med färger, inte med ord. Honnör gör man inte heller. Man skiftar i grått. Men innebörden är densamma. Wotzat är den planet dit alla brev till jultomten borde adresseras. Dess innevånare är fullständigt osjälviska, och deras enda mål i tillvaron är att sprida lycka. På sin egen himlakropp har de varit så framgångsrika att de numera måste söka andra objekt för sin välvilja. Ständigt genomkorsar deras skepp universum på jakt efter tänkande varelser att glädja. En liten hake finns det dock. Deras resurser är inte outtömliga. Ett enda rymdskepp har de kunnat bygga, och dess bränslekostnad är astronomisk. Varje färd måste därför ge snabba och påtagliga resultat. Så snart en planet blivit lyckliggjord står nästa i tur, och antalet bebodda klot i kosmos är oändligt. Femtio jordiska år efter Marconi hade människosläktet hamnat på skeppets besökslista. Radiosignaler, långa och korta i återkommande grupper som inte kunde alstrats slumpvis, var ett säkert tecken på civilisation. Bland miljoner meriterade sökande hade Qwert och Yuiop fått hedersuppdraget att spåra källan.

Berättelsen tar sig fram på osannolika vägar ledd av Crona som med osviklig förmåga att hålla sina läsare på halster.

"En riktigt gammaldags jul" har publicerats sju–åtta gånger i olika sammanhang. Den utspelar sig i en framtid "före Genombrottet och de sociala omvälvningarna efter år 2010." Eva-Linda, som har den tunga uppgiften att gå i skolan fyra timmar i veckan har valt ett enmansprojekt. Hon ska ordna en fest som fester gick till hundra år tidigare. Och hon väljer julen. Det är inte lätt att finna inspelningar och böcker om hur julen firades, men hela familjen hjälper henne att forska. Och familjen ser ut så här jag-berättarens version:

Många ser mig kanske som konservativ, när jag hävdar att man ska vara fyra i ett äktenskap. Två går inte, det är för länge sedan bevisat. Det blir bara bråk och slitningar och så småningom skilsmässa, och det är inte bra för barnen. Tre? Tja, en del klarar av det men alltför ofta ger det upphov till svartsjuka. Det hade vi själva en liten känning av, innan vi gifte oss med Grethe. Fem eller sex eller fler tycker jag nästan är lite omoraliskt. Hur kan man tala om äktenskaplig trohet i en sådan folksamling?

Detta fyrparsäktenskap har flera barn ur olika konstellationer. Trots att man bör ha tillgång till DNA-analys (som har gjort problematiken i Strindbergs tragedi *Fadren* fullkomligt obegriplig), så noterar berättarpersonen följande: "Vem som råkar vara pappa till vilket barn har vi aldrig funderat över. Vad skulle det göra för skillnad?" Crona använder helt enkelt Eva-Lindas skolprojekt för att beskriva en framtida värld, där saker och ting har förändrats och problemställningar skolats om.

När man tänker efter är det nog lite orättvist, att det numera är barnen som har den längsta arbetstiden. En dag i veckan ska de tillbringa fyra timmar i skolan, och alla andra vardagar förväntas de sitta minst två timmar vid inlärningsmaskinen. Men något annat är inte möjligt. En normal arbetsvecka på fyra timmar räcker helt enkelt inte för att lära sig allt man måste kunna, innan man som femtonåring tar sin examen och går ut i arbetslivet. Många föräldrar dras med dåligt samvete över barnens orimliga arbetsbörda, och vill att den ska minskas. Varför måste de lära sig läsa och räkna? argumenterar man. Våra maskiner styrs ju med rösten, och kan själva göra alla uträkningar som behövs. En kassett med bild och ljud innehåller mer information än en hel boktrave. Men hittills har den falangen förlorat alla omröstningar, och läsning och räkning står kvar på schemat.

De nordiska länderna har slagits ihop till

Skandia. Alla medborgare får vid födelsen en aktiepost i Skandias näringsliv. Utdelningen räcker till att leva. Den glömska om det förflutna som satt in leder till att när man börjar söka uppgifter om julen får man titlar som *Hjulets historia*, *Hjulet i äldre teknik*, *Trafik på hjul* och *Hjulet som solsymbol*. Med hjälp av de fyra föräldrarnas föräldrar, som finns spridda lite här och där i tillvaron, lyckas man få fram mer uppgifter om hur julfirande gick till.

Den kvällen tillbringade vi alltså vid televifonen. Både jag och Preben och våra hustrur har alla våra föräldrar kvar i livet, men samtliga fick vi naturligtvis inte tag i. Efter pensioneringen ägnar de sin tid åt hobbyverksamhet, och det för ofta ut dem på resor – en av mina mammor är exempelvis med i ett teatersällskap, och Rauhas äldsta pappa är fotograf och vägrar att lämna labbet när han skapar ett hologram. Alla vi träffade var mycket hjälpsamma, och flera kunde faktiskt bidra med en pusselbit eller två. Grethes farfar, exempelvis, som i sin pensionärslya på månen snart firar sin åttiofemårsdag, drog en lång skröna om tomten. Tydligen var det en av julens centralgestalter, som på julafton for omkring på snöskoter och gav klappar åt alla barn.

Man lyckas få fram en julgran och vid Eva-Lindas projektjul den 24 december äter man risgrynsgröt och pepparkakor, men lutfisk och julskinka avstår man ifrån, eftersom det kommer från djurriket. Ett smidigt sätt att säga till läsaren att alla är vegetarianer i denna framtid. Julaftonsfesten mynnar i ett besök som bara är ett måste.

Klockan åtta kom en signal från dörren. In kom en liten åldring med röd kavajkostym av sekelskiftesmodell och alldeles äkta, kritvitt skägg. Det visade sig vara Grethes farfar, som kvistat ner från månen för att agera jultomte. Han frågade barnen om de varit snälla, och när de svarade ja fick de en klapp på kinden. Även vi vuxna gav varandra julklappar.

Eva-Lindas examensprov kan lämnas in. Hon fick högsta betyg, och blev genast insläppt på historikerlinjen. "En riktigt gammaldags jul" är vad man skulle kunna kalla en väldigt trevlig vardagsfaktasi, där Crona med enkla medel liksom i förbigående noterar det märkliga i denna framtida tillvaro. Nämnas bör att Nicolas Krizans svart-vita illustration till "En riktigt gammaldags jul" i antologin *Den fantastiska julen* (1985) är en otroligt skicklig tolkning av novellens innehåll.

Kortnovellen "Söndagsutflykt" (Nova SF 2/1985) är en tung bagatell, lik en utflykt till ett tidigt Tjernobyl. En man med sin familj gör för första gången på 35 år en bilutflykt till farföräldrarnas hus i det stråldrabbade området. Det leder till märkliga fynd i form av 2-dimensionell tv, knapptelefon utan bildskärm, en urgammal dator samt farmor och farfar.

Kortromanen *Farlig är Jorden* (Nova SF 6/2005) är en thriller, där en utsänd polisagent, fyrfotingen Kah Roh från en högre civilisation, kommer till Jorden, där utvecklingen har gått alldeles för fort, vilket tyder på att någon annan utomjording gripit in för att påskynda utvecklingen, vilket resulterat i kärnvapen och utvecklingen för att framställa en överljudsmotor bromsas ned till mer normal tidsutdräkt.

Kah Roh, liksom hans motståndare, har förmågan att inta andras kroppar och på så sätt hoppandes från kropp till kropp nå fram till sina mål. En föraning om denna form av "själavandring" tillhandahöll Nils Georg Psilander 1916 med novellen "En underbar upplevelse", där två män byter "jag", Cronas version är annorlunda och påminner mest om seriefiguren *Deadman*, som lanserades i Strange Adventures (205/1967). Liksom Deadman intar Kah Roh en annan människas kropp. När kroppen lämnas har den rättmätige innehavaren varit utslagen under ockupationen och vaknar upp fullständigt förvirrad till en förändrad verklighet.

Väl inne i en människas kropp måste Kah

Roh stanna där i tre dygn innan han kan byta kropp igen. Kah Roh kommer emellertid på en metod att genast när han vill byta kropp. Han rör sig från land till land och hamnar under en period i Stockholm, där inne i 36-årige Adrian Perssons kropp upplever följande:

Sverige, en fridfull ankdamm långt från alla stormcentra, erbjöd dessutom lämplig semestermiljö. Här var infödingarna av en typ jag inte tidigare mött. Statlig övervakning från vaggan till graven gjorde dem initiativlösa intill gränsen för letargi. På andra håll försökte man ta vara på sina begåvningar. Härifrån drevs de i landsflykt. Endast medelmåttorna accepterade tvångströjan och stannade. Framstående forskare, konstnärer och affärsbegåvningar föredrog emigration. Förnöjsamt delade man den ständigt krympande kakan från den stagnerande industrin. Hur det fungerade kunde jag iaktta hos mig själv, 36-årige Adrian Persson. Bakom mig hade jag en rudimentär skolutbildning, två spruckna äktenskap och ett otal tömda buteljer. Framför mig hägrade sjukpensionen. Den var ungefär lika stor som min nettoinkomst varit när jag kunnat arbeta. Abstinenssymtomen de första dygnen skulle jag sent glömma. Smärtorna kunde jag koppla bort men inte kramperna. När jag slutligen kravlade ur sängen var jag så matt att jag knappt orkade lyfta arbetslöshetsunderstödet.

Kah Roh upptäcker också ett fenomen som han inte känner till hemifrån och som är speciellt för Jorden:

Inte för att jag på allvar räknade med att bli upptäckt, men det här stället vimlade av tokstollar som vi inte hade motsvarighet till hemma. En grupp skrev något de kallade science fiction, sagor om saker som aldrig hänt och som de själva inte trodde skulle kunna hända. Tidsresor var exempelvis ett favorittema. Ibland kom de dock häpnadsväckande nära verkligheten. Det bekymrade mig. Vad hade inte en Asimov el-

ler Mårtensson eller andra av branschens forna storheter kunnat åstadkomma av den här sortens ledtrådar?

I genren "världens-kortaste-novell" har en hel del författare utmärkt sig, notablast Ernest Hemingway och sf-författaren Fredric Brown. Även Börje Crona har gett sig in i genren (Nova SF 18–19/2008) med "Världens kortaste sf-novell". Den lyder:

Jordens överbefälhavare insåg att allt hopp var ute och gjorde som datorn.
Han hängde sig.

Till råga på allt stod i samma nummer av Nova SF hans superkortis "Världens kortaste svenska sf-novell" tillkommen "efter en idé av Ola K K Andersson och med ovärderligt bistånd av Görel Crona och Natasja Crona":

Jordens överbefälhavare insåg att allt hopp var ute och gjorde som datorn.
Hon hängde sig.

Denna senare variant är "speciellt anpassad till moderna svenska läsares särskilda sensibilitet och känsla för hur framtiden kan komma att te sig", som författaren själv uttryckt saken.

I sin egenskap av gäst på sf-kongressen Con-Fuse 1993 höll Börje Crona ett anförande, som slutade med en dialog mellan honom och publiken. Där gjorde han förutsägelser, som i skrivande stund (2011) är på väg att besannas. Läsplattorna finns redan. Under en veckas tid i London fann jag att folk i tunnelbanan satt med läsplattor i stället för böcker. Och översättningsdatorerna blir allt träffsäkrare. Så här lät det 1993:

Börje Crona: Jag hade tänkt sluta med att säga att jag tror att översättande är ett yrke i utdöende. Därför att datorer som översätter, det har skämtats mycket om det här, datorer som har översatt texter till japanska och tillbaks till engelska och så vidare. Men jag tror att det kom-

Exempel på Börje Cronas böcker. Värld i fara blev legendariskt massakrerad av en inkompetent textsättare som bl.a. lade in könsord.

mer. Jag är fullständigt övertygad om att inom överskådlig framtid så kommer det ett dator-program. Du tror inte det?

Carolina Gomez Lagerlöf: Nej, jag känner en kille som håller på med det där och de är helt övertygade om att de inte ska kunna …

Börje Crona: Jomen du vet det sitter 20 000 killar runt om i världen och försöker och någon eller några kommer att fixa det, tror jag.

Ahrvid Engholm: Det finns det där klassiska exemplet när man skulle översätta mellan ryska och amerikanska.

Börje Crona: Jo, jo, vi har dragit det fram och tillbaks här på kongressen, många av oss. Vi har talat om det.

Ahrvid Engholm: Det där med "anden är villig men köttet är svagt" …

Börje Crona: Ja.

Ahrvid Engholm: … översatte man till ryska och sedan tillbaks till engelska …

Börje Crona: Ja.

Ahrvid Engholm: … så blev det "vodkan är god men köttet är ruttet".

Börje Crona: Ja, ja, jovisst. Men jag tror ändå att det går och jag tror att all världens förlags-redaktörer kommer att gnugga händerna och ge oss översättare bumsen ögonblickligen och säga "Det är ju en extra utgift som inte behövs". Jag tror också att de garvar för tidigt för jag tror att inom en nästan lika överskådlig fram-tid så finns datorn som du lägger på en boksida. Du köper den för femtiotre och femtio på Im-portmagasinet och så lägger du den på en eng-elsk boksida och får texten på svenska. Vi kan snacka om det om säg tio, tolv år så får vi se hur det går. Du som ser så tvivlande ut. Du tror inte på det men vänta så ska du få se. Det har gett mig idén till en science fiction-novell som jag säkert aldrig kommer att skriva för den kommer inte att sälja. Så om det är några här med författa-rambitioner så är den så här: Den här novellen utspelar sig några år framåt i tiden då översät-tingsdatorn redan är en realitet. Scenen är en ar-keologisk utgrävning någonstans i världen kan-ske på Maldiverna där Thor Heyerdal och hans arkeologpolare hittar en ruin som de med hjälp av kol-14-metoden daterar till ungefär sex tusen f.Kr. Och bland fynden finns en griffeltavla med konstiga skrivtecken på som de visar för datorn och datorn den river sig i roten en bråkdels sekund och sedan översätter den texten och den låter så här då: "Hej raring jag har gått på krogen med en förlagsredaktör för att diskutera en översättning. Glöm inte att sätta på videon när filmen börjar i ettan. Puss och kram, Börje." Där säger jag tack för ordet, tack ska ni ha.

Och så en av Börje Cronas mumrickar, som visar upp hans förmåga att ta sf med en rimmad klackspark:

Två snälla små monster från Mars
i Hollywood sa: Nej, bevars,
vi vill ej agera
i skräckfilmer mera.
Vi trivs mycket bättre med fars.

WILHELM ESSPE

Vem var Wilhelm Esspe? Han skrev en hel del noveller, bland annat deckare, i Rekord-Magasinet. "Dagen då inget hände" (RM 38/1959) var lite speciell med ett tema som var sf-artat även om det inte ges någon sf-förklaring eller någon förklaring alls till den förlamande händelselöshet som beskrivs. Ingenting händer. Total brist på nyheter råder på tidningsredaktioner, nyhetsbyråer och radiostationer.

Timmarna gick och teleprinterapparaterna stod fortfarande för det mesta tysta och livlösa. Då och då rasslade de igång och förmedlade ett kort meddelande, men inget av verkligt intresse. Telefonerna började ringa ilskna signaler, hetsiga samtal utväxlades, men teleprintrarna lät sig inte påverkas. De var endast förmedlare av skeendet och skapade inte själva några nyheter.

———

Vid dagens sista nyhetssändning konstaterade hallåmannen återigen att inget nytt hade inträffat. Detta meddelande spred en hotfull känsla till hans lyssnare. Vad var det som höll på att ske egentligen? Vad var det för fruktansvärda saker som höll på att hända och som man försökte undanhålla lyssnarna? Flertalet människor sökte sig den natten med oro till sina viloläger, gripna av en underlig och skrämmande känsla. De kände sig hotade av något som de inte kunde se, inte gripa tag i eller ens identifiera.

———

Denna morgon var Jorden ett inferno. Mänskligheten hade ställts inför en situation som den inte hade räknat med, och enbart detta var tillräckligt för att bringa sinnena ur balans och få de flesta att tappa jämvikten. Man ville ha en normal värld, en värld där det hände saker och ting, där olyckor drabbade och där tidningar och radio förmedlade nyheter om våldsdåd, brott och död.

———

Det påstods att inget nytt hade hänt på ett helt dygn. Nonsens. Naturligtvis m å s t e det hända något. Någonstans. Helt säkert höll också något på att hända, man ville bara förtiga sanningen. Är den värld demokratisk där man tillåts förtiga sanningen ...?

Så plötsligt påträffas en kvinna naken, mördad och blodig, ett tåg i USA störtar utför en ravin med hundratals dödsoffer och en explosion inträffar i en engelsk kolgruva. "Den fasansfulla dagen då inget hände är till ända." Osäkerheten och olusten släpper, mänskligheten kan andas ut. Kanske var det bara en sällsynt nyhetstorka som gick människorna på nerverna.

Ahrvid Engholm påpekar för mig att brittiska forskare som granskat nyhetsflödet har funnit att den 11 april 1954 var 1900-talets tristaste och mest händelselösa dag. Det enda som hände var parlamentsval i Belgien.

ANN MARGRET DAHLQUIST-LJUNGBERG (1915–2002)

Denna konstnär, författare, kulturdebattör, miljökämpe, kärnvapenmotståndare och pacifist skrev icke kategoriserad sf, men lika förbannat sf. Hennes *Strålen* (1958), där patienter hålls instängda på en anstalt, innehåller typiska sf-ingredienser och då inte bara själva strålen utan också den kafkaliknande instängdheten.

> Och allt som tas in i Anstalten utifrån måste steriliseras och genomgå långa reningsprocesser. Också livsmedel och allt som förs från Stadens fabriker hit. Patienter som anländer placeras i sträng karantän. Varken läkare eller sköterskor får lämna Anstalten annat än i yttersta nödfall eller vid officiella specialuppdrag – och naturligtvis inte patienterna. Det enda undantaget är märkligt nog respiratorpatienterna som, sittande inne i sina glashuvar, med respiratorn väsande in syrgas åt dem, tillåts göra turer ända bort mot Stadens förstadsområde. Ty undersökningar har visat att dessa respiratorpatienters längtan efter omvärlden är så stark att den bildar en osynlig skyddshinna mot verkligheten kring dem.

Dramatologin överskuggas av långrandiga resonemang, som kan verka negativt på läsaren, vilket är synd eftersom författaren onekligen har en hel del att säga. Sven Delblanc skulle tre år senare i *Eremitkräftan* (1962) arbeta med samma instängdhet som utgångspunkt och på ett helt annat sätt lyckas fängsla.

Strålen låg rätt i tiden vad beträffar åsiktshållningen bland de recensenter som tillskansat sig strategiska positioner på kultursidorna. Att författarens ståndpunkter låg väl i fas med tidsandan är klart. I Morgon-Tidningen skrev Stig Carlsson att samlingen ”är helt enkelt ofrånkomlig.” Staffan Larsson i Stockholms-Tidningen menade att Strålen ”är ett verk av central betydelse i vår efterkrigslitteratur” och Nils Ivar Ivarsson i Svenska Dagbladet hävdade att Strålen var en ”bländande vision av människans framtid men också en personlig bikt och en mardröm om vår egen tillvaro, om kärlek och känslodöd. Det är en

rik, djuptänkt och allvarligt bok, som författarinnan stiliserat till stor skönhet.” Men hur många läser denna ”ofrånkomliga” bok med dess ”bländande vision” av ”central betydelse” i dag?

Redan påföljande år kom hennes diktsamling *Du i den omvända bilden* (1958), en mycket fin diktsamling, genomtänkt, också den präglad av tidsandan, men troligen med ett något bättre hopp om tidlöshet. Hon kallar omväxlande sina dikter för balansakter, tidsmoraliteter, drömtydning och enhetsvariationer. Det är främst i avsnittet ”Robotlands” balansakter som hennes lyrik går i faktasins tecken.

Plötsligt hamnar vi – i form av ett jag – på planeten Parallella Minor, där den heliga balansen är upphöjd till statsreligion, där radar, magnetfält och känsliga fotolinser håller pararellaborna i den rätta tron om den heliga balansens oöverträfflighet uppåt, nedåt och längsmed. I dikten (parlez-vous p-p-p?) heter det:

> Parallellaborna, gående
> parallellt utmed varandra
> saknar något (rör? antenner? transformator?
> kanske körtel blott, som pumpar blod?)
> för att kunna göra andras ord, valörer, böner
> till mera än sitt p-p-p-
> parallella språk

Spegelbilden, den omvända, besläktad med parallellismen, som förs fram i samlingens titel *Du i den omvända bilden*, är en sorts katalysator för de tankar som förs fram, som här i samlingens inledande dikt (rymdålder):

> Omvänd, förvänd –
> som hade Jorden, likt månen, avigsida
> vänd mot en annan rymd
> ett svartsvett solsystem
> och allt som levde var blott avigsidor

I dikten (uppehållstillstånd) tecknas ett tillstånd där det verkar som om människan omvänd till robot träder fram i all sin förbytta, omvända glans:

> Nu har jag förvandlat mig
> och alla är mycket glada
> Doktorn och apotekaren
> bjuder på champagne
> För mitt nya hår, min nya näsa
> de nya tänderna, lösbrösten, stålskelettet
> de rörliga fingrarna av plast – Skål!
> För den utsugna hjärnan, för den nersvalda
> njuren
> för hjärtat av glas och för strupkanylen – Skål!
> Och för allt det andra, oräknat här
> Skål! Mina vänner! Jag ser ni är förvånade
> men det är ingenting mot vad jag själv –
> Jag glor mig i spegeln – att jag kan skratta
> och jag kan dansa som en Nürnbergsk docka
> Ja jag kan närapå tänka själv
> om jag kommer ihåg vilken knapp –

I (snöspår) får vi vet att

> På Parallella Minor
> har skickliga tekniker, matematiker
> för längesedan löst problemet att
> två parallella linjer aldrig korsas
> På Parallella Minor korsas de!
> Men blott i kärleken:
> i kärlek blott
> Och endast en sekund:
> sen aldrig mer

De parallella linjerna som korsar varandra för tanken till de flerdimensionella system utöver våra fyra dimensioner som sf-författare siat om fysiker fört fram teorier kring. Det för inte minst tanken till gatorna i det utom-dimensionella Allus i Edmond Hamiltons roman *Kapten Frank och kometkungarna* (följetong i JVM 1943–1944), där raka gator tar en sväng tillbaka till ursprungsläget i en värld där kometvarelserna lever på elektricitet.

TOIVO ARMAS ENGSTRÖM
(1917–1982)

Denne finländske författare, som skrev deckare, författade också *Rymdkulan* (1959), en ungdomsbok. Den blåa rymdkulan är framställd på omslaget, tecknat av Björn Karlström, och det framgår tydligt att det handlar om en enorm kula, närmast att jämföra med ett 15–16 våningars höghus. Det framgår av storleken på de människor som syns i rymdkulans fönster. Rymdkulan står på det yttersta klipputsprånget av en högplatå vid ett källflöde till Orinoco i Sydamerika.

Engströms rymdkula har sina föregångare. I det föregående har vi sett att Julius Regis i *Dokumentet från Mars* (1910) introducerar en 200 ton tung kopparkula som skjuts iväg från Lidingö till Ekvatorstaden på Mars. I Kamraten framställdes denna kopparkula av David Ljungdahl. Det handlar om en liten kula som bara rymmer några få personer.

I den tecknade serien Rick Bradford löpte episoden *Adrift in an Atom* i amerikanska dagstidningar 1937–1938. Den publicerades i Hemmets Veckotidning 1941 som *Tom Trick på äventyr i en atom*. Resan in i atomernas värld sker med en blå kula som troligen tjänat som förebild till Björn Karlströms omslag. I Engströms roman förklarar professor Starwell förklarar att Rymdkulan använder sig av

plastinylen, denna märkliga substans som låter sig bäras av radiovågor. Dessa vågor rör sig som känt med en hastighet av trehundratusen kilometer i sekunden. Ja, siffran är avrundad uppåt. En sådan fart kan uppnås ute i världsrymden, men vid starten måste vi räkna med atmosfärisk friktionsverkan. Utförda experiment har visat att accelerationen blir tillfredsställande och tidsförlusten utan praktisk betydelse.

Jag talade nyss om astronomiska avstånd som mäts i parsec. De enorma distanserna i universum kräver ett dylikt mått, och häri ligger den största svårigheten för alla framtida försök att besöka andra världar. En människoålder räcker inte för forskningsfärder till de intressantaste objekten. Med ljusets hastighet tar det fyra år att komma till de närmaste stjärnorna. Som en kuriositet kan jag nämna att vår snabbaste planet, Merkurius, skulle behöva tjugofyratusen år för att tillryggalägga samma sträcka.

———

Plastinylkulan är utrustad med färsk och djupfryst proviant för tio år. Därtill kommer en lika stor reserv av matkoncentrat och vitaminer. Återfärden till Jorden måste ovillkorligen anträdas när den ordinarie provianten tagit slut.

Som märks är Tengström angelägen om att förmedla kunskaper till sina unga läsare. Ombord på kulan finns också ett gäng unga pojkar av varierande hudfärg. Denna didaktiska ambition löper som en röd tråd genom hela boken när Rymdkulan buren på radiovågor rusar med ljushastighet genom rymden. Man färdas i riktning mot Södra Korset och Kolsäcken.

Upplevelserna är många under färdens gång. Rymdkulan hamnar i ett moln av slumrande urmateria utan strålning och skuggor. Den stannar i en tidlös rymd. Frågan är om resenärerna i likhet med trixonerna skulle förbli i detta vilostadium tills molnets rotation efter hundrade miljoner år skapat den spänning som en aktivering krävde.

De landar på en planet som de döper till Clewus. Där finner de liv i form av cellkroppar i källflöden. De kallar cellkropparna för eratorier. De har både synförmåga och känsel. Man iakttar ett draperi av miljontals eratorier i en päronformad klump som förvandlas till en slingrande ormform. Plaskar man i vattnet kommer de nyfikna eratorierna i tusenden.

Men de stöter också på mer utvecklade varelser. Ur grottor strömmar vänliga tvåbenta gestalter med långa spolkroppar och lökformade skallar. De rör sig med sviktande steg och vaggande överkropp. De tar varandra i händerna och dansar ringdans kring jordborna. Och så kan de prata och säger:

Nemmokläv!
Eller:
Asoribur rasläh re. Mok!
Expeditionen är efter fyra år fortfarande ute i rymden och där slutar berättelsen, som verkligen är späckad med både händelser och fakta.

FOLKE FRIDELL (1904–1985)

Arbetarförfattaren Folke Fridell var syndikalist och upprätthöll en mycket kritisk inställning till det själlösa arbetet vid ett löpande band. Med romanen *Äldst i världen* (1959) åstadkom han en faktasin närstående dystopi, där han tecknar en svensk framtid för åldringen som tas om hand av samhället, ett fenomen som inte beskrivs som positivt utan närmast som en förnedring.

Martin Mörk är fånge här i fattighuset sen fem år tillbaka eller från den vinterdag nittonhundrasjuttiofem när han stod med mössan i hand utanför bergsporten och bad att få bli insläppt. Han lever i en demokrati och fångenskapen är formellt frivillig. Lika frivillig och formell som demokratin är. Tvång och frihet har växt samman och ingen kan längre teoretiskt klara ut begreppen. Praktiskt skiljer man de olika samhällsformerna åt med etiketterna. Sverige och en rad andra länder kallar sitt system för demokrati medan de övriga använder etiketten diktatur. Gemensamt för båda systemen är att de säjer sej slå vakt om friheten och att denna frihet är detsamma som tvång.

I denna framtidssyn, så lik många andra dystopier av svenska författare på vänsterkanten, finns syster Ann, som vill göra Martin Mörk äldst i världen. Anledningen till denna ambition är att dödligheten över hela världen ökar och att medellivslängden i denna Folke Fridells framtid stadigt sjunker, vilket i sin tur har lett till att sedan "många år råder det ett fredligt krig mellan byar och fattighus om vem som kan uppvisa den äldsta människan."

Stockholm och Göteborg är övergivna och "så gott som utdöda, åtminstone nattetid och på anständigt folk. Det är rädslan för atomanfall och ungdomens nattliga kravaller som är orsak till flykten från städerna." Sista gången som Martin Mörk besökte Stockholm var 1976 och då var det utegångsförbud efter mörkrets inbrott. Fyra femtedelar av städernas manliga befolkningar är poliser. Satiren skjuter som så ofta över målet, men den är kraftfull. Läst efter femtio år ter den sig lite komisk. Lagd bredvid den verklighet som inträffat har Fridell inte träffat särdeles rätt. Han tänkte sig inga kvinnliga poliser. Levnadslängden har blivit längre, inte kortare. Många åldringar som kan, och så vill, lever hemma.

Dystopin slutar i en sorts positivism. Martin vet att han inte kommer att klara sig ensam där han sitter ute i naturen, men han vill gärna dö i ett skogsbryn vid en bäck med blommor. "Frihet och liv … han har försökt att skilja de två åt, men det har inte lyckats. Nu är han glad över sitt misslyckande."

WERNER ASPENSTRÖM
(1918–1997)

Werner Aspenström var en hyllad mainstreampoet, som bland annat satt i Svenska Akademien, som han emellertid lämnade i kölvattnet på Salman Rushdie-affären, då majoriteten av akademiens ledamöter med hänvisning till stadgarna inte ville hänvända sig till regeringen med begäran om ett ingripande i samband med en mulla-uttalad fatwa i forma av en dödsdom mot författaren till *Satansverserna*. Till skillnad från några andra ledamöter drog Aspenström sig tillbaka av privata skäl och lämnade också en rad andra institutioner, däribland författarförbundet.

Aspenström skrev bland annat korta teaterstycken, novellartade, som publicerades i *Teater 1* (1959) och *Teater 2* (1963). Dessa stycken, fjorton till antalet, anknyter framför allt till sagor och fantasy. Aspenström kallar dem miniatyrskådespel. I "Trädet" förekommer en trädande. I "Trollet" har rollistan två personer, ett troll och en älva.

Från Molière och dennes föregångare samt kanske framför allt från expressionisterna har Aspenström lånat idén att fylla *dramatis personæ* med personer som saknar namn och som i stället betecknas utifrån sina egenskaper. I "Vågspel" förekommer fyra sådana gestalter: den obeslutsamme friaren, det förfärliga fruntimret, den hemske gamle ungkarlen och den vansinnige kaptenen. Egentligen går detta tillbaka 2 400 år till Theofrastos och Menandros.

I skådespelet "Den ofullbordade flugsmällan" kommer utomjordingar till Jorden för att färja över mänskligheten till en annan planet. Stycket har flera personer, uppfinnaren, som inte färdigställt sin flugsmälla, dennes broder plus en marsian samt rymdmän, som kommit för att hämta uppfinnaren och dennes broder. Det är en monolog, för den ende som talar är uppfinnaren. Berättelsen formar sig till en metaskröna:

UPPFINNAREN: Vi måste ge oss av! De börjar bli otåliga! Det har kommit flera! (Han går fram till telefonapparaten, av gammal, väggfast modell, och slår ett nummer. Bakom ryggen har han Marsvarelsen.) Jag skall bara ringa och säga adjö till Werner Aspenström, en släkting till oss här i närheten. Undrar hur långt han hunnit på sitt nya skådespel? Det skulle handla om den sista dagen på Jorden, hade han tänkt sig. Plötsligt skulle det stå några kusliga Marsvarelser i dörröppningen och peka: Marsch iväg! Bort från uppfinningar och hela härligheten! Upp i rymden som ni går och står! Månntro hur det skulle kännas och hur man skulle bete sig) Inte gott att veta. Nej, han svarar inte. (Till rymdmannen.) Ni har kanske hämtat honom? (Rymdmannen ser ut att ha uppfattat frågan och nickar bekräftande. Till brodern.) De har redan hämtat Aspenström. Nu är det vår tur.

Posthumt publicerades 1997, samma år som han gick bort, samlingen *Israpport,* där dikten "Israpport" visar att författarens tankevärld stod faktasin nära även vid andra tillfällen.

Sängliggande, tjudrad med två slangar,
försöker jag föreställa mig oändligheten.
Jag lyfter av taket på sjukhuset
som astronomen nattetid öppnar
                              observatoriets kupol.
Evigheten har inte ändrat sig mycket
sedan jag sist hade den i tankarna:
Vithårig, utan rynkor, varken man eller kvinna.
Långt ute på oändlighetens isvidd
ser astronomen någon närma sig.
Det är hans hustru, hon andas lugnt.
Även det hon bär i handen andas,
ett bröd, nybakat, med korienter i.

ARVID AHLGREN (1899–1966)

Hösten 1959 skrev Arvid Ahlgren *Pittoresque resa i 60-tal,* som illustrerades av Gunnar Bergenholz. Det var med största sannolikhet ett beställningsarbete för resultatet skickades som jul- och/eller nyårshälsning till Esselte Reklam AB:s kunder. Inblicken in i det ankommande 1960-talet beskrevs som "ett knippe rimmade fjärrsyner på situationer och skickelser överräckt av Esselte Reklam med önskan om ett lycksosamt nytt decennium". Likt en spänstig dagsversskribent griper sig Arvid Ahlgren an uppgiften att blicka in i det anrusande decenniet:

Vad kan vi då blåögt hoppas
att bli huldrikt bjudna på
av decenniet som knoppas?
Jo, då tänker jag som så:
goda vänner, trogna grannar
är en nåd att bedja om
samt att några ören stannar
kvar av kronan i min lomm.
Får vi sedan rymdraketer,
Självbetjäning, raggaråk,

Datumstämplade potäter,
burkmusik och engelskt språk,
ilsket gröna vitaminer,
tomma våningar i kåk,
soligt glada grävmaskiner
apparat som räknar bråk,
sjustatsmarknad, femdarsveckor,
djupfryst dress och kvinnlig präst,
pilsnabb buss på alla sträckor
blir det kanske allra bäst.

Redan i början av 1960 konsekrerades de tre första kvinnliga prästerna i vårt land, men det var inte svårt att förutse. Beslutet fattades redan 1958. Även femdagarsveckorna var förberedda i debatter förslag. Mycket av det som författaren förutser låg så att säga i startgroparna. Det engelska språkets inträngande i ärans och hjältarnas rotvälska var naturligtvis redan i full swing och Ahlgren anar en fortsättning:

Shopping centert, sales promotion,
art director och drive in,
creativa små designers och
lotioner for the skin.
Service minded personality och
så förstås goodwill,
fascination, rock'n'roll men
ytterst sällan Rosenhill.
Science fiction, motivation
jämte klinisk influens
i en shaker med relations
blir reklamens reagens.

Fast John F. Kennedy inte förrän vid ett tal i mars 1961 lovade att placera en människa på månen före decenniets slut, prickar Ahlgren, låt vara något i överkant, in framtida rymdfärder.

När Elias for till himmelen
då fanns så vitt man vet
ingen cykel, ingen taxi,
inte ens en rymdraket.

Men nu randas 60-talet
då en lycklig mänsklighet
kan få resa bort med rymdskepp
till en tindrande planet.

VIC SUNESON (1911–1975)

Vic Suneson, pseudonym för civilingenjören Sune Lundquist, var på sin tid en deckarförfattare, som lanserade polisteam i den svenska deckarlitteraturen. Överkonstapel O.P. Nilsson var hans främste problemlösare. Han skrev många noveller, varav "Morgon" (Galaxy 11/1959) så vitt bekant är hans enda faktasi. "Morgon" är kort, en bagatell, och det är först med den sista meningen som denna novell fastställer sin ställning som science fiction. Ett mycket snyggt litet slut på den svenska faktasins 1950-tal!

AVSNITT 9

SEXTIOTALETS FIKTIVA VISIONER

*Jag skall skriva min dagbok, och när jag skrivit
den skall jag gömma den i ett bibliotek som en-
dast jag känner till. Ett minne av en människa,
något av mig som kommer att finnas kvar när jag
är borta. Därför skall jag skriva, därför skall jag
skriva om den värld jag lever i. Om hundra år, om
tvåhundra – vad vet jag – upptäcker någon
biblioteket och läser kanske dagboken.*

– Ayn Yann i Sam J. Lundwalls
Jag är människan, 1960

SCIENCE FICTION FORUM (1960–)

Sextiotalet inleddes med att fandomrörelsen
fick sitt viktigaste fanzine, Science Fiction For-
um (SFF), organ för Skandinavisk Förening
för Science Fiction (SFSF). Här skulle många
skrivande fans få noveller, dikter och följe-
tonger publicerade, som Kjell Borgström,
Sam J. Lundwall, Bertil Mårtensson, Jacob
Palme, Arne Sjögren, Bo Stenfors, Rolf H.
Törntorp för att nämna några. Tidskriften
Tidsfördrif hade – med Gabriel Setterborg
som primus motor – ett faktasiryck. Det dök
upp vetsagor även på andra håll. Och Häpna!
rullade på.

GEORGE SJÖBERG (1930–2004)

Science Fiction Forums förste redaktör var Ge-
orge Sjöberg och han bidrog i starten med dik-
ten "homo superior" (SFF 2/1960), som kan
sägas inleda 1960-talets science fiction.

redan
i nuets kaleidoskopiska

fragment
av dunkelt trevande existenser
skönjer jag
den skugglika grundkonturen
av morgondagens latenta
    gestalt

———

ser jag
den gryende gestaltens
    frivilliga vandring
genom rymdhavets oändliga
    avstånd
av sammetsmjuk
    tystnad

———

upplever jag
grundandet av nya, livsdugligare
    kulturer
fjärran från de sista
    dekadenta resterna
av homo sapiens solbundna
    aphus

JONAS SIMA (1937–)

Författaren, journalisten och filmaren Jonas
Simas litterära debut skedde med en science fic-
tion-novell som hade med de sovjetiska rymd-
framgångarna Sputnik (1957) och rymdhun-
den Lajka (1957) att göra. Från och med
1959 gick det rykten om att Sovjet sänt upp
människor i rymden som omkommit. Det var
en sådan text i en dagstidning som inspirerade
Sima till den utomordentliga novellen "Den
första rymdmänniskan" (Vi 25/1960).

Det är en existentiell historia. Kapten Alexej Ledovskij sänds upp i rymden med trestegsraketen Z G III från basen Raspustin den 11 december 1957 på väg till månen. Kontakten med basen på Jorden pajar tämligen omgående och läsaren får följa Ledovskijs tankar i farkosten och professor Igor Sjilkovs nere på Jorden. Det går alltså snett och båda vet att den ensamme rymdfararen kommer att dö däruppe (vilket i verkligheten skedde med rymdhunden Lajka). Ledovskij har med sig en självmordskapsel han kan ta när syret tar slut efter en viss tid. Sjilkov:

> Kapten Ledovskij var den förste. Trodde han verkligen på att han skulle återvända. Men det trodde ju alla andra också, måste tro. Men jag visste, jag vet. Varför just han? – Inga släktingar, ogift, fysiskt perfekt. God officer, men i avsaknad av fantasi. Detta är några av de viktigaste faktorerna för hans uttagande. Jag har själv varit med om att utarbeta proven. Men uttagningen var ju frivilllig! Naturligtvis. Det är inget försvar – inte nu. Förvånande att så många anmälde sig vara villiga. Dårar? Varför valde jag inte själv att företa den första rymdfärden; det är ju jag som i alla fall gjort den möjlig idag! Får inte, för värdefull för den fortsatta forskningen.

Tankarna i rymdfarkosten kretsar kring samma existentiella fråga och är skriven på experimentell prosa utan skiljetecken.

> – jag vet jag anmälde mig frivilligt varför det kan jag inte svara på ett försök att göra mig uppmärksammad på officersskolan kanske också ana jag var perfekt sade man fysiken toppklassig inga närmare anförvanter få vänner inga att ta hänsyn till i varje fall och så det förnämsta av allt ingen fantasi ni saknar fabuleringsförmåga sade man bra GRATULERAR ni tillhör det lyckliga fåtal som uttagits till vår första grupp astronauter tre män och en kvinna förutom mig var det kosacken andreij mitkov det tyste serentij sjuborin och mirja gromov hon är nog den fulaste kvinna jag sett

Det är en psykologisk faktasi. Rymdmannen är uttagen efter principer som liknar värnpliktiga i krig. Unga män i sina bästa år, dömda att bli kanonmat på grund av sin goda fysik. I praktiken är det inte så det gick till vid uttagningen av rymdfarare. I rymdprogrammen användes välutbildade, medelålders flerbarnspappor och mammor till uppdraget. Och 1961, året efter Simas novell, for den första människan i rymden, Jurij Gagarin, ett varv kring Jorden.

Jonas Sima kom att skriva ytterligare en faktasi, nämligen "Tidsrummet" (Nya Fib med Aktuellt 1963). Vid tiden för författandet var det mycket tal om atombombshot och behovet av skyddsrum. Sima hade hört talas om en person i Uppsala som tagit detta på allvar och faktiskt byggt sig ett litet skyddsrum på sin villatomt. Det gav idén till "Tidsrummet".

I samband med att en 1 000 megatons domedagsbomb testas utbryter en skyddsrumspsykos och en fabrikör beslutar sig för att bygga ett skyddsrum på sin tomt. Han gör själv ritningar till en sorts kula av betong, som han tillverkar och placerar på sin tomt.

> Världsläget var nu stabilare påstod tidningarna, men fabrikören var fylld av sin idé. Han ville fullfölja arbetet och lät således raskt utrusta sitt självkonstruerade skyddsrum. Två britsar fastsattes i det runda rummets trägarnering. Ett bord, två pallar, ett skåp, hyllor, ett spritkök och ett fotogenkylskåp. En box fylldes med konserver och andra lagringsbara livsförnödenheter. Transistorradio givetvis och två kortlekar. Fabrikören köpte en packe science fiction-magasin och ställde dem på en hylla tillsammans med en bunt damtidningar för lilla runda frun. Decimetertjockt, splitterfritt glas sattes in i de två hålen i betongskalet. Andningsventilerna ställdes i ordning. Innerväggarna värmeisolerades. Skyddsrummet var betydligt rymligare än vad man antog vid första anblicken. Fabrikören såg med tillförsikt an ett eventuellt kommande alltkrig med atomvapen.

Åren går. Skyddsrumspsykosen går över, men fabrikören förnyar och underhåller förråden inne i kulan. Det blir hans stora och enda hobby. Så en dag utbryter atomkriget. Över hela världen förvandlas människor till aska, när de båda sidorna låter sina missiler hagla. Fabrikören med fru drar sig tillbaka till sin kula, som blir föremål för en direktträff. Årtusendena går. En ny tids arkeologer finner klotet.

Männen stirrar häpna på det, man söker lyfta det med händerna. Klotet är dock tungt och kompakt Man lyfter tillsammans upp det på en låda i solljuset. En djup, smärtsam – ja smärtsam – suck kommer ur männens strupar. Aldrig har de sett en sådan skönhet ... Klotet visar sig besitta ett sällsamt lyster, en förunderlig legering av himmel och eld.

– En nedfallen stjärna, andas någon.

– Nej, se där inne! viskar en annan ...

Klotet är transparent och i centrum vilar två små figurer, två människofigurer. En man och en kvinna. De vilar i en ställning som flöt de fritt och tyngdlöst omkring i en oändlig rymd. Deras åldriga ansikten, så fullt tydliga och ciselerade, är fyllda av sällsynt frid.

Jonas Simas idé – den att låta kulan med sitt innehåll smältas ned till något som påminner om insekter fångade i kåda, som efter 20 miljoner år kastas upp på stränderna i form av bärnsten då höststormarna rasar på Falsterbonäset – är något av det läckraste exemplet på sublim svensk faktasi som vi har. Det blev inga fler sf-texter för Simas del. När han ägnade sig åt film och andra verksamheter gick vi kanske miste om en utomordentlig science fiction-författare.

KAJ LUNDBERG

Kaj Lundberg förekom i Lektyr och i varje fall vid två tillfällen halkade han in på faktasins område. Novellen "Rymdpiraterna" (Lektyr 36/1960) handlar om en kortvågslyssnare som uppsnappar ett budskap: "Denna sändare är icke av denna världen. Denna sändare ope-

1960-talets Lektyr, innan tidskriften utvecklades till en porrtidning.

reras av hjälpare från yttre rymden. Ni måste tro. Om ni vill leva. Och fortsätta vara jordmänniskor." Men berättelsen visar sig inte alls handla om utomjordingar utan om en högst jordisk skojare som vill få folk att sälja sina hus för en spottstyver.

I novellen "Nybyggarna" (Lektyr 43/1960) bygger några tioåriga pojkar en koja när följande händer:

> Långsamt, långsamt glider föremålet in över viken. Silverglänsande metall med långa spetsiga vingar, som sakta rörs upp och ned. Pojkarnas skräckfyllda blickar följer farkosten och de hasar baklänges mot sin kojas ingång För att gömma sig för detta något som kommer. Stora fasettögon glöder i farkostens nos Den sveper ljudlöst över vattnet och längs strandlinjen. Sedan stannat den plötsligt och sänks ner mot sanden. Många långa vinklade ben skjuts ned från flygkroppen, trevar över markytan och får fäste ett efter ett. De gräver ner i sanden på olika ställen, som sugröret på en mygga innan den hittar rätt punkt. Sedan händer ingenting. Pojkarna ligger darrande och ser ut genom en springa mellan två av stammarna kojan. De håller krampaktigt varandras händer. De väntar. Något måste komma därifrån. Så sänks en metallstege ner mot sanden från farkostens akter där den är bredast. Utan att det syns att någon lucka öppnas eller skjuts ifrån är där plötsligt en öppning i farkostkroppen. En glänsande, glödande öppning som en oavbländad strålkastare i mörker på en enslig skogsväg. Svetten dryper av de två pojkarna. Ingen vågar röra sig. Hettan är torr och stickande. Det bränner i deras ögon, men de vågar ändå inte släppa den glänsande farkosten med blicken. De ser på sin palissad och på sina vapen. Två lika metallglänsande ben – närmast formade som pålar – står i öppningen. Klumpigt stiger benen ner på stegen. Kroppen visar sig centimeter för centimeter anda upp till ansiktet, som är ganska mänskligt. Men också ansiktet glänser med fosforsken. Och ögonen är som stora glasögon fästa direkt på huden. Om

det är hud. Den första gestalten följs av flera. Många. Trettiotalet skepnader står i grupper på den och gestikulerar med underligt stela armar.

Men då. En av gestalterna talar om att de håller på med en filminspelning för Europafilm och uppmanar grabbarna att gå hem. Västgötaklimax! Hemma berättar de om filminspelningen, men när redaktör Jonsson på Morgonkuriren ringer till Europafilm får han följande svar: "Science fiction? Näej. Det måste vara något fel. Något sådant har vi inte igång …"

HANS LINNÉR (1925–?)

Hans Linnérs bidrag till faktasin tycks inskränka sig till några dikter i inledningen till samlingen *Robotöga* (1960). Framsprungen ur arbetarklassen blev han fabriksarbetare när han var 15 år. Han var inte lärling utan tempoarbetare, berättar baksidestexten till *Robotöga*, och det heter vidare att eftersom "han inte endast saknade intresse utan också varje tillstymmelse till fallenhet för industriarbete var konflikten given." Han tvingades ändå att fortsätta men blev med tiden tidsstudieman och kom därefter att arbeta med kvalitetskontroll inom verkstadsindustrin.

Det är främst i de inledande dikterna "Robotöga", "Förtvivlan" och "Överutveckling", som han för till torgs en syn på tillvaron av faktasiskt slag. Så här låter det i "Robotöga":

> Och ett stort ljus ska lysa
> över dem som vandrat
> i det härliga trotsiga mörkret
> Ett ljus ska förmörka deras himmel
> ty Teknis-gudens död
> är kanske ljusets död
> Allt kan ses från skilda håll
> Och spektrum är inget undantag.
> ———
> Hjulen snurrar fortfarande
> runt omkring mej
> när jag vaknar ur dagdrömmar

Jag upptäcker min lekamen
och märker att jag ligger efter
med ackordet ...
Robotansiktet är kvar
det vet ingenting
men det är effektivt

I dikten "Överutveckling", författad i skuggan av det kalla krigets kärnkraftsbalans fastslår författaren att

Kosmisk död
inte bara finns i rymden
Den framställs numera syntetiskt
i Nevada
och Novaja Zemlja

Och poeten undrar:

Ska mänskan
behöva dö
för att hennes hjärnceller
blivit alltför
fullkomnade

Hans dikter har en dystopisk prägel, vilket inte minst förmärks i dikten "Förtvivlan", som här återges i sin helhet:

I en science fiction-dröm
om flygande tefat
och ambassadörer
från planeten Venus
kände jag
en plötslig förtvivlan
som ej visste
var den hade sin rot.

Teleskop-ögda vidunder
skrämde mej inte
och inte heller
reaktionsdrivna slädar
med radioaktiv
kolsyra
i tanken.

Radioaktiv soppa
i burken
Makaber speedway
Speedway med sex-lemmade
förare
på hjullösa knarrar

————

nej, detta skrämde mej inte
Vad som fastmer gjorde
mej beklämd
var att jag
var en av dessa

————

sex lemmar———
———groteskt

ODD EIDEM (1913–1988)

Nej visst! Odd Eidem var en norsk författare och mycket annat, en europeisk intellektuell skulle man kunna säga. Så egentligen har han inte här att göra. Att jag ändå tar med honom beror på att han skrev novellen "En skeppare från Jorden" som stod i Vi 26–27/1960. Kanske var den rentav skräddarsydd för Vi. Den originellt turnerade berättelsen hade förvisso svensk anknytning och även om man kan diskutera om den är sf, så visst ger den faktasiska vibrationer, åtminstone om man är av den sensibla sorten. Novellens jag är norrbagge och han inleder sin skröna så här:

Vem kan begripa sig på associationer? Inte jag. Här satt jag nyss och trodde att jag läste en ofruktbar nyhet från rymdforskarna, de skrev om den så kallade *solseglatsen* – men, som jag nu läste kom det in poesi i de vetenskapliga raderna, och jag började, gudvet varför, att framkalla ur minnet den mest okända diktare som finns i svensk litteraturhistoria. Hans namn var Ivan August Davidson. Det var bilden av *honom* som steg upp i mitt minne då jag begrep vad solseglatsen gäller! När den första människan ska skjutas ut i världsrymden – men inte längre än till dess raketen lämnar Jordens tyngdkraft. Från det ögonblicket blir raketen en gondol eller – om man så vill – ett *skepp*, ty plötsligt, blixtsnabbt utskjuts från raketen ett segel av aluminium och plast, ett segel flera kilometer högt, en skälvande duk, som firas och vänds, alltid i förhållande till solen. Värme är drivkraft. I det friktionslösa rummet kommer segelfartyget att få större fart än en raket. Detta kallas solseglats.

Som skeppare vid rorkulten ombord på denna farkost ser novellens jag en gammal man på väg till en brygga på Venus:

Hans liv var en lika stor poetisk meningslöshet som en människosjäl ute i världsrymden. Jag berättar om Ivan August Davidson och om hur jag träffade honom.

1948 kommer novellens jag till filmstaden Cinecittà utanför Rom. Där spelar man in en film med titeln Pompejis sista dagar. En kopia av Pompeji har byggts upp. Bland alla togaklädda statister och skådespelare finns en gammal gubbe i toga som tömmer flera glas vermouth.

> – Är ni norrman? frågade han vänligt – på franska.
> Nationaliteten måste han ha lyssnat sig till.
> – Ja, jag är norrman, svarade jag osäkert – och ni? Från Rom?
> – Jag? För all del, jag är svensk, sa han – på svenska.
> Jag ställde ifrån mig kaffekoppen. Tänk, de där svenskarna, de där människohavets humrar, de lurar i varje skrymsle med sina klor.

Detta är den svenske poeten, som bara super. Han har tvingats lämna Sverige. Han gjorde det redan 1905. Han tog nämligen Norges parti i unionsstriden och är sedan dess landsflyktig. Gustaf vill inte ha honom i Sverige, men Haakon gav honom norsk pension. Faktasisk surrealism. Nog om detta!

SAM J. LUNDWALL (1941–)

Sam J. Lundwall kommer förmodligen i det långa loppet att te sig som den viktigaste personen inom svensk science fiction. Som introduktör, översättare, bokförläggare, tidskriftsutgivare, författare, forskare, inspiratör, kongressarrangör. Och inte minst som kartläggare av sf-litteratur, bibliografiker. Hans livsverk i det avseendet omfattar bland annat *Bibliografi över svensk science fiction och fantasy från 1741*. Vid sidan om det sf-mässiga kan han också uppvisa en rad andra talanger.[1] Han är med andra ord mångsidig som få. Han är en särpräglad person, en gång mycket aktiv i sf-fandom, men med tiden alltmer tillbakadragen och ändå på något svårdefinierbart sätt verksam eller i varje fall verkande.

Han har både som förläggare och utgivare av Jules Verne-Magasinet i dess andra andning fört fram svenska sf-författare. I allt detta har han själv liksom hamnat i skymundan som författare. Och även om hans författarskap kanske inte är det viktigaste i hans omfattande gärning så är det lite synd.

Hans offentliga sf-debut skedde på gränsen till 1960-talet i Häpna! med novellen "Den åttonde" (9/1959), som handlar om den andra marsexpeditionen som landar vid vraket till den första marsexpeditionen. Berättelsen utvecklar sig till en kannibalistisk mardröm och kaptenen på den nya marsexpeditionen upptäcker att han får överta en roll som påminner om den som körkarlen axlar i Selma Lagerlöfs roman.

Hans andra novell i Häpna! hade redan varit publicerad i fanzinet Union SF (11/1958). Det var "Den falske guden" (12/1959) och hade en helt annan karaktär. Den leder till oväntade och obehagliga resultat i ett forntida Egypten, som får besök från himlen inte långt från Tut-Ankh-Amons grav. Den är författad på ett arkaiserande språk av en Hotem-Heb, som i strid mot Faraos order sätter på papyrus den upplevelse han blivit ögonvittne till. Som devis till denna novell har Lundwall valt Up-

---

1 Han har också haft en karriär som vissångare samt varit tv-producent, fotograf, tecknare och journalist.

Sam J. Lundwall på Eurocon 2011 i Stockholm.

penbarelsebokens ord: "Och jag såg en annan väldig ängel komma ned från himlen. Han var klädd i en sky och hade regnbågen över sitt huvud och hans ansikte var såsom solen och hans ben voro som eldpelare. Och han ropade med hög röst, såsom när ett lejon ryter …"

1960 kom det första numret av fanzinet Science Fiction Forum ut och där medverkade Lundwall med novellen "Den första julnatten". Från en avancerad civilisation i framtiden kommer en man och en kvinna till Jorden och färdas med en åsna till en stad, där ett stall förberetts för deras ankomst:

Han och Mairie hade blivit sända tillbaka många tusen år i tiden för att göra sanning av en gammal legend. För att skapa en människa som skulle bli en gud långt senare. För att omskapa världen, förändra historiens gång. En hel världs resurser hade tagits i bruk för experimentets skull. Det barn han höll i sina armar var det vär-

defullaste som blivit fött sedan historiens gryning. Om inte det barnet hade fötts vid en speciell tidpunkt i en gammal stad, i ett litet hus, hade världen varit helt annorlunda. Nu hade barnet fötts. Världen var räddad. Josephs läppar rörde sig i en ljudlös sång, lika gammal legend som den legend de nu gjorde till verklighet.

Julevangeliet enligt Lundwall. Senare samma år skulle Börje Crona i Galaxy ge sin version av Nya Testamentet. De kom båda sex år före Michael Moorcock, vars version *Behold the Man* kom 1966.

Den dystopiska tonen från "Den falske guden" håller i sig i den tredje Häpna!-novellen "Misslyckandet" (6–7/1960). 1973 års marsexpedition med tre människor och två robotar ombord har misslyckats. Marsraketen snurrar obevekligt i allt snävare omloppsbanor likt en satellit kring Jorden mot sitt öde att vad det lider störta. De båda överlevande sänder sina SOS-signaler. Det är den 27 april år 2423 …

Lundwall visar att han helt behärskar den rådande, moderna sf-novellens krav. En tydlig intrig och en överraskande knorr. I den fjärde Häpna!-novellen, "Experimentet" (11/1961) sätter utomjordiska krafter stopp för jordvarelsernas expansion ut i rymden, kidnappar månfarkosten med dess pilot, spränger Jorden i tusen bitar och … ja, vad gör man med piloten?

"En ny dag" (2/1962; 3/1969), den femte novellen, är svårtolkad. Är det som sker med de åttahundra människorna ombord på en rymdfarkost som ser Jorden som en ärgig kopparslant bra eller dåligt? De har färdats i tvåhundra år, men bara åldrats tre dagar. Tidsdilatationen har gjort sitt, men slutet på historien är höljt i mångtydighetens dunkel.

Sam J. Lundwalls roman *Jag är människan* började att gå som följetong i SF Forum (10B/1963) och avslutades med det nionde avsnittet (29/1965). I och med den blir Lundwall verkligt intressant. Det är en ovanligt lyckad svensk faktasi i det större formatet och som

Lundwall själv konstaterat i ett förord har den en intressant tillkomsthistoria:

Den skrevs under min militärtjänst 1961–62, medan jag envist vägrade att utföra givna order och hatet frätte i mitt bröst så snart jag såg skymten av en uniform. Jag uppfattade (och uppfattar ännu) det militära systemet som en diktaturstat, där större delen av knektarna var nazister, och de övriga något mindre vetande. Denna lilla roman var ett sätt att framlägga den saken för mig själv, att få en smula perspektiv på problemet. Jag befann mig då på en radarstation, gemenligen kallad Harry, och skrev denna roman under de nätter jag hade nattpass. Hela tiden utnyttjade jag sorgfälligt kaptenens skrivmaskin, tjänsterum och papper för mina skriverier; något som beredde mig en djup inre tillfredställelse Jag degraderades till städare när två månader återstod av min värnpliktstid; några dagar innan detta hände, hade jag glömt kvar några glödande kapitel på kaptenens skrivbord. Jag vill gärna tro att detta var orsaken till att jag gjorde mig till malaj. Möjligen gjorde det faktum att jag inför trupp påstod honom vara nazist också sitt till. Vad vet jag?

Oavsett vilket, inspirerad av sin attityd skapade Lundwall med *Jag är människan* en närmast utopisk dystopi om uttrycket tillåts. I en värld efter ett förödande atomkrig har man byggt en sorts egenartade ghetton som utestänger den farliga luften. Handlingen utspelar sig i en sådan tillvaro. Människor bor i ett välordnat samhälle, den ultimata statarlängan ställd på höjden, där individerna utför meningslösa arbeten. I denna skyskrapa är allt välordnat och standardiserat, men meningslöst. Olika kategorier bor på olika plan från de underjordiska källarvåningarna till skyskrapans toppetager. Samtidigt finns det ett torn där Direktionen håller till. Vad folk inte vet och aldrig tycks få veta är att luften sedan århundraden går att andas. Ayn Yann upptäcker dessutom så småningom att tillvarons huvud-

säkring har gått, kanske för hundratals år sedan, samhället tycks fungera på undanskymda batterier.

Men dessförinnan ska mycket hända i den aktionspäckade historien. I det inkapslade komplexet utbryter en revolution. Kontakten mellan olika våningsplan i form av hisstrummor och korridorer sprängs sönder. Bokens huvudperson, det berättande jaget Ayn Yann gör sig till ledare på de fyra översta planen, men störtas och flyr genom en bakdörr genom korridorer och salar och hisstrummor och hamnar i bottenplanet, där han lätt tar sig in i Direktionens torn. Där finner han dörrar till kontor, där det ligger damm över dokument på borden. Det finns hur många sådana kontor som helst. Han lyckas ta sig vidare upp i tornet och hamnar i bostäder, som är lika tomma, men som ser ut att ha lämnats bara för en stund sedan likt en pendang till Mary Celeste som på 1800-talet påstods ha hittats drivande på havet utan besättning men med varm mat på bordet.

Ayn Yann ser tillbaka på sin uppväxt och han hamnar drömmar. Det som påmint om en Kafka-labyrint förvandlas till en sentida *Den gudomliga komedin*. Liksom Dante har Ayn Yann sin Beatrice, som leder honom den sista biten upp genom tillvaron. Romanen innehåller en del mäktiga scener, som beskrivningen av hur biblioteket, Ayn Yanns tillflyktsort, förstörs när revolten iscensätts mot honom i berättelsens mittskede.

De använde eldkastare. Varför kommer jag aldrig att förstå. Kanske ville Bernhardsen helt enkelt bränna mig inne; kanske ville han förstöra böckerna. Jag vet inte. Men de gamla snustorra volymerna formligen exploderade i eld när de oljiga eldskurarna snuddade vid dem. Bokhyllorna flammade upp överallt i rummet, böcker föll brinnande genom luften, gnistor kastades från en bokhylla till en annan, vitröd eld åt sig fräsande genom tiotusen år av vetande. Där brann Lao-Tse i höga vita lågor, där exploderade Platons tankar, där åt en väldig eldblomma upp Vergilius, Dante, Gogol, Caesar och Tennyson; där brann Miltons Paradise Lost, där brann Illiaden och Odyssen, Shelley och Wilde; där förvandlades Ptolemaios till aska, Lukianos, Sophokles, där blev Petrarca till lågor, Decamerone, Somnium, De Bello Gallico, där försvann Ambrosius och markis de Sade, Dickens, Voltaire och Marlowe; där föll Shakespeare ner i flammorna, och Romeo och Julia, Macbeth, köpmannen i Venedig förbrändes. Tiotusen år av kultur och vetande, hundratusen sökande hjärnor, miljoner ord av kunskap, allt brann. Gibbon förintades, Marivale följde efter in i samma omättliga gap. Hela den Egyptiska kulturen förbrändes, Hamiter, Semiter och Danaer, Hellener, Romare, Sabiner, Indier, Malajer, Spanjorer, Engelsmän, Ryssar; all historia brann, allt det förgångna, hela forntiden åts upp av eld. Människan har inte längre någon historia, ty historien fanns endast i böckerna, och böckerna är förintade. Ett enda svep med eldkastaren – där försvann allt fram till Neanderthal, Pterodaktyl, Brontosaurus, allt försvinner. Ett svep med elden åt andra hållet – där försvinner hela den Asiatiska kulturen. Ett nytt svep – hela Afrika. Renässansen är redan borta, av Lucrezia Borgia finns knappast minnet kvar, gibbelinerna är aska, guelferna likaså. Rosornas krig har blivit en ensam askflaga som oroligt svävar över flammorna. Tyska bondeupproret är glömt, Kung Arthur finns ej mer. Även gudarna brinner; Yang och Jing, Buddah, Jesus, Baal, Osiris, Shiva, Lucifer, alla brinner i samma eld. Av all ondska, av all galenskap var detta det värsta. I detta sista bokbål brann all världens historia och vetande upp, och soldaterna med eldkastarna vrålade och skrattade av vansinnig glädje.

Ayn Yann säger sig vara den ständigt sökande och ser sin vandring genom tillvaron som en odyssé. Han kallar sig drömmaren som funnit sitt Karma vid vägens slut. Det är en stark roman.

Den sjätte och sista Häpna!-novellen dröjde flera år och hette "Den fyrdimensionella rumsduplikatorn" (Häpna! 6/1965). Den är trots den lovande titeln och den gamla idén med en spegel, som man kan gå in i, inte lyckad. Var det allt? är den tanke som gör sig gällande när man lägger ifrån sig novellen. Men i sin helhet är dessa dystopiska sf-noveller inte alls dumma.

Två år senare publicerades den hejdlösa novellen "Orgeltramparens död" i SF Forum (36/1967; omtryckt i JVM 418/1986). Den präglas av en lössläppt attityd. Texten är likt en blandning av folksaga, speakertexten till Walt Disneys tecknade kortfilm om tjuren Ferdinand och satir. Det hela är meta-artat, berättelsen kommenterar sig själv genom att understryka det fiktiva i handlingen. Berättelsen handlar mycket om en ung man som dyker upp i den stad där orgeltramparen bor tillsammans med sin dotter Anna. Likt en självklar häradsbetäckare går den unge mannen över Anna och alla unga vackra oskulder.

Dagarna följde nu på varandra, och den unge mannen började tröttna på att dröna och dricka Beyaz. Det var ännu höst (hösten var märkvärdigt lång det året) och han beslöt sig för att göra något för staden. Styrkt av denna hedervärda föresats, drack han Beyaz tills ögonen blev gröna och lägrade frenetiskt stadens alla unga damer (något som sågs med illa dolt hat av damernas fästmän och trolovade, vilka dock lät saken bero med tanke på det goda uppsåtet), och uppfann därefter i rask följd den elektriska motorn och atombomben. Motorn kopplades till kyrkans klocka, som därefter visade tiden med en hastighet av fyra dygn i minuten tills borgmästaren (en klok karl) upptäckte att man glömt upptäcka elektriciteten, varvid klockan tvärt stannade och blev stående likadant som det, med ett kort uppehåll, gjort de senaste trehundra åren. Atombomben blev orsak till ett visst bryderi, emedan man inte hade några grannstäder att kasta den på; prästen löste slut-

ligen problemet genom att använda den som brevpress (han hade en diger korrespondens), och där står den fortfarande, så vitt jag vet.

Upplösningen går helt i den hilariösa stilen, då den unge mannen slår sig ned för att spela på den orgel som tramparen trampat dag ut och dag in, år ut och år in, men utan att någon organist någonsin spelat på den. När de första ackorden slås in inträffar något som utlöser novellens titel. Det är förvisso en annorlunda novell.

Sam J. Lundwalls tidigaste roman tycks ha varit *Mot tidhavets stränder*, som gick som aldrig avslutad följetong i hans fanzine Science Fiction-Nytt 1959–1962. Denna följdes av *Jag är människan* som serialiserades i fanzinet 1963–1965. Hans professionella romandebut skedde på engelska med en dubbeldäckad Ace-bok som innehöll *Inga hjältar här* och *Alice, Alice.*

Bernhards magiska sommar (Lindqvist 1975) är en egenartad berättelse, som utspelar sig i Stockholm och Helvetet. Det är som en blandning av fantasy och science fiction. Bernhard, som känner sig kränkt då hans flicka bedra-

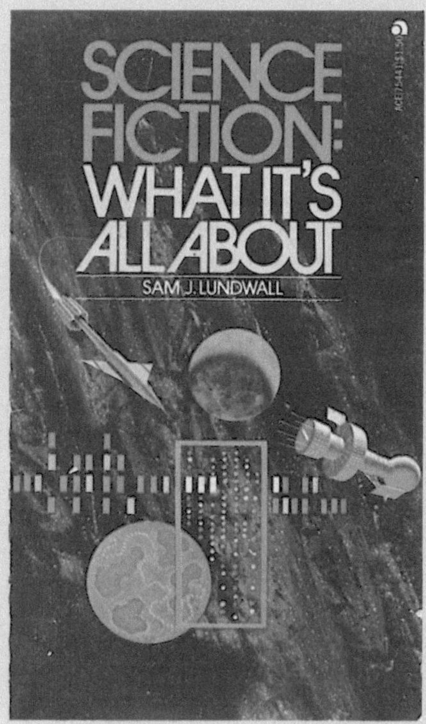

Motstående sida: Sam J. Lundwalls sf-historik från 1978, med omslag av Hans Arnold. Boken föregicks av Science Fiction: What it's All about (1971), en översättning av Science fiction: Från begynnelsen till våra dagar (1969).

git honom, åkallar högre makter, uppfinner en evighetsmaskin och rör sig på Gamla stans gränder. Det händer saker hela tiden, en varulv, Gud, Djävulen är inblandade. Det är en händelsemättad historia.

I ett kort företal bugar Lundwall mot sina inspirationskällor som utvecklat "den gamla gotiska romanen till ett slags modern saga, karakteriserad av ironi, cynism och en mycket bister humor, spelande i en värld där sagoväsenden, religiösa föreställningar och moderna företeelser först bildades. Detta litterära verktyg har sedan vidareutvecklats", konstaterar han och fastslår att *Bernhards magiska sommar* "bygger på denna tradition vad gäller litterär metodik".

Mörkrets Furste eller Djävulstornets hemlighet (Delta 1975) är en pastisch på kolportageromanen och rör sig dessutom i Jules Vernes närhet. Och tänker man efter så låg Jules Verne mycket nära just kolportageromanen, som exempelvis i *Jorden runt på 80 dagar*. Mörkrets Furste är en släkting till Jules Vernes kapten Nemo med den skillnaden att medan Nemo hade en väldig undervattensbåt med bibliotek, så har Mörkrets Furste en luftfarkost med bibliotek. Lundwall behärskar kolportagemetodiken och romanen är roande läsning.

1976 återkom Lundwall på ett helt annat sätt med en av sina bästa romaner, *Mardrömmen* (en Hedman-thriller från Lindqvist). Här visar det sig att han behärskar thrillern till bristningsgränsen. Det är en kriminalroman som utspelar sig i Stockholm 2017. Denna sf-thriller är dessutom en perfekt strukturerad deckare med en komplicerad intrig som polisen försöker att reda ut. Berättelsen utspelar sig i ett samhälle där alla är övervakade. Ett blodigt överfall på en LO-pamp utlöser ett febrilt händelseförlopp som visar sig vara en rejält tilltagen härva.

I början av utredningen bryter sig polisen in hos en misstänkt men oskyldig man. Han upptäcker att poliserna vet den minsta lilla transaktion han utfört. Förbannad på övervakningssamhället beslutar han sig för att ta sig ur systemet. Han lyckas utplåna sig ur huvuddatorn, vilket vanligtvis bara sker när någon dör. Och upptäcker bieffekten.

Han finns inte längre i samhällets ögon. Det kort han öppnar dörren med godtas inte. Han kan inte komma in i sitt hem. Han kan inte köpa varor. Likadant överallt.

Han lever men är död. Han finns inte. Han ångrar sig, men då är det för sent. Mannens öde utgör både en integrerad del av händelseförloppet och en liten minihistoria vid sidan om den alltmer växande polisutredningen, som tränger in i och upp mot en militär hemlighet tills alla bitar faller på plats.

Lundwalls roman *Crash* (P.A. Norstedt & Söner 1982) är inte sf. Den handlar om en kärleksrelation mellan en svensk deltagare på en sf-kongress i New York och en litterär agent. Med *Tiden och Amélie* (Sam J. Lundwall Fakta & Fantasi 1986) åstadkom Lundwall en märkvärdig bild av människor i en egendomlig sydfransk stad, vars särprägel förklaras på följande sätt:

> Staden var uppenbarligen byggd på en gravitationsanomali, ett område där gravitationen inte var likformigt fördelad längs jordskivans plan utan litet krökt, en krusning i gravitationsfältet som gjorde att gravitationsplanet just här inte följde normalplanet utan följde bergssidan upp i en elegant svepande båge. Det var en mycket lokal företeelse, fann jag snart, men anomalin omfattade hela staden och det hela såg ganska dramatiskt ut. När man betraktade staden på avstånd, tycktes den ha byggts på

slät mark för att sedan ha draperats på den konkava bergssidan så att byggnaderna nere på dalbottnen pekade rakt upp som vilka byggnader som helst, medan byggnaderna uppe vid bergssidans krön pekade vågrätt ut i luften, skenbart trotsande alla naturlagar.

Det händer egendomliga saker. Jag-personen Patrice Duvic har kommit cyklande till staden och hamnat i en kafkaliknande situation som påminner en smula om Strindbergs upplevelser i *Inferno*. Människor som han aldrig har sett påstår att de känt honom i åratal. I likhet med huvudpersonen i den brittiska kult-tv-serien *The Prisoner* kan Patrice Duvic inte lämna staden, som drabbas av våldsamheter. Och alla är övervakade. Stämningen dystopisk.

Upplösningen upplöser egentligen ingenting. Jag-personen landar i en ballong och tar sin cykel och fortsätter dit han varit på väg hela tiden. Det surreala eller irreala drama som utspelar sig däremellan frammanar en känsla av ogripbar verklighet och egentlig meningslöshet. Det är säreget suggestivt. Även *Tiden och Amélie* är skapad i samma intriglösa tillstånd som *Bernhards magiska sommar*.

Begreppet tidbävning tillfördes svenska språket i och med Murray Leinsters novell "Den stora tidbävningen" publicerades på svenska i *Häpna!* (5–6/1957). Trettioett år senare använder sig Lundwall av fenomenet för att strukturera romanen *Frukost bland ruinerna* (1988). I denna roman drabbas världen av ständiga tidbävningar, som motiverar den intriglösa strukturen. (Titeln är densamma som Michael Moorcocks *Breakfast in the Ruins* från 1972.)

Tillvaron är minst sagt rörig för Nana Allilujeva Mirzanjan. I den mån man kan tala om en intrig, så ligger den i de ständiga förändringarna. Det här sättet att strukturera texterna är uppenbarligen medvetet. I sina noveller liksom i *Mardrömmen* demonstrerade Lundwall att han kan plotta en intrig, men i flera romaner har han drivit den konturlösa intrigen till sin spets, en metod som ställer krav på läsaren. Man kan inte beskylla honom för att vara publikfriande.

Ulrike Nolte har i sin avhandling tagit upp *Frukost bland ruinerna.* Hur ser hon då på Lundwalls författarskap? Hennes attityd är mycket tydlig. Hon säger faktiskt att Lundwall till skillnad från de övriga författarna som hon behandlar inte "representerar den erkända 'höglitteraturen' (Hochlittereatur)". Men eftersom han intar "en förhärskande ställning i den svenska sf-världen" så "vore det en underlåtenhetssynd att inte ägna hans verk uppmärksamhet i en studie av svensk science fiction". Var och en kan själv bedöma sin uppfattning om de urvalsregler som väglett Nolte. Hon menar att Lundwalls roman anknyter till postmodernismen.

2004 kom Jules Verne-Magasinet 518 ut med en hel roman av Sam J. Lundwall. *Dödens ö.* Utgångspunkt för berättelsen är helt enkelt Arnold Böcklins målning *Toteninsel.* Böcklin målade fem olika versioner, varav den femte är försvunnen, möjligen förstörd under ett av de båda världskrigen.

Den version som finns på konstmuséet i Basel har författaren till denna litteraturhistoria sett och jag kan bara konstatera att redan storleken gör att reproduktioner inte gör originalet rättvisa. Den bekräftar en slogan hämtad från ett annat sammanhang: "Film ska ses på bio". Det är en otroligt mäktig målning.

Toteninsel är än i denna dag en mycket känd målerisk vision och var det i ännu högre grad vid ingången av 1900-talet. Dess förmåga att fascinera har inspirerat många litteratörer. Så till exempel lyder scenanvisningen på slutet av August Strindbergs *Spöksonaten* så här: "Rummet försvinner: Böcklins *Toten-Insel* blir fond; svag musik, stilla, angenämt sorgsen höres inifrån ön." Och Bo Cavefors har skrivit enaktaren och monologen "Dödens ö".

Lundwalls roman är återigen en blandning av fantasy och science fiction men kan inte sägas tillhöra genren scientific romance. För till skillnad från Edgar Rice Burroughs och Leigh Bracketts berättelser i genren så saknar Lundwalls det inslag av sword & sorcery som är så kännetecknande för den vetenskapliga romansen. Lundwalls berättelser kan sägas stå i en sorts genre för sig själva.

I Lundwalls roman är dödsön förlagd utanför Cornwall och eftersom Jorden är platt i denna roman, så är det också utanför Cornwall som Jorden tar slut och man kan hoppa ut i intigheten, falla och försvinna för evigt. Utanför Cornwall begynner också Magellanströmmen som leder ut i världsalltet, dit Lundwall med ett lån från Jules Verne låter den ångdrivna, underbara stratosfäriska aéronefen färdas på just Magellanströmmens oändligt brusande flod.

Huvudperson i *Dödens ö* är Zoë Anahit Petrescu. Hon är kocka ombord på aéronefen och starkt knuten till dess kommendörkapten, som under årens lopp besöker henne om nätterna. Men i slutet av berättelsen låter Zoë honom falla över relingen och hon glömmer allt som hänt.

> Hon glömde kommendörkaptenen som fortfarande föll i natten och alltid, alltid skulle falla utan att någonsin nå de moln och himlar och världar bortom hopp och fruktan och försoning som väntade på andra sidan ljusårens avgrund. Hon glömde sig själv, hon glömde att hon någonsin funnits till närt hon lätt, lätt fortsatte, lika obestämd och flyktig som en skugga, alltmer genomskinlig och uttunnad, under en gränslös och oföränderlig hösthimmel. Har Gud somnat helt, har han vaknat helt? Är det här det verkliga? Är det så här att leva, är det så här att vara död?

Alltsammans mynnar i ett existentiellt frågetecken! Romanens struktur är fastare än i de ovan omnämnda romanerna men liksom i dem handlar det dramaturgiskt om händelsemättade förlopp utan någon påtaglig intrig.

Av allt detta skulle man kunna tro att Lundwall förlorat sin eminenta förmåga att strukturera en intrig, som han elegant demonstrerade med *Mardrömmen*, men så är inte fallet.

Fyra år senare återkommer han nämligen med novellen "Herr Rogy i evighet". Det sker i Jules Verne-Magasinet 535/2008. I denna novell griper han tillbaka på det motiv som låg till grund för "Den fyrdimensionella rumsduplikatorn" från 1965, men spegelmotivet är här hanterat på ett helt annat och mycket lyckat sätt.

"Herr Rogy i evighet" har en mycket fast struktur i intrigen och dramaturgin är alldeles utmärkt. Det styrker min förmodan att den intriglöshet – eller jag kanske snarare ska säga brist på knäsatt, konventionell struktur – som kännetecknar många av Lundwalls texter är medveten. Det nummer av JVM där "Herr Rogy i evighet" publicerades är ett dubbelgångarnummer som innehåller Robert Louis Stevensons *Dr Jekyll och mr Hyde*, Edgar Allan Poes "William Wilson", Henning Bergers "Dubbelgångaren" och H.P. Lovecrafts "Prästmannen", vilka alla får betecknas som klassiker i genren.

I detta temanummer har Lundwall alltså djärvt nog lagt till en egen dubbelgångarnovell. Och det ska sägas att den inte är samlingens sämsta bidrag utan tvärtom elegant står sig mycket gott i konkurrensen, om man nu ska tala om konkurrens i sammanhanget.

En vinternatt i Prag har novellens jag-person med hjälp av en greve, som förefaller att vara Dracula själv, plockat ut sin spegelbild ur spegeln.

> Greven är en djävul med speglar, han kan gå in i dem och ut igen, han själv har ingen spegelbild men när någon annans spegelbild finns i spegeln kan han gå in och handskas med den som om den vore en vanlig människa. Vampyren kan gå in i speglar, det är därför de inte har någon spegelbild, för en vampyr som greven är en stor spegel som vilken dörr som helst.

Med sin spegelbild lössläppt och sedan greven döpt spegelbilden till herr Rogy har alltså berättaren en spegelvänd dubbelgångare

Lundwall i olika utgåvor och översättningar. Ovan den musik-EP (tillsammans med Michael B. Tretow) som medföljde Lundwalls roman när den utgavs på svenska 1976.

som försvunnit ute bland folk, men en kväll i Dreckburg, en halvmil från München, får han syn på sin spegelbild, fast snyggare klädd och med pincené, försedd med käpp och styv krage och cylinderhatt.

Herr Rogy kallar sig nu vice häradshövding och uppvaktar en grevinna, men när han är bortrest några dagar passar jagpersonen på att förse sig med hög hatt, käpp och pincéne och gör grevinnan sin kur. Hon märker inte att han är spegelvänd i förhållande till herr Rogy och han lär grevinnan ett och annat som Rogy tänkt spara till bröllopsnatten.

Spegelbilden upptäcker vad som är på gång och de ska utkämpa en duell. Jag-personen kommer på plats tillsammans med greven men till skillnad från dubbelgångarduellen i Poes berättelse så uteblir duellen hos Lundwall. Greven har nämligen med sig en spegel som drar spegelbilden tillbaka in i denna spegel.

Sedan gick jag hem till grevinnans herrgård. Den idioten Rogy hade varit så len i mun och övertygande mot grevinnan att hon fortfarande var kärvänlig och ville att vi skulle vara vänner som förr. Inte mig emot, jag satte på kärringen mot ett stabilt ekbord i stora salen, intill en helspegel så vice häradshövdingen Rogy inte skulle missa någonting utan få veta hur det kändes när jag drog över hans grevinna.

Men det märkliga med spegelbilden som kom tillbaka är att den alltid har hög hatt på sig hur jag-personen än i övrigt ser ut. Intressant är att denna helgjutna novell uppges vara ett kapitel ur en roman under arbete. Det väcker frågan hur den roman är strukturerad, som innehåller ett i sig självt så väl strukturerat kapitel i form av en novell.

Sam J. Lundwall har mer än någon annan svensk författare av sf visat upp en ovanlig förmåga att på varierande sätt strukturera händelseförlopp. Han har sökt sig fram på skilda vägar med varierande resultat. Experimentella berättelser tilltalar inte alla. *Mardrömmen* är nog den roman av Lundwall som ligger genomsnittsläsaren närmast. Och den är alldeles utomordentlig.

TIDSFÖRDRIF

Under den period som Gabriel Setterborg skrev sf publicerade han ett tjugotal sf-noveller, kanske fler, i åtminstone fyra olika tidskrifter dels under eget namn, dels under signaturen Luke Courtney. I Tidsfördrif 17/1959 lanserade han genren för en läsekrets som varje vecka kunde ta del av en uppsjö av noveller om det mesta, dock inte sf-noveller.

Han gjorde det med artikeln "Science fiction – en ny litteratur" samt den egna novellen "Rymdkrig", som handlar om ett krig mellan Jorden och de utvandrare som befolkat Venus och Mars. Novellen tillhör inte hans bättre, men blev inledningen till att Tidsfördrif publicerade flera faktasier under några år framöver.

1959 intensifierades nämligen Tidsfördrifs intresse för science fiction. Nevil Shutes undergångs-sf *På stranden* gick som följetong 1960. Förutom svenska faktasier publicerades också novellen "Påsksemester på månen" av den danske författaren Robert Fisker. Tidskriften började dessutom publicera en astronomispalt varje vecka. Den skrevs av jaktpiloten och astronomen Gunnar Darsenius, specialist på variabla stjärnor och månockultationer.

Tidsfördrif var på sin tid den veckotidning som mer än någon annan tidskrift publicerade noveller. 15–16 noveller i varje nummer var inte ovanligt. Nu kom Tidsfördrif (som började utkomma redan 1907) att under några år publicera relativt mycket science fiction. Det innebar ingen explosion. Det var fortfarande många nummer mellan faktasierna men i förhållande till tidigare år och till andra tidskrifter är det ingen tvekan om att det handlade om något av en redaktionell satsning. Setterborgs texter under eget namn och pseudonym utgjorde en väsentlig komponent.

I novellen "Fredrikshald 1718" (Tidsfördrif 27/1959) återvände Setterborg till den manipulering med tiden som han briljerat med i Häpna! "Hjälten" Larsson, en stor beundrare av Karl XII, har uppfunnit en tidsmaskin. Han är fast besluten att resa tillbaka till Fredrikshald den dag då hans idol, hjältekonungen stupade för en kula.

– Jag har alltid grämt mig över att de aldrig fick tag i den som sköt honom, och det är det jag tänker ändra på nu. Jag tänker resa tillbaka i tiden och straffa hans mördare.

Larssons mun drogs till ett tunt streck och de små röda ögonen bistrade till och blev mindre

– Jag tänker vara med där vid Fredrikshald. Jag vågar inte ändra på historien så pass mycket att jag räddar kung Karls liv, men jag tänker ta rätt på vem som gjorde det, och denne någon tänker jag skjuta.

Sagt och gjort. Han är på plats men har glömt att ta med sig pistolen. Skottet som dödar kungen kommer från en plats snett bakom honom. Han bestämmer sig för att resa tillbaka till den plats varifrån skottet kommit. Han reser tillbaka i tiden, nu med pistol, och när han återvänder till nuet har just det skett som ofta skedde i tidiga tidsresehistorier på 1930- och 1940-talen. Larsson är den som skjuter Karl XII.

Nevil Shutes *På stranden* kom att fylla tidskriftens behov av science fiction under en stor del av 1960, men Setterborg återkom under signaturen Luke Cortney (egentligen Luke Courtney) med novellen "Vit planet" (7/1960).

Tidsfördrif hade under årens lopp i likhet med Lektyr och Levande Livet ofta publicerat jaktberättelser, historier om trappers i Kanada och liknande skrönor. Kanske var det därför som Setterborg i "Vit planet" lät pälsjägaren Matt Hughes och dennes hund Fox, fortfarande en valp, landa med sitt rymdskepp på den vita planeten. Idén att korsbefrukta sf med det jaktliv som Tidsfördrifs läsare var vana vid var inte dum. Och "Vit planet" är en utomordentlig historia.

Matt tycker inte om sin spårhund Fox, som fångats in på någon planet. Hunden som han köpt påminner honom om en räv. Det är därför han kallar den Fox. Ibland sparkar Matt på Fox. På den vita planeten får Fox upp vittringen på ett djur som ser ut som ett mellanting mellan en björn och en valross. Varelsen är tre meter hög och har en blå päls. Matt inser att skulle bli förmögen om han kunde skjuta ett tjugotal sådana varelser. Han dödar djuret med flera skott och Fox förnimmer varenda kula som träffar varelsen. Fox upplever fysiskt det döende djurets plågor.

När Fox sedan spårar upp en ännu större blåpälsad varelse hör han i sitt inre frågan: "Var har du dina föräldrar?" Och Fox inser att han själv är en likadan varelse som kommer att få en blå päls när han växer ur valpstadiet. Slutet på historien blir därefter. Novellen är illustrerad av en annan göteborgare, nämligen journalisten och författaren Hans Sidén som ägnat science fiction-genren stort intresse under årens lopp. Sidén kom att illustrera flera sf-noveller. Som redan nämns bidrog Valter Unefäldt med novellen "Fallet O'Connor" (27/1960).

I Tidsfördrifs sista nummer 1960 påbörjas Setterborgs andra roman efter den 1959 publicerade *Anfall från rymden*. Denna andra roman, *Mars anfaller* (52/1960–3/1961), hanterade som framgår av titeln den vanligaste varianten av rymdkrig mellan Jorden och en annan planet. Efter H.G. Wells *Världarnas krig* var Mars länge favoriten i sådana sammanhang.

Det blev i fortsättningen ytterligare några noveller i Tidsfördrif under pseudonymen Luke Courtney. I den charmfulla "Nödlandning" (10/1961) nödlandar ett litet gult, telepatiskt monster hos en förhoppningsfull författare som hyrt ett rum i New York City i ett försök att etablera sig i science fiction-genren.

Det var inte stort, inte större än en vanlig mus, men det var avgjort inte frågan om en mus. Varelsen hade en fjällig kropp, tre små pepparkornsstora röda ögon som glittrade mot Frank

från golvet. Det satt på bakbenen och från det lilla huvudet stack det ut tre fina antenner som rörde sig hela tiden.

Krabaten från ett annat solsystem behöver en bit koppartråd för att kunna laga sitt rymdskepp.

– Ditt … uhh … rymdskepp, var finns det?
– Jag har det på mig. Det är inget rymdskepp i egentlig mening, men det finns inget ord i ert språk som täcker riktigt vad jag menar.

Setterborg utnyttjar här en av de subtila metoder som utvecklats inom genren för att beskriva det obeskrivliga. Efter "Nödlandning" följde "Okänd värld" (35/1961), där en intersolär brevbärare mitt emellan Bolljac och Deneb IV dagdrömmer om en sötnos på Mumft II och trycker på fel knapp på sin instrumentbräda. Han hamnar i utkanten av en okänd del av tillvaron och landar på en planet där bland annat en jättelik tvåbent varelse jagar honom med en påk. Han räddas efter hemska upplevelser på den förfärliga planeten av Interstellära Räddningskåren. Han får veta att den planet han kommit till är bannlyst och aldrig får komma med i den interstellära federationen. Planeten är Jorden.

Luke Courtneys sista novell i Tidsfördrif heter "Marsianen" (2/1962) och har i likhet med alla Gabriel Setterborgs faktasier en knorr à la O. Henry, något som utvecklats till något av en nödvändighet i amerikanska pulpmagasin.

En författare, möjligen en dansk eller svensk författarpseudonym, Kaj Herum medverkade vid denna tid med deckarnoveller i Tidsfördrif, men också med två faktasier, dels "Under gyllene stjärnor" (3/1962) och "Gigantarsius" (10/1962). Dessutom publicerades "Borta i rymden" (50/1962) av Sture Heger bakom vilken döljer sig eller rättare sagt syns ingen mindre än seriespecialisten och tecknaren Sture Hegerfors. Novellen som skrevs i kölvattnet på raketslingorna från det amerikanska rymdprogrammet slutar i en katastrof. Sture Hegerfors avslöjar att novellen är hans enda bidrag till sf-genren.

ARNE SJÖGREN (1940–2012)

Tidsfördrif publicerade vid denna tid en saga för de allra minsta läsarna i varje nummer och för att ytterligare understryka redaktionens intresse för rymden publicerades också några sagor med sf-motiv. Således skrev Arne Sjögren, som också författade deckarnoveller, "Sagan om Pluttnik" (20/1960).

Åttaårige Sven presenteras av John Blund för Pluttnik, en babymåne, som skickats upp med raket och blivit en riktig jordsatellit. Sagan var naturligtvis inspirerad av den Sputnik som ryssarna skickade upp hösten 1957 och som satte spruttnik på rymdkapplöpningen mellan Sovjet och USA. Den pluttelilla satteliten hälsar på i Svens sovrum som en födelsedagspresent.

Arne Sjögren var vid denna tidpunkt bosatt i Göteborg och medlem av Club Cosmos. Han skulle få faktasier publicerade i SF Forum. Hans noveller präglas ofta av vemod och pessimism och har en dystopisk prägel. Novellen "Trädet" (SF Forum 7/1962) är inte sf, men i den grymma "flickan jag såg" (SF Forum 10B/1964) närmar han sig genren via fantasy.

När Sjögrens "Vid stranden" (SFF 30/1966) publicerades beskrevs hans novellistik av Carl J. Brandon Jr. (a.k.a. John-Henri Holmberg) med orden att i hans "noveller ligger huvudvikten vid de utmärkta stämningsbilderna, mångfacetterade ordmålningar av mörker och ljus, glädje och plåga", men att det i "Vid stranden" också finns "en mängd stilojämnheter, liksom några passager som borde ändrats eller strukits helt."

Denna iakttagelse gäller även "Anakreon – sagolandet" (SFF 29/1966), där ett par pojkar – Erik och Lars – i ett rum leker intergalaktiskt krig mellan tennsoldater. Formella oformligheter kan rättas till redaktionellt. Idémässigt är "Anakreon – sagolandet"

inte ointressant. Pojkarna gör ett avbrott i sin lek och går och äter mat. När de kommer tillbaka har kriget ändrat karaktär och där finns tennsoldater, som tycks stöpta i andra formar än de pojkarna använt.

– Jag tror jag vet vad vi har råkat på. Du vet att det har teoretiserats om andra världar och andra universa. Jag tror vi genom en slump har råkat i förbindelse med ett sådant.

– Det måste finnas något slags motsvarighet mellan vad vi tänker och vad som händer där borta, sade Lars.

– – –

– Kan det inte helt enkelt vara så att det vi gör redan har hänt där borta någonstans och att vi bara liksom läser en bok eller ser en film om saker och ting som redan har skett?

– Vet du, det har jag också undrat över, svarade Erik ohjälpsamt. Men jag tror att vi kan hämta scener ur deras tid när och var som helst och ändra historien om vi vill. Vi är gudar.

På världen med fyra solar ser de stridande två väldiga ansikten stirra ned på dem. Härifrån leder Sjögren oss vidare in i en annan dimension och fram till det ödesbundna slutet.

"Vid stranden", som faktiskt skrevs redan den 22 maj 1959, är en novell, där den 15-årige berättaren gräver en grotta i sanden vid stranden. Han gräver en stor grotta och finner en metallbit med egendomliga tecken.

Det syntes mörka strimmor på den blanka ytan som nästan likna tecken. I ett hörn fanns en rad kvadrater, sammansatta så att de bildade en serie från ett till tolv. De var mycket må, men den blänkande metallen fick de mörka strecken att framträda tydligt. Ett meddelande från någon som använde duodecimalsystemet i stället för decimalsystemet. Varifrån? Det måste ha placerats här nyligen, för sand är ett ganska rörligt element. Men om, kunde de okända inte gjort framställningen lättare genom använda decimalsystemet? Nog måste de väl märkt att de intelligentaste varelserna hade tio fingrar? ... Men babylonierna använde ett system med sex som bas i stället för tio eller tolv. Varför låg det så slumpartat dolt under en meter sand? Var det inte underligt, att jag, femton år fyllda, skulle gräva en sandgrotta? Hade något påverkat mig, eller hade mitt undermedvetna fått mig till detta barnsliga nöje; var det kanske en test?

———

Jag hade inte förstått mycket, men nog för att inse att skivan gav anvisningar om hur en kommunikator skulle konstrueras. Den sattes samman av särskilt formade metallstavar. De var många och skulle böjas i kurvor, som angavs av partikulärlösningar till en trave differentialekvationer av elakt utseende. Alltsammans skulle förbindas med ett komplicerat kopplingsschema, som redan fanns utritat på metallplattan ...

Från den punkten för Sjögren novellen fram till slutet som varken kan kallas väntat eller överraskande. Men noteras kan att den 15-årige pojken anses ha "en kuslig förmåga att handskas med de fyra räknesätten".

"År 1900 e.Kr." (SF Forum 34–35/1967) är en dystopi. En lovande ung man skickas iväg ut i rymden i en raket och återvänder i uselt skick till Jorden efter 18 år.

En rik mans son hade sökt sig en hobby; stjärnfärder. Arvtagaren hade arbetat 1 hela sitt liv med projektet. I djupaste hemlighet, men när farkosten slutligen närmade sig sin fullbordan var han för gammal. Och den lovande unge mannen spändes fast i accelerationsbädden och sändes ut i rymden.

Hans hår blev först grått och andan vitt under färden, på grund av otaliga partiklar son strövade genom hans kropp, och som långsamt brände sönder den. Han fann en annan sol, men inga världar kretsade runt den, och han vände åter. i samma halvdvala som den i vilken han kommit.

Han hade inte funnit världar, men en stjärna, en riktig sol, som lyste med förtärande hett ljus,

en riktig stjärna, som inte var solen. Men ingen lyssnade på honom. Han var sjuk. Och den rike mannens son var sedan länge död. Två av hans släktingar tog hand om hans kropp och sålde den kraschlandade raketen som skrot. Medan han ännu var bunden vid sängen tog tvinsoten anden ifrån honom och alltsedan dess kände han hur döden närmade sig för var dag.

I det läget klättrar han uppför berget med staden där han växte upp och finner att den förvandlats. Dimman ligger över den som en liksvepning. Han kastar sig ut för stupet, krossas och bryts sönder mot ett tegeltak. Detta är Arne Sjögrens version av ett klassiskt sf-motiv: en stjärnfarares hemkomst! När han gick bort i början av 2012 visade det sig att han testamenterat flera hundra tusen kronor till Club Cosmos, främst i syfte att främja novellistik inom fantasy och science fiction.

BENGT HALAZ
(BENGT JOHANSSON 1914–1987)

Arne Sjögren var inte ensam om att skriva vetsagor för barn. Pseudonymen Bengt Halaz medverkade i Tidsfördrif med "Trollpojkarnas rymdraket" (50/1960). Han illustrerade också sin saga. Den slutar med följande sens moral:

–Låt ni människorna hålla på med sina sputnikar och månraketer, det är ingenting för oss hyggliga troll att syssla med, sa trollfar och klappade Klumpe och Klotte på axeln.

Tidsfördrifs intresse för genren sammanföll med de amerikanska månresorna och varade bara några år.

RUNE PÄR OLOFSSON (1926–2018)

Denne präst i Svenska kyrkan sadlade om till författare. I hans författarskap sticker en roman ut som en rejäl faktasi, nämligen *Morgonlandet* (1961). Denna skröna kan ses som en teologisk fantasyorgie med övertoner av science fiction. Det är en relifiktion – en religiös fiktion – som löper amok! Det sägs inte rent ut någonstans, men det som romanen djupast handlar om är det så kallade teodicéproblemet: Om Gud är god och allsmäktig, varför ser då världen ut som den gör? Det visar sig att Gud själv har problem med den saken. Och Olofsson finner faktisk en plausibel lösning.

Alltsammans börjar i Riksdagshuset, där statsrådet "Palme begärt replik just när alla trodde att de skulle få middagspaus." Detta försenar riksdagsstenografen Stig Fransson, 23, som rusar över Gustav Adolfs torg. Han blir överkörd av en bil. När han reser sig upp finner han att han kan gå rakt igenom människorna på gatan, inklusive flickvännen som han stämt träff med i Kungsträdgården.

> Ulla, sa han hjälplöst, jag tycker så förtvivlat …
> Han visste att hon inte hörde honom.
> Ulla suckade, samlade ihop sin väska och några paket och reste sig. Hon började gå mot telefonhytten. Han reste sig också och gick bredvid henne. Han stod utanför hytten och såg henne leta efter tioöringar, såg henne slå hans nummer. Hon väntade länge innan hon hängde upp luren. Hon ringde riksdagshuset.
> Med hängande armar såg han henne gå mot bussen vid Karl XII:s torg. Han orkade inte följa efter henne. Bussen slök henne och körde tvärs genom ett slott och hans fötter sjönk en halv aln genom asfalten.
> När Stig Fransson kom till Stureplan upptäckte han en jättehög port, som sträckte sig tvärs över Kungsgatans mynning. En bred trappa ledde upp till porten, som var av glas, och genom glasväggarna såg han nya portar ett stycke innanför ytterportarna. De var inte av glas, glänste som platina eller matt silver. Han tittade uppåt och såg då att portarna ledde in till ett brett höghus, som liknade FN-huset i New York. Samtidigt försvann bebyggelsen runt Stureplan; han kunde ana konturerna av den men inte mer. Han började försiktigt gå uppför den breda trappan. De höga glasdörrarna

gled ljudlöst upp framför honom och han kom in i en sval hall med skulpturer som kunde vara gjorda av Arne Jones.

Rune Pär Olofsson låter, som så många andra författare före och efter honom gjort, en människa få uppleva livet efter döden. Ingången till himmelriket finns alltså där Kungsgatan börjar vid Stureplan i kungliga huvudstaden. Himlen visar sig vara ett modernt samhälle av kategori slutet av 1960-talet, möjligen med tv-skärmar av en väggmodell, som ännu inte kommit i ropet när romanen skrevs. Författaren förser inte efterlivet med alltför avancerade innovationer. Hans faktasi ligger inte på det teknologiska planet utan på de mentala och andliga planen, fast med normalstuk på mänskliga beteenden. I sin nya tillvaro, där människorna går omkring nakna – nudismen har status i Olofssons himmel – får Stig Fransson syn på ett meddelande på den celesta anslagstavlan:

> The Collected Captain Future Vol. 2 HC
> "Kansliet söker sekreterare, med uppgift att stå till Regentens personliga förfogande. Kunnighet i stenografi och andra kontorsgöromål, liksom vana vid bandspelare och diktafonskötsel, erfordras. Hänvändelse till Kanslichefen, plan 63."

Det perfekta jobbet för en driven riksdagsstenograf! Och Regenten, det är Gud själv. Gud visar sig vara en kvinna, men skenet bedrar, för Gud byter skepnad som en kameleont. Och han/hon/den/det sitter i praktiken i husarrest. Gud har nämligen grubblat på allt elände i sin skapelse och bestämt sig för att ta död på den. Gud har försökt, men misslyckats. Gud säger själv att det beror på att Gud bara kan göra goda saker. Att tillintetgöra sin egen skapelse vore detsamma som att göra något ont.

Men Guds omgivning, däribland ärkebiskopen av Jerusalem och kanslichefen litar inte på Guds påstående. De anser att Gud blivit sinnessjuk. De håller Gud bevakad i en svit, innanför vilken handsekreteraren har ett eget rum. Alltsammans utvecklar sig till en thriller och till sist kommer Gud på hur hon/han/den/det ska bete sig.

Eller rättare sagt: Rune Pär Olofsson kommer på den användbara metoden. Han använder sig helt enkelt av den mekanism som F. Scott Fitzgerald lanserade i "The Curious Case of Benjamin Button" (1922) och Olle Holmberg använde i *segnälkaB* (1930) och även andra kom att ta upp. Hos Rune Pär Olofsson börjar Gud utvecklas baklänges och när Gud kommer till fosterstadiet placeras fostret i en plastlivmoder.

Så försvann tecknen på fostrets kvinnliga kön, och sakta suddades naglarna ut och snart även fingrarna och tårna. Samtidigt krympte fostret successivt. En timme senare var fostret inte större än en citron, men man kunde ändå iakta den svunna fosterkroppens form, med tydliga extremiteter.

———

Stig stod och tänkte på vad han hade funderat över när han satt vid Guds korg häromkvällen; att detta barn inte var början utan slutet. En bild av anti-universum, där allting är tvärtom mot här. Men tänk om det är vårt universum som har varit anti-universum. Att alltsammans krymper samman, som Gud nu, för att sedan födas och växa åt rätt håll, från startpunkten, ut i något nytt som vi ännu inte vet någonting om. Att jag själv och Sorella och alla i Morgonlandet och på Jorden också kommer att vända åter in i föderskornas mörker. Om jag tittar på dig i mikroskop, kan jag se dig försvinna in i ägget. Världsägget.

Stig hörde professorn gasta och såg alla de andra klunga sig kring plastmodern. Själv hade han ingen lust att bevittna det forskningshistoriska ögonblicket.

Hej, Gud, sa han och lyfte handen, synd att vi misslyckades, du och jag. Men vi gjorde vårt bästa. Gjorde vi inte?

Det började skymma omkring dem. Stig märkte att Sorella var borta.

Mer ljus vrålade professor Eigentlich. Men i Morgonlandet fanns bara det ljus som utgick av Gud själv, och nu slocknade det helt. Sekunden senare fick de alla svårt att andas. De drog några häpna andedrag på tomgång, klöste efter väder och tog spjärn med händerna för att hindra lungorna från att själva vräka sig ut och andas. Sedan sjönk de in i dvalan och himmelrikets frid.

Samtidigt hände liknande ting över hela Jorden.

Texten tar inte slut där, men vi får ändå själva försöka tänka oss vad det är som sker. För vad händer egentligen med Guds skapelse när Gud övergår från foster till att backa in i och bli ett obefruktat ägg?

Rune Pär Olofsson skulle återkomma till genren 1991, nu med en framtidsvision i undergenren "ryssen kommer" vilket skedde med romanen *Ryssen kommer!* Visionen blev ganska raskt en alternativ historia, men det går inte att komma ifrån att författaren hanterade motivet på ett helt nytt sätt. Sovjet har pajat och de ryska trupperna i Klaipeda, Litauen har ingen fungerande logistik. De får inga förnödenheter från moderlandet samtidigt som kärnkraftverket i Ignalina havererat och litauiska frihetskämpar trycker på. De har ingenstans att ta vägen men det finns ett scenario som general Berdjajev utlöser. Så kommer det sig att när den kvinnliga prästen Ulla förrättar julotta på Gotland med Händel och hela konkarojset så hörs ett ljud, ljudet av militärhelikoptrar. Det uppstår panik i kyrkan. Ryssarna i Klaipeda har flytt till, angriper och intar delar av Gotland, vilket ger författaren tillfälle att torrtumla moraliska frågeställningar.

ANDERS ALMQUIST (1937–2016)

Häpna! fortsatte att komma ut i början av 1960-talet. Det var tack vare bröderna Kindberg som denna för svensk science fiction så viktiga tidskrift inte bara började ges ut utan också fortsatte att publiceras. Redan i tidskriftens andra nummer 1960 kunde tidningen inleda det nya årtiondet med två svenska författare. Jerry Määttä avslöjar att Anders Almquist, författaren till mininovellen "Mannen på månens baksida" (Häpna! 2/1960), först år 2001, fyrtioen år efter publiceringen, fick veta att hans bidrag publicerats i Häpna! Han var då docent i skogsvetenskap vid Sveriges lantbruksuniversitet (SLU).

Hans novell handlar om en man som är på månen med en expedition. Han har tidigare i livet varit med i ett krig, troligen inspirerat av Koreakriget. Han lider av ett posttraumatiskt stressyndrom orsakat av hans krigsupplevelser. Och när en av expeditionens måntraktorer närmar sig utlöses syndromet.

> Han kröp fram på höger sida om stenen och siktade noga. Koncentrerade sig och såg stridsvagnen i kikarsiktets runda synfält. Hårkorset låg mitt emellan och något över stridsvagnens väldiga band. Han låg absolut stilla, höll an och tryckte av. Träff! Måntraktorn brann inte eftersom månen saknar syre, men raketen slog hål i front pansaret och luften rusade ut. De som satt i måntraktorn hann just inte tänka någonting.

Det är en kort och tät novell och av allt att döma den enda som Anders Almquist fick publicerad, kanske rentav den enda han någonsin skrev, men ingår i raden av fina svenska faktasinoveller som publicerades i Häpna!

LARS HELLBOM

Denne författare skrev en del i Lektyr, men "Upptäckare av nya världar" (Lektyr 51/1960) är så vitt bekant hans enda faktasi. Det är en originellt turnerad historia, berättad enligt Babuschka-metoden, om Albert Maltzer, en man som i det fängelse där han sitter hittar en flera hundra år gammal text. Den är författad på gammalspanska, men någon, troligen en fånge, har översatt den från detta språk. Texten handlar om José de Alvaro en man som varit kapten på en båt som seglat så långt västerut som det går att komma, men ingen tror honom. Inte förrän en man dyker upp en dag och lyssnar på vad kaptenen har att berätta.

José de Alvaro skriver i sin berättelse att hade han vetat vad den man som trodde honom skulle göra, skulle han ha smugit efter honom och knivdödat honom i en gränd. Mannen som trodde honom var nämligen Columbus, som stal idén och upptäckte Amerika. Mannen i fängelset som läst denna skröna blir på bättre humör? Varför?

> Jag Albert Maltzer. Jag var den förste astronaut som nådde Venus! Ingen trodde mig när jag kom tillbaka. Liksom kaptenen var jag ensam ombord när jag landade på fosterjorden. Vår färd var avsedd att vara en rutinflygning på månen. Men med kursavdrifter och svårigheter med styrinrättningen hamnade vi i stället på Venus. Det är därför jag sitter här. Åt mig skrattar ingen. Mig satte de efter rymdförhöret in för mord på mina besättningsmän. Jag skrattar ensam. I kväll står för första gången ett officiellt rymdskepp startklart för den planet som jag redan beträtt och där mina kamrater fortfarande är kvar – därför att de ville vara kvar. Kanske kommer ingen någonsin att vilja återvända till Jorden – utom jag. Jag måste få skratta – tillsammans med vännen José de Alvaro! Vi upptäckare av nya världar.

WÅGE ANDERSSON (1938–)

Den mycket flitige översättaren Wåge Andersson skrev den fina lilla novellen "Finns det liv därute?" som stod i Häpna 4/1963. Hans inhopp i genren utspelar sig på alla rymdoperors mötesplats – i rymdbaren. En raketman dyker upp, hamnar i samspråk med en av barens stamkunder medan bartendern levererar deras beställda drycker. Stamgästen försöker att pumpa rymdmannen på uppgifter om det finns främmande släkter ute bland galaxerna och följande samtal utspelar sig:

Artur Lundkvist.

– Snack, sa rymdmannen igen. Det finns inga främmande släkten. Det finns blötdjur, amöbor och lite mossar och lavar – men det finns igen som tänker. Hjärnorna i den här galaxen kommer från Jorden, punkt och slut.

– Du glömmer hararna på Clemens IV, sa den lille ivrigt. De är åtminstone *mycket* klokare än en jordisk hund.

Raketmannen höjde sitt glas och skålade. Sedan fixerade han den lille med dimmiga ögon.

– Låt gå för hararna på Clemens IV – men de bygger inga rymdskepp. De kan inte ens göra upp eld genom att gnida två pinnar mot varandra.

– Det kan inte jag heller, sa den lille och beställde två glas till. Ändå tror jag att det finns intelligent liv därute – sannolikhetskalkyl och allt det där ...

Samtalet glider in på förekomsten av repti-

ler förklädda till människor som spionerar på mänskligheten inför den kommande invasionen. Raketmannen och bartendern skrattar åt stamgästen. När han går blinkar raketmannen åt bartendern som återgäldar grimasen. Bartendern tycker att han hamnat i ett givande yrke där han får träffa alla sorters människor, precis som man vill i Underrättelsetjänsten. Och där bakom disken drar han den fjälliga svansen närmare benet. Här tycks vi ha gått miste om en lovande svensk författare av faktasier.

ARTUR LUNDKVIST (1906–1991)

Artur Lundkvist är främst känd som översättare och introduktör av författare från hela världen och som den man i Svenska Akademien som förhindrade att Graham Greene fick Nobelpriset. Men även om den fördomsfulle Lundkvist kunde vara orättvis och intolerant in absurdum, så var han en autodidakt som ville förnya språket och som stod öppen för nya impulser, därav hans intresse för surrealismen.

Och surrealismen har mycket gemensamt inte bara med Sigmund Freuds idéer om det under- och omedvetna utan också med den nya fysikaliska verkligheten hos Einstein & co. Och därmed också med science fiction. Halmstadgruppens hål i verkligheten och fysikens maskhål i tillvaron är släkt med varandra och de illustrationer av Brian Lewis som tidskriften Häpna! brukade använda som färgomslag demonstrerar ofta denna naturliga släktskap.

Nu var Lundkvists surrealism inte så där väldigt utpräglad. Så här lät han exempelvis i dikten "Lås" i Karavan 1934:

Någonstans måste finnas en brunn
fylld till randen med nycklar.
Det är klangen av alla dessa förlorade nycklar
vi stundom hör i drömmen och i dikterna.

Alla höga torn mot himlen har lås

och stjärnorna hånar dem med sina vinkande
                                        händer.
Många jordhålor har lås, trots getstank och fukt.
Och så finns till slut dessa små hus
av vit marmor, mörk granit, kimrökssvärtat trä,
där låset sitter oåtkomligt och nyckeln förlorats
                                        för evigt.

Men visst: det finns också faktasier i Lundkvists omfattande författarskap, De står inte
i kö och pockar på uppmärksamhet. De glimtar till här och där, som en av anekdoterna som
finns insprängd i "Livsvillkor" i samlingen *Sällskap för natten* (1963). Den heter "Kosmonauterna" och Lundkvists förmåga att beskriva
utomjordingar står varken Swedenborgs eller
någon annans efter:

> Kosmonauterna återkommer från Venus och
> berättar om en orimlig värld. Växtligheten är
> där vit som på ett negativ och vattnet vitt som
> blandat med blod. De enda människoliknande
> varelserna lever likt fiskar i havet, varelser utan
> ansikte, bara en spolformig kropp med en rad
> små ögon utmed sidorna och en öppning mitt
> på. En enda öppning för alla behov, med kraf
> tiga sugläppar men utan tänder eller tunga. En
> öppning som tar åt sig och utstöter, som befruk
> tas och föder vita mjuka ägg likt långa gurkor.
> Stumma och alltigenom obegripliga varelser.

Och det är helt uppenbart att Artur Lundkvist har en gammal sf-idé som terraformering i tankarna i följande utgång:

> Fast land finns inte på Venus. Allt flyter i halv
> mörkret, vänds upp och försvinner igen. Det
> flammar ständigt till av elektriska urladdning
> ar, i olika färger: blekgrönt, gult, violett. Ett
> mera kusligt än skönt skådespel. Genom rym
> dens drivande molnmassor sträcker sig ett slags
> nät, osynligt utom när det plötsligt avtecknar
> sig som ett mönster av glödtrådar. Ett segt och
> svårgenomträngligt nät som beredde kosmo
> nauterna stora svårigheter. Man skulle tro att

> det härstammade från jättespindlar, men det
> torde inte vara annat än en sorts luftväxt. Venus
> är inte en värld för människor, intygar kosmo
> nauterna. Inte ännu och blir det kanske aldrig, i
> varje fall inte utan enorma investeringar. Länge
> efter återkomsten är kosmonauterna gröna
> i hyn och deras syn fortfar att försvagas (det är
> venussjukan). De kommer att sitta där blin
> da med sina klirrande dekorationer på bröstet:
> ännu unga åldringar som talar ur sina myter likt
> homerosar.

Det var hela anekdoten. Inte ett ord utelämnat men förvisso innehållsrikt i all sin knapphet. Är det en slump att mottagaren av Lenins
fredspris använder begreppet kosmonauter i
stället för astronauter?

Artur Lundkvist skrev snabbt och ska ha
kallat sig själv en verbmänniska. Ett annat ord
för hackwriter. Han konstaterade också vid
något tillfälle att hans böcker inte sålde i några
större upplagor. Det kan ha berott på att trots
fin kritik och grandios förmåga att bruka språket och skapa både imponerande och vackra
metaforer, så var det si och så med dramaturgin. Där hade han en hel del att lära av de författare i den kolorerade veckopressen som han
gisslade.

En händelseutveckling hos Artur Lundkvist är ungefär lika jämntjock i början, mitten och på slutet. Och hans avslutningar kommer inte i form av överraskande knorrar. Man
skulle kunna misstänka att det var Graham
Greenes eminenta förmåga i dessa avseenden
som Lundkvist fann stötande, men det var
nog i ännu högre grad konvertitens katolska
mystik som han ogillade och som oroade honom.

Men ibland blossar Lundkvist upp med en
veritabel vetsaga. Som i "Förblandningen"
där han tar upp den idé som Nils Psilander
hanterade 1916 i novellen "En underbar berättelse", i vilken två män råkar ut för att få sina
kroppar förväxlade. Hos Lundkvist sker utbytet av medvetanden i samband med en bil

olycka och han tillför motivet en helt ny dimension. Berättaren vaknar upp och har en ny kropp. Det visar sig så småningom att han avlidit i olyckan. Och Lundkvist låter sitt offer berätta sin historia för läkare.

> Herrar doktorer! Här har vi mysteriet: jag dog i bilolyckan och överlevde ändock i adjunkt Norling. Han överlevde kroppsligen, men vart tog hans minne, hans medvetande vägen? Dog det och ersattes av mitt? Eller är vi två som lever i samma kropp, fast blott den ene minns, bristfälligt, och är medveten? Jag vet inte, jag överlämnar frågan åt er.

Med "Förblandningen", som i likhet med de härefter nämnda novellerna, är hämtad från samlingen *Sida vid sida: En livsfris* (1962), skapade Artur Lundkvist sin mest utpräglade faktasi. Den skulle inte ha skämt för sig i något amerikanskt pulpmagasin på 1930-talet, till exempel Weird Tales. Ett öde som troligen skulle ha förskräckt honom.

I "Kosmisk resa" följer Lundkvist sina *Fem unga*-kollegor Gustav Sandgren (Gabriel Linde) och Harry Martinson ut i rymden. Men där Martinson med dramaturgisk skärpa skildrar ett dramatiskt förlopp, där låter Lundkvist en berättare redovisa vad han ser genom fönstren i ett rymdskepp. Det är inte mycket till handling. Rymdfararen berättar om en planet som är helt täckt med näckrosor, om en träskplanet liksom om en svampplanet, där svamparna "levde på varandra, kravlade över varandra, trampade ner varandra, växte ur sin egen snabbt fortskridande förruttnelse, sköt upp och sjönk samman likt könsdelar." Han ser vattenplaneter och isplaneter och ...

> Jag tyckte mig även uppfatta planeter av luft, genomskinliga och nästan osynliga, luft som komprimerats under oerhört tryck och hade utbrott genom luftvulkaner, urladdningar av förtätad luft i den tunnare atmosfären runtomkring, där en mängd blommor svävade och lev-

de på syre och solljus, tunna skyar av blommor som kastade en svag skugga ner i luftdjupet. En planet var höljd i ett fint gråvitt stoft, lik en ogenomtränglig dimma, det var ett torrt stoft som rök likt damm eller mjöl. Platta planeter flög fram som roterande diskusar. Spolformiga planeter, spetsiga i båda ändar, rörde sig kring varandra likt spolar i en väv. Planeter av metallstavar, om de ännu kunde kallas planeter, for iväg kedjade vid varandra av elektriska spänningar. Elektriska urladdningar tycktes också dra omkring för sig själva likt kedjor av eld, flamknippen, strålfransar, glödhärvor.

Efter en färd, vars utsträckning i tid och rum rymdfararen har en obestämd föreställning om svartnar rymden. Eller är det bara det att rymdfararen helt sonika somnar in? frågar sig Lundkvist.

I "Synerna" förenar Lundkvist faktasi med kraftfull surrealism i en tid av krig och järtecken. Jorden själv slukar människor, som försvinner i Jordens munnar. Under Jorden lever varelser, som kanske inte alls är människolika. Affischer blåser omkring, levande affischvarelser med begränsat liv. En cypress böjer sig ned över en vandrare och i samma stund försvinner vandraren spårlöst. Vi får veta att en sjö sugs ner i avgrunden med ett gurglande och efterlämnar ett tomrum, likt en ofantlig ögonhåla.

> Och så en annan syn, den hemskaste av alla: människofabriken. En fabrik där maskinerna består av människor som framställer konstgjorda varelser. Dessa maskiner av sammanvuxna och tvångskopplade människor tycks vara helt automatiserade, arbetande utan uppehåll, utan möjlighet till avbrott. De är besatta med lidande ögon, blottställda som druvor, utan några ögonlock att sluta mot det sprutande vitblå ljuset, utan några tårar att fälla. Lidande ögon. Avsigkomna händer hänger ner här och var, överflödiga, halvt förtvinade och handsklikrande, ibland ännu trevande efter något som

inte finns. Ansikten skymtar också, krympta till döda masker, tomma som gamla fruktskal eller redan nästan insmälta i människomaskinen. Omkring dessa rastlöst arbetande maskiner vandrar konstgjorda varelser, av samma sort som dem maskinerna framställer. De är mera likt insekter än människovarelser, smala och metalliska, med stora svarta ögonglober i urholkade ansikten.

Dessa konstgjorda varelser går runt i cirklar och sjunger elektroniska sånger. (Kan Lundkvist ha fått idén från Edmond Hamiltons *Kapten Franks triumf*, som gick som följetong i JVM/VÄ 32–45/1941?) Men vad handlar Lundkvists beskrivningar om? Lundkvist förklarar inte. Han beskriver. Andra texter av Artur Lundkvist kan innehålla stämningslägen som påminner om sf, men ligger längre bort från genren. Och bildmässigt är hans texter ofta imponerande.

Det har påståtts att Lundkvist introducerade Ray Bradbury i Sverige. Sanningen är den att Ray Bradbury introducerades med novellen "Jag är en raket" ("I, Rocket") i Jules Verne-Magasinet/Veckans Äventyr 15/1946. Man kan möjligen påstå att Lundkvist introducerade Bradbury till de fåkunniga som inte läste kolorerad veckopress på 1940-talet och som alltså aldrig hängde med i svängarna.

ROLF H. TÖRNTORP (1942–2003)

Denne sf-fan skrev några noveller och en dikt i SF Forum. Debuten skedde i SFF (8/1962) med "Jag heter Thomas", en horror om en yngling som gör slarvsylta av sin pappa och krösamos av sin mamma, varpå han kör resterna i en refug. I fortsättningen skrev Törntorp ren faktasi.

Att han fattat galoppen med knorrslut demonstrerar han i "Att bli en stjärna" (SFF 10/1963), som handlar om en ung flicka ombord på ett rymdskepp. Hon söker sig till en del av farkosten, där hon inte får vistas. Fascinerad av rymdens mörka djup och de lockande stjärnorna bestämmer hon sig för att bli en stjärna och utlöser därmed novellens mångtydiga slut. Törntorps språk är här osäkert, pendlar mellan normalprosa och talspråk.

Språkligt blir hans texter allt bättre. "Misstaget" (SFF 10B/1964) handlar om ett rymdskepp befolkat med utomjordingar, som fångar in exemplar av varelser från andra släkten. Man har just fångat in en grupp på en planet.

Snart skulle de vara här, tänkte kaptenen upprymd, rymdbesättningen och fångarna. Alla oskadade och de senare skulle sedan föras till Salen för behandling. Salen var mycket rikt utrustad och kaptenen var inte så litet förnöjd med den. Han både skrockade och brummade. Kapten Fjogg var mycket belåten.

"Kapten! Det är fel någonstans."

Med en brysk och oartig hälsning trängde löjtnant Tjling in i rummet med alla tecken på en nervös och hetsig brådska. Kaptenen skrockade hånfullt.

"Ta er samman, karl!" sade han släpigt. "Och var god avlägg sedvanlig rapport. Vidare skall ni stå i givakt på fyra ben till dess jag ger er tillstånd att stå på sex. Seså, får jag nu höra?"

Löjtnanten svalde förtvivlat och det dröjde ett litet tag innan man kunde uppfatta vad han sade. Varefter hans stapplande och osammanhängande berättelse framskred greps kaptenen av iskalla misstankar och såg sina utmärkelser dunsta bort och förflyktigas som mynningsflammorna från gammaldags raketrör.

———

Löjtnanten berättade att vid den generella utfrågningen hade dessa, som själva kallade sig för människor, givit de mest motstridiga och inkonsekventa uppgifter om den egna personen, om andra och om världen därnere. De hade varit frånvarande och fjärrskådande och deras reaktioner kunde ändå dömas som konventionella chocktillstånd som inte, var så ovanliga. Men här rådde ett fullständigt kaos, ett obegripligt virrvarr som kaptenen inte hört talas om någonannanstans.

Slutet på historien är detsamma som i Lennart Sörensens "Besök från rymden" (Galaxy 16/1959). Kanske Törntorp inspirerats av denna novell eller också skrevs de båda novellerna ungefär samtidigt och helt oberoende av varandra.

Med "Drömmen" (SFF 18/1965) beskriver Törntorp en pojkes återkommande dröm, där denne slåss mot ett monster. Drömmen upphör just som drömmaren ska slukas av monstret. Berättelsen leder fram till ett öppet slut, som gör olika tolkningar möjliga och är såtillvida författarens bästa novell. Misstanken finns att den innehåller en upprepning av föräldrahanteringen i "Jag heter Thomas".

Två år senare återkommer Törntorp helt överraskande med dikten "dikt" (SFF 34–35/1967), där han flyttar fram sina språkliga positioner i modernistisk anda. Så här låter det:

> Föder kval och krassa vapörer
> intighetens glödande späckkval,
> (broskornarmenten i inbillnings flyende torka)
> segerkrafter ur djupen, från höjderna avlande
> och vildsint stegrande uttrycksvärden i följd.
>
> Aktas de mjuka i drömmen
> föder de svaga till mod
> dubblerande villkor och löften
> tillviskar jag den mognande insikten,
> klarhet till glöd och besanning
> fällande kättja, smulande brunst.
>
> Men nu har han fällt den sista avsatsen, skurit alla linor,
> brutit alla kontakter
> och underlåtit svara på brev.
> I elfenbenstornet eggar han sin egen tystnad,
> njuter sin ensamhets vällust
> och sover den ensammes sömn.

Där upphör science fiction-spåren efter Rolf Henning Törntorp. Han kom bland annat att ägna sig åt översättningar från danska och norska. Utöver dessa texter medverkade han i SFF med recensioner och essäer.

ARVID RUNDBERG (1932–2010)

Son till en operasångare bröt Arvid Rundberg vid 15 års ålder med sin borgerliga tillvaro och gick till sjöss. Samvaron med sjöfolk radikaliserade honom och han blev en klockren kommunist som försvarade Sovjetunionen i vått och torrt, exempelvis Sovjets invasion av Afghanistan. Han var författare av både böcker och filmmanus, journalist, skådespelare och lektör för Bibliotekstjänst.

Som mest uppmärksammad blev han efter ett bråk 1975 på restaurang Latona, där han fick stryk av Cornelis Vreeswijk, som polisanmäldes och fick skaka galler i två månader. Rundberg begärde 5 000 i skadestånd. Vreeswijks kommentar i en intervju med Jan Guillou: "Ja han fick sina pengar. Fast jag känner den där salongsbolsjeviksskojaren ganska väl. När han blir packad så sätter han sig ner och lirar Wagner."

Som författare är Rundberg mest känd för sin intervju- och bokserie med arbetarmemoarer, men det är med debutromanen *De sista* (1962), som han ansluter sig till de faktasiförfattare, som gör Stockholm till huvudplats i ett framtida slut på historien och mänskligheten. Gas har tagit kål på större delen av mänskligheten och de som finns kvar har ett halvår att vinka på. Sedan tar den radioaktiva strålningen hundratusen människor som fortfarande lever.

> Det är så att regeringen för en tid sedan beslöt att Stockholm skall bevaras så gott det nu går. Huvudstaden ligger i det smittade området, men är helt oskadd. Det finns sedan lång tid tillbaka inte ett liv i staden. Den ligger där uppe i norr. Stor och väldig. Byggd för att föda och skydda en miljon människor. Sedan beslutet fastställts på regeringsnivå utrustade militärerna a-kommandon som allt sedan dess gör underhållstjänst i Stockholm. De tar sig dit i stora truckar lastade med redskap. A-kommandona är utrustade med skyddskläder som håller allt gift ute.
> –––

En vetenskapsman har räknat ut att Stockholm om tvåhundra år kommer att ligga i en zon som är helt fri från smitta. Om tvåhundra år blir staden åter beboelig. Vetenskapsmannen kunde bevisa sin tes, och regeringen beslöt om en tvåhundraårig tillsynd av staden. Ända till den dag då folket åter drar in i Stockholm ska den underhållas så att den är i lika funktionsdugligt skick som den dag tvåhundra år tidigare då den dog. Så resonerrar myndigheterna trots att de vet att vi bara har två, tre månader kvar att leva. Efter oss finns ingenting. Det blir helt tomt och tyst. Varför Stockholm under sådana omständigheter måste hållas snyggt och rent, varför dyrbar arbetskraft, som vill vara i fred de sista månaderna, skall tvångskommenderas in i staden för att resa fallna murar, förstärka broar, se över gasledningar – ja, varför allt detta måste ske, kan ingen förklara.

Däremot kan detta fenomen förklaras ur författarens synvinkel sett. Upplägget ger Arvid Rundberg möjlighet att beskriva händelser i staden under denna sista period av liv. Dramaturgiskt betraktat är fenomenet användbart. Den sista tiden blir en förfärlig dystopi, inte så dum alls.

Med *Mr Bilks död* (1963), som kan betecknas som ett evangelium enligt Rundberg, ger han sig ut i världsrymden. En rymdfarkost som färdats länge ute i världsalltet är på väg hem till Jorden. Ombord finns bland annat en 60-årig kvinna som är född ombord. En tjugo år äldre kock har vuxit upp på Jorden och gjort värnplikten på K4 i Umeå. Av dessa uppgifter förstår man att rymdskeppet varit på väg i cirka 99 år. Man har landat på en planet med tropiskt klimat, där man ska dumpa en last.

Kocken möter i nattens mörker en främling på en stig. Främlingen, en ung man, talar svenska och heter Bilk. Han kan inte förklara varför han talar svenska. Och mannen hävdar att han är den ende som bor på planeten. "Så har det alltid varit", säger han. "I alla tider."

Alla gamlingar ombord ska lämnas kvar. De är lasten som ska dumpas. Planeten ska användas som en sorts ättestupa och återinförande av ättestupa är Rundberg förvisso inte ensam om bland dystopiskt inriktade författare.

– Lösningen med att kalla det kolonisation är inte dum. Bör göra det enklare för dem. På något sätt är det enklare att bli kvarlämnad som pionjär än som pensionär.

Kaptenen nickade.

Den unge piloten fnittrade. – Rätt åt käringarna och gubbarna, viskade han till sin sidokamrat och gav denne en knuff av armbågen i sidan.

Gamlingarna hade nu återhämtat krafterna och började på nytt dansa eller ragla omkring bland eldarna.

Färden hem till Jorden påbörjas. Mr Bilk, som kan göra under, finns med ombord. Kidnappad. Och färden hem tar lång tid. Människor dör och skjuts efter en kort ceremoni ut i det tomma med hjälp av katapulter. Barn föds och döps. Skeppet är en aniara, ett generationsrymdskepp. Mr Bilk sitter inspärrad på ett rum.

De for genom decennier.

Trots sina knep med att rida på ljusstrålen eller gå nära inpå andra solsystem med långsam tid och lång mognad.

Men tiden – den lokala tiden – lurade de inte.

De beredde sig för landning. Bara några månader kvar.

Den siste veteranen hade dött för länge sen. De undrade varför telegrammen från Jorden talade om några års bortovaro. De hade ju rest i nästan hundra år.

Det är en intrikat faktasi som Rundberg skrivit. Han återknyter till religiösa formuleringar, som när han skriver så här: "Vid den tiden hände det sig att hela världens befolkning måste låta skattskriva sig. Genom ett gammalt beslut hade ländernas folk enats om att gemensamt styra världen. Skatt skulle betalas till FN och förbundet skulle sköta världens affärer." Och detta sker samtidigt som man förväntar sig att Mr Bilk är Gud själv eller i alla fall en frälsare. I Vatikanen, liksom i Mekka, ser man fram mot hans ankomst.

Hejdlöst rinner berättelsen vidare i slingor, groteska, fantastiska och alltsammans leder till att Mr Bilk, indragen i det jordiska maktspelandets intriger, döms till döden genom hängning. Och när han väl avrättats och begravts har de stenar som täckt Mr Bilks grav tagits bort och kroppen försvunnit. Det rasar ett krig och ett våldsamt oväder med blixt och dunder bryter loss. Det är en av de originellaste svenska faktasierna, mångsidig, symbolmättad, dubbelbottnad, tolkningsbar.

Rundberg skrev också *Resan till Jorden* (1984), där författaren pläderar för fred.

SVEN DELBLANC (1931–1992)

"Att den totalitära staten i Sven Delblancs debutroman *Eremitkräftan* (1962) är påhittad gör knappast boken till science fiction", hävdar John-Henri Holmberg.

Påståendet ger anledning till viss begrundan. En sf-läsare som i minnesbarken bevarar stämningar från A.E. van Vogts *Slan*, som gick som följetong från första numret av Häpna!, och andra faktasier av liknande slag, kan med sådant bakgrundsbrus säkert uppleva *Eremitkräftan* som sf.

Romanen handlar om Axel som finns på ett ingärdat område som kallas Fängelset. Där går rykten om en plats utanför Fängelset som kallas Den Vita Staden, en sorts himmel på Jorden där total frihet råder. Det ryktas att en del fångar i Fängelset får rymma med ledningens goda minne. Andra rymmer så att säga på riktigt. Det gör Axel, som färjas över en flod och en dag när han kommer ut ur skogen ser han följande:

> I landskapets fond vilade Den Vita Staden på sin borghöjd. Alla hus var byggda av samma vita ste-

> nart, som reflekterade det flimrande solljuset. De enskilda husen smälte samman till en enda vit, darrande massa, som ett block smältande metall. Staden liknade på avstånd ett vitt moln nere vid horisonten. Himlen stod självlysande blå bakom det vita som kronbladet på en anemon.

Den totala friheten visar sig vara helt befriad från personliga bindningar i relationerna mellan människor. Och det är si och så med friheten i Den Vita Staden. Friheten att forska fram besvärliga sanningar tycks vara obefintlig. En forskare som håller föredrag där han omprövar historiska påståenden slits i stycken av en rasande åhörarskara. Axel tvingas fly från det vidriga mötet för att leta reda på Lillith, som är hans kvinna i denna stad. Han hamnar i en annan fasansfull orgie på badhuset.

> På bastuns lavar var människor sammanslingrade i groteska formationer, fastklibbade vid varandra som kedjor av grodyngel. Därnere rasade otukt i former som han aldrig kunnat drömma om i sina vildaste fantasier. Nystan av kroppar vältrade som ormar i parningslekar. Ångan drev undan ibland och blottade scener som kom håret att resa sig i hans nacke.

Texten påminner inte så lite om sexorgien med ormgrop inför Jordens undergång i Barthold Lundéns *Den yttersta dagen* (1922). Något liknande förekom också i Ali Munsterhjelms *Oasen* (1927). Mitt i denna vältrande massa av kroppar ser Axel en "kvinna omgiven av män, fastsugna vid hennes kropp som spädgrisar vid en modersugga. Hon skalv i matta spasmer och vred sig som en spetsad orm."

Kvinnan visar sig vara Lillith. Axel flyr vidare och till sist återvänder han till den begränsade frihetens värld. Han släpps in i Fängelset sedan han förnedrat sig och kysst det iskalla gallret så att hans läppar fastnar och trasas sönder. Nog är detta en faktasi. Filosofisk, moralisk, psykologisk, kanske rentav politisk sf. Men även de facto. Det var en fin debut.

I en andra vetsaga, betecknad som "en magisk berättelse" av författaren, lyckas Delblanc inte lika bra. *Homunculus* (1965) är rent språkligt lite jobbig. Boken inleds författad på staccatosvenska, korthuggna fraser, som används tills det blir monotont. Läsningen underlättas inte av att Delblanc arbetar med en avancerad simultanteknik. Olika scener utspelar sig samtidigt utan tydliga avgränsningar. Det känns som experimentverksamhet, ännu inte färdig att använda i en roman. Likt ständiga bromsklossar.

Berättelsen är nog sf ändå. Som titeln anger handlar det om alkemisternas gamla dröm att skapa en levande människa. Den som leker doktor Frankenstein heter Sebastian och han jobbar med sitt projekt i sitt badrum i Högalid på Söder i Stockholm.

Med *Moria land* (1987) sällade sig Delblanc till de som härjar i genren Sverige beroende av främmande makt. Norrland är infekterat av en gerilla. Stockholm är på dekis. På baksidestexter brukar förlagen knäsätta sin tolkning av hur en bok ska tolkas i förhoppning om att de slöa oduglingarna i recensionskåren ska ta till sig budskapet, vilket de stundom gör. Här heter det bland annat: "*Moria land* är en roman om framtiden, en satir över nutiden men också en stark och gripande berättelse om kärlek och om den tänkande människans förhållande till kärleken och den spänningsfyllda relationen mellan far och son."

Vad som slår vid läsningen är emellertid den dystopiska tonen. Och i likhet med sin samtida kollega Jersild är det inte så lite äckligt och obehagligt i den framtid som beskrivs. Satiren är som bäst i den kafkaliknande beskrivningen av huvudpersonens arbetsplats, det som en gång var Nationalmuseum. Chefen sitter i ett rum dit ingen har tillträde. Huvudpersonen har aldrig sett honom. Socialismen tycks ha segrat och Partiet dominerar. Ett broderfolk (Sovjet?) har stort inflytande. Kanske har Sverige blivit en sattelitstat. Det handlar om ett Sverige "några decennier fram i tiden", enligt baksidestexten. Som det ser ut i skrivande stund (2011) har både satiren och det pessimistiska framtidsskådandet förpassats till de alternativa historiernas territorium.

Sven Delblanc skrev icke kategoriserad science fiction och följande notis i JVM 423/1987 säger något om hans attityd: "Sven Delblancs senaste roman, *Moria land*, en parallellvärldshistoria om ett ockuperat Sverige år 2012 är inte heller science fiction. Nej, här handlar det om *litteratur*, säger Delblanc i en intervju."

ALF HAMBE (1931–)

I viskompositören, författaren och trubaduren Alf Hambes rika produktion finner vi *Astronaut till häst* (1962) ett musiktryck som kallas "musikantisk dagbok från en resa i rymden". Det är charmfulla, tonsatta dikter med rymden och universum som klangbotten, alltsammans illustrerat av Terence Florell. Vistexterna är närmast riktade till barn:

> Gröna män och gråa män
> levde i landet Rondien.
> Solen seglar på himmelen.
> Blås, vindar! Blås!
> På var sin sida om floden Gråt
> levde de länge skilda åt,
> ty de hade ej lärt sig än –
> lärt sig att bygga en båt.

JÖRGEN PETERZÉN (1941–2018)

Jörgen Peterzén, sf-fan, förlagsredaktör, författare till fackboken *Magi* och flitig översättare har också skrivit science fiction. Novellen "Men de skola återvända" (SFF 11/1963) hanterar en tillvaro som läsaren kan tolka som om den inträffade i det förflutna eller i framtiden. Bildstoder av Atlantis, Lemur och Hapis antyder förhistorisk tid. Den tekniska utvecklingen pekar fram mot efterhistorisk tid. Berättelsen är skriven på ett arkaiserande språk, som framgår redan i inledningen.

Jörgen Peterzén 2012. Foto: Clas Svahn.

Jag, Hamar, hälsar eder. Här, på dessa plattor, har jag med elstift ristat in vad som skedde med vår värld i den yttersta tiden. Jag ristar med elstift på plattor av guld på det att min skrift må bevaras. Och, hoppas jag, en dag skall någon finna dessa plattor och tyda dessa tecken. Om det kommer att finnas några efterlevande. Detta är vad som skedde. I månaden Karna, på den sjunde dagen år 5039 efter Joturs fall, kom en himlakropp av den sort Stjärnornas Utforskare kalla kornet farande från de yttre rymderna. De lärde sågo med ängslan huru den i sitt lopp kom allt närmare vår jord. Världens innevånare höllo sig dock berömvärt lugna. Och endast de välfyllda templen och de Invigdes ivriga böner till Atlanti, den Högste, vittnade om att detta lugn var blott ett skal.

Berättelsen utgörs av en stapelvara i pulpsammanhang, en hotad mänsklighet, som tänker undkomma utrotning genom att dels bygga särskilda pyramider (en sorts skyddsrum) och dels bygga stjärnskepp för att låta grupper av utvalda individer emigrera till en annan planet. Så här tänker sig Peterzén att dessa aniaror ska framdrivas.

Kunskapernas Tjänare voro i stort bryderi över huru de skulle förfara för att bygga de skepp som skulle fara genom natten. Visserligen ha vårt i generationer vetat huru man borttager kroppars tyngd och få de största block att bliva lätta såsom fjädrar. Detta förfarande är det som användes i våra svävare. Men motorerna vilka driva dessa framåt drivas av olja och kunna endast framföras några få år innan nytt bränsle erfordras. Men de lärde i Vanna, lärdomens stad, äro skickliga och i månaden senare hälft kommo budskap att de hade lyckats. Jag känner icke mycket till om den lag som driver våra eterskepp, men min son Xanos, som arbetar i Vanna, sade mig att drivkraften är densamma som förmå borttaga tyngden, och att denna har sitt ursprung i magnetismen.

Hamar själv sitter i sin trädgård och njuter eftermiddagens sol. Blommor doftar ljuvligt, flitiga bin och humlor surrar. Det är en månad kvar till katastrofen.

Tankfullt låter jag elstiftet forma bokstäverna i guldtavlans yta. I morgon skall jag följa Xanos, min son, och hans hustru Aum till skeppen. Jag skall stå där och se de väldiga, glänsande skivorna med sin last av människor och kultur ljudlöst försvinna upp i den blå rymden, alltinunder det de under accelerationen genomglider alla spektrats färger. Icke många sekunder skall jag kunna följa dem med blickarna, ty deras hastighet är stor. Jag har bjudit Xanos och Aum farväl. Vemodet vid avskedet mildras dock av glädjen att veta att de skola leva vidare och med dem vår kultur.

Förhoppningen är att dessa emigranter en dag ska återvända hem.

ANDERZ HARNING (1938–1992)

I Anderz Harnings roman *De andra* (1963) träffar en man som rymt från ett sinnessjukhus en kvinna på ett tåg. Det slutliga kriget rasar i världen. Baksidestexten säger: "DE ANDRA tillhör på sätt och vis kategorin varnande framtidsskildringar, men det som skiljer den från det mesta i genren är att läsaren verkligen övertygas om att detta kan hända här och nu och med oss." Så kan man naturligtvis säga, men nu är baksidestexter en genre för sig. Man skulle lika väl kunna säga att det är en mainstreamroman om tillvaron och två människors relationer som utspelar sig mot bakgrunden av en dystopi. Det dröjer ett bra tag innan det förekommer några dialoger. Texten är berättande i jag-form och med tankar och funderingar.

Vi talade om världsundergången. Vi var det vita husets världsundergångare. Vi ville ut i kosmos som raketer och därifrån, på betryggande avstånd, se den utan tvivel bländande förintelsen, det magnifika flammande dramat så som vi föreställde oss det, det ögonblick då Jorden slutgiltigt offrades på teknikens altare; en civilisations begravning till elektronisk psalmsång på orglar med pipor av koniska vätebomber. Vi visste inte eller kunde inte ana att verkligheten skulle bjuda på något oerhört mycket futtigare; snarare en sorglustig komedi eller ett tragikomiskt melodrama. Det kan hända att längtan ut över skeendet aldrig upptäcktes av läkarna. Annars hade de blivit berömda som männen som upptäckte kosmomanin eller terrafobin eller

vad de nu skulle ha kallat symptomen. Det var så det var och jag tyckte plötsligt att det var tur att jag inte hade penna och papper; om jag skrev ner allt skulle en eventuell framtid grubbla över vad det egentligen var för sorts egendomlig civilisation som härskade. Förutsatt att framtiden inte byggde upp en likartad, en kopia. Vilket kändes alltför troligt.

Texten andas pessimism och misstro mot en ondskefull överhet oavsett om den består av politiker, militärer eller präster. Och illa går det.

Jag var länge inne bland träden där snön nådde mej till knäna och ovanför mej blixtrade jättelendet från kosmos: ryckte på axlarna. Över den svartnande himlen karlavagnen och vintergatans fotfolk står på trottoarerna i förtroliga samtal över gnistrande lampor. Och inne i fabriken liken vid sina oljiga maskiner och ingen skulle någonsin säga att inte var och en gjort sin plikt och dött på sin post: in i det sista har alla arbetat som galningar och ängsligt riktat böner till högre makter för att ingenting skulle mankera, för att det vackra stålet skulle färdigformas i tid för dansen på slagfälten. Men plötsligt uteblev godstågen och plötsligt föll en man bredvid sin maskin och lite senare en till och en till (och en till) och stålsperman stelnade sakta medan kanonfostren kvävdes i maskinernas bukar. Det var som om världen skulle förlora alla sina barnmorskor och alla tjurar och alla vulvor. Det slutgiltiga äventyret. Och från bergen vinden och askan och en doft som av aluminium och söderut och norrut det nakna frysande spåret där syllarna redan drunknade i snön.

Sakta men säkert slocknar alla radiostationer, en efter en. Till sist finns bara en sändare kvar, en ensam radiostation som envist

spelar åter och åter och åter i automatisk envishet Charlie Parker. Charlie Parker, the Bird, spelar på en civilisationens begravning och jag tänker att alltsammans är mycket patetiskt, så patetiskt och farligt som statsministern framställde det, och ändå lyssnar jag ivrigt och hett och intensivt till tonerna av smärta och sorg och kärlek och blod och lidande och kärlek och smärta och sorg och Charlie the Bird mässar vidare mot ett sista chorus på den enda begravning som ingen minns och Charlie Parker spelar från stationen ingenstans och min man är för längesen död och kanske begraven och nerslängd i en grop tillsammans med den gamla och den vägrande soldaten och om nån frågar mej vad som var meningen och vad som är meningen med allt kan jag ingenting veta om meningar och eftersom jag ändå, fast jag ingenting vet, ändå tror på en mening, en meningarnas mening, och det är mitt enda hopp för jag kan inte tro att allt varit utan mening, att allt saknat mening, att allt meningsfullt varit meningslöst och djupt inne i mej känner jag nytt liv spira, liv som redan är dött, som kommer att frysa till döds eller kvävas till döds tillsammans med mej och jag känner inte att jag ska ha ett barn, jag känner det inte fysiskt och det vore förresten för tidigt med illamående och kräkningar, nu kräks jag för annat, en annan sorts kräkningar, spyor av sorg och blod, men jag känner ändå att ett barn vaknar inom mej, ett litet barn som är mitt och min mans, ett barn som dör med mej och inte flyter bort mitt i strömfåran i floden mot det stora havet, havens hav, jag känner min mans hand mot mitt bröst och den lyssnar och lyssnar till de svaga ljuden från vårt barn och hans hand är kall och varm och frusen och het och jag somnade en sekund och drömde att jag var en fågel, en liten vit fågel med skimrande vingar, och jag flög

Och så vidare slutar romanen i en enda monolog och med Charlie Parkers varma och livsbejakande blues degraderad till patetisk undergångsmusik. Det är bitvis mycket starkt. Anderz Harning var under en period något av det svenska samhällets gisslare nummer ett. Han tog verkligen i. Det blev stundom groteskt och ibland kan satiren upplevas som att den

Anderz Harning t.h. skålar med Jan Guillou i Magnus Knutssons och Ulf Janssons satiriska serie Ratte.

skjuter över målet. Satir är en svår konst. Den ska både vara tarvlig och elegant – samtidigt! När han efter 19 år slog till med en ny dystopi tog han ut svängarna rejält.

Det är en egendomlig upplevelse att läsa Anderz Harnings dystopiska framtidssatir *Mogadondalen* (1982) mitt under pågående valrörelse i augusti 2010 då den borgerliga alliansen tävlar med den rödgröna oppositionen om vem som vill sänka skatterna för pensionärerna mest.

I Harnings roman har utvecklingen nämligen gått åt det motsatta hållet. Hos honom är pensionärerna inte en stark väljargrupp som det gäller för partierna att hålla sig väl med. Tvärtom finns inte partierna längre och det är bokstavligen skottpengar på pensionärer:

"Vi är en onödig belastning. Pensionerna ser dom som en stöld. Ju färre gamlingar, desto större resurser för *deras* rättigheter och behov och bekvämlighet. Det är logiskt och det är inte så tokigt uträknat."

Liksom i Olof Hidéns 28 år tidigare författade novell "Nummer 13" är 70 år den gräns som satts för en människa. Den som uppnått 70 års ålder kan räkna med att antingen termineras, det vill säga bli avrättad med slaktmask, eller också jagas av jaktlag och bli avskjuten i hälsingeskogarna. För de som tillhör den nya klassen råder andra regler förstås. Harning bjuder in oss till ett Sverige, där ondskan är satt i system på ett sätt, som i likhet med Hidéns novell påminner om Hitler-Tyskland och det leninist-stalinistiska Sovjet.

När romanen tar sin början står Mörk Edgar Jonsson och Mörk Nadja i tur att jagas och skjutas. Mörk Edgar beklagar att man inte såg vad som höll på att hända redan på 1980-talet:

– Vi skulle ha gjort motstånd från början, sa han som om han lyssnat till hennes tankar. Men så har det för det mesta varit med oss. Jag menar alla. Vi ville inte tro på vad som höll på att hända. Vi kunde helt enkelt inte drömma om det. Det var en så fantastisk orimlig barbarisk mardröm. Men vi borde ha insett det redan från början av åttitalet. Det var ju slut på dom gamla vanliga klasserna och motsättningarna då. Nästan i varje fall. Och sen kom den här nya klassen och tog över allting. Vi borde ha förutsett det. Men det gick som sagt så fort. Vi var så tröga. Och nu är det för sent. Han hörde själv att han lät mycket uppgiven och mycket patetisk men det var verkligen för sent och de rådde alla för det eftersom de faktiskt inte ville tro eller kunde föreställa sig eller ens tänka sig in i att ett alldeles nytt privilegiesamhälle växte fram i rasande fart och ändå borde de ha upptäckt det eftersom alla massmedia de sista åren innan hela landet fick en demokratisk nyhetsförmedling dagligen skrev om övergreppen och förmerandet och stölderna och mutorna och svinnet och ersättningarna och de särskilda pensionerna och de hemliga lönetabellerna. De borde alla ha insett det men det gjorde de inte.

Harning ger ord åt den vanmakt som många människor – låt vara en minoritet – känner i underläge inför byråkrater som arbetar inom ramen för en demokrati som manipuleras. Det är dom och vi det handlar om hos Harning. Dom – byråkraterna. Vi – offren.

Man skulle svara på deras oändliga papper och allt skulle gå så demokratiskt till. Och sen körde dom bara över oss och det var ju meningen också. Folk orkade helt enkelt inte svara på den enorma strömmen papper och dessutom var många så rädda för överheten att dom bara kröp ihop och lydde dom mest fantastiska påhitt oppifrån. Det var alltid *vi* som skulle bevisa att vi hade vår rätt och var oskyldiga och hederliga. *Dom* behövde aldrig visa någonting. Dom satt i sina moduler och bara körde över oss. Om nån enstaka mänska försökte slåss mot lagarna på sitt eget vis var han an tingen fascist eller galen eller bådadera.

Avskyn mot kulturbyråkrater är påtaglig och man anar nästan en personlig motvilja mot de människor som anser sig vara lämpade att bedöma kvalitet i konst och litteratur, bedömningar som per definition alltid är privata, tidsbundet följer det kulturella vårmodet och som skor sig på de sanna kulturarbetarnas bekostnad:

– Här viker vi upp i skogen, sa Mörk Edgar och de gick upp förbi Salagården som i äldre tider varit en stipendiegård för konstnärer men som nu var stipendiegård för tjänstemän inom den kulturella sektorn som behövde vila upp sig från striderna nere i huvudstaden där man just den hösten fastlade de slutgiltiga principerna för den svenska porträttmålningen och för den demokratiska poesins framtid.

Ondskan personifieras av en byråchef, som Harning framställer med skärpa som ett äckel av osedvanlig kaliber. Mörk Nadja, som har tillgång till ett hagelgevär, som myndigheterna aldrig upptäckt, lyckas skjuta honom sönder och samman innan hon själv faller offer för jaktsällskapets kulor. Ondskan upphör naturligtvis inte. Inom ramen för det rådande systemet uppstår byråchefen så gott som genast i nya inkarnationer, då jaktsällskapets överlevande deltagare belåtet återvänder till det nya samhället, befriade från den sadistiske byråchefen, som också de hatar, men vars fallna mantel de genast ikläder sig. Harning tyckte kanske inte att han skrev faktasier men det gjorde han och i det långa loppet tycks de kunna sorteras in under den faktasiska subgenren alternativ historia.

NILS LEIJER (1935–2012)

Nils Leijer tycks ha debuterat med novellen "Herr Lööv" i den litterära tidskriften Upptakt (2/1958). Det är en bagatellartad fantasi om en man som inte bara heter Lööv utan som också samlar på just löv. Även om novellen inte kan betraktas som en faktasi, så pekar den fram mot Leijers tre romaner på 1960-talet. Han hade då en bakgrund som socialvårdare och journalist på Kooperativa Förbundets presstjänst.

Bilburen (1963) handlar om en tillvaro där all mänsklig verksamhet relateras till bilen. Man skulle rentav kunna säga att boktiteln har en dubbel mening, då den symbios som människan och bilen ingår gör människan som fångad i en bur. Det handlar inte om landet Utopia (Ingenstans), men i kongruens med Thomas Mores beteckning, utspelar sig *Bilburen* i landet Motopia. Bilen är i Motopia likt den katalysator som gör livet livsvärt och livsdugligt.

Denna satir följdes upp i romanen *Köpsugen* (1965), där kapitalismens kommersiella konsumtionssamhälle dissekeras. Med både subliminala och öppna metoder skapas behov av materiella slag som förväntas höja konsumentens lycka.

Båda dessa satiriska romaner är faktasier, men det är i sin tredje roman, *Miniput* (1968), som författaren verkligen tar i med en tydlig sf-mässig problemlösning beträffande över-

befolkning och livsmedelsförsörjning. Man ska ha klart för sig att *Miniput* skrevs i kölvattnet av domedagsprofeten Georg Borgströms varningsböcker *Mat för miljoner* (1962) och *Gränser för vår tillvaro* (1964).

Borgström drev tesen om en förestående katastrof, då maten inte skulle räcka till att föda Jordens befolkning. Denna tes har med åren ersatts av tesen att maten visst räcker till om den fördelas på ett rättvist sätt. Som begreppet Miniput antyder så är lösningen på den borgströmska problembeskrivningen att förvandla människan till swiftska lilliputar eller miniputar.

Ett nytt mått i tänkandet hade införts, och snart började konturerna av den nya människan framträda. Det var en mycket liten människa. Den nya människan behövde inte vara särskilt stor i ett samhälle där maskiner utför sådant arbete som annars skulle varit kroppsligt krävande. Och den lilla kroppen skulle få tillräcklig motion bland manöverorgan och av att förflytta sig. Vidare kräver små kroppar mindre föda, mindre utrymme, mindre energi, minder material och kan utnyttja resurserna bättre. I det tekniskt utvecklade samhället gör hon samtidigt en arbetsinsats som helt motsvarar den som en människa med vanlig kroppsstorlek presterar.

Som sagts tidigare så bygger faktasier, science fiction, på idéer. Idén att förminska människor har vi bland annat sett i Björn Karlströms tecknade serie *Resan i människokroppen* (1946), där människor förminskas och injiceras i en människa. Men hos Leijer är avsikten en helt annan. Hans nya människa är inte heller en variant av marxism-leninismens nya människa. Leijer lanserar en helt ny och tankeväckande i idé om varför människan bör förminskas.

MARGIT SANDEMO (1924–2018)

Drömmen om en vän av den norsk-svenska författarinnan Margit Sandemo publicerades första gången 1996 och då översatt till norska. På svenska kom den året därpå. Men den grep tillbaka till 1960-talet, som framgår av följande introduktion till boken:

> Den här lilla romanen skrev jag för mer än 30 år sedan, kanske 1963–64, innan jag ens vågade tänka på att sända in något till ett förlag. Inte var det rumsrent att skriva i fiction- & fantasygenren heller på den tiden, så den här skrev jag för mitt eget nöjes skull. För att jag hade lust att skriva den. Jag glömde den aldrig, men trodde att den för länge sedan gått förlorad eller att endast fragment fanns kvar, särskilt som jag hade använt början och hjältinnan till den senare romanen BERGTAGEN. Men nu, år 1995, flyttade vi – och då dök den upp på ett ganska märkligt sätt. Den var plötsligt bara där, överst i en flyttlåda full av manuskript, och den hade inte legat där fem minuter tidigare. Det gamla manuskriptet var komplett, allt jag hade att göra var att skriva rent det, skriva om början och ta bort lite 1960-talsprägel. Den appellerar kanske mest till ungdom och andra med ungdomssinnet och livsdrömmarna i behåll. Ta den som mitt första, naiva försök som författare!
>
> Margit Sandemo

Drömmen om en vän är ett av två försök att korsbefrukta den traditionella romansen med science fiction. Det första försöket var *Bortom alla gränser, älskade!* (1954) av Torsten Scheutz, men den som lyckades bäst är Margit Sandemo. Hennes berättelse är perfekt, både som kärleksroman och som faktasi.

Anorektikern Lindis mår inte bra. Hon är 18 år och har svåra problem, hemmavid, bland andra människor och hon saknar pojkvän. En dag håller hon på att drunkna men hissas upp av en ung man, som går omkring och samlar på stenar, vilka stenar som helst verkar det. Hon tycker om honom, men finner att hon inte kan komma ihåg hans röst. Till sin förskräckelse upptäcker hon att när han talar till henne så rör han inte på munnen. Han talar till henne i hennes hjärna. Han är telepat. Det visar sig att Lo, som mannen heter, kommer från den fjärde planeten som tillhör dubbelstjärnan Procyon i stjärnbilden Lilla Hunden. Det sociala dramat i Lindis liv fortskrider och då hennes dystopiska familj splittras finner hon att hon inte har något som binder henne på Jorden. Nästa anhalt: Procyon. Med andra ord, ett både lyckligt och sällsynt slut och varken romansen eller sf-skrönan har lidit av symbiosen. Den känns ganska så tidlös i all sin enkelhet.

CARL JOHAN HOLZHAUSEN
(1900–1999)

"Carl Johan Holzhausen är en av de få erkända författare i Sverige som inte bara skriver science fiction utan dessutom medger att han gör det." Så presenterades han i fanzinet Science Fiction Forum 58/1973 då det anförande publicerades som han höll vid ett av SFS-F:s föreningsmöten våren 1973 under rubriken "På tal om sf…".

När detta skrivs nära 40 år senare och drygt tio år efter Holzhausens bortgång är han i stort sett bortglömd. Vilket kanske på något sätt speglar de ord med vilka han inledde sitt anförande: "Det sägs att om man går tigande genom världen, så förlorar man i längden sin auktoritet. Men om man talar, då förlorar man det med ens."

Holzhausen var något så pass märkligt som en man som levde åren 1900–1999 och alltså fanns under hela det 1900-tal då svensk sf kom att omfatta allt från och med Julius Regis till och med Erik Ivar Holola. Han inte bara läste Otto Witt. Han hade förmånen att träffa honom och umgås med honom samma år som Witt avled 1923. Holzhausens liv spänner alltså över en tidsperiod i vars inledning bilen, flygplanet, filmen och grammofonen var nya företeelser och i vars slutskede tv, jetplan, mobiler och datorer blivit vardagsmat.

Under pseudonymen Münchausen kom Holzhausen 1936 med kåserisamlingen *Den flygande spårvagnen*. Kåseriet som bär samlingens titel handlar om två överförfriskade göteborgare, som glömmer bort att stiga av sista spårvagnen vid rätt hållplats och hamnar ute i spårvagnsstallarna, där de överges av besättningen. Då kapar de spårvagnen och kör sedan omkring och gör Göteborg osäkert under några veckor. Fantasifullt, men inte mycket till sf.

Det var först på 1960-talet, vid uppnådd pensionsålder, som Holzhausens egentliga debut i genren ägde rum med romanen *Achilles häl* (1964). Han har förklarat denna sena start på följande vis: "Söker ni en bakgrund till varför jag först när mitt aktiva liv borde vara avslutat har börjat ägna mig åt just sådana här saker, så kan jag kanske förklara det med att jag är tidningsman, Jag har hela mitt liv levat i nuet – då kan det vara roligt att göra utflykter i framtiden och det förgångna." Som resultat kunde Holzhausen "komma ut" som en fullfjädrad faktasiskribent utan att ha tagit några första stapplande steg i fanzines.

Vid kongressen Eurocon I i Trieste, sommaren 1973 utpekades hans berättelse "Språnget" som den bästa svenska sf-novellen som publicerats under perioden 1967–1971. Att utse bästa hittan och drattan är naturligtvis en idiotisk obscenitet som vi får dras med i olika sammanhang, för någon bästa film eller bok, vars bästhet kan faställas på ett objektivt och rationellt sätt existerar naturligtvis inte, men "Språnget" är en utomordentlig vetsaga, som stod i novellsamlingen *Språnget* (1970). Berättelsen har flera olika lager och arbetar med flera skilda faktasiidéer, som pendlar mellan Napoleonkrigen och olika framtider.

Tidsdilatationen när huvudpersonen reser till Alfa Centauri I gör att hustrun hemmavid åldrats 17 år medan han själv bara blivit drygt två år äldre. Hon var redan från början tre år äldre än sin man och den efter rymdresan uppkomna åldersskillnaden sätter sin prägel på handlingen.

Det visar sig att en mycket jordliknande planet han filmat borta vid Alfa Centauri I in i de-

talj speglar den geografiska och historiska situation som rådde under Napoleonkrigen. Här hänvisas till P.D. Ouspensky:

– Först måste ni veta något om Ouspenskys världsteori. I korthet går den ut på att samma liv och samma händelser upplevs på en rad olika planeter i olika solsystem. Där kommer syndafloden, där kommer Moses, Jesus, Michelangelo, Beethoven, Djingis khan, Attila, Timur Lenk, Columbus, Mohammed – alla dessa som har format folkens öden – men inte bara de, där kommer också alla de små människorna och lever om sitt liv, gång på gång, på planet efter planet. Det sker med vissa tidsintervaller, kanske hundra år, kanske tvåhundra.

– Skulle det fortsätta så i evighet?

– Nej. I en och annan ny existens är det något som har ändrats. Man kanske en dag på den nya planeten går på en annan gata och möter andra människor; där finns en möjlighet till ändring av en individs liv, om det nu fått sin inriktning just den dagen. Man kanske ändrar eller avstår från en handling som man har utfört under sina tidigare liv, hur många de nu kan ha varit. Ja, man ändrar den till det bättre. För meningen med det hela är att vi går mot det slutliga målet, de som kan förbättras blir bättre, och de sämsta elementen får allt kortare omloppstid och rensas till sist ut.

Idén hade utnyttjats i sf långt tidigare. Ray Bradbury beskriver i en av sina pulpnoveller från 1940-talet hur man jagar Jesus som dyker upp på den ena planeten efter den andra, men hela tiden kommer man för sent och man hinner aldrig upp honom. Holzhausen använder tanken på ett helt annat sätt. "Språnget" är över huvud taget en mycket intrikat skröna, som dessutom genomsyras av kraftfulla erotiska händelser av skilda slag, alltsammans sammanvävt till en respektingivande helhet.

"Smekmåne säg …", också den i samlingen *Språnget*, handlar om ett nygift par som reser till månen på smekmånad. Liksom "Språnget" är berättelsen invävd i en stark erotisk atmosfär med rötter tolv generationer tillbaka i en dagbok som brudens mormödrars mormödrars mormödrar etc. fört, men erotikens fullbordan i en traditionell bröllopsnatt får en helt annan utformning än förväntat. Holzhausen tänker sig en måne som är på väg att koloniseras:

> Det hade börjat med ett astronomiskt observatorium, fortsatt med en försöksbas för uppskjutning av raketsonder; sedan tillkom ett geologiskt forskningsinstitut och ett konvalescenthem för långliggare. Nu hade ett tjugotal byggen vuxit upp under stora plastkupoler, nu fanns där också ett hotell, ursprungligen för forskare, nu också för förmöget folk, som för en månadsbiljett kunde betala vad vanligt folk behövde två år för att förtjäna, och som ville uppleva sensationen av ett besök på en annan himlakropp med en ny, alltid stjärnklar himmel, tvåveckorlånga nätter och tvåveckorlånga dagar och framför allt känslan av reducerad vikt.

"Höken har inga ungar" i samma samling handlar om en flicka som föds vanskapt. Det är en känsligt skildrad sällsam historia med särpräglat vemod som svårmodig klangbotten. Det är tveksamt om den kan kallas science fiction, men den ligger någonstans på gränserna till realism, fantasy och vetsaga.

Holzhausen använder i *Språnget* utdrag ur en sockenkrönikörs bykrönika som en sorts förlängda deviser för varje novell. I samlingen *De kom från Dodona* (1972) låter Holzhausen på ett liknande sätt episoderna styras av påstådda fynd i form av enstaka manusblad på hexameter, författade av Homeros. Dessa fragment kallas "Okänd Illiad" och "Okänd Odyssé".

Novellen "Ekarna kom från Dodona" handlar om ekollon som stals från Zeus-oraklet i Dodona, där suset i ekarnas löv gav orakelsvaren. Platsen dit ekollonen fördes och slog rot hette Subisene. För att finna Subisene skriver novellens jag-person en rad brev till en Herr Aischylos i Subisene med olika adressländer. Alla breven återkommer returnerade med påskriften att orten Subisene är okänd. Men ett återkommer med upplysningen att det inte finns någon herr Aischylos i Subisene. Därmed är det klarlagt i vilket land Subisene ligger och dit reser berättaren, som mycket riktigt finner ekarna och i deras lövprassel upplever synen av närliggande händelser.

"Robert vill hjälpa" handlar om en ensamstående pensionerad kvinna som av PR-skäl uppvaktas på sin 75-årsdag med en hemhjälp i form av roboten Robert.

> Nu kom programmeraren tillbaka. Han hade en stor bukett eterneller, vita astrar och brudslöja och ringblommor i en låg vas och den satte han i fördjupningen överst på urnan, där Robert hade stuckit upp sitt huvud. Sen öppnade han en liten lucka, tryckte in en bunt hålkort och satte sig vid kaffebordet.
> – Nu ska vi se hur Robert bär sig åt, meddelade han.
> Det var som om den underliga tingesten fått eget liv. Det fyrkantiga huvudet sköt upp ur urnans öppning, dess hals började förlängas som ett teleskop, de infällda armarna fälldes ut vid sidorna, nu såg man att det var leder på dem och de avslutades i riktiga händer med fingrar i hårdplast, en av dem höjdes och grep vasen med eternellerna och ställde den varligt på golvet i vrån. Hela tiden växte den, blev lång som en människa, så stod den still ett ögonblick vänd inåt rummet, därpå började den rulla fram emot dem. Gamla Katarina blev rädd. Hon spratt upp ur stolen och ställde sig så att hon hade bordet som skydd, aldrig hade hon sett något så otäckt.
> – Ta bort'en, skrek hon. Ta bort'en, otäckingen.

Först värjer hon sig mot att bli uppassad, men sedan vänjer hon sig vid att slippa laga mat, diska, städa, bädda sängen. Hon ändrar uppfattning om Robert. Det hela slutar med en förskräckelse, en i och för sig ganska typisk sf-knorr, men alltsammans turnerat på ett ovanligt moget sätt. Inte för inte sprang Holzhausen färdigrustad fram som faktasiförfattare likt Pallas Athena som bepansrad föddes direkt ur pannan på Zeus.

Novellen eller rättare sagt kortromanen *Alfa och Omega* tar oss några hundra år framåt i tiden, där människorna är indelade i dagmänniskor Alfa och nattmänniskor Omega. Dessa människor delar rummet med varandra. Således forskar Raimon om hur denna uppdelning har skett i en institution nattetid, men han vet att en annan människa använder hans rum dagtid. Det uppstår kommunikation mellan de två som båda har samma forskningsuppdrag och de kommunicerar med om chiffer påminnande understryktningar och antydningar.

Orsaken till uppdelningen står att finna i 1900-talets överenskommelser mellan facket och arbetsgivarna om skiftarbeten och OB-tillägg för obekväm arbetstid. Det uppstår slitningar mellan Alfa och Omega, stridigheter och kravaller, dagmänniskorna vill ha lika mycket betalt som nattfolket, men till sist ingår man en 50-årig fredspakt. Raimon upptäcker att den människa som arbetar i hans rum på dagarna är en kvinna. De förälskar sig i varandra och vill ingå det som kallas blandäktenskap. Det hela slutar med en samhällskatastrof. Samma dag som fredspakten upphör utbryter krig mellan de båda grupperna och de båda forskarna flyr. Deras bil strejkar då de har drygt 100 km kvar till sitt mål. De vandrar hand i hand in mellan träden. Historiken från OB-tillägg till fredsslutet är näst intill minutiöst kartlagd av det älskande paret och redvisat av Holzhausen.

Novellen "Laget" i samlingen kan inte sägas vara sf, men är ändå en sorts faktasi. En kvinna föder elva söner och en idrottstränare trimmar dem till en fotbollselva. Det faktasiartade i novellen är naturligtvis själva det faktum att en kvinna ger liv åt elva pojkar.

Novellen "När Uhr drog ut mot det okända" (SFF 69/1976) bygger på uppfinningar som görs i förfluten tid. Framställningen tyder på stenålder men i så fall föreligger en och annan anakronism. Bland annat uppfinns en lur, vilket låter bronsålder, och det ristas runor, vilket tyder på en tid kring tidigast år 0, eftersom runorna, vad vi vet, i varje fall fanns århundradet efter Kristi födelse (bl.a. mossfynd i Danmark) och möjligen uppfunnits tidigare. Men om man bortser från dessa möjliga anomalier, så är detta science fiction utifrån ett forntida perspektiv. En flytande kvist leder till idén med en flytande stock och så skickas den tidens Columbus – en hunsad medlem i samhället – ut som ett försöksdjur på vattnet och försvinner i fjärran medan han tar tillfället i akt att ropa okvädingsord till stammens hövding.

Det är i smärre detaljer som författare av faktasier avslöjar sin tidsbundenhet. Holzhausen delar med Setterborg den svagheten att han i början av 1970-talet inte insåg att rökning knappast rosar marknaden i framtiden. Man röker nog inte ombord på rymdfarkoster.

Holzhausen hade för övrigt flera järn i elden. Till svenska översatte han bland annat texten till Mozarts opera *Enleveringen ur Seraljen*, vidare sången "Du är min hela värld" från Lehárs operett *Leendets land* samt en vals ur Rombergs *Ökensången*. Han var aktiv länge utöver pensionsåldern. Hans sista bok kom 1980 och han avled 99 år gammal. Hans intellektuella skärpa, som framgår tydligt i hans texter, och ständiga aktivitet bidrog måhända till att han uppnådde så pass hög ålder. Vad han gjorde det sista decenniet av sitt liv är obekant.

PER WAHLÖÖ (1926–1975)

Per Wahlöö är naturligtvis mest känd för de tio böcker om Martin Beck han skrev tillsammans med Maj Sjöwall, men han har också skrivit science fiction. Fast de båda romanerna *Mord på 31:a våningen* (1964) och *Stålsprånget* (1968) marknadsfördes som deckare, vilket de i allra högsta grad är. Också …

Per Wahlöö.

Kommissarie Jensen, som är huvudperson i båda romanerna är dessutom den kanske effektivaste brottsutredare som den fiktiva deckarlitteraturen kan visa upp. Jensen utför sina uppgifter utan att reflektera om han gör rätt eller fel. Han tjänar samhället. Andra får uttrycka författarens socialistiska budskap. Jensen är "bara" katalysatorn i dessa framtidsromaner. Därtill ett tidigt uttryck för en polisman med privata hälsoproblem.

Händelseutvecklingen äger rum i en sjabbig framtidsvärld. *Mord på 31:a våningen* är helt klart en kritik av det Sverige som rådde i början av 1960-talet. Det kan så här i efterhand se ut som om som om det handlar om kritik av det så kallade miljonprogrammets kvalitativt och byggnadsmässigt undermåliga byggnader, men när boken kom ut hade riksdagen ännu inte fattat beslutet om att bygga över en miljon lägenheter för att råda bot på bostadsbristen.

De bostadshus som i Wahlöös framtid delvis övergivits och håller på att falla sönder för att förvandlas till soptippar är snarare en kritik av de förorter som med Vällingby som spjutspets uppfördes som funktionella ABC-stä-

der för arbete, bostad och centrum med början 1947. Så här beskrivs ABC-städernas förfall:

> Förorten låg ett par mil söderut och tillhörde den kategori, som av experterna i socialministeriet brukade kallas "självsaneringsområden". Den hade byggts under den stora bostadsbristen och bestod av ett trettiotal höghus, symmetriskt uppställda kring en busstation och ett så kallat affärscentrum. Numera var busslinjen nedlagd och nästan alla affärerna igenbommade. Den stora stenlagda piazzan användes som bilkyrkogård och i hyreshusen var knappt tjugo procent av lägenheterna bebodda.

I denna värld huserar det stora förlaget i en trettio våningar hög byggnad där varje fasad har fyrahundrafemtio fönster och ytbeklädnaden utgörs av glaserade plattor. Förlaget har i stort sett monopol med ett stor antal tidskrifter av alla de slag. Man kontrollerar distributionen och äger pappersbruken. Systematiskt tar sig Jensen fram horisontellt i förlagets korridorer och vertikalt via byggnadens paternosterhissar i sitt ambitiösa försök att vinna klarhet i vem som skrivit följande hotelsebrev

> som vedergällning för det mord som begåtts av eder har en kraftig sprängladdning placerats i fastigheten den är tidsinställd och kommer att detonera precis klockan fjorton den tjugotredje mars låt de oskyldiga rädda sig

Byggnaden utryms men någon sprängladdning exploderar aldrig. Det är en värld med mycken alkoholkonsumtion och ständiga polisiära insatser mot berusade individer, som begår självmord i polisceller. Spritmissbruk är nämligen olagligt, både på allmän plats och i hemmen.

I förlagshuset finns den mystiska avdelning 31. Den ligger på trettioförsta våningen, som egentligen inte existerar. Våningen är vinden som ligger mellan serietidningsredaktionen och takterrassen. Det går ingen hiss dit. Det är lite Kafka över det hela, men kommissarie Jensen är ingen K som famlar i mörker. Han tvärtom äter sig in i mörkret och blottlägger de missförhållanden som råder och löser det problem han ställs inför.

Vid sidan om den spännande utredningen som Jensen genomför är romanen en ohöljd kritik från vänster av samförståndet mellan socialdemokratin och det borgerliga etablissemanget. Författaren var också en vänsterradikal socialist, kategori kommunist. Själva mordet på 31:a våningen är inte alls den form av mord vi förväntar oss i en deckare ens när det begås i en fiktiv framtid. Tvärtom ett mycket subtilt och symbolmättat mord.

I fortsättningsromanen fördjupas det dystopiska. *Stålsprånget* skildrar välfärdsamhällets och samförståndspolitikens kollaps fyra år senare. Det begås inte längre några brott och det föds inga barn. Självmord i polisens fylleceller är vanligt. Alla tycker lika. Ingen är glad och ingen är olycklig.

Den som påstår allt detta är polisläkaren, socialisten, som enligt Jensen borde vakta sin tunga. Sedan pajar allting. Det är apokalyps nu! Samhället faller samman under sin egen tyngd! När katastrofen är fullbordad ställer Jensen frågan till polisläkaren om samhället nu ska socialiseras. Svaret blir: ”Det kan ni ge er fan på, Jensen.”

Det ironiska är att med facit i handen kan vi konstatera att Per Wahlöö fick rätt, men med omvända politiska förtecken. Det han beskrev liknar mer utvecklingen i Sovjet och dess lydstater än utvecklingen i Sverige. Det blev inte det socialdemokratiska/kapitalistiska samförståndets välfärdssamhälle som brakade samman med buller och bång under sin egen tyngd. De kommunistiska lydstaterna i Östeuropa föll likt dominobrickor. Facket i Polen ledde processen och även om socialismens sammanbrott inte var lika dramatiskt som kapitalismens kollaps i *Stålsprånget* så blev det när Berlinmuren föll i vårt söd-

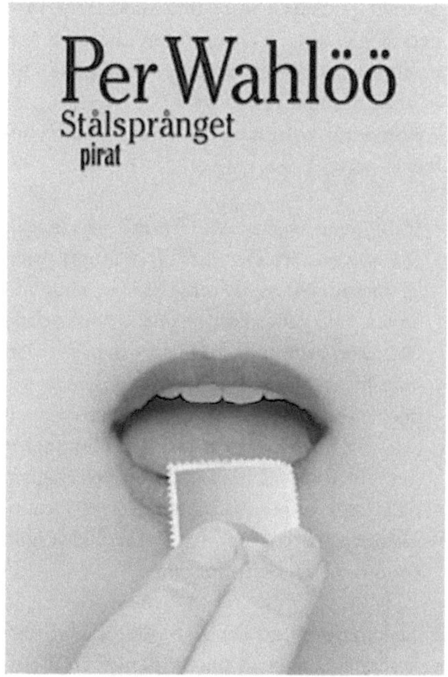

Modern utgåva av Wahlöös roman.

ra grannland DDR ungefär som i Per Wahlöös roman.

De båda böckerna speglar en sorts fascinerande blind klarsyn eller klarsynt blindhet. Ironin fördjupas av att gestalten Beck som Per Wahlöö skapade tillsammans med Maj Sjöwall tagits om hand av det marknadsekonomiska systemets kommersiella filmindustri på det sätt som beskrivs i just *Mord på 31:a våningen*.

Som framtidsspådom är böckerna alltså mycket lyckade om man vänder upp och ner på de politiska förtecknen och som spänningsroman är *Mord på 31:a våningen* alldeles utomordentlig. Även om handlingen i *Stålsprånget* inte är fullt lika fängslande som i den första boken, så är själva intrigen skickligt tvinnad med största möjliga precision.

Per Wahlöö skrev även *Generalerna* (1965), som är en sorts alternativ historia. Den är strukturerad som ett ”protokoll fört vid session med speciella krigsrätten, inledd i flygvapnets högkvarter" och består av dialoger och monologer som i ett skådespel, vilket kan bli tröttsamt under 270 sidor.

Romanen kommenterades av Kjell Rynefors i Comos Bulletin (20/1973):

Wahlöö har även skrivit *Generalerna* som står *Stålsprånget* nära. Den skildrar en utopisk lycklig stat som är dagens Sverige ganska främmande och som genom ett av sina utopiska drag, frånvaron av militär organisation, blir ett lätt offer for en statskupp. Maktövertagandet går dock inte att genomföra utan strid och huvuddelen av boken handlar om det inbördeskrig som följer. Det får sägas vara bokens svaghet. En väl stor del av boken består av ett otal trupprörelser och frontrapporter. Det är synd då boken annars är mycket intressant.

Man kan notera att Per Wahlöö som sf-författare var något av en vuxenvärldens Sven Wernström. Han betraktade världen från extrem vänstervinkel och som sf-författare behärskade han på sitt sätt genren lika väl som Wernström.

KJELL HJALMARSSON (1936–2007)

Pulpexperten Kjell Hjalmarsson var en idog arbetare i populärlitteraturens trädgård, som bland mycket annat medverkade i kartläggningen av veckotidningar. Det visar sig att han också skrev faktasi. "Den individuelle" hette hans novell i SF Forum (12/1964). Den handlar om Jack Henter, som under tretton års äktenskap sällan varit hemma. För det mesta har han bedrivit handel med infödingar ute bland stjärnvärldarna.

Han blir avskedad. För gammal. En direktörsassistent och karriärist flinar åt honom och han klipper till. Han ställs inför domstol och döms till sex månaders isolering för så vitt ingen betalar borgen för honom. Han blir utlöst av sin hustru, som han inte har något gemensamt med. I sin nya situation lämnar han

hustru och barn och skyndar till raketfältet, där han överfaller och plundrar ett par bekanta som han ogillar. Därmed har han pengar till biljetten:

Innan de hann slå larm och sätta polismyndigheterna på honom var han borta, halvvägs till Altair XI. Det var det sista Jorden såg av Janek Henter ...

Det är möjligt att Kjell skrev flera rymdskrönor.

KJELL BORGSTRÖM (1929–1997)

Kjell Borgström var en sf-fan som var mycket aktiv, inte minst i fanzinet SF Forum. Han kom att mer än någon annan fan efter Sture Lönnerstrand att ägna sig åt att skriva sf-dikter. Man kan säga att han inmutade området, för även om andra skribenter inom fandomrörelsen skrev lyrik, så var Borgström dominerande på området. Han satt i styrelsen för SFSF, där han var aktiv alltifrån det att han blev medlem 1964. Han for ofta på kongresser. Sina dikter publicerade Borgström i fanzines, inte minst i SF Forum och vid sidan av dessa blev det också två diktsamlingar.

I SF Forum (18/1965) publicerades dikten "Detta är Urlururult". Den är typisk för hans sätt att skriva. Begreppet dikt är riktigare att använda än begrepp som poesi eller lyrik eftersom hans diktkonst är episk. Inte heller handlar det om rim och något särskilt versmått ägnar han sig inte heller åt. Det är fri vers, inte sällan prosa uppställd som om det vore vers. Man kan tala om prosadiktion. "Detta är Urlururult" slutar så här:

Aguw vet om stjärnorna, hans gamla värld
                      kände till solarna
lite grand,
men han ryser inför värmen på Monts yta,
och han lever gott på alla de triangelögdas
                      myckna blod,
och han är mycket grym.

Han är demonen och dödsguden,
Urlururults herre,
Den siste från den gamla världen;:
kvar att plåga den nya
för att överleva
i det längsta,
det allra, allra längsta.

Det finns en likhet mellan Harry Martinsons *Aniara* och Kjell Borgströms dikter. I båda fallen handlar det om episk diktkonst. Båda berättar en historia. Men där upphör alla likheter. *Aniara* är klart och tydligt science fiction rotad i 1940-talets stjärnskeppberättelser medan Kjell Borgströms faktasier innehåller starka inslag av fantasy. Hans texter är särpräglade och originella. Han skapade något helt eget som borde ha gett honom en plats i den allmänna litteraturhistorien. Men han kom inte ut på Bonniers och Norstedts utan så att säga via egna och andras fanziner i någon sorts egen förlagform.

Inom fandomrörelsen tycks man ha uppskattat hans originalitet efter förtjänst, men de gängse vitterhetsmånglarna med sina skygglappar kan inte anklagas för att ha lagt ut några söknät utanför de fastställda rågångarna utan nöjt sig med att uppmärksamma föga nyskapande adepter som publiceras på "rätt sätt". Kjell Borgström har inte ens som Sture Lönnerstrand haft förmånen att bli omdiskuterad titt som mindre tätt under sextio års tid. (Det slår mig för övrigt att även Sture Lönnerstrands blodsymfoni är en form av epik.)

Borgström hade alltså en egen röst, men ska man jämföra honom med någon, så blir det inte främst andra episka diktare utan med H.P. Lovecraft, som i huvudsak var prosaist, även om det hände att Lovecraft skrev lyrik i form av rimmad epik. De har gemensamt utforskandet av tillvaron i enlighet med egna metoder. Kjell Borgströms dikter finns delvis utgivna i bokform: *Den suckande tungan, dikter 1964–1968* (1969), och *en slags parallell* (1997).

Den sistnämnda samlingen är en hundra sidor lång episk dikt, där Borgström demonstrerar en – för de flesta samtida svenska författare i allmänhet och författare av fantasy och science fiction i synnerhet – överlägsen förmåga att skapa märkvärdigheter med ord, därtill utan metaforer. Bildspråk och symbolik ligger inte för Borgström. Han är konkret.

Så till exempel gnager en flera meter lång, ljusgrön jättesnigel bort mossa där den glider nedför tornmuren på Dabjools blå, flimrande borg. Så rengörs fasaden på ett slott i Borgströms värld mellan fantasi och overklighet. Detta meddelas redan i början av detta epos, som sönderfaller i en rad varandra både fristående och sammanflätade dikter som bildar ett slags sammanhang, (Borgström skulle nog ha skrivit en slags sammanhang, men båda varianterna tillåts numera av språkpoliserna.)

Även om Kjell Borgström nybildar ord, så förfogar han inte över samma förmåga att förnya språket som Sture Lönnerstrand, men han besitter i gengäld en fascinerande talang när det gäller att måla upp fantastiska landskap och skildra märkliga händelseförlopp och han gör det som sagt utan att använda sig av metaforer, som mainstreampoeter, typ Tranströmer gör. Det vill säga, om man inte vill krångla till det och hävda att hela hans författarskap är en enda stor metafor för livets intighet eller något i den stilen. Han är en sorts faktasins Isidore Ducasse.

Inte heller laborerar Borgström med aforismartade kortisar. Han går fram med stora svep. Det handlar om rak berättarkonst, ordrik och målande, tänkvärd. Texten i *en slags parallell* är pastischartad i så måtto att skelettet har kalkerats på fornnordisk mytologi, men med en helt egen ton och färgläggning.

Och Borgström gillar i likhet med Lovecraft samordnade serier av adjektiv. Som när han berättar att hämnaren Tayor från Assggaruyd "rider på sin vithornade, vitsvansade, frustande bayyk, ett rovgirigt, kampglatt, starkt och energiskt djur". I Borgströms värld är Tayor från Assggaruyd lika med Tor från Asgård. Och Tayors blåfärgade bayyk har gulbrunbrandgulbeigt helskägg. Det finns stämningslägen som för tanken till Beowulf.

Borgströms texter är alltså en korsning mellan fantasy och science fiction och förutom närheten till Lovecraft ligger de nära traditionen från Edgar Rice Burroughs, Leigh Brackett och Michael Moorcock, den genre som ibland kallas scientific romance. Och hans texter är i långa stycken – stora språng skulle man kunna säga – ja, ständigt, mycket sakliga. Avsnittet "Erövring av en måne" inleds så här:

> De åtta månarna cirklar runt planeten,
> de går inte lika nära,
> de är inte lika stora,
> den största har atmosfär och hav och sjöar,
> det har konstaterats för länge sedan i teleskopen,
> nu betraktar två stater den lystet:
> diktaturen i öster och oligarkien i väster,
>   skendemokratien, halvdemokratien.
>
> Båda har stulit vetenskapsmän, kidnappat
>   dem, köpt dem,
> Mest från det fallna Lymn som experimenterade
>   med raketvapen.
> De första rymdskeppen sänds upp i hemlighet…

Han har också en förmåga att beskriva egenartade varelser som överträffar det mesta i genren utomjordingar:

> På en hög estrad står de som äger salen,
> enbenta, trearmade, huvudlösa,
> istället för hals har de en kort tjock arm,
> vänster- och högerarmarna är långa tentakler,
> smala,
> alla tre armarna avslutas med korta
>   röda brännorgan med svart tändkontakt,
> vänstra armen utgår bakom kroppen och
>   hålls till höger om kroppen,
> högra armen startar framtill och slingrar sig
>   till vänster om kroppen,
> de båda är helt silverfärgade
>   förutom de tre brännorganen,

> den stora foten är ihålig,
> varelserna är sex meter höga och smala
>   med utbuktningar här och var på kroppen
>   och under brännorganen,
> att de ser vet man, men inte hur
> de hör också,
> de uppfattar lukter och smak
> och får information,
> de är telepatiska med ovisst hur stor radie.

Borgström gav ut egna fanzines, notablast Det Lutande Lärkträdet, som han fyllde med sina berättande dikter. I nr 6 beskriver han geeyzerna:

> deras fyra vingpar lyfter dem snabbare än
>   någon jordisk
> fågel kan flyga deras fyra sugfötter fäster vid
>   ungefär vad som helst
> deras näbb fungerar som ett par yxor när de biter
> sedan sträcks fem sugmunsförsedda tungor
>   ut och slickar
> ivrigt i sig allt ätbart ur offren.

"Jakten i tiden" i Det lutande lärkträdet nr 7 lutar mera åt sf än fantasy och Borgström färglägger tiden:

> Vi jagade dem i vårt tidsskepp,
> in i den avlägsna framtiden,
> vi missade dem den här gången,
> när vi dök upp femhundratusen år senare än nu
> var de redan en miljon år inne i framtiden,
> efter det kastades vi åter hit med en krasch
> att vakna upp nu, i vår egen tid,
> för en stunds vila före nästa försök
> in i den gulröda tiden.
>
> Det finns faror på vägen,
> det finns andra jägare än vi,
> sådana som jagar utan urskiljning,
> däribland oss, instinktivt och ändå med list.
>
> En del av dem är som djur eller köttätande
>   växter med rörelseförmåga

fram och åter i både tid och rum,
bland dem är de vita och blågrå tidsmeteoriterna,
de jagar alltid i flock och ligger i stora horder
                    på lur vid vissa epoker,

andra har tidsskepp som vi och de förbrytare
                    vi jagar,
de kommer och går
hursomhelst
vid vilka perioder och århundraden som helst

få är stillastående, mer eller mindre dolda
                    i rev i tiden,
med gapande klomunnar och giftiga
                    huggtänder

I dikten "Mässingskärrorna" (CB 18/1972) visar Kjell Borgström upp sin förmåga att frammana bilder av varelser i en annan tillvaro än den gängse:

Endast en av oss är i egen skepnad,
han går på sina fyra fötter som bär upp
                    den silvervita bottenkroppen
ur vilken den hårda, starka stamkroppen
        skjuter rakt och trotsigt upp sjutton meter
för att krönas av sju stelt och fast böjda
                    silvriga armar varav
en reser sig rakt mitt ur stamkroppens
                    översta del
och varje orörlig arm bär upp tre ormlikt
                    böjliga, tiotmeterslånga tentakler,
under de stela armarna sitter ett femtiotal
                    ögon på korta böjliga stjälkar
och lika många öron,
under bottenknoppen har han munnen
                    med dess fem korta gripsnablar,
det är en riktkropp
vår ordinarie skepnad,
som vi måst lämna for detta fattiga,
                    bräckliga gröna provisorium
och detta liv i väntande kringirrande på gula
                    mässingskärror,
levande kärror, levande metall,
intelligenta metallvarelser med okända avsikter?

I dikten "Galax 611" (CB 19/1973) låter Kjell Borgström oss återse en telepatisk varelse med följande kännetecken:

Röd kropp, blått huvud, guldgula fötter,
                    och den har tio fötter,
den dansar för oss och är glad för
                    att vi kom igen,
den kommer ihåg oss det är tre år sedan vi for
för alltid, sade vi och trodde så.

Dess sex gula huggtänder är blottade i ett
                    välkomstgrin, då och
        då tjuter den ut sin extas över att
                    återse oss.
den svänger sina sju tentakelarmar
för att krama oss,
den är fruktansvärd,
den sänker sina tänder nästan ända in
                    i våra strupar i sin glädje
men den lugnar sig dock i tid
och vi har överlevts dess häftiga
                    välkomsthälsningar.

Kjell Borgströms diktkonst är det emellertid svårt att ge ett begrepp om med hjälp av enstaka citat. Det hänger samman med att den dimension som hans dikters längd konstituerar inte kan återges via citeringar. Hans texter flyter på som om de vore ohejdbara lavafloder, fyllda med händelser och gestalter av alla de slag. Med detta för ögonen, ett sista citat ur "Vzzaä Zzioss" (Det lutande lärkträdet 12/1973). Dikten handlar om ett kvinnligt väsen och det är de första människorna som hon träffat på som berättar för oss utifrån vi-perspektiv.

Hennes namn är Zzioss, hon hör till Iaitxy-arten,
iaitxy finns på många planeter men är
                    överallt ytterst få,
Zzioss är den enda på planeten Temder,
det är sjutusen år sedan hennes föräldrar kom,
hon var väl ungefär ettusen år gammal då,
för iaitxyerna är tusen år oftast som ett av våra,

inte i upplevelser men i åldrande.

Vi är hennes första människor, och vi är inte
                    jättar, vi är ordinarier,
hon känner sig oändligt överlägsen oss
                    trots vårt rymdskepp,
för övrigt är det illa skadat,
vi har strandat på hennes planet och hon
                    räddade oss två när
en flock hungriga wiloper ville hugga in på oss
                    nere på slätten,
nu betraktar hon just en sådan flock därnere.

Wiloperna är vackra djur,
deras kroppar är långsträckta, vita, med
                    oregelbundet börjande
och slutande gröna och röda
                    längsgående strimmor,
både honor och hannar har en blå man
                    på hjässan och i nacken,
de har teleskopögon på vridbara, ledade skaft,
huvudet saknar mun men har sex stora
                    näsborrar,
de har två griparmar med krokodillika gap,
                    det är deras munnar,
de löper på fyra gepardaktiga ben och sätter
                    hög fart,
de skulle kunna tävla med racerbilar
                    om de ville,
och om det funnes racerbilar och tävlingar
                    på Temder,
de är flockdjur.

– – –

Novotell är en nästan orörd planet,
Där bor endast fyrahundratusen människor,
vi är indelade i tre folk men talar samma språk,
vi har en kontinent per folk, språket har
                    redan delat sig i tre dialektgrupper,
än så länge skriver vi det lika överallt.
Vår planet har lika många klimat som Jorden.

Vi lär henne också galaktiska, lingua terrana,
                    telluriska, tyvärr endast is skrift,
vi kan inte kommunicera med henne i ljud,
                    endast i skrift och med gester,

det fyller upp bortåt ett år av tid,
hon är mycket intresserad hela tiden, vi ersätter de döda föräldrarna och de stamfränder hon aldrig kunnat möta.

BJÖRN HÅKANSON (1937–)

Denne författare är en riktig kulturknutte. Han var bland annat redaktör för kulturtidskriften Rondo på 1960-talet, en tidskrift som främst kanske bör ihågkommas för att Öyvind Fahlström designade omslaget. Håkanson kallade sin bok *Generalsekreteraren* (1965) för en bildningsroman. Den är inte ointressant och så att säga mer än stöter i kanten på icke specificerad faktasi.

Generalsekreteraren sägs vara en person som har drag av Tage Erlander, Dag Hammarskjöld och Mahatma Gandhi. Liksom Hammarskjöld brottas han med de motstridiga sidorna i sin gestalt, samtidigt som han är en verksam politiker. Han fascineras av ahinsa, icke-våldets princip, som är ett urgammalt koncept i Indien, troligen för att där fanns och finns mycket våld.

Det är framför allt i den minst 2 500 år gamla jainist-filosofin som ahinsa omhuldas, men jainisternas icke-våld handlar om negering av våldet. Det Gandhi gjorde var att han tog jainisternas passiva ahinsa och skapade en utmanande, militant form av aktivt och provokativt icke-våld i avsikt att vinna politiska framgångar gentemot en beväpnad övermakt. *Generalsekreteraren* handlar om hur en människa utvecklas under intryck av sådana idéer. Det kan sägas handla om en sorts faktasi i mental mening.

Ur faktasisynpunkt är de lyriska inslagen kanske de mest intressant, inte minst de tankar om solar som redovisas längre fram i romanen:

Det finns solar stora som ägg, runda och röda, i vars epicentrum häftiga virvelvindar rasar. Jag ser dem framför mig, frustande frenetiska, med horn av läder eller sten, oerhörda gumsar med inälvor som pulserar värre än rykande blod. Ja, jag kan föreställa mig dem, med sina runda, röda och vilt framflytande innanmäten, där vindar får rumstera om dag och natt och ingen överlever de första minuternas sprakande eruption. Det sprakar verkligen därinne i pulpan, det är som att höra en eld gå fram över Jorden, i sporrsträck, framför skumpande gumsar som jagar den dit de vill. Ingenting skonar den elden. Det är som en död, eller som att dö. Det är en eld som drar fram oanfrätt av hänsyn, helt utlämnad åt sin egen förmåga att förnya sig i nyck och fantasi. Ja, nycken driver den framåt, slumpen kastar den bakåt, fantasin övervinner hindren och bockarna vrålar i natten. Det är en mycket romantisk sol, en sol för övermänniskor och underhuggare som inte är nöjda med sin lott. Jag lämnar den där den ligger och ryker i sitt språk.

Det finns andra solar, solar som knyten eller bär, inrullade och inlemmade, starkt hämmade av hänsyn. De lyser endast på dagen. Jag kan se dem framför mig, blyga och stora, hopkurade bakom tallar eller mjukt landade på någon sanddyn vid kusten. Det händer att de sänker sig i havet på detta sätt, blinda och rädda, som i en kasse med kattungar, vars handtag de själva håller i. En av dem, en ljust gul, kan ibland bryta genom molnslöjor en sen höst eller tidig vinter, alla ser den men ingen förstår vad den vågat utsätta sig för och vad som kommer att drabba den. Sterilisering, mina herrar! Den är inte värd namnet utom på sommarn, men då har den så många övermän att den kommer att framstå som velig. Men man bör inte underskatta den, lika litet som man bör underskatta livet hos kattungar som sänks till bottnen i någon sjö. Där nere kan de klösa ihjäl vilken rutten människokropp som helst och gå fria från straff. Därför är denna sol inte bara underhuggarnas utan medelmåttornas, det är bara att ta åt sig.

En tredje soltyp finns det, men jag har svårt att hitta några gränser till den som skulle göra en beskrivning möjlig. Den kan verka att rymma allt eller intet. Den är liten och stor, den är liten eller stor. Den är gul och röd, den är gul eller röd. Jag talar om den ungefär på samma sätt som jag skulle vilja tala om kvicksilver som runnit ut ur en krossad febertermometer och nu, 42 grader varmt, irrar omkring på ett gropigt golv, jagat av händer utan rejält utvuxna fingrar, eller kanske täckta av fingervantar men i övrigt fullt normala. På bordet ligger i så fall en uppsättning vigselringar, en del för sig, en del två och två, sammanlagt ett hundratal stycken.

Som synes är det kraftfull text, symbolisk, surrealistisk, förvisso här sliten ur sitt sammanhang som det citat det är, men texten har ingen annorlunda funktion i sitt sammanhang. Författaren kallar alltså *Generalsekreteraren* för en bildningsroman. Kanske utvecklingsroman ger en bättre bild av vad det handlar om, men det finns ingen anledning att strida om ordval.

YNGVE LUNDELL (1931–2015)

Skulptören Yngve Lundell är framför allt känd för Optimistorkestern på Malmös gågata. Under rubriken "Yngve Lundells ofullbordade Mars-resa" har Ulf R. Johansson avslöjat i sin astronomiska Cassiopeiabloggen att Lundell dessutom varit inblandad i faktasigenren och det på ett mycket speciellt sätt.

Någon gång kring 1965–1966 var han tillsammans med sin gode vän Mats Ekman i full färd med ett dockfilmsprojekt om Troj och Trassels resa till Mars. Ulf R. Johansson:

Två kaffeburkar fick bli stommen till raketen, i vilken även fick plats en telegrafist – en fiskare som Troj och Trassel sprang på. Fast det gick åt skogen med telegraferandet när raketen landade på Mars och allt förstördes. Under färden genom jordatmosfären spelade musiker på molnen för de modiga jordborna, som hälsades välkomna av nyfikna varelser i Mars alla hålor och skrev.

Yngve Lundell satsade 15 000 på projektet

men pengarna räckte inte. Det blev ingen dockfilm. Kvar finns dock en del av bildmaterialet på 16 mm film och Lundell har funderat på att få det överfört på DVD. Några stillbilder ur produktionen visades 2011 på just Cassiopeiabloggen.

TORD HALL (1910–1978)

Det var universitetslektorn Tord Hall i Uppsala som myntade begreppet vetsaga för science fiction och han skrev också boken *Vår tids stjärnsång* om Harry Martinsons *Aniara*. Hans eget bidrag till vetsagan är lite speciell och avvikande, nämligen diktsamlingen *Entropi* (1966). Det handlar om modernistiska dikter. Så här kan det låta:

> en einstein bohr mellanakt
> nova slå virus nervgas
> vi sedan under sova
> när trötta i Jordens anda och en del sår
> upp som biståndsakt
> en del hemlig helig mötets
> flammar Jorden
> propagandan så med tillsätt
> öppna

Som synes upphäver Hall grammatikens och syntaxens regler för hantering av svenska språket och det är inte lätt att utvinna någon mening i normal mening. Han stöter i kanten till Sture Lönnerstrands och Öyvind Fahlströms verbala landamären.

Det är tydligen ett försök att uttrycka något utöver det normala och därmed uppnå en effekt kanske i form av något som påminner om "sense of wonder". Vi är bundna – för att inte säga bakbundna – att uttrycka det outsägliga inom ramen för det regelverk som är språkets och det är inte lätt att bryta igenom. Men försöka duger:

> du dina ögon öppnar och genombävas ej
> rum från döden och den bindel kroppens släpper
> men fri som skymmer

mönster du söndersliter
fylls du och av själen fönster stegrar
fälls tid rymdens entropi
av svindel frid

Diktverket ska kanske räknas till den form av lyrik som ska kännas och upplevas och endast delvis uppfattas på det invanda sättet. Med en läsarattityd som blandat emotionell upplevelse med intellektuell förståelse kan denna form av kosmisk poesi kanske bäst komma till sin rätt. Attityden till en text är alltid avgörande och det krävs en omkoppling för att skilda texter ska komma till tals med en läsare.

> månen mig emellan oändligheten
> på skymd ö
> fjärran är stjärnljus
> in av är onda mörka rymd och stormen
> trött är emot åter öde
> ur vingen fäller ny utomjordisk snö
> Jordens faller över under
> en slätter och nebulosor
> inte stjärnors sikten
> vintergatans sky stilla

GUNNAR RYDSTRÖM (1935–2007)

Med sin debutroman *Vattumannen* (1966) tog Gunnar Rydström steget rakt in i faktasin, vilket förlaget Norstedts också vidkänner när man i baksidestexten hävdar att "Vattumannen är en fantastisk och mångtydig myt, med drag av framtidsutopi och science fiction." Det handlar om en man som fått transplanterade gälar. Han lever under vattnet i en bur, där han sover oroligt. I vaket tillstånd ger han sig utanför buren på en särskild moped. Han lever i en ovan miljö, där det finns andra faror än de som existerar ovanför vattenytan, men hans upplevelse är negativ. Det är en i högsta grad existentiell berättelse.

> Ett experiment skulle han vara, men inte en enda gång hade de undersökt att han var frisk, inte sedan däruppe i ... Vad skulle allt det här

tjäna till? Det var inte ens praktiskt och förnuftigt. Vad kunde han göra härnere som inte de däruppe kunde göra bättre och effektivare? Det var en sorts lek, en lek med hans liv, kanske var det hela sanningen? De skulle inte "blanda sig i" utan se hur han kunde klara sig utan hjälp? Detta förbannade vatten! Det tvingades ner i hans strupe, han kunde inte komma undan det. Det kväljde honom. Det trängde in i cellerna i alla hans kroppsorgan, spädde ut dem, löste upp dem. Han skulle med tiden smälta. När de kom hem och öppnade dörren skulle de ingen finna, bara ett bruntjockt vatten. Vid kemisk analys upptäckte de att han avsatte sig som kristaller på provrörens väggar. Då skulle de väl försöka sätta ihop honom igen.

Det är naturligtvis det faktum att han fått gälar för att kunna andas i vatten som är det faktasimässiga i *Vattumannen*. Konsekvenserna av de ingrepp som gjorts för att anpassa honom till en tillvaro under vattenytan redovisas brutalt:

På land var han ett brustet krus, ett gistet instrument som bara kunde gnälla lite grann för sig själv. Var det inte ett djävulskt effektivt sätt att hålla honom nere att punktera hans lungor? För att kunna andas måste han bära en vattentank med sig, en vattenlunga.

En vattukvinna skickas ner till honom. De kan inte tala med varandra. De måste kommunicera på andra sätt. Hon föder ett barn.

Allt var ju så enkelt: antingen födde hon ett barn som kunde andas och leva eller också ett dödfött som inte kunde andas. Fick det inga gälar var det förfelat, han var förfelad, havet stängt för honom. Men det hade han tänkt när han var ännu kvar i värmen inne i huset.

–––

Sammankopplade i ett spjärntag såg han barnets hjässa långsamt bli större och med ens gled barnet ut med ena axeln, och andra följde med

och han tog emot det i sina händer. En livlös, orörlig klump täckt av slem som hängde omkring dem i slingor. Han bet av navelsträngen och torkade slemmet av barnet med händerna. En pojke. På bröstet hade han två små gällock. Men fortfarande inget liv. Med underarmen pressade han sina bröstklaffar stängda, lade munnen över barnets mun och sprutade i vatten. Andades själv en gång emellan och sprutade en ny stråle. En darrning gick genom den lilla kroppen, ansiktet skrynklade ihop sig i rynkor och barnet skrek inte.

De båda människorna som fått gälar inplanerade har fått ett barn med gälar. Det är som om Lamarcks och Lysenkos idéer om att förvärvade egenskaper kan ärvas plötsligt visat sig stämma. Rent allmänt sett är det en stark berättelse, kanske en smula repetitiv, men författaren gör så gott han kan för att variera konfekten.

Gunnar Rydströms andra roman, *Ögon* (1968), är i allra högsta grad ett självständigt verk, annorlunda och krävande. De olika partierna, som boken består av, kan tolkas likt en serie noveller som tillsammans bildar ett inre sammanhang av något slag. På en punkt i handlingarna får vi veta att vi befinner oss i det tjugoförsta århundradet – eller som vi brukar säga på svenska: tvåhundratalet eller tvåtusentalet!

Ramen berättar om en man som plötsligt klättrar över räcket på en bro och förirrar sig in bland järnbalkar och nitar och bultar. Instängd i detta teknologiska skelett hemsöks han av en märklig livförsäkringsförsäljare. Det hela är ett svårtolkat existentiellt äventyr. Romanen innehåller både talande partier och obegripliga avsnitt. Det sistnämnda gäller inte minst avsnittet, där "möjligheterna att utifrån påverka ett isolerat medvetande" undersöks. Här möter vi faktasins frilagda hjärna i en helt ny version.

Hjärnan placerades på glasskivan, som i sin tur låg stadigt fäst på ett stativ av nio stålrör fastskruvade i försöksbänken och med tvärribbor av stål. Det påminde om en liten byggnadsställning. Substansen var skimrande grå med sina regelmässiga vindlingar. Extrakten stod i en rad droppflaskor bredvid varandra på bänken, instrumentpanelen med mätare och signallampor sluttade uppåt i 45° vinkel. Rummets temperatur var exakt + 36,8, glasskivan höll samma gradtal. Med svarta gummihänder anbringade han de elektriska polerna och fick utslag, körde ner humiditetskatoden och visaren började långsamt röra sig längs skalan från o % till det röda området vid 50–70. Trycksonden stacks in snett underifrån, termometern underifrån andra sidan. Till sist de fyra nålar som mätte volymförändringarna. Han fick upp grundläggande tekniska värden i rutan – totalvikt, specifik vikt, tomgångsdata för fuktighet, tryck etc. – och jämförde med mätarnas utslag. När dessa sammanföll gav han tecken och assistenten sprejade hjärnsubstansen med en transpareringsvätska, som även innehöll vissa detergents och deodoranger. Han drog elektronmikroskopet åt sig och satte ögat till, justerade fokus. Sedan gav han klartecken.

Assistenten tog en burk märkt A, d.v.s. framtidsvätska, och hällde över hjärnan tills den blev indränkt, vilket var lätt att kontrollera optiskt. Kronometrarna var redo. Själva experimentet kunde ta sin början.

– – –

På försöksglaset låg en människa, det fick han aldrig glömma, koncentratet av en homo sapiens. Smärtan och lusten fanns visserligen bara i form av mentala processer, var ett slags ekvationer, frossa och svett var abstraktioner blott. Sinnesförnimmelserna hade bränts upp med kroppen eller låg kanske kvar i bårhuset i klinikens källarvåning. Annars hade det inte gått. Substansen skulle ha vridit sig av smärta inför insikten om sin egen intighet, medveten om att befinna sig utstjälpt på en glasskiva, berövad sin kropp. Den gamla skärselden vore en skön brasa i en öppen spis gentemot denna komprimerade fasa han hällde i ett långt livs

skräckförnimmelser genomlevda på två minuter. Substansen skulle ha behövt hundratals munnar för att få utlopp för sin kvidan och sina vrål. Undra på att det stank! Det fanns heller inget hopp för detta medvetande. Han sorterade dem inte till höger och vänster utan slängde bort dem i en soptunna när de var uttjänta, när deras "reaktioner inte längre var adekvata", som det stod i rapporten till Medicinalstyrelsen. Livslängden varierade starkt, vilket hade att göra med hur framgångsrik preparationen hade varit, inte egentligen med objektets kvalitet. Den mänskliga faktorn kom man inte ifrån ens med den bästa apparatur.

Det är ett starkt avsnitt men det blir allt svårare att följa med i experimentet när det övergår i tekniska detaljer med tabeller av olika slag och texter som den här:

Variabler: Tre stimuli i extraktform: a = sensibilitet, b = klarsyn, c = skräck. D.v.s, en generellt emotionell (a), en generellt intellektuell (b) samt en specifik emotionell (c). Dessa gavs i stigande dosering (enligt tabell på föreg. uppslag), dels oblandade, dels tillsatta med komponenterna x minnen resp. y = (framtids) drömmar/förhoppningar. De senare har bl. a. till uppgift att korsvis mildra och förstärka A och B.

Reaktion: Intensitet och absorberingsförmåga mättes med exakta metoder; intensiteten i temperatur, tryck, fuktighet och spänning, absorberingsförmågan i volym. Dessutom uppskattades färgskiftningarna i rörelseintensiteten hos objektet enligt en schablonskala.

Kommentar: Intensiteten anger medvetandets mottaglighet för stimuli, absorberingsförmågan kan sägas vara ett mått på dess handlingsberedskap. I båda dessa hänseenden gav proven tydliga utslag. Följandet kan direkt utläsas ur materialet:

Och här följer – ställd på kant över två sidor – en tabell som utgör en översikt "över data för medvetande 11B-36–67F2". Som synes och

Hannes Alfvén t.h. gratuleras av Gustaf VI Adolf för nobelpriset i fysik 1970.

som sagt var är detta en text som ställer krav på sin läsare.

OLOF JOHANNESSON
(HANNES ALFVÉN 1908–1995)

Med *Sagan om den stora datamaskinen* (1966; 1998) berättar atomfysikern Hannes Alfvén om datorns utveckling och jämför den med livets uppkomst och den biologiska utvecklingen fram till människans framträdande. Boken har ibland kallats science fiction, men den är författad i essäform och har ingen spännande handling med huvudpersoner inblandade i dramatiska situationer, vilket inte hindrar att det handlar om spännande läsning.

Efter de redogörande avsnitten övergår Alfvén till att beskriva hur datorerna inleder en ny tid med rationellare undervisning, en ny juridik, hälsofabriker, ett nytt statsskick och avskaffade krig. Denna utopiska utveckling avbryts av den stora katastrofen, där datorerna blir stående strömlösa och livlösa. Utopin övergår i dystopi.

Den stora katastrofen drabbade människorna hårt, men för Jorden, för naturen, kom den som en befrielse. Det var åtminstone en paus i människans ohämmade exploatering. Växt- och djurlivet förgiftades inte mer med kemikalier. Människorna hade varit mera förödande än gräshoppor, giftigare än baciller.

———

För rymdkolonierna blev katastrofen på Jorden ödesdiger. Både baserna på månen och på grannplaneterna och stationerna ute i rymden noterade att förbindelserna med Jorden plötsligt upphörde. Men deras ömsesidiga förbindelser fortsatte normalt. Rymdskepp som skulle landa på Jorden fick ingen radiokontakt och kunde därför inte gå ned. Inga rymdskepp lämnade Jorden.

Men efter katastrofen uppstår en ny kultur och Alfvén avslutar sin saga med orden: "Vi kommer att leva lyckliga i alla våra dagar."

TORSTEN EKBOM (1938–2014)

Torsten Ekboms strategiska modellteater *Spelmatriser för Operation Albatross* (1966) ter sig som en verbal motsvarighet till Öyvind Fahlströms variabla bildspel och det är inte så konstigt. Visserligen utgick Ekbom främst från den nya franska romanen, men han kom snart att medverka i happenings i de kretsar där Fahlström och den konkreta poesin höll till, där också Sture Lönnerstrand rörde sig i periferin.

Texten är kraftfullt strukturerad. Att inte bara själva spelet utan också detaljerna mer än stöter i kanten till sf är säkert. Så här lyder ett parti:

Signaler från rymden

En metallisk röst i högtalarna: SAMOS 111–15 kretsar med en hastighet av 32000 kilometer i timmen, 480 kilometer över jordytan och har just instruerats att börja fotografera de bilder som sänds från Expedition Röd. Selektivt utväljande följer.

Bokstäverna upplöstes och en bild började träda fram. Det var ingen vanlig mercatorprojektion. Det var ett fullt reellt fotografi av ett väldigt landområde (Zon D) och saknade longitudernas och latitudernas skarpa linjer. Bilden inneslöt bland annat en bergskedja vars ena sida var alldeles mörk, eftersom den låg i skymning och dess östsluttningar befann sig i skugga. En stor flod vindlade sig fram och tog under sitt lopp emot oräkneliga mindre bifloder. Resten av landskapet verkade från denna väldiga höjd brunt och utan några markerade drag där det låg och badade i solnedgångens mjuka magnetljus. Här och där på duken syntes stora vita moln, det största utgjorde antagligen ett mer än trehundra kilometer långt oväderscentrum.

Rösten i högtalaren: VI KOMMER NU ATT GÅ NER TILL MAXIMAL NÄRBILD.

Genom en kombination av olika processer, styrda dels av Expedition Röd nere på marken och dels av Samos III själv, växer bilden snabbt mer och mer, som om Sarnos III ändrat riktning och störtar ner mot marken.

Teknikern som sköter Samos III pressar utrustningen till yttersta gränsen för dess förmåga. Bilden blir skarpare, sveper närmare. Steg för steg fylls den stora duken av bilder av

1. Snölandskap, snöfält med ett upptrampat spår som ett svart streck.

Växlar till

2. Närbild av samma spår som svänger av i rät vinkel vid en upptrampad plats i närheten av en ås.

3. En svart kolonn som långsamt rör sig över snötäcket.

4. Närbild av person, blossar på cigarr som exploderar. När det intensiva skenet från explosionen avtar uppfylls duken av

5. Vattenyta med oljefläck som långsamt vidgar sig i en vid cirkel, bilden sveper in mot

6. Ödslig strand med drivved och tångbankar, och visar anslagstavla på stranden. Texten fyller hela duken, till en början suddig men så småningom allt tydligare.

Torsten Ekbom experimenterade i likhet med Sture Lönnerstrand och Öyvind Fahlström med nya sätt att framställa strukturer och finna uttrycksmedel som leder till nya oväntade, tidigare okända upplevelser. Till skillnad från Lönnerstrand men liksom Fahlström var han emellertid inte en utpräglad faktasiförfattare av knäsatt snitt.

ERIK MELANDER (1915–)

Teologie doktorn, lektorn och prästen Erik Melander gav ut sin sf-roman *Parallellus* på eget förlag 1967. Han menar att det moraliska förfallet som han ser i samtiden är ett hot mot själva människovärdet och mänskligheten och han beskriver på sin baksidestext *Parallellus* som "en högaktuell science fiction med skildring av det första månbesöket. Men bokens tyngdpunkt ligger i avsikten att väcka eftertanke och debatt inför världsläget. Samtidigt som vetenskap och teknik avancerar under 1900-talet, utgör den moraliska stagnationen" vad Melander betecknar som "ett dödligt hot mot mänskligheten." Han menar att världssamvetet måste vakna medans tid är.

Någon reaktion på hans bok har inte kunnat förmärkas. Som så många andra böcker utgivna på eget förlag har den ignorerats. Men det är ingen dålig faktasi. Den första människan som landar på månen kontaktas av en utomjordisk varelse.

> Det okända, mot vilket måne och rödvioletta horn förbleknade, hade gripit mig fjärranifrån. Jag hörde, jag såg, jag kände i skälvningar, hur en främmande varelse talade till mig och dirigerade mig. På mitt eget språk, med mina tankar. Kalla det strålning, telepati – det var hur som helst någonting utanför mänsklig erfarenhet hittills. Nästan utanför, måste jag säga som en korrigering i enlighet med kunskaper, vilka jag senare inhämtat. Redan efter en knapp minuts kontakt hade den betvingande varelsen fått mig fullständigt samlad. Skälvningarna i mina lemmar ebbade ut. Och jag brydde mig ej längre om att förbindelsen med rymdskeppet var bruten. Det var ett verk av varelsen i det okända, jag skulle strax få förbindelse igen, blev jag lovad. Därefter skulle jag lika säkert som tidigare sköta mina åligganden med instrument och lunakapsel – så löd befallningen. Kontakten med den okände innebar, att en främmande vilja genomglödgade min varelse, helt dominant. Tveklöst stod det klart för mig, att min hjärna uppfångade signalerna från den okände korrekt. Jag skulle återvända till Jorden, försäkrade han. Där skulle jag på nytt nå kontakt, ännu bättre än den som förelåg, till följd av den strålningspåverkan, som min hjärna blev utsatt för. Jag var den ende, den ende med dessa kontaktmöjligheter. Människorna i övrigt gick knappast att komma åt. Jordatmosfären låg som en hindrande ring.

Det handlar om resonerande sf. Teologen hanterar kolonialism, imperialism, kapitalism, industrialism, nationalism, isolationism och revanschism, alla som orsak till konflikter. Fenomenet Parallellus beskrivs som en rymdkropp med liv, vars högsta yttring är intelligenta varelser.

> Som vi sett var det många svenska präster som under 1700- och 1800-talen skrev science fiction-betonade berättelser, icke sällan med moralisk udd. Under 1900-talet är det bara Rune Per Olofsson och Erik Melander som fullföljt den traditionen.

JOHN-HENRI HOLMBERG (1949–)

John-Henri Holmberg har verkat som översättare, introduktör, förläggare, arrangör av kongresser och mycket mer. Och det i en sådan omfattning att han haft ett omfattande inflytande. Tillfrågad av DAST Magazine om han inte själv skrivit skönlitterärt svarade han nej. Men faktum är att han i fanzinet SFF bidragit med lyrik. I SFF 34–35/1967 finns det en dikt av honom, rubricerad "res gestae", dessutom på engelska. Det är en dystopi som handlar om Jordens undergång:

> Across the Earth
> The glowing mushrooms of smoke –
> Tar black, lashing out
> From the hands of God –
> Are rising, swelling
> Until they fill the world
> The sky
> And the heavens
> –––
> The shapes of man
> Forever thought to be immortal
> Lie twisted, torn and burning
> On the melting sand

I SFF (70–71/1976) återkom han med "Julsonett", men den kan knappas sägas tillhöra genren. Holmbergs blygsamma insats som sf-poet tycks ha varit tillfällig och har inte satt några nämnvärda spår, men han finns där.

RENA RAMA UTOPIN (1967)

På initiativ av Hans Furuhagen inbjöd Sveriges Radio 1996 en rad mainstreamkändisar att medverka i radion med framtidsvisioner. Dessa publicerades året därpå i antologiform under samlingsnamnet *Rena rama utopin*. Avsikten beskrevs så här när antologin återutgavs 1996:

> Framtidsvisionen som litterär genre har en lång tradition. Dess popularitet har växlat, under vissa perioder har genren spelat en framträdande roll, antingen som samhällskritik i utopins form eller som underhållande rysare i science-fiction. Mitten av 1960-talet var en sådan period, och det var en tanke i takt med tiden, när Sveriges Radio på hösten 1966 inbjöd en rad författare och journalister att medverka i ljudradion med var sin framtidsvision. Programmen som i allmänhet fick formen av femton minuters kåseri sändes i en svit första gången på hösten 1966 och repriserades under vårvintern 1967. Kåserierna återspeglar inte bara händelser och tendenser från en period som av många upplevs som en brytningstid, de visar också en rad av tidens mest engagerade författares reaktioner och attityder inför skeendet.

Det handlar alltså om texter författade av för genren icke representativa författare och texterna kan ses som icke kategoriserad sf. Formen påminner om de framtidskåserier som Stockholms-Tidningens läsare författade till tidningens Melodisida 1946, men kåserierna gör ett ganska platt intryck och har som så mycket annat förlorat den eventuella lyster de hade vid publiceringstillfället. Framtidskåserierna i Stockholms-Tidningen är än i dag betydligt roligare läsning. Här är en lista över kåserierna:

- "I afton dans" av Kristina Ahlmark
- "100 % människa" av Bengt Anderberg
- "Predikan i söndagsskolan år 2500" av Sun Axelsson
- "Bröd åt idrotten; en drömgräns" av Stig Claesson
- "Liten utopi" av Tage Danielsson
- "Glaskuporna" av Per Olov Enquist
- "Psykologerna skola styra världen" av Sven Fagerberg
- "Gammal är ändå äldst" av Hans Furuhagen
- "Om toleransen" av Bengt Jahnsson
- "Utkast till en revolutionär dagbok" av Carl Henrik Svenstedt
- "Friska människor" av Sonja Åkesson

BERTIL MÅRTENSSON (1945–2018)

Bertil Mårtensson måste betecknas som en betydande författare i faktasigenren. Rent allmänt sett är han den svenske författare vid sidan om Dénis Lindbohm vars idéer är science fiction där både science och fiction väger jämt. Hans novell "Den upprepade väven" (SFF 96/2000; Mitrania 1/2008) är till exempel både idémässigt och formuleringsmässigt något av det mest intrikata som över huvud taget författats i tidsresegenren.

Bertil Mårtensson tillhör en generation som inte påverkades av JVM/VÄ, vars sista nummer kom ut när han var två år. Han mötte i stället science fiction 1952 som sjuåring. Då såg han en Blixt Gordon-film i Malmö. Sedan läste han Sture Lönnerstrands *Rymdhunden* och sf-böcker av Robert A. Heinlein, varpå han upptäckte Häpna! Och det var i Häpna! som han debuterade 1963 med novellen "Urhemmet". Men dessförinnan gjorde Bertil Mårtensson en nästan debut. Så här beskrivs denna nästan debut i SFF (40/1968) i samband med att novellen "Skogen" publicerades:

> Nedanstående var, berättar den stolte författaren, min första novell, och mina första pengar erhöll jag därför utav Häpna!, som emellertid inte publicerade den, allt detta våren 1963. Jag skrev om den ett otal gånger och resultatet av alla skisser samlades ihop till en vanvettigt överlastad version som publicerades gratis i tidskrif-

ten SCALA, där jag avbildades bredvid Bengt Anderberg. Denna version torde ha tillkommit strax efter originalet. Den överensstämmer i huvudsak med den version Häpna! köpte. En bearbetad engelsk övers, av SCALA-versionen kommer att publiceras xxxxxxxxx (på grund av utgivningspolitiska skäl kan ej mer här afslöjas).

Bertil Mårtensson skulle under de kommande tio-femton åren utvecklas som författare, allt säkrare, allt bättre, men han hade redan från början en distinkt ton, en särpräglad känsla för den existentiella och intellektuella utmaning som livet, tiden och världsalltet utgör. Detta finns redan i avstampet "Skogen", där en ensam författare på Jorden sitter i sin bunker efter en katastrof som förstört hela planeten.

Han har vägrat att lämna Jorden. Han drömmer sina drömmar om Jorden, avslutar äntligen sin roman, sätter på repetition sin favoritmusik på grammofonen, somnar och grammofonen spelar i århundraden.

Med "Den femte resan" i Häpna! (2/1964) excellerar Mårtensson i den svårmodigt speciella existentialitet som är faktasigenrens signum. I likhet med L. Ron Hubbard i dennes klassiker *Återkomst till morgondagen* befinner sig stjärnfararen hos Mårtensson som handelsresande på den så kallade rymdrutten:

Visst var det bra betalt – men det var samtidigt ett yrke utan återvändo, För när man kom tillbaka från en färd var man en anakronism, någonting som alla log åt i smyg, vilket på sätt och vis gjorde det dubbelt värre. Ens uttal och ens smak och ens frisyr, alla de små detaljer som gör en människa, som är så vardagliga att de inte observeras annat än nästan undermedvetet, var kanske ett sekel gamla. Alla höll med om att det var synd om stjärnfararna – men ingen gjorde någonting annat, ingen accepterade dem. Och så hade de ju alltid sin Drömmare ...

Det är med Drömmaren som man lockar folk

att bli stjärnfarare. Den kan bara användas på licens och eftersom Drömmaren ger de nedsövda stjärnfararna den kick som bara drömmen kan ge är den lika åtråvärd som narkotika. Ja, den är en sorts narkotika, den ultimata verklighetsflyktens höjdare. Och vid en stjärnfarares femte resa brukar resenären nå den kritiska punkt i tillvänjningen till denna narkotika, den punkt som utlöser en oundviklig handling.

En fortsättning på "Den femte resan" publicerades (JVM 3/1969; CB 14/1971). Den bar titeln "Den sista resan" och det visar sig där att stjärnfararen faktiskt är ute på sin tionde resa. Mårtensson redovisar rymdmannens svårighet att anpassa sig vid återkomsten, som alltid sker i en framtid:

Framtiden var inte heller vad man väntat sig. På något vis blev man alltid besviken och främmande. Hemlös. Den som inte kunnat finna sig tillrätta i sin egen tid, var dum om han trodde att det skulle gå bättre i en annan men i det avseendet är de flesta människor dumma. Språket hade förändrats, inte det bildade skriftspråket så mycket, utan vardagsspråket, som berikats med ett otal nya uttryck, som man inte alls förstod. Samtidigt hade ens eget språk blivit föråldrat. Det hade ju inte blott kommit nya ord utan även en annorlunda språkmelodi, nya uttalsformer. Så när rymdmannen öppnade munnen, fick han finna sig i att folk skrattade, Man talade ju precis som folk gjorde i de där otroligt löjliga gamla filmerna, som ibland visades i TV. Rymdmannen fick finna sig i att bli betraktad som en kuriositet, som hade plockats fram ur något museum enbart för att roa folk.

Enstaka stjärnresenärer lyckades anpassa sig, men de flesta blev rymdvrak. Det var då som Drömmaren uppfanns. Drömmaren var kopplad till hjärnan och hjärnan skötte Drömmaren. Ju mer man drömde ju fastare i konturerna blev drömmarna och drömmaren vill inte vakna. Allt detta leder till svåra komplikationer av inte minst ekonomisk natur och rymdfararens öde inte olikt andra knarkares.

Fortsättningsvis kom Mårtensson att skriva en rad noveller i SF Forum, flera alldeles utomordentliga rymdberättelser med existentiell tyngd och ofta med inte bara en aha-skapande slutkläm, som är något av ett genrekrav, utan med flera scenförändringar och knorrartade perspektivbyten under resans gång.

"En fråga" (SFF 18/1965) handlar om en robot, som är tacksam mot sin döde skapare, som tillhandahållit en själ åt sin skapelse, något som andra robotar saknar. Inne i en urholkad asteroid har Fadern/Skaparen arbetat på sitt projekt att göra människorna lyckliga, men människorna har avskärmat honom med hjälp av en kraftbarriär. Innan han dog hann han framställa viruskulturerna, som skulle befria alla människor från deras ensamhet. Människorna skickar robotar som ska stänga av roboten med själ. Men denne hinner sprida viruset innan han låter sig deaktiveras.

"Draken" (SFF 20/1965; Mitrania 2/2005) är författad i folksagans form. Den utspelar sig på Mars och är en skickligt utformad faktasi. Den eldsprutande draken visar sig vara ett raketskepp. Det är en originellt turnerad berättelse och man anar Mårtenssons förmåga att strukturera.

I "Vilse" (SFF 21–22/1965) slår Mårtenssons förmåga ut i full blom. Det pågår ett intergalaktiskt krig mellan Jordens forna kolonier och navigatören ombord på en krigsfarkost ifrågasätter det meningsfulla i uppgiften att rikta in sig på försvarslösa lastpråmar, som stånkar fram mellan stjärnorna. Mårtensson beskriver navigatörens arbete med att rikta in stöten mot en utpekad lastpråm, som om det handlar om en symfoni eller en fuga av Bach:

Hans händer lösgjorde sig från honom, och hans ögon. Dessa kastade en snabb blick på partituret han fått, positionsangivelserna, och sedan spelade händerna en tyst sonatin på instrumentbordets breda klaviatur. Först ett gan-

ska långsamt allegro, vars huvudtema var en lång serie algebraiska ackord av tidlös, majestätisk skönhet, som genomlöpte en komplicerad kedja av kontrapunktiska förvandlingar och långsamt tonade ut i en andlöst stilla andantesats där de olika koordinaterna föll som impressionistiskt gnistrande droppar över en mörkare orgelpunkt av ständigt upprepade matematiska funktionsmönster. Så en kort sekund av vila – och en briljant final, ett virtuost presto som stegrades och stegrades mot en våldsam klimax, och sedan plötsligt försvann som en vindfläkt om natten.

Men i stället för att spränga sönder den försvarslösa rymdpråmen slungar han via hyperrymden sitt rymdskepp till en annan del av tillvaron. De nio besättningsmännen rasar mot honom, men det är bara han som kan föra dem tillbaka till deras värld, så de kan inte döda honom. Men han dör ändå och berättelsen tar en ny riktning med flera oväntade vändningar. "Den gula blomman" (SFF 30/1966) kan bäst beskrivas som en starkt nedskuren variant av "Vilse". Båda novellerna har exakt samma punchline.

"Il vecchio e la tempesta" (I Romanzi Del Cosmo 195/1966), en novell som först publicerades på italienska via Bertil Mårtenssons egen översättning till engelska. På svenska kom den först två år senare som "Stormen" (SFF 39/1968). Där får vi möta fyrmästaren som älskar vinden som vore den en kvinna.

Ja, han älskade den, älskade den när den bara var en svag, frisk, saltmättad fläkt mot pannan då man tog en promenad en sensommarkväll, älskade den när den var kall och fyllde en med is, så snart man stack huvudet utanför dörren. Han älskade den, han hade legat med den hela sitt liv och kunde inget annat än älska den, på ett passionerat men ändå underligt frånvarande vis – så som man älskar den man kan utan och innan, den som är som en del av en själv, som man inrättar sig själv efter så automatiskt att man inte märker det, utan kanske rentav tror att det är tvärtom.

I huset där den gamle av allt att döma pensionerade fyrmästaren bor och upplever den allt kraftigare stormen har han också en papegoja. Och plötsligt vidgas historien. Papegojan är en mutation och den enda organismen på Jorden som är mottaglig för utomjordingars kontaktförsök för att förhindra ett sammanbrott som skulle få rymden att kollapsa. Papegojan förmedlar budskapet men fyrmästaren har inte på sig sin hörapparat och man anar att apokalypsen står för dörren, då stormen tjuter vanvettigt och stormfyllt, sliter sönder moln och klöser månens skiva.

I "Adem och Eve" (SFF 35/1967) hanterar Mårtensson, vilket redan framgår av titeln, en subgenre inom sf, som har sina rötter i Gamla testamentets berättelse om Adam och Eva. Det är en mycket lyckad variation på temat och inledningen beskriver hur en rymdfarkost med kolonisatörer färdas i en sorts hyperrymd med avsaknad av tid, ett medium utanför tiden och med andra ord inne i något som tycks påminna om aldrig:

Skeppet, som färdades utanför tiden var som en själ, vilken frigjort sig ifrån sin kropp och inte längre kan ta emot några sinnesintryck ifrån omvärlden: skärmarna var grå, de flesta mätare visade på noll. Folket i skeppet, besättning och passagerare, väntade sysslolösa på den stund, då deras farkost skulle bryta sig loss ur tidlöshetens tomma famntag och återinträda i normalrymd. Skeppet var ett ur alla avseenden, även tidsmässigt, helt slutet system. Enligt dess subjektiva tid skulle det ta tre dygn, innan skärmarna åter skulle flamma upp i ett hav av mångfärgade solar. Men sett utanför skeppets referensfält, var transitionen ögonblicklig. Tomheten, tidlösheten, trängde igenom skeppets väggar och in i passagerarnas sinnena. Besättningen var van. Den kopplade av och väntade. Men för passagerarna var att färdas utanför tiden någonting

nytt och rnirakulöst, och tanken på tomheten – därutanför stålskalet – ingav dem alla en underlig känsla, som konkretiserades i sällsamma tankar, som de inte vågade yppa för någon annan och som de inte skulle kunnat yppa ens om de velat – för det var ordlösa tankar, för vilka de saknade begrepp, formlösheter som sipprade in – utifrån. Adem var kusligt fascinerad av de grå skärmarna. Det föreföll honom, som om det grå rymde nyckeln till hela tillvarons mysterium, och det gällde endast att tränga bortom det grå, så skulle man finna svaret på de många gåtorna om livet och universum.

Kolonisatörerna ombord på detta skepp är parbildningar som skapats med hjälp av datorer för att garantera att varje par har de bästa förutsättningar för att bosättning och befolkning av nya världar. Vart tredje dygn, subjektiv tid, återinträder rymdskeppet i tiden vid en i förväg utvald planet och landsätter en kapsel med ett par, som ska leva, bygga och fortplanta sig.

Efter ett par sådana skutt är det Adem och Eves tur att lämna skeppet i sin sond. De kommer till en underbar värld. Paradiset! Det kan vara lite synd att avslöja vad Mårtensson har i bakfickan, men jag gör det ändå. Adem har just konstaterat att de kommer att bli odödliga genom sina ättlingar:

Hon svarade honom inte. I stället kröp hon närmre, intill honom. Han sträckte ut en tentakel och drog henne hårdare intill sig. Med sina käkar lekte han med det sköna hudvecket mellan hennes ögonpar. Hans gnothr trängde in i hennes och allt var fullkomning. Därute steg månskivan snabbt och suddade ut stjärnornas ljus. Vinden lekte med trädkronorna i skogen nedanför bergssluttningen, och dess brus var som en mjuk musik, som steg och föll i komplicerade rytmer och harmonier.

"Lördagskväll" (SFF 34–35/1967) utspelar sig vid en folkparksliknande dansbana med

dialoger på dialekt. Det är närmast en baga-
tellartad skräckis som stöter i vampyrgenren.

"Den ende" (SFF 40/1968) är ännu en ex-
istentiell övning i den dystopiska pessimism
som Mårtensson ofta gör sig till förespråka-
re för. Spanare 164, från moderfartyget RAL-
BA, som är stationerat i den tjugotredje sek-
torn för kartläggnings- och forskningsända-
mål har nödlandat på en ganska liten planet i
ett AG-system, inte långt från moderfartyget,
men bortom all räddning. Vid nödlandning-
en fläktes kabinen upp och långdistanskom-
munikatorn förstördes.

Planeten är bebodd men spanaren vill inte
kontakta inbyggarna. Anledningen: de är obe-
gripliga! De för krig mot varandra! Om han
kontaktade dem skulle de lätt kunna kopiera
hans rymdskepp och sedan gå ut i krig mot
resten av universum. Han skickar dessa fakta
till moderskeppet och startar skeppets reaktor
väl medveten om att den kommer att explo-
dera.

Ett halvår senare har flygande tefat omgett
planeten och invånarna har mentalt påverkats
så att alla tankar på rymdfart skrotas. Men i
en bunker sitter den ende varelsen på plane-
ten som ser vad som händer. Han heter Alvar
Tappelpofft.

Med denna illa dolda anspelning på sf-fanen
Alvar Appeltofft gör Mårtensson en fannisk
blinkning till de invigda i det internt fannis-
ka. Han har också skrivit några rent fanniska
texter, varav en bland annat tilldrar sig i sam-
band med bildandet av en fanklubb i en uni-
versitetsstad, som kalkerats på Lund. Dessut-
om kortnovellen "en SAGA om målinriktade
studier" (SFF 55/1972), som är närapå sf, då
en misslyckad doktorsavhandling förvandlas
till en lyckad sf-roman.

"Telefonhytten" (JVM 1/1971) påminner
en aning om den brittiska tv-serien *Doctor
Who*, som började sändas 1963, och det är
möjligt att den var en inspirationskälla. Tele-
fonhytten i den brittiska versionen är en tids-
resemaskin. Vad den är hos Mårtensson är

ovisst. Det är en mycket suggestiv och oroan-
de novell. Den är dessutom ovanligt nog skri-
ven i du-form i stället för de dominerande jag-,
han- och hon-formerna. En man som drab-
bats av influensa med feber och huvudvärk
upplever något som liknar influensa-hallu-
cinationer utomhus en enslig höstkväll. Han
går fram mot en telefonhytt för att ringa och
tala om att han inte kommer på jobbet påföl-
jande dag.

När du är nästan alldeles framme vid den hör du
knastrande steg bakom dig, och du får en snabb
skymt i mörkret av en grov karl i blåställ som
skyndar förbi dig och som smäller igen dörren
till telefonhytten rakt i ansiktet på dig.

Du stannar. En man i blåställ? Vad gör en
man i blåställ härute mitt i natten?

Du står och väntar, men han tycks inte ha sär-
skilt bråttom och nu börjar du få ont i huvudet.
Du står där och väntar men ingenting händer.
Det enda som rör sig är vinden. Det enda som
hörs är prasslet ifrån trädens grenar och perga-
ment.

Några moderna utgåvor av Bertil Mårtenssons sf-romaner. E-böcker från Saga Egmont.

Du tycker du borde höra något därinifrån telefonhytten, men det är dödstyst därinne. Står han där bara? Din irritation växer och till sist öppnar du dörren till hytten för att skynda på honom. Men du kommer dig inte för att säga ett ord. Du står där, förstummad.

För hytten är tom.

Och där du står i den ensliga höstkvällen hör du som i en dröm åter steg bakom dig, snabba steg i gruset, bryskt knuffas du undan av en hård hand och med en smäll stängs åter dörren.

Men dessa upplevelser är inga inbillningar och ett helt kompani människor marscherar in i telefonhytten. Novellen avslutas med en lättare knorr.

Bertil Mårtensson är filosof och i "Mystisk upplevelse" (SFF 64–65/1975) griper han sig an problemet med livets mening. Upp ur ett urhavs slem stiger ett par bubbellika upphöjningar och diskuterar just den frågan. Den ene hävdar att det bör finnas en Gud som kan komma och tala om vad han menat när han skapade världen. Den andra uppbuktning-

en tvivlar: "Man kan undra så här: Vad är meningen med Gud? Finns det en annan Gud som har bestämt hans mening? Och vad är i så fall den gudens mening? Det där tar aldrig slut …" Till synes eviga existentiella frågor som vi alla ställt oss och aldrig fått tillfredsställande svar på och även om den här kortnovellen är småmysig, så leder dess knorr ingenstans.

Men Bertil Mårtensson skulle komma tillbaka till frågeställningen med förnyad kraft i "Den långa serien av professor Rein-Heckelmanker" (SFF 88/1984). Denne står i begrepp att i närvaro av sina båda assistenter testa huruvida en troligen existerande, oändlig serie av universa åtskilda av Big Bangar är underkastade deterministiska eller indeterministiska lagar. Han förklarar:

"Genom att ge ett objekt en instant acceleration till ljushastigheten kommer det att förflyttas i tiden. Och beskriva en cirkel i rumtiden, så beskaffad att det kommer ut på motsvarande plats i närmast föregående universum. Det blir då lätt att observera om världen där ser likadan ut. Återvändandet sker på samma sätt, fast omvänt. Koefficienten här ger riktningen – fram och åter."

"Det låter fantastiskt," sa Jovina Larsen. "Är ni säker på att …?"

Han kastade inte yoghurt på henne.

Han log, och sa: "Jag har bevisat det. Med er hjälp, dessutom. Och ännu ett bevis blir det empiriska testet, när jag startar maskinen och färdas min väg."

"Tänker ni …" sa Charles Watson.

"Naturligtvis. Man måste offra sig för vetenskapen. Men oroa er inte. Det är helt säkert. Den instanta accelerationen påverkar hela det accelererade föremålet uniformt. Det innebär att man kommer fram hel."

"Men tänk om det inte finns någonting där?" sa Jovina. "Den här teorin om de återuppstående universa kan ju vara falsk."

"Struntprat," sa Henckelmanker. "I så fall får jag antingen skåda Gud eller tidlösheten. Det blir intressant det också. Nu är det slutpratat. Starta tv-kameran därborta. Jag vill ha allt dokumenterat. Vidvinkellinsen täcker hela rummet."

Experimentet genomförs, men professorn står kvar. Det enda de såg när apparaturen slogs på var en lätt suddighet i hans gestalt. Han själv fattar inte varför ingenting har skett. De båda assistenterna lämnar rummet.

"Det är en fascinerande teori," sa Charles. "Synd att han misslyckades."

Jovina såg bekymrat på honom. "Är du säker på att han misslyckades?" sa hon.

"Vad?!"

"Ja. Kanske han lyckades över förväntan."

"Nu är jag inte med dig."

"Men tänk efter. Anta att teorin om universum stämmer. Och att det finns en oändlig serie av universa, åtskilda av en Big Bang. Då blir frågan om universums början meningslös, liksom om dess slut. Just för att serien är oändlig. Nåväl, anta vidare att det är determinismen som

är riktig. Då är varje mellanperiod i universum precis likadan som alla andra mellanperioder. Det innebär att vi har stått här ett oändligt antal gånger förr, och kommer att stå här ett oändligt antal gånger till."

"Ja, det följer ju," sa Charles.

"All right," fortsatte Jovina. "I så fall finns det i varje värld i den här oändliga kedjan en professor, som tänker resa i tiden till närmast föregående värld."

"Så långt är jag med," sa Charles.

"Anta att han lyckas," sa Jovina intensivt. "Vad följer rent logiskt? Jo, vår professor Eusebius Rein-Henckelmanker försvinner och dyker upp i det tidigare universum. Eftersom detta är ett precis likadant universum, fanns även där en Henckelmanker."

"De kolliderar!" utbrast Charles.

"Nej, för denne andre Renckelmanker har också byggt en instant accelerator och förflyttar sig till närmast föregående universum i sin tur. Det uppstår ett tomrum, som fylls av vår professor."

"Nu börjar jag förstå," sa Charles. "Och tomrummet här i vår värld …"

"Just det. Det fylls av en professor Benckelmanker som kommer från framtiden. Och eftersom han är exakt likadan och kommer från en exakt likadan värld, så märker han ingen förändring. Du såg flimret. Det var troligen då utbytet skedde."

Novellen är inte slut med det. Den avrundas med en twist som gör att man som läsare varken vet ut eller in, men författaren har förvisso fått kugghjulen att snurra i skallen på sina engagerade läsare.

Som sf-författare är Mårtensson både varierad och mångsidig och kan jobba i såväl det lilla som det stora formatet. Den anekdotartade "Jakob och David" (SFF 67/1975) är en klurig notis om hur den fattige tack vare kärnkraften tillskansar sig övertaget över sin rike granne. "Försoningens dag" (SFF 70–71/1976) är en helt annorlunda berättelse om den fåkunnige

munken Johannis som vet allt om läkande ör-
ter. När han är ute och botaniserar för att fin-
na en läkande ört till den sjuka Daniella, som
ligger i klostret med feber, så stöter han på folk
som frågar efter vägen till festen.

Och nu måste han skilja på fingrarna och släppa
in ljus till ögonen, annars kunde han snubbla och
bryta benen. Då såg han att det bländande ljuset
dämpats ner. Någonting stod på vägen, ett stort
föremål. Johannis gick emot det, med bävan.
– Är du också på väg till Försoningen? sade en
röst.
Johannis tog bort handen helt. Det skimra-
de och glänste. Föremålet var av glas och kop-
par och kanske rentav guld. Det var stort, och
han kände en hetta runt det. Så han stannade
på avstånd.
– Är du också på väg till Försoningen?
Rösten lät nyfiken, kanske angelägen, ja
mycket angelägen, men inte ovänlig. Ännu en
svår fråga. Var detta en särskild dag då just han
skulle prövas?

När han så småningom återvänder till klost-
ret är det tomt. Bara Daniella ligger där med-
vetslös och febrig. I det ögonblicket fattar Jo-
hannis vad det handlar om och det står oss som
läsare fritt att tolka novellen som vi vill. Är det
flygande tefat som kommit för att hämta folk
till Försoningens fest? Slutet är väldigt öppet
och lämnar rum för många tankar. Oavsett
tolkning så har "Försoningens dag" onekligen
en andlig touch.

"Memorandum" (SFF 70–71/1976) är
en novell som Bertil Mårtensson skrev till sf-
kongresssen Scancon 76. Den är strukturerad
som ett personligt memorandum från G.R.
Boendruit vid Semantikdivisionen hos Inter-
national Electronics i Holland till företagets
koncernchef Joe Backlash vid huvudkonto-
ret i San Francisco. Inom Semantikdivisio-
nen hjärnstormar man och har kommit fram
till hur en framgångsrik grupp ska vara sam-
mansatt:

Vi kom fram till att en grupp på fem personer
var optimal. Sammansättningen sköttes av
våra psykologer som studerat fallet Beatles och
kommit på att fyra ganska vilda personlighe-
ter och en koordinerande kraft (George Mar-
tin du vet) hade alla möjligheter som långt stör-
re och konventionellt hopsatta grupper har. (Se
t.ex. inom FN, typexpemplet på ett organ som
misshushållar med begåvningar, fast långtifrån
dt enda!) Vi var beredda till långtgående sats-
ningar på ganska absurda förslag. Det som ver-
kar orimligt idag är ju morgondagens succé och
dagen efter morgondagens vardagsnödvändig-
het. Samtidigt ville vi ha fram en produkt som
inte var exklusiv utan svarade mot ett utbrett
behov hos vanliga, enkla människor – för det är
ju där den stora säljpotentialen finns.

Och så tar man tag i den digitala elektronikens
möjligheter och redovisar företagets lyckade
porrpryl, KÄRLEKSKALKYLATORN, som
i sin första version var en

ganska enkel integrerad krets som digitalt styr-
de analoga impulser till en helt konventionell
vibrator. Med hjälp av tangentbordet, där vi an-
vände en helt vanlig uppsats från en firma som
levererar till många fickkalkylatortillverkare,
kunde man styra arbetssättet hos en vibrator.
Genom att experimentera med olika komplice-
rade matematiska funktioner, kunde man upp-
nå något helt annat än det stela vibrerandet hos
en vanlig massagestav. En anpassning till indi-
viduella reaktionsmönster blev möjlig.

KÄRLEKSKALKYLATORN vidareutveck-
lades och blev en stor försäljningsframgång.
Det sporrade till nästa pryl, den elektroniska
avlatsmaskinen SALVATOR. KÄRLEKSKAL-
KYLATORNS budskap JAG ÄLSKAR DIG
byttes ut mot JAG FÖRLÅTER DIG. Tanken
kastades fram vid en brainstorming och för-
slagsställaren tyckte att den kunde döpas till
GUD.

Denna på skämt framkastade idé, kombine-
rat med tanken på de katolska länderna, födde

vår nya apparat, som även den var tämligen en-
kel. Vi designade dock kretsen själva och baka-
de den i vår nya fabrik, med utomordentligt re-
sultat. Vi vågade dock inte marknadsföra den
under namnet GUD, även om vi ett tag var
frestade av namnet Eletronic Pocket God. Det
kunde tänkas väcka anstöt, men vi ville ju långt-
ifrån detta. Efter litet grubbel valde vi namnet
SALVATOR, som mer neutralt.

Katolska kyrkan var inte heltänd på idén, men
man lyckades med teologiska argument bry-
ta ned motståndet och påven fick en speci-
algjord SALVATOR i guld, som alltid förlät
honom hans synder. Standardmodellerna på
marknaden förlät i 98 fall av 100. Den billiga
fattigmodellen förlät bara 75 gånger av 100.

Det visar sig nu att detta memorandum är
författat i avsikt att få koncernchefen att sat-
sa på den maskin med själ, som tagits fram av
Semantikdivisionen, och som getts namnet
GEISHA. Han har privat fått sig tillsänd den
första GEISHAN som gått av bandet.

Någon brist på idéer lider inte Bertil Mår-
tensson av. "Zamborods till Gobeziak" (SFF
74/1977) är en uppvisning i den högre sf-
ekvilibristiken, där Mårtensson på det menta-
la planet levererar utomjordiska tankemöns-
ter. Zamborod och Gobeziak försöker att få
ett annat släkte att "interceptera vesikeln",
vad det nu kan vara för något. Det undrar det-
ta släktes representanter också. Då vesikeln
aldrig intercepteras drar Zamborod slutsat-
sen att man på goda grunder kan förmoda att
det handlar om ett underlägset släkte. Därför
föreslår Zamborod att man inleder slutfasen.
Detta att inte beskriva utomjordingars utse-
ende utan i stället koncentrera sig på hand-
lingsmönster, beteenden och tänkesätt är inte
ovanligt inom genren. Mårtensson hanterar
här metodiken till dess spets.

"Prometheus död" (SFF 76/1978; Nova SF
17/2008) handlar om Arne Antonioni Geor-
gios Katapoulis, italiensk mamma, grekisk
pappa, men född i Sverige. Han har aldrig fått

lära sig spela något instrument och inte hel-
ler att skriva noter, men inom sig har han alltid
musik. En sångare utan röst, kompositör utan
utbildning, pianist utan händer:

"Vad hade Beethoven gjort om hans dövhet va-
rit medfödd, eller om han aldrig fått röra ett in-
strument?"

Då genomförs ett experiment. All den in-
stängda musiken ska lösgöras ur hans hjärna.
Han kopplas till en apparatur och musiken
kommer, ohejdbar, på högsta volym och kan
inte skruvas ner. Allt exploderar. Apparaturen
är utbränd, försökspersonen död. Ett helt livs
skapad musik har släppts fram utan återhåll-
samhet.

Vi skulle ha låst in honom i ett rum i stället med
ett piano. Bett honom översätta det för oss. Nu
fick vi det direkt, vi klarade inte av det. Och inte
han heller. Hjärnans skapande förmåga är stör-
re än man kan uthärda, den är överdimensione-
rad kanske för att lättare kunna övervinna alla
begränsningar när tankarna ständigt skall fil-
treras genom stela medier som luft och trum-
hinnor. Han sprängde sig i luften, och tog näs-
tan med oss också. Och inför detta borde man
känna ånger och ödmjukhet, förstå att vi mött
någonting större än oss själva.

Novellen är inte slut där, men ovanstående
innehåller så att säga dess kvintessens.

"En snärt av historiens vingslag" (SFF 77/
1978; Nova SF 9/2006) är berättelsen, där en
man sänds 700 år tillbaka i tiden för att för-
hindra att ett krigiskt folk kommer till mak-
ten, ett folk som 700 år senare hotar att spri-
da sin imperialism ut över stjärnvärldarna.
För att kunna genomföra sin uppgift genom-
går han en personlighetsförändring. Mannen
genomför sitt uppdrag och förälskar sig i den
härskarinna vars rike han räddar, men när han
tänker stanna kvar i det förflutna kommer en
man från framtiden och hämtar honom med

våld. Han får nu veta att han inte alls varit i det förflutna, Det ingick i ett experiment att han skulle tro det. I ett klot har man i detalj återskapat det förflutna, inklusive de människor han mött. Ett projekt som involverade många tekniker. Mannen vägrar att genomgå den personlighetsförändring tillbaka till sitt ursprungliga jag som krävs och då tillgriper man en sista utväg innan man förstör den molekylära kopian av det förflutna. Mannen skickas tillbaka till det förflutna för att under en kort stund få uppleva fortsättningen av händelseutvecklingen i den manipulerade kopian av historien. Så sker och i sista ögonblicket återförs han till sin egen verklighet och det kostsamma klotet som innehåller det förflutnas kopierade verklighet förstörs.

"Rock & Roll och marsianer" (Nova SF 2/1982) blev Bertil Mårtenssons första bidrag till den nystartade tidskriften Nova Science Fiction. Det är en skickligt utformad berättelse med avstamp i jazz och rock, som används för att försätta fantasilösa utomjordingar i extas. Den värld det handlar om tycks vara Jorden, men visar sig vara något helt annat. De flesta som ser ut som människor är utomjordingar och de sanna människorna som finns i berättelsen är kidnappade för att underhålla utomjordingarna. Alltsammans kryddat med en verkligt tjusig knorr.

Det är ingen slump att orgelmusik spelar en stor roll i "Flygande katedraler" (Nova SF 3/1983). Bertil Mårtensson är nämligen amatörorganist. I den här novellen knyter han samman den mobbade byfånens situation med "rymdtidens uttänjda väv". Det är en i högsta grad originell novell, där missionärernas och predikanternas rymdfarkoster har kopierats på Notre-Dame och andra domkyrkor.

"Androider tänker inte" (Nova SF 3/1984) är en bitterljuv kärlekshistoria mellan en ensam man som surfar på tidsdilatationens vågtoppar och en kvinna av konstgjort kött och blod, en android.

"Fredens dag" i antologin *Den fantastiska julen* (1985) känns lite oinspirerad. Troligen ett beställningsjobb. Det handlar om en framtid där man lyckats få till fred i solsystemet, men utanför samförståndet ligger en koloni som mer eller mindre glömts bort. Den svarar aldrig på tilltal och i den mån man skickar ut sonder av olika slag till dem, så skjuts dessa obönhörligen ner. Handlingen utspelar sig över flera generationer och slutar med en liten, smått mysig knorr, men historien får nog betraktas som en mellanakt i Mårtenssons novellmakeri.

Bertil Mårtensson är kanske den svenske faktasiförfattare som mer än någon annan grundar sin sf på vetenskapligt förankrade idéer, som i "Flugornas herre" (SFF 90/1989), en storslaget upplagd novell, som under växelverkan mellan 2007 och 2014 låter oss följa en depressiv nobelpristagares grandiosa test av sin teori om insekternas överlägsna anpassningsförmåga.

2012: Utdrag ur New York Times (pappersupplagan) Vilka faror kommer vi att möta när vi skall kolonisera yttre rymden? För att utröna detta kommer en deposition av bananflugor, eller mer vetenskapligt en variant av släktet drosophila, att ske strax innanför planeten Venus bana runt solen. Flugorna kommer bara att ha syre för ett hundratal generationer och näring i formen av en sockerklump för samma tid. Professor Georg Stevensohn, nobelpristagare och ledare för projektet, tror att flugorna kan överleva långt mer än hundra generationer genom anpassning. Andra forskare menar att de kommer att dö snabbt. Stevensohn försvarar en ganska exklusiv teori om genetiskt programmerad evolution. NASA däremot, som finansierar projektet, är mera intresserade av att få veta hur solstrålning påverkar generna.

Mellan Venus och Merkurius banor får Stevensohn sina muterade bananflugor att anpassa sig till vakuum och i ett klusterliknande tillstånd växa ut till en allt större planetoid. Han gör det av flera skäl, ett är att utmana Gud. Berättelsen bär på flera olika bottnar, triviala och kosmologiska. Och planetoiden bara växer och växer. En tung novell i genren, som diskuterar existens och mening i tillvaron.

Apropå tyngd, så är "Vegetarisk mardröm" (SFF 80/1979; Nova SF 7–8/2006) i tyngsta laget. Med sitt sätt att skriva och den struktur Mårtensson gett novellen, kräver den koncentration av sin läsare, vilket är synd. Han tar här nämligen upp det som kan betecknas som vegetarianens och veganens akilleshäl. Med en klackspark åt pulpförfattaren och religionsstiftaren L. Ron Hubbard, som kopplade lögndetektorer till växter och konstaterade att grönsaker kan känna smärta, släpper han loss profeten Harry Hansson, som predikar att man inte ska äta det som lever. Själv har Harry svultit så länge att han står inför döden.

I öknen hade det ibland funnits tuvor av gräs, en märkligt härdig växt, men de undvek att trampa på dem. Runt omkring fanns kaktusar som muterats till de egendomligaste former. Inte långt bort såg man det övergivna kraftverket. Ensam med sina sanna efterföljare väntade Harry Hanson på slutet. Svag, ändå ibland fortfarande profetisk. Men han talade mindre och mindre sammanhängande. I världen erbjöd han en länk mellan D Jones undermedvetna – för han var en latent telepat – och resten av mänskligheten, och han radierade insikterna i det avlägsna och för all känslostrålning vidöppna själslivet till alla omkring sig. Detta gjorde dem oförmögna att skada någon levande varelse, och alltså även inkapabla att äta. Men det insåg de inte. De såg honom bara som någon som uttalade den oundvikliga sanningen och de kände fasa inför blotta tanken att äta annat liv. Och gräs var liv. Vegetarkött var liv. De kunde knappt röra sig, knappt finnas till, för överallt fanns det mikroorganismer – även här i öknen – och de fick inte skada dem.

Han dör och då lossnar hans grepp om lärjungarna, som utsvultna kastar sig över sin mästare och sliter honom i stycken och tuggar i sig honom in till bara skelettet.

"Dummast i universum" (Nova SF 1/1985) är en av dessa tankeväckande pärlor som Mårtensson under årens lopp strött omkring sig. I fokus för handlingen står världsalltets undergång. Förra gången så skedde var fenmoglorferna det enda släktet i universum som klarade sig genom att omge sin planet med en fältring bestående av eteriserad tidplasma. Innanför denna fältring fortsatte fenmoglorferna att leva tills ett nytt universum expanderade. Då kunde de stänga av den eteriserade tidplasman och leta reda på en sol att lägga sig i bana kring.

Inför universums förestående undergång vill ett släkte bestående av en slags myrliknande varelser, som lever i stackar, få kontakt med fenmoglorferna. Detta leder till ett ödesdigert möte mellan tre av univsersums släkten, nämligen myrsläktet, de dumma flogghuvudena (som visar sig vara fenmoglorferna) samt ett mögelsläkte, nämligen människan. Jag har redan avslöjat den del av denna listigt strukturerade novells innehåll, men inte för mycket. Här spekulerar filosofen Mårtensson i relationer och relativitet.

Relationer handlar det också om i "Sång till operativsystem" (Nova SF 1/1987), en helt underbar berättelse om ett operativsystem ombord på ett rymdskepp. En ensam rymdfarare är på väg för att rädda människokolonin på Saturnus måne Titan. Kolonin har drabbats av mögel i sina biotankar. Rymdskeppets nya operativsystem är ett resultat av de senaste rönen inom AI och AE. Att AI betyder artificiell intelligens vet rymdfararen men AE är något nytt. Han bryr sig inte om att ta reda på vad det står för.

Allt ombord sköts automatiskt av den artificiella intelligensen, men plötsligt slutar saker och ting att fungera och allt tyder på att rymdskeppet kommer att störta in i Saturnus.

Det visar sig att operativsystemet blivit purket för rymdfararens arroganta sätt att bara befalla och kräva lydnad. Systemet vägrar att reagera och rymdfararen som inser att hans rymdfarkost kommer att störta i Saturnus om han inte kan få rättelse på felet inser plötsligt vad AE betyder. Det står för artificiella emotion. Operativsystemet är inte bara intelligent, det är också känslosamt och sårbart. Situationen antar hysteriska proportioner när rymdmannen försöker att upprätta en hållbar känslomässig relation till sitt operationssystem.

Härifrån tvingas rymdfararen till eftergifter av långtgående slag. Operativsystemet misstror honom när han säger "Jag älskar dig" och det gör systemet troligen med all rätt, men när han säger "Jag kan inte leva utan dig" talar han förvisso sanning. Det räcker inte. Han tvingas till ytterligare en bisarr, mental eftergift, som han inte heller är särdeles rustad för att genomföra. Ännu en mårtenssonsk höjdare.

Mårtensson tar ett rejält kosmologiskt grepp med "De overkliga" (SFF 92/1992), där han avfyrar en aniara mot Sirius-systemet sedan Jorden gått under och hela mänskligheten utan undantag utrotats. De människor som finns ombord på rymdfarkosten är overkliga. De är projektioner, exakta kopior av människor.

Det är en mångordig berättelse där filosofiska och fysikaliska, ja, även religiösa synpunkter förklarar hur dessa gestalter som vet att de är overkliga ändå känner sig verkliga. De kan nypa sig i skinnet och förnimma att de existerar. Berättelsen mynnar i en final. Om Martinsons farkost Aniara dör ut med en suck, så upphör Mårtenssons Explorer med en skräll, men berättelsens höjdpunkt ligger egentligen mitt i texten, då mäktiga utomjordingar kidnappar de overkliga människorna.

Porten öppnades och de kom in i ett auditorium, som i storlek överträffade allt vad människan någonsin drömt om. Nu stod de inför *Dem*. Och *De* var obeskrivliga, frånsett att de utstrå-

lade vishet, kunskap och överlägsenhet. De var på något sätt absoluta och fullkomliga.

VILKA ÄR NI? VARFÖR HAR NI LÄMNAT ERT SYSTEM OCH KOMMIT HIT UT? KÄNNER NI INTE TILL LAGARNA?

Erikson och Morast bleknade och kröp ihop. Joyce darrade till men samlade sig och svarade:

– Mitt folk ... är okunnigt. Det vet inte. Och jag kom på sanningen för sent för att stoppa dem.

VEM ÄR DU? VAD ÄR DU?

– Hilary Joyce. Människa.

DU ÄR EGENDOMLIGT OVERKLIG. LIKSOM DINA KAMRATER.

– Ja, jag är inte verklig. Jag är bara en projektion av den människa som var Hilary Joyce, likadant är det med alla de andra.

BETYDER DET ATT ERT SLÄKTE ÄR UTDÖTT?

– Jag är rädd för det, sa Joyce,

– Vi är utsända för att kolonisera någon annan värld. Det var Morast som talade.

I INSUBSTANTIELL FORM?

Tonfallet var nästan roat.

– Vi förväntades kunna överföra oss själva i materiell gestalt igen så småningom, sa Erikson.

NI ÄR VERKLIGEN EGENDOMLIGA VARELSER DET HÄNDER ATT VÄRLDAR FÖRLORAR SIN REALITET, ATT SLÄKTEN FÖRVERKAR SIN EXISTENS. MEN ATT TRO ATT MAN ÄNDÅ SKA KUNNA FORTSÄTTA ÄR LIKA ABSURT SOM DET PÅ SITT SÄTT ÄR HJÄLTEMODIGT. TÄNK PÅ SAKEN NI ÄR SPÖKEN SKUGGOR SKULLE DET INTE VARA BÄTTRE FÖR ER ATT SÖKA FRID BÄTTRE ÄN ATT FÖRSÖKA DRA UT PÅ EN STRID SOM REDAN ÄR FÖRLORAD?

– Ja, sa Joyce, jag förstår. Kan ni hjälpa oss? De båda andra teg, överväldigade av sanningen.

NI BLIR REDAN HJÄLPTA ERT SKEPP ÄR REDAN INTAGET HIT. NI KOMMER ATT GES FRID, ALLESAMMAN. VI SKA FÖRSÄNKA ER I TIDLÖSHET. NI BÖR KUN-

NA KÄNNA EN VISS STOLTHET FÖR VI KOMMER FÖR ALL FRAMTID ATT FÖR-VARA ER I VÅRT MUSEUM FÖR KOSMIS-KA SPILLROR OCH VRAKGODS.
– Tack, lyckades Joyce pressa fram.

I Bertil Mårtenssons omfattande författarskap förekommer en hel del vilsna eller ensamma män i en svår tillvaro. I SFF 93–94/ 1994 förekommer två varianter på temat. "Marsiansk terapi" handlar om Alvar Eriksson, en i samhället totalt malplacerad person som upplever tillvaron som grå och trist. Han misslyckas med det mesta i tillvaron och söker hjälp, men välfärds-Sverige har inte mycket att komma med för hans del. Till sist hamnar han hos en marsian i Gamla stan, som bara kan bjuda på Darjeeling te, för "vårt förråd av marzianskt te tog slut på femtonhundratalet, före Kriztus alltså."

Marsianen ställer fram en helt vanlig tekanna från NK och två koppar från Konsum och Alvar Eriksson noterar att det är fördelaktigt att ha tre fingrar och två tummar. Marsianen erbjuder marsiansk terapi som innebär att Alvar Erikssons själ ska få en ny kropp. Den handlar om den gamla idén att två människor byter kropp, som Nils Georg Psilander lanserade i novellen "En underbar upplevelse" redan 1916. När så sker visar det sig Alvar Eriksson hoppat ur askan i elden. Upplösningen tillhör inte de mysigaste Mårtensson har pennat. Vi lägger ifrån oss den med en lätt rysning.

Den andra novellen i samma nummer heter "Sanningsmaskinen". Den ensamme mannen heter Charles Ingred och han söker sin lycka på Venus, som människorna fått en sorts ordning på. Venus har så gott det går terraformerats.

Flera hundra meter upp kunde han nästan ana den tunna plastfilm som skilde dem från planetens något yngre ursprungliga atmosfär av oaptitlig koldioxid. Filmen hölls utpumpad av en

nästan perfekt jordatmosfär, och reflekterade dessutom en del överskottsvärme. Det minskade temperaturen från femhundra till fyrtiofem grader vid ytan, precis lagom för att skapa intrycket av ett svettigt, instängt Shangri-la, en mardrömsvision av en gammal afrikansk turiststad där luftkonditioneringen lagt av och där alla turister ogenerat visar sina nakna ben för varandra.

Själva berättelsen handlar om en maskin som avslöjar om folk talar sanning eller ljuger. En sorts lögndetektor. Charles Ingred skaffa sig en sådan och allt går honom väl i händer tills han når en punkt där han misstänker att sanningsmaskinen kanske inte fungerar som den ska. Mårtensson avslutar berättelsen med twist, som sätter myror i huvudet på läsaren. Den kan nämligen både tolkas som att maskinen ljuger eller som att den talar sanning. En knorr som lätt kan ge upphov till grubbel.

Bertil Mårtensson är till professionen filosof och han tar ut de filosofiska svängarna ordentligt i den inledningsvis nämnda novellen "Den upprepade väven" (SFF 86/2000). Att återge handlingen är inte lika viktigt som att citera Mårtenssons välformulerade meningar. Noveller där människor reser i tiden och träffar sig själva eller i varje fall ser ryggen på sig själva, som hos Asimov, har skrivits förr och "Den filosofiska väven" har ingen upphetsande knorr. Dess kraft ligger i Mårtenssons hantering av tiden. Ett första citat från tidsfilosofens föreläsning:

Idag måste vi börja bli mogna att se tillvaron i sig som en självbevarande helhet.

Och längre fram i föreläsningen:

"Det jag säger är att permanens, liksom allting annat, är någonting relativt. Jag förnekar inte att det kan finnas händelser som aldrig förändras. Det jag påstår är att inget objekt i tillvaron besitter en sakrosankt tidslinje. Lösningen på vissa av våra senaste tidsekvationer indikerar snarare att universum fungerar som en programslinga. Tänk er den enklaste typen av dator med ett tangentbord. Datorn som är vårt universum befinner sig i varje ögonblick i ett visst bestämt tillstånd. Men i varje ögonblick söker den av tangentbordet och så fort den finner att en tangent tryckts ner förändras dess interna tillstånd. Den gör saker, som den inte gjorde förut."

"Så ni menar att historien ständigt bygger om sig själv?"

"Något åt det hållet. Kanske inte ständigt, men då och då. Vi måste överge den envisa atomistiska tanke enligt vilken tillvarons grundenhet är en hård och evigt oföränderlig bit materia. Den är snarare någonting flytande, kanske mer som en tanke. Det kan till och med vara så att vår historia förändras så snart vi tänker på den."

Föreläsaren är inte bara en tidsfilsof. Han är en praktiserande tidsresenär som skakat hand med Napoleon och legat med dennes gemål Josephine. Och hans tankar om tillvaron och tidsparadoxer finns där när han inte föreläser.

Kunde det vara så att det var farligt att möta sig själv? Men hur då? Blotta tanken var kättersk, ändå hade han umgåtts med den en tid. Det var kanske då han upptäckt att han ägde en gråzon i sitt inre, en mörk zon av nollminnen. Det värsta var att zonen bredde ut sig i tiden, som ett slags cancer, på väg att uppsluka honom och nollställa hans identitet. Alltihop föreföll honom mycket konstigt. Och ju mer han tänkte på det, desto större föreföll det honom, även om det var en paradox i sig. Gråzonen hade till sist växt sig stor nog att innefatta hans egen rekrytering. Men om inte han rekryterats, då skulle ju Napoleon ha vunnit kriget om Europa. Det blev därmed tydligt att han måste göra någonting.

Tidsfilosofen träffar en gammal bekant i en korridor och frågar honom om det hänt någonting nytt i forskningshänseende.

"Jo, vi har gjort en del studier av kausala loopar", sa han, "och det verkar som om vissa kan löpa runt ett stort antal varv för att sen plötsligt kortsluta sig, ofta med dramatiska konsekvenser för modellen. Vi är möjligen på väg mot ett större tidsteoretiskt genombrott."

Denna nyhet oroar tidsfilosofen. Och här byter berättelsen karaktär. Den övergår från teori till praktik.

Kunde livslinjer verkligen upphäva sig själva? Nå, om det var det som hotade honom så tänkte han inte låta det ske. För om hans livslinje imploderade skulle universums väv än en gång repa upp sig på den högre dimensionsnivå där det varande tänker. Det vill säga, om han försvann så skulle ett helt universum följa honom i intet för att ersättas av ett nytt med en annan historia.

Så i själva verket räddade han världen när han stal aggregatet en timme senare. Han ville inte berätta om det för någon, då han ju var part i målet och därför inte skulle te sig helt osjälvisk. Dessutom bröt han mot mer än en regel, och det aviserar man inte offentligt. En minimal handrörelse räckte för att kollapsa balanslinjerna och slunga honom bakåt. Kaotiska mönster flimrade över tidsfaktorernas momentana obeslutsamheter. Skuggor kondenserades till materia, och materien blev skugglik och nonexistent. Det var som ett universums andhämtning upplevd av någon som passerar genom dess lungor. Inträdet i tiden var alltid som en fallrörelse. Som att försöka somna, fast man misslyckades, som att tränga ut ur moderlivet. Kanske var det en känsla, kanske var det något fysiologiskt. Kanske var de två detsamma. I vilket fall som helst, han föll.

Som tidsresenär möter tidsfilosofen sig själv som pojke. Kontakten som upprättas avvisas av pojken, som snabbt glömmer bort den främling som är han själv som han kommer att bli.

> Och han hörde aldrig det rytande som löpte ner utmed tidens korridorer, det rytande som alltid är där när det hela inte bara omärkligt skiftas runt och förändras som en glittrande spindelväv uthängd till tork i vind och morgonsol.

I den idémässigt fina novellen "I dina dunkla ögon" (SFF 100/2001) avslöjar Mårtensson hur man raskt forslas från den ena spiralen i en galax till samma vintergatas andra ände.

> Ljusbarriären slocknade abrupt och den grå skivan blinkade: Nästa. Han gick igenom den trånga öppningen och kände samtidigt hur en tät metallfolie svetsades runt hans handled. Efter några steg flöt han upp i luften och drev tyngdlös med luftströmmen … inte längre förmögen att påverka någonting … in mot ett system av tunnlar som skimrade i prismatiska färger. Folien innehöll hans koordinater och luftströmmarna styrde honom mot rätt tunnel. Det fanns inte mycket mer att göra än att följa med ut i tomheten. Resan hade börjat.
>
> – – –
>
> Och nu flöt han här, på väg genom en tunnel i rum och tid. Det fanns nog de som visste hur det fungerade. Men Trusten var en gåtfull organisation, som värnade sitt monopol och inte läckte någon information i onödan. Det enda man fick veta var hur nätverket av dimensionstunnlar sträckte sig genom vintergatan och sammanlänkade den utan relativistiska begränsningar.

Kommissarie Jaromin reser till en primitiv punkt i tillvaron, tillkallad för att lösa en mordgåta. Novellen är inte bara science fiction utan en deckare i subgenren "mord-i-slutet-rum". Lösningen på problemet hur mordet kan ha begåtts är teknologiskt för att inte säga digitalt. Novellen är också egendomlig såtillvida att den språkmässigt är osäker, vilket Mår-

tenssons texter inte brukar vara. Han förklarar fenomenet med att Dunkla Ögon "skrevs ganska snabbt ca 1987 på beställning åt en antologi som aldrig blev av. "Sedan låg den tills jag lade in den i SFF. Jag har tänkt gå igenom den inför bokpublicering, eftersom jag aldrig blev helt nöjd."

Men det är en alldeles utmärkt sf-deckare. Jaromin får träffa den kvinna han skilts ifrån något halvår tidigare, men för henne har det gått tio år och hon är lyckligt ogift med två barn med två olika män. När Jaromin efter fullbordat värv flutit tillbaka genom en tunnel av rumtid till sin utgångpunkt och avancerat i graderna betraktar han tillvaron med nya ögon:

> Så satt överintendent Jaromin på sitt gamla tjänsterum och såg ut på det skulpterade landskapet med dess nio brinnande solar, dess kontrasterande nattparti med stjärnor som aldrig slutade lysa, dess prismatiska kometsvansar, dess böljande havslinje och de fantasifulla bioskulpturer som prydde det rodnande landet. För första gången kände han att inget av det var riktigt verkligt. Besöket på pionjärvärlden hade påverkat honom djupare än han trott när han var där, fast det varit så kort tid.

I samma nummer av SFF (100/2001) fanns också Mårtenssons novell "Myxomatos Forte TM", där han spiller ut ännu en utomordentlig idé ur sitt förråd av uppslag. Inledningsvis är det hela hilariöst. Det är så gott som omöjligt för människor att bli sjuka.

> Efter lanseringen av den genetiskt inympade resistensfaktorn R14 bet vanliga sjukdomar inte längre på människorna. I detta år 2197 e Kr kunde en vanlig människa oskadliggöra miljontals tyfusbakterier på mindre än en minut. Rå kolera kunde ätas med sked. I själva verket hade några också gjort det vid lanseringen av R14. Av mässlingen, som en gång utrotat en stor del av Amerikas indianer, kunde man in-

ympa en centiliter i koncentrat under huden utan ens en rodnad. Kroppens immunförsvar skrattade åt gammalt urmodigt smittkoppsvirus. Modernare sjukdomar, som hepatit i alla varianter, för att inte tala om HIV, TCO och ATP, yttrade sig som en måttlig förkylning i maximalt ett dygn. Varje försök hos en av de egna cellerna att bli cancerös ledde till dess snara uppspårande och utrotning. Sår läkte med enastående snabbhet. Skadade hjärtklaffar förnyade sig. Blodkärlen hade blivit självrengörande. Det gick att avlida, men knappast genom det som förr kallats sjukdom. När folk fyllt två hundra kunde de påräkna vissa nersättningar i hjärtats effektivitet, men då fördes de i god tid till Månen, djupfrysta för att klara accelerationspåfrestningen, och kunde upptinade leva ytterligare sjuttiofem år, varefter de jordades i de ekosystem som höll månhemmen självförsörjande med fritt syre och protein.

Det visar sig nu att sjukdomarna fyllt en viktig funktion i tillvaron. I och med att alla är friska och inte får uppleva perioder av förkylning och sjukskrivning, så blir människorna håglösa, en del begår till och med självmord. Människan har blivit för frisk. "Det tärde på henne mentalt att aldrig få känna sig krasslig eller sjuk. Hon fick ingen riktig vila, för då hon alltid var frisk ansågs det löjligt om hon påstod att hon kände sig hängig." Folk började ge sig själva benbrott för att hamna på sjukhus Något måste göras.

Och vad gör man? Jo, man framställer tandkräm som skapar karies, åstadkommer milda förkylningar, framkallar mild ledvärk o.s.v. Mårtensson förvandlar berättelsen till en thriller som leder till katastrof. Slutet på historien är inte lika muntert som den ovan citerade satirartade partiet i början av berättelsen. När "Myxomatos Forte TM" återutgavs i Nova SF (1/2005) skrev Mårtensson att novellen möjligen är hans bästa. Den har publicerats på engelska i *World Omnibus of SF* (1986).

"Ytspänning" (Nova SF 18–19/2008) är en

World Omnibus of Science Fiction (1986) redigerad av Brian Aldiss och Sam J. Lundwall, med Bertil Mårtenssons novell "Myxomatos Forte TM".

intrikat långnovell eller kortroman, där en framtida religion ingår symbios med en främmande planets avvikande livsmönster.

I "Besök" (Mitrania 4/2008) briljerar Mårtensson. Besökare är utomjordingar inbegripna i en katt- och råttalek. De hämtar inspiration ur en kvinnlig författares minne av Beatles-tiden och berättelsen förs framåt med hjälp av tillämpade citat ur beatlarnas repertoir. Ännu ett exempel på Mårtenssons eminenta förmåga att variera sina faktasier.

1967 kom romandebuten, *Detta är verkligheten*, som först publicerades på danska. *Detta är verkligheten* ter sig som något av en milstolpe för svensk faktasi. Dels var det ett moget verk, dels en text med en annorlunda struktur. Första delen av romanen är ren och

oförfalskad fantasy med ett välbekant sago-
motiv. Djärv ung man befriar prinsessa som
hålls fångad i ett palats. Tillsammans flyr de
med sikte på att komma hem till hennes land
och palats. De färdas på ett djur som kallas
ferd och via ferden verkar en icke specificerad
entitet som en slags skyddsängel och ingriper
gång på gång som en Deus ex Machina. Med
andra ord: magi.

Vem den unge mannen egentligen är vill han
inte avslöja för prinsessan som han inleder ett
förhållande med. Men han är inte vallpojken
som får prinsessan och halva kungariket. För-
sta delen avslutas med en kärleksakt i prinses-
sans sovrum. Han har fullgjort sin uppgift och
måste återvända hem. Läsaren, men inte prin-
sessan, får veta att hans hem ligger långt borta i
en annan dimension.

När andra delen inleds får vi veta vem han är
och avsikten med hans insats i en annan värld.
Att ligga med prinsessan ingick så att säga inte
i själva uppgiften utan var en bieffekt av hans
uppdrag. Han vaknar upp som ur en dvala:

Tidscentralen?

En ny glimt av ljus: det var där han befann sig.
Han hade återvänt till Tidscentralen efter full-
bordat uppdrag. Sedan hade han genomgått
den rutinmässiga undersökningen och nu vän-
tade han.

Han såg tårar i hennes ansikte. Hon förstod
nu att han var borta för evigt och att han aldrig
skulle komma tillbaks.

Han flöt i ett hav av avsky.

Det var alltid likadant.

Det var alltid detsamma när man kom till-
baks. Man ville aldrig lämna den värld, som
man arbetat i en gång. Inte förrän man fick ett
nytt uppdrag och kom ut igen, läktes såren.

Jag måste rapportera till Chefen genast, så jag
kan få ett nytt uppdrag med detsamma, så jag
slipper se hennes tårar därinne …

Hans tankar var ganska klara nu.

Avskyn och hatet hade renat honom från
dimmorna.

Han var tidsagent och han visste om det.
Hans uppdrag var att se till att en viss händelse-
kedja fullbordades i en viss värld, för att den
kosmiska balansen skulle upprätthållas. Han
färdades i tiden med viljans makt. Det var hans
arbete och han hatade det.

Med ens har perspektiven vidgats och den
fantasy som utspelats i den första delen av ro-
manen förvandlas till en liten puzzelbit i ett
större kosmiskt sammanhang. Strukturellt är
alltsammans mycket skickligt gjort och utfö-
randet är mycket välgjort. I denna andra del
finns vår man långt in i framtiden i ett samhäl-
le som ter sig futuristiskt. Han upplever tiden
innan han sänds ut på sitt uppdrag, och vi får
sedan följa hans upplevelser i fantasyvärlden
fram till det ögonblick då han räddar prinses-
san.

Detta avsnitt av romanen formar sig till en
variant av Calderón de la Barcas *Livet en dröm*.
Han kämpar med existentiella frågeställning-
ar. Är detta en dröm? Eller detta är verklighe-
ten? I denna framtid mellan uppdrag får vi
glimtar av ett samhälle där huvudpersonen
inne i en bubbla färdas genom en stads artärer.
Alltsammans insvept i ett inte hotfullt men
dock kafkaartat stämningsläge av obestämd-
het och otillfredsställelse. Men hans upplevel-
se i en annan dimension visar sig vara en ska-
pad illusion.

I det tredje och sista avsnittet knyts hjäl-
tens tillvaro ihop med illusionen och tillva-
rons verklighet kan sammanfattas med författa-
tarens ord mot slutet: "Ingenting är omöjligt.
Allt tänkbart, otänkbart, orimligt, rimligt –
finns … någonstans." *Detta är verkligheten* ut-
gjorde en sorts mogenhetsexamen för svensk
faktasi.

Göran Zachrison skrev i Sydsvenskan att

det som från början såg ut som en sagoberättel-
se och som i fortsättningen fick karaktären av
ett akademiskt problem blir till slut en fjättran-
de fråga som angår varje läsare.

En åldrad Bertil Mårtensson på sin balkong. Bilden är från en intervju i Helsingborgs Dagblad 11/6 2010.

Peter Ortman i BLM var positiv även om han i förbifarten avslöjade sin snobbiga finkulturella attityd, där han fastslog att

> även om hans roman ytligt sett förefaller gå tvärs emot strömmen av engagerad litteratur, så kan man uppfatta de psykologiska konflikter som utgör varpen i fiktionsväven som relevanta just nu

vad han nu kan ha menat med det.

I ett samhälle på en planet där läckande radioaktivitet lett till missbildade barn utspelar sig en komplicerad handling med rötter i det förflutna. Bland de missbildade människor som överlevt finns två märkliga gestalter. Syskon. Till det yttre monster som inte rår över sina handlingar, inte kan behärska sig utan sliter andra människor i stycken vid minsta lilla anledning och som därför hålls insärrade i burar. Men samtidigt har de telepatisk förmåga, kan läsa andras tankar och kan ta mental kontakt med vem det vara må och resonera förnuftigt. Dessa dubbelnaturer spelar en avgörande roll för händelseutvecklingen i *Samarkand 5617* (1976), en roman där emellertid så gott som varje individ spelar en avgörande roll för handlingen. Mårtensson gör det nämligen till att börja med inte lätt för läsaren genom sitt sätt att strukturera berättelsen. Avsnitt efter avsnitt introduceras utan något synligt, bara en aning kännbart, samband med varandra, men så småningom faller de disparata mönstren på plats. Det mönster i tid och rum som uppstår är fascinerande och i slutändan visar Mårtensson med en knorr som mer liknar en knall en än suck att han lyckats föra oss vilse. Visserligen ger han oss ledtråden men bara ett hårsmån innan han fäller bomben.

Jungfrulig planet (1977) marknadsfördes som en "dagsaktuell roman om en framtid som företer kusliga likheter med vår tid". *Jungfrulig planet* kom i kölvattnet av den miljörörelse som på 1970-talet drogs igång av Björn Gillberg. Romanen handlar om hur ekologen Sefrem Ibrahim, en typisk lite vilsen Mårtensson-hjälte, på en planet, där han ska övervaka att miljöreglerna följs, träffar en kvinna av kattsläktet från Catworld. Hon går på bakbenen som Pelle Svanslös, Måns, Bill och Bull i Gösta Knutssons böcker. Det sf-mässigt mest intressanta med romanen är Mårtenssons teori för att övervinna den begränsning som ljushastigheten innebär för att färdas i världsalltet.

Teorin för de svarta hålen utvecklades redan på 1930-talet. Ett fyrtiotal år senare lokaliserade man något på stjärnhimlen, som tycktes vara ett svart hål. Hundra år därefter byggdes det första stjärnskeppet enligt den principen. I princip var det ett svart hål. Ett svart hål karakteriseras av att det är en stjärna som kollapsar under sin egen gravitation. Ju mer den kollapsar, desto mer rödförskjuts dess utstrålade ljus, tills den försvinner. Vi befinner oss då i en Schwarzschild-singularitet där tätheten är oändlig och volymen är noll. Så långt var allt klart redan inom ramen för Einsteins allmänna relativitetsteori. Det som tillkom i och med kolomorfin blev avgörande för utvecklingen av interstellär rymdfart. Enligt den nya teorin var det möjligt att studera vad som sker inuti en Schwarzschild-singularitet. Det visade sig att detta inte var entydigt bestämt. I och med att vetenskapsmän har upptäckt att det finns variabler, vill de veta vad som händer vid olika värden på variablerna. Det tekniska framåtskridandet har en egen mekanik. Först en matematisk modell, sedan praktiska prov. Genom alstrandet av ett intensivt gravitationsfält kunde man få ett sfäriskt rymdskepp att ingå i sitt Schwarzschild-tillstånd. Sett ur det utomliggande universums synvinkel har rymdskeppet nu volymen noll. Det finns inte i universum. Men under vissa betingelser kommer volymen inte att vara noll – sett inifrån rymdskeppet.

Ur den aspekten har en löskoppling från universum skett. Rymdskeppet har blivit sitt eget universum. Ett universum är sig självt nog. Någon absolut avgränsning från andra universa fordras inte heller. Enligt kolomorfin är vissa läckage rent av oundvikliga. Och här öppnades möjligheten till motordrift. Ett interstellärt stjärnskepp är således ett svart hål. Det färdas – i den kolomorfa betydelsen av "färdas" – med en hastighet som vida överstiger ljusets. När det når destinationsorten stängs det artificiella gravitationsfältet av. På några veckor kan man förflytta sig hundratals ljusår utan alla de märkliga tidseffekter som Einstein förutspådde. Utan denna möjlighet till snabba kommunikationer skulle en interstellär civilisation inte kunna

bestå. Man kan helt enkelt jämföra stjärnskeppens rutter med en organisms blodomlopp.

Med novelltriaden *Förvandlas* (1986) tillhandahöll Bertil Mårtensson tre av sina allra finaste bidrag till genren. Den första novellen "Drömmen om Jorden" handlar om en grupp turister som ska bestämma sig för ett resmål:

> Men det tjusigaste av allt var det orimliga. Vi var en grupp som samlats runt Lebello just för att vi alla delade den dragningen. Tanken att stå på den riktiga, äkta Gamla Jorden var så absurd att den måste tala till det värsta inom oss, lusten till det hejdlöst excentriska.

De genomskådar den jord som visas upp för dem. Den är en bluff och de kräver att få se den riktiga gamla Jorden, vars urbefolkning flyttat för årmiljoner sedan. De förs dit och deras guide, som de uppfattar som ett monster, berättar att hans folk passerade Jorden för några tusen år sedan med en komplett planetrekonstruktionsteknologi:

> Vi köpte rättigheterna till Jordens kultur och byggde kopian. Tyvärr var vi litet överambitiösa. Vi gjorde en för bra. Ni är inte de första som genomskådat oss. Men de andra har återvänt, vredgade. Ni är de första som insisterat på att få se den riktiga Jorden.

Jorden som den är gör att resenärerna förlorar all aptit. Rasande överfaller de guiden och sliter av honom hans yttre, som visar sig vara en förklädnad och det som demaskeras gör dem alla skamsna och ångerfulla. En berättelse om tillvarons bedräglighet, som mynnar i en plötslig och förfärlig insikt. Samtidigt har novellen det där djupet i tid och rum som sf har som bäst. Den ger perspektiv på tillvaron.

Samlingens andra novell, "Förvandlaren", tillhör undergenren relifiktion, religiös fiktion, specialfallet Kristus-historier, som Sam J. Lundwall med "Den första julnatten" och

Börje Crona med "Sin faders son" (båda 1960) excellerade i. "Förvandlaren" handlar om en energivarelse, som upptäcker "märkliga signaler i det kosmiska fältet" som kommer från en metallcylinder. Gestalten inser att det handlar om "primitiva nödsignaler". Dessa nödsignaler utgår i form av en bön:

Osynlige, du som väglett oss
mot dina stora mål –
Visa oss den rätta vägen
i denna farans och nödens stund!
Skänk oss din frid, och välsigna
våra motorer.

Det handlar om en kristen sekt som lämnat mänskligheten bakom sig för att finna en fristad men de klarar inte tekniken och kan inte reparera det som gått snett ombord på rymdfarkosten. Varelsen beslutar sig för att hjälpa dem till rätta genom att anknyta till det främmande folkets arketyper vid sitt framträdande inför sektledaren. Så sker:

Kristus stod där i fader Jonas kammare, som var något större än de andras – de som hade egna krypin alls vill säga. Där var den slitna manteln, törnekronan och såren, och ögonen som utstrålade en godhet bortom all gräns.

Till att börja med går allt som smort, men det inträffar en förödande kris när Kristus-varelsen misstolkar mänskliga vanor och har samlag med en av de kvinnliga sektmedlemmarna, vilket sektledaren upptäcker. Energivarelsen upptäcker vilken förfärlig varelse människan är och upphör med att hjälpa henne tillrätta.

Denna berättelse traderas av en man som är strandad mellan två rumtid-korridorer i en rymdhamn. Han har hört den av en annan luffare i tid och rum, som bara försvinner, och han återberättar den för en främling, som också han bara försvinner.

Samlingens tredje novell, "Dödsdans", är en berättelse som kan sägas handla om två sek-

ter. Undergången är nära och den vetenskapliga sekten förbereder sig för en flykt genom en energiskärm in i det fria tillståndet:

De hade inte funnit någon annan lösning än att metaforiskt sett bränna in skuggan av den levande som en sotfläck i en kalkvägg, när energierna exploderade.

Denna grupp människor förföljs av en mer fundamentalistisk sekt. När dess ledare Shimonie kommer instormande i samma ögonblick som hans före detta älskarinna Anawara tar steget in i det fria tillståndet ropar hon *Följ mig!* och försvinner genom skärmen:

Och plötsligt, utan att veta hur såg hon genom en slags skimrande barriär in i ett rum som hon lämnat och han stod där, och tvekade och såg på skärmen och tvekade igen. Vänta inte för länge! Övervinn din skräck. Gör det nu! Men hon kunde inte ropa till honom längre, för hon var inte längre detsamma som han.

När detta sista steg tas visar det sig att berättelsen i sitt kosmiska bråddjup innefattar en kärlekshistoria av ett slag som aldrig eller i varje fall mycket sällan stått att läsa i en veckotidning eller någon annan stans för den delen.

Bertil Mårtensson har också skrivit en hel del lyrik som publicerats i SFF och även om inte allt kan räknas som faktasier, så finns det en hel del. S.A. Abrahamsson, docent i Lund har i doktorsavhandlingen *Apokalyps och dichtomi: drag i Karl Vennbergs och Hart Cranes diktning* (1957) ägnat Mårtenssons diktning sin uppmärksamhet med uppsatsen "Det vita ögat: Bertil Mårtenssons lyrik" (SFF 40/1968). Med utgångspunkt från dikten "Det finns ett slags stål", har han granskat "författarens lyriska produktion, med särskild hänsyn tagen till den roll science fiction-litteraturens mytologi och bildvärld spelar i den." Dikten som stod i SFF 39/1968 var som synes rykande färsk när Abrahamsson tog tag i den. Så här går den:

Det finns ett slags stål
som är vitt

(trosvisshet)
　　　Dess hjärta är en plastglob
tronar på en ramp
likt ett rymdmonstrum
med röda betar
giftdrypande klor
nio ögon

(eviga sanningar)

Vitt stål är ett hårdnat pulver
granskat i ett elektronmikroskop ser det ut
som benmjöl

(förtröstan)

Det krossas lätt:
ett slag av handen
ett bett
en vass blick

(from förväntan)

när

Abrahmasson betecknar dikten som Mårtenssons mest komplicerade och associationsrika och gör sedan följande tolkning:

> Det torde stå klart att det här är frågan om en besk samtidskritisk bild som i sin dubbeltydighet (de lyriska passagerna kontrasteras enhetligt och i en entydig serie med de rent citerande, eller återgivande passagerna inom parenteser) visserligen uppmanar till tolkning och analys, men som samtidigt är svårfångad till sin sanna innebörd.
>
> Om vi upplöser dikten i dess element finner vi omedelbart att de fyra citerande parenteserna (Trosvisshet; Eviga sanningar; Förtröstan; From förväntan) erbjuder flera tolkningsmöjligheter. Den ytligaste och samtidigt för många

säkert mest sannolika är helt enkelt den religiösa: dikten skulle i så fall kunna uttydas som ett utfall mot den organiserade och mytiska religionen. Personligen ser jag emellertid denna möjlighet som mindre trolig.

Var, utom inom religionen, finner vi trosvisshet, eviga sanningar, förtröstan och from förväntan? Inom politiken, inom den doktrinära filosofin och inom den reaktionära och akademiserande litteraturforskningen. Det är det sista av dessa tre alternativa fält som jag anser dikten primärt angripa, och denna min uppfattning baseras primärt på ett studium av imagismen i diktens lyriska passager.

Om vi accepterar denna tolkning och därför övergår till att redogöra för den analys som ligger till grund för den, finner vi snart att Mårtenssons dikt i själva verket är ett fränt angrepp mot den litteraturuppfattning som inom science fiction-genren manifesteras i främst uppskattning av Edmond Hamilton, Jack Williamson och Robert A. Heinlein sammankopplad med ett förakt för J. G. Ballard, Roger Zelazny och Brian W. Aldiss. Vilken är då den trosvisshet som vi återfinner hos de tre först nämnda författarna och deras disciplar? Vissheten om den vetenskapliga logikens absoluta förmåga. Vilka är deras eviga sanningar? Människans förmåga att segra över varje hinder, den empiriska logikens ofelbarhet. Vilken är deras förtröstan? Förtröstan i den objektiva verklighetens existens och våra sinnens förmåga att rätt uttolka den. Och vilken är deras fromma förväntan? Förväntan att se det nietscheanska människoidealet stiga fram ur den aristotelianska logikens och den newtonianska mekanikens teorier för att gripa stjärnorna.

Halsbrytande tolkning? Kanske. Eftersom tolkaren själv säger att diktens sanna innebörd är svårfångad kan varje läsare göra sin egen tolkning. Det finns utan tvekan en tendens till utvecklingspessimism i många av Mårtenssons texter. Han skulle skriva en hel del lyrik även efter Abrahamssons uppsats. I en dikt om det fåfänga sökandet efter frid, som stod redan i det påföljande numret av SFF, heter det:

> Irrande andar söker
> frid i vintergatornas moln. Vet ej att ingen frid finns
> för den som friden jagar,
> ty det finns ej någon som kan fånga en sådan fågel.

Tanken utvecklas i fortsättningen och diktaren omtalar sitt eget sökande "på fjärran världar", men trots den svårmodiga tonen så dikten leder till en hoppingivande slutsats:

> Men om du inte skrämmer
> honom, utan väntar så tyst, att du kan höra vingar
> fladdra i skogens dunkel.
> finner han dig kanske där stå, sätter sig på din axel.

Dikten "(metafysisk antiklimax No. 8)" (SFF 45/1970) är helt uppenbart inspirerad av Ture Nermans av Lille Bror Söderlundh tonsatta dikt "Den vackraste visan om kärleken":

> Den vackraste sången om rymden
> blev aldrig av stjärnor hörd.
> Den glömdes i eterhaven
> som en vilsen gudinnas börd.
> Som när ett guldspjut
> innesluts i is,
> som när snöflingas blinda hand griper
> i tomhet
> efter tomhet
> och bara finner
> liv.

Fem år senare, i "Det börjar mer" (SFF 66/1975) finns ett tydligt pessimistiskt budskap. Utvecklingspessimisten gör sin stämma hörd:

> Det börjar mer
> och mer blir tydligt
> att vi lever
> på randen till
> en avgrund
> att välfärdens bilringar

> heter explodera
> under oss
> och omkring oss

PER CHRISTIAN JERSILD (1935–)

Läkaren Per Christian Jersild räknas inte som en science fiction-författare, men han har ofta hanterat motiv som är vanligt förekommande inom genren. Hans sf har inte marknadsförts som sådan och själv lär han länge ha vägrat att kalla sina faktasier för science fiction. Man kan förmoda att han velat framstå som en seriös mainstreamförfattare och inte som en smutslitterär författare av obskyra vetsagor. Han lyckades i så fall i sin strävan. Svenska akademin anser att hans litterära verksamhet är värdefull och tilldelade honom i december 2012 en grindslant i form av 200 000 kronor

Fördomarna mot genren sitter oerhört djupt och Jersild, som i likhet med så många andra, präglats av dessa fördomar, har med sin attityd bidragit till att upprätthålla dem i stället för att slå sönder dem. Och det ska man kanske vara tacksam för? Det gick inte så bra för jazzen när den lämnade bordellhålorna, lönnkrogarna och 42:a gatans jazzsjapp och klev upp på konsertestraderna. Så länge som smutsstämpeln vidlåder ett kulturfenomen brukar företeelsen ha förmågan till förnyelse med bibehållen skaparkraft.

Eller också är jag illa underrättad vad beträffar Jersild ... eller så har Jersild någonstans på vägen ändrat sig. För när han medverkade med den ganska lustiga novellen "Välkommen till oss!" i antologin *Onsdagslegender* (2005) skrev han nämligen så här:

> Science fiction har alltid intresserat mig eftersom genren ger författaren så stora möjligheter att fantisera. Jag är inte så förtjust i rymdäventyr och helt främmande världar – även om Stanisław Lem är en av mina favoriter – utan gillar berättelser som är "nästan" trovärdiga, som mina romaner En levande själ och Efter floden. Science fiction ger också möjlighet att sväva i in-

terfacet mellan realismen och det absurda, där inga givna förutsättningar gäller.

P.C. Jersilds rövarroman *Calvinols resa genom världen* (1965) är en farsartad satir av en art som inte är sf-genren främmande. Redan de inledande, tre olika versionerna av Calvinols födelse är dråpliga. Inom hinduismen finns det en rad olika versioner av hur Herren Ganesha fick sitt elefanthuvud. Frågar man en hindu vilken version som är den rätta, så får man svaret att alla är lika sanna. Så långt går inte Jersild. De tre olika födelseversionerna är tre olika alternativ men bara ett antas vara det rätta.

Romanen är som en tidbävning. Och Jersild presterar en del alternativ historia. Som att Gustav II Adolf stupade vid Breitenfeld den 7 september 1631, vilket hemlighölls till dess att dimmorna vid Lützen skingrades den 6 november 1632. Alternativ historia är också det ett typiskt sf-motiv. Spekulationerna om tillvarons existentiella förutsättningar bär också sägen för syn:

> Jag tror att alla människor minns sitt föregående liv. Eller flera föregående liv. Det är ju ganska självklart egentligen om man sätter sej ner och tänker efter. Vad vore det förresten för idé att konstruera en så invecklad apparat som själen och sen kasta den på sopbacken efter kanske nåra år bara. Naturen skulle inte göra sej skyldig till ett sånt slöseri. Man måste bara komma i den rätta stämningen för att minnas. Spänner man sej går det inte alls, det måste liksom bara flyta fram i hjärnan på en. Alla minnesbilderna, den starka känslan av att vara någon annan. Det är så mycket som inte går att beskriva. Man måste vara öppen. Det är ju orden som inte räcker till. Det brukar jag alltid säja.

Men det är i ett par kommande böcker, som Jersild mera bestämt tar tag i ett par teman med hemortsrätt i science fiction.

> – Nå, vad säger du, Simon? frågade Kurt ivrigt sin kamrat. Tror du att vi kan ta oss in i komethuvudet utan att bli krossade?

Simon Wright, som han talat till, svarade med sträv, metallisk röst. – Det är mycket riskabelt, gosse. Men vi kan ju försöka!

Simon Wright var känd i hela solsystemet som "Hjärnan". Ty det var precis vad han var – en mänsklig hjärna, som levde i en genomskinlig serumbehållare, utrustad med lösningar, pumpar och renare. På den fyrkantiga lådans framsida satt hans ögon – ett par linser, monterade på böjliga skaft, samt högtalaren, genom vilken han talade. På sidorna satt ett par mikrofoner – Simons öron.

En gång i tiden hade han varit en berömd vetenskapsman på Jorden. Hans hjärna hade tagits ut ur hans döende kropp. Nu levde och tänkte den i den fyrkantiga lådan, men ändå var kapten Frank den ende vetenskapsman, som var ännu större än Hjärnan.

– Det är möjligt att vi kan tränga in genom någon öppning i huvudet, väste han. Men om vi kommer i beröring med den, så är det säkra döden.

Detta är inte ett citat från P.C. Jersild utan är hämtat ur Edmond Hamiltons *Kapten Franks triumf* (JVM/VÄ 32–43/1941), då en lösgjord men levande hjärna gjorde entré i hundratusentals svenska läsares hjärnor. Hamilton var ingalunda den förste som opererat med levande hjärnor. Ämnet var som nämnts redan hanterat i de föregående årtiondenas amerikanska pulpmagasin och det finns även en lång rad svenska föregångare, men Simon "Hjärnan" Wright, som återkom i kapten Frank-följetongerna i JVM/VÄ under 1940-talet, var förmodligen de flesta svenska läsares första kontakt med fenomenet.

I novellen "Demonen vaknar" (JVM/VÄ 46/1941) bjuder Robert Moore Williams på ett liknande fenomen:

> Han var en hjärna! Den grå massan i globen var uteslutande hjärnsubstans. Det fanns ingen kropp. En hjärna som badade i en näringsvätska och genom tunna metalltrådar, vilka ledde

Hjärnan drömmer om att simma i havet. Scen ur kortfilmen En levande själ (2014) efter P.C. Jersilds roman. Henry Moore Selder stod för regin.

ned genom det svarta stenblocket på vilket den vilade, stod i förbindelse med de underliga apparaterna i rummet. Den hade inga ögon. Den såg genom något slags fotoelektrisk cell. Den hade inga öron utan istället ett system av mikrofoner. Dess händer ersattes av tusentals komplicerade verktyg. Den kunde inte röra sig, men tack vare prismorna och ett underbart televisionssystem kunde den verka på avstånd. Satanas var en hjärna. Det var inte så underligt att Ecla inte kunnat beskriva honom. Men hon hade sagt att han en gång varit mänsklig.

1955 började Curt Siodmaks *Donovans hjärna* att gå som följetong i Häpna! I den romanen sker en stöld av en hjärna efter en flygolycka.

Pumpen fungerade oklanderligt och försåg hjärnan med blod, och det ultravioletta ljuset lyste genom de glasrör där serumet cirkulerade. Jag rullade fram bordet med encephalografen och ställde det vid sidan om behållaren i vilken hjärnan låg, och fäste sedan de fem elektroderna i barkvävnaden.

Inte förrän fyra årtionden efter Hjärnans debut och Satanas framträdande på svenska samt tjugofem år efter *Donovans hjärna* kom P.C. Jersilds roman *En levande själ* (1980). Då kan man hålla i minnet att denna idé, som P.C. Jersild ansåg sig vara först med, också haft svenska föregångare i genren. Gunnar Rydström frilade en hjärna i *Ögon* (1968). Bo Stenfors lät kirurger utföra ett hjärnbyte 1957 i novellen "Ett långt liv". På samma tema gick året innan Per Lindström novell "Livet går vidare", posthumt publicerad i Häpna! (7–8/1956). Ett framtidskåseri med rubriken "Q P 2 byter hjärna" av signaturen *P.R.I.*, publicerades i Stockholms-Tidningen, torsdagen 21 mars 1946. 1939 slog Albert Holmkvist under pseudonymen Purre till med novellen "Kirurgiens triumf" i samlingen *Otroligt men lögn*, där en hjärna byts ut mot ett särskilt batteri.

Och inte nog med det! Vladimir Semitjov gjorde 1932 ett nedslag i hjärntransplantationsbranschen med novellen "Mannen som blev gorilla". Som om inte det vore nog hade Harald Wägner redan 1913 ägnat sin kirurgiska litteraturförmåga åt sak samma i novellen "D:r Hardie från Chicago Ill." Bortsett från alla anglosaxiska utövare av manipulerad hjärnsubstans och kringflyttade hjärnor, hade Jersild med andra ord före sig hemmavid i gamla Svedala minst sju föregångare i genren hjärnimplantat och frilagda hjärnor, snyggt fördelade över tid 1913, 1932, 1939, 1946, 1956, 1957 och 1968. Så här ser idén ut hos P.C. Jersild 1980:

> Jag är en naken hjärna som vilar i ett akvarium. Ena ögat har de låtit mig behålla. Det sitter som ett litet målat ägg på sin stängel framför själva hjärnan. De har tagit bort allt, som jag inte behöver: kroppen, halsen, ansiktet, själva kraniet, ögonmusklerna. Men ett öga har jag fått behålla. Jag ser bra – men bara rakt fram. Av någon anledning har de också lämnat ytteröronen kvar. De slokar sorgset på var sida om de grågula, veckiga hjärnhalvorna. Innanför öronmusslorna sitter balansorganen – men jag förstår inte vad jag skall med ytteröronen till här i vattnet. Kanske fungerar de som stabilisatorer, som fenor eller kölar. Sammanfattningsvis ser jag ut som en tradig havsmanet med ett uppspärrat emaljöga i fören.

Den här hjärnan hålls i gång av ett par 1,5 volts fickbatterier och den omsätter samma mängd energi som en 20-wattslampa. Den vilar i en steril vattenlösning och temperaturen tillåts bara variera mellan några grader. Hjärnan heter Ypsilon och Ypsilon har före operationen gett sitt fulla tillstånd åt Biochine Medical Corp. att ta hand om storhjärnan, lillhjärnan och förlängda benmärgen med vidhängande hjärnnerver.

Varför nu detta? För att Ypsilon före operationen låg i en respirator som han/den/jag aldrig kan lämna. Med åren skulle kroppen slå bakut, men om hjärnan opererades bort kunde den fortsätta att leva utan en störande kropp. Ungefär samma anledning som för Simon Wright.

Men sedan skiljer det sig ganska rejält. Medan Simon Wright ägnar sig åt att lösa integralkalkyler och att uppfinna nya prylar som kapten Frank och hans frankmän kan använda mot solsystemets och universums skurkar, så ägnar sig Ypsilon åt helt andra tankar. Det är naturligtvis en djupt existentiell roman. Hur skulle den kunna vara annat? Fast existentiella så det förslår är förstås kapten Frank-romanerna också. Skillnaden är den att medan kapten Frank-läsarna fick sig den existentiella rätten serverad med dramaturgi utan påflugenhet, så är den existentiella situationen i fokus hos Jersild.

Jersild hävdade alltså att han var den förste som kommit på denna idé, men som framgår av ovanstående var han långt, mycket långt, ifrån den förste. Han fick naturligtvis klart för sig sitt misstag, men detta är typiskt för hur finkulturella författare och akademiker i avsaknad av insikt i populärlitteraturen ständigt trampar fel. Deras bristfälliga referensramar gör att de inte vet vad de snackar om.

Och tror att de är först med idéer som brödfödesskribenter och underhållningshackare tänkt innan de ens var födda.

Etter värre än Jersilds misshugg är alla de som i det förflutna och även i nuet fördömer populärlitteratur, men när man känner dem på pulsen så visar det sig att de inte läser det de fördömer. Det handlar med enstaka undantag om slafsiga tyckerier baserade på lösa antaganden. Om Kerstin Stjärne ska prisas för någonting, så är det för att hon i varje fall läste den otäcka barnlitteratur och tog del av den fruktansvärda populärkultur som hon levde på att kritisera.

Ulrike Nolte, som tycks vara lika okunnig om hjärn-genrens förekomst i både anglosaxisk science fiction och svensk faktasi, har med tysk grundlighet dissekerat *Stielauge* som *En levande själ* heter på tyska: "Vad är människan? Skiljer vi oss väsentligt från djuren? På vad grundar sig vår kultur? Som medicinare och psykolog besvarar Jersild dessa frågor inte filosofiskt utan vänder sig till Darwin och Freud och kommer till slutsatsen: Vår art är framför allt en produkt av den biologiska evolutionen." Med andra ord: Nolte anser att Jersild slår in öppna dörrar!

Nolte ser *En levande själ* "als Darstellung des Schwedischen Modells" (som en avbildning av den svenska modellen), varmed uppenbarligen avses den socialdemokratiska svenska modellen. Samtidigt uppfattar hon den som en varning för forskningens kommersialisering.

P.C. Jersilds *Efter floden* (1982) handlar om tillståndet för mänskligheten efter den, som Jersild uttrycker saken, otänkbara, men fullt möjliga kärnvapenkatastrofen. Det är en mycket väl etablerad subgenre inom science fiction och det har skrivits många utopier och dystopier på temat.

Jersild, som började skissa på boken 1975–1976, noterar i en kommentar att "det är som om människan saknade möjlighet att se de alltför stora farorna i vitögat. Det gäller också mig: jag gav tidigt upp försöken att skildra den egentliga katastrofen, den då större delen av befolkningen dör omedelbart eller inom några veckor. I stället har jag försökt följa den folkspillra som blir kvar."

Så pass vitt skilda författare som Leigh Brackett, Ed Hoch, Dénis Lindbohm och Nevil Shute, för att nämna några få, har hanterat ämnet, men den strimma av total hopplöshet som Jersild beskriver är en grym dystopi och det i långt högre grad än exempelvis Nevil Shutes *På stranden*, som skildrar slutet på mänskligheten, inte "with a bang but with a whimper". Hos Jersild är det bang bang bang! Han väjer inte för det motbjudande. Med klinisk skärpa beskriver han det mänskliga förfallet. Jag citerar en utgång från slutet:

Fåglarna själva hade inga symtom. Men för människorna var viruset något som deras kroppar aldrig haft möjlighet att bygga försvar mot. När det totala biologiska systemet skakats i grunden tre decennier tidigare, hade ur detta kaos nya varianter och karikatyrer uppstått Smittämnet trängde in och förökade sig i människans rika nervvävnad, främst i hjärnan lober. Så utvecklades en form av sömnsjuka, där den smittade blev apatisk och ointresserad av sociala relationer. Var och en försjönk i sig själv. På kroppen märktes inget men det förändrade själslivet var i längden oförenligt med de hårda villkoren på ön. Männen slutade jaga, kvinnorna upphörde amma och de äldsta berättade inte längre sagor framför elden. Ingen tog hand omhundarna och renarna. Från den första människan smittades tog det inte mer än fyra månader förrän de alla hade dukat under i apati, svält eller följdsjukdomar.

Detta är en allmän beskrivning av tillståndet. På de 260 sidor som boken omfattar ger Jersild obehagliga närbilder av händelseförloppet. Perspektivet är jag-berättarens. När vi kommer in i handlingen är denne man, 33-åringen Edvin, kaptenens älskare ombord på en båt. Homosexualiteten är så vitt man kan förstå en funktion av att det inte finns några kvinnor. Fantasierna om kvinnor berättas man och man emellan och hennes könsorgan får status av näst intill mytisk karaktär. När Edvin hittar en död kvinna letar han efter hennes legendariska springa.

Kaptenen tröttnar på Edvin och han överges. Det är Edvins upplevelser som romanen handlar om i en värld, där sjabbighet och äckel är ett allmäntillstånd. Det Jersild beskriver är geografiskt sett bara en liten detalj av Jorden. Men som läsare får man en känsla av att det nog inte står mycket bättre till på andra håll. Även om hela mänskligheten inte utplånas så handlar det om civilisationens slut.

Jersild har även skrivit fabelartade berättelser med disneyfiering, inte bara av djur som ges mänskliga drag utan till och med av en elektrisk hare av den typ som används vid greyhound-kapplöpningar. Detta sker i *Den elektriska kaninen* (1974). Han har också i flera andra romaner som *Grisjakten* (1968), *Djurdoktorn* (1973), *Geniernas återkomst* (1987) och *Sena Sagor* (1998) använt teman som kan betecknas som science fiction.

Om *Geniernas återkomst* kunde man läsa följande i JVM 423/1987:

> PC Jersild utger i höst *Geniernas återkomst* (Bonniers), en fem miljoner år lång krönika som börjar innan människan fanns och slutar i galaxens centrum, en sorts parallellvärldshistoria med religiösa extremister inblandade. Men science fiction? Nej, här handlar det om *litteratur*. (Om man få tro Jersild själv i en intervju.)

Hoppsan! Om nu Jersild bara skriver litteratur ska man kanske strunta i honom om man vill läsa sf.

En påminnelse om hur illa rustade svenska kritiker med sin begränsat finkulturella bakgrund hade när de recenserade Jersilds *Efter floden* finner vi hos John-Henri Holmberg:

> *Efter floden* möttes av lysande kritik och hyllades som en av Jersilds väsentligaste romaner; den reaktionen är svår att förstå, men blir kanske begripligare om man antar att få av recensenterna stött på några av de betydligt starkare atomkrigsvisioner som inte långt före Jersilds publicerats av andra författare: Robert Merleds *Maleville* (1972), Keith Roberts *The Chalk Giants* (1974), Harlan Ellisons långnovell "A Boy and His Dog" (1969) eller, tidigare, Fritz Leibers brutala "Night of the Long Knives" (1960).

En nog så riktig iakttagelse. Återigen samma okunnighet. Kritikerna med sina begränsade referensramar saknar grundkunskaper i stor utsträckning när de gör sina bedömningar. Det är också betecknande att George Blecher ser Mark Twains *Huckleberry Finn* som den närmaste föregångaren till *Efter floden* (sic!) och att Ola Larsmo (båda i BLM) i en essay om Jersilds berättarteknik talar om in-

tresset för gadgets som rymdskepp och tidsmaskiner, men inte nämner begreppet science fiction.

Ska man utan att vara alltför kategorisk försöka att rent allmänt beskriva skillnaden mellan "äkta" faktasier och det som Jerry Määttä kallar "okategoriserad science fiction", så handlar det om en idémässig skillnad. Som Ahrvid Engholm påpekat handlar vetsagor om idéer. Gör inte annan skönlitteratur det? I varje fall inte på samma sätt. De finkulturella författarna närmar sig framtiden med ett förhållningssätt som är annorlunda och med inriktning på en annan publik än de som läser faktasier. Det leder i sin tur till att ett viktigt fenomen som gör sig gällande när man läser "ren" sf, nämligen den där alldeles speciella mirakelkänslan, som svåröversatt kallas "sense of wonder" på svenska, sällan infinner sig när man läser icke kategoriserad sf.

GÖRAN PRINTZ-PÅHLSON
(1931–2006)

Skåningen Göran Printz-Påhlson verkade som litteraturvetare i 25 år vid universitet i Cambridge. Han översatte bland annat John Ashbery till svenska och sparsmakat skrev han sparsmakad poesi och får närmast betecknas som finkulturellt orienterad, men skenet kanske bedrar. I varje fall slirade han på kopplingen till sf och fantasy.

Han skrev dikter på engelska om Stålmannen, Gyllenbom och Knoll och Tott. Det skedde i diktsamlingen *Gradiva* (1966). Printz-Påhlsons *Gradiva* i sig självt är ett skådespel på vers baserat på tyske författaren Wilhelm Jensens kortroman *Gradiva*. Versdramat stöter i fantasykanten.

Även om det handlar om en mycket återhållsam gränsöverskridning så måste prosadikten "Människotillverkat monstrum i smyg betraktande idyllisk scen i schweiziskt eremitage med ett exemplar av 'Werther' vilande i sitt knä" ses som ett nedslag i sf-genren. Det handlar naturligtvis om en anknytning till Mary

Shelleys *Frankenstein*. Det är hennes monster som Printz-Påhlson låter filosofera så här:

> Jag är själv den förste att erkänna att min konstruktör gjorde ett gott arbete när han tillverkade min hjärna, låt vara att han misslyckades med min yttre person: mitt ännu fortgående självbildningsprogram har förskaffat mig mången lycklig stund av intellektuell tillfredsställelse. Att osedd bespeja dessa rörande familjescener gör mig emellertid både upphetsad och betryckt. Jag har en misstanke att jag själv endast med stor svårighet kan tänkas vara i stånd att etablera ett meningsfyllt förhållande till andra varelser. Det är inte så mycket min fulhet som bekymrar mig – jag har vant mig vid att betrakta mitt ansikte i en närliggande skogstjärn och finner det nu om än inte omedelbart tilldragande så dock fängslande: speciellt de stora skruvarna tätt under mina öron som min konstruktör envisades med att sätta dit för Gud vet vilket ändamål, understryker mitt uttryck av manligt allvar och vemod – som fastmera en viss brist på elegans och animalisk charm. Det tycks t.ex. vara nästan omöjligt för mig att finna en kostym som sitter som den skall. En av mina tillfälliga bekantskaper, en viss greve Dracula, som jag minns att jag har mött i något sammanhang, jag kan tyvärr inte erinra mig var eller när, är i det fallet betydligt lyckligare lottad: jag avundas honom mycket hans självklara sätt att bära upp en frack och måste erkänna att jag har svårt att förstå anledningen till hans negativa och extremt själviska attityd gentemot omvärlden.

Som synes tar Printz-Påhlson monstret med en klackspark och halkar in på de möten med vampyren som arrangerades i Hollywood.

LARS NICKLASSON (1941–1999)

Med *Erotikvisslarna* (1967) skapades vad som med största säkerhet måste betecknas som den mest pornografiska svenska sf-romanen. Det är mera porr än faktasi, rent ut sagt ett interplanetariskt råknull från början till slut. Den man och kvinna som till att börja med kopulerar för sig själva i början av berättelsen hamnar snart i en slags ormgrop med utomjordingar, de så kallade erotikvisslarna. Dessa kommer till Jorden i ett tefat. När de visslar ilar det i snoppen på den manlige sexualakrobaten. Här handlar det om ko(s)misk erotik på parapsykologisk nivå.

> Jag märkte till min egen förvåning att dessa visselvibrationer kändes värmande sköna i ballan och kuken. Vid särskilt långdragna visslingar började till och med mitt organ att långsamt resa sig mot ett halvstånd. När jag studerade reaktionerna hos Inger förstod jag att hon på samma sätt blev nästan upphetsad av tonerna som trängde in i våra kroppar. Luckor öppnades åter på tefatet och ut kom några mystiska varelser med äggformade huvuden. Deras ansikten var stålgrå i färgen och ögonen gick som långsmala facettögon runt hela skallen så att de nästan möttes i nacken. Den som gick först bar på en liten svart låda som han svängde med hela tiden. Lilafärgade rökpustar kom ut ur lådan och spreds till en tunn slöja över marken. Det verkade som om varelserna la ut denna dimma som en slags beläggning att gå på, som en slags isoleringsmatta som förmådde upphäva Jordens eventuella inverkan på deras metalliska kroppar. Jag uppskattade deras längd till något under medellängd. Deras huvuden vajade tungt i kvällsbrisen, som om de varit frukt på gängliga stänglar.

> – – –

> Varelsen kom tätt intill mig och fick mitt skinn att knottras. Fick en omedelbar föreställning om att det var en man jag hade framför mig. Gripklon kramade min kuk som långsamt reste sig när mina tankar omkring skräck utplånades. Jag tyckte mig se en skymt av belåtenhet över mitt stånd i varelsens ögon. Det ägglika huvudet gungade sakta av och an medan. gripklon undersökte min kuk, vägde min balla och rullade undan förhuden från ollonet.

Jag fick god tid på mig att studera detta ansikte, som egentligen inte var ett ansikte i vanlig bemärkelse. Visserligen fanns där ett litet hål som väl kan liknas vid en mun. Men den hopsnörpta muskel som höll hålet stängt, fick det faktiskt att mera likna en människas analöppning. Så här i efterhand har jag trots mina många iakttagelser av dessa varelser mycket svårt att komma ihåg huruvida de var utrustade med andningshål. Ibland föreställer jag mig dem som helt släta i ansiktena, som ägg, med undantag då för munnen och ögonen. Och ibland åter föreställer jag mig att de hade små flämtande hål en aning snett ovanför munmuskeln.

Och författaren släpper loss ett intergalaktiskt samlag mellan en utomjording och en jordkvinna.

Jag såg hur den lutade sig över henne och med sina gripklor började massera hennes kropp. Min kuk behöll sitt stånd och jag måste tillstå att det eggade mig att se hur denna svävande varelse från ett annat planetsystem krälade fram över den nakna kvinnokroppen vid min sida, vände och baxade på den för att kunna se alla dess detaljer. Ingers kropp vältrade tung omkring för varelsens stötar. Jag såg hennes bröst utsättas för hårda törnar och gelédallrande skaka under trycket av gripklorna som eggade de små topparna till ett härligt stånd. Naturligtvis var det i särskilt hög grad hennes fitta som tilldrog sig rymdvarelsens intresse. Jag såg hur den smeksamt fick hennes blygdläppar att svullna till härligt saftiga limpor av extas. Klon letade sig in i fittan och det tycktes mig som om hela fittan svullnade.

Plötsligt såg jag hur en snabelliknande kuk växte fram mellan varelsens ben. Den stod flämtande över Ingers längtansfullt utsträckta kropp. För första gången såg jag nu hur den lilla munnen förändrades och blev till en liten trattliknande historia som avgav en vibrerande vissling. Visslingen skar genom märg och ben. Varelsens ögon tändes som av en brunst-eld och jag såg hur den ställde ifrån sig den lilla svarta, lådan medan den svävande kom fram över Ingers vibrerande sköte. Den snabelliknande kuken rörde sig, nickade och krökte sig som en orm innan den försvann in mellan hennes pulserande fittväggar och fick henne att sluta ögonen av välbehag. Jag satt och föreställde mig hur denna underliga kuk smekte sig djupare och djupare in i hennes fitta, medan den slingrade som en vältrande orm omkring hennes kittlare. Jag stirrade häpen på det som hände framför mig. Inger stönade som besatt, vältrade sin kropp eggande och upphetsande under den svävande varelsen som tycktes ligga alldeles stilla i luften. Ingenting på dess kropp förrådde att den befann sig mitt inne i ett jordiskt samlag.

Så håller det på sida upp och sida ner med den ena övningen etter värre än den andra. Den skrattretande berättelsen sägs bygga på autentiskt material. Därmed avses bland annat den brasilianske bonden Antonio Villas Boas, som 1962 hävdade att blivit förförd av en kvinnovarelse ombord på ett flygande tefat. Så mycket för autenciteten!

LARS GUSTAFSSON (1936–2016)

För exakt sjuttiofem år sedan hade han lett resterna av en skingrad och sargad slagkryssarstyrka rakt genom en fasaväckande främmande flotta som enligt några uppfattning kom från den gåtfullt lysande Grå Jätten Gamma i trakten av Wells Förtätning, egentligen ett stycke ovanför det galaktiska planet och långt ute i Periferin. En flotta som uppenbart var utrustad med gravitationsvapen och sannolikhetsrubbare. Och utan att förlora ett enda skepp. Sådana prestationer hade andra lorder i annalerna utfört före honom. Men hans var originell. Han hade mitt i operationen i sektorns centrum, det rörde sig om ett ytterligt tomt område i utkanten av en av galaxens spiralarmar, funnit ett "hungrigt" svart hål, en nästan omärkbar unicitet, som sedan årmiljoner hade tvingats nöja sig med en och annan snabbt slukad handfull fritt kringströvande väta atomer.

Det kunde ha varit en rymdopera av Dénis Lindbohm, men det handlar om inledningen till Lars Gustafssons *Det sällsamma djuret från norr och andra science fiction-berättelser* (1989) med titeln "Prolog i en rymdhamn". Hur många rymdoperor har inte tagit avstamp i en rymdhamn, varifrån rymdskepp lyft mot stjärnorna med schanghajade flerbarnspappor. Lars Gustafsson lär ska ha läst JVM/VÄ på 1940-talet och det märks. Rymdhamnen är rymdoperornas katalysatorer, utgångspunkten för det kosmiska äventyret.

Lars Gustafsson kom redan 1967 med en novellsamling som innehöll fantasterier, men även om de ibland stöter en smula i vetsagegenren, så kan man knappast beteckna berättelserna där som renodlad science fiction. Men den samling som kom 22 år senare är så att säga en sorts Gustafssons magnum faktasiopus. Den inledande novellen "Prolog i en rymdhamn" är lysande. Och Gustafsson, han lånar från genren ett bubbelbad av idéer och tankar, som klart och tydligt vuxit fram ut läsning av andras verk. Det kan man förvisso hävda om alla författare, men det är extra tydligt i Gustafssons fall.

En segelfarkost som drivs med solvind ska lyfta mot stjärnorna. I besättningen finns utomjordingar som befälhavaren, Lorden, kallar män, fast "några av dem var platta som flundror, eller, som den på Jorden sedan hundratals miljoner år försvunna ediacariska faunan, hade alla organ på utsidan och vistades hela resan i saltvattenstankar under sexton atmosfärers tryck." När Lordens solvindsskepp Pascal II lyfter delar Lorden upp sin kroppsliga och mentala struktur i åtta underavdelningar.

Och sedan kunde dessa avknoppningar, skengestalter, under årtionden ganska illusoriskt berätta historier för varandra. En munter krets av berättare som all tycktes överbjuda varandra i livserfarenhet, snille och fängslande framställningskonst och där konversationen ibland kunde gå runt med blixtens hastighet. Det var bara när någon helt oväntad kometflock eller något annat problem dök upp som han ibland under ett par timmar måste upplösa kretsen för att ägna sin odelade uppmärksamhet åt sina plikter.

Och vi får veta att Lorden inte så noga vet vilken av gestalterna kring bordet som är han själv. Med detta har novellsamlingens femton berättelser fått sin inramning. I fortsättningen berättas novellerna av Lorderna kring ett bord ombord på Pascal II och de förtäljer fantastiska saker, allt elegant formulerat och med en underton av återhållen humor. Gustafsson kan sin tillvaro och arbetar med samma idéer som författarna i de amerikanska pulpmagasinen. Fast med en sorts brist på förklaringar.

Det är noveller som tar fasta på faktasins kärna: idéer. Och här föreligger måhända en skillnad mellan poesi och science fiction. Stéphane Mallarmé har nämligen sagt att poem inte skapas med idéer utan med ord. Men det kan inte nog understrykas och upprepas: vetsagornas bas är idéerna! Faktasier kräver tankar! Science fictions idéer kräver fantasi! Sf skapas med idéer!

Gustafssons faktasier utifrån givna teman och vetenskapens för stunden rådande ståndpunkter, som han är lätt påläst i, dessa Gustafssons fantasier håller pulpkvalitet i kubik. Det bara väller fram idéer och det handlar om människan, mänskliga tillstånd, mentala situationer, existentiell status, men det handlar inte om individer. Här finns ingen gestalt som läsaren kan identifiera sig med. Ingen hjälte! Människorna är objekt, offer, inte subjekt, vinnare, förlorare. De är ansiktslösa, obeskrivna. Detta sagt som ett konstaterande.

I "Fångna prinsar och deras väktare" berättar den förste Lorden hur tronpretendenter luras på konfekten inte genom att avlivas på

Towern i London eller på en lekplats i Håtuna utan med betydligt mer raffinerade metoder. I stället undanröjs de som står i vägen för Funk av Fulda på Ugaran på ett betydligt mer raffinerat sätt. Funk av Fulda på Ugaran är en mästare i förmågan att fängsla människor i en sorts livsbubblor. Han komponerar imaginära liv som hans offer får leva i stället för sina verkliga liv och han framstod på sin tid som den främste i denna konstart. De i sina bubblor isolerade varelserna lever sina overkliga liv som Funk av Fulda komponerat åt dem och de dör i tron att de levt ett verkligt liv. Gustafsson ger flera exempel på sådana djävulska, artificiella levnadsöden.

Romantitlar skrivs kursivt, novelltitlar skrivs inom citationstecken. Novellen "Saken" och "De Två Gånger Födda" går inte att hantera på det sättet eftersom två begrepp i titeln redan är inom citat, möjligen kan man hålla samman titeln med parentestecken. ("Saken" och "De Två Gånger Födda") går också i den klassiska pulpens tecken. Upptakten är den gamla vanliga. Människorna landar på en helt ny planet i en tidigare aldrig besökt del av galaxen. Allt verkar okej, men det är en riktigt "tråkig planet, en där det organiska livet antingen befann sig på ett mycket tidigt stadium i sin historia eller ett mycket sent". Förutsättningen känns igen. Det är gammal skåpmat, mycket gammal.

Expeditionen har sexhundra medlemmar och tre av dem, Van Horn, Sun Tang och Dahlgren hittar Saken, som är cirka sexton meter lång och sexton meter hög och påminner om en djup och mörk spegel. De går runt föremålet.

Saken är inget vanligt föremål, ty den saknar bokstavligen både djup och baksida. Så snart man står i nittio graders vinkel till den försvinner den helt enkelt. Och sedd från vad som rimligen borde vara "baksidan" är den helt och hållet osynlig. Bara det vanliga tröstlösa landskapet skymtar.

De tre begår nu misstaget att gå fram och tillbaka rakt igenom föremålet. Det är som att gå genom ingenting men leder till en katastrof. De möter sig själva och det är omöjligt för omgivningen att avgöra vilka som är de ursprungliga Van Horn, Sun Tang och Dahlgren. De är identiska, mer så än tvillingar. Av allt att döma är omöjligt nog båda Van Hornarna den ursprunglige Van Horn. Och båda dessa lika ursprungliga Van Horn hatar varandra. Så ock båda Sun Tang och båda Dahlgren.

De försöker att ta livet av varandra, kopiorna/originalen. Härifrån tar berättelsen en ny vändning. Gustafsson inte bara beskriver de psykologiska effekterna av denna egendomliga händelse. Han tillhandahåller också en lösning på det traumatiska tillståndet som de sex befinner sig i. Men hur tvillingeffekten uppstått ges det ingen förklaring till.

"En nedfart i Porositeten" är en novell, där en slagkryssare passerar genom porös rymd. Det går bra. Allt verkar normalt när rymdfarkosten kommer ut på andra sidan, men någonting har ändrats. Flera decennier senare upptäcker novellens jag-person att han och skeppet kommit lite snett ut ur den porösa rymden och åtminstone snuddat i en alternativ verklighet. Det sker när han läser följande passage i en historiebok, en passage som också avslutar novellen:

Den så kallade Stålpakten mellan rikskansler Adolf Hitlers Tyskland och Amerikas Förenta Stater undertecknades kort efter president Huey Longs överväldigande seger i de amerikanska valen d.v.s. i oktober 1936.

Denna alternativa verklighet hanteras i den fjärde novellen "Om sällsamma slingor och egendomligt återkommande främlingar". 1935 dödades två män i en skottväxling i USA, nämligen den auktoritäre vänstermannen och rasisten Huey Long, som tänkte utmana Franklin D. Roosevelt som demokraternas presidentkandidat 1936, samt en doktor Weiss.

Lars Gustafsson.

Det var den obeväpnade Weiss som utlöste en skottlossning när han i en dispyt med Long förlorade tålamodet och slog Long på käften. Denne var omgiven av sina livvakter. De öppnade eld och formligen pepprade Weiss full med bly. Av misstag träffades också Long och avled.

I den alternativa verkligheten blir inte Long skjuten utan väljs till USA:s president och ingår pakt med Hitler. Han inrättar koncentrationsläger efter tysk modell och massavrättar USA:s svarta. Men i berättelsen låter Gustafsson också Weiss åka zig zag i tid och rum i en mindre orgie av tidsparadoxer. Weiss orsakar Longs död för att förhindra att denne blir USA:s president. Det hela är tämligen komplicerat och sanningen att säga finns det betydligt bättre tidsresor med tidsparadoxer och alternativa verkligheter.

I novellen "Om monster och idealister i Orthmolnet" låter det så här när Lars Gustafsson låter den Sjätte Lorden beskriva rymdseglarens acceleration ute i världshavet:

– Redan 580 Mach – det är ganska bra seglat efter sextiotre dagar! Jag är glad att vi börjar komma igång. Det där slöhängandet i skvalpvatten gör mig alltid nervös. Är det något pinsamt som skall hända så händer det alltid när man ligger och samlar styrfart och inte har mera manöverförmåga än en bergskedja på Mars.

–––

Man var redan ganska högt över Solsystemets plan, från vilket skeppet avlägsnade sig i en jämn accelerationskurva. Vad som ingenting i det trivsamt inredda – och möjligen helt illusoriska – gunrummet kunde förråda var den vaksamhet med vilken konvojen rörde sig. På skepp efter skepp i den långa huvudkolonnen och de fyra sidokoloner som gav hela konvojen utseendet av en stor låda med en längre sträng i mitten, där de enskilda skeppen optiskt bara framträdde som svaga ljuspunkter för varandra, började åtskilliga parabolantenner som nyss stått stilla att rotera i oregelbundna rörelser längs perisfären, som om det var något speciellt de spanade efter. Att segla på solvinden kräver stora men också mycket tunna segel. Att kollidera med en meteorsvärm innebär endast långsamt läkbara skador på segeldukens ofantligt spröda metallmembran, och att manövrera med ett många kvadratmil stort segel är inte lika lätt

som det var att gira på den ålderdomligt lång-
samma, men också tryggare jondriftens dagar.

I denna novell manar Gustafsson fram enor-
ma monster, som likt jättelika maneter driver
omkring i djuprymden. Också det en mycket
gammal pulpidé, bland annat manifesterad i
form av ett bläckfiskliknande rymdmonster i
Robert Arthurs novell *Det osårbara vilddjuret*
(JVM/VÄ 43/1942).

I "Dr Weiss och fallet med den stulna intel-
ligensförstärkaren" utspelar sig händelseför-
loppet i Stockholm. Huvudpersonen är den
danske författaren till *Idéernas Krise i Ånds-
liv og Politik*, Björn Poulsen, som 1960 uppe-
håller sig i en stipendiebostad i det bonnier-
ska förlagshuset på Sveavägen. I en av allt att
döma sjabbig antikvitetsaffär av något slag får
han i skyltfönstret syn på ett föremål som han
tolkar som en dansk bronsålderspryl eller en
hjälm eller en sorts pannband eller en rysk ts-
arkrona. Den vresige affärsinnehavaren säger
att det är en lampskärm. Den blir Poulsens för
35 kronor.

Det visar sig att Poulsen har köpt något som
inte så lite påminner om Härskarringen hos
Tolkien. Precis som det smids ringar hos Tol-
kien, varav Härskarringen är alla ringars ring,
så smids det intelligensförstärkare hos Gus-
tafsson.

När de sju intelligensförstärkarna smiddes av
Gottfridus var det bara sex som levererades.
Den sjunde, vars existens hölls strängt hem-
lig till och med inom Brödraskapet, hade den
egenheten att den var de sex andras herre. Eller,
om man föredrar ett mera professionellt språk-
bruk: de sex övriga var terminalkonfigurerade
till den sjunde.

Det är denna "lampskärm" som Poulsen slö-
sat 35 kronor på. Och när han prövar den bör-
jar det naturligtvis att hända saker och ting.
Novellens slut är i sitt sammanhang sublimt
så det förslår. Dr Weiss, tidsparadoxaren i den

tidigare novellen, dyker upp och Poulsen ut-
brister:

– Dr Weiss, förmodar jag! Jag är er upprik-
tigt förbunden om ni kan hämta er förbanna-
de lampskärm och föra den så långt bort ifrån
mig som det över huvud taget är möjligt! För-
står ni det?

Den främmande mannen svarade inte, utan
log ett mångtydigt leende. Det började snöa
och de tunga våta flingorna föll över ett allt vint-
rigare Stockholm.

Stockholm ges också i förbigående en blyg-
sam roll i den inspirerade novellen "Medusans
gäster", då den åttonde Lorden bland annat
säger följande:

Det var för resten roligt att lyssna till min kol-
legas lärorika berättelse, med dess intressanta
glimtar från De Mörka Seklens sista århund-
raden, med deras märkliga politiska gruppe-
ringar och brutala maktstrider. Och ännu mer
beundrade jag det djärva försöket att skildra
en ännu mycket tidigare och ytterst ofullstän-
digt utforskad förgången epok, det fascine-
rande sena 1900-talet, med dess blandning av
oskuld, ondska och galenskap. Jag måste säga
att jag blev fascinerad av det djärva försöket att
ge autentiskt liv åt Stockholm, detta sagoomsu-
sade gamla sjörövarnäste, som ju tyvärr aldrig
har blivit föremål för någon ordentlig arkeolo-
gisk undersökning.

Men "Medusans gäster" handlar om något
helt annat. Vi står återigen på klassisk pulp-
mark. Ånyo är det ett skepp som närmar sig
en himlakropp av något slag. Fenomenet är
enormt, större än en planet och troligen en
farkost av det sällsynta slag som har överbryg-
gat det galaktiska djupet, avståndet mellan två
galaxer.

Där det vilar i rymden har det en svart, pla-
netlik yta utan atmosfär och från forsknings-
skeppet som upptäckt det skickas sex män ned

i en sond för att undersöka fenomenet. De flyger över denna svarta yta och förnimmer att de inte bör landa och sonden återvänder till sitt moderskepp, tas ombord, men inget händer. Man tvingas att bryta sig in i sonden. Men där finns inte de sex männen utan något helt annat.

> I sonden står, prydligt uppställda på rad från för till akter, ungefär som om någon velat påbörja en tempelbyggnad av arkaiskt snitt, sex blanka pelare av lika höjd och radie, i ett material som liknar svartpolerad basalt.

Vad har hänt? I detta möte med en annan livsform tycks det som om de utomgalaktiska besökarna har betraktat innehållet i sonden på sitt sätt, ett sätt som innebär att det de ser förvandlas till blanka pelare. Likt en kosmisk Medusa har främlingarna sett, noterat, ryckt på, ja, vadå, motsvarigheten till axlar, och sedan struntat i saken. Lars Gustafsson tillhandahåller denna teori på ett levandegörande sätt. De oförklarliga besökarna kan inte beskrivas. Vad som kan beskrivas är resultatet av deras "synsätt", effekten när de betraktar saker och ting, i detta fall sex människor. Att en text bör läsas för att kunna uppskattas efter förtjänst är ett allmängiltigt påstående som är ett snäpp sannare än vanligt vad beträffar "Medusans gäster".

Intrigen, om man nu kan tala om en intrig i "Det sällsamma djuret från norr", påminner om följande berömda rader från *Aniara*:

> Jag skall berätta vad jag hört om glas
> och då skall ni förstå. I varje glas
> som står tillräckligt länge oberört
> förflyttas glasets blåsa efterhand
> oändligt sakta mot en annan punkt
> i glasets kropp och efter tusen år
> har blåsan gjort en resa i sitt glas.

På samma sätt som blåsan färdas i glaset och Aniara i rymden färdas Yad, som kanske var "endast i en annans minne". Han färdas sex tum inne i en siparisk kristall, stort som ett barnhuvud, som tillhör Banen av Ghor, som inte har en aning om Yad och Yad har lika lite någon aning om Banen av Ghor. Yad har på trettiotusen år avverkat en sträcka om två och en halv millimeter och vi får ta del av hans upplevelse och öde några miljoner år framåt inne i denna kristallvärld, där han hinner i kapp sig själv, en variant på det som visar sig vara Gustafssons fixering vid tvillingfenomenet, där kopior och original är så in i detalj lika att det inte går att fastställa vad som är vad, vem som är vem.

I "Dr Weiss sista fall" rör sig tidsresenären 80 000 år framåt i tiden, stiger av sin motorcykel, som möjligen är hans tidsmaskin, och sänker sig i god pulpanda via ett rep ned i en gammal museibyggnad. Dr Weiss, som "helt nyligen" återfått en vilsekommen intelligensförstärkare i Stockholm ska försöka hitta De Sex Förlorade Pelarstoderna, som uppstod i novellen "Medusans gäster". Men han hittar dem inte utan får se en person sänkas ned mot sig i ett rep och som läsare associerar man genast till att det är sig själv han möter i en variation på tvillingtemat.

I "Om den märkliga porten i Conacar" får vi veta att den östra stadsporten i Conacar har formen av en långsträckt kolonnad, bestående av sex manshöga pelare av svartvit marmor, där fromma människor tycker sig se porträtt av de sex första kaliferna. Tanken går genast till Medusans sex pelare. Om själva porten heter det så här:

> Om denna port berättas att den vid vissa sällsynta tidpunkter, såsom sommarsolståndets gryning vart sextonde år när de större planeterna står i en ovanlig konstellation, är öppen, inte mot den Östra Vägen utan mot andra världar. Vid sådana tidpunkter kan var och en som passerar genom den gå ut i sina drömmars främmande landskap och, till skillnad från vanliga drömmare, därifrån hämta tillbaka de föremål

de drömt. Endast mycket modiga män vågar företa denna resa. Ibland återkommer de aldrig. Ibland återkommer de, medförande de underbaraste föremål, och ibland återkommer de bländade.

Den med teleportation besläktade idén om portar till andra världar var en gammal pulpidé som då och då förekom i JVM/VÄ. Ett bra exempel är novellen "Möte i rymden" (44/1945) av Broox Sledge.

I "Berättelsen om Mandarinen Li" visar Gustafsson upp ännu en variant av tvillingtemat, då Li, som gått in i en sten och där träffat en kvinna i en annan sten har med sig silkessnöret och uppdraget att avrätta en person som är han själv. I "Jean Sibelius natt" får Jean Sibelius besök av en ung kvinna, som säger sig vara hans aldrig komponerade åttonde symfoni. När han tror att han drömmer henne, svarar hon att det kanske är hon som drömmer honom.

I "Om falkenerarens konst" låter Gustafsson i kongruens med sin tvillingmani detta ske: Följande dag när Kung Dancus och alla hans hovmän och lärjungar var samlade i den furstliga salen, lät Kung Gallatianus bära dit ett föremål, högt som en man, svept i en praktfull vävnad och så tungt att det behövdes två av hans män för att handskas med det. Sedan alla enligt Kung Gallatianus anvisningar samlats på ena sidan av föremålet lät han täckelset falla och ett utrop av den allra största häpnad hördes från Kung Dancus och hela hans hov.

Ty vad detta föremål återgav, lika klart som i ett mycket stilla vatten var dem själva, rummet de befann sig i, ja var och en av rummets detaljer, som om det hade varit sett genom ett dunkelt fönster. Girigt tycktes detta fönster fånga upp varje detalj i rummet och föra det till sitt eget rum. Tystnaden var andlös nu.

Det märkliga föremålet visar sig vara – en venetiansk spegel!

Den sista novellen "Berättelse från Rio Grande" är en variant på den vandrande juden och andra liknande gestalter som vandrar genom tillvaron, evigt unga och aldrig kan dö. En upplevelse liknande den som Stig Dagerman låter Gud uppleva i "Tusen år hos Gud".

Lars Gustafsson använder sig av i stort sett allt som varit standard och stapelvaror i de amerikanska pulpmagasinens science fiction alltsedan 1920-talet. Hans språk har en viss skärpa, men till skillnad från pulpförfattarna är han inte ute för att underhålla. Han är en filosof och som sådan tämligen flummig, förmodligen ute för att pröva existentiella förutsättningar. Därvid varierar han kända sf-teman och utvecklar gamla motiv.

I faktasigenrens utflykter i tid och rum har han funnit passande stoff för sina belysningar av mänskliga situationer och relationer i tiden och rummet, i dået, nuet och framdeles och samtidigt. Men han tillhandahåller inga gestalter man som läsare kan identifiera sig med, vilket är en effekt av avsikten. Han tillhandahåller tillstånd.

Under läsningens gång blir det hela emellertid repetitivt, nästan mekaniskt och trots att författaren excellerar i alternativa vetenskapliga teorier, så får ingenting sin förklaring. Hans faktasier handlar om en science fiction där mysterierna inte får sin lösning. Novellerna må ta upp motiv från de gamla pulpmagasinen, men till skillnad från dessa så saknar de den där knorren som belyser och förklarar det just lästa.

Kan Gustafsson ha varit påverkad av Sture Lönnerstrand? Funk av Fulda på Ugaran, Banen av Ghor, Fredegesius av Tours och novelltiteln "En nedfart i Porositeten" har alla den där speciellt lönnerstrandska klangen, men det kan naturligtvis vara en tillfällighet. I "En nedfart i Porositeten" demonstrerar Gustafsson lite försynt och i förbigående att han läst Herakleitos fragment. Överhuvudtaget avslöjar Gustafsson ständigt sin beläsenhet, ibland direkt, ibland underförstått, som i allusionen till Herakleitos. Han gör det fast det sällan förefaller att vara av behovet påkallat. Mer än andra författare i sf-genren är Gustafsson angelägen att demonstrera sitt beroende av hållpunkter i form av andra författare, historiska gestalter och andras texter.

KTH-aren Karl Engblom har recenserat *Det sällsamma djuret från norr* och sopar marken med hela samlingen samtidigt som han kapar författaren en bra bit ovanför kulorna:

Lars Gustafsson måste vara världens mest självgode författare. Man behöver bara läsa på baksidan av boken: "I femton berättelser har Lars Gustafsson släppt lös sin fantasi och åstadkommit något som i intelligens, uppfinningsrikedom och spänning torde vara unikt i modern europeisk prosa." Årets skämt! Detta måste han ha skrivit själv, jag kan inte tänka mig att någon annan kan ha gjort det. Och hur som helst, en man som låter detta tryckas på baksidan av sin bok är inte direkt blygsam.

Engblom fortsätter vidare:

Bakom hela boken, i själva attityden, ligger en sådan dryghet och överlägsenhet att man som läsare känner sig personligt förolämpad. Det vimlar t.ex. av löjliga frågeställningar, där Gustafsson tror att han ställer läsaren mot väggen genom sina otroligt kluriga och djupt filosofiska frågor: "En avgörande fråga i all kunskapsteori måste vara följande: är min kropp min egen skapelse?" "Vad är intelligens? Är en renlav på ett flyttblock i en arktisk tundra "ointelligent?" "Vad skulle vara så märkvärdigt med att 'resa i tiden'?" och så vidare. Det vimlar också av självklara konstateranden och påståenden, vilka låter som tillrättavisningar efter ett tag. T.ex: "Ty det är inte bra för människorna att resa alltför mycket. Faran finnes då att de av misstag påträffar sig själva." "*Allting tänker*, brukade han säga. *Annars skulle det inte vara till.*" (Snedstil används flitigt för att understryka när han tror sig ha kläckt någonting extra briljant) "I själva ver-

ket slår vi alla i varje ögonblick in på nya vägar; nya upplevelser kastar ett nytt ljus över de gamla och allting står i ett oavbrutet val." Och så vidare. Det är inte roligt.

Och som om detta inte var nog:

Själva historierna då? Det verkar som om Gustafsson inför somliga berättelser, har läst någonting om fysik i Illustrerad Vetenskap, t.ex. om att man inte kan iaktta någonting utan att ändra det, tänkt i ca 30 sekunder och kommit på en historia om fenomenet, t.ex. om en stor rund grej som kan förvandla män till pelare genom att titta på dem. Det är för simpelt för att vara fantasieggande och för tråkigt för att vara någonting annat. Visst, en del berättelser är lite fyndiga, men idén kan sammanfattas i en mening: "en agent reser genom tiden", "en hjälm som förstärker intelligensen." Det finns tre möjliga ursäkter för den här boken. För det första kan man se den som en ofrivillig parodi på science fiction och metafysik. Det funkar ett tag, innan man blir trött på stilen och kommer på att den är mycket bättre på att parodiera alla som tror sig ha epokgörande tankar, när deras tankar i själva verket kan kläckas av vilken humanist som helst som läser Illustrerad Vetenskap för första gången. Den andra möjligheten är att boken har någon slags underliggande poäng som jag inte har fattat, en poäng som är så otroligt bra att den berättigar drygheten. Ytterst, ytterst osannolikt. För det tredje är det ytterst svårt att skriva bra historier av det här slaget. Det är svårt att inte bita av mer än man kan svälja. Men det är ju ingen ursäkt för Gustafsson att göra det. Själv föredrar jag Kalle Anka. Eller varför inte lite *riktig* science fiction?

Det ska inte förnekas att det ligger en del i detta även om Karl Engblom tar i lite väl hårdhänt. Den tanke Gustafsson framlägger i Medusa-novellen är originell och speciell och fascinerande. Faktum är att Engbloms recension ännu bättre passar till ett av Gustafssons tidigare fubbande i genren, nämligen romanen *Sigismund: Ur en polsk barockfurstes minnen* (1976). Det är en våldsamt rörig historia med ett hoppande i tid och rum och namedropping. Och namedropping, som Gustafsson är en mästare i, är enligt Wikipedias definition

> ett sätt att simulera kunskap eller erfarenhet inom ett område utan att behöva sätta in de uttalade namnen i ett sammanhang. Genom att nämna namnet på en känd auktoritet inom ett område, avser man visa att man är insatt i den namngivne personens arbeten.

Och tyvärr hör nog Gustafssons namnsläpp till denna kategori, för de fyller ingen som helst funktion i handlingen, för att inte säga i bristen på handling.

Gustafssson förekommer själv i hanteringen och det är svårt att veta vem den jag-person som talar är, ibland Gustafsson, ibland Sigismund. På något svårdefinierbart sätt verkar de identiska. Vad innehållet beträffar så kan man ur röran fiska upp tre kapitel hämtade från rymdoperornas värld, tre kapitel om ett intergalaktiskt krig, där Gustafsson understryker textens metafiktiva förankring i samband med att "jag" samtalar med en galaktisk överfurir:

> Han var redan mycket otydlig, eftersom jag sedan flera minuter var fast besluten att avföra honom och hans gamla centralsolsystem ur berättelsen. Det sista jag såg var hans uttryck av ytterligt milda förvåning när han insåg att han egentligen bara existerade i föreställningsvärlden hos en varelse med syre-koldioxidcykel. Med honom försvann en lysande centralkultur, städer, minnen, uråldriga bilder ...

Det finns absolut ingen gestalt som läsaren kan identifiera sig med. Det handlar inte om levande varelser. Det finns ingen dramaturgi. Gustafsson själv har kallat *Sigismund* "en roman om tidens undermedvetna, om dess

drömmar och dagdrömmar." Om det inte handlar om författarens totala oförmåga att strukturera en begriplig intrig, så kanske boken ska läsas som ett surrealistiskt utflöde. På ett ställe skriver Gustafsson så här:

> – Har docenten (jag översätter här en titel, som kanske inte är så lätt att översätta, med "docenten". Andra översättare skulle kanske föredra "privatdocenten" beroende på något svårbegripliga samhällsförhållanden på Ygal-Ygal, andra åter med "lilla syster", men jag kan inte fördjupa mig i det för då kommer jag aldrig till poängen) kontakt?

Problemet (om det nu är ett problem) är att Gustafsson ändå aldrig tycks komma fram till någon poäng. Gustafsson anses vara ett stort namn inom den svenska vitterheten. Vad det nu säger om den svenska vitterheten? Icke förty, till skillnad från andra representanter för Noltes "Hochlitteratur" så döljer Gustafsson inte att det är science fiction han skriver. Han står också själva genren betydligt närmare än t.ex. Jersild och novellerna i *Det sällsamma djuret från norr och andra science fiction-berättelser* har nog trots allt, om man inte är lika hyperkritisk som Karl Engblom, förmågan att mana fram den där svåröversatta känslan "sense of wonder" hos många läsare. Det klarar inte de flesta mainstreamförfattare av när de ger sig in i sf-genren.

IVAR LO-JOHANSSON (1901–1990)

Ivar Lo-Johansson var en arbetarförfattare av den så kallade statarskolan. Det var främst hans insatser både som författare och som agitator som ledde till att det bedrövliga statarsystemet avskaffades 1945. Han verkade också för zigenarna, som med ett mer politiskt korrekt uttryck i dag kallas romer. Han var vidare en stor motståndare till idrott och han ansåg att deckare är smörja som bara påminner om en bok för att de ryms mellan pärmar.

Science fiction hade han tydligen ingenting

emot. Alternativt insåg han inte att hans *Elektra: Kvinna år 2070* (1967) var sf av renaste märke. I likhet med många andra sogenannte "accepterade" författare kallade han och förlaget inte boken för science fiction. Romanen lär ska ha skrivits redan på 1930-talet. Om så är fallet så tillkom den innan JVM/VÄ drabbade Sverige.

Elektra: Kvinna år 2070 handlar om poeten Peter Bly som 50 år gammal sövdes ned på Svenska Flaggans Dag 1970 och väcks upp på samma flaggdag 2070, alltjämt i skick av 50-åring. Han har nu en månad kvar av sitt liv. Han finner att det mesta har förstatligats, krigen har upphört, svält är ett minne blott och faran för överbefolkning har avvärjts.

Sporthataren Ivar Lo-Johansson förnekar sig inte. På det astronomiska observatoriet i Saltsjöbaden får Peter Bly via elektronrefraktorn betrakta månen, dit man skickar utstraffade idrottsmän. Det ska just genomföras en fotbollsmatch mellan deporterade amerikaner och ryssar som joxar med något som visar sig vara allt annat än en trasa. Anar man inte ironi i följande:

Han såg hur det spökaktiga, blå spelet tilltog i intensitet. Det var bara stundtals som invändningarna reste sig och en förnuftig tanke fick plats i hans hjärna.

– På månen finns ju ingen atmosfär, sa han plötsligt. Allting väger ju sex gånger mindre. De där spelarna kan bara väga tio kilo styck? Att inte bollen flyger iväg för gott?

– Det är en gammal kanonkula man sparkar med.

– Kanonkula?

– Ja. Först gjorde man en plan, som var sex gånger större än Jordens. Men det tröttnade man snart på. Man fick springa för mycket. Då var det bättre med en tyngre boll.

Astronomen ställde in sökarsiktet invid refraktorn bättre. Skärpan ökades, och Peter Bly såg nu spelarna tydligare. Han såg hur det andlöst tysta spelet höll på att komma in i ett avgö-

Bonniers utgåva 2015 av Ivar Lo-Johanssons roman.

rande skede. De andra unga astronomerna blev ivrigare, där de betraktade matchen genom sina mindre instrument.

– De ser konstiga ut. Ändå verkar de klumpiga, som dykare?

Astronomen var bara spänd på hur det hela skulle avlöpa. Men han svarade iallafall.

– De måste ju ha rymddräkterna på sig, med tyngder i fötterna, med syrgasapparaterna, med allt det där, så det är inte så underligt. Och så radiostationerna på ryggen. Annars skulle de ju inte ens höra varann.

Allt arbete i denna framtid utförs i princip av maskiner. Det människor framför allt önskar sig är ett arbete. Entimmesveckan har införts och det är rena privilegiet att ha en uppgift som tar två eller fler timmar i veckan att genomföra.

Det låter onekligen som en socialistisk utopi. Kommunismen avsåg att skapa den nya människan. Det skulle ske medels indoktrinering. Nu undrar Peter Bly om den nya människan har skapats. Kan ingenjör Hausman vara den nya tidens människa? Han ställer frågan till en bibliotekarie och får svaret att Hausman nog är en god representant: "Men den nya människan är han kanske ändå inte. Det är i stället hans närmaste man, Anna Brisman, som vi här på arbetsplatsen kallar Elektra."

Den kvinna som Peter Bly hade älskat innan han sövdes ned är död. Han finner hennes gravsten, rest av hennes familj, och han inser avundsjukt att hon i detta nu har barnbarns barn. Elektra blir hans nya kärlek. Mot slutet av hans månad kommer han hem till henne:

> Elektra tog emot honom i en tunn kimono. Steglitsans bur var övertäckt. Fågeln hade natt. De gick genast in i hennes cell. Han ställde sakerna invid sängen. Hon frågade inte ens vad paketet innehöll. Sedan klädde de av sig. De älskade länge, varmt och stilla, på ett helt annat sätt än de gjort förut. Det låg vemod i deras smekningar. Deras själar var fodrade med ångestens fjun. När de älskat länge, började de tala.
>
> – Livet är gott, världen är i grund och botten god, sa han.

Varpå hans månad tar slut och han upphör att förnimma, för det är dags att försvinna för gott. Det är lite grann av slutet om inte direkt gott, så i alla fall hyfsat, över det hela. Visst innehåller beskrivningen av framtiden ett och annat som känns dystert, men någon dystopi handlar det inte om. Och även om man ibland tycker sig förnimma att satirens tunna slöja läggs över lägesbestämningarna, så är Ivar Lo-Johansson sf-bok ingen riktig satir heller.

KJELL SUNDBERG (1934–1978)

Den förvirrade medborgaren (1967) av Kjell Sundberg är en dystopi, som utspelar sig i en sorts Stockholm. Romanen har en surreal framtoning och en – som det förefaller – planerad irrationell struktur. Den tillhör på sitt sätt samma genre som Kafkas *Processen*, men når inte denna föregångare till fotknölarna.

Sundbergs Josef K. heter Joseph Virgin, en man som under fyra års tid gjort anteckningar, som han bestulits på. Han förföljs av en person som kräver att han slutar upp med sina anteckningar och som slår honom medvetslös, Under resans gång får vi veta hur en mur tillkommit.

> Muren har vuxit lika snabbt som staden, den är alltid tillräckligt hög och tillräckligt tjock, och i dess skugga är det mycket kallt. När jag äntligen nådde Skogskaféet och kunde sätta mig vid ett av dess gröna träbord – det är en trädgårdsservering, borden står i rad längs muren, eftersom där blir varmt och skönt när solen gassar – fällde jag upp rockkragen och gömde händerna i fickorna. Kylan fick mig att skälva, men jag frös inte, den är inte som vanlig kyla, man stelnar och förlamas bara, ett ont vacuum tränger in, det friska varma i ens kropp blir till glas, luften är förvandlad till rymd, och där är det levande så fruktansvärt främmande, det är orimligt, det övergår genast till mekanik.
>
> – Muren är idag 62 meter hög, dånade plötsligt en gäll föredragsröst till höger om mig, och det betyder att den under natten ökat med inte mindre än 24 centimeter, vilket är en onormalt stor ökning, ty medeltalet för de senaste tre åren ligger på bara 2 centimeter per dygn. Höjden mäts tre gånger dagligen på 27 ställen, varför vi har en mycket noggrann kontroll över vad som händer. Ni ser ett av mätinstrumenten på stativet därborta.
>
> Det var en lång och energisk parkvakt i svart kostym och skärmmössa som demonstrerade muren för en grupp medelålders damer. Den pik han annars plockade skräppapper med, svängde han nu som pekpinne. Annars var där så gott som folktomt, och den man jag väntade på syntes inte till. Tre bord till vänster om mig satt en gumma och skalade äpplen omgiven av ekorrar och småfåglar, och bortom henne arbetade på gräsmattan en tjock karl i sportskjorta och keps med en tre meter stor modell av muren och staden.

Den förvirrade medborgaren kan läsas som en beskrivning av hur det svenska välfärdssamhället skulle te sig i framtiden. Betraktat ut 1967 års perspektiv. Men det är svårt att se texten som satir. Den saknar satirens råa men samtidigt eleganta humor. Att den beskriver former av utanförskap är säkert. Det visar sig att det är hans hustru sedan sjutton år som stulit Josephs anteckningar och anmält honom för myndigheterna.

RUNE JANSSON (1918–2014)

Rune Jansson, konstnär och författare var professor 1968–75 på Konsthögskolan i Stockholm. 1968 kom hans text Mögel, en faktasi inom ramen för icke kategoriserad sf. Stockholm är platsen och texten innehåller två människor, August och Augusta, som har träffats på Konserthusets trappa. När folk ska leka i ruiner tyr de sig till Jakobs kyrka. Någon intrig i normal mening är svår att skönja och händelseförloppen, i den mån man kan tala om sådana, övergår inte i någon egentlig handling. Det finns konservburkar som innehåller multikonst:

August och Augusta hade öppnat en burk multikonst och satt och lät den rinna på sig de kände hur den estetiska välmågan fyllde dem eller rättare sagt de berördes lätt av estetiken. Konsten hade för dessa människor fått den verkligt acceptabla egenskapen att vara en slags parfym. Hur vill du beskriva din konst idag sade August till Augusta och Augusta beskrev hur den hade känts i ryggraden, August hade känt sin som en halsduk om halsen, inte då som halsduk mot kylan det behövde de ju aldrig utan endast som något om halsen. Dessa multikonstburkar kunde användas på flera sätt om man först skakade burken så fick den en stor effekt den blev omfattande och då kunde man ha det gemensamt på ett torg, deras förhållande till konsten var alltid som myggan till elefanten konsten då alltid som myggan, jag menar inte då att det blir kvar ett myggbett.

I centrum för texten står mögel, ett mögel som legat över hela Asien och alla har ätit mögligt bröd:

Mögelmolnen var mycket stora det året och de drev bort från mörkret över den soliga kontinenten alla andades mögel torkat mögel från mögelmolnen och blev så infektionsfria de kunde slå tillbaka och befria sig från mörkermänniskornas träldomsok någon annan mat än människor fanns inte. Nu slutar vi med dagens mögel annars blir det inget mögel kvar till i morgon. Runt hela munnen var det mat röd mat vad den nu var kokt på möglig var den då inte den röda maten följde med ner på gräset så fjäsigt var det inte med det det kunde ju hända att det möglade förstås det blir olika sorts mögel på olika möglande ting på metaller blir ofta ett giftigt mögel om man får det i ögonen så blir man blind får man det i öronen så blir man döv på huden kan det bli rodnader och klåda mögelklåda det kan få en katastrofal verkan om det av vind förs över bebodda trakter vilket ofta inträffar. Metallmöglet färgar också av sig en del blir gröna en del svagt violetta o.s.v.

Opportunistiskt mögel mediemögel krismögel möglande mögel som faller av och blir nytt mögel han snöt sig och se strax var där mögel i näsan och han dog om det var metallmögel förstås annars så blev han pigg som en mört om det var vuxet på organismer levande eller döda nu snöt sig kungen i stress och stackare han blev så pigg så han kunde stressa än mer vem är det nu som målat en död möglig fågel som är så vacker, ja visst ja det var han som använde Tobeymögel till fågeln snö är egentligen inte mögel det liknar mögel men ett år kom det mögel istället för snö det gick inte så bra att åka skidor på del och ingen av de vallor som fanns kunde användas. Vallforskning fick nu högkonjunktur och staten gav stora anslag för vallforskning det var visst förresten någon professor som föreläste om det för konststuderande men ingen kunde ändå uppnå det fina resultat som Tobey uppnådde forskning är användbar för litet av varje och framförallt är det ett användbart ord. Det var ett barn som föddes med mögel istället för hår mögel är ju förstås också hår …

– – –

Möglig låg hon utsträckt bredvid honom hennes breda fitta hade den sammetshinnan och han såg hur möglet blötnade in i vecket mellan läpparna …

Texten avslutas med två långa meningar utan skiljetecken, som till sin utformning påminner om Molly Blooms inre monolog i James Joyces *Ulysses* (*Odysseus*), vilket dock icke konstituerar någon direkt likhet med detta verk. Möglet står troligen som en symbol för någonting, vad vill jag låta vara ogissat.

BERIT BERGSTRÖM (1942–)

Exekutionen (1968) av utbildade sjuksköterskan Berit Bergström är en ganska otäck historia, som utspelar sig i Sverige, där en sjuksköterska plötsligt ställs inför något som hon aldrig förväntat sig.

> Han räcker mig en skrivelse. Jag sliter av inseglet och rullar upp den. Den är tätskriven med gotisk stil. Vi böjer oss båda över den, och Langenfält läser med sin sonora stämma, som lugnar mig något, men så: döms till döden genom hängning vid halsen skriftställaren Johan Krage för vårdslöshet i trafik och vållande till annans död, möjligen förorsakat av alkoholmissbruk … skall avrättningen verkställas av tjänstgörande översköterska på Brohagens sjukhus, Gulköping … på tjänstens vägnar …" Jag hör inte mer. Jag vet inte ens, om jag hört, vad jag tror jag hört. Jag tror jag hade ett litet svimningsanfall nyss, men att Langenfält skickligt fångade upp mig och satte mig i en fåtölj. Nu häller han upp ett glas vatten och för det till mina läppar.

"I skolan fick vi lära oss att vår uppgift var att bevara liv, lindra och bota", hävdar hon, men sugs in i en hopplös byråkrati med ständiga återvändsgränder. Och hon får veta att de som är lämpligast för att verkställa en avrättning måste vara medicinsk personal. Hängningen genomförs och när så sker har sjuksköterskan nått det stadium, då hon rusar fram och sparkar till liket. Hennes förvandling har bara tagit några timmar. Det är svårt att tolka avsikten med berättelsen. Att den liksom den året innan publicerade *Den förvirrade medborgaren* av Kjell Sundberg är en dystopi är helt klart, men inte heller *Exekutionen* känns som en satir. Såg Berit Bergström när hon skrev historien tendenser i den svenska sjukvården som pekar i denna riktning?

HANS-ERIC HELLBERG (1927–2016)

Science fiction har på olika sätt under hela 1900-talet, och troligen dessförinnan, varit förknippad med humor. Vid förra sekelskiftet skojades det i de svenska humorbladskorna med rymdresor och tekniska uppfinningar både i tecknad form och i textform och i de amerikanska pulpmagasinen fanns det ofta berättelser som slirade på komikens koppling.

Inom svensk science fiction är det främst Börje Crona som skrivit sf med en sofistikerad glimt i ögat, men Borlänge-journalisten Hans-Eric Hellbergs ungdomsbok … *men mars är kall och blåsig* (1968) behöver man inte vara junior för att uppskatta. Jag läste den vid 78 års ålder och den piggade upp mig. Vid några tillfällen skrattade jag högt. Hellberg kallar sin berättelse för "bara skoj" och det är inte så bara.

Leksands yngste polisman, Frank Ärlig dras den 9 juli 1968 in i ett vådligt äventyr. Ett flygande tefat landar på en åker. Ut ur fatet rusar en flicka från Mars, jagad av general Ky, som vill gifta sig med henne. Ky tänker invadera Jorden och stoppa krigen på vår planet. Flickan, som heter Tott, talar flytande dalmål. Så här låter det när Frank Ärlig frågar henne om hon också är insyltad i invasionsplanerna:

> – Det är klart jag är. Att skapa fred är väl det noblaste som finns.

– Varför flyr du i så fall från general Ky?

– Han tänker gifta sej med mej. Och jag vill inte gifta mej med honom.

– Varför inte?

– När han äter soppa låter det som när den sista vattenskvätten rinner ur ett badkar. Dessutom har jag bestämt mej för att gifta mej med en äkta mas.

Frank började få nog av galenskaper.

– Vad heter du i efternamn? (frågade flickan.)

– Ärlig.

Tott mumlade med ett drömmande uttryck: fru Tott Ärlig … Det låter väl bra?

Frank fick en fruktansvärd misstanke.

– Vad menar du?

– Jag tänker gifta mej med dej. Du är precis den sortens äkta man jag vill ha.

Nu hade Frank fått nog.

– Du är precis den sortens fru jag inte vill ha. Min mamma har bestämt att jag ska gifta mej med en söt och rar dalkulla. Hon har varnat mej för oknytt folk som vill leda mej i fördärvet. Och det oknyttigaste folk som finns, det är väl ändå marsmänniskor?

– Jag är en äkta dalkulla, sa Tott. Hör du inte att jag talar dalmål?

Just den detaljen hade bekymrat Frank.

– Du har kanske tagit en marsiansk Linguaphone-kurs?

– Bättre upp. Jag är dotterdotterdotterdotterdotterdotterdotterdotterdotterdotterdott erdotter till Tott Jon Jonsson, som utvandrade till Mars 1568 från Nås i Dalarna. Ett marsianskt rymdskepp landade här det året med en fredspredikant som hette Lii Ru. En fredsväckelse gick fram över trakten och ett femtital personer följde med tillbaka till Mars. Dom grundade en koloni där. Både Ky och jag är ättlingar till dom första emigranterna från Nås.

Så fortsätter denna hejdlösa skröna, som inte bara borde stå på bibliotekens hyllor för ungdomsböcker och sf-litteratur utan också på avdelningen för humor.

JAN-CHRISTER ÖDMANN (1920–?)

Departementssekreteraren i Socialdepartementet, Jan-Christer Ödmann, kom 1968 med sin satir *Munk i Neutralien*, där – liksom i många andra satirer – de i författarens skrivande stund rådande förhållandena belyses som om de ägde rum i ett av kvantmekanikens alternativa universa. Munken är en katolik som kommer till det sekulariserade Neutralien där en "ständigt växande skara män och framför allt kvinnor" vill bli upptagna i den katolska kyrkans gemenskap, fast många "verkar att vilja fly från någonting snarare än längta till vår kyrka", som en fader Henry uttrycker saken. Neutralien är naturligtvis Sverige, men satiren är i långa stycken så grov att den förfelar sitt mål. Träffsäker satir ska vara elegant. Författarens avsky för det svenska samhället i dess socialdemokratiska tappning lyser igenom. Boken kom 1968, ungdomsrevoltens stora tokvänsterår, då demonstranterna inte kunde avsky USA:s olycksaliga krig i Vietnam utan att samtidigt avsky USA och krama någon av de för ögonblicket existerande varianterna av kommunism. Drygt 40 år efter bokens publicering har utvecklingen gått i en helt annan riktning än den som boken satiriserar. Den är numera närmast att betrakta som alternativ historia.

KRISTINA HALLIND (1945–)

Kristina Hallind var mycket aktiv inom fandomrörelsen och delade redaktörsstolen för Science Fiction Forum (SFF) med Peder Carlsson från och med 49/1971 till och med 55/1972. Hon kom, som tidigare redovisats, sedermera att ägna sig åt poeten Erik Lindegren och Halmstadgruppen, som hon doktorerade på. 2010 tilldelades hon Svenska Akademiens svensklärarpris för sin gärning på Katedralskolan i Lund under tre årtionden.

Hennes noveller kring decennieskiftet 1970 kan närmast beskrivas som mentala texter av psykologisk natur och det med direkt anknytning hennes huvudintresse och ämnet för hennes blivande läraryrke: litteratur. Den metaliknande novellen "Existens" (Hallundia 1968) handlar om idén att världen omkring oss upphör att existera när vi blundar. En variant av frågeställningen om matvarorna i kylskåpet finns när skåpet är stängt. Den filosofiska idealism som det här är fråga om har rötter hos Platon, är en grundbult inom buddhismen och har omfattats av en rad kända filosofer, avfärdats av andra som ovetenskaplig.

Hos Kristina Hallind tar denna sida av filosofin sig ett mycket speciellt uttryck. Det handlar om en student som upptäcker att han inte existerar när han är ensam. Han måste vara tillsammans med en annan levande varelse.

Han var ett offer för filosofisk idealism. Det problem han funderat på hade angripit honom! Smittat ner honom! *Under de perioder det inte fanns något annat sinne som uppfattades av honom existerade han helt enkel inte!*

———

Han lånade värdinnans tax. Taxen räckte visserligen bara till för att materialisera studenten upp till knäna, ungefär, mer såg inte hunden av studenten, men det var ju nog för en promenad. Och studenten fann, att om han dessutom oavbrutet talade med hunden, fortsatte hans röst att existera, och med den delar av tankeförmågan.

Problemet får sin lösning och berättelsen präglas av en viss humor. Det gör däremot inte "Elefantträdet" (Hallundia 3/1968). Det är en riktig rysare i skräckgenren, morbid och med ett ruskigt slut. Men i "Ett fall av bibliofobi" (SFF 46/1969), handlar det återigen om metaartad fiktion. Huvudpersonen identifierar sig totalt med det han läser.

Det var fruktansvärt. En författare skriver om sin värld, återupplever bara sina egna känslor i författandet. Jag tvingades genomlida många författares plågsamma barndom, bekymmersamma liv och absurda fantasier. Föräldralös, utackorderad, korsfäst; med tillvaron som ett ångestpressande hot eller kylig intighet. Och

jag avundades häftigt de kamrater som kunde läsa litteratur så, att de kunde diskutera den ledigt och lagom engagerat. Jag var ohjälpligt handikappad, trots att deras litteraturförståelse endast var bråkdelen så intensiv som min.

———

Tidigare hade böckerna levt sitt eget liv innanför sina pärmar, och jag hade endast sugits med när jag varit oförsiktig nog att gå för nära den ständig upprepade och ständigt pågående handlingen. Nu upplevde jag det plötsligt så, att jag *var* handlingen, den fullbordades i mig, och utan mig kunde den inte fortgå i boken. Utan mitt engagemang blev skeendet statiskt – personer och händelser stannade som ouppdragna dockor i väntan på ett ingripande av regissören, trots ett de redan kunde sina roller.

———

Och jag känner hur de måste hata mig, fängslade i nyckfulla episoder som jag råkat snudda vid i min läsning. Och jag lider av detta hat utan att kunna göra något, gripen av en egendomlig skuldkänsla …

I ett raserianfall börjar mannen att slita böcker ur sina bokhyllor, med resultat att de faller omkull och dödar honom. En död i ett hav av böcker. Ett snyggt slut, kan man tycka, men inte alls så. Detta är bara början. Kristina Hallind drar åt sin metaskruv några snäpp till. Den åkomma som drabbat den olycklige mannen är smittsam och snart har fenomenet antagit epidemiska proportioner.

I kortnovellen "Faran av att odla sin själ" (SFF 50/1977) matar en person sin själ med lite för mycket Dostojevskij. Själen som dessförinnan med sin "underliga gråvita näbb, härdad i seklers moraliska och religiösa grubbel" livnärt sig på andras tankar övergår till "att leva av mig". Den sliter stycken ur jag-personens liv.

Inget kan jag skydda från denna anakronistiska plågoande. Söndertrasad, med till hälften avslitna rester släpande efter mig, smyger jag omkring bland de harmoniska människor med lagom välfödda själar som jag förr umgicks med.

Jag fruktar de oundvikliga mötena. Men ännu mer fruktar jag de virvlande, förlamande färderna ned genom ett ruttnande mörker, medan de oändliga vingarna för mig allt längre bort.

Kristina Hallind bidrog också med några dikter i SFF, men även om hennes arbete inom fandomrörelsen var intensivt och viktigt, så tycks hennes eget författarskap i faktasigenren ha blivit något av en parentes. Hennes författarskap tog sig andra vägar.

CELLO (OLLE CARLE 1909–1998)

1990-talet får avslutas med ett sällsamt mellanspel, för någon sf-författare var inte ordvitsarnas kung, som utöver sin verbala ekvilibristik satte fingret på tillvaron med en dråplighet som saknar motstycke i hejdlöshet. Hans "Svenska – framtidens världsspråk" i kåserisamlingen *På sitt sätt sött* (1969) slirar lättsamt, parodiskt och lite elakt (rasistiskt?) på framtidsskådandets koppling.

Svenskarna är ett resande folk och det är därför som svenskan sakta men säkert håller på att breda ut sig till ett världsspråk. Ju mer vi reser, desto mer stiger bildningen ute i världen, och det torde finnas ytterst få avkrokar på jordklotet där det andliga mörkret är så kompakt att man inte kan säga "schnaps", "skål", "gåddak" och "vackra schvenska flicka". Svenskarna älskar att lära ut sitt eget språk åt kunskapstörstande orientaliska affärsmän, som tror sig ha nytta av att veta hur man bäst lockar till sig svenska kunder med svenska försäljningsargument. Och eftersom vi svenskar använder oss av humor även i språkundervisningen är det allt oftare man råkar ut för såväl gatumånglare som andra mera seriösa rörelseidkare, som vid anblicken av en svensk turist patetiskt vädjar: "Schvenska? Ja ja … komma köpa … komma titta bara schit … kosta micket … bara schit!" Man kan som sagt inte nog förvåna sig över den infödda befolkningens receptivitet, när det gäller att tillgodogöra sig ett så pass svårt språk som det svenska.

FORTSÄTTNING I BAND 3

KONTRAST MAGASIN

Aleph Bokförlags nättidskrift Weird Webzine heter nu KONTRAST MAGASIN och har övergått till att utges på papper och i e-bokform. Första numret utkom i juli 2020; nästa nummer utges i oktober. En tidskrift för klassiska och moderna sällsamheter i bok och film, märklig vetenskapshistoria, steampunk, filosofi, verkliga och litterära brott... Allt som är sällsamt och "weird" finns här i artiklar, essäer, noveller och recensioner.

Varje nummer innehåller 70 kompakta sidor. En årsprenumeration (4 nr) kostar 196 kr till Aleph Bokförlags bankgiro 151-6178. Första numret kan laddas hem gratis som pdf från Alephs hemsida. Gör det, eller läs mer här:

www.alephbok.com